Knaur.

Über den Autor:

José Rodrigues dos Santos, geboren 1964 in Mosambik, ist einer der erfolgreichsten Autoren Portugals. In seiner Heimat steht er mit seinen Romanen regelmäßig ganz vorne auf den Bestsellerlisten – mit Auflagenzahlen, die auch in wesentlich größeren Ländern bemerkenswert wären.

José Rodrigues dos Santos

Das Element

Thriller

Aus dem Portugiesischen von
Barbara Mesquita

Knaur Taschenbuch Verlag

Die portugiesische Originalausgabe erschien 2007 unter dem Titel
»O Sétimo Selo« bei Gradiva Publicações, Lissabon.

**Funded by The General Directorate
for Books and Libraries/Portugal**

DGLB
Direcção-Geral do Livro e das Bibliotecas

MC
Ministério da Cultura

**Besuchen Sie uns im Internet:
www.knaur.de**

Deutsche Erstausgabe Juli 2010

Redaktion: Ilse Wagner
Umschlaggestaltung: ZERO Werbeagentur, München
Umschlagabbildung: gettyimages / stone / Stephen Schauer
Satz: Adobe InDesign im Verlag
Druck und Bindung: GGP Media GmbH, Pößneck
Printed in Germany
ISBN 978-3-426-50285-3

2 4 5 3 1

Für Catarina und Inês und die Kinder,
die sie einmal haben werden.
Damit sie wissen, dass ich alles getan habe,
um das, was da kommt, zu verhindern.

»Ich bin der Erste und der Letzte und der Lebendige;
ich war tot, und siehe, ich bin lebendig
von Ewigkeit zu Ewigkeit und habe die Schlüssel
des Todes und der Hölle.
Schreibe, was du gesehen hast und was da ist
und was geschehen soll danach.«

Offenbarung des Johannes, 1,17–19

Hinweis

Die historischen, technischen und wissenschaftlichen Informationen in diesem Roman sind wahr.

Prolog

Krrrrr.

»Marambio an McMurdo.« Krrrrr. »Marambio an McMurdo.«

Der Amerikaner mit der runden Brille und dem schütteren grauen Bart setzte sich vor das Funkgerät, drückte auf den Sprechknopf und unterbrach vorübergehend das nervtötende Knacken und Rauschen in der statisch aufgeladenen Luft.

»Hier McMurdo. Dawson am Apparat. Was gibt es, Marambio?«

Krrrrr.

»Dawson?«

Krrrrr.

»Ja, hier spricht Howard Dawson von McMurdo. Was ist los, Marambio?«

»Hier Mario Roccatagliatta vom Argentinischen Antarktisinstitut, Abteilung für Glaziologie, in der Marambio-Station.«

»Hallo, Mario. Alles in Ordnung?«

Krrrrr.

»Ich weiß nicht.«

Krrrrr.

»Können Sie das noch mal wiederholen?«

»Ich weiß nicht, ob alles in Ordnung ist«, sagte die aufgeregte

Stimme am anderen Ende der Leitung in einem Englisch mit starkem spanischem Akzent. »Hier passiert gerade etwas Merkwürdiges.«

»Was meinen Sie mit: etwas Merkwürdiges?«

»Es ist wegen Larsen B.«

»Was ist mit Larsen B?«

»Es vibriert.«

»Es vibriert?«

»Ja, Larsen B vibriert.«

»Haben Sie dort ein Erdbeben?«

»Nein, kein Erdbeben. Es hat vor ein paar Tagen begonnen, und ich habe bereits mit meinen Kollegen von der Seismologischen Abteilung in Buenos Aires gesprochen. Sie sagen, es sei kein Beben.«

»Und aus welchem Grund vibriert Larsen B dann?«

»Ich weiß nicht genau. Aber im Eis haben sich Spalten und Risse gebildet.«

»Spalten und Risse im Eis? Das ist nicht möglich! Die Eisplatte ist über zweihundert Meter dick.«

»Aber wir können jetzt Spalten und Risse im Eis sehen und haben auf dem gesamten Schelf Erschütterungen festgestellt.«

»Und haben Sie irgendeine Erklärung dafür?«

Krrrrr.

»Ja.«

»Nämlich?«

»Ich befürchte, Sie werden unsere Erklärung nicht glauben.«

»Sagen Sie schon.«

»Larsen B ist im Begriff, sich aufzulösen.«

Krrrrr.

»Bitte?«

»Larsen B ist dabei, sich aufzulösen.«

Krrrrr.
»Der Schelf löst sich auf?«
»Ja, genau.«
»Aber das ist doch nicht möglich! Larsen B gibt es seit der letzten großen Eiszeit vor zwölftausend Jahren. Eine so große und so alte Eisplatte löst sich nicht so ohne weiteres auf.«
»Das wissen wir. Aber sie tut es.«

Der schmächtige, nervöse Brad Radzinski stürzte, eine Aktentasche in der Hand, in das Crary Science and Engineering Center. Radzinski zog seinen Mantel aus und begab sich, nachdem er ihn an einen Haken beim Eingang gehängt hatte, eilends zum Büro des Direktors. Die Tür war geschlossen; ein Metallschild gab Auskunft über den Hausherrn:

S-001
DAWSON

Das S stand für *Science*, Wissenschaft, und die 001 bezeichnete die Stellung des Büroinhabers in der Hierarchie. Radzinski klopfte ungeduldig an die Tür und ging, ohne abzuwarten, hinein. »Darf ich?«
»Hi, Brad«, begrüßte Howard Dawson ihn am Schreibtisch sitzend; er war mit der Erledigung von Papierkram beschäftigt. »Haben Sie schon etwas Neues gehört?«
Mit besorgter Miene erwiderte Radzinski irgendetwas Unverständliches und setzte sich, nachdem er dem Direktor des Labors die Hand geschüttelt hatte, ohne Umschweife an den Besprechungstisch. Dawson erhob sich von seinem futuristisch anmutenden Schreibtisch, ging an einem vollgestopften Bücherschrank vorbei und machte es sich neben dem Neuankömmling auf einem Platz gegenüber der Wand, direkt vor

einer großen Landkarte der Antarktis, bequem. Radzinski verlor keine Zeit, beugte sich über die mitgebrachte Aktenmappe, holte verschiedene Fotos daraus hervor und breitete sie auf dem Tisch aus.

»Das sind die Bilder von Modis, einem Sensor, der auf einem Satelliten der NASA installiert ist.« Er kam sofort zur Sache, sprach sehr schnell und verschluckte beinahe die Wörter.

»Die habe ich gerade aus Colorado geschickt bekommen, vom National Snow and Ice Data Center.«

Dawson beugte sich vor und betrachtete die Bilder.

»Sind das Fotos von Larsen B?«

»Ja. Aufgenommen vor einer Stunde.«

Der Direktor des Crary Lab ergriff ein Foto und prüfte es aufmerksam. Er verzog den Mund, zuckte mit den Schultern und blickte sein Gegenüber an.

»Sieht für mich ganz normal aus.«

Radzinski beugte sich abermals über seine Aktenmappe und holte nun einen runden, metallischen Gegenstand mit einer dicken Linse daraus hervor, eine Lupe. Er nahm ein Foto, stellte die Lupe darauf und deutete auf einige Linien, die sich durch die von der Linse vergrößerte, weiße Struktur zogen.

»Sehen Sie das hier?«

»Ja.«

»Das sind Risse im Eis.«

Dawson untersuchte die schattierten Linien, die die milchweiße Oberfläche des Schelfs zerteilten.

»Das hier sind Risse?«

»Ja.«

»Larsen B hat Risse?«

»Larsen B ist dabei, auseinanderzubrechen.«

»Sind Sie sicher?«

»Hundertprozentig.«

Dawson richtete sich auf, nahm die Brille ab und seufzte.
»Verdammt, die Argentinier hatten recht.«
»Ja.«
Der Leiter des Labors putzte mit einem violetten Tüchlein die runden Gläser seiner Brille. Als er damit fertig war, setzte er sie sich auf die Nase, blickte hoch und betrachtete die wolkenlose Landschaft draußen vor dem Fenster seines Büros. Der Mount Discovery zerschnitt den zartblauen Himmel; er schien über der weißen Ebene zu schweben, mit einigen sich neu an seinem Fuß erhebenden Kuppen. Doch es waren Kuppen, die gar nicht existierten, Steilhänge, entstanden aus einer Täuschung, aus dem Spiel von Licht und Kälte zwischen dem Berg und der Ebene. Dort in der Ferne tanzte eine Fata Morgana, eine in der Antarktis übliche Luftspiegelung, resultierend aus der Brechung des Berglichts, wenn es durch Luftschichten mit unterschiedlicher Temperatur fällt. Der Mount Discovery schien mehr Felserhebungen zu haben als normal, wenngleich dieser überraschende, ja, wunderbare Anblick den Wissenschaftler nicht weiter beeindruckte. Dawson sah zwar die Fata Morgana, aber seine Aufmerksamkeit war von dem fernen Strom seiner Gedanken gefesselt.
Nach einer langen Weile stand er schwerfällig auf, griff nach dem Telefon und wählte eine Nummer.
»Hier Howard Dawson vom Crary Lab. Kann ich mit Major Schumacher sprechen?« Pause. »Sind Sie es, Major? Guten Morgen, wie geht es Ihnen? Hören Sie, ich benötige so schnell wie möglich ein Flugzeug.« Pause. »Nein, ein Huey ist nicht geeignet. Ich muss auf die Halbinsel.« Pause. »Ich weiß, dass die Halbinsel weit weg ist. Deshalb ist ein Huey nicht geeignet.« Pause. »Prima. In einer Stunde, sagen Sie?« Pause. »Welche Landebahn? Willy oder Pegasus?« Pause. »Großartig. Ich warte hier auf Sie. Danke.«

Radzinski hatte das Gespräch aufmerksam verfolgt.
»Sie fliegen nach Larsen B?«, fragte er, sobald der Direktor aufgelegt hatte.
»Ja. Wollen Sie mitkommen?«
»Wozu?«
»Wir müssen nachschauen, was los ist.«
»Können das nicht die Argentinier dort tun?«
»Die Argentinier sind gut. Aber wir benötigen mehr Informationen.«
»Haben Sie es schon mit Palmer versucht?«
»Die Palmer Base hat nichts. Larsen B liegt auf der anderen Seite der Berge.«
»Und Rothera?«
»Die Engländer?«
»Ja, kann sein, dass die Leute von der British Antarctic Survey mehr Informationen haben.«
»Die sind allerdings auch auf der anderen Seite«, bemerkte Dawson und warf einen raschen Blick auf die Antarktis-Karte an der Wand. Rothera lag etwas südlich von Palmer. »Aber ein Versuch kostet ja nichts.«
Dawson verließ das Büro und begab sich zum Funkgerät, das in einem winzigen Raum des Gebäudes untergebracht war. Der Fernmeldetechniker hatte sich einen Tag freigenommen, und so musste der Direktor das Gerät mit typisch amerikanischer Hemdsärmeligkeit selbst bedienen. Dawson setzte sich vor den Apparat, überprüfte, ob er eingeschaltet war, und drückte auf den Knopf.
»McMurdo an Rothera. McMurdo an Rothera.«
Krrrrr.
»Hier Rothera«, antwortete eine sympathisch klingende Stimme mit starkem britischem Akzent. »Ist dort McMurdo?«
»Ja, hier McMurdo.«

»Cheerio, Jungs. Hier ist John Killingbeck von Rothera. Wie sieht es aus in MacTown?«
MacTown war der Spitzname von McMurdo.
»Alles in Ordnung, John, MacTown ist nur zu empfehlen.«
»Und was ist mit Gallagher's Lager? Ist es immer noch das schlechteste Bier von The Ice?«
Gallagher's war eine der Kneipen von McMurdo, und The Ice war der Spitzname für die Antarktis.
»Es ist jedenfalls besser als euer Warmbier.«
Der Engländer am anderen Ende der Leitung brach in Gelächter aus.
»Das bezweifle ich«, erklärte er. »Also, Jungs. Womit kann ich euch dienen?«
»Sagen Sie, John, kontrollieren Sie eigentlich den Zustand von Larsen B?«
»Larsen B? Einen Moment, ich schaue nach.«
Krrrrr.
Die elektromagnetische Störung dauerte fast eine Minute lang an.
Dawson wartete mit verschränkten Armen ab, bis Stille das kratzende Geräusch unterbrach und die Stimme des Briten wieder zu hören war.
»Rothera an McMurdo. Rothera an McMurdo.«
»Am Apparat, Rothera.«
»Hören Sie, wir haben niemanden auf Larsen B ...«
»Das ist schade.«
»Aber wir haben jemanden dort vor der Küste.«
Krrrrr.
»Wie bitte?«
»Wir haben ein Schiff vor der Küste von Larsen B.«
»Ein Schiff?«
»Die RRS James Clark Ross, ein Forschungsschiff, das für die

British Antarctic Survey tätig ist. Kapitän Nicholls versucht gerade, unsere Frequenz einzustellen. Wollt ihr mit ihm sprechen?«

»Ja, bitte, unbedingt.«

»Rothera an James Clark. Hören Sie?«

»Fünf an fünf, Rothera. Hier ist Kapitän Nicholls.«

»McMurdo möchte ein paar Worte mit Ihnen reden.« Ein anderer Tonfall zeigte den Wechsel des Gesprächspartners an. »Sprechen Sie weiter, McMurdo.«

Dawson drückte auf den Knopf.

»McMurdo an Kapitän Nicholls.«

»Am Apparat.«

»Kapitän, wir haben beunruhigende Informationen über das Verhalten des Eisschelfs von Larsen erhalten. Rothera hat mir mitgeteilt, dass Sie dort in der Nähe sind.«

»Korrekt.«

»Können Sie den Schelf sehen?«

»Ja. Er befindet sich dort hinten. Ich kann ihn erkennen.«

»Fällt Ihnen irgendetwas Anomales auf?«

»Welchen der Schelfe meinen Sie? B oder C?«

»Larsen B, Kapitän.«

»Einen Moment, ich nehme das Fernglas.«

Krrrrr.

»Und, sehen Sie es?«

Krrrrr.

»Hm ... ja ... das heißt, ich weiß nicht.«

»Wie?«

Krrrrr.

»Da ist ... da ist etwas Merkwürdiges. Ich weiß nicht ... warten Sie.«

»Kapitän Nicholls?«

Krrrrr.

»Ich sehe ... ich sehe eine Wolke, die sich über dem Schelf auftürmt.«
»Eine Wolke?«
»Es sieht aus wie ... keine Ahnung, es sieht aus wie Dampf.«
»Eine Dampfwolke?«
Krrrrr.
»Großer Gott!«
»Kapitän Nicholls?«
»Der Schelf ... der Schelf ...«
»Was ist damit?«
»Großer Gott!«
»Was ist denn los?«
Krrrrr.
»Der Schelf ist gerade dabei, auseinanderzubrechen.«

Das permanente Vibrieren hielt Dawson und Radzinski nicht davon ab, ein wenig zu dösen. Der Flug dauerte nun schon etliche Stunden und schien gar nicht enden zu wollen, aber damit hatten die beiden Wissenschaftler sich abgefunden. Schließlich wussten beide, bevor sie in das Flugzeug gestiegen waren, dass es nicht eine der bequemsten Maschinen war. Die Herkules C-130 war schon immer ein sehr sicheres Flugzeug gewesen, das einzige Frachtflugzeug, das problemlos am Südpol zu landen imstande war. Doch mit seinen vier Propellermotoren, den behelfsmäßigen Sitzen und dem geräuschvollen Vibrieren war die Herkules wohl kaum die beliebteste Alternative für die Freunde der Businessclass.
Dawson saß da, in seinen roten Parka geschmiegt, den er nicht ausgezogen hatte, die Kopfhörer eng auf die Ohren gedrückt, um das ständige Dröhnen des Flugzeugs zu dämpfen, und die Augen zu einem leichten, unruhigen Schlummer geschlossen. Geweckt von dem einen oder anderen Holpern, spähte er

zweimal aus dem Fenster und versuchte, irgendetwas Neues in der weiten Hochebene der Antarktis zu entdecken, doch das Bild war stets das gleiche: Eine ausgedehnte Schneedecke, die sich jenseits des Horizonts verlor, sich hier und da zu Bergen auftürmte, sich mit schönen Pässen öffnete, eine glitzernd milchige Fläche unter der an einem ewig blauen Himmel scheinenden Sonne. Für einen Neuankömmling wäre die Landschaft faszinierend gewesen, für ihn jedoch war sie wahrlich nichts Neues mehr. Außerdem hatte er andere Sorgen.

Er verspürte eine Bewegung und schlug die Augen auf. Leutnant Schiller stand über ihn gebeugt da und machte ihm ein Zeichen. Dawson nahm die Kopfhörer ab, die den Fluglärm von ihm fernhielten.

»Wir sind gleich da«, verkündete der Flugingenieur fast schreiend. Er winkte ihm. »Kommen Sie mit und schauen Sie.«

Dawson folgte Schiller durch den Frachtraum der Maschine, und Radzinski ging hinter ihnen her. Sie stiegen die Treppe ins Cockpit hoch, wo eng beieinander die beiden Piloten und der Navigationstechniker saßen. Die C-130 bebte und schaukelte, so dass die beiden Neuankömmlinge sich an den Sicherheitsgriffen festhalten mussten, um nicht das Gleichgewicht zu verlieren.

Als der Pilot sie hereinkommen sah, deutete er durch das Fenster nach unten. Dawson reckte den Kopf und sah die Antarktische Halbinsel, die sich im Meer erstreckte und das Wasser wie ein Dolch zerschnitt. Sie war der spitze Ausläufer der Antarktis, der gen Norden zeigte und beinahe den Zipfel Südamerikas berührte. Die Gletscher wälzten sich die Hänge hinab und hielten vor dem Wasser abrupt inne; sie wirkten wie weißer Joghurt, durch dessen Spalten ein leuchtend türkisblaues Herz glitzerte. Vor der gewundenen Küste waren die Meerengen und Buchten zwischen der Halbinsel und der

Bellingshausensee von so vielen Inseln und Eisbergen gesprenkelt, dass Schiffe dort ohne einen starken Eisbrecher unmöglich passieren konnten.
Der Copilot steuerte die Maschine nach rechts, flog über die schmale Gebirgskette und ging, sobald er auf der anderen Seite angekommen war, in den Sinkflug. Der Pilot wies gezielt auf einen Punkt der Halbinsel.
»Schauen Sie dort!«
Dawson blickte aufmerksam zu der angedeuteten Stelle. Er beobachtete die gekräuselte Oberfläche des Weddell-Meeres, das dunkelblaue, fast schwarze, von Eisschollen übersäte Wasser, und suchte nach der vertrauten milchigen Fläche des Schelfs.
Er war schockiert.
Die schneeweiße Fläche, der glitzernde, kristallklare Spiegel, den er für gewöhnlich von schneebedeckten Bergen und dem aufgewühlten Meer eingefasst vorfand wie eine Milchlache auf einem Teller, es gab ihn nicht mehr. Der Spiegel war in tausend Stücke zerborsten, der Schelf auseinandergebrochen wie zersplittertes Glas. Statt der gläsernen Fläche, die diesen Ort in seiner Erinnerung bedeckte, erblickte er Tausende und Abertausende weißer Scherben, über das Meer verteilte Eisnadeln, wie in tausend Stücke zerbröseltes Styropor.
»Großer Gott!«, murmelte Dawson erschrocken.
Die gesamte Besatzung der C-130 betrachtete das Spektakel, gefangen von dem Bild, als wären die Eisnadeln ein Pendel, das sie alle hypnotisiert hatte, ein machtvoller Magnet, dem sie sich nicht widersetzen konnten.
»Larsen B ist verschwunden«, bemerkte der Pilot; er war noch immer damit beschäftigt, das Gesehene zu verdauen. »Einfach weg!«
Radzinski ergriff die Videokamera und begann zu filmen. Die

Herkules C-130 flog mehrfach über die Stelle hinweg, manchmal im Tiefflug, dann wieder in großer Höhe, damit sie das Phänomen aus verschiedenen Perspektiven beobachten konnten. Zweimal flogen sie über die argentinische Marambio-Station und einmal an der RRS James Clark Ross vorbei, dem britischen Schiff, das zwischen den Eisschollen im Weddell-Meer trieb, doch alle Aufmerksamkeit galt dem erschütternden Schauspiel der Tausende neuer Eisberge, in die Larsen B sich verwandelt hatte.

Die schummrige Atmosphäre des Coffee House war gemütlich, besonders wenn man sie mit der schneidenden Kälte verglich, die über den dunklen, schadhaften Straßen von McMurdo lag. Das Café war von einem angenehmen Duft nach Cappuccino und Doughnuts und dem friedlichen, gedämpften Stimmengewirr der Gäste erfüllt, die dort ihre Zeit mit Plaudern und Kartenspielen verbrachten.
Die Eingangstür ging auf, und die Gespräche verstummten, als ein Mann in einem blauen Parka eintrat.
»Wer ist das?«, flüsterte ein Cribbage-Spieler, zu dem Kellner gebeugt, der gerade Weinflaschen in einen Schrank räumte.
Der Kellner wandte den Kopf, betrachtete den Besucher und zuckte mit den Schultern.
»Keine Ahnung«, sagte er. »Ein Finjy.«
Im Slang von McMurdo bedeutete Finjy ein unbekannter Neuankömmling.
»Blöde Finjys«, knurrte der Gast, und seine Mitspieler pflichteten ihm bei.
Der Mann mit dem blauen Parka stapfte, sämtliche Blicke auf sich ziehend, über den Holzboden. Niemand konnte seine Züge erkennen, da er die Mütze aufbehalten hatte und die verspiegelte Brille seine Augen verdeckte. Von seinem Ge-

sicht waren lediglich das spitze Kinn und die schmalen, fast schon brutal wirkenden Lippen zu sehen. Es war offenkundig, dass er nicht vorhatte, sich lange im Café aufzuhalten, da er noch nicht einmal die Handschuhe auszog. Er entdeckte den Kellner vor dem Schrank und ging zu ihm hin.

»Ich brauche eine Auskunft«, sagte er grußlos. Die rauhe, tiefe Stimme hatte einen unbestimmbaren ausländischen Akzent. »Wo ist das Crary Lab?«

Der Kellner zögerte; er wusste nicht genau, wie er den Weg beschreiben sollte. Das Coffee House, eine fensterlose Holzbaracke, wirkte wie ein halbzylindrischer, enger Hangar, und da der Kellner nicht nach draußen zeigen konnte, deutete er in Richtung der Eingangstür.

»Haben Sie die weiße Kapelle am Ende der Straße gesehen?«

Der Finjy nickte mechanisch, fast wie ein Roboter.

»Ja.«

»Das ist die Chapel of the Snows. Sie gehen die Straße hinunter, und wenn Sie die Kapelle und das MacOps hinter sich gelassen haben, kommen Sie auch schon gleich zum Crary Lab.«

Der Unbekannte hatte das Gesicht weiter dem Kellner zugewandt, die Augen unsichtbar hinter der verspiegelten Brille.

»Sind dort viele Leute?«

»Ja, die Beakers.«

»Die Beakers?«

»Verzeihung, so heißt das hier bei uns im Jargon«, erklärte der Kellner. »Wir bezeichnen als Beakers die Wissenschaftler, die im Crary Lab arbeiten.«

Ohne ein weiteres Wort drehte der Mann sich um, offensichtlich um zu gehen. Doch ehe er aus der Tür hinaus war, rief der Kellner ihm hinterher: »Entschuldigen Sie, Sir. wollen Sie zum Crary Lab?«

Das Gesicht des Finjy war von der halbgeöffneten Tür, durch

die die Kälte in das Café drang, fast verdeckt; er wandte sich zu dem Kellner und blickte ihn von der Seite an.

»Stecken Sie Ihre dreckige Nase gefälligst nicht in Dinge, die Sie nichts angehen.«

»Oh, Verzeihung«, stammelte der Kellner, überrascht von der Empfindlichkeit des Fremden. »Ich wollte Ihnen nur sagen, dass Sie dort jetzt niemanden antreffen werden. Heute ist Sonntag, und die Leute sind zum Bingospielen gegangen.«

»Professor Dawson auch?«

»Nein, der Professor nicht. Er arbeitet sonntags immer.«

Der Mann drehte sich um und wollte gehen.

»Aber jetzt ist er trotzdem nicht da«, fügte der Kellner hinzu.

Der Finjy blieb erneut stehen; ein Lichtreflex blitzte auf seiner verspiegelten Brille auf.

»Nicht?«

»Ich habe ihn vor kurzem in einem Nodwell vorbeifahren sehen; man hat mir gesagt, dass er irgendwohin fliegen wollte.«

»Hat er McMurdo verlassen?«

»Das weiß ich nicht. Aber sprechen Sie doch mit dem Fahrer von Major Schumacher, der hat ihn nach Willy Field gebracht.«

Ohne sich zu verabschieden, schloss der Unbekannte die Holztür und ging davon.

Drinnen im Café wurde die Unterhaltung mit einer bis dahin ungekannten Lebhaftigkeit wieder aufgenommen. McMurdo war wie ein Provinznest; in dieser verlassenen Ecke an der antarktischen Küste passierte nie etwas Aufregendes, so dass die Ankunft eines Fremden, noch dazu eines hochnäsig wirkenden mit schlechten Manieren, eine willkommene Neuigkeit darstellte. Schon gab es ein Thema, um den Klatsch zu schüren.

»Unheimlich, der Kerl, was?«, bemerkte der Gast vom Cribbage-Tisch zu seinen Mitspielern und dem Kellner. »Ist euch die Wölbung in seinem Parka aufgefallen?«
»Nein.«
»Das war eine Pistole.«
»Nun mach mal halblang, Mann!«
»Im Ernst. Dieser Finjy hatte eine Pistole in seinem Parka versteckt.«

Nachdem die Hercules C-130 eine Stunde lang über Larsen B gekreist war, flog sie ein letztes Mal darüber hinweg, wendete und nahm Kurs gen Süden entlang der Landzunge, auf der sich die Antarktische Halbinsel erstreckte, in Richtung des Ross-Meeres und der McMurdo-Station.
Die beiden Wissenschaftler kehrten zu ihren Plätzen im Frachtraum zurück, aber keinem war nach dösen zumute.
»Was, zum Donnerwetter, ist hier los?«, fragte Radzinski, als er sich hinsetzte. Die Videokamera tanzte noch immer nervös in seinen Händen.
»Das ist die Erderwärmung«, erwiderte Dawson düster. »In der Antarktis erwärmt sich die Luft alle zehn Jahre um einen halben Grad Celsius. Das heißt fünfmal so schnell wie beim Rest der Welt, und zwar mindestens seit 1940.« Sein Gesicht wurde nachdenklich. »Es scheint so, als sei jetzt ein kritischer Wert erreicht.«
»Ein kritischer Wert?«
»Ja, ein Wert, von dem an alles anders wird.« Er seufzte. »Vor sieben Jahren ist Larsen A auseinandergebrochen, jetzt Larsen B. Das Schlimme ist nur, das Larsen B sehr viel größer ist.«
Radzinski schwieg einen Moment. Schon vor längerem hatte er von der globalen Erwärmung gehört, aber es war das erste

Mal, dass er mit eigenen Augen die Folgen des Phänomens hatte sehen können.

»Wird dadurch der Meeresspiegel ansteigen?«

»Wodurch? Durch die Erderwärmung?«

»Nein, durch das Verschwinden von Larsen B.«

Dawson schüttelte den Kopf.

»Larsen B war eine Schelfeistafel. Das sind große, schwimmende Eisplatten, die mit der Antarktis verbunden sind. Da sie im Wasser treiben, tragen sie sowieso zum derzeitigen Wasserstand der Ozeane bei, so dass der Meeresspiegel nicht ansteigt, wenn sie schmelzen.«

Radzinski lächelte erleichtert.

»Dann gibt es ja kein Problem.«

Sein Gesprächspartner schüttelte abermals den Kopf.

»O doch, es gibt sehr wohl ein Problem, und zwar kein kleines.« Er deutete mit der Hand zum Fenster. »Diese Eisplatten wirken wie ein Bremssystem auf die Gletscher. Da sie zwischen der Antarktis und dem Meer liegen, verhindern sie, dass die wärmere Meeresluft auf das Festland gelangt und halten so das Schmelzen der Gletscher auf. Das Verschwinden der Schelfeistafeln aber wird das Gleichgewicht verändern. Warme Luftmassen werden in die Antarktis dringen, und die Gletscher werden schmelzen. Das Schmelzwasser wird ins Meer abfließen, und dann wird der Wasserspiegel in der Tat steigen.« Er reckte beschwörend die Arme in die Höhe. »Und wenn das passiert … dann, möge Gott uns beistehen!«

Radzinski starrte zu Boden.

»Mist!«

Die Tür des Flugzeugs war kaum aufgegangen, als der eisige Wind Howard Dawson wie eine Ohrfeige ins Gesicht schlug. Der Wissenschaftler ordnete seinen Parka und stieg mühsam

die Treppe hinunter. Die Temperatur in McMurdo betrug nur fünf Grad unter null, doch durch den Wind war es an die zwanzig Grad kalt.
Er trat auf den Asphalt der Willy-Field-Piste und richtete sich auf. Die Sonne schien nahe über dem Horizont, doch Dawson wusste, in nur zwei Monaten würde es fast ständig dunkel sein, und das Halbjahr der schrecklichen antarktischen Winternacht würde anbrechen, in der das Thermometer auf bis zu minus achtzig Grad sinken konnte. Die Aussicht war für den Wissenschaftler nicht eben ermutigend. Fürs Erste zog er es vor, den Augenblick zu genießen, den langen Sommertag auszukosten, die kurze Zeit bewusst zu erleben, wenn die Sonne am Horizont entlangzog.
Die Motoren der C-130 verstummten einer nach dem anderen, und Dawson machte sich auf den Weg über die Piste. Er hatte den Lärm satt, der ihn die letzten Stunden über gequält hatte, den Krach, in dem sich das Dröhnen des Flugzeugs mit dem seiner Gedanken nach dem Anblick der Bruchstücke von Larsen B vermischt hatte, und er suchte einen ruhigen Moment, um wieder ins Gleichgewicht zu kommen. Er entfernte sich ein paar Meter von der nunmehr schweigenden Maschine und fand schließlich in einer Ecke der Piste die ersehnte Ruhe.
Stille. Eine undurchdringliche Decke aus Stille zog den flachen Horizont entlang und senkte sich auf den reglos in der jetzt lautlosen Ebene stehenden Wissenschaftler. Eine so große, so tiefe, so leere Stille, dass sie ihm in den Ohren zu dröhnen schien. Kein Vogel war zu hören, keine Stimme, kein Laut. Einfach nichts. Manchmal erhob sich der Wind und wehte ganz leise, legte sich aber sogleich wieder, und es wurde abermals still. Er wartete noch einen Augenblick.
Nichts. Da stieg aus dem Nichts ein feines, schwingendes,

rhythmisches Geräusch empor. Bumm-bumm, bumm-bumm, bumm-bumm. Es war das Herz, das in seiner Brust schlug. Als er es hörte, wusste Dawson, dass er sein Gleichgewicht wiedergefunden hatte. Er lächelte, drehte sich um und ging zum Hangar, wo Radzinski nach ihm Ausschau hielt.

»Alles in Ordnung?«, wollte sein Kollege wissen.

»Ja«, antwortete Dawson, ohne stehen zu bleiben. Auf dem gefrorenen Boden gaben seine Bunny-Boots dumpfe Geräusche von sich. »Ich hatte nur Sehnsucht nach der Stille.«

Radzinski lachte.

»Die Herkules ist furchtbar, nicht wahr?«

Die beiden gingen zu dem Nodwell, der in der Nähe des Hangars auf sie wartete.

»Kommen Sie mit ins Crary Lab?«, fragte Dawson.

»Nein, ich bin zu müde«, erwiderte Radzinski. »Ich werde im Southern Exposure ein bisschen ausspannen.« Das war eine der Kneipen in McMurdo. »Heute gibt es in MacTown Bingo, und ich will nicht die Gelegenheit verpassen, ein reicher Mann zu werden.«

Dawson schüttelte den Kopf und machte ein spöttisches Gesicht.

»Sie sind auch wirklich der Einzige, den ich kenne und der glaubt, er könne auf The Ice reich werden.«

Sie stiegen in den mit Schneeketten ausgerüsteten Nodwell, und der von Major Schumacher gesandte Fahrer kutschierte sie über die ins Eis geschlagene Straße in das fünfzehn Kilometer entfernte McMurdo. Dawson landete sehr viel lieber auf Ice Runaway, einer Piste, die auf einer gefrorenen Plattform entlang dem Kap Armitage lediglich fünf Minuten von McMurdo entfernt lag, doch das Problem war, dass sie nur von Oktober bis Dezember betriebsbereit war. Mit der Wärme neigte das Eis zum Schmelzen, und es war zu unsicher, Ice

Runaway in den weniger kalten Sommermonaten zu benutzen.
»Professor Dawson«, sagte der Fahrer auf halber Strecke nach McMurdo. »Ein Mann hat Sie gesucht.«
»Wer? Ein Beaker?«
»Nein, Sir. Ein Finjy.«
»Ein Finjy? Hat er gesagt, was er wollte?«
»Nein, Sir. Er hat nur nach Ihnen gefragt.«
»Und was haben Sie geantwortet?«
»Dass Sie auf die Halbinsel geflogen seien und erst in ein paar Stunden zurückkommen würden, Sir.«
»Und er?«
Der Fahrer zuckte mit den Schultern.
»Ist vermutlich ins Gallagher's was trinken gegangen, Sir.«
Der Nodwell setzte Radzinski vor dem Gebäude ab, in dem sich das Southern Exposure befand, und fuhr dann weiter im Zickzack zwischen dem Coffee House, der Kapelle und dem MacOps zu seinem nächsten Ziel. Dawson fragte sich einen Moment lang, wer der Unbekannte wohl sein mochte, der nach ihm suchte, doch rasch wurden seine Gedanken von der vertrauten Landschaft abgelenkt, die draußen am Fenster des Wagens vorüberzog.
McMurdo war eine alte amerikanische Militärbasis, bestehend aus zwei- oder dreigeschossigen Pfahlbauten, die allesamt voneinander getrennt waren, eine Besonderheit, die Dawson störte. Der Wissenschaftler bevorzugte das System der Neuseeländer auf der benachbarten Scott-Station, wo fast alle Gebäude miteinander verbunden waren. Bei der strengen Kälte in der Antarktis erschien ihm dieses Modell unvergleichlich viel besser. Das Schlimmste aber, überlegte er, war die Hässlichkeit all dessen. Die Wasser- und Abwasserrohre und die Stromleitungen verliefen nicht unterirdisch, sondern lagen

über dem Schnee oder waren an Masten aufgehängt, sichtbar für jeden wie bloßliegende Eingeweide, wie dem eisigen Wind ausgesetzte Gedärme. Mitunter hatte er den Eindruck, dass McMurdo nicht ein Außenposten der Wissenschaft war, sondern eine heruntergekommene Goldgräberstadt im Wilden Westen.

»Wir sind da, Sir«, verkündete der Fahrer und holte ihn in die Wirklichkeit zurück.

Dawson verabschiedete sich und stieg aus dem Nodwell, der sofort wieder abfuhr. Vor ihm erhob sich das Crary Science and Engineering Center, ein langgestrecktes, zementfarbenes Gebäude, das wie ein Fertighaus aussah. Der Wissenschaftler stieß mit dem Fuß gegen den dreckigen Schnee, verärgert darüber, dass die Station ausgerechnet an diesem Ort errichtet worden war. McMurdo war neben dem einzigen aktiven Vulkan dieses Teils der Antarktis erbaut worden, dem Mount Erebus, in einer entlegenen Ecke der Ross-Insel. Die Vulkanasche verschmutzte den Boden der Station und zerstörte die jungfräuliche, kristallklare Reinheit, die das Markenzeichen des Kontinents darstellte.

Murrend ging er über den kleinen Ponton zum Eingang, schob die elektronische Karte in den Schlitz, öffnete die Tür und betrat das Gebäude. Er spürte, wic ihn von drinnen die Wärme sanft einhüllte, und beeilte sich, die Tür zu schließen. Er zog den Parka und die Bunny-Boots aus, machte es sich bequem und tappte auf Strümpfen durch das zu dieser sonntäglich ruhigen Bingo-Stunde leere Haus. Er ging in sein Büro, schaltete den Computer an, und beschloss, während dieser hochfuhr, eine Kleinigkeit essen zu gehen. Er lief durch die engen Korridore, die gesäumt waren von Büros mit verschlossenen Türen, auf denen die Projektnummern ihrer Belegschaft standen – S-015, S-016, S-017 und so fort. An manchen hing ein Metallschild mit dem Spitznamen des Projekts: *Penguin Cowboys, Sealheads, Bottom Pickers.* Dann ging er an den Sitzungsräumen und Labors voller Mikrozentrifugen und Reagenzgläsern vorbei, durchquerte den großen Saal mit dem riesigen Fenster, das auf den McMurdo-Sund zeigte und eine spektakuläre Aussicht auf das Transarktische Gebirge bot, und gelangte in die Küche.

Außer der Mikrowelle, dem Ofen, dem Kühlschrank und allem, was sich normalerweise sonst noch in einer Küche befindet, standen hier, wie es das Abfallmanagement-Programm der Station vorsah, verschiedene Müllbehälter. Lange vorbei waren die Zeiten, als der Müll noch auf dem Eis deponiert oder samstags in McMurdo verbrannt wurde. Die Antarktis hatte sich in ein riesiges Naturschutzgebiet verwandelt, und das Umweltschutzprotokoll des Erdteils verlangte, dass alle Abfälle aufbewahrt und später in ihre Ursprungsländer, in diesem Fall in die Vereinigten Staaten, zurückgebracht wurden. Sogar den Atomreaktor der Station, der 1961 dorthin geschafft worden war, hatte man elf Jahre später wieder abtransportiert. Gemäß dem Protokoll gab es in der Küche Behälter für achtzehn verschiedene Sorten Abfälle, und Dawson brauchte mitunter zehn Minuten, um einen einzigen Sack Müll loszuwerden. Gebrauchte Karten gehörten in einen Behälter, Metall in einen anderen, und sogar für das in der Küche verwendete Öl gab es einen eigenen Container. Daher verlor der Wissenschaftler stets viel Zeit bei der Auswahl des richtigen Behälters zum Wegwerfen für die verschiedenen Teile.

Dieses Mal jedoch sollte der Behälter für das Junkfood sein eigener Magen sein. Schwach vor Hunger, nahm Dawson eine Portion tiefgefrorenes Chili con Carne aus der Kühltruhe und stellte die Mahlzeit zum Heißmachen in die Mikrowelle.

»Professor Dawson?«

Vor Schreck machte der Wissenschaftler einen Satz. Er schaute zur Seite und erblickte in der Tür einen Unbekannten, der eine verspiegelte Brille trug, die seine Augen verbarg.

»Jesses!«, rief er aus, während er sich noch von seinem Schrecken erholte. »Wer sind Sie?«

»Professor Howard Dawson?«

»Ja, das bin ich. Womit kann ich Ihnen behilflich sein?«

Der Unbekannte tat einen Schritt nach vorn, hob den rechten Arm und zielte mit der Pistole.

Peng.

Peng.

Howard Dawson krümmte sich und fiel mit zwei Löchern in der Brust zu Boden.

Der Unbekannte trat näher und drückte den heißen, rauchenden Lauf an die Stirn des im Sterben liegenden Wissenschaftlers.

Peng.

1

Ein Lichtstreif fiel durch den schmalen Spalt der Gardine und schien auf das faltige, schlafende Gesicht von Graça Noronha. Die Helligkeit leuchtete unvermittelt auf, wahrscheinlich hatte draußen eine Wolke für einen Moment die Sonne freigegeben. Es war nur ein flüchtiges Aufblitzen, aber es reichte aus, um die Dame zu wecken. Dona Graça öffnete halb die Augen, deren ungetrübtes Grün im Licht glänzte, tastete auf dem Nachttisch nach der Brille, setzte sie auf und richtete sich im Bett hoch.

»Manel! Manel!«, rief sie. »Wo bist du nur?«

Tomás stand vom Wohnzimmersofa auf und rannte förmlich ins Schlafzimmer.

»Nun, Mutter? Bist du schon wach?«

Dona Graça blickte ihren Sohn fragend an.

»Wo ist dein Vater? Etwa immer noch im Arbeitszimmer?« Sie schüttelte den Kopf. »Der Mann ist mit seinen Gedanken auch immer woanders. Geh bitte hin und frag ihn, ob er einen Tee möchte.«

Tomás trat zu seiner Mutter und setzte sich zu ihr aufs Bett.

»Was redest du denn da, Mutter?«

»Nun mach schon. Geh hin und frag deinen Vater, ob er Tee trinken will. Es wird langsam Zeit.«

Tomás seufzte niedergeschlagen.
»Mutter, Vater ist nicht da.«
»Nicht da? Sag bloß, er ist noch immer in der Universität?« Sie verdrehte die Augen und versuchte, nicht die Geduld zu verlieren. »Gott, ist der Mann zerstreut.«
»Mutter«, sagte Tomás mit müder Stimme. »Vater ist vergangenes Jahr gestorben.«
Dona Graça machte ein erstauntes Gesicht.
»Dein Vater ist vergangenes Jahr gestorben? Was erzählst du da für einen Unsinn?«
»Erinnerst du dich denn nicht?«
»Natürlich erinnere ich mich. Ich habe ihm doch heute noch das Frühstück bereitet.«
Tomás schüttelte den Kopf.
»Mutter, du hast den ganzen Vormittag im Bett gelegen und geschlafen.«
Dona Graça setzte sich kerzengerade hin.
»Bist du nicht ganz bei Trost? Ich erinnere mich ganz genau, dass ich deinem Vater heute das Frühstück gemacht habe.«
»Du bringst da etwas durcheinander, Mutter.«
»Ich etwas durcheinanderbringen? Was redest du denn da?« Sie winkte ungeduldig ab. »Los, geh und ruf deinen Vater.«
Tomás atmete tief durch. Er ergriff die kühle Hand seiner Mutter und streichelte sie liebevoll. Dann stand er auf und ging zur Tür.
»Lass Vater nur. Soll ich dir einen Tee machen?«
»Ich will keinen Tee.«
»Dann zieh dich am besten an«, sagte Tomás.
»Anziehen? Wozu?«
»Erinnerst du dich nicht mehr?«
»Woran?«
»Wir gehen zu Doktor Gouveia.«

»Und was sollen wir da?«
»Wir haben einen Termin.«
»Was denn für einen Termin? Soweit ich weiß, bin ich nicht krank ...«
»Der Termin ist um vier. Los, beeil dich.«

Die Krankenschwester lächelte Tomás an, und Tomás lächelte zurück. Sie war noch jung, und die Gegenwart des Mannes mit den leuchtend grünen Augen, die sich katzenhaft von seinem dunkelbraunen Haar abhoben, war ihr nicht gleichgültig. Doch schon kurz darauf beachtete Tomás sie nicht weiter, eingeschüchtert von dem Ort des Leidens. Ihm war unwohl zumute. Hier in der Universitätsklinik Coimbra war genau vor einem Jahr sein Vater gestorben. Aber hier hielt auch ihr Hausarzt seine Sprechstunde ab, und so gab es für ihn kein Entkommen. Wenn er wollte, dass Doktor Gouveia seine Mutter weiterhin begleitete, so wie er es seit vielen Jahren tat, musste er sich wohl oder übel dieser Prüfung unterziehen.
»Kocht heute deine arabische Freundin das Abendessen?«, fragte Dona Graça unvermittelt.
Ihr Sohn atmete tief durch.
»Sie ist keine Araberin, Mutter. Sie ist Iranerin.«
»Das ist doch das Gleiche.«
»Nein, das ist nicht das Gleiche«, sagte er und schüttelte den Kopf. »Du bringst alles durcheinander.« Er blickte seine Mutter an. »Außerdem kann sie das Abendessen nicht kochen, weil sie letztes Jahr in ihre Heimat zurückgekehrt ist. Weißt du das nicht mehr?«
»Bist du nicht ganz bei Trost? Ich habe sie doch gestern noch gesehen ...«
»Nein, Mutter. Das war letztes Jahr.«
Sie schwiegen eine Weile. Dona Graça schien verwirrt und

versuchte, ihre Erinnerungen zu sortieren. Da ging die Tür des Sprechzimmers auf, die bedrückende Stille wurde unterbrochen. Eine weiße Gestalt erschien im Warteraum, und Tomás' Mutter lächelte. Der Arzt streckte ihr die Arme entgegen, sein Gesicht drückte die reine Güte aus.

»Wie geht es Ihnen, Graça?«, begrüßte Gouveia sie. »Es ist immer wieder schön, Sie hier zu sehen!«

»Doktor, stellen Sie sich bloß vor«, sagte sie, »ich hatte den Termin bei Ihnen ganz vergessen.« Sie lächelte schwach. »Gott, ich dummes Huhn, ich bin wirklich schusselig.« Sie senkte die Stimme, als verrate sie ein Geheimnis. »Wissen Sie was? Ich werde langsam alt ...«

»Sie und alt? Graça, bringen Sie mich nicht zum Lachen!«

»Ich bin immerhin siebzig, Doktor, oder nicht?«

»Was sind denn heutzutage schon siebzig Jahre?«

Dona Graça ging ins Sprechzimmer hinein.

»Machen sie bloß keine Witze, Doktor.«

Der Arzt begrüßte Tomás mit einem Nicken und schloss die Tür.

Tomás blieb mit verschränkten Armen im Wartezimmer sitzen und richtete sich darauf ein, dort eine längere Zeit auf das Ende der Sprechstunde zu warten. Sein Blick fiel auf das Tischchen mit den Zeitschriften. Er nahm cine zur Hand und blätterte achtlos darin.

Da klingelte sein Handy.

»Professor Noronha?«

Das Portugiesisch war fast perfekt, nur ein leichter Akzent war zu hören.

»Ja?«

»Mein Name ist Alexander Orlow, ich arbeite für Interpol.«

Der Mann schwieg und wartete, bis sein Gesprächspartner die Information verdaut hatte.

»Ja?«
»Ich muss mit Ihnen sprechen. Haben Sie Zeit für ein Abendessen … sagen wir, morgen?«
Misstrauisch runzelte Tomás die Augenbrauen. Was konnte Interpol von ihm wollen?
»Worum geht es denn?«
»Das ist eine ziemlich delikate Angelegenheit. Wenn es Ihnen nichts ausmacht, würde ich sie Ihnen gerne persönlich darlegen, nicht am Telefon.«
»Aber können Sie mir nicht ein Stichwort geben, worum es sich handelt? Wie Sie sich vorstellen können, bin ich ein vielbeschäftigter Mensch.«
»Gewiss, Professor Noronha«, pflichtete die Stimme am anderen Ende der Leitung ihm bei. »Sagt Ihnen der Name Filipe Madureira etwas?«
Tomás zögerte überrascht.
»Filipe Madureira?«
»Ja.«
»Nun … das war ein Freund von mir auf dem Gymnasium in Castelo Branco.«
»Dem Gymnasium … hm … Nuno Álvares, nicht wahr?«
»Ja, genau. Warum? Was ist mit Filipe?«
»Ihr Freund ist verschwunden.«
Die Mitteilung aus dem Mund eines Mannes von Interpol weckte Tomás' Neugier.
»Was wollen Sie damit sagen: verschwunden?«
»Interpol muss mit Ihrem Freund sprechen, aber er ist verschwunden.«
Der Historiker versuchte, die Nachricht einzuordnen. Natürlich, es war unerfreulich, zu hören, dass sein Schulfreund verschwunden war, aber Tomás hatte ihn seit über fünfundzwanzig Jahren nicht mehr gesehen, und ihm war schleier-

haft, was Interpol wegen dieser alten Freundschaft von ihm wollte.

»Ja, das ist misslich«, sagte er. »Aber ich begreife nicht, was das mit mir zu tun hat.«

»Noch nichts, Professor Noronha, aber uns wäre lieb, wenn es mit Ihnen zu tun hätte.« Er dämpfte die Stimme. »Treffen wir uns morgen Abend? Um zwanzig Uhr im Saissa, das ist dieses Restaurant an der Uferstraße in Oeiras.«

»Warten Sie«, rief Tomás. »Ich verstehe nicht, wozu dieses Gespräch gut sein soll. Was wollen Sie damit sagen, Ihnen wäre lieb, dass die Sache mit mir zu tun hätte?«

»Interpol braucht Ihre Hilfe, Professor Noronha.«

»Wobei?«

»Ich werde Ihnen zwei Hinweise geben, die, so hoffe ich, Ihre Neugier zu wecken vermögen.«

»Schießen Sie los.«

»Zwei Morde und der Teufel.«

Tomás war so verblüfft, dass er auf sein Handy blickte.

»Wie bitte?«

»Bis morgen, Professor Noronha.«

Die Tür des Sprechzimmers ging auf, und Doktor Gouveia begleitete Dona Graça in den Warteraum. Die beiden schwatzten unentwegt wie zwei alte Bekannte.

»Warten Sie hier einen Moment, Graça, ja?«, sagte der Arzt zum Abschluss des Gesprächs und half ihr, sich auf einen Stuhl zu setzen. »Ich muss noch ein paar Worte mit Ihrem Sohn wechseln.«

Tomás folgte Gouveia ins Sprechzimmer, ein luftiger kleiner Raum mit einem großen Fenster, das auf die Stadt zeigte. Die roten Dächer Coimbras erstreckten sich den Hang hinunter, und in der Ferne schlängelte sich in der Sonne glitzernd der

Mondego zwischen den engen, von Baumreihen bestandenen Ufern der alten Stadt.
Der Arzt bedeutete Tomás, sich zu setzen.
»Nimmt Ihre Mutter die Tabletten, die ich ihr verschrieben habe?«, fragte er als Erstes.
Tomás verzog das Gesicht.
»Um ehrlich zu sein, Doktor, ich weiß es nicht.«
»Prüfen Sie das denn nicht nach?«
»Wie soll ich Ihrer Meinung nach die Medikamenteneinnahme meiner Mutter nachprüfen? Sie dürfen nicht vergessen, dass ich in Lissabon lebe, ich komme nur zweimal im Monat nach Coimbra.«
»Was meinen Sie denn, nimmt sie die Tabletten?«
Tomás neigte den Kopf zur Seite.
»Was glauben Sie?«
Der Arzt ergriff einen Stift und spielte.
»Es sieht nicht danach aus.«
»Das ist auch mein Verdacht.«
Gouveia seufzte, legte den Stift beiseite und beugte sich, die Ellbogen auf den Schreibtisch gestützt, nach vorn.
»Sagen Sie, was halten Sie von der Entwicklung des Zustandes Ihrer Mutter, Tomás?«
Tomás' Blicke verloren sich für einige Sekunden irgendwo bei den Häusern jenseits vom Fenster des Sprechzimmers.
»Nicht viel, Doktor.« Er blickte den Arzt direkt an. »Sie kennen sie doch, oder nicht? Sie war immer eine fröhliche, aktive, energiegeladene Frau, sie hatte immer eine unglaublich positive Einstellung und eine große innere Stärke.« Er verzog das Gesicht. »Aber seit dem Tod meines Vaters hat sich alles sehr verändert, und zwar ganz rapide.«
»Wieso?«
»Nun, zuerst hat sie Namen und Kleinigkeiten vergessen,

dann wusste sie nicht mehr, welcher Monat oder welcher Wochentag gerade war, und jetzt redet sie von Menschen, die tot sind, als würden sie noch leben. Heute, zum Beispiel, fing sie plötzlich an, nach meinem Vater zu rufen, stellen Sie sich das bloß mal vor.«

»Das heißt, sie leidet unter Gedächtnisverlust. Und gibt es sonst noch etwas an ihrem Verhalten, das sich verändert hat?«

»Nun ... ja, sie isst wenig, und mir ist aufgefallen, dass sie sich immerzu hinlegt. Das kommt mir seltsam vor. Manchmal verschläft sie den ganzen Tag und ist die Nacht über wach.«

»Und was ist mit ihren Hygienegewohnheiten?«

»O ja, die haben sich auch geändert. Sie wäscht sich nicht mehr so oft. Das habe ich erst neulich bemerkt, als ich aus Lissabon kam. Als ich ihr einen Kuss gab, ist mir aufgefallen, dass sie schlecht roch.« Beim Gedanken daran verzog er angewidert das Gesicht. »Sie können sich gar nicht vorstellen, wie schwierig es war, sie zum Duschen zu bewegen.«

Der Arzt blickte ihm fest in die Augen.

»Wissen Sie, wie alt Ihre Mutter ist?«

Tomás erstarrte für einen Augenblick, während er nachrechnete. »Sie ist siebzig.« Die Jahreszahl, die ihm in seiner Jugend so hoch erschienen war und jetzt eigentlich gar nicht mehr, hallte in seinem Kopf wider und machte ihn nachdenklich. »Finden Sie nicht, dass es noch ein bisschen zu früh ... für so etwas ist?«

Gouveia nickte.

»Ja, sie ist noch relativ jung. Aber, wissen Sie, das mit dem Alter ist von Mensch zu Mensch verschieden. Es gibt Leute, die sind hundert Jahre alt und völlig klar bei Verstand, und andere ... nun, es gibt Menschen, die altern eben schneller. Im Fall Ihrer Mutter liegt es auf der Hand, dass dieser vorzeitige Abbau mit dem Tod Ihres Vaters zusammenhängt.«

»Meinen Sie?«
»Es ist doch offensichtlich, dass es da einen Zusammenhang gibt. Ich kann mich daran erinnern, dass sie einander sehr nahestanden. Wenn Ehepaare so eng verbunden sind und ein Partner stirbt, hat das immer verheerende Folgen für denjenigen, der weiterlebt.«
Tomás blickte zu Boden. »Das mag wohl so sein.«
Der Arzt hob die Stimme. »Sagen Sie, Tomás, macht Ihnen das gar keine Sorgen, wenn ihre Mutter alles vergisst, ihre Tabletten nicht nimmt, sich nicht wäscht, den ganzen Tag im Bett liegt?«
»Natürlich tut es das! Was meinen Sie, aus welchem Grund ich den Termin hier bei Ihnen vereinbart habe?«
»Was ich Sie fragen möchte, ist Folgendes: Glauben Sie, dass Ihre Mutter in der Lage ist, weiter allein in ihrer Wohnung zu leben?«
»Nein.«
»Und wie wollen Sie das Problem lösen?«
»Ich habe ihr eine Zugehfrau besorgt. Sie kommt fünfmal die Woche, um die Wohnung sauber zu machen, die Wäsche zu waschen und die Mahlzeiten für sie zuzubereiten.«
»Und Sie meinen, das reicht?«
Tomás zuckte hilflos mit den Schultern.
»Nein, aber was soll ich denn machen? Ich kann keinesfalls meine Arbeit in Lissabon aufgeben und hierherziehen, um mich um meine Mutter zu kümmern …«
»Das wollte ich damit auch gar nicht sagen.«
»Und was raten Sie mir dann?«
Der Arzt lehnte sich auf seinem Stuhl zurück, ergriff abermals den Stift und ließ ihn wieder zwischen den Fingerspitzen kreisen. »Haben Sie schon mal überlegt, sie in ein Heim zu geben?«

»Hast du schon mal überlegt, ins Heim zu gehen?«
Er hatte die Frage fast beiläufig gestellt, kurz nachdem sie wieder zu Hause waren. Auf dem Weg in die Küche wandte Tomás den Kopf und ließ die Bemerkung fallen, als sei sie ihm gerade in den Sinn gekommen. Dona Graça jedoch empfand sie wie einen Faustschlag in den Magen.
»Ich ins Heim gehen?«
»Ja, hast du schon mal daran gedacht?«
Tomás tat weiter ganz ungezwungen. Er öffnete die Tür des Kühlschranks und suchte nach einem Saft. Seine Mutter kam langsam hinter ihm her und blieb in der Tür zur Küche stehen.
»Was willst du damit sagen?«
»Was ich damit sagen will, ist, dass du nicht mehr allein leben kannst.«
Es entstand ein bedrückendes Schweigen.
»Meinst du das im Ernst?«
Tomás hörte auf, im Kühlschrank zu wühlen und blickte seine Mutter an.
»Findest du nicht, dass das eine gute Idee ist?«
Dona Graça spürte, wie die Empörung in ihrem Magen wuchs, ihre Brust ausfüllte und sich in ihrem Gesicht entlud.
»Eine gute Idee? Eine gute Idee?«, brüllte sie, rot vor Wut. »Du willst mich ins Heim abschieben, was? Du willst ...«
»Nein, nein, darum geht es doch gar ...«
»... mich loswerden? Du willst ...«
»... nicht, Mutter. Darum geht es nicht. Reg dich ...«
»... dich auf diese Weise deiner eigenen Mutter ... entledigen?«
»... doch nicht auf, beruhige dich.«
Nun weinte die Mutter, die Tränen rannen ihr zerfurchtes Gesicht herab.

»Das willst du mir antun? Mir? Mir, die ich mich um dich gekümmert habe, dich gefüttert, dich eingekleidet, dich großgezogen habe? Die ich dir so viel Liebe, so viel Zärtlichkeit, so viel von mir gegeben habe? Das willst du mir antun? Mir, deiner eigenen Mutter?«
»Mutter, beruhige dich, das habe ich doch gar nicht gesagt.«
Dona Graça schluchzte auf.
»Doch, genau das willst du.«
»Hör zu, Mutter. Du bist zerstreut, lebst allein, vergisst alles Mögliche, nimmst deine Tabletten nicht ein, isst nicht ordentlich, wäschst dich nicht einmal mehr ... Begreifst du denn nicht, dass es gefährlich ist, so ganz ohne Hilfe? Und wenn dir etwas passiert? Wer steht dir dann bei?«
»Nun, Dona Mercedes.«
»Dona Mercedes kommt nur ab und an zum Saubermachen. Und was ist, wenn dir etwas zustößt und sie nicht da ist?«
»Dann rufe ich jemanden an.«
»Wen denn?«
»Ich rufe bei ... bei ... bei dieser Notrufnummer an.«
»Siehst du? Du vergisst einfach alles. Nicht mal die Notrufnummer fällt dir ein!«
»Das ist doch leeres Gerede.«
»Das ist kein leeres Gerede. Das ist ein sehr gravierendes Problem.«
Noch mehr Tränen liefen ihr übers Gesicht.
»Du willst mich loswerden, das ist es. Und dabei habe ich so viel für dich getan. Wenn du mich nicht liebst, dann bleib doch besser weg, hast du gehört? Ich komme schon allein zurecht.«
»Sag so etwas nicht.«
»Doch, das sage ich sehr wohl.« Sie erhob entschieden den Finger. »Kinder haben sich um ihre Eltern zu kümmern, so

wie die Eltern sich um sie gekümmert haben, hast du gehört?«
»Aber ich kümmere mich doch um dich.«
»Papperlapapp! Du willst mich nur ins Heim abschieben und mehr nicht.« Ihr Kinn zitterte vor Empörung. »Ich habe deine Großeltern hier zu Hause behalten, bis sie gestorben sind. Hast du gehört? Bis sie gestorben sind. Zu meiner Zeit, da haben die Kinder noch Verantwortung übernommen. Nicht so wie heute, wo alle ein bequemes Leben führen wollen und weg mit den Alten, ab mit ihnen ins Heim!«
»Das waren auch andere Zeiten. Du hast nicht gearbeitet und konntest dich um deine Eltern kümmern.« Er schlug sich mit der Hand auf die Brust. »Aber ich muss arbeiten. Wie soll ich mich denn um dich kümmern?«
»Das sind doch Ausflüchte!«
»Nein, sind es nicht. Mein Leben erlaubt mir nicht, meine Zeit hier zu verbringen, und du bist nicht in der Verfassung, weiter allein zu leben. Du brauchst Menschen in deiner Nähe, die dir beistehen, wenn es nötig ist.«
Dona Graça trocknete die Tränen und blickte ihren Sohn gekränkt an.
»Wenn du dich nicht um mich kümmern willst, dann geh doch. Hast du gehört? Verschwinde, ich brauche dich nicht.« Sie drehte sich um und ging ins Bett.

Tomás sah niedergeschlagen aus, als er am Abend die Wohnung seiner Mutter verließ; er kam sich vor wie der schlechteste Sohn der Welt. Er überlegte noch, ob er seine Pläne ändern, in Coimbra übernachten und am nächsten Vormittag nicht zum Unterricht erscheinen sollte, besann sich dann aber eines Besseren. Das Studienjahr ging dem Ende entgegen, er hatte einen Test angesetzt, und er durfte seine Pflichten gegenüber den Studenten nicht vernachlässigen. Er musste wirklich nach Lissabon.

Mit dem alten Fahrstuhl des Hauses fuhr er nach unten und ging gesenkten Hauptes über die Praça do Comércio, die zu dieser späten Stunde verlassen dalag. Die Straßencafés hatten zusammengeräumt und die verschlossenen Türen dem Schummerlicht der tristen Laternen überlassen. Er wusste nicht recht, was er tun sollte. Einerseits war er davon überzeugt, dass seine Mutter ihr eigener Herr war, eine erwachsene Frau mit einem eigenen Willen. Wenn sie nicht ins Heim wollte, dann war das ein Recht, das ihr zustand, was konnte er dagegen tun? Andererseits war ihm die heikle Lage bewusst, in der sie sich befand, ihm war völlig klar, dass seine Mutter nicht imstande war, sich um sich selbst zu kümmern. Und wenn ihr in seiner Abwesenheit etwas zustieß? Würde er sich jemals verzeihen können, zur rechten Zeit nichts getan zu haben?

Er war so sehr in das Problem vertieft, dass er durch die Altstadt ging, ohne auf die Passanten zu achten. Nun, er hatte etwas unternommen, um der Situation zu begegnen, überlegte er. Er hatte den Rat des Arztes befolgt und seiner Mutter das Altersheim vorgeschlagen, doch sie war nicht darauf eingegangen. Tomás bezweifelte allerdings, ob das ausreichte, um sein Gewissen zu beruhigen, falls irgendetwas schiefginge. Und wenn ihr wirklich etwas passierte? Er musste sie in ein Heim bringen, so seine Entscheidung. Das aber war gar nicht so einfach, fügte er im Stillen hinzu. Denn was konnte er schon tun, wenn seine Mutter nicht ins Heim wollte? Sie mit Gewalt hinschleifen? Sie gegen ihren Willen einsperren? Nein, überlegte er. Nein, das stand außer Frage. Für das Problem hatte er noch immer keine Antwort.

Was also tun?

Hin- und hergerissen in dem Dilemma, ging er am Bahnhof

vorbei und über die Uferstraße. Er bedauerte, dass er keine Schwester hatte und noch nicht verheiratet war. Frauen waren praktischer veranlagt, sie wussten immer, was in heiklen Situationen wie dieser zu tun war, sie hatten ein besonderes, ihnen eigenes Geschick dafür. Aber er war ein Mann, und Männer taugten vielleicht dazu, einen draufzumachen, nicht aber dazu, mit derlei Problemen fertig zu werden. Selbst wenn er seine Arbeit an der Universität und bei der Stiftung aufgäbe und seine gesamte Zeit damit verbrächte, sich um seine Mutter zu kümmern, was er nur rein hypothetisch in Betracht zog, zweifelte er an seiner Eignung, sich richtig um sie zu kümmern. Er müsste sie waschen, sie bekochen, anziehen und mit ihr spazieren gehen, die ganze Zeit mit ihr verbringen, er würde nichts anderes mehr tun können. Er schüttelte den Kopf. Nein, das ging nicht.

Plötzlich stand er neben seinem alten, blauen Volkswagen. Das Auto war schmutzig und hatte vorn rechts neben dem Scheinwerfer eine kleine Beule. Er hatte es am Fluss geparkt, der nur drei Meter weit entfernt dahinfloss, im Schatten einer an die Uferstraße grenzenden Mauer.

Tomás setzte sich in den Wagen und ließ den Motor an. Dann schaltete er das Licht ein, warf einen kurzen Blick in den Rückspiegel, wartete ein vorbeifahrendes Auto ab und fuhr los. Er ließ den Bahnhof hinter sich, den er kurz im Spiegel wahrnahm, und konzentrierte seine Aufmerksamkeit auf die Ampel.

Das war das Letzte, was sein Gedächtnis aufzeichnete.

2

Das erste Bild, das vor ihm auftauchte, war unscharf. Er erblickte eine weiße Gestalt, die an ihm vorüberging, doch es war eine diffuse, fast ätherische Erscheinung, ein undeutlicher, nebelhafter Fleck. Leise Geräusche waren zu vernehmen, geflüsterte, aber unverständliche Worte. Er fühlte sich verwirrt, benommen; um die Bilder scharfzustellen, brauchten seine Augen eine Weile, sie waren wie bleiern, träge, wollten nicht recht gehorchen. Sein abgestumpfter Geist schweifte ab, war unfähig zu begreifen, zu langsam zum Nachdenken.

Tomás, streng deinen Grips an.

Nach Kräften bemüht, sich zu konzentrieren, schüttelte er den Kopf, als könne er so den Dämon vertreiben, der ihn lähmte, und versuchte zu begreifen, was vor sich ging. Tomás, streng deinen Grips an, wiederholte er im Stillen. Er riss die Augen auf, um sich von dem Nebelschleier zu befreien, der ihm die Sicht trübte, um das Hier und Jetzt der Welt zu verstehen. Er wusste, um zu verstehen, musste er sehen, aber das Sehen fiel ihm schwer. Unglaublich schwer. Er strengte sich an, um zu erfassen, was los war, um die Bilder wahrzunehmen, die Betäubung zu besiegen, den blinden Nebel zu durchqueren.

Er konzentrierte seine Aufmerksamkeit ganz auf die weiße Gestalt, und nach und nach sahen seine Augen sie schärfer. Es war eine Frau, das begriff er als Erstes. Sie trug etwas auf dem Kopf, vielleicht ein Tuch? Nein, es war eine Haube, eine weiße Haube. Die Frau war weiß gekleidet, sie sah aus wie eine Nonne. Natürlich war es keine Nonne, überlegte er langsam mit seinem noch immer wirren Geist. Es dauerte, bis die Reflexe wieder funktionierten. Es war keine Nonne. Es war eine Krankenschwester.

»Nun, ist unser Patient schon wach?«, fragte sie und beugte sich lächelnd über ihn.

Sie hatte braune Augen und Sommersprossen auf der Nase und erinnerte ihn vage an seine Ex-Frau.

»Hm«, hörte er sich murmeln.

»Haben Sie gut geschlafen?«

»Hm?«

»Schon gut, ruhen Sie sich aus«, sagte die Krankenschwester unendlich sanft. »Ich komme gleich wieder.«

Das sommersprossenübersäte Gesicht verschwand, und in sorgloser Schläfrigkeit blickte Tomás sich um. Mit Mühe konnte er erkennen, dass er sich in einem kleinen, aseptisch wirkenden Raum befand. Rechterhand stand ein Beistelltisch, ihm gegenüber ein Bord mit einem Fernseher, und links war ein Fenster, das auf einige dichtbelaubte Platanen hinausging, deren Zweige vom Tageslicht beschienen wurden. Es war Morgen, stellte er fest, und er befand sich an einem unverhofften Ort. Im Krankenhaus. Der Gedanke setzte sich allmählich in seinem Hirn fest und überraschte ihn. Was, zum Teufel, habe ich in einem Krankenhaus verloren?, fragte er sich.

Er spürte, wie die Müdigkeit ihn durchströmte und schwer auf seinen Augen lastete. Er lehnte sich im Bett zurück, kuschelte sich in die Wärme, machte es sich bequem, atmete tief durch und ließ sich sachte vom Schlaf einlullen.

Die Stimme eines Mannes weckte ihn. Er schlug die Augen auf und erblickte neben dem Bett einen Mann in weißem Kittel und mit schmalem Schnurrbart und hinter ihm die sommersprossige Krankenschwester.

»Einen wunderschönen guten Morgen, Professor Noronha. Wie fühlen Sie sich?«

Tomás schaute ihn fragend an.

»Wo bin ich?«

»In der Choupalinho-Klinik. Wie fühlen Sie sich?«

Der Patient merkte, wie nach und nach seine Fähigkeiten zurückkehrten, einschließlich der, klar zu denken. Als sein Gedächtnis wiederkam, riss er erschrocken die Augen auf. Der Test! Was war nun mit dem Test? Die Studenten warteten doch wegen des Tests auf ihn in der Universität! Er hob die linke Hand und schaute auf die Uhr. Es war neun Uhr morgens, er würde noch rechtzeitig kommen. Der Test war in einer Stunde angesetzt.

»Hören Sie, ich muss hier weg«, sagte er, immer noch ein wenig stammelnd. »Ich habe um zehn Uhr eine Prüfung und darf nicht fehlen.«

»Ach ja? Und wo soll diese Prüfung stattfinden?«

»In der Universität.«

»In welcher Universität? Der von Coimbra?«

»Nein, in meiner Universität in Lissabon.«

»Aber Sie sind hier in Coimbra.« Der Arzt lachte. »Selbst wenn Sie jetzt im Laufschritt hier hinausrennen würden, Sie kämen nicht mehr rechtzeitig.«

Tomás strengte sich an, um sich an das zu erinnern, was zuletzt passiert war.

»Ich bin immer noch in Coimbra?«

»Allerdings. In der Choupalinho-Klinik.«

Frustriert ließ er den Kopf in das Kissen sinken.

»Mist! Jetzt werde ich den Test verpassen!«

»Ich fürchte, ja«, pflichtete der Arzt ihm bei. »Wie fühlen Sie sich?«

Tomás überlegte.

»Etwas seltsam«, erklärte er, als er den unangenehmen Geschmack im Mund bemerkte. »Ich habe leichte Kopfschmerzen.«

»Das glaube ich Ihnen gerne.«

»Was ist denn passiert?«

»Können Sie sich an gar nichts mehr erinnern?«

Tomás durchforschte abermals die Datenspeicher seines Gehirns.

»Ich kann mich daran erinnern, dass ich mich gestern Abend ins Auto gesetzt habe, um nach Lissabon zu fahren.«

»An sonst nichts?«

Tomás dachte einen Moment lang nach.

»Nein ... ich glaube nicht.«

»Welches Bild haben Sie als Letztes vor Augen?«

»Das ... vom Bahnhof.« Er zog eine Augenbraue hoch. »Nein, es war die Ampel. Ich wollte zur Brücke abbiegen und habe an der Ampel gehalten.«

»An mehr erinnern Sie sich nicht?«

»Nein«, sagte Tomás.

Er schüttelte zur Bekräftigung den Kopf, musste aber sofort innehalten, denn in seinem Gehirn schien es zu klingeln.

»Sind Sie sich sicher?«, bohrte der Arzt weiter.

»Ja«, antwortete der Patient ungeduldig. »Was ist denn nun geschehen?«

Der Arzt nahm einen Block zur Hand, um in seinen Notizen

nachzuschauen. »Sie hatten einen Unfall. Sie sind über die Brücke gefahren und dann über die Praça da Canção, ich vermute, auf dem Weg zur Autobahn nach Lissabon, und dort sind Sie mit dem Wagen gegen einen Pfeiler geprallt. Dann haben Sie das Bewusstsein verloren.«

»Ich bin gegen einen Pfeiler gefahren?«

»Ja.« Der Arzt blickte erneut in seine Aufzeichnungen. »So gegen zehn Uhr abends.«

»Hier auf dem Platz, auf der Praça da Canção?«

»Ja.«

Tomás machte ein neugieriges Gesicht.

»Komisch, ich kann mich an nichts erinnern. Ich weiß nur noch, wie ich losgefahren bin und bei der Ampel angehalten und auf Grün gewartet habe.«

Der Arzt lächelte.

»Das ist gut möglich. Bei einer Gehirnerschütterung mit Bewusstseinsverlust ist es ganz normal, dass die Erinnerung an die letzten fünf Minuten vor dem Unfall ausgelöscht wird. Wissen Sie, es gibt sogar Menschen, die sich an die letzten Stunden nicht mehr erinnern können.«

»Tatsächlich?«

»Seien Sie ganz beruhigt, das kommt sehr häufig vor.«

Tomás lächelte.

»Mist, ich kann mich wirklich an nichts mehr erinnern. Es ist so, als wenn nichts geschehen wäre. Eben noch habe ich an der Ampel angehalten, und im nächsten Moment habe ich Ihre Krankenschwester gesehen. Als wenn in der Zwischenzeit überhaupt nichts passiert wäre. Ich bin unwillkürlich von einem Ort an den anderen katapultiert worden, verstehen Sie?«

»Ja, das ist seltsam«, stimmte der Arzt ihm zu, »kommt aber ganz häufig vor.«

Tomás betastete seinen Kopf. Er bemerkte den über sein Haar gewickelten Verband und erschrak.

»Was habe ich denn? Ist es etwas Schlimmes?«

»Nein, nicht der Rede wert, seien Sie ganz beruhigt.« Der Arzt trat näher zu ihm heran und berührte leicht seinen Nacken. »Sie müssen sich den Hals verrenkt haben, als sie gegen den Pfeiler geprallt sind, denn die Verletzung sitzt hier im Nacken.« Er ergriff Tomás' rechten Arm und deutete auf ein Pflaster auf dem Handrücken. »Und Sie haben sich hier an der Hand ein wenig verletzt, sehen Sie? Nichts Gravierendes, aber Sie dürfen die Hand nicht belasten, haben Sie verstanden?«

»Ja.«

»Wenn der Handrücken juckt, dürfen Sie nicht kratzen. Das ist sehr wichtig. Kratzen Sie sich nicht, wenn es juckt. Das ist ein Zeichen dafür, dass die Wunde verheilt.«

»Ist gut, ich werde mich nicht kratzen«, versprach Tomás und inspizierte das Pflaster auf der rechten Hand. Er hob den Kopf, blickte zu dem Arzt hoch und las den Namen auf einem an seine Brust gehefteten Schild. »Sie sind Doktor Cariano?«

Der Arzt lächelte.

»Ja, Luís Cariano.«

»Ich bin heute in Lissabon zum Abendessen verabredet, Doktor Cariano«, sagte Tomás. »Meinen Sie, dass ich hingehen kann, oder soll ich besser absagen?«

»Nein, Sie können ruhig hingehen.« Er schaute auf die Uhr. »Lassen Sie mich mal überlegen ... jetzt ist es neun. Ich habe vor, Sie am frühen Nachmittag zu entlassen. Den Vormittag über möchte ich Sie noch hierbehalten, um zu prüfen, ob alles in Ordnung ist, aber nach dem Mittagessen können Sie gehen.«

»Oh, wunderbar.«
»Aber überstürzen Sie nichts, haben Sie gehört? Ich will Sie hier nicht wieder sehen.«

Die Krankenschwester trug bereits das leere Tablett vom Mittagessen weg, und Tomás zog sich schon die Schuhe an und machte sich fertig, um das Krankenhauszimmer zu verlassen, als das Telefon klingelte.
»Hallo, Tomás. Hier Gouveia.«
Donnerwetter, dachte Tomás. Wie, zum Teufel, mochte der Hausarzt erfahren haben, dass er in diese Klinik eingeliefert worden war? Nun, die Kommunikation unter den Ärzten funktionierte offenbar pfeilgeschwind, dachte er.
»Guten Tag, Doktor Gouveia. Neuigkeiten verbreiten sich schnell, nicht wahr?«
»In diesem Fall ist die Neuigkeit zu mir gekommen«, bemerkte der Arzt am anderen Ende der Leitung. »Sie sitzt übrigens gleich hier im Raum nebenan.«
Tomás runzelte die Augenbrauen, er hatte nicht verstanden.
»Was soll das heißen: Die Neuigkeit sitzt im Raum nebenan?«
»Nun, es ist Ihre Mutter.«
»Meine Mutter?«
»Ja, sie ist hier, im Raum nebenan.«
»Wo? Im Krankenhaus?«
»Genau, man hat sie eben zu mir gebracht.«
Tomás wurde unruhig.
»Meine Mutter ist ins Krankenhaus gebracht worden? Was ist los? Was hat sie?«
»Sie hat nichts, es geht ihr gut«, beeilte sich der Arzt zu erklären und versuchte, Tomás zu beruhigen. »Oder besser gesagt, sie hat dasselbe wie immer. Sie baut ab.«

Tomás wusste noch immer nicht, was er denken sollte, und setzte sich aufs Bett.

»Sagen Sie mir, was los ist, Doktor.«

»Ihre Mutter hat sich verlaufen. Offenbar ist sie heute früh zum Einkaufen gegangen, und auf dem Rückweg vom Lebensmittelladen konnte sie ihr Haus nicht finden. Dann ist sie durch die Altstadt gelaufen und beim Largo das Olarias gelandet. Da sie verwirrt schien, hat man sie zunächst zur Polizeiwache gebracht. Von der Wache haben sie sie dann hierher ins Krankenhaus geschickt, meine Krankenschwester hat sie in der Notaufnahme gesehen und sie zu mir gebracht.«

»So ein Mist«, rief Tomás aus und fuhr sich mit der rechten Hand über den Kopf. »Geht es ihr denn gut?«

»Ja, es geht ihr gut. Ich habe schon mit ihr gesprochen, aber sie wirkt immer noch ein bisschen durcheinander.«

»Und was nun?«

Er hörte, wie Doktor Gouveia am anderen Ende der Leitung seufzte. »Hören Sie, Tomás, ich habe Ihnen doch schon gesagt, was Sie tun müssen, oder nicht?«

»Ich habe gestern mit ihr geredet, Doktor, gleich als wir nach Hause gekommen sind. Sie können sich gar nicht vorstellen, was sie für ein Theater gemacht hat.«

»Doch, doch, das kann ich. Ich habe sie eben auch darauf angesprochen, und sie hat einen unglaublichen Wutanfall bekommen. Sie behauptet, alle wollten sie loswerden.«

Tomás blickte hoch, erleichtert, nicht der Einzige zu seine, der die Klagen seiner Mutter zu hören bekam. Vielleicht konnte der Arzt nun besser verstehen, in welchem Dilemma er steckte.

»Sehen Sie? Was soll ich denn bloß machen?«

»Sie werden sie ins Heim bringen müssen, Tomás. Sie ist nicht in der Lage, allein zu leben.«

»Aber wie, Doktor? Wenn sie doch nicht will …«
Der Arzt holte tief Luft.
»Hören Sie zu, Tomás«, sagte er. »Es ist sehr riskant, sie allein zu lassen. Das wird nicht besser, verstehen Sie? Sie ist orientierungslos, wie sich jetzt gezeigt hat, und das ist ein degenerativer Prozess. Ihre Mutter braucht Hilfe, sie darf nicht mehr sich selbst überlassen werden. Außerdem hat sie im Heim andere Menschen zur Gesellschaft, das wird ihr nur guttun.«
»Das glaube ich Ihnen aufs Wort. Aber das Problem bleibt ja dasselbe. Wie soll ich sie in ein Heim bringen, wenn sie nicht will?«
»Sie muss.«
»Aber wie soll ich das anstellen? Sie will doch nicht!«
»Sie müssen mit ihr reden und sie überzeugen.«
Tomás lachte halbherzig.
»Mit ihr reden? Und wie soll ich das machen? Sie will nicht hören und gerät dann in einen … einen Zustand der Erregung. Wie soll ich sie überzeugen?«
Doktor Gouveia räusperte sich.
»Wissen Sie, ich werde Ihnen jetzt mal was sagen. Nicht als Arzt, sondern als Freund.«
»Ich höre.«
»Sie wissen doch, dass die Menschen mit fortschreitendem Alter immer mehr regredieren und in gewisser Weise wieder zu Kindern werden, oder nicht?«
»Ja, das weiß ich.«
»Dann stellen Sie sich vor, dass Ihre Mutter ein Kind ist.«
»Ja.«
»Ein Kind, das nicht in die Schule gehen will. Sie wissen, dass es in die Schule muss, dass das gut für seine Zukunft ist, aber das Kind weiß es nicht, stimmt's? Es weiß nur, dass es nicht in die Schule will, es möchte lieber zu Hause bleiben und mit

seinen Puppen spielen. Was machen Sie angesichts dieser Weigerung? Geben Sie seinem Eigensinn nach oder entscheiden Sie sich für das, was gut für das Kind ist?«

»Das ist doch nicht das Gleiche.«

»Beantworten Sie meine Frage. Was tun Sie, wenn das Kind nicht zur Schule gehen will? Bringen Sie es nicht hin? Lassen Sie es weiter zu Hause spielen? Soll es nie etwas lernen? Schaden Sie seiner Zukunft, bloß um sich ihm in dem Moment nicht zu widersetzen?«

»Natürlich bringe ich es in die Schule.«

»Auch mit Gewalt?«

»Ja.«

»Da haben Sie Ihre Antwort.«

3

Kräftig und belebend erfüllte der salzige Meeresgeruch das Restaurant, begleitet von dem beruhigenden Rauschen der Wellen, die in ständigem Rhythmus an den Strand schlugen. Tomás schaute aus dem Fenster und erahnte die weißlichen Schaumgebilde, die auf dem Sand kleben blieben wie Zuckerwatte. Doch das Meer blieb unsichtbar, war tiefes Schwarz, das mit der Nacht verschmolz, zerteilt von dem Blinklicht des Leuchtturms von Bugio und den Lichtpunkten der Schiffe, die am verborgenen Horizont sanft durch die Mündung des Tejo glitten. Die Laternen erleuchteten den Strand von Oeiras fast taghell, kleine Sonnen, die die Nacht zerrissen. Für die kurze Landzunge erwies sich ihr Licht als kraftvoll, doch im Angesicht der unermesslichen, schonungslosen Finsternis des Ozeans war es schwach.

Tomás Noronha schaute auf die Uhr, es war Viertel nach acht. Der Mann kam zu spät, dachte er. Den Blick weiter auf die dunkle Wasserfläche geheftet, knabberte er noch eine Krabbenteigtasche und ließ sich von dem rhythmischen Geräusch der Wellen in ihrem unermüdlichen Tanz mit dem Strand einlullen.

»Professor Noronha?« Die Stimme gehörte einem korpulenten Mann, Träger eines gewaltigen Bauches, in dessen Hand eine alte Aktentasche baumelte. Er hatte schütteres blondes Haar, Geheimratsecken, durchdringende blaue Augen und unterhalb des Kinns einen geschwollenen Kropf wie eine Kröte.

»Ja?«

»Entschuldigen Sie bitte meine Verspätung«, sagte der Mann fast keuchend. Er streckte ihm seine dralle Hand entgegen. »Alexander Orlow von Interpol. Meine Freunde nennen mich Sascha.«

Sie begrüßten sich, Orlow stellte seine Tasche unter dem Tisch ab und setzte sich mühsam hin. Der Stuhl war eigentlich zu schmal für seine Leibesfülle.

Der Kellner kam und verbeugte sich in Richtung des Neuankömmlings.

»Guten Abend, Herr Orlow. Möchten Sie schon bestellen?«

Offensichtlich war Orlow im Hause bekannt. Der voluminöse Gast ergriff die Speisekarte und überflog das Angebot des Restaurants. Fast hätte er seine Bestellung im gleichen Atemzug aufgegeben, verstummte jedoch noch rechtzeitig und blickte Tomás an.

»Haben Sie schon gewählt?«

»Ich kenne mich nicht so aus mit den Gerichten.«

»Dann empfehle ich Ihnen die gefüllte Seespinnc. Sie ist köstlich.«

»Gut«, sagte Tomás. »Dann nehme ich die.«

»Und einen eiskalten weißen Vinho Verde«, fügte Orlow hinzu. Er sah Tomás fragend an. »Sind Sie damit einverstanden?«

»Ganz und gar.«

Der Kellner entfernte sich, und Orlow machte sich über die Vorspeisen her. In null Komma nichts verschlang er drei Krabbentaschen, zwei Kroketten und zwei Brötchen mit Thunfischcreme.

»Was haben Sie da am Kopf?«, fragte er, als er das Pflaster bemerkte, das in Tomás' Nacken klebte.
Der Historiker strich leicht darüber.
»Das hier? Ach, das ist nicht der Rede wert. Ich hatte einen kleinen Autounfall, mehr nicht.«
»Ich hoffe, nichts Ernstes.«
»Nein, nein.«
Orlow stopfte sich zwei frittierte Teigdreiecke in den Mund. »Ich nehme an, dass mein Anruf Sie überrascht hat«, sagte er mit fast erstickter Stimme, so voll war sein Mund.
»Ja«, gestand Tomás. »Ich kann mir gar nicht vorstellen, was Interpol von mir will. Sie haben mir etwas von einem Schulfreund erzählt, aber offen gesagt begreife ich nicht ganz, was das mit mir zu tun hat, Herr Orlow.«
»Bitte seien Sie doch nicht so förmlich«, sagte Orlow und hob die Hand. »Ich bin ein ungezwungener Mensch.«
»Ist gut.«
»Ich weiß, dass Sie Professor für Geschichte, Experte für alte Sprachen und einer der größten Kryptoanalytiker der Welt sind, stimmt's?«
Tomás errötete und lächelte.
»Einer der größten der Welt? Das ist eine Übertreibung ...«
»Nein, keineswegs. Ich habe meine Hausaufgaben gemacht.« Er verschlang noch eine Teigtasche. »Wichtig ist, dass das für die Ermittlungen von Nutzen sein kann, die ich gerade für Interpol durchführe.«
Tomás rutschte auf seinem Stuhl hin und her.
»Wir befinden uns in einer ungleichen Position, ist Ihnen das schon aufgefallen? Sie wissen zwar alles über mich, aber ich weiß nichts über Sie.«
Orlow lachte laut auf.
»Sie haben recht, ich bitte um Entschuldigung. Mein Name ist

Alexander Iwanowitsch Orlow. Ich bin in Sankt Petersburg geboren, zu einer Zeit, als meine großartige Stadt noch Leningrad hieß. Ich war beim Militär, war Berater in Angola und dann …«

»Aha, dort haben Sie also Portugiesisch gelernt!«

»Ja, in Luanda. Es gab dort viele sowjetische Berater, die mit den Kubanern und der MPLA zusammengearbeitet haben.« Er grinste. »Das war ein Spaß damals!« Er seufzte. »Dann habe ich für die russische Polizei gearbeitet, aber das Ende des Kommunismus hat mir gezeigt, dass meine Zukunft nicht in Russland liegen konnte. Als das Zentralregime zusammenbrach, fiel das Land in die Hände der Oligarchen und der Mafia.«

Er verzog das Gesicht und schüttelte den Kopf. »Sie haben alles korrumpiert, einschließlich der Polizei. Ich bin lieber gegegangen, als mit anzusehen, wie meine Chefs und meine Kollegen sich für eine Handvoll Rubel kaufen ließen. Und wer sich nicht kaufen ließ, der endete mit einer Kugel im Kopf.« Er biss in eine Scheibe Brot. »Also habe ich mich für eine Stelle bei Interpol beworben und bin schließlich in Lyon gelandet, wo ich in das Specialized Crime Directorate aufgenommen wurde, eine Einheit zur Bekämpfung des spezialisierten Verbrechens.« Er legte eine Hand auf die Brust. »Sie haben mich an Fälle gesetzt, bei denen es um Sekten und dergleichen ging.«

»Sekten?«

»Ja, Irre, die aus den absonderlichsten Gründen, die man sich nur vorstellen kann, Verbrechen begehen. Massenselbstmorde und Morde aus politischer oder religiöser Überzeugung, zum Beispiel.« Er machte eine Handbewegung. »Typen, die an den Teufel glauben oder denken, das Ende der Welt sei nahe …«

»Aha, ich verstehe.«
»Mit diesen Idioten schlage ich mich nun seit sieben Jahren herum. Sie machen sich gar keine Vorstellung, was für Verrückte mir schon untergekommen sind …«
Der Kellner kam mit einem Tablett. Er stellte zwei heiße Teller auf den Tisch, darauf die dampfenden Seespinnenpanzer, und goss den eiskalten Vinho Verde in die Gläser. Dann verbeugte er sich, wünschte seinen Gästen guten Appetit und entfernte sich.
Die beiden Tischgenossen probierten die Seespinne, und Tomás verzog beifällig das Gesicht. Dann erhoben sie ihre Gläser.
»Wie sagen Sie noch auf russisch?«, fragte der Historiker, das Glas zwischen den Fingerspitzen haltend.
»Nastrowje!«
Sie stießen an und begannen zu essen. Orlow keuchte, während er sich das Essen in den Mund schob, er wirkte wie ausgehungert. Sein geräumiger Magen schien sehr anspruchsvoll zu sein und große Mengen Nahrungsmittel zu verlangen.
Tomás hob die Gabel und deutete damit auf sein Gegenüber.
»Sie haben mir noch nicht erklärt, was das mit mir und meinem Freund aus dem Gymnasium zu tun hat …«
»Dazu«, sagte Orlow und schluckte gierig seinen Bissen hinunter, »kommen wir gleich.« Er taxierte den Teller, der sich in schnellem Rhythmus leerte, und winkte den Kellner herbei. »Bringen Sie mir bitte noch eine Seespinne.«
Tomás lachte.
»Donnerwetter, Sie haben aber wirklich Hunger!«
Orlow fuhr sich mit dem Handrücken über die Stirn und wischte den Schweiß ab.
»Sagen Sie nichts, das hier ist eine Qual.« Er schlang noch einen Bissen hinunter. »Ich esse für mein Leben gern.«

»Ja, das habe ich schon bemerkt.«

Der Russe vertilgte zwei großzügig mit Thunfischcreme bestrichene Scheiben Brot und begoss sie mit einem ausgiebigen Schluck Vinho Verde. Dann stellte er das Glas ab und atmete tief durch, ehe er sich erneut über das hermachte, was von der ersten Seespinne noch übrig war.

»Kommen wir also zu Ihrem Schulfreund.«

»Filipe.«

Orlow ließ die letzten Reste der Seespinne verschwinden und holte, nachdem er sich den Mund mit der Serviette abgewischt hatte, einen Umschlag aus der Aktentasche, die er unter dem Tisch verwahrt hatte.

»Im März 2002 ging bei Interpol die Bitte des FBI ein, einen Mordfall zu untersuchen.« Er öffnete den Umschlag und entnahm ihm ein Foto. »Es handelte sich dabei um den Tod eines amerikanischen Wissenschaftlers in der Antarktis, eines Klimaexperten.« Er zeigte das Bild eines Mannes mittleren Alters vor, mit freundlichen Augen hinter runden Brillengläsern und einem schütteren, eisbedeckten Vollbart. Der Mann stand inmitten einer flachen Gletscherlandschaft, hinter ihm eine Reihe in den Schnee gepflanzter Fahnen und über ihm ein wolkenloser blassblauer Himmel. »Professor Howard Dawson.«

Tomás schob seinen Teller zur Seite und studierte das Foto.

»Ist diese Aufnahme in der Antarktis gemacht worden?«

»Am Südpol.«

Er betrachtete eingehend die Reihe mit den Fahnen.

»Und das hier ist tatsächlich der Südpol?«

»Symbolisch gesehen ja.« Orlow schluckte einen Bissen hinunter. »Tatsächlich verändert sich die genaue Position des Südpols ja jedes Jahr, nicht wahr?«

Tomás blickte den Russen fragend an.

»Wie meinen Sie das?«

»Es gibt mehrere Südpole.« Orlow wedelte mit dem Foto. »Dieses Bild wurde am offiziellen Südpol aufgenommen. Die Fahnen der ersten zwölf Unterzeichner des Antarktis-Abkommens bieten ein vollendetes Szenario, um etwas bildlich festzuhalten.« Er zuckte mit den Schultern. »Aber das ist natürlich alles nur Inszenierung. Der echte Südpol wandert.«

»Ich verstehe nicht«, murmelte Tomás. »Soweit ich weiß, befindet sich der Südpol doch immer an ein und demselben Ort.«

Orlow schüttelte den Kopf.

»Es gibt drei Arten von Südpol.« Er streckte die drei mittleren Finger hoch. »Der magnetische Südpol, der von den Magnetnadeln verzeichnet wird, liegt irgendwo entlang der Antarktis in der Commonwealth-Bucht. Derzeit bewegt er sich pro Jahr zehn bis fünfzehn Kilometer in Richtung Norden.«

»Donnerwetter!«

»Dann gibt es den geomagnetischen Südpol, an dem sich der Fluss des elektromagnetischen Feldes der Erde manifestiert. Dieser Südpol befindet sich auf der antarktischen Hochebene, in der Nähe der russischen Wostok-Station.« Er wedelte abermals mit dem Foto. »Schließlich gibt es noch den geographischen Südpol, der ganz in der Nähe des offiziellen Südpols liegt. Wenn wir also vom Südpol sprechen, ist damit im Allgemeinen der geographische Südpol gemeint, nicht wahr?«

»Genau.«

»Das Problem ist, dass der geographische Südpol nie lange Zeit an ein und demselben Ort bleibt.«

Tomás runzelte die Augenbrauen.

»Eben das verstehe ich nicht«, sagte er. »Der Äquator befindet sich doch auch immer an derselben Stelle und der Nordpol ebenfalls. Aus welchem Grund sollte es sich mit dem Südpol anders verhalten?«

»Wegen des Eises.«
»Was hat das Eis damit zu tun?«
»Der Südpol ist von Eis bedeckt, nicht wahr, Professor? Nun, dieses Eis verharrt nicht statisch. Im Gegenteil, es ist immer in Bewegung. Das Eis am Südpol verschiebt sich pro Jahr zehn Meter in Richtung Südamerika, und das bedeutet, dass sich die Markierung des geographischen Südpols alljährlich zehn Meter vom tatsächlichen Ort entfernt.«
»Aha.«
»Deshalb muss die Position des Südpols jedes Jahr neu berechnet und die Markierung an der richtigen Stelle aufgestellt werden. Was in der Praxis heißt, dass wir jedes Jahr einen neuen Südpol haben.«
Der Kellner kam mit der zweiten Seespinne zurück, auf die Orlow sich unverzüglich und erbarmungslos stürzte. Man hätte glauben können, er habe noch gar nichts gegessen. Während der Russe gierig kaute, ergriff Tomás das auf dem Tisch liegende Foto.
»Dieser Wissenschaftler wurde also am Südpol ermordet?«
Orlow gab beim Essen einen Grunzlaut von sich.
»Nein«, sagte er, nachdem er hinuntergeschluckt hatte. »Er ist in McMurdo umgebracht worden.«
»Wo?«
»In McMurdo.« Er ließ einen Happen die Kehle hinuntergleiten. »McMurdo ist die größte Station in der Antarktis.« Er keuchte fast beim Sprechen. »Sie wurde 1956 von den Amerikanern als Militärbasis errichtet, aber sofort, nachdem das Antarktis-Abkommen in Kraft trat, in eine Forschungsstation umgewandelt. Im Sommer zählt sie über tausend Bewohner, im Winter zweihundert.«
»Wo liegt das?«
»An der Südspitze der Ross-Insel, die mit der Antarktis über

das riesige Ross-Schelfeis verbunden ist, an der Pazifikküste des Kontinents.« Der Russe deutete auf das lächelnde Gesicht auf dem Foto. »Professor Dawson war Direktor des Crary Science and Engineering Center, der Haupteinrichtung für wissenschaftliche Forschung in McMurdo. Als er starb, war er gerade mit einem Projekt zur Klimaforschung befasst.«

»Sie haben gesagt, er sei ermordet worden?«

»An einem Morgen im Februar 2002 wurde er in der Küche des Zentrums, in dem er arbeitete, mit zwei Schusswunden im Körper und einer Schussverletzung in der Stirn am Boden liegend aufgefunden.« Er unterdrückte ein Rülpsen. »Das sieht nicht gerade nach einem natürlichen Tod aus, oder?«

»Und wer hat ihn umgebracht?«

Orlow grinste.

»Wenn ich das wüsste, würde ich hier nicht mit Ihnen reden.«

Nun grinste Tomás.

»Sie wollten mit mir sprechen, damit ich ein Verbrechen aufkläre, das in der Antarktis geschehen ist? Das soll wohl ein Scherz sein ...«

Weitere Bissen.

»Ich scherze nie bei der Arbeit. Aber ich bin davon überzeugt, dass Sie mir helfen können, das Rätsel zu lösen.«

»Wie denn?«

»Immer mit der Ruhe«, sagte der Russe und machte sich über die letzten Reste der zweiten Seespinne her. »Lassen Sie mich Ihnen zuerst die ganze Geschichte erzählen.« Angewidert sah Tomás die Essenspartikel, die in Orlows Mundwinkeln hingen. Je mehr er versuchte, nicht hinzuschauen, umso stärker schien seine Aufmerksamkeit unwiderstehlich auf die fettigen Reste zu fallen, die von den glänzenden Lippen des Russen förmlich heruntertropften. »Als Interpol die Anfrage des FBI erhielt und die Besonderheiten des Mordfalls untersuchte, entschied man dort, den Fall an meine Dienststelle weiterzuleiten. Nachdem ich die Einzelheiten in Erfahrung gebracht hatte, fiel mir auf, dass dieser Mord seltsame Ähnlichkeit mit einem Mordfall in Spanien aufwies, den ich einige Tage zuvor untersucht hatte. Ich schaute mir noch einmal die Akte des Mordes in Spanien an und stellte fest, dass zwischen den beiden Ereignissen lediglich wenige Stunden lagen. Professor Dawson war in der Antarktis umgebracht worden, Professor Blanco Roca wurde kurze Zeit später tot in seinem Büro an der Universität Barcelona aufgefunden, wo er Physik lehrte. Ebenfalls erschossen, dieses Mal mit einem einzigen Schuss in den Nacken, während er am Computer gearbeitet hatte.«

»Und was hatten die beiden Fälle gemeinsam?«

»In beiden ging es um Wissenschaftler, die an ihrem Arbeitsplatz erschossen wurden, in einem Zeitraum von nur wenigen Stunden.«

Tomás blickte den Russen verständnislos an.

»Und? Der eine wurde in der Antarktis ermordet, der andere in Spanien. Der eine war Amerikaner, der andere Spanier. Einer war Klimatologe, der andere Physiker. Für mich gibt es da zu viele Unterschiede.«

Orlow lächelte maliziös.

»Das würden Sie nicht sagen, wenn Sie die Fotos von den Tatorten sähen.«

»Was ist an den Aufnahmen denn so Besonderes?«

Der Russe wischte sich die Hände an der Serviette ab, steckte seine dicken Finger in den Umschlag und holte weitere Fotos daraus hervor. Doch anstatt sie Tomás zu zeigen, hielt er sie, wie jemand, der Poker spielt und sein Blatt verbergen will.

»Lassen Sie mich vorwegschicken, dass in beiden Fällen ein Blick in die Terminkalender der Opfer den Schluss zulässt, dass sie sich kannten.«

»Ja?«
»Aus den Eintragungen, die wir in den Kalendern gefunden haben, haben wir gefolgert, dass sie zudem zwei gemeinsame Freunde hatten, ebenfalls Wissenschaftler.«
Er neigte den Kopf zur Seite. »Noch merkwürdiger aber ist, dass die Namen jedes der drei Freunde, die in den Terminkalendern gefunden wurden, mit dem gleichen Zeichen markiert waren.«
»Hm«, murmelte Thomas, neugierig darauf, die Fotos zu sehen. »Was für ein Zeichen ist das?«
»Das gleiche, das auf einem Zettel neben den Leichen der beiden Opfer entdeckt wurde.« Endlich zeigte Orlow ihm die Fotos.
»Das hier.«
Die Bilder zeigten die auf dem Boden ausgestreckten Leichen und neben den leblosen Händen ein Blatt Papier mit drei in dicker Tinte darauf gekritzelten Ziffern.

666

»Sechs, sechs, sechs?«
»Ja. Wissen Sie, was das ist?«
Tomás konnte den Blick nicht von den Fotografien lösen. Fasziniert starrte er auf die drei Ziffern, die auf den Zetteln neben den Opfern geschrieben standen. Er wollte nicht hinschauen, aber er konnte nicht anders, er war wie hypnotisiert, besiegt von der ungeheuren symbolischen Kraft dieses schrecklichen Zeichens.
»Die Zahl des Tieres.«

4

Draußen vor dem Restaurant waren das Rauschen der Wellen und der Meeresgeruch noch intensiver. Das sanfte, würzige Salzaroma lag über der Terrasse, auf die sie sich zum Nachtisch begeben hatten. Der Abend war mild. Die beiden Männer setzten sich im Dämmerlicht an einen kleinen Tisch und genossen die angenehme Seebrise, die in der Dunkelheit wehte.

Der Kellner kam und brachte die Süßspeisen, die sie bestellt hatten. Tomás hatte eine Mangomousse georderte und war von der Vielzahl kleiner Teller beeindruckt, die aufgereiht vor seinem Gegenüber standen. Jeder Nachtisch schien nervös wie ein Verurteilter vor dem Erschießungskommando darauf zu warten, dass seine Stunde schlug. Als Erstes stand dort ein Becher mit fünf Kugeln Eis, übergossen von heißer Schokoladencreme, gefolgt von einem Stück Kalter Hund, einem Vanillecremetörtchen und etlichen Crêpes Suzette. Am verblüffendsten aber war, dass Orlow sich sogleich mit der Gier eines Ausgehungerten auf das Eis stürzte.

»Haben Sie keine Probleme wegen des Cholesterins?«, wagte Tomás zu fragen.

»Hmpf«, grunzte Orlow, den Mund voller Eis. Er schluckte rasch, um antworten zu können. »Ich gebe zu, dass ich ein Vielfraß bin, aber es ist stärker als ich, was soll ich machen?«

»Tun Sie sich meinetwegen keinen Zwang an.«

Der Russe deutete mit einem Blick auf die Fotos der Toten, die zwischen den Crêpes und dem Kalten Hund lagen.

»Was sagen Sie nun dazu?«

Tomás schaute sich abermals das Zeichen an, das die Mörder neben ihren Opfern zurückgelassen hatten.

»Ich finde es beklemmend«, erklärte er. »Zweifellos verweist die dreifache Sechs auf die Arbeit einer Sekte.«

»Genau das haben wir auch gedacht«, pflichtete Orlow ihm bei und leckte sich lautstark das von den Fingern herabtropfende Eis ab. »Ich muss allerdings sagen, dass ich die subtilen Bedeutungen der drei Sechsen in der Bibel nicht verstehe. Das kommt mir alles sehr konfus vor.«

»Was wissen Sie darüber?«, fragte Tomás.

»Alles, was ich weiß, ist, dass das hier die Zahl des Tieres ist«, sagte Orlow. Er verdrehte übertrieben dramatisch die Augen. »Das Zeichen des Teufels.« Dann hielt er sich an das Vanillecremetörtchen. »Ich habe bereits mit mehreren Pfarrern und Theologen gesprochen, und sie haben mir den Teil der Offenbarung gezeigt, in dem die dreifache Sechs erwähnt wird.« Er stieß ein bewunderndes Stöhnen über den Geschmack des Törtchens aus, das er gerade verspeiste und dessen krosse Kruste zwischen seinen Zähnen knackte. »Alles entsetzlich, klar, aber ich befürchte, geholfen hat es nichts. Wir haben lediglich begriffen, dass wir es mit einer Sekte des Satanskultes zu tun haben.«

»Hat man Ihnen denn keine Deutung der Zahl gegeben?«

Orlow hielt einen Moment lang inne.

»Eine Deutung der Zahl des Tieres?« Er kaute weiter. »Nein. Sie haben mir aber gesagt, dass sie das Zeichen des Teufels sei, die Zahl des Antichrist, der kommen wird, um den Weltuntergang herbeizuführen.«

»Aber sie haben Ihnen nicht den Schlüssel gegeben, um diese Botschaft zu dechiffrieren?«

»Meinen Sie denn, dass sich hinter der Zahl eine Botschaft verbirgt?«

»Selbstverständlich. Für mich ist auf einen Blick klar, dass wir es mit einer geheimen, bibelimmanenten Botschaft zu tun haben. Nur Eingeweihte können sie entziffern.«

Orlow schwenkte den Zeigefinger hin und her und lächelte maliziös. »Und Sie sind ein Eingeweihter.«

»Wieso glauben Sie das?«

»Weil Sie ein Experte für alte Sprachen sind. Einer der besten der Welt.«

Tomás lachte.

»Jetzt fangen Sie nicht wieder damit an …«

»Ich habe schon verstanden, Sie mimen den Bescheidenen.« Er neigte den Kopf zur Seite. »Sagen Sie mir die Wahrheit: Sind Sie in der Lage, dieses biblische Rätsel zu entziffern, ja oder nein?«

Der Historiker errötete leicht und senkte die Augen.

»Ich glaube, ja.«

Der Russe schlug mit der Hand auf den Tisch.

»Aha!«, rief er aus. »Habe ich's doch gewusst!« Er deutete mit dem Finger auf seinen Gesprächspartner. »Sie sind ein Eingeweihter! Geben Sie es zu, stimmt's oder nicht?«

Tomás zuckte mit den Schultern.

»Ja, als Historiker bin ich ein Eingeweihter.« Er zeigte auf das Foto. »Da die dreifache Sechs eine okkulte Botschaft ist, kann im Prinzip jeder in alten Sprachen bewanderte Historiker sie entschlüsseln.«

»Und das ist bei Ihnen der Fall.«

»Ja, das ist es.«

»Dann sagen Sie mir«, forderte Orlow ihn auf und versenkte

den Löffel in der letzten Kugel Eis, »wie lässt sich die dreifache Sechs dechiffrieren?«
»Immer mit der Ruhe, so einfach ist das nicht. Ich müsste das Rätsel aufmerksam studieren.«
»Dann los, studieren Sie.«
Tomás lachte.
»Wenn ich die Zeit dazu hätte, würde ich das auch tun«, sagte er. »Aber ich habe eine Menge um die Ohren.«
»Wir engagieren Sie.«
»Wie bitte?«
»Interpol engagiert Sie.«
»Wozu? Um das Geheimnis der drei Sechsen aus der Bibel zu entschlüsseln?«
Amüsiert schüttelte Orlow den Kopf.
»Nein, Professor. Um uns zu helfen, das gesamte Rätsel aufzuklären, das sich um die Todesfälle rankt. Selbstverständlich gehört dazu auch die Entschlüsselung der drei Sechsen, es geht aber weit darüber hinaus.«
»Wie weit?«
»Nun, so weit wie nötig!«
Der Historiker seufzte.
»Hören Sie, ich weiß nicht, ob ich die Zeit dafür aufbringen kann. Ich habe eine Reihe von Projekten laufen und befürchte, dass ich nicht in der Lage bin, jetzt den Detektiv zu spielen. Interpol zu helfen und Mordfälle aufzuklären, ist nicht mein Job.«
»Wo ist das Problem? Soweit ich weiß, sind Sie in der Vergangenheit bereits von mehreren Institutionen engagiert worden. Es dürfte reichen, wenn ich die American History Foundation und die Gulbenkian-Stiftung anführe, von einer gewissen kleinen amerikanischen Agentin ganz zu schweigen, deren Namen ich hier wohl nicht nennen muss.«

Tomás starrte Orlow an, als wolle er in seinem Gesicht lesen. »Sie sind ja gut informiert.«

»Ich bin Polizist, das habe ich Ihnen doch schon gesagt.« Er deutete auf die Fotos. »Ich benötige Ihre Hilfe, um diesen Fall hier zu lösen.«

»Und ich habe Ihnen bereits erklärt, dass ich nicht weiß, ob ich die Zeit dafür habe.«

»Wir zahlen Ihnen fünfzehntausend Euro pro Monat sowie alle entstehenden Unkosten, einschließlich der Reisen. Und wir bieten Ihnen die unvergessliche Gelegenheit, Ihren alten Schulfreund wiederzusehen.«

»Ach ja, Filipe. Was für eine Rolle spielt er eigentlich bei alledem?«

Orlow richtete sich auf seinem Stuhl auf und machte ein ernstes Gesicht.

»Ich fürchte, Ihr Freund steckt bis zum Kragen in dieser Geschichte drin.«

»Ja? Was hat er denn getan?«

»Womöglich hat er auf den Abzug gedrückt.«

»Filipe?«

»Ja.«

»Was veranlasst Sie dazu, so etwas zu behaupten?«

»Sein Name ist in den Terminkalendern der beiden Opfer vermerkt, und zwar in beiden Fällen mit einer dreifachen Sechs davor.«

»Im Ernst?«

»Sehe ich so aus, als würde ich hier Witze reißen?«

Tomás dachte über die Eröffnung nach.

»Aber das heißt doch noch gar nichts.«

»Das heißt, dass die beiden Opfer Ihren Freund kannten. Und es heißt, dass die Opfer mit ihm über die Zahl des Tieres verbunden waren.«

»Haben Sie schon mit Filipe geredet?«
Orlow öffnete die Hände wie ein Taschenspieler, der gerade eine Taube weggezaubert hat.
»Er ist wie vom Erdboden verschluckt. Hat sich in Luft aufgelöst.« Er blies durch die Lippen. »Puff!«
»Sie können ihn also nicht finden?«
»Es ist, als hätte es ihn nie gegeben. Als wir seinen Namen und den eines weiteren Wissenschaftlers in den Terminkalendern der beiden Opfer mit dem Zeichen des Teufels fanden, sind wir natürlich sehr neugierig geworden. Zumal der Mörder dieses Zeichen neben den Leichen hinterlassen hat. Also haben wir beschlossen, die beiden unverzüglich zu verhören.« Er legte eine kurze Pause ein. »Aber wir haben weder den einen noch den anderen gefunden. Sie haben sich gleichzeitig verflüchtigt.«
»Das ist wirklich seltsam.«
»Das ist nicht seltsam, werter Professor.« Orlow zog die Augenbrauen hoch, um seine Schlussfolgerung zu unterstreichen. »Das ist verdächtig.«
»Wie lautet der andere Name, den Sie in den Notizbüchern gefunden haben?«
»James Cummings. Es handelt sich dabei um einen englischen Physiker, der sich mit Nukleartechnologie beschäftigt. Wir haben Scotland Yard gebeten, ihn zu verhören, aber die Polizei kam zu spät. Der Mann war schon zwei Tage lang nicht mehr gesehen worden, weder zu Hause noch in dem Labor, in dem er in London arbeitete.«
»Und Filipe? In welcher Beziehung stand er zu all diesen … Wissenschaftlern?«
»Ihr Freund ist ebenfalls Wissenschaftler.«
Tomás machte ein erstauntes Gesicht. »Ach ja? Das wusste ich gar nicht. Was macht er denn?«

»Er hat Geologie studiert und sich auf den Energiesektor spezialisiert. Er war Berater bei zwei portugiesischen Firmen in diesem Bereich.« Er schaute wegen der Namen auf einen kleinen Notizblock. »Bei Galp und bei EDP.«

Tomás dachte über die Angaben nach.

»Sie haben gesagt, Filipe und der Engländer seien verschwunden, nicht wahr? Wann genau ist das passiert?«

»Im Jahr 2002, zum selben Zeitpunkt wie die Morde.«

»Und seither sind sie weg?«

»Ja.«

»Und wieso wollten Sie erst jetzt mit mir sprechen?«

»Weil wir vor einigen Tagen eine Verbindung zwischen den beiden entdeckt haben. Die Überwachungssysteme des geheimen Echelon-Projekts haben eine E-Mail erwischt und sie an das FBI geschickt, das sie an Interpol weitergeleitet hat.«

Tomás trommelte mit den Fingern auf den Tisch.

»Und wo tauche ich in der Geschichte auf?«

»Einen Moment noch«, sagte Orlow und bedeutete ihm, sich zu gedulden. »Die abgefangene E-Mail wurde ursprünglich von Professor Cummings an Ihren Freund geschickt. Da es sich um eine Internetkommunikation handelte, war es uns nicht möglich, Herkunft und Zielort auszumachen. Wir konnten lediglich die Nachricht lesen.«

»Und was stand drin?«

»Der Sinn des einen Teils der Mail ist eindeutig, aber der andere scheint verschlüsselt zu sein. Nun, Sie sind einer der Weltbesten auf diesem Gebiet, und wie der Zufall es netterweise will, kennen Sie einen der Verdächtigen sogar persönlich.« Er runzelte die Stirn. »Wer könnte uns besser helfen, diesen Fall aufzuklären, als Sie?«

»Hm«, murmelte Tomás und überdachte das soeben Gehörte. »Deshalb also wollen Sie mich engagieren.«

»Zu den finanziellen Konditionen, die ich Ihnen bereits erläutert habe.«
Eher aus Versehen starrte der Historiker auf den Notizblock des Interpol-Mannes.
»Jetzt sagen Sie schon, was steht denn nun in der Nachricht?«
Orlow grinste.
»Es ist mir nicht entgangen, Sie brennen ja förmlich vor Neugier«, bemerkte er. »Darf ich aus Ihrer Frage schließen, dass Sie sich als engagiert betrachten?«
»Ja, das dürfen Sie. Aber sagen Sie mir doch …«
»Dann meinen Glückwunsch«, unterbrach Orlow ihn überschwenglich. »Herzlich willkommen bei Interpol!«
Sie schüttelten einander über den Tisch hinweg die Hände, um die Vereinbarung zu besiegeln.
»Nun mal halblang«, bat Tomás. »Soweit ich weiß, bin ich Interpol nicht beigetreten. Ich werde Ihnen lediglich bei Ihren Ermittlungen helfen, nicht wahr?«
»Natürlich, aber das verdient, gefeiert zu werden, oder etwa nicht?« Orlow ergriff sein fast leeres Weinglas und erhob es in Richtung seines neuen Mitarbeiters. *»Nastrowje!«*
»Genau«, erwiderte Tomás und erhob zaghaft sein Glas. »Aber Sie haben mir noch immer nicht auf meine Frage geantwortet.«
»Helfen Sie mir auf die Sprünge.«
»Was stand in der Nachricht, die Sie abgefangen haben?«
»In der von Professor Cummings an Ihren Freund?«
»Genau.«
Orlow schaute in den Umschlag, aus dem er bereits die Fotos der Mordopfer genommen hatte.
»Schauen Sie, hier habe ich eine Kopie. Wollen Sie sie sehen?«
Der Russe hielt ihm einen Zettel hin, und Tomás las.

Filipe,
When He broke the seventh seal, there was silence in heaven.
See you.

Jim

Der Historiker blickte den Polizisten fragend an.
»Was, zum Teufel, soll das heißen?«
Orlow lachte.
»Genau um diese Frage zu beantworten, habe ich Sie soeben engagiert!«
Tomás las die Nachricht noch einmal.
»Nun ... niemand soll behaupten, dass das hier nicht einen Profi erfordert.«
Der Russe ergriff die Fotokopie.
»Es gibt da einen Teil, der für uns ganz klar ist.« Er deutete auf die letzte Zeile. »Die Abschiedsworte, see you, legen nahe, dass James Cummings und Filipe Madureira vorhaben, sich in Kürze zu treffen.« Er tippte mit dem Finger auf die zweite Zeile. »Aber das Wesentliche der Botschaft – und unser großes Problem – ist der Hauptsatz.«
Tomás nahm das Blatt und betrachtete die zweite Zeile.
»Dieser hier?«
»Ja. Lesen Sie ihn vor.«
Der Historiker räusperte sich und las dann mit leiser und bedächtiger Stimme das Rätsel vor.
»Und als Er das siebte Siegel brach, ward Stille im Himmel.«

5

Eine beängstigende Ruhe schien in der Luft zu liegen. Sie hatte etwas Unwirkliches, geradezu Bedrückendes, so als schwebe ein unsichtbarer Geist gespenstisch über den gemurmelten Gesprächen in der Luft. Erst gegen zwölf Uhr, als er sich im dritten Heim an diesem Vormittag umschaute, verstand Tomás, was ihn so verwirrte.

Es war die Stummheit.

Rings um den großen Tisch saßen gebeugte, runzlige Gestalten, zerbrechlich, mit kahlen oder von weißen Haarbüscheln bedeckten Köpfen. Sie hatten sich offenbar damit abgefunden, dass ihre Zeit unerbittlich ablief. Das Feuer, das ihr Leben vor Jahren beflügelt hatte, war fast verloschen, ein bloßer Holzscheit, aus dem keine glühende Flamme mehr emporstieg, sondern nur noch ein dünner Rauchfaden. Ihr Leben war zur spärlichen Wärme eines verlöschenden Kamins geworden.

Bald würden sie von der großen Kälte besiegt werden, die nahte, grausam und für immer.

Einige der Alten tauchten bedächtig den Löffel in ihre Suppe, andere trugen Lätzchen, und Frauen mit Schürzen schoben ihnen das Essen in den Mund. Zwei schienen vor Müdigkeit auf den Tisch sacken zu wollen, ihr Kopf fiel ruckweise nach vorn, die feuchten Augen wurden fast von der Schläfrigkeit übermannt, aus ihren zahnlosen Mündern tropfte der Speichel. Doch was allen gemein war, außer ihrem verwelkten Aussehen und der verlöschenden Flamme in ihrer Brust, war ihr Schweigen beim Essen. Ab und zu entstand ein Gemurmel, durchsetzt von dem Geklapper der Bestecke auf dem weißen Geschirr und dem feuchten Schmatzen der zahnlosen Münder beim Schlürfen der Suppe, den Geräuschen des Essens.

Regelrecht überrascht, dass es Menschen gab, die so zu Mittag essen konnten, betrachtete Tomás die Szene eine Zeitlang. Von Kindheit an war er an die Vorstellung gewöhnt, dass Mahlzeiten in Gesellschaft kollektive Ereignisse waren, eine Zeit, in der die Familie oder Freunde sich um den Tisch versammelten, um ihren Gemeinschaftssinn unter Beweis zu stellen, sich auszutauschen, Gefühle zu teilen, zu debattieren. Es war die Zeit des Wortes, der Geschichten, des Lachens, des Diskutierens, ja sogar des Streitens, eine Zeit, in der das Essen zuweilen in den Hintergrund trat und lediglich ein Vorwand war für das tägliche angeregte Beisammensein.

Hier aber war alles anders. Die Mahlzeit schien ihren kollektiven Sinn eingebüßt zu haben, sie war zu einem Moment verkommen, in dem von den Jahren ausgemergelte Gestalten im selben Raum zusammenströmten, um geräuschvoll ihre Suppe zu löffeln. Es war ein Moment der Einsamkeit. Tomás hatte schon davon gehört, dass mit zunehmendem Alter die Menschen offenbar dazu neigen, wieder zu Kindern zu werden, und zwar nicht zu dem zappeligen Kind, das alles auf den Kopf stellt, sondern zum früheren, primären, passiven Säugling, der vor sich hinbrabbelt und schläft und isst und sich entleert und immer so fort. Aber die abstrakte Schilderung des Altwerdens ist eine Sache, etwas anderes, sehr viel

Schonungsloseres ist es, das Altern vor sich zu sehen, es vor Augen zu haben, es greifbar zu spüren, es als real zu konstatieren, zu wissen, dass es auf grausame Weise wahr ist.

»Ein seltsamer Anblick, finden Sie nicht?«

Tomás wandte den Kopf. Seine grünen Augen blickten in die schokoladenbraunen der Frau, die ihn angesprochen hatte. Sie hatte einen sanften Blick, ein hübsches Gesicht und dunkles, gewelltes Haar mit hellen Strähnen.

»Ja«, pflichtete er ihr bei. »Ich hätte nie gedacht, dass die Atmosphäre in einem Altersheim so sehr an ... an eine Kinderkrippe erinnert.«

Die Frau streckte ihm die Hand entgegen.

»Maria Flor«, stellte sie sich vor. »Ich bin die Leiterin des Heims.« Sie begrüßten einander. »Sind Sie hier, um einen Angehörigen zu besuchen?«

»Nein. Ich bin auf der Suche nach einem Platz für meine Mutter.«

Maria bat ihn um Auskunft über den Gesundheitszustand seiner Mutter. Als er zu Ende geredet hatte, schaute sie ihn verständnisvoll an.

»Das ist nicht leicht, stimmt's?«

»Nein, wirklich nicht.«

Die Leiterin ließ den Blick durch den Speisesaal schweifen, wo die Alten schweigend ihre Suppe löffelten.

»Wenn ich meinen Bewohnern hier bei den Mahlzeiten zuschaue, ertappe ich mich manchmal beim Nachdenken über die Siege der Medizin. Da kündigen sie Medikamente gegen den Krebs an, Rezepte für Herzkrankheiten, neue Impfstoffe, noch wirksamere Antibiotika, unglaubliche Entdeckungen, mit denen wir unser Leben verlängern können.« Sie lächelte bedrückt. »So dahingesagt hört sich das sehr schön an, nicht wahr? Das Leben verlängern, Krankheiten besiegen, leben,

bis man hundert Jahre alt ist. Eine tolle Sache!« Sie warf Tomás einen kurzen Blick zu. »Die Menschen sterben immer später, ist Ihnen das schon aufgefallen?«
»Ja, unglaublich.«
»Nicht wahr?« Sie blickte wieder auf die Essenden. »Aber wozu?« Sie verzog die Lippen. »Wozu? Wenn es heißt, wir leben sehr viel länger, könnte man direkt auf die Idee kommen, es handele sich um eine Party, die bis in den frühen Morgen weitergeht. Das erinnert mich an meine Kindheit, wenn meine Eltern mich nach Bonanza, der Fernsehserie, ins Bett schickten. Ich liebte Bonanza und hasste es, wenn die Sendung zu Ende war, weil das für mich das Zeichen zum Schlafengehen war. Hier ist es genauso. Die Fortschritte der Medizin erwecken den Eindruck, als gäbe es jetzt stundenlang Bonanza. Statt um zehn ins Bett zu müssen, darf ich jetzt bis fünf Uhr morgens aufbleiben.« Sie riss die Augen auf und ahmte eine Kinderstimme nach: »Oh, toll!«
»Ja, so ähnlich ist das wohl«, pflichtete Tomás ihr bei. »Die Medizin erlaubt uns, viel später ins Bett zu gehen.«
Maria erhob den Finger.
»Ja, wir sterben sehr viel später, das ist eine Tatsache. Aber wissen Sie, das hat seinen Preis.«
»Nämlich?«
Die Leiterin machte eine ausladende Bewegung, die den ganzen Speisesaal umschloss.
»Den hier. Wir verlängern zwar das Leben, aber von einem bestimmten Punkt an vegetieren wir nur noch dahin.« Sie wandte sich wieder zu Tomás. »Stellen Sie sich vor, Sie sind so alt wie diese Leute hier. Sie können nicht mehr laufen, bringen alles durcheinander, können nicht mehr für sich selbst sorgen, nicht einmal mehr für die elementarsten Dinge. Man legt Ihnen eine Windel an, wischt ihnen den Hintern sauber,

füttert Sie mit Suppe, und Sie sitzen oder liegen den ganzen Tag lang herum und sehen zu, wie die Zeit vergeht. Welchen Sinn hat es, zu sagen, Ihre Lebenserwartung sei gestiegen? Was genau für ein Leben ist damit gemeint? Ein Leben mit Lätzchen, Windeln und jemandem, der einem den Hintern abwischt?«

»Nun, das ist eine etwas krasse Art und Weise, die Dinge zu betrachten ...«

»Finden Sie? Es gibt Leute, die sagen: ›Er geht ins Heim? Wie grauenvoll!‹ Aber sie begreifen nicht, dass nicht das Heim das Schlimme ist. Das Heim ist die Lösung, um dem eigentlich Schlimmen zu begegnen, dem Problem des Altwerdens bis an die Grenze. Wir schieben das Grauen des Todes auf und lernen dafür das Grauen des Uraltwerdens kennen. Das Grauen des Verfalls, des würdelosen Dahinwelkens, der Erniedrigung, des Ausgeliefertseins.«

»Fühlen sich die Menschen in Ihrem Heim denn erniedrigt?«

»Nein, es ist nicht mein Heim, durch das die Menschen sich erniedrigt fühlen. Im Gegenteil, wir versuchen, unser Bestes zu geben, damit sie sich wohl fühlen. Erniedrigend ist das, dem die Menschen sich beugen müssen, um noch Jahre weiterleben zu können. Das sind ihre Grenzen und ihr Verfall. Das ist ihr Alter.«

»Ist das Alter denn erniedrigend?«

»Nicht das Alter an sich, aber der Umstand, dass wir unsere Fähigkeiten einbüßen und anderen Menschen vollständig ausgeliefert sind, verstehen Sie?« Sie deutete mit dem Kopf zu den stumm am Tisch dasitzenden alten Leuten. »Was meinen Sie, was es heißt, uralt zu sein? Stellen Sie sich vor, Sie, ein selbstsicherer, gutaussehender, unabhängiger Mann, der sich immer um seine Angelegenheit gekümmert hat und der plötzlich nicht mehr laufen und deshalb auch nicht mehr alle halbe

Stunde auf die Toilette gehen kann. Was geschieht mit Ihnen?«

»Ich nehme an, irgendjemand geht mit mir zur Toilette.«

»Nun, das macht der Pfleger auch ein-, zwei-, dreimal mit Ihnen, das will ich gar nicht bestreiten. Aber wenn Sie ihn jeden Tag, Woche für Woche, Monat für Monat, zwanzigmal darum bitten und weitere zwanzig alte Leute das Gleiche von ihm verlangen und der Pfleger eine Menge Aufgaben zu erledigen und wenig Zeit hat – wissen Sie, was dann passiert?« Sie ließ die Frage im Raum stehen. »Sie bekommen eine Windel umgelegt. Und dann sitzen Sie auf dem Sofa, Sie, der Sie Ihr ganzes Leben lang Ihr eigener Herr gewesen sind, und pinkeln in die Windeln. Und zwar für den Rest Ihres Lebens, ohne Aussicht darauf, zu Ihrer früheren Autonomie zurückzukehren. Was glauben Sie, wie Sie sich fühlen, wenn das geschieht?«

»Puh … tja …«

»Erniedrigt. Sie werden sich erniedrigt fühlen. Später kommt der Pfleger, nimmt Ihnen die Windeln ab und wischt Ihnen den Hintern sauber. Wie werden Sie sich dabei fühlen? Erniedrigt. Und wenn Sie nicht einmal mehr in der Lage sind, den Löffel richtig festzuhalten, weil Ihnen die Hand zittert und Sie sie nicht mehr unter Kontrolle bringen können, so sehr Sie sich auch bemühen? Dann legt man Ihnen ein Lätzchen auf die Brust und füttert Sie. Und Sie, der Sie Ihr ganzes Leben lang Ihr eigener Herr gewesen sind, ein unabhängiger Mann, ein autonomer, stolzer Mensch, wie fühlen Sie sich?«

»Erniedrigt«, pflichtete er ihr bei und senkte den Kopf.

Maria Flor blickte zu dem Tisch, an dem das stumme Mittagessen stattfand.

»Und genauso fühlen sich diese Menschen hier.«

Ziemlich deprimiert fuhr Tomás zurück nach Hause. Er warf einen Blick ins Schlafzimmer, wo seine Mutter schlafend im Bett lag, das gelbliche Licht der Nachttischlampe brannte noch, das aufgeschlagene Buch war ihr aus den Händen gefallen. Er legte das Buch auf den Nachttisch, knipste mit einem sanften Klicken die Lampe aus, zog die Bettdecke zurecht, damit seine Mutter es schön warm hatte, horchte auf ihr ruhiges, rhythmisches Atmen und küsste sie sachte auf die Stirn.

Die Schlafzimmertür ließ er angelehnt und ging hinüber ins ehemalige Arbeitszimmer seines Vaters. Er hatte eine Idee, und die wollte er in die Tat umsetzen. Er schaltete den Computer an und suchte die Internetseite, die er im Hinterkopf hatte. Als sie sich auf dem Bildschirm zeigte, betrachtete er mit sehnsüchtigem Lächeln die vertrauten Gesichter, die ihn anblickten, als seien sie von einer Zeitmaschine herbeigebeamt worden. Es war die Seite der Angehörigen seines Jahrgangs im Gymnasium Castelo Branco. Außer den Fotos von damals waren auch aktuelle Bilder zu sehen. Einige der Gesichter sahen beinahe noch so aus wie früher, andere hingegen hatten sich verändert, hatten Haare verloren, waren unglaublich dick geworden. Er schaute sich Szenen am Eingang des Gymnasiums an, Fußballmannschaften, Partys, Ausflüge, Grinsen, Unsinn, Liebeleien, Motorräder, es war ein Abriss von Erinnerungen, der dort vorbeizog. Nachdem er auf ›Chat‹ geklickt hatte, gelangte er auf die Seite, auf der die ehemaligen Schüler Nachrichten austauschen konnten.

Er tippte auf der Tastatur:

Filipe Madureira,
ich muss dringend mit Dir sprechen. Melde Dich.
Tomás Noronha.

Dann klickte er auf »Enter«, und die Nachricht wurde in den Chatroom gesandt.
Tomás schaltete den Computer aus, lehnte sich auf dem Stuhl zurück und dachte über die Möglichkeiten nach, die er hatte. Er würde am folgenden Tag nach Lissabon fahren, seinen überfälligen Test schreiben lassen und dann frei für die Nachforschungen sein, mit denen Interpol ihn beauftragt hatte. Da er keine Gewissheit hatte, ob die Nachricht beantwortet werden würde, die er im Chatroom der Internetseite hinterlassen hatte, würde er weitere Wege erkunden müssen. Aber welche?
Er stand auf, ging zum Regal, nahm eine Bibel seines Vaters heraus und brachte sie zum Schreibtisch. Er blätterte in dem dicken Band, bis er auf einer der letzten Seiten den Text fand, nach dem er suchte.
Die Offenbarung.
»Selig ist, der da liest«, las er leise murmelnd den Anfangsabschnitt, »und die da hören die Worte der Weissagung und behalten, was darin geschrieben ist; denn die Zeit ist nahe.«
Eine Prophezeiung, wiederholte er im Stillen. Dies ist eine Prophezeiung. Denn die Zeit ist nahe.
Nahe.
Er konzentrierte seine Aufmerksamkeit wieder auf den Text und folgte ihm Zeile für Zeile, Satz für Satz, Abschnitt für Abschnitt. Mit Geduld und Gewissenhaftigkeit kämpfte er sich hartnäckig durch das Dickicht der Wörter, bis er Seiten später endlich die entscheidende Passage entdeckte. Er las sie einmal schweigend durch und dann noch einmal flüsternd, als könne der Klang seiner eigenen Stimme ihm dabei helfen, ihren verborgenen Sinn zu entdecken. »Hier ist die Weisheit«, las er. »Wer Verstand hat, der überlege die Zahl des Tieres; denn es ist eines Menschen Zahl, und seine Zahl ist sechshun-

dertsechsundsechzig.« Nachdenklich blickte er hoch und wiederholte den geheimnisvollen Satz. »Und seine Zahl ist sechshundertsechsundsechzig.«
Er schrieb die drei Ziffern auf ein Blatt Papier.

666

Eine Zeitlang saß er da und blickte auf die drei Ziffern, erwog die Alternativen, die er hatte, betrachtete die möglichen Wege zu einer Lösung. Diese Zahl enthält ein Wort, lautete seine Schlussfolgerung. Mehr noch als ein Wort, es ist eine Botschaft.
Eine verschlüsselte Botschaft.
Er stand abermals auf und holte ein weiteres Buch aus dem Regal, einen alten Band mit vergilbten, durch die Zeit lose gewordenen Seiten, auf dessen Einband und dem verblichenen Buchrücken in vergoldeten Lettern der Titel »Kabbala« stand. Tomás schlug das Buch auf und atmete den süßlichen Geruch der Zeit ein, der den alten Seiten entströmte. Er blätterte eine Seite nach der anderen um, vorsichtig, als habe er Angst, sie könnten unter seinen Fingern zu Staub zerfallen.
Während er blätterte, kehrten seine Gedanken zu der Nachricht zurück, die er auf der Internetseite des Gymnasiums hinterlassen hatte. Und was, wenn Filipe nicht antwortete?, fragte er sich. Er überschlug das wenige, das er wusste, und gelangte rasch zu dem Schluss, dass er weitere Informationen über seinen alten Freund zusammentragen müsse.
Er legte das Buch beiseite, nahm sein Handy und wählte.
»Orlow, sagen Sie mir eins«, bat er, nachdem er und der Mann von Interpol einander begrüßt hatten. »Mit was für einer Arbeit war mein Freund Filipe beschäftigt?«
»Beratung auf dem Energiesektor.«

»Ja, aber was bedeutet das, Energiesektor? Elektrizität?«
Die Stimme am anderen Ende der Leitung gab ein paar keuchende Laute von sich, Tomás merkte, dass Orlow kaute. Der Mann aß offenbar pausenlos.
»Öl«, sagte Orlow, nachdem er geschluckt hatte. »Er ist Diplomgeologe und hat sich mit Energiefragen im Allgemeinen beschäftigt, aber sein wirkliches Interesse galt dem Ölsektor.«
»Aha.«
»Meiner Berechnung nach war übrigens der Letzte, der ihn gesehen hat, ein Mann namens Abdul Qarim im Sitz der OPEC.«
»Filipe ist zuletzt im Sitz der OPEC gesehen worden?«
»Ja.«
»Aber befindet der sich nicht in Saudi-Arabien?«
Orlow lachte.
»Nein, Professor. Der ist hier in Europa.«
»Die OPEC hat ihren Sitz in Europa?«
Weitere ungeordnete Geräusche ließen erkennen, dass sich der Russe noch einen Bissen in den Mund geschoben hatte. Er kaute hastig, und einen Moment später gelang es ihm, mit erstickter Stimme und vor Anstrengung beim keuchenden Atem weiterzusprechen.
»In Wien.«

6

Als man ihm gesagt hatte, das Gebäude liege am Donaukanal, hatte Tomás an ein von Grün umgebenes Schlösschen gedacht, das durch seine herrschaftliche Architektur beeindruckte und zu dessen Füßen sich der blaue Wasserspiegel wie ein vor dem Lehnsherr niedergeworfener Vasall erstreckte. Vielleicht weil seine Erwartungen so hochgesteckt waren, zögerte Tomás vor Enttäuschung, als er bei der Nummer dreiundneunzig der Straße in der Leopoldstadt ankam. Er blieb einen Moment stehen, um den hässlichen Flachbau mit seiner grauweißen Gebäudestruktur und den dazwischen eingefügten blauen Streifen zu betrachten, auf dessen Spitze eine blauweiße Fahne, eine Digitaluhr und die Buchstaben OPEC angebracht waren.

Der Sitz der Organisation der Erdöl exportierenden Länder war alles andere als grandios, sondern lediglich ein zwischen Bürogebäuden eingezwängter Kasten im zweiten Wiener Bezirk. Es gab dort weder Pracht noch Glanz, nichts, was darauf hindeutete, dass von hier aus das größte und lukrativste Geschäft der Erde geführt wurde, die wunderbare Substanz, die die Welt in Bewegung hielt. Tomás traute kaum seinen Sinnen und dachte sogar, die Anschrift sei nicht die richtige, bestimmt lag ein Irrtum vor, doch die Buchstaben der OPEC auf der Spitze und die Dreiundneunzig über der von einer kompli-

zierten Glaskonstruktion überdachten Tür ließen keinen Zweifel zu. Er stand tatsächlich vor dem Sitz der OPEC.
Er betrat das Gebäude und ging zum Empfang. »Ich möchte zu Herrn Abdul Qarim.«
»Haben Sie einen Termin?«
»Ja. Mein Name ist Tomás Noronha. Ich komme von Interpol.«
Der Araber an der Rezeption wählte eine Nummer und gab die Information ans andere Ende der Leitung durch. Tomás verstand nichts von dem, was er sagte, bis auf seinen Namen und den der Internationalen Polizei. Der Mann nahm Instruktionen entgegen, bedankte sich und legte auf.
»Herr Qarim kommt gleich«, sagte er. Er deutete auf die Tür. »Warten Sie bitte draußen.«
»Draußen?«, wunderte sich der Besucher.
»Ja, er hat darum gebeten, dass Sie draußen auf ihn warten.«
Tomás verstand zwar nicht, ging aber hinaus, wartete neben dem verglasten Vorbau des Eingangs und spähte immer wieder in das Innere des Gebäudes. Zahlreiche Männer mit Turbanen waren zu erkennen, andere trugen Krawatten, fast alle waren Araber oder Afrikaner, die mit Aktentaschen hin und her liefen, aber ohne jede Eile, Stress war nicht ihr Rhythmus. Tomás wurde allmählich ungeduldig. Ständig wechselte er das Standbein und ärgerte sich zunehmend über den Mangel an Höflichkeit. Noch nie hatte er erlebt, dass man einen Gast zum Warten auf die Straße schickte.
Schnurrend fuhren die Autos vorüber, bei geschlossenen Augen hörte es sich an wie das Rauschen des Meeres, ein wütendes Gemurmel, das von dem schrillen Hupen ebenso durchschnitten wurde wie das Brausen der Wellen von dem melancholischen Krächzen der Möwen. Es war wirklich eine Rücksichtslosigkeit, sinnierte Tomás.

Das Gehupe wurde so hartnäckig, dass er sich umwandte, um zu sehen, was los war. Ein glänzender, silberfarbener Mercedes, ein zweisitziges Sportcoupé mit aerodynamischen Linien, hatte vor der Tür des OPEC-Gebäudes gehalten, und Tomás sah, wie im Inneren eine Hand in der Luft wedelte. Da er nicht begriff, was das sollte, beugte er sich vor, um besser sehen zu können. Die Hand schien in seine Richtung zu zeigen, es sah ganz danach aus, als ob er gerufen wurde. Sollte ich gemeint sein?, überlegte er. Er machte ein fragendes Gesicht, und die Hand winkte ihn herbei. Vorsichtig trat er näher und sah durch das geöffnete Fenster einen Mann mit Turban am Steuer sitzen.

»Sind Sie der Herr von Interpol?«, fragte der Unbekannte.

»Nein … das heißt doch, der bin ich.«

Der Mann streckte den Arm aus und stieß die Wagentür von innen auf. »Steigen Sie doch bitte ein«, forderte er ihn auf. »Ich bin Abdul Qarim.«

Seine Überraschung überwindend, quetschte Tomás sich in das beengte Wageninnere und begrüßte seinen Gastgeber, einen dünnen Mann mittleren Alters mit Spitzbart und vorstehenden Wangenknochen. Er trug ein rot-weißes Shumagg-Tuch auf dem Kopf, und sein Körper war von einem Thoub, einer langen, dunklen Tunika, bedeckt, traditionelle Kleidungsstücke, die in einem seltsamen Kontrast zu der hochmodernen Technologie standen, die ihm bernsteinfarben vom Armaturenbrett des Mercedes entgegenblitzte. Das Lenkrad des Wagens wurde von über und über mit funkelnden Ringen bedeckten Fingern umklammert. Es waren so viele Ringe, dass es durchaus angebracht gewesen wäre, zu sagen, seine Hand trage eine Krone.

»Ich hatte gedacht, unser Gespräch würde in Ihrem Büro stattfinden.«

Kaum hatte Tomás die Tür geschlossen, als der Wagen auch schon so unvermittelt losfuhr, dass die Reifen quietschten und er in den Sitz gedrückt wurde wie ein Astronaut beim Raketenstart.

»Mein Büro ist Wien«, sagte der Araber. Er wies mit dem Daumen auf das rasch hinter ihnen verschwindende Gebäude. »Unser Hauptsitz ist doch furchtbar, finden Sie nicht? Ich werde Sie an einen spannenderen Ort mitnehmen.« Er schaute seinen Fahrgast an. »Kennen Sie Wien, Herr Noronha?«

»Nein.«

»Eine charmante Stadt«, erklärte er. »Ich verbringe hier die Hälfte des Jahres. Eine Hälfte in Medina, wo meine Frau und meine Familie leben, und die andere in Wien.«

»Medina? In Saudi-Arabien?«

»Ja. Da komme ich her.« Er klopfte auf das Lenkrad. »Sehen Sie mein Auto hier?« Er hob seine beringte Hand und ließ sie kreisen, als präsentiere er die gesamte Umgebung. »Sehen Sie die Autos auf der Straße? Die Büros, die Geschäftigkeit, das Leben? Sehen Sie es?«

»Ja.«

»All das ist möglich dank meines Landes.«

Tomás lächelte.

»Jetzt hören Sie mal, Wien ist eine sehr alte Stadt, älter als Saudi-Arabien.«

»Zweifellos. Aber alles, was es im Westen gibt, existiert in dieser Form nur dank uns. Ohne Saudi-Arabien wäre nichts von dem möglich, was Sie hier ringsherum sehen.«

»Sie meinen damit das Öl?«

»Selbstverständlich. Es ist das Öl, das die Welt in Bewegung hält.«

»Aber es gibt eine Menge Öl außerhalb Saudi-Arabiens.«

»Sagen Sie mir, wo.«

»Nun ... was weiß ich, im Irak, im Iran, in Kuwait ...«
»Alles Länder, die zur OPEC gehören und die deshalb mit Saudi-Arabien in Verbindung stehen.«
»Aber es gibt auch noch andere.«
»Welche? Schießen Sie los.«
»Russland, die Vereinigten Staaten ...«
Der Araber lachte auf.
»Sie wollen wohl mit mir scherzen.«
Tomás blickte ihn verwirrt an.
»Was ist daran so lustig?«
Sie fuhren die Obere Donaustraße hinunter, die Straße parallel zum Donaukanal. Jenseits eines akkurat gemähten Rasenstreifens schlängelte sich nebenan der Kanal entlang, von dessen Wasser die Bäume und die Häuser wie in einem langgestreckten Spiegel reflektiert wurden. Der sportliche Mercedes glitt wie eine silberne Katze, die das Grün zerschnitt, über den Teer, schnellte wie ein Jagdhund die in sein Revier verwandelte Uferstraße entlang.
»Millionen Menschen auf der ganzen Welt erfreuen sich heute eines unglaublich hohen Lebensstandards, Gott sei Dank«, sagte Qarim, die Augen aufmerksam auf den Verkehr gerichtet. »Sie beklagen sich darüber, dass sie zu wenig verdienen, dass sie kein Geld haben, um sich ein besseres Auto zu kaufen oder ein größeres Haus zu bauen, aber sie vergessen dabei, dass vor nur siebzig Jahren ein Auto oder ein Haus zu besitzen ein Privileg der Reichen war, sie vergessen, dass ein geheiztes Zuhause oder Urlaubsreisen ins Ausland ausschließlich den Adligen vorbehalten waren. Der gewöhnliche Bürger begnügte sich damit, etwas zu essen zu haben und sich am Feuer wärmen zu können. So ergeht es uns zwar nicht, aber wir leben heute tatsächlich in einer Zeit des Wohlstands, die hoffentlich noch lange anhält. Inschallah!« Er blickte Tomás

durchdringend an. »Wissen Sie, worauf dieser Überfluss sich gründet?«
»Auf das Erdöl?«
»Nicht auf das Erdöl allein, Habibie. Er gründet sich auf das billige Erdöl.«
»Billig? Sie finden, dass Erdöl billig ist? Also, wenn ich zum Tanken fahre, kommt es mir immer sehr teuer vor, und es wird immer schlimmer.«
»Aber nur, weil Sie noch nie darüber nachgedacht haben. Ist Ihnen nie aufgefallen, dass das Erdöl in Anbetracht all des Wohlstands, den es erzeugt, ein unglaublich billiges Produkt ist? Nehmen Sie zum Beispiel mal Parfüm. Ein Liter Parfüm ist doch unendlich viel teurer als ein Liter Erdöl, oder nicht?«
»Ich glaube schon.«
»Selbst das gewöhnlichste Parfüm ist teurer als Erdöl.« Er erhob den von einem herrlichen Diamantring geschmückten Zeigefinger. »Nun, ich garantiere Ihnen, dass wir bei unserer Lebensweise absolut ohne Parfüm auskommen könnten, aber ohne Erdöl wäre sie unmöglich.«
»Davon bin ich überzeugt.«
»Alles, was wir konsumieren – vom Wiener Schnitzel bis zum Orangensaft, von einem banalen Holztisch bis hin zu der Dienstleistung eines Zahnarztes, von einem hochmodernen Flachbildschirm bis zur Eintrittskarte für die Staatsoper dort drüben, um Strauss zu hören – alles stellt eine Einheit von produzierter und verbrauchter Energie dar.«
»Ich verstehe nicht …«
Qarim räusperte sich.
»Also, was wissen Sie über die Geschichte der Menschheit?«
»So einiges.« Tomás lachte. »Schließlich bin ich Historiker.«
Der Araber machte große Augen.
»Historiker? Ich dachte, Sie seien Polizist.«

»Nein, ich bin Geschichtswissenschaftler. Diese Arbeit für Interpol ist tatsächlich nur eine ... punktuelle Zusammenarbeit. Sagen wir es mal so: Diese Ermittlungen scheinen etwas mit alten Rätseln zu tun zu haben, und das hat die Polizei dazu veranlasst, mich um Hilfe zu bitten.«

»Hm, ich verstehe. Nun, ich nehme an, als Historiker sind Sie über die Beziehung zwischen Fortschritt und dem Energieverbrauch im Bilde.«

Tomás zögerte.

»Ja und nein. Was meinen Sie genau?«

»Ich meine die Organisation der Gesellschaft in Bezug zu ihren Energiebedürfnissen.«

»Nun, ich gestehe, das ist nicht mein Metier.«

»Es ist ganz leicht zu erklären«, sagte Qarim voller Enthusiasmus. Offenkundig war das Thema sein Spezialgebiet. »Sagen Sie mir, was glauben Sie, weshalb die primitiven Menschen lieber große Tiere gejagt haben?«

»Das ist ganz einfach. Mit ihren großen Leibern boten diese Tiere mehr Nahrung.«

»Genau. Mit anderen Worten, die zum Jagen nötigen Kalorien wurden eher durch ein großes Stück Fleisch kompensiert als durch ein kleines. Wenn man zum Töten einer Kuh ebenso viel Energie aufwenden muss wie zum Töten eines Kaninchens, ist es besser, man tötet eine Kuh, nicht wahr? Das heißt, instinktiv hatten bereits die primitivsten Menschen die Kosten-Nutzen-Rechnung für die Energie im Hinterkopf. Das ist im Übrigen der Grund, weshalb man von der Wirtschaftsform des Jagens zu der des Ackerbaus überging. Unsere Vorfahren hatten begriffen, dass die Landwirtschaft für die Relation zwischen dem Verbrauch und dem Erwerb von Energie Vorteile bot.«

»So betrachtet, leuchtet mir das ein.«

»Jetzt passen Sie auf. Was passierte, als die Landwirtschaft entstand? Das Leben wurde leichter, und die Gemeinschaften prosperierten. Der Wohlstand führte zu einer größeren Bevölkerung, Städte wurden gegründet. Das Problem war nur, dass jeder Mensch im Schnitt pro Jahr eine halbe Tonne Feuerholz verbrauchte. Da es sehr viel mehr Menschen gab als früher, bedeutete dies die Zerstörung von immer mehr Wald, um den Bedarf der wachsenden Bevölkerung decken zu können. Da der Waldbestand von Jahr zu Jahr zurückging, mussten immer größere Strecken zurückgelegt werden, um immer mehr Brennholz für immer mehr Menschen zu beschaffen.« Er zog die Brauen hoch. »Sie können sich vorstellen, zu was für einem Problem das geführt hat, oder?«

»Die Versorgung deckte nicht mehr den Verbrauch.«

»Genau. Um ebendieses Problem zu lösen, entstand die erste Energiewirtschaft. Die Menschen konnten früher nicht immer noch größere Entfernungen zurücklegen, um wachsende Mengen Brennstoff zu besorgen, und so bildeten sie Gruppen, denen diese Aufgabe übertragen wurde. Doch neue Erfindungen ließen den Energiebedarf weiter explodieren. Das Eisen, zum Beispiel. Um ein paar bescheidene Kilo Eisen zu gewinnen, war eine Tonne Brennholz erforderlich. Da die Eisenindustrie expandierte, wurde der Brennholzbedarf zur Eisengewinnung riesengroß. Weil es nun aber immer mehr Menschen und immer weniger Wald gab, brach die auf dem Holz fußende Wirtschaft irgendwann zusammen.«

Er blickte Tomás an. »Wissen Sie, was die Lösung war?«

»Nein.«

»Die Kohle. Kohle gab es in großem Überfluss, und sie war leicht zu transportieren. Obendrein enthält ein Kilo Kohle fünfmal mehr Energie als ein Kilo Holz. Ohne Kohle wäre die industrielle Revolution nicht möglich gewesen. Das Holz reichte nicht aus, um die für die Industrialisierung nötigen Mengen an Eisen zu gewinnen, nur die Kohle konnte das ermöglichen. Und sie ermöglichte es. Dank der Kohle entstanden die Fabriken, Maschinen, Eisenbahnlinien, Dampfmaschinen, die großen Schiffe. Die neue Quelle der Energie aber brachte nicht nur mehr Wärme und mehr Verkehrsmittel, sie brachte auch mehr Essen, mehr Kleidung, mehr Maschinen, mehr Papier – mehr von allem. Damit sind wir in den Zyklus der Unersättlichkeit eingetreten. Je mehr produziert wird, umso mehr Energie ist erforderlich, und je mehr Energie wir haben, umso mehr Dinge können wir produzieren.« Er zwinkerte ihm zu. »Verstehen Sie nun, weshalb ich sage, dass jedes Produkt ein Energiemaß ist?« Er deutete auf die Kastanienbäume, die den Straßen ringsum ihr Kolorit verliehen. »Wenn wir als Brennstoff lediglich Holz hätten, wäre ein Leben, so wie wir es kennen, nicht möglich.« Er schlug auf das Lenkrad. »Um all den Reichtum zu produzieren, der uns umgibt, von diesem Auto hier bis hin zu jedem anderen Konsumgut, ist eines nötig: Energie.«

»Und da kommt das Erdöl ins Spiel.«

»Ganz genau. Die Kohle hatte große Vorzüge gegenüber dem Holz. Sie war es, die die industrielle Revolution ermöglicht hat, aber sie hatte einige schwerwiegende Nachteile, angefangen damit, dass sie sehr umweltschädlich war. Die Luft in den Städten wurde schwarz, man konnte sie kaum mehr einatmen. Außerdem reichte die Energie, die die Kohle produzierte, nicht mehr für die neuen industriellen Verfahren aus, die entwickelt worden waren. Da verursachte eines Morgens im Jahr 1901 eine Bohrung in einem kleinen Berg namens Spindletop in Texas einen Ausstoß von Methangas, das sich verflüssigte und schwarz wurde. Wir nennen das Erdöl. Spindletop war der erste ...«

»Entschuldigen Sie«, unterbrach ihn Tomás, »aber das stimmt nicht.«
Qarim schaute ihn mit großen Augen an.
»Was stimmt nicht?«
»Dass das Erdöl erst 1901 entdeckt wurde. Ich habe alte arabische Texte gelesen, in denen bereits die Existenz von Erdöl erwähnt wird.«
Der Araber lachte.
»Natürlich war das Erdöl schon bekannt.« Er blickte in die Höhe. »Allah'u akbar! Gott ist groß und seine Weisheit unendlich. Gott ist der Schöpfer aller Wunder, und das Erdöl ist eine Schöpfung von Ihm. Es ist kein Zufall, dass Er es im Nahen Osten angesiedelt hat. Gott hat das Erdöl uns gegeben, damit wir es gegen die Ungläubigen nutzen. Meine Vorfahren, zum Beispiel, haben es bereits im Krieg gegen die Kreuzzüge eingesetzt und sich seine leichte Brennbarkeit zunutze gemacht.«
»Dann geben Sie mir also recht.«
»Ich fürchte, ich habe mich nicht ganz klar ausgedrückt. Die Existenz des Erdöls war seit langer Zeit bekannt, das ist eine Tatsache. Das Problem war, man glaubte, es sei rar. Das Bewusstsein, dass Erdöl potenter, sicherer und sauberer war als Kohle, war durchaus vorhanden, doch man dachte, dass es keine großen Vorkommen davon gäbe. In Russland wurden höchstens fünftausend Barrel täglich gefördert, und das war bereits eine außerordentliche Menge. Doch in Spindletop begann man, die gleiche Menge in einer einzige Stunde zu fördern. Verstehen Sie? Spindletop war der Beweis dafür, dass es Erdöl in Hülle und Fülle gab.«
»Aha, ich verstehe.«
»Spindletop steht für den Anfang des Erdölzeitalters. Die gesamte Wirtschaft wandelte sich. Manche industrielle Verfah-

ren, die mit Kohle nicht durchgeführt werden konnten, wurden durch das Erdöl nun möglich. Autos wurden entwickelt, die es den Menschen erlaubten, fern von dem Ort zu leben, an dem sie arbeiteten. Ich muss Ihnen wohl nicht erklären, welche städtebaulichen und sozialen Auswirkungen das hatte, oder?«

Tomás lachte.

»Um das zu verstehen, muss man kein Wissenschaftler sein.«

»Und nun frage ich Sie: Wo konzentriert sich dieser Reichtum?«

»Was meinen Sie? Das Erdöl?«

»Ja.«

»Was weiß ich, an verschiedenen Orten, nicht wahr?«

Der Araber schüttelte den Kopf und lächelte herablassend.

»Dieser Reichtum befindet sich heute fast gänzlich in den Händen der OPEC, und so Gott will, wird es auch so bleiben. Inschallah!«

»Und was ist mit den Vereinigten Staaten? Und mit Russland? Fördern die denn kein Erdöl?«

Qarim warf ihm einen kurzen Blick zu.

»Das Erdöl geht allmählich zu Ende.«

»Wieso?«

Der Wagen befand sich bereits mitten im Stadtgebiet in der Nähe von Schottenring und Alsergrund. Die Gegend war elegant, mit einer imposanten Architektur aus gepflegten Gebäuden. Aufgehalten durch die Ampeln und den Verkehrsfluss, verlangsamte der Mercedes die Fahrt. Aus dem Wolf war ein Lamm geworden.

»Das war das Thema meiner Unterhaltung mit dem Mann, den Sie suchen.«

»Filipe Madureira?«

»Ja.«

»Er ist zu Ihnen gekommen, um mit Ihnen über das amerikanische und das russische Öl zu sprechen?«
»Er wollte mit mir über den Stand der Förderung und die weltweiten Erdölreserven reden.«
Tomás holte seinen Notizblock aus der Tasche. Das Gespräch war bei dem Thema angelangt, das ihn nach Wien geführt hatte.
»Ich würde gerne die Umstände verstehen, unter denen Sie sich getroffen haben«, sagte er. »Wann hat er sich mit Ihnen in Verbindung gesetzt?«
»Oh, das ist schon ein paar Jahre her.«
Tomás schaute in seinen Aufzeichnungen nach.
»War das vielleicht im Februar 2002?«
»2002? Ich weiß nicht, da muss ich in meinem Kalender nachschauen.«
Er machte ein nachdenkliches Gesicht. »Warten Sie mal, ich kann mich daran erinnern, dass wir uns über den elften September und den Einmarsch der Amerikaner in Afghanistan unterhalten haben, beides war kurz zuvor geschehen. Wann war das noch? Ende 2001, nicht wahr?« Schon überzeugter, wiegte er den Kopf hin und her. »Ja, unser Treffen muss ungefähr im Februar 2002 stattgefunden haben. Ich kann mich erinnern, dass es sehr kalt war, wir hatten tiefsten Winter und mussten sogar dem Schnee ausweichen, der sich in Wien auf den Bürgersteigen türmte.«
»Wie ist Filipe Madureira auf Sie gekommen?«
»Über einen unserer Kunden, Herrn Ferro, einen Ingenieur von Galp.«
»Der portugiesischen Ölgesellschaft?«
»Ja. Wir machen Geschäfte mit Galp, und mein Ansprechsprechpartner ist für gewöhnlich Herr Ferro. Er rief mich an und sagte mir, er habe einen Berater, der aufgrund der interna-

tionalen politischen Krise eine Einschätzung der verfügbaren Reserven und der vorhandenen Förderkapazitäten vornehmen müsse, und fragte mich, mit wem er sprechen solle. Ich sagte ihm, er solle zu mir kommen.«

»Und das hat er getan.«

»Ja.«

»Ist er hierher nach Wien gekommen?«

»Ja, wir haben uns hier getroffen.« Qarim deutete irgendwo hinter sich. »Wir haben im Lusthaus zu Mittag gegessen, einem Restaurant dort drüben im Prater, und dann sind wir auf einen Sprung hinüber ins Hippodrom gegangen, um uns die Pferde anzuschauen.«

»Und er wollte über die weltweite Erdölproduktion reden ...«

»Ja, über die Produktion und die Reserven. Vor allem die Reserven haben ihn beschäftigt.«

»Hat er Ihnen gesagt, aus welchem Grund er ...«

Qarim hob seine üppig geschmückte Hand.

»Halt, Sie haben mir noch gar nicht genau erklärt, weshalb Sie den Inhalt des Gesprächs wissen wollen«, unterbrach er ihn. »Sie können sich bestimmt vorstellen, dass es mir nicht sonderlich behagt, Ihnen die Gespräche mit meinen Kunden offenzulegen.«

»Das kann ich durchaus verstehen, aber hier geht es um Ermittlungen von Interpol.«

»Ja, das haben Sie mir bereits am Telefon gesagt, und deshalb habe ich auch eingewilligt, mich mit Ihnen zu treffen. Aber könnten Sie nicht etwas konkreter werden?«

Tomás seufzte.

»Filipe Madureira steht im Verdacht, in zwei Mordfälle verwickelt zu sein.«

In einer Mischung aus Erstaunen und Erschrecken riss der Araber Augen und Mund auf.

»Ist das Ihr Ernst?«
»Ja. Es wurden Verbindungen zwischen ihm und zwei Wissenschaftlern festgestellt, die man erschossen aufgefunden hat.«
Qarim schüttelte den Kopf.
»Das ist ja unglaublich«, rief er aus. »Ich habe mich mit einem Mörder unterhalten und lebe noch!« Mit einem Ausdruck der Dankbarkeit blickte er in die Höhe. »Allah'u akbar! Gott ist groß und barmherzig!«
»Halt, ich habe nicht gesagt, dass Filipe der Mörder ist. Die Sache wird noch untersucht.«
Der OPEC-Mann konzentrierte sich auf den Verkehr.
»Ja, aber Tatsache ist, dass er von der Polizei gesucht wird.«
Er runzelte die Brauen. »Und was habe ich damit zu tun?«
»Die Morde sind zu der Zeit geschehen, als Sie sich mit ihm getroffen haben.«
»Hören Sie, ich kann Ihnen versichern, dass das nicht Thema unseres Gesprächs war, da können Sie sich sicher sein. Allah ist mein Zeuge.«
»Das glaube ich gern«, sagte Tomás. »Aber es gibt da noch etwas, das uns von Bedeutung zu sein scheint. Unseren Berechnungen nach sind Sie nämlich der letzte Mensch, der Filipe in der Öffentlichkeit gesehen hat.«
»Ich?«
»Ja. Nach den Morden ist er verschwunden. Niemand hat ihn je wieder zu Gesicht bekommen.«
»Kann ihm nicht etwas zugestoßen sein?«
»Vielleicht, ich weiß es nicht.«
»Womöglich ist auch er ermordet worden. Sagt ihr Christen nicht immer, wer mit dem Eisen erschlägt, der durch das Eisen stirbt?«
»Nein, er lebt.«

»Woher wissen Sie das?«
»Wir haben Aufzeichnungen von einem E-Mail-Wechsel zwischen ihm und einem Freund, einem Engländer.«
»Dann ist es doch ganz einfach. Reden Sie mit diesem Engländer.«
»Das können wir nicht. Der Engländer ist ebenfalls verschwunden.«
Der Wagen hielt neben einer Reihe von Parkplätzen. Qarim schaute in den Rückspiegel, ehe er auf die Kupplung trat, den Gang einlegte und zurücksetzte.
»Eine merkwürdige Geschichte ist das. Aber, offen gesagt, ich weiß nicht, wie ich Ihnen helfen soll.«
»Hören Sie, ich versuche zu rekonstruieren, was Filipe damals, als das passiert ist, beschäftigt hat. Deshalb muss ich von Ihnen den Inhalt des Gesprächs wissen, das Sie geführt haben.«
Die Reifen quietschten, und der Wagen rollte rückwärts.
»Ich erzähle es Ihnen«, versprach Qarim, den Kopf zum Einparken nach hinten gewandt. »Aber nicht hier.«
Er hielt in der Parklücke.

7

Von dem großartigen Gebäude der Börse aus, wo sie das Auto abgestellt hatten, gingen sie zu Fuß weiter. Sie durchquerten den Gmeiner-Park, eine Grünanlage in der Mitte des Börseplatzes, und bogen dann in die Renngasse, eine Straße, die zwischen dem prächtigen Barockpalais Schönborn-Batthyány und dem mittelalterlichen Komplex des ehemaligen Priorats der Schottenkirche liegt. Dann gingen sie über den Platz. Qarim geleitete Tomás wie ein Fremdenführer zu dem gegenüberliegenden Gebäude, dem Palais Ferstel, dessen Inneres sich als prunkvolle Galerie entpuppte, die Freyung-Passage. Sie gingen hinein, bogen nach links ab und betraten schließlich ein weitläufiges Lokal, dessen Eingang von der Pappmaché-Nachbildung eines auf einem Stuhl sitzenden Mannes bewacht wurde.

»Das Café Central«, verkündete Qarim.

Das Café wirkte fast wie eine Kathedrale. Kolossale griechische Säulen stützten die hohe, gewölbte Decke, von der Kronleuchter mit fahlen, runden Lampen wie Waldfrüchte an Zweigen herabhingen und den Saal vergebens zu beleuchten versuchten. Tatsächlich wurde ihr schwacher Schein von dem kräftigen Tageslicht überboten. Die Sonnenstrahlen fielen kraftvoll durch die breiten, oben abgerundeten Fenster und breiteten sich im ganzen Café aus. Doch schien selbst diese Helligkeit zurückzutreten und überschattet zu werden von der stilvollen Innendekoration und der Einrichtung. Mehr noch als vom Licht wurde das Ambiente von Farben und harmonischen Linien beherrscht, einer eleganten Mischung aus einem diffusen Gelb, in dem alles gehalten war, und einem gewissen Jugendstiltouch, der dem Café klassische Vornehmheit verlieh. Zu der Zeit, als man noch Frack, Stock und Melone getragen hatte, wär das Lokal vermutlich als chic bezeichnet worden.

Einige Gäste blätterten in der Zeitung, andere schienen in ein spannendes Buch vertieft, und wieder andere tranken genüsslich einen Kapuziner oder Pharisäer. Doch alle ohne Ausnahme waren wie verzaubert von der melancholischen Sonate, die ein von dem betörenden Pathos der Musik hingerissener Pianist mit geschlossenen Augen und zurückgeneigtem Kopf spielte. Mozart erfüllte das Kaffeehaus mit Wohlklang, lieblich wie das sanfte Gezwitscher der Schwalben, wenn sie den Frühling willkommen heißen.

Mit leisen Schritten, um den Musiker nicht zu stören und die schöne Sonate, die erklang, nicht zu verderben, gingen sie über das Parkett und setzten sich an einen kleinen, ovalen Tisch in einer Ecke am Fenster.

»Ein beeindruckendes Lokal«, murmelte Tomás und musterte das Deckengewölbe. »Wirklich beeindruckend.«

»Ja, nicht wahr?« Qarim lächelte und machte es sich auf dem Stuhl bequem. »Es heißt, dass sich hier früher die Wiener Schriftsteller getroffen haben.« Er deutete mit dem Finger auf die Pappmaché-Figur, die den Eingang des Cafés bewachte. »Der dort war einer von ihnen.«

»Wer ist das?«

»Ich weiß nicht, offenbar ein Dichter.«

»Ein berühmter?«
Qarim blickte durchs Fenster auf die Herrengasse und den Minoritenplatz, wo der Verkehr tobte.
»Ich habe nicht die geringste Ahnung«, sagte er. »Aber die ganze Gegend hier um den Schottenring und den Alsergrund wurde viel von Intellektuellen frequentiert. Freud, zum Beispiel, hat hier gelebt. Sein Haus ist jetzt ein Museum.«
Der Kellner im vorschriftsmäßigen Smoking kam zu ihnen, einen Notizblock in der Hand.
»Guten Tag«, begrüßte er sie auf deutsch. Er wirkte unsicher, offenkundig wusste er nicht, ob sein Gast mit dem Shumag auf dem Kopf und dem Thoub, der ihn einhüllte, ihn verstehen würde. »Was darf es sein?«
»Ich hätten gerne einen Türkischen und einen Rehrücken«, antwortete Qarim auf englisch. Dann stand er auf und blickte Tomás an. »Ich gehe kurz auf die Toilette. Bestellen Sie, was Sie möchten.«
Während der Araber in seiner dunklen Tunika davonging, warf der Historiker einen Blick auf die Speisekarte, die der Kellner ihm reichte.
»Ich habe etwas Hunger«, sagte er zu dem Kellner. Er deutete auf ein Foto in der Karte. »Was ist das hier?«
Der Österreicher beugte sich vor und schaute auf das Bild.
»Sie meinen den Heringssalat?«
»Ja, was ist das?«
»Das ist ein Salat aus Fisch.«
»Bringen Sie mir bitte eine Portion davon.«
»Und was darf es zu trinken sein?«
»Ein frisch gezapftes Bier.«
»Pfiff, Seidl oder Krügel?«
»Die Marke ist egal.«
Der Kellner schüttelte den Kopf.

»Nein, ich wüsste gerne die Menge.«
»Bringen Sie mir ruhig einen halben Liter.«
»Ach so, also ein Krügel.«

Als Qarim zum Tisch zurückkehrte, erwarteten ihn ein dampfender türkischer Kaffee und ein saftiges Stück Schokoladenkuchen. Das Piano war verstummt, der Klavierspieler hatte sich an den Tresen gesetzt, um seine Finger auszuruhen und einen Einspänner zu trinken.
Tomás hielt sich an seinen gewaltigen Bierkrug und aß von dem Salat, der ihm bereits serviert worden war. Wie es schien, genoss er die Sonne, die ihm durchs Fenster das Gesicht streichelte, aber sein Notizblock lag bereits aufgeschlagen auf dem Tisch.
»Vielleicht sollten wir die Musikpause dazu nutzen, mit unserem Gespräch voranzukommen«, schlug er vor, sobald er Qarims Rückkehr bemerkte.
»Gut«, stimmte der OPEC-Mann zu und legte die Finger an die Kaffeetasse, um die Temperatur zu fühlen. »Fragen Sie, was Sie wissen wollen.«
»Sie haben mir vorhin mitgeteilt, dass Filipe Madureira sich über den Zustand der weltweiten Erdölproduktion informieren wollte. Fanden Sie diese Bitte normal?«
Qarim machte ein nachdenkliches Gesicht.
»Normal? Ich weiß nicht. Nun, es ist wohl normal, dass man die Marktbedingungen abwägen möchte, ja, schließlich waren kurz zuvor die Anschläge vom elften September verübt worden, die Vereinigten Staaten waren in Afghanistan einmarschiert, und es herrschte große Ungewissheit hinsichtlich der internationalen Lage. Unter diesen Umständen scheint es mir nachvollziehbar, dass manche Regierungen ihre Interessen schützen und wissen wollen, ob der Markt stabil bleibt. Aber

ich kann mich erinnern, dass er sehr beharrlich auf dem Produktionsstand der OPEC herumzureiten schien.«

»Ja? Und warum?«

»Nun, das war ja wohl zu erwarten, oder nicht? Recht betrachtet, befindet sich die Produktion außerhalb der OPEC in einem katastrophalen Zustand …«

»Wie meinen Sie das?«

Qarim trank sehr bedächtig einen Schluck von seinem türkischen Kaffee und schwieg einen langen Moment.

»Sagen Sie, was wissen Sie eigentlich über das Erdölgeschäft?«, fragte er schließlich.

»Wenig. Sie dürfen nicht vergessen, ich bin Historiker. Die Details des Energiemarktes waren noch nie ein Thema, das mich vor Aufregung zu Luftsprüngen veranlasst hätte.«

Der Araber biss sich auf die Lippen, während er überlegte, wie er dem Laien, den er vor sich hatte, das Problem erklären sollte.

»Nun, Sie müssen verstehen, das hier ist nicht irgendein Geschäft«, begann er. »Zunächst einmal handelt es sich um das Geschäft, bei dem weltweit am meisten Geld bewegt wird. Und Gott sei Dank ist sein Zentrum der Nahe Osten.« Er richtete ein Gebet gen Himmel und pries die Größe Gottes. »Allah'u akbar!« Dann blickte er wieder zu Tomás. »Zweitens ist es ein so wichtiges Geschäft, dass es mit der Politik verschmilzt.« Er neigte den Kopf zur Seite. »Und wenn ich von Politik spreche, meine ich die hohe Politik, bei der es um Leben und Tod geht, um das Schicksal von Ländern und von Kulturen.« Er ballte kraftvoll die Faust. »Erdöl ist Macht. Verstehen sie?« Er ballte die Faust noch stärker und hielt sie ganz nahe vors Gesicht. »Macht.«

»Ja, natürlich. Geld bedeutet Macht.«

Qarim schüttelte den Kopf.

»Nein, Sie verstehen mich nicht. Ich spreche nicht von der Macht, die durch Geld entsteht. Ich spreche von einer tiefer greifenden, grundlegenderen, sehr viel ursprünglicheren Macht als dieser.« Er nahm einen weiteren Schluck Kaffee. »Sieben Jahre nach der Entdeckung von Spindletop beschloss Großbritannien, seine Kriegsmarine von Kohleverbrennung auf Motoren umzustellen, die mit Erdölderivaten angetrieben wurden.« Er kniff die Augen zusammen, als hätte er gerade etwas von überragender Wichtigkeit gesagt. »Begreifen Sie die Bedeutung dieser Entscheidung?«

»Nun, ich vermute, dass die Briten durch die Modernisierung ihrer Marine an Macht gewonnen haben.«

»Nein, es geht um etwas völlig anderes.« Er klopfte mit dem Finger auf den Tisch. »Die Briten haben damit vielmehr einen sehr heiklen Schritt getan. Sie hatten eine Marine, die mit Kohle betrieben wurde, einem Rohstoff, der in Großbritannien reichlich vorhanden war, und haben sie umgestellt auf einen Antrieb mit Erdölderivaten, einem Rohstoff, über den sie in ihrem Land nicht verfügten.« Er zog die Augenbrauen hoch. »Verstehen Sie jetzt? Sie hatten diesen Rohstoff nicht zur Verfügung.« Dann legte er eine Pause ein, damit der Gedanke sich setzen konnte. »Diese Umstellung hatte zur Folge, dass die Brennstoffversorgung aufhörte, eine Selbstverständlichkeit zu sein. Wollte Großbritannien die Beweglichkeit seiner militärischen Kräfte sicherstellen, so sah es sich nunmehr dazu genötigt, die Sicherheit der Versorgungswege zu gewährleisten. Das heißt, es musste gezwungenermaßen seine Interessen im Nahen Osten schützen. Von diesem Moment an wurde die nationale Sicherheit unwiderruflich an die entscheidende Frage des Zugangs zum Erdöl geknüpft.« Er ballte abermals die Faust. »Das ist die Macht, die ich meine.«

»Ich verstehe.«

Die Faust verharrte in Augenhöhe.

»Wer das Erdöl in der Hand hat, der hat die Welt in der Hand. Die Großmächte brauchten das Erdöl nicht nur, um Krieg zu führen, sie haben seinetwegen auch Kriege angezettelt. Verstehen Sie? Wegen des Öls. Als Hitler sagte, er brauche Russland für den sogenannten Lebensraum Deutschlands, dann meinte er damit nicht etwa die russische Landwirtschaft, sondern die Erdölfelder im Süden des Landes. Den Deutschen stand dieser Rohstoff innerhalb ihrer Grenzen nicht zur Verfügung, also mussten sie, um sich als große Weltmacht durchsetzen zu können, ihre Versorgung damit sichern.«

»Hm.«

»Und aus dem gleichen Grund haben die Japaner in Pearl Harbor die amerikanische Flotte bombardiert.«

»Nun machen Sie aber mal einen Punkt. Sie wollen mir doch wohl nicht erzählen, dass das wegen des Erdöls war.«

»Doch, allerdings.«

»In Pearl Harbor gab es kein Erdöl.«

»Nein, aber in Niederländisch-Indien, dem heutigen Indonesien. Japan befand sich in genau der gleichen Lage wie Deutschland: Es besaß innerhalb seiner Grenzen kein Erdöl und musste irgendwoher welches bekommen. Für die Japaner war es absolut erforderlich, die Ölquellen in Niederländisch-Indien zu erobern, doch befürchteten sie eine Intervention der amerikanischen Flotte, zumal Amerika ein Erdölembargo gegen Japan verhängt hatte. Deshalb haben die Japaner die Flotte in Pearl Harbor angegriffen und neutralisiert.«

»Aha.«

»Und aus welchem Grund wohl haben die Amerikaner 1991 die Operation zur Befreiung Kuwaits angeführt? Meinen Sie, die Operation wäre durchgeführt worden, wenn das Land Bananen produzieren würde?«

Tomás lachte. »Natürlich nicht.«
»Mehr als bei jedem anderen Krieg ging es im Golfkrieg um Öl. Und das Gleiche kann man über den Einmarsch in den Irak im Jahr 2003 sagen. Was glauben Sie, welches Motiv dahintersteckte? Etwa die Massenvernichtungswaffen, die, nebenbei bemerkt, gar nicht existierten?«
»Das Öl.«
Qarim schlug mit der flachen Hand geräuschvoll auf den Tisch.
»Natürlich war es das Öl! Im Übrigen hat der Vizepräsident der Vereinigten Staaten, Dick Cheney, das sogar in aller Öffentlichkeit verkündet, bis jemand ihm den Mund verbeten hat. Tatsache ist, dass die Amerikaner die Landkarte des Nahen Ostens entsprechend ihren strategischen Interessen neu zeichnen wollten, alles andere war leeres Gerede.«
Tomás rutschte auf seinem Stuhl hin und her und verzog das Gesicht.
»Aber die Amerikaner sind doch selbst große Erdölproduzenten, oder etwa nicht?«
»Sie sind der drittgrößte Produzent der Welt.«
»Und wo ist dann das Problem?«
Einen Moment lang machte Qarim ein verschlossenes Gesicht, als habe er etwas Wichtiges zu enthüllen.
»Das Problem ist, dass dieses Erdöl zu Ende geht.«
»Was wollen Sie damit sagen?«
Der Araber hob die Hände.
»Das ist die dritte Tatsache über das Erdöl, die Sie wissen müssen: Es ist endlich. Verstehen Sie?« Er buchstabierte den Satz beinahe. »Das Erdöl ist endlich.«
Tomás zog eine Braue hoch.
»Natürlich ist es endlich. Aber ich habe immer gehört, dass es noch lange reichen wird.«

»Und mit Gottes Gnade wird es das auch.«
»Wo ist dann also das Problem?«
»Das Problem ist, dass es das Öl der OPEC ist, das noch lange reichen wird.« Er beugte sich zu seinem Gegenüber und lächelte. »Speziell das aus Saudi-Arabien, inschallah!«
»Und was ist mit dem Öl außerhalb der OPEC?«
»Das geht zu Ende.«
»Das glaube ich nicht.«
»Das können Sie aber ruhig.«
»Dann wird eben neues gefunden.«
Qarim lachte.
»Man merkt wirklich, dass Sie mit der Sache nicht vertraut sind«, sagte er. »Wissen Sie, was Erdöl ist?«
»Nun, eine zähe Flüssigkeit, die aus der Erde kommt.«
»Ja, aber was ist Erdöl?«
»Ich vermute, es besteht aus chemischen Substanzen.«
»Alles im Leben sind chemische Substanzen, mein Lieber.« Er deutete auf Tomás. »Sogar Sie. Meine Frage ist, ob Sie wissen, woraus genau Erdöl besteht.«
Der Historiker zuckte mit den Schultern.
»Ich weiß nur, was alle wissen.«
»Das heißt also, praktisch nichts«, sagte der Araber. »Dann passen Sie auf.« Er ergriff die Tasse mit dem türkischen Kaffee und bewegte sie so, dass die schwarze Flüssigkeit darin ins Kreisen geriet. »Sowohl Erdöl als auch Kohle sind Überreste lebender Materie. Die Kohle hat ihren Ursprung vor allem in toten Pflanzen, während das Erdöl aus Tieren entstanden ist, die vor Millionen Jahren gestorben sind. Tierisches Fett ist voller Wasserstoff, das in Verbindung mit dem gewöhnlichsten Element aller Lebewesen, dem Kohlenstoff, Kohlenwasserstoff bildet. Erdöl ist also eine Mischung aus Kohlenwasserstoffen, die aus dem Fett toter Tiere herrühren. Dieses Fett

sammelt sich in unterirdischen Reservoirs, wo es sich, wenn es über einen gewissen Zeitraum einer Temperatur zwischen einhundert und einhundertdreißig Grad Celsius ausgesetzt ist, in Erdöl verwandelt. Wenn sich das Erdöl gebildet hat, tendiert es dazu, sofort aufzusteigen wie Tinte aus einem Schwamm.«

»Aber Tiere gibt es doch überall. Wenn das Erdöl aus Tierfett entsteht, muss doch reichlich davon vorhanden sein.«

»Nicht unbedingt. Dafür ist ein prekäres Gleichgewicht vonnöten. Das Fett verwandelt sich nicht so ohne weiteres in Erdöl. Entsprechende Temperaturen über einen bestimmten Zeitraum sind dafür erforderlich. Wenn die Stelle, an der sich das Fett abgelagert hat, nicht tief genug liegt, kann es nicht die notwendige Temperatur erreichen und sich folglich nicht in Erdöl verwandeln. Und wenn die Stelle zu tief und die Temperatur übermäßig hoch ist, wird das Öl zu Gas und geht kaputt. Die entsprechenden Bedingungen sind sehr spezifisch und heikel. Darüber hinaus verschwindet das Erdöl, wenn es sich gebildet hat, da es sofort an die Oberfläche tritt. Um es unter der Erde aufzuspüren, muss also noch dazu ein Gebiet gefunden werden, in dem das Erdöl sich zwar angesammelt hat, aber nicht aufsteigen konnte, weil es durch eine undurchlässige Erdschicht abgedeckt ist. Diese Schicht ist wie ein Korken, verstehen Sie? Das Erdöl versucht, nach oben zu gelangen, aber der Korken versperrt ihm den Austritt. Das Problem ist, dass es nur sehr wenige Orte gibt, an denen alle diese Bedingungen gleichzeitig herrschen, und wir kennen bereits fast alle.«

»Wirklich?«

»Zweifellos. Wie schon gesagt, bedarf es zur Entstehung von Erdöl einer Quelle, in der sich das tierische Fett über eine bestimmte Zeit bei einer bestimmten Temperatur ansammeln kann, um sich dann in Erdöl zu transformieren. Zudem ist ein poröses Gestein vonnöten, das das Öl aufsteigen lässt, und an der Oberfläche eine undurchlässige Gesteinsschicht, die als Korken dient und das Öl dazu zwingt, sich zu stauen. Dieses Bodenprofil ist identifiziert, und dank der modernen Satellitentechnologien konnten bereits alle Orte lokalisiert werden, an denen es vorkommt.«

»Und?«

»Es gibt auf der Welt lediglich sechshundert Stellen mit den entsprechenden Bedingungen für die Entstehung von Erdöl oder Erdgas. Vierhundert wurden bereits oder werden noch ausgebeutet, und die verbleibenden zweihundert liegen in tiefen Gewässern oder in der Arktis.« Er hob den Finger. »Und wohlgemerkt: An keiner der zweihundert noch nicht erforschten Stellen gibt es eine Garantie dafür, dass dort tatsächlich Erdöl existiert.«

»Aber wer weiß, vielleicht befinden sich ja sogar große Mengen dort?«

Qarim schüttelte den Kopf. »Das ist eher unwahrscheinlich. Diese zweihundert Stellen sind schwer zugänglich, und aller Wahrscheinlichkeit nach werden sich die Ölvorkommen dort als klein erweisen. Große Lagerstellen sind leichter zu finden als kleine, weshalb sie auch als Erste entdeckt wurden. In dem Maße, wie die Förderung voranschreitet, verringert sich die Größe der Ölfelder. Das ist etwas, was Ihnen jeder Geologe erklären kann.«

»Und wie sieht es mit den vierhundert Stellen aus, die bereits ausgebeutet wurden oder noch werden?«

»Was die OPEC angeht, ist alles in Ordnung. Wir haben Erdöl in Hülle und Fülle, inschallah! Aber außerhalb der OPEC gibt es ein großes Problem.« Er sprach mit Nachdruck. »Ein riesengroßes Problem.«

»Wie groß?«
»Wissen Sie, nach der Entdeckung von Spindletop hat man festgestellt, dass ganz Texas voller Erdöl war. Kurz darauf wurden in anderen Teilen der Vereinigten Staaten weitere große Erdölfelder gefunden, wie zum Beispiel in Oklahoma, und außerdem in Venezuela, Mexiko und Russland. Die europäischen Mächte konzentrierten sich auf den Nahen Osten, die Engländer von BP auf den Iran und die Holländer von Shell auf den Irak, gefolgt von den amerikanischen Gesellschaften, die in Saudi-Arabien die Aramco schufen. Doch 1951 verstaatlichte der Iran die englische Gesellschaft, die auf seinem Territorium tätig war, ein Beispiel, das von anderen Ländern der Region nachgeahmt wurde, die sich dann 1961 zusammentaten und die OPEC gründeten.« Er lächelte. »Die Organisation, für die zu arbeiten ich die Ehre habe.«
»Und deren Produktion es gutgeht, wie Sie mir sagten.«
»Sogar bestens, Gott sei Dank.« Qarim wandte sich gen Himmel und pries abermals die Größe des Herrn. »Allah'u akbar! Gelobt sei der Herr, weil er uns beschützt, uns, die wir Seine treuen Anhänger sind, denen Er das wahre Wort anvertraut hat, wie es im Heiligen Koran geschrieben steht.« Er strich sich über den Spitzbart. »Wissen Sie, wie viel Öl es im Vorderen Orient gibt?«
»Nein, aber ich nehme an, Sie werden es mir sagen.«
»Mehr als die Hälfte des Erdölvorkommens der ganzen Welt. Was heißt, dass durch die Verstaatlichungen für die großen westlichen Gesellschaften weniger als die Hälfte des vorhandenen Erdöls übrig geblieben ist. Dieses Erdöl heißt Nicht-OPEC-Öl.«
»Nicht-OPEC-Öl?«
»Genau.« Er klopfte erneut mit dem Finger auf den Tisch. »Und dieses Öl geht jetzt zu Ende.«

»Wie zu Ende?«
»Nun, eben zu Ende.« Qarim zog Tomás' Notizblock zu sich herüber und hielt seinen Stift bereit. »Kennen Sie den Begriff ›Produktionsspitze‹ oder ›Fördermaximum‹?«
»Nein.«
Der Araber zeichnete eine steigende Linie auf ein leeres Blatt des Notizblocks.
»Bei allen endlichen Gütern gibt es eine Produktionsspitze. Die Produktionsmenge steigt und steigt und steigt, bis sie die Hälfte des Vorkommens erreicht hat, und dann beginnt sie zu sinken, wie bei einem Berg.« Der Stift erklomm einen Punkt oben auf dem Blatt und setzte dann zu seinem Weg nach unten an. »Das nennt man ›Produktionsspitze‹ oder ›Fördermaximum‹. Wenn wir den Gipfel der Förderkapazitäten überschritten haben …« Er blickte flehend in die Höhe. »Dann möge Allah, der Allmächtige, barmherzig mit uns sein.«
»Warum?«
»Weil das bedeutet, dass wir die Fördermenge dann nicht mehr steigern können. Im Gegenteil, wir fördern von da an weniger Öl.« Er beugte sich über den Tisch. »Begreifen Sie, was das für ein Problem darstellt?« Er zeichnete neuerlich eine ansteigende Linie auf den Notizblock. »Die weltweite Nachfrage nimmt ständig zu. Es gibt immer mehr Menschen und immer mehr Konsumenten auf dem Planeten. Früher bewegte China sich mit der Pedalkraft seiner Fahrräder vorwärts, jetzt steigt es auf Autos um. Indien desgleichen.« Er ließ die aufsteigende Linie der Nachfrage sich mit der absteigenden Linie des Angebots kreuzen. »Und die Erdölproduktion sinkt.«
Tomás' Blick verweilte bei den beiden sich kreuzenden Linien. »Ich verstehe«, murmelte er. »Die Treibstoffpreise werden explodieren.«

»Sie werden in den Bereich der dreistelligen Zahlen klettern. Und selbst so wird das Erdöl nicht für alle reichen. Das billige Erdöl ist zu Ende, und die Weltwirtschaft wird am Rande des Abgrunds stehen.«

»Und wann wird das sein?«

»Bei dem Nicht-OPEC-Öl steht das Fördermaximum unmittelbar bevor. In den Vereinigten Staaten war das bereits 1970 der Fall, und dasselbe trifft auf die großen Ölfelder in Kanada und in der Nordsee zu. Der größte westeuropäische Produzent Norwegen wird die Spitze demnächst erreichen, das wird wohl so um das Jahr 2010 geschehen, und Russland ist ebenfalls in Kürze fällig. Es wird damit gerechnet, dass das Nicht-OPEC-Öl die Produktionsspitze bereits 2015, vielleicht auch schon früher, erreicht.«

»Um Gottes willen.«

»Und das ist noch nicht alles. Seit 1961 geht es mit der Entdeckung neuen Erdöls bergab. Trotz der Entwicklung neuer Prospektionstechnologien wird Jahr für Jahr weniger Erdöl gefunden. Seit 1995 verbraucht die Welt jährlich mindestens vierundzwanzig Milliarden Barrel, aber es werden lediglich neun Milliarden neues Erdöl pro Jahr entdeckt.«

Bei diesen Worten kniff Tomás die Augen zusammen.

»Dann ist das ja ein großes Problem.«

»Ein Riesenproblem. Wenn das Erdöl knapp wird, geht es mit der Weltwirtschaft den Bach runter. Wissen Sie nicht mehr, was die letzten drei Male geschah, als die Erdölproduktion plötzlich unterbrochen wurde?« Er hielt drei Finger hoch. »Das war bei dem arabischen Embargo 1974, bei der Revolution im Iran 1979 und 1991 während des Golfkriegs. Erinnern Sie sich, was mit der Weltwirtschaft passierte?«

»Sie geriet in eine Rezession.«

»Genau. Und, wohlgemerkt, wir sprechen hier von den Auswirkungen vorübergehender Unterbrechungen.« Er machte eine Pause. »Vorübergehender.« Er ließ das Wort nachklingen. »Jetzt stellen Sie sich mal die Auswirkungen einer dauerhaften Produktionseinstellung vor, wie sie nach dem Überschreiten der Spitze eintreten wird.« Eine neuerliche düstere Pause. »Das wird das Ende der Zivilisation sein, wie wir sie kennen.«

Tomás seufzte.

»Nun, das heißt also, wir müssen uns auf eine neue Energieform umstellen.«

Der Araber machte ein spöttisches Gesicht.

»Was denn für eine neue Energieform? Sollen wir zur Kohle zurückkehren?«

»Nein, wir müssen eine andere Energiequelle finden.«

»Das ist doch illusionär. Es gibt derzeit keine andere Energiequelle, die die Weltwirtschaft auf dem aktuellen Niveau halten könnte.«

»Dann wird eben eine neue gefunden.«

Qarim lachte kopfschüttelnd.

»Ich fürchte, das ist nicht so einfach.«

»Warum nicht? Wenn wir in der Lage waren, zum Mond zu fliegen, sind wir sicher auch imstande, eine neue Energieform zu finden.«

»Ja, vielleicht, ich will das gar nicht bestreiten. Das Problem ist nur, dass wir sie noch nicht gefunden haben. Der aussichtsreichste Kandidat ist zur Zeit das Erdgas. Es gibt davon in Hülle und Fülle, und es ist einigermaßen umweltfreundlich.«

»Sehen Sie?«

»Allerdings ist Gas sehr viel teurer als Erdöl, und der Abtransport von dort, wo es gefördert wird, ist schwierig. Zweifellos hätte eine durch das Ende des Erdöls erzwungene Umstellung der Weltwirtschaft auf Erdgas höchst negative Auswirkungen auf diese. Außerdem, auch wenn es Gas in relativem Überfluss gibt: Wir reden weiterhin von einem endlichen Rohstoff wie dem Erdöl.«

»Gibt es denn keine anderen Alternativen?«

»Es gibt die Atomenergie, aber deren Probleme sind ja bekannt, nicht wahr? Atomkraftwerke haben sich als unglaublich teuer entpuppt und bringen komplizierte Sicherheitsprobleme mit sich, wie man in Tschernobyl feststellen konnte. Und dann ist da noch die Frage, was mit dem radioaktiven Müll gemacht werden soll, der alles verseucht, womit er in Berührung kommt, und dessen Halbwertzeit in die Tausende von Jahren reicht. Diese Kraftwerke sind so problematisch, dass die meisten Länder dabei sind, sie abzuschalten.«

»Es muss doch noch eine andere Lösung geben.«

»Da wären noch die Sonnen- und die Windenergie. Beides sind saubere Energieformen, das Problem ist nur, dass sie nach wie vor wenig effizient und flexibel sind. Die Photovoltaikzelle, zum Beispiel, kann nur ein Zehntel der Sonnenenergie, die sie aufnimmt, in Elektrizität umwandeln. Andererseits sind sowohl die Sonne als auch der Wind wechselhaft, sie beliefern uns nicht permanent mit Energie. Wenn es windstill ist, produzieren die Turbinen der Windräder keine Energie, und das Gleiche geschieht bei der Sonnenenergie in der Nacht oder bei bedecktem Himmel. Und hinzu kommt noch, dass beide verboten teuer sind.« Er wedelte emphatisch mit der Hand. »Diese beiden Energiequellen spielen sicher eine Rolle, das will ich gar nicht abstreiten, dass aber die Weltwirtschaft auf ihnen basieren soll, daran ist gar nicht zu denken.«

Tomás seufzte.

»Ich verstehe«, sagte er. »Dann sind wir also aufgeschmissen.«

»Es besteht immerhin die Möglichkeit, Wege zu finden, um

eine kontrollierte Kernfusion zu erreichen, was uns eine unerschöpfliche Quelle sauberer Energie bescheren würde.«

»Ja?«

»Die Schwierigkeit dabei ist, dass es ungefähr hundert Jahre bedarf, sie zu entwickeln.«

»Hundert Jahre?«, fragte Tomás beunruhigt. »Unser Erdöl reicht aber nicht mehr hundert Jahre.«

»Wer hat Ihnen das gesagt?«

Der Historiker war verwirrt.

»Nun … hm … Sie.«

»Ich habe gesagt, dass die Produktionsspitze beim Nicht-OPEC-Öl bald erreicht wird.«

»Und was ist mit dem Öl der OPEC?«

»Oh, das ist Gott sei Dank reichlich vorhanden, wie es aussieht. Gelobt sei der Herr, der Barmherzige! Wenn unsere Schätzungen zutreffen, schwimmt der Nahe Osten und insbesondere Saudi-Arabien im Öl. Unser Fördermaximum wird voraussichtlich erst in fünfzig bis hundert Jahren erreicht.«

»Sind diese Schätzungen auch wirklich richtig?«

Qarim blickte in die Höhe wie jemand, der sein Schicksal der heiligen Vorsehung überantwortet.

»Inschallah!«

8

Tomás war nicht weiter überrascht, als er den riesigen Raum durchmaß und Alexander Orlow, umringt von Tellern voller Essen, vorfand. Nach seiner Rückkehr aus Wien hatte sich der Historiker mit dem korpulenten Interpol-Agenten in Verbindung gesetzt und hatte, wie vorauszusehen, eine Einladung zum Mittagessen in einem Lissabonner Restaurant erhalten. Orlows Wahl war auf ein brasilianisches Lokal bei der ehemaligen Stierkampfarena Campo Pequeno gefallen, eines jener Rodizio-Restaurants, die darauf spezialisiert sind, die Gäste bis zur Abstumpfung ihrer Sinne vollzustopfen.

Der Russe erhob sich schwerfällig, um den Neuankömmling zu begrüßen. Als Erstes fiel Tomás auf, dass Orlow stark schwitzte, ein Zeichen dafür, dass er bereits seit geraumer Zeit mit Essen beschäftigt war.

»Entschuldigen Sie bitte, dass ich vor Ihnen angefangen habe«, grunzte der Russe. Er wischte den Schweiß von seiner Stirn und strich sich über den Bauch. »Sie machen sich gar keine Vorstellung, was für einen Hunger ich hatte, mir tat schon der Magen weh.«

»Keine Sorge, das haben Sie goldrichtig gemacht.«

Orlows Teller quoll über. Scheiben blutigen Rindfleischs aus dem Rücken und der Keule türmten sich neben Reis und schwarzen Bohnen, bestreut mit geröstetem Maniokmehl und begleitet von einer bereits halbleeren Flasche Rotwein aus dem Alentejo, neben der ein volles Glas stand. Tomás bestellte eine Caipirinha und nahm sich von dem Reis und den Bohnen, stellte jedoch klar, dass er kein Rodizio, sondern nur zwei Scheiben Rinderrücken wollte.

»Und wie war es in Wien?«, fragte Orlow, an einem großen Fleischbrocken kauend. »Viel Walzer?«

Tomás schüttelte den Kopf.

»Da wurde eine andere Musik gespielt.«

»Kann ich mir vorstellen. Welche Sonate hat der Kerl von der OPEC denn für Sie gesungen?«

»Er hat mir erzählt, dass Filipe mit einer Untersuchung über Erdölproduktion und Erdölreserven beschäftigt war und sich insbesondere dafür interessierte, was in den OPEC-Ländern vorgeht.«

Der Russe verzog die fettglänzenden Lippen.

»Das ist verständlich«, sagte er. »Wenn er Berater bei Galp war, liegt es ja nahe, dass er sich über derlei Dinge informieren wollte, finden Sie nicht?«

Tomás schnitt eine Grimasse.

»Ich weiß nicht, ob es so verständlich ist.«

»Was meinen Sie damit?«

»Aus welchem Grund sollte Filipe nach Wien reisen, um Fragen zu stellen, auf die er auch per Telefon oder per E-Mail eine Antwort hätte bekommen können? Worin bestand die Notwendigkeit, nach Wien zu fliegen?«

Orlow schluckte ein Stück Fleisch hinunter.

»Wer weiß, vielleicht hatte er Lust, die Köstlichkeiten der österreichischen Küche zu probieren.«

»Oder es steckt noch mehr hinter der Geschichte.«

»Natürlich tut es das«, rief der Interpol-Mann aus. Er trank einen Schluck Wein, um besser kauen zu können. »Sie dürfen nicht vergessen, dass Ihr Freund im Anschluss an die Reise nach Wien verschwunden ist und dass unmittelbar darauf jemand die beiden Männer umgebracht hat. Hat der Araber Ihnen keinerlei nützlichen Anhaltspunkt gegeben?«

»Nein. Er hat mir erzählt, dass das Nicht-OPEC-Öl kurz vor der Produktionsspitze steht, aber dass die OPEC glaubt, ihre Ölquellen seien noch gut gefüllt.«

Der Russe hielt einen Moment lang beim Kauen inne.

»Ich wüsste nicht, welche Relevanz diese Information für unser Problem haben könnte.«

»Ich auch nicht.«

»Und was machen wir nun?«

Tomás seufzte.

»Ich versuche es gerade auf anderem Weg.«

»Nämlich?«

»Über eine Nachricht, die ich in der vergangenen Woche auf einer Internet-Seite hinterlassen habe, die von den Angehörigen meines Jahrgangs im Gymnasium in Castelo Branco eingerichtet wurde und die Filipe vermutlich manchmal anklickt. Er hat immer einen starken Gemeinschaftssinn gehabt, bestimmt kennt er die Seite.«

»Aha. Sie haben die Nachricht also letzte Woche geschickt?«

»Ja.«

»Und?«

Tomás schüttelte den Kopf. »Bisher noch nichts.«

Der Kellner erschien mit dem Rinderrücken und der Caipirinha für Tomás, während ein anderer Kellner auf dem Teller des Russen eine weitere Portion Fleisch ablud, das er als Büffelkamm angekündigt hatte. Als die beiden wieder fort waren, blickte Orlow seinen Gesprächspartner an.

»Aus welchem Grund wollten Sie mit mir sprechen, wenn Sie nichts herausgefunden haben?«

»Wer hat Ihnen denn gesagt, dass ich nichts herausgefunden habe?«

»Nun, das haben Sie mir doch eben erklärt.«

Tomás beugte sich zur Seite und ergriff seine Aktentasche.

»Ich habe nichts über Filipe herausgefunden, das ist wohl wahr, aber ich habe Neuigkeiten über die geheimnisvollen Botschaften, die für den gesamten Fall eine Rolle spielen.«

Orlow zog überrascht die Augenbrauen hoch.

»Welche Botschaften? Meinen Sie das Zeichen des Teufels?«

»Ja, die dreifache Sechs.«

»Haben Sie das Zeichen entschlüsselt?«

»Ich denke schon.«

»Oh, zeigen Sie mal!«

Der Historiker holte die dicke Bibel aus der Aktentasche und blätterte auf der Suche nach dem Schlusstext des Neuen Testaments die letzten Seiten durch. Als er ihn gefunden hatte, zeigte er ihn dem Russen.

»Das ist das ›Buch der Offenbarung‹, der rätselhafteste aller Bibeltexte, in dem die Prophezeiungen stehen. Er wurde im Jahr 95 unserer Zeitrechnung auf einer kleinen Insel im Ägäischen Meer von einem Mann namens Johannes verfasst. Der Überlieferung nach war es der Apostel Johannes, derselbe, der auch das vierte Evangelium geschrieben hat, aber das ist nicht ganz sicher. Es gibt zwar einige Ähnlichkeiten, aber auch bedeutende stilistische Unterschiede.«

»Ich dachte, der Titel des Textes lautet ›Apokalypse‹.«

»Das tut er auch.«

Orlow schien verwirrt.

»Aber Sie haben doch eben gesagt, es sei das ›Buch der Offenbarung‹.«

»›Apokalypse‹ ist das griechische Wort für ›Offenbarung‹, verstehen Sie? Ob man das letzte Buch des Neuen Testaments nun ›Apokalypse‹ oder ›Offenbarung‹ nennt, kommt aufs Gleiche heraus.«
»Ach so, das wusste ich nicht.«
Tomás hielt den Text wieder hoch.
»Es ist ein erschreckendes Buch.« Seine Augen verharrten auf dem ersten Absatz. »Es beginnt mit den Worten: ›Dies ist die Offenbarung Jesu Christi, die ihm Gott gegeben hat, seinen Knechten zu zeigen, was in Kürze geschehen soll.‹«
Er hob den Kopf und wiederholte die letzten Worte: »Was in Kürze geschehen soll.«
»Hm, das klingt düster.«
Tomás tippte mit dem Finger auf die aufgeschlagene Seite.
»Sie können sicher sein, dass über die Jahrhunderte hinweg viele Leute in Panik geraten sind wegen dem, was hier geschrieben steht, und dazu besteht auch Grund genug.« Er blätterte in den Seiten. »Es handelt sich um ein Buch der Prophezeiungen, in dem vom Ende der Tage die Rede ist, und in ihm liegt der Ursprung für verschiedene Ausdrücke, die als apokalyptisch bezeichnet werden, wie der Tag des Jüngsten Gerichts, der Krieg von Armageddon und die vier apokalyptischen Reiter, doch der berühmteste Ausdruck, der durch diesen Bibeltext gebräuchlich wurde, war das Wort ›Apokalypse‹ selbst, das seinem gemeinen Sinn nach nun nicht mehr ›Offenbarung‹ bedeutete, sondern ›Ende der Welt‹.«
»Und dort steht auch die Zahl des Tieres.«
»Genau, dort steht sie.« Tomás begann, nach der Passage zu suchen. »In der Apokalypse sind die Zahlen nämlich von großer Bedeutung. Der Text ist voller symbolträchtiger Ziffern. Es scheint so, als würde sich eine Botschaft hinter der anderen darin verbergen, wie in einem riesigen Hologramm.«

»Und ist das auch bei den drei Sechsen der Fall?«
»Ja.« Tomás hörte auf zu blättern und deutete mit dem Finger auf einen Absatz. »Hier ist es«, rief er aus. »Das ist der Teil, in dem das Tier auftaucht.« Er räusperte sich. »Da heißt es: ›Hier ist Weisheit. Wer Verstand hat, der überlege die Zahl des Tieres; denn es ist eines Menschen Zahl, und seine Zahl ist sechshundertsechsundsechzig.‹«
Er blickte Orlow an, der von dem Kellner gerade noch mehr Rindfleisch serviert bekam.
»Und Sie meinen, dass man das entziffern kann?«, fragte der Russe.
»Zweifellos. Das hier ist eine geheime Botschaft, für die es eine Auflösung gibt.« Er deutete auf die Zeilen, die er gerade vorgelesen hatte. »Sehen Sie diesen Satz? ›Hier ist die Weisheit‹, heißt es darin. Das bedeutet, wer das Wissen hat, der kann das Rätsel lösen.«
»Und was für ein Wissen ist das?«
»Das Wissen der Eingeweihten.« Er deutete auf den nächsten Satz. »Hören Sie hier: ›Überlege die Zahl des Tieres; denn es ist eines Menschen Zahl.‹ Das bedeutet, dass es sich um die Weisheit der Zahlen handelt.«
»Die Mathematik?«
»Die Gematrie.«
»Die Geometrie?«
»Ge-ma-trie.«
»Was ist das?«
»Die Gematrie ist ein Teilbereich der Kabbala, aus der sich die moderne Numerologie entwickelt hat. Dabei handelt es sich um eine Methode, mit der durch die Umwandlung der Buchstaben in Zahlen der numerische Wert der hebräischen Wörter ermittelt wird.«
Orlow verzog das Gesicht.

»Und wozu soll das gut sein?«
»Dadurch soll man zum Wesen der Wörter vordringen können, zum verborgenen Geheimnis der Sprache, zur Verbindung zwischen scheinbar verschiedenen Ausdrücken, um den heiligen Sinn der Schöpfung zu verstehen. Die Mystiker der Kabbala glaubten, Gott habe das Universum mit den Buchstaben des Alphabets geschaffen und in den Zahlen und Wörtern hinter diesen Buchstaben Geheimnisse versteckt. Die Gematrie ermöglicht es, den verborgenen Sinn im Wort Gottes zu erfassen.«
»Das verstehe ich nicht.«
Tomás schob den Teller beiseite, nahm einen Stift, holte seinen Notizblock aus der Aktentasche und legte ihn vor sich hin.
»Ein alter Kabbalist hat mir das in Jerusalem einmal ganz genau erklärt«, sagte er. »Der Gedanke ist folgender. Jeder Buchstabe des hebräischen Alphabets entspricht einer Zahl. Die ersten neun Buchstaben sind den neun Einerzahlen zugeordnet, die folgenden neun Buchstaben den neun Zehnern und die vier übrigen Buchstaben entsprechen den ersten vier Hundertern.«
Er schrieb eine Gleichung aufs Papier.

SHaNaH = 355

»So ergeben die Buchstaben des hebräischen Wortes ›shanah‹, was so viel wie ›Jahr‹ bedeutet, die Gesamtzahl dreihundertfünfundfünfzig. Sehen Sie? Nun, dreihundertfünfundfünfzig ist genau die Anzahl der Tage des Mondjahres. Das bedeutet, dass es eine numerische Relation zwischen dem Wort und dem Gegenstand gibt, auf den es sich bezieht.«
»Aus welchem Grund haben Sie das ›a‹ klein geschrieben?«
»Die hebräische Schriftsprache übergeht häufig die Vokale.

Die geschriebenen Buchstaben werden in großen Lettern geschrieben. Wenn ein Buchstabe nur gesprochen, aber nicht geschrieben wird, bleibt er klein.«
»Klar«, murmelte Orlow. »Also, so wie ich Sie verstanden habe, hat bei der Geom… hm … bei diesem System jeder Buchstabe einen Zahlenwert, und die Summe der Zahlen aller Buchstaben eines Wortes ergibt den Zahlenwert dieses Wortes. Ist das so?«
»Genau.« Tomás kniff die Augen zusammen. »Aber noch interessanter wird es, wenn wir uns in den Bereich der Mystik begeben. Schauen Sie sich mal die Äquivalenz der Begriffe ›Elohim‹ und ›Hateva‹, also ›Gott‹ und ›Natur‹ an.«

ELoHIM (86) = HaTeVA (86)

»Sie ergeben die gleiche Zahl, nämlich sechsundachtzig. Das bedeutet, Gott ist die Natur.«
Er schrieb eine neue Gleichung auf.

OR (207) = RaZ (207)

»Hier beachte man die Gleichwertigkeit von ›or‹ oder ›Licht‹ und ›raz‹, ›Geheimnis‹. Beide entsprechen der Zahl zweihundertsieben. Als Gott sprach: ›Yehi or!‹ oder ›Es werde Licht!‹, begann damit das Mysterium der Schöpfung.«
»Erstaunlich.«
»Ja, nicht wahr?« Tomás tippte mit dem Finger auf das, was er gerade aufgeschrieben hatte. »Die Gematrie offenbart die okkulte Bedeutung der Wörter.«
Der Russe stutzte.
»Und Sie meinen, dass es möglich ist, mit diesem System die Bedeutung der drei Sechsen herauszufinden?«

Tomás suchte abermals die Bibelpassage, in der er ein paar Minuten zuvor nachgeschaut hatte.

»Es ist nicht nur möglich, es ist der einzige Weg«, bemerkte er. »Sehen Sie, was hier steht: ›Wer Verstand hat, der überlege die Zahl des Tieres; denn es ist eines Menschen Zahl.‹« Er blickte Orlow an. »›Der überlege die Zahl des Tieres‹? ›Denn es ist eines Menschen Zahl‹?« Auf seine Lippen trat ein Lächeln. »Klarer könnte es nicht sein. Mit der Gematrie ist das Geheimnis der dreifachen Sechs zu entschlüsseln.«

»Dann muss man also die Kabbala zu Rate ziehen.«

»Genau das war anfänglich auch mein Gedanke. Doch dann habe ich gemerkt, dass es nicht die Kabbala sein konnte.«

»Nicht?«

»Die Kabbala ist nämlich eine hebräische Tradition.« Er fuhr mit der Hand über den Text. »Die Apokalypse aber wurde in der Gegend des Ägäischen Meers geschrieben. Das bedeutet, dass wir uns möglicherweise ans Griechische halten müssen.«

»Ans Griechische?«

»Das ist auf jeden Fall sinnvoll.« Er zückte seinen Stift. »Passen Sie auf. ›Jesus‹ heißt auf griechisch ›Iesous‹. Das sind sechs Buchstaben. Schauen wir uns doch mal ihren numerischen Wert an.«

I E S O U S
10 8 200 70 400 200 = 888

»Wie man sieht, ist die Zahl Christi auf griechisch eine dreifache Acht. Die Logik gebietet, dass die Zahl des Antichrist ebenfalls eine symmetrische, aber eine niedrigere sein muss und dass sie mittels der auf das Griechische angewandten Gematrie entziffert werden kann. Die dreifache Sechs erfüllt diese Bedingungen.«

»Ich verstehe.«
»Was beweist, dass man dieses biblische Rätsel mit Hilfe des Griechischen lösen kann. Also habe ich mich aufgemacht und nach Namen gesucht, deren gematrische Interpretation eine dreifache Sechs ergibt. Raten Sie mal, was ich herausgefunden habe.«
»Ich habe nicht die geringste Ahnung.«
»Los, nennen Sie einen Namen.«
»Ich weiß keinen.«
Ein Anflug von einem Lächeln wanderte über Tomás' Gesicht.
»Mohammed.«
Orlow blieb vor Staunen der Mund offen stehen.
»Mohammed? Mohammed ergibt eine dreifache Sechs?«
»Ja.«
»Wollen Sie damit etwa andeuten, dass Mohammed der Antichrist ist?«
»Nein, keineswegs. Ich sage lediglich, dass die gematrische Interpretation des Namens Mohammed eine dreifache Sechs ergibt.«
»Donnerwetter!«
»Aber es gibt noch einen anderen Namen, bei dem man zu dem gleichen Ergebnis gelangt. Ein noch erstaunlicherer Name, ein Name, der wie geschaffen scheint für die Rolle des Tieres, ein Name, der zwingend auf den Antichrist verweist.«
»Nämlich?«
Tomás blickte zuerst auf den Tisch und dann in den Raum. Er verspürte Ekel. Ihm war übel von dem Essensgeruch, und der Anblick Orlows mit seinem fettverschmierten Mund bereitete ihm ein Unbehagen, das er nicht länger ertragen konnte.
»Sagen Sie, sind Sie fertig mit dem Essen?«
»Ja, wieso?«, fragte der Russe verwundert.

»Ich halte es hier nicht länger aus. Lassen Sie uns rausgehen, ja?«

»So haben wir nicht gewettet«, protestierte Orlow. »Sie müssen mir erst sagen, welcher andere Name eine dreifache Sechs ergibt.«

»Gut, ich sage es Ihnen, aber nur, wenn Sie mir versprechen, dass wir auf der Stelle nach draußen gehen.«

»In Ordnung.«

Tomás erhob sich von seinem Stuhl.

»Dann lassen Sie uns gehen.«

»Warten Sie!« Sein Gesprächspartner schrie beinahe. Er hatte die Hand ausgestreckt, um ihn festzuhalten. »Zuerst müssen Sie mir den Namen sagen.«

Der Historiker grinste vor Vorfreude auf das Gesicht, das Orlow machen würde, wenn er den Namen aussprach.

»Hitler.«

9

Alexander Orlow schien geschockt, als er bezahlen sollte. Doch nicht etwa der Preis für das Mittagessen verschlug ihm die Sprache, wie angesichts des exorbitanten Betrags, den der Kellner ihm in Form der Rechnung auf einem Silbertablett präsentierte, durchaus verständlich gewesen wäre, sondern der Aufruhr, in den seine Phantasie geraten war. Hitler? Hitler war das in der Offenbarung des Johannes prophezeite Tier? Hitler war der im letzten Buch des Neuen Testaments vorhergesagte Antichrist? Der Gedanke kam ihm zugleich erschreckend und überaus reizvoll vor. Wie konnte es sein, dass ein Bibeltext aus dem ersten Jahrhundert eine Zahl enthielt, deren gematrische Interpretation der Name des größten Völkermörders der Geschichte war?

Schweigend verließen sie das Restaurant und gingen im Park beim Campo Pequeno spazieren. Die Stierkampfarena war gerade umgebaut worden, und der Park, der sie umgab, wirkte lauschig und einladend, ein ruhiges Plätzchen inmitten des Trubels der Stadt. Der Russe ging eine lange Weile, die Augen auf den Boden gerichtet, bis er das Schweigen brach.

»Sind Sie sicher, dass der Name Hitler der Zahl sechshundertsechsundsechzig entspricht?«

»Ich habe mehrmals nachgerechnet, aber es besteht kein

Zweifel. Wenn ›a‹ gleich einhundert und ›b‹ gleich einhunderteins ist und so fort, dann ergibt die gematrische Lesart des Namens Hitler eine dreifache Sechs.«
»Mein Gott, das ist ja unglaublich.«
»Hitler als Antichrist, können Sie sich das vorstellen?«
Orlow schniefte.
»Aber wer von beiden ist denn nun der Antichrist? Mohammed oder Hitler?«
»Was glauben Sie?«
»Ich denke, Hitler.«
Tomás lachte.
»Das ergibt doch einen Sinn, oder nicht? Der Mann, der den Zweiten Weltkrieg verursacht hat, der für Millionen Tote verantwortlich ist, der den Holocaust geplant und durchgeführt hat.«
»Und der in das heilige Russland einmarschiert ist«, beeilte sich Orlow, hinzuzufügen. »Das dürfen Sie nicht vergessen. Er ist in das heilige Russland einmarschiert.«
»Ja, Hitler ist der perfekte Kandidat. Sein Name entspricht der Zahl des Tieres, und er ist die Inkarnation des Bösen.«
»Unbedingt.«
»Er ist es aber nicht.«
Orlow schien halb überrascht, halb enttäuscht.
»Es ist nicht Hitler?«
»Nein.«
»Bestimmt nicht?«
»Ganz bestimmt nicht.«
»Aber er passt wirklich perfekt in diese Rolle.«
»Ich weiß. Und dennoch ist mit dem Tier aus der Apokalypse nicht Hitler gemeint.«
»Wieso sind Sie sich da so sicher?«
»Der gesamte Kontext der Prophezeiung spricht gegen Hit-

ler. Sie dürfen nicht vergessen, dass es ein altchristlicher Text ist.«

»Dann glauben Sie also, dass Mohammed der Antichrist ist?«

»Nein, der ist es auch nicht.«

Orlow neigte den Kopf.

»Wissen Sie, wenn es nicht Hitler ist, dann ist Mohammed in gewisser Hinsicht naheliegend, finden Sie nicht? Er ist der Hauptfeind des Christentums. Außerdem steht der Islam praktisch hinter allen Terrorakten, die verübt werden. Tschetschenien, Afghanistan, Irak, Iran, Algerien, der elfte September, alles trägt den Stempel des Islams.«

»Reden Sie doch keinen Unsinn«, unterbrach ihn Tomás. »Mohammed hat Christus geachtet, er sah in ihm einen wahren Propheten. Und die Intoleranz, die man heute in manchen Bereichen des Islams feststellen kann, hat es im Christentum ebenfalls gegeben. Wir brauchen nur an die Inquisition und die Kreuzzüge zurückzudenken.«

»Das ist lange her.«

»Aha, die Pogrome gegen die Juden in der christlichen Welt sind also lange her? Und der Holocaust auch?« Er seufzte. »Was glauben Sie, die Intoleranz der Christen hat lange angedauert. Ich kann mich noch daran erinnern, wie ich als Jugendlicher einmal den Bürgermeister von Lissabon vor der Tür eines Kinos habe protestieren sehen, bloß weil dort ein französischer Film lief, in dem Maria anders dargestellt wurde, als die Kirche sie beschreibt. Und ich erinnere mich auch noch an die Proteststürme vor ein paar Jahren, als ein Cartoonist dem Papst in einer Karikatur ein Präservativ auf die Nase gesetzt hat. Außerdem weiß ich noch, wie ...«

»Schon gut«, sagte Orlow ungeduldig. »Aber warum sind Sie sich so sicher, dass das Tier weder Hitler noch Mohammed ist, wenn ihre Namen eine dreifache Sechs ergeben, genauso, wie die Prophezeiungen des Neuen Testaments es voraussagen?«

»Aus einem einfachen Grund«, sagte Tomás. »Die Apokalypse wurde im ersten Jahrhundert geschrieben, und Johannes, der Autor des Textes, hat seine Leser darin aufgefordert, ein Rätsel ihrer Zeit zu lösen.« Tomás suchte den Anfangsabschnitt. »Bedenken Sie, was er gleich zu Beginn des Buches geschrieben hat: ›Dies ist die Offenbarung Jesu Christi, die ihm Gott gegeben hat, seinen Knechten zu zeigen, was in Kürze geschehen soll.‹ Johannes bezog sich damit auf Ereignisse seiner Epoche. Hitler und Mohammed sind sehr viel jüngeren Datums.«

»Aber meinen Sie nicht, wenn die Apokalypse eine Prophezeiung ist, dass sie sich auf Gestalten aus der Zukunft bezieht?«

»Nicht unbedingt. In der Offenbarung bittet Johannes die Leser, ein Geheimnis zu lüften. Die Leser sind Menschen seiner Zeit. Wenn sich die Prophezeiung auf Personen beziehen würde, die erst ein- oder zweitausend Jahre später lebten, hätten die damaligen Leser nicht die geringste Chance gehabt, die Lösung zu finden. Dass Johannes die Menschen seiner Zeit aufgefordert hat, das Rätsel zu lösen, ergibt nur einen Sinn, wenn die Lösung in seiner Zeit zu finden ist. Sie müssen bedenken, Johannes sagt klar und deutlich, dass die Prophezeiungen sich auf Dinge beziehen, die ›in Kürze geschehen‹ sollen.«

»Ich verstehe.«

Sie setzten sich im Schatten eines Baumes auf eine lange Bank, und Tomás nahm Stift und Notizblock zur Hand.

»Als ich mich wieder dem Griechischen zuwandte, habe ich weitere Lösungsmöglichkeiten gefunden.«

Er schrieb auf ein leeres Blatt:

TO MEGA THERION

»›To mega Therion‹, oder ›das große Tier‹. In der Gematrie steht für diesen Ausdruck eine dreifache Sechs.«
Er schrieb noch ein Wort auf:

LATEINOS

»›Lateinos‹ ist das griechische Wort für ›lateinisch‹ oder ›römisch‹. Es ergibt ebenfalls eine dreifache Sechs.«
Und noch eines:

TEITAN

»›Teitan‹ ist das griechische Äquivalent von ›Titan‹, einem der Namen der Sonne. Titan ist eine interessante Lösung, weil es heidnisch klingt, was damals gleichbedeutend war mit antichristlich. Titan war der Name, den die Griechen dem Sonnengott Apollo gaben.«
Orlow machte ein skeptisches Gesicht.
»Der Sonnengott soll der Antichrist sein? Das ergibt doch keinen Sinn.«
Mit einer Handbewegung bedeutete Tomás ihm, abzuwarten.
»Vielleicht ergibt es mehr Sinn, als Sie denken«, sagte er. »Wir kommen gleich dahin, haben Sie nur ein wenig Geduld.« Der Historiker tippte mit dem Stift auf den Notizblock. »Wichtig ist, zuerst einmal klarzustellen, dass zwar die meisten Fassungen der Apokalypse die drei Sechsen als Zahl des Tieres nennen, doch wird in manchen Fassungen auch die Zahl sechs-eins-sechs angegeben.«
»Sechshundertsechzehn?«

»Ja. Diese Fassungen sind zwar in der Minderzahl, aber es gibt sie.«

»Das ist doch völlig nebensächlich«, erwiderte der Interpol-Mann. »Die Mörder der beiden Wissenschaftler haben neben ihren Opfern eine dreifache Sechs zurückgelassen. Also interessiert uns hier die Sechshundertsechsundsechzig und nicht die Sechshundertsechzehn.«

»Das stimmt nicht ganz.« Der Historiker blieb hartnäckig. »Beide Versionen enthalten den Schlüssel zu dem Geheimnis, Sie werden es gleich verstehen.« Er blickte Orlow an. »Mal sehen, ob Sie die Frage beantworten können, die ich Ihnen jetzt stellen werde. Wer war der wichtigste Feind der Christen, als Johannes im ersten Jahrhundert die Apokalypse schrieb?«

Der Russe bekam einen nachdenklichen Blick.

»Hm, lassen Sie mich überlegen.«

»Überlegen Sie.« Tomás schwenkte die Hände. »Stellen Sie sich vor, Sie leben im ersten Jahrhundert unserer Zeitrechnung. Sie sind Christ. Wer ist Ihr Hauptfeind? Wen fürchten Sie am allermeisten?«

»Den Teufel?«

»Ich meine ein menschliches Wesen. Sie dürfen nicht vergessen, dass in der Apokalypse steht, es sei der Name eines Menschen. Wer könnte das sein?« Er tippte sich an die Schläfe. »Denken Sie nach.«

»Pilatus?«

Tomás lachte.

»So ein Unsinn, zu der Zeit, als die Apokalypse geschrieben wurde, stellte Pilatus nicht den geringsten Anlass zur Besorgnis für die Christen dar.«

»Herodes?«

»Auch der bereitete den Christen im ersten Jahrhundert keine Sorgen mehr.«

Orlow holte tief Luft und signalisierte Tomás, dass er aufgab.
»Ich weiß es nicht.«
Der Historiker blickte sein Gegenüber weiter fest an.
»Nero.«
»Nero?«
»Das Tier aus der Apokalypse ist Nero.«
Orlow schien verwirrt.
»Aber warum Nero?«
»Im Buch der Offenbarung ist die Sechs die Zahl der Verdammnis. Nero war der sechste Kaiser, und sein Zeichen war die dreifache Sechs.« Tomás nahm abermals den Stift. »Passen Sie auf.«
Er schrieb etwas auf den Notizblock.

NERON KAISAR = 666

»›Nero‹ heißt auf griechisch ›Neron‹. ›Kaiser Nero‹ ist ›Neron Kaisar‹. Überträgt man die Buchstaben ins Hebräische, ergibt dieser Name eine dreifache Sechs. Mehr noch, wenn wir das ›n‹ am Ende wegnehmen, bleibt lediglich ›Nero‹ zurück, der Name des sechsten römischen Kaisers. Ins Hebräische übersetzt, ergibt er sechshundertsechzehn, die seltenere Version der Zahl des Tieres.«
»Nero?«
»Nero war Kaiser und wurde deshalb mit der Sonne verglichen. Seneca hat über Nero sogar gesagt: ›Er ist die Sonne in Person‹. In diesem Sinne war Nero der Titan. Aber er war auch ›lateinos‹ oder ›Römer‹, alles Wörter, die im Griechischen bei gematrischer Interpretation sechshundertsechsundsechzig ergeben.«
Tomás rekapitulierte alles in einer einzigen Gleichung:

NERON KAISAR = LATEINO = TEITAN = TOMEGA
THERION = 666

»Das heißt also, Kaiser Nero ist ein Römer, der gleichbedeutend ist mit der Sonne und dem großen Tier. Er ist der Antichrist aus der Apokalypse, denn zu jener Zeit ließ er die Christen in den römischen Amphitheatern ermorden. Er ist die meistgefürchtete Gestalt der Christenheit zu der Zeit, als das Buch der Offenbarung geschrieben wurde.«

Orlow machte ein nachdenkliches Gesicht.

»Ich habe schon verstanden«, murmelte er. »Aber da ist eine Sache, die mir nicht einleuchten will. Aus welchem Grund haben die Mörder der beiden Wissenschaftler die Zahl des Tieres neben den Leichen ihrer Opfer zurückgelassen, wenn mit dem Tier in der Apokalypse Nero gemeint ist?«

Der Historiker erhob zwei Finger.

»Für mich gibt es da nur zwei Möglichkeiten«, sagte er. »Die erste ist die simplere. Symbolisch gesehen ist die dreifache Sechs die Zahl des Teufels. Falls die Mörder einer Sekte angehören, wie Interpol ja sofort vermutet hat, liegt es nahe, dass sie diese symbolische Zahl als Signatur unter ihre Taten setzen. Bei dieser Variante steht die dreifache Sechs selbstverständlich nicht für Nero, sondern für den Teufel.«

»Diese Deutung liegt auf der Hand«, bemerkte Orlow. »Welches ist die zweite Möglichkeit?«

»Die zweite Vermutung ist vielschichtiger und verwegener, aber ich fürchte, ich habe noch nicht alle Daten zur Verfügung, um sie formulieren zu können.«

»Jetzt spannen Sie mich doch nicht so auf die Folter. Sagen Sie, was Ihnen vorschwebt.«

»Sie werden es nicht glauben.«

»Nun sagen Sie schon.«

Der Historiker seufzte. Es widerstrebte ihm zutiefst, Schlussfolgerungen bekanntzugeben, ohne alle notwendigen Informationen zur Verfügung zu haben. Aber vielleicht konnte er Orlow ja einen kleinen Hinweis geben.

»Also gut«, sagte er. »Ich glaube, die Mörder haben mit der dreifachen Sechs neben den Opfern eine Art Ankündigung machen wollen.«

»Eine Ankündigung? Was denn für eine Ankündigung?«

Tomás zögerte. Sollte er es wirklich sagen? Ihm fehlte noch die Gewissheit, es gab Lücken, die noch gefüllt werden mussten. Doch der Russe blickte ihn erwartungsvoll an, und es war klar, er würde ihn nicht eher gehen lassen, bis er ihm seine Schlussfolgerung mitgeteilt hätte, und sei es auch nur im Ansatz. Er musste ihm noch etwas geben, wie wenig auch immer es war, und weil Tomás das begriff, überwand er schließlich seine Unentschlossenheit und lüftete einen Zipfel des Schleiers, hinter dem sich das Geheimnis verbarg.

»Die Ankündigung vom Ende der Welt.«

10

Heute machen wir einen Ausflug.«

Die Ankündigung ihres Sohnes, kaum dass sie aufgewacht war, überraschte Dona Graça.

»Was denn für einen Ausflug?«, fragte sie verwundert, noch ganz benommen vom Schlaf. Tomás zog die Rollläden hoch und ließ das Licht ins Zimmer fluten. Es war ein schöner Tag, und Coimbra strahlte voller Leben in der Sonne. Der Morgen lockte, die Amseln sangen, und vom Fluss stieg eine laue Brise empor. Vor dem Fenster erstreckten sich die weißen Häuser mit den roten Dächern, die sich vor dem tiefblauen Himmel abzeichneten, den Hang hinab. Eifersüchtig und besitzergreifend umfingen die alten Befestigungsmauern die Stadt. Sie sahen aus wie ein mittelalterliches Kastell, errichtet wie eine Krone hoch über der Stadt, aber es waren die verfallenen Außenwände der alten Universität mit ihrem Glockenturm, der wie ein Schmuckstück darüber aufragte.

»Hast du schon gesehen, was für ein schöner Tag heute ist?« Tomás deutete zum Fenster. »Lass uns an die frische Luft gehen und Sonne tanken.«

Noch immer halb zugedeckt, blickte Dona Graça ihn forschend an.

»Ist mit dir alles in Ordnung, mein Sohn?«

Tomás trat ans Bett.
»Seit wann hast du das Haus nicht mehr verlassen, Mutter?«
»Hm, ich weiß nicht.«
»Seit du dich verlaufen hast und ins Krankenhaus gekommen bist. Das ist jetzt schon zwei Wochen her.«
»Na und?«
»Das ist doch kein Leben, Mutter.«
»Ach, jetzt fang nicht wieder damit an. Gott sei Dank erledigt Dona Mercedes für mich das Einkaufen. Ich muss mich nicht draußen herumtreiben.«
»Du gehst nicht einmal mehr in die Messe!«
»Und was geht dich das an? Ich bete hier zu Hause, das reicht vollkommen.«
Ihr Sohn wandte sich zum Kleiderschrank und öffnete die Tür, so dass die Schubladen und die Kleider auf ihren Bügeln darin zum Vorschein kamen.
»Was möchtest du anziehen?«
»Wohin gehen wir denn?«
»Hinaus, Mutter.«
Dona Graça schlug das Laken zurück und setzte sich auf die Bettkante.
»Kommt dein Vater auch mit?«
»Denk nicht mehr an Vater. Wir gehen in die Sonne und schnappen frische Luft. Was willst du anziehen?«
»Etwas Hübsches.« Sie deutete auf ein Kleid im Schrank, ein rosafarbenes, das an den Trägern mit weißen Rüschen besetzt war. »Gib mir das dort. Ich habe es in Lissabon gekauft, an dem Tag, als du deinen Doktor gemacht hast.«
Tomás nahm das Kleid heraus und legte es aufs Bett.
»Dann zieh es an. Aber vorher geh dich waschen, damit du gut riechst. Ich will, dass du dich hübsch machst, hast du gehört?«
Graça blickte auf das Kleid.

»Wohin fahren wir eigentlich?«
Ihr Sohn ging aus dem Zimmer und ließ sie allein, doch ehe er die Tür schloss, wiederholte er die Worte, die er beim Aufwachen zu ihr gesagt hatte.
»Wir machen einen Ausflug.«

Der Volkswagen kam im späten Vormittagsverkehr nur langsam voran. Zwischen der Casa do Sal und Conchada bog Tomás rechts ab und steuerte bergauf, als ob er zum Universitätskrankenhaus wollte. Es war heiß im Wagen, er öffnete das Fenster. Ein köstliches, mildes Lüftchen wehte herein und machte die Spazierfahrt noch frischer und angenehmer. Sie fuhren durch den Kreisverkehr von Coselhas und bogen kurz vor der Quinta de Santa Comba in eine Gasse ein, die auf einen hübschen kleinen Platz mündete, einen lauschigen Ort, an dem die Baumkronen die Dächer großer Villen berührten und die Zeit stillzustehen schien.
»Was hältst du davon, wenn wir hier aussteigen?«, fragte Tomás und parkte den Wagen, noch ehe er die Antwort vernommen hatte.
»Hier? Wozu denn?«
»Siehst du nicht das ganze Grün hier? Schön, nicht wahr?«
Dona Graça blickte sich um.
»Ja, es macht einen netten Eindruck.«
»Lass uns ein paar Schritte zu Fuß gehen. Komm schon, das wird dir guttun.«
Er half seiner Mutter beim Aussteigen, und sie gingen gemächlich zwischen den Bäumen spazieren. Es war ein beschaulicher Ort. Die saubere Luft roch nach Pinien, und angeregt vom Konzert der amderen Insekten zirpten im angrenzenden Waldstück unsichtbar, aber geräuschvoll die Zikaden um die Wette. Sie gingen an einer pflanzenüberwucherten

Mauer entlang, an der eine wohlgestutzte Hecke wuchs. Vor dem Tor blieb Tomás stehen.
»Schau mal, wie hübsch«, bemerkte er. »Weißt du, wie das hier heißt?«
Seine Mutter reckte den Hals und versuchte, die auf einer Kachel aufgemalten Buchstaben zu entziffern.
»›Die Ru… Ru…‹, was steht hier?«
»›Die Ruheoase‹«, las Tomás vor. »Kurios. Wahrscheinlich sollen sich die Leute hier ausruhen.«
Dona Graça machte ein neugieriges Gesicht.
»Ein Ort zum Ausruhen? Aber ausruhen wovon?« Sie blickte zum Wald. »Vielleicht, um sich vom Spaziergehen zu erholen?«
»Das wird es sein«, beeilte ihr Sohn sich zu sagen. »Komm, wir schauen mal hinein.«
Sie traten durch das Tor und gingen über die in den Rasen eingelassenen Steine. An den Spitzen der Grashalme glänzten in der Sonne Wassertropfen, ein sicheres Zeichen dafür, dass erst vor kurzem gegossen worden war. Sie klopften an die Tür der Villa, und ein junges Mädchen mit einer Haube und einem weißen Kittel empfing sie freundlich lächelnd.
»Hallo, guten Morgen.«
»Wir wollten uns mal das Haus anschauen«, sagte Tomás. »Dürfen wir hereinkommen?«
»Bitte sehr.«
Das Mädchen führte sie auf ihrem Rundgang. Sie begannen mit der Küche, wo sich zwei Frauen an großen, lecker riechenden Töpfen zu schaffen machten, und gingen dann durch das Gesellschaftszimmer. Alles wirkte anheimelnd und aufgeräumt, wenngleich ein wenig düster. In dem großen Raum war der Fernseher eingeschaltet, und auf den ausladenden Sofas ruhten etliche Menschen. Einige hatten den Blick auf den

Bildschirm gerichtet, andere strickten, zwei Frauen dösten mit offenem Mund.

Dona Graça zog ihren Sohn am Arm.

»Hast du gesehen, Tomás?«

»Was denn, Mutter?«

»Das sind ja lauter alte Leute«, flüsterte sie, damit keiner sie hören konnte.

»Aber das Haus ist doch nett, nicht wahr?«

»Ja, schon. Aber hast du gesehen? Hier gibt es nur alte Leute.«

»Na und? Vielleicht könntest du mit einigen hier Freundschaft schließen.«

»Ich?«

»Ja, warum nicht? Es sind alles Leute in deinem Alter.«

»Unsinn. Die hier sind steinalt, siehst du das nicht?«

Verlegen kratzte Tomás sich am Kopf.

»Du wärst hier gut aufgehoben, Mutter«, sagte er. »Das Haus macht einen freundlichen Eindruck, und hier leben Menschen deines Alters. Du würdest Spaß haben mit deinen neuen Freundinnen.«

»Du bist wohl nicht ganz bei Trost. Was soll ich denn hier?«

»Es wäre besser, als allein zu Hause zu sein. Hier müsstest du dich um nichts kümmern. Hier gibt es Menschen, die dich versorgen würden, und Leute, mit denen du dich unterhalten könntest.« Er senkte die Stimme und sagte nachdrücklich: »Das ist doch besser, als allein zu Hause zu sitzen, oder etwa nicht?«

»Rede doch keinen Unsinn.«

»Ganz im Ernst, hier würdest du versorgt.«

»Ich brauche niemanden, der mich versorgt. Dafür habe ich Dona Mercedes, Gott segne sie. Außerdem sind da noch meine Nachbarinnen, das sind meine guten Engel, die helfen mir, wann immer ich sie brauche.«

Das Mädchen mit der Haube und dem Kittel unterbrach sie.
»Gehen wir hoch ins obere Stockwerk?«
»Danke, das ist sehr nett, aber nicht nötig«, entschuldigte sich Dona Graça. »Wissen Sie, wir wollten gerade ...«
»Doch, wir gehen hoch«, fiel Tomás ihr ins Wort und steuerte auf den Flur zu. »Wo wir schon einmal hier sind, gucken wir uns alles an.«
Dona Graça seufzte und folgte ihrem Sohn und der Gastgeberin fügsam. Sie nahmen den Fahrstuhl und stiegen in einem langgestreckten Flur aus, in dem die Schritte vom hellen Holz des Buchenfußbodens widerhallten.
»Ich weiß nicht, ob ich das schaffe«, sagte Tomás' Mutter mutlos, als sie den langen Flur vor sich sah. »Ich bin müde. Schließlich bin ich nicht mehr so jung wie du, mein Sohn.«
»Es ist gleich da vorn«, sagte das Mädchen in Weiß und zeigte auf die dritte Tür rechts. »Wir sind fast da.«
Sie legten die letzten Meter des Flurs zurück und betraten das Zimmer, das zwar nicht sehr geräumig war, aber sauber wirkte. Die Kiefernmöbel waren auf antik getrimmt. Es gab einen Kleiderschrank, einen Fernseher, ein Sofa und ein großes Bett, und auf dem Schreibtisch stand ein Blumenstrauß. Alles war sehr ansprechend gestaltet.
»Das Zimmer ist doch hübsch, oder nicht?«, fragte Tomás. Er ging zum Fenster und schaute hinaus. »Oh, und mit Blick auf den Wald!«
Dona Graça ging zu ihm hin und sah hinaus. Der Wald war der kleine Pinienhain, den sie kurz zuvor durchquert hatten.
»Gut, können wir dann gehen?«, fragte sie ein wenig ungeduldig.
»Gefällt dir das Zimmer nicht, Mutter?«
»Doch, es ist sehr hübsch. Aber weißt du, ich bin ziemlich erschöpft. Ich möchte nach Hause.«

Tomás schluckte. Der Moment war gekommen, seine Mutter mit der Realität zu konfrontieren, und dafür musste er all seinen Mut zusammennehmen.
»Hör zu, Mutter«, hob er an. »Dona Mercedes hat gesagt, dass sie sich eine Weile nicht um dich kümmern kann.«
»Nicht? Ich habe sie doch gestern noch gesehen, und sie hat nichts davon erwähnt. Was ist denn mit ihr?«
»Hm, eine Familienangelegenheit, es ist unverhofft ein Problem aufgetaucht.«
»Bestimmt ist etwas mit dem Mann. Der Arme, er hat die Gicht, Dona Mercedes macht sich Sorgen. Ob er wohl wieder einen Anfall hatte?«
»Ja, das wird es sein.«
»Ich werde sie gleich anrufen. Die Ärmste. Sie hatte mir gerade neulich erzählt, dass ...«
»Mutter«, unterbrach ihr Sohn sie, »das Problem ist, dass sich eine Weile niemand um dich kümmern kann.«
»Na und?«
»Was heißt hier na und? Und wer soll dann für dich einkaufen gehen? Und dir das Essen zubereiten? Und die Wohnung sauber machen?«
»Ach, ich bitte meine Nachbarin. Maria Clotilde ist ein Schatz, sie hat mir schon gesagt, wann immer ich ...«
»Mutter, deine Nachbarinnen fahren allesamt eine Weile in Urlaub.«
Dona Graça riss ungläubig die Augen auf.
»Meine Nachbarinnen fahren alle in Urlaub? Und wohin, bitte schön?«
Tomás schwitzte.
»Was weiß ich, Mutter. Ins Algarve oder nach Brasilien, ich habe keine Ahnung, und es interessiert mich auch nicht.«
»Ich finde das alles sehr seltsam. Maria Clotilde ist immer

klamm, ihr Mann bekommt bloß Arbeitslosengeld, und von Dulce aus dem zweiten Stock ganz zu schweigen! Ihre Rente reicht hinten und vorn nicht, sie hat noch nicht mal genug für die Miete. Höchstens die ... die ... wie heißt noch gleich die Griesgrämige im ersten Stock links, die ihre Tante beerbt hat? Graciete. Höchstens die.«

»Dona Graciete ist schon tot, Mutter.«

»Graciete ist tot?«

»Sie ist vor fünf Jahren gestorben.«

»Da musst du dich irren. Wenn sie gestorben wäre, wüssten dein Vater und ich das doch.«

Tomás hatte das Gefühl, dass er gleich in die Luft gehen würde. Er musste das Problem lösen, und zwar auf der Stelle.

»Egal, Mutter«, sagte er, indem er sie an den Schultern festhielt und ihr direkt ins Gesicht blickte. »Du kannst nicht nach Hause, weil dort niemand ist, der sich um dich kümmert. Es tut mir leid, aber du wirst eine Zeitlang hier bleiben müssen.«

Dona Graça sah ihren Sohn verwirrt an.

»Was sagst du da?«

»Dass du hier bleiben musst, Mutter. Keine Sorge, es ist nur für eine Weile.«

Ratlos blickte sie um sich.

»Aber ... aber das hier ist nicht mein Zuhause. Ich will nach Hause.«

»Ich kann dich nicht nach Hause bringen, weil dort niemand ist, der für dich sorgt. Du musst eine Zeitlang hier bleiben. Nur ein paar Wochen.«

Dona Graças Unterlippe begann zu zittern, und Tränen verschleierten ihre grünen Augen. In ihr Gesicht traten Verzweiflung, Flehen, Panik.

»Ich will nach Hause«, sagte sie weinerlich. »Bitte, bring mich nach Hause.«

Auf der Kopfhaut ihres Sohnes bildeten sich weitere Schweißperlen, die ihm die Schläfen und das Gesicht herunterrannen. Es war ein schmerzlicher Augenblick. Er überlegte, ob er die Entscheidung, die er getroffen hatte, wieder rückgängig machen sollte. Welches Recht hatte er eigentlich, seine Mutter zu zwingen, etwas gegen ihren Willen zu tun? War sie nicht erwachsen? Als kleiner Junge hatte seine Mutter immer über ihn bestimmt, wie konnte es angehen, dass die Rollen nun vertauscht sein sollten? Das schien ihm widernatürlich. Seit er erwachsen war, hatten seine Eltern seine und er ihre Privatsphäre ganz selbstverständlich respektiert. Es kam vielleicht vor, dass Tomás seinem Vater oder seiner Mutter einen Rat gab, aber er hätte sich niemals herausgenommen, ihnen eine Anweisung zu erteilen, das war undenkbar. Sie waren eigenständige Menschen, die sich in gewisser Weise sogar eine vage Autorität über ihn bewahrt hatten. Wie also konnte er jetzt seine Mutter dazu zwingen, an einem Ort zu leben, an dem sie ganz offenkundig nicht leben wollte? Mit welchem Recht nötigte er sie, ihre eigene Wohnung zu verlassen? Gebot sie nicht selbst über ihr Schicksal? Wie konnte er es wagen, sie wie ein Kind zu behandeln?
Er wollte schon einen Rückzieher machen, überdachte dann aber noch einmal die Folgen. Er sah seine Mutter vor sich, ans Haus gefesselt. Nachts würde sie allein sein, ihr Zustand würde sich verschlechtern, vielleicht würde sie ausrutschen und mit dem Kopf irgendwo gegenschlagen, vielleicht würde sie das Gas brennen oder das Bügeleisen eingeschaltet lassen, vielleicht würde sie erneut auf die Straße hinauslaufen. Nein und nochmals nein. Sie war nicht in der Verfassung, allein zu bleiben, und sie konnte auch nicht selbst für sich sorgen. Die traurige Realität war, dass dies ein Weg ohne Wiederkehr war, dass er Verantwortung übernehmen und eine Entscheidung

treffen musste, von der er sich nie hatte vorstellen können, dass er sie je würde treffen müssen.
Es gab kein Zurück.
»Ich will nach Hause.«
Tomás blickte seine Mutter an und wusste nicht, was er sagen sollte. Vielleicht war es überhaupt besser, nichts zu sagen. Genau, nichts sagen, die Unterhaltung beenden, überlegte er. Er würde sie sowieso nie überzeugen, das lag auf der Hand. Ohne ein weiteres Wort verließ er raschen Schrittes das Zimmer und entschwand in den Flur.
Er ergriff die Flucht.

Einige Minuten später kam er mit einem Koffer zurück, den Dona Graça mit tränenverhangenem Blick erstaunt als ihr Eigentum erkannte. Ihr alter Reisekoffer. Tomás war zum Wagen gegangen und hatte die Sachen geholt, die er morgens, als seine Mutter noch schlief, heimlich gepackt hatte. Als er wieder ins Zimmer kam, saß sie auf dem Stuhl und trocknete sich mit einem Taschentuch die Tränen. Neben ihr kniete die Heimleiterin und versuchte sie zu trösten.
»Hier sind deine Sachen, Mutter«, sagte Tomás und deutete auf den Koffer. »Wenn du noch irgendetwas brauchst, sag mir Bescheid.« Er legte den Koffer aufs Bett und klappte ihn auf. »Ich kann dir deine Bücher bringen, Fotos, was du möchtest.«
»Ich will zurück in meine Wohnung«, beklagte sie sich mit dünner, zitternder Stimme.
Bemüht, ihr Gejammer zu überhören, machte Tomás sich daran, die Kleider im Schrank aufzuhängen und die Wäsche in den Schubladen zu verstauen.
»Du bleibst nur für ein paar Wochen hier, Mutter«, sagte er, während er ein Kleid auf den Bügel hängte. »Danach sehen wir weiter, einverstanden?«

»Wo ist dein Vater? Du wirst schon sehen, was passiert, wenn er das erfährt.«
»Vater hat mich gebeten, dich in einem guten Heim unterzubringen.«
»Das glaube ich nicht. Dein Vater würde dich nie um so etwas bitten.«
»Hat er aber. Ich soll dich beschützen.«
Vor Wut, Aufruhr und Empörung zitternd, hob Dona Graça den Finger.
»Mit welchem Recht tust du mir das an? Du, mein eigener Sohn, mit welchem Recht? Du darfst mich hier nicht allein lassen!«
»Es ist nur für ein paar Wochen.«
»Nicht einen Tag, hast du gehört? Nicht einen einzigen!«
»Mutter, so beruhige dich doch.«
»Ich will nach Hause. Wenn ich sterben muss, will ich zu Hause sterben. Also bitte, bring mich nach Hause.«
»Das geht jetzt nicht«, murmelte Tomás, noch immer mit der Wäsche beschäftigt, um seine Mutter nicht ansehen zu müssen.
»Vielleicht in einer Woche.«
Die alte Dame lehnte sich zurück. Die Wut schien aus ihr gewichen zu sein wie die Luft aus einem zerplatzten Ballon, sie fühlte sich erschöpft und innerlich ausgelaugt, sogar für Empörung fehlte ihr die Kraft.
»Ich will nach Hause«, wimmerte sie.
Die Leiterin, die attraktive Frau mit den kastanienbraunen Augen, die Tomás bei seinem ersten Besuch in dem Heim kennengelernt hatte und die ihm durch ein an die Brust geheftetes Schild ihren Namen, Maria Flor, in Erinnerung rief, kniete weiter vor Dona Graça und verfolgte schweigend das Gespräch. Als sie sah, dass die alte Dame ihren Kampf aufgab,

beugte sie sich vor, flüsterte ihr etwas ins Ohr und erhob sich. Sie winkte Tomás, und die beiden gingen zur Tür.
»Haben Sie Ihrer Mutter denn nicht gesagt, dass sie hier ins Heim kommen würde?«
»Nein. Sie hätte sich niemals darauf eingelassen.«
Maria verschränkte die Arme und blickte ihn missbilligend an.
»Sie hätten mit ihr reden müssen.«
»Glauben Sie mir, ich habe oft mit ihr über dieses Thema gesprochen, sehr oft. Und der Arzt ebenfalls. Sie hat sich geweigert, was hätte ich also tun sollen? Sie mit Gewalt zum Auto schleifen?«
»Muss sie denn unbedingt ins Heim?«
»Wissen Sie, zuerst habe ich alles noch eine Weile so laufen lassen. Sie wollte nicht ins Heim, und ich wollte sie nicht zwingen, also habe ich es hinausgeschoben.« Er senkte den Blick. »Aber vor zwei Wochen haben sich die Dinge dann überstürzt. Meine Mutter ist einkaufen gegangen und hat sich in der Stadt verlaufen. Keiner wusste, wer sie war, sie hat lauter wirres Zeug geredet. Man musste sie auf die Wache bringen und anschließend ins Krankenhaus, wo eine Krankenschwester sie dann glücklicherweise erkannt hat. Da ist mir klar geworden, dass ich unbedingt eine Lösung für das Problem finden musste.«
Die Heimleiterin seufzte.
»Ich verstehe«, sagte sie. Sie straffte sich und wurde dienstlich. »Ich benötige ein paar Angaben über Ihre Mutter, dazu müssten Sie ein Formular ausfüllen.«
»Gerne.«
»Wie ich gesehen habe, ist sie mobil, nicht wahr?«
»Ja, sie kann sich völlig selbständig bewegen, schläft allerdings viel. Das Schlimmste ist eigentlich ihr ständiger Ge-

dächtnisverlust. Manchmal ist sie völlig desorientiert. Sie vergisst zum Beispiel häufig, dass mein Vater schon tot ist.«

»Das ist normal. Die jüngsten Erinnerungen vergessen sie immer zuerst.« Sie warf rasch einen Blick auf Dona Graça. »Ihre Mutter ist erst siebzig Jahre alt, nicht wahr?«

»Ja.«

»Das kommt mir ein bisschen früh für so was vor.«

»Wissen Sie, es begann nach dem Tod meines Vaters.«

»Hm, ich verstehe.« Die braunen Augen wurden schmal, und ihr voller Mund verzog sich. »Einmal hatten wir hier ein Ehepaar, das sich sehr nahestand. Die beiden schmusten und tuschelten ständig, gingen überall gemeinsam hin, wir mussten sogar ihre Betten nebeneinanderstellen, damit sie im Schlaf Händchen halten konnten. Sie waren ganz reizend. Eines Tages erlitt die Frau einen Herzanfall und kam ins Krankenhaus, wo sie ein paar Tage später starb. Die Familie geriet in Panik und hatte Angst, wie der Mann wohl auf die Nachricht reagieren würde, wenn er davon erfuhr. Sie baten, ihm nichts zu sagen. Eine Woche später jedoch verplapperte sich eine Angestellte und erzählte ihm die Wahrheit.« Sie machte eine Pause. »Am Tag darauf starb der Mann.«

Die Geschichte blieb im Raum stehen, heimtückisch wie ein hartnäckiger Nebel, ein unheilverheißender Schatten, der nicht verschwinden will.

»Das ist hier passiert?«, fragte Tomás.

»Ja«, erwiderter Maria. »Vor ein paar Jahren. Der Fall ging allen, die hier im Heim arbeiten, sehr nahe. Das Entscheidende daran aber war, dass er uns die möglichen Auswirkungen vor Augen geführt hat, wenn der eine von zwei sich sehr nahestehenden und seit langem zusammenlebenden Ehepartnern stirbt.« Sie blickte abermals zu Dona Graça. »Wahrscheinlich ist das auch mit Ihrer Mutter passiert. Der Tod ihres Mannes

muss ein riesengroßer Schock für sie gewesen sein und einen vorzeitigen Degenerationsprozess ausgelöst haben.«
Tomás wusste nicht, was er sagen sollte. In gewisser Weise konnte er in der Geschichte die Beziehung seiner Eltern und die Ereignisse des letzten Jahres wiedererkennen. Schon seit langem brachte er den Tod seines Vaters mit der raschen Verschlechterung des Zustands seiner Mutter in Verbindung. Die von der Heimleiterin geschilderte Begebenheit bestätigte seine Annahme.
Von Gewissensbissen gequält, entschuldigte er sich und ging zurück zu seiner Mutter. Er murmelte ihr ein paar tröstende Worte zu, obwohl er gar nicht wusste, wer von ihnen beiden mehr Trost brauchte, seine Mutter, die nicht mehr nach Hause durfte, oder er, ihr Sohn, der sie zwang, im Heim zu bleiben. Er fühlte sich wie ein elender Schuft, wie ein Feigling. Er küsste sie auf ihr feuchtes Gesicht, nahm den wenigen Mut zusammen, der ihm noch geblieben war, drehte sich um und verließ das Zimmer, um zu gehen. Als er bereits auf dem Flur war und die Tür zum Fahrstuhl öffnen wollte, hörte er hinter sich die Stimme seiner Mutter.
»Tomás?«
»Ja, Mutter?«
»Bring mich nach Hause.«
Er holte tief Luft.
»Mutter, wir wollen doch nicht wieder von vorn anfangen, oder?«
Dona Graça blickte zum Ende des Flurs.
»Dann stürze ich mich eben die Treppe hinunter.«

11

Die ersten vierundzwanzig Stunden, nachdem er seine Mutter ins Heim gebracht hatte, waren für Tomás am schwierigsten. Als er von dem fatalen Ausflug zurückkehrte und wieder die Wohnung seiner Eltern betrat, kam sie ihm merkwürdig leer vor, so als habe sie ihren Sinn verloren. Es stimmte, in den letzten Monaten hatte der geistige Verfall seiner Mutter diesen Ort mit Stille erfüllt, einer in gewisser Hinsicht beunruhigenden Stille, vor allem, weil sie so viele Stunden verschlief. Doch sie zu Hause zu wissen, hatte für ihn immer etwas Tröstliches gehabt, war ihm wie ein Lichtfunken vorgekommen, der dort zwar zart, aber lebendig leuchtete. Nun aber war alles anders. Die Wohnung war leer, ausgestorben, nicht mehr als eine Hülle, dem Vergessen anheimgegeben.

Die lastende Stille zwang Tomás, einen Blick in sein Inneres zu werfen, was sein Schuldgefühl nur noch verschlimmerte. Nicht allein das Problem, seine Mutter gegen ihren Willen ins Heim gebracht zu haben, setzte ihm zu, sondern auch, dass er sie getäuscht und ihr eingeredet hatte, sie würden lediglich einen Ausflug machen. Er konnte sich noch daran erinnern, wie seine Mutter ihm als Kind einmal angekündigt hatte, sie würden einen kleinen Spaziergang zum Krankenhaus machen, und dieser Spaziergang hatte dann damit geendet, dass die Krankenpfleger ihm Nadeln in den Hintern gepiekst hatten. Er hatte von dem Erlebnis immer einen bitteren Geschmack zurückbehalten, schließlich hatte seine Mutter ihn damals verraten. Nun fürchtete er eine Umkehrung der Rollen, er hatte Angst davor, was seine Mutter künftig über das denken würde, was er gerade getan hatte. Er hatte ihr zum ersten Mal den Status einer Erwachsenen abgesprochen. War das etwas anderes als eine Form von Gewalt? Andererseits konnte er aber keine Alternative nennen, sosehr er sich auch bemühte. Was hätte er denn anderes tun sollen? Sie allein lassen, in diesem Zustand? Wäre das nicht eine Form von Vernachlässigung? Und wenn ihr etwas zustieße? Könnte er sich das jemals verzeihen?

Um der Beklemmung zu entkommen, die ihm die Luft nahm, flüchtete er sich in die Arbeit. Nach seiner Rückkehr aus dem Heim und einem deprimierenden einsamen Abendessen schloss er sich im Arbeitszimmer seines Vaters ein. Er hatte sich vorgenommen, sich abzulenken und zu versuchen, die mysteriöse E-Mail zu entschlüsseln, die merkwürdige, von Interpol abgefangene Nachricht, die Cummings an Filipe gesandt hatte. Er schaute in seinen Aufzeichnungen nach und fand eine Kopie der Nachricht.

Filipe,
When He broke the seventh seal, there was a silence in heaven.
See you.

Jim.

Auf den ersten Blick kam der Satz ihm wie ein Code vor. Ja, dachte er und nickte, das war ein Code. Wäre es eine Chiffre, würde der Text anders aussehen. Das Problem war nur, da es sich um einen Code handelte, war klar, dass er eine wahrhaft harte Nuss zu knacken hatte, weil der genaue Sinn vermutlich nur den beiden Menschen bekannt war, die die Nachricht ausgetauscht hatten. Die Bedeutung des Rätsels war sicherlich vorher von ihnen verabredet worden, und nur sie könnten sie erklären.

Ein Detail indes weckte Tomás' Aufmerksamkeit. Er las den Satz noch einmal. *When He broke the seventh seal, there was a silence in heaven.* Er riss die Augen auf. Zweifellos, das war ein aufschlussreiches Detail. *He.* Er. In der Nachricht stand *He* mit großem *H*, was so viel hieß wie *Er* mit großem *E*. Das war ein Hinweis, eine Spur, ein Erkennungszeichen, das in eine unverwechselbare Richtung wies. Tomás' Erfahrung nach konnte Er nur eine Entität sein. Gott. Es handelte sich mit allergrößter Gewissheit um ein religiöses Zitat.

Plötzlich ganz aufgeregt, stand er auf und holte die Bibel aus dem Regal. Doch als er sich wieder an den Schreibtisch setzte und sich seine Begeisterung darüber, eine sichere Spur entdeckt zu haben, gelegt hatte, blickte er auf das Buch und wurde angesichts seines Umfangs etwas mutlos. Noch nie war ihm so sehr wie in diesem Augenblick aufgefallen, wie immens dick die Bibel war, vor allem, weil er beim Blättern merkte, dass sie auf hauchdünnem Papier und in mikroskopisch kleinen Lettern wie ein Versicherungsvertrag gedruckt war. Eine Menge Text.

Doch Tomás besiegte seinen ersten Impuls, und anstatt aufzugeben, fing er an zu lesen, und zwar von vorn. »Am Anfang schuf Gott Himmel und Erde. Und die Erde war wüst und leer, und es war finster auf der Tiefe; und der Geist Gottes schwebte auf dem Wasser. Und Gott sprach: Es werde Licht! Und es ward Licht.« All das hatte er schon früher mehrfach und zu verschiedenen Gelegenheiten gelesen, aber noch nie hatte er die Bibel von vorn bis hinten durchgelesen, Altes und Neues Testament in einem Zug. Vermutlich war dieser Anlass, es zu tun, so gut wie jeder andere, dachte er. Jedenfalls musste er ein Zitat finden, und das konnte er nur, wenn er las, was da geschrieben stand.

Und das tat er.

Er brauchte sechs Tage, um die Bibel vom ersten bis zum letzten Wort zu studieren, angefangen mit dem »Am Anfang« und endend mit dem »Amen« am Schluss. Er las ohne Pause, abgesehen von den natürlichen Unterbrechungen, und als er das Buch zuschlug, wusste er nicht, was er denken sollte. Er fühlte sich verwirrt angesichts seiner Entdeckung, erschrocken über die Bedeutung des düsteren Geheimnisses, das er gerade zu einem Teil gelüftet hatte.

Er versuchte, sich zu zerstreuen, und schaltete den Computer ein. In seiner elektronischen Post, in der er als Erstes nachschaute, entdeckte er inmitten der üblichen Spam-Mails eine Nachricht mit dem Absender dassiebtesiegel. Das siebte Siegel? Die Nachricht war achtundvierzig Stunden alt. Brennend vor Erwartung, klickte Tomás die Zeile an und öffnete die Nachricht. Sie war kurz, informativ und angesichts des Namens, mit dem sie unterschrieben war, explosiv.

Filipe.

Die E-Mail stammte von seinem Jugendfreund Filipe Madureira, demselben, nach dem Interpol wegen seiner vermeintlichen Verwicklung in den Mord an zwei Wissenschaftlern fahndete, demselben, mit dem er während der Schulzeit im Gymnasium von Castelo Branco Nachmittage lang gelernt und Tischfußball gespielt oder über Mädchen geredet hatte. Offensichtlich hatte Filipe die Internet-Seite der Ehemaligen des Gymnasiums besucht und die Nachricht gefunden, die Tomás für ihn dort hinterlassen hatte.

Nun war die Antwort da.

Nach kurzem Überlegen ergriff Tomás das Handy und wählte.

»Hallo, Orlow«, grüßte er. »Ich habe Neuigkeiten für Sie.«

»Was gibt's?«

»Ich habe eine Nachricht von meinem Freund Filipe bekommen.«

»Wirklich? Wo ist er?«

»Ich fürchte, das darf ich Ihnen nicht sagen.«

Der Interpol-Mann am anderen Ende der Leitung stutzte.

»Was? Wieso nicht?«

»Er hat mich um Diskretion hinsichtlich seines Aufenthaltsortes gebeten.«

»Und wie soll ich dann mit meinen Ermittlungen weiterkommen?«

»Das werde wohl ich übernehmen müssen.«

»Sie?«, wunderte sich Orlow. »Aber Sie sind doch kein Polizist.«

»Filipe hat sich darauf eingelassen, sich mit mir zu treffen, sofern ich den Ort nicht bekanntgebe, an dem er sich befindet. Wenn ich mich mit ihm treffen soll, muss ich das respektieren, verstehen Sie?«

»Hm.«

»Was also soll ich tun? Mich mit ihm treffen oder nicht?«

Der Russe schwieg eine Weile und überlegte.

»Mir scheint, es bleibt keine andere Wahl, oder?«

»Das müssen Sie entscheiden.«

»Nun, dann gehen Sie darauf ein«, entschied Orlow. »Treffen

Sie sich mit ihm und holen Sie so viele Informationen aus ihm heraus wie möglich.«

»Gut«, antwortete Tomás. »Ich werde Geld für die Reise benötigen.«

»In welchem Land hält er sich denn auf?«

»Das darf ich Ihnen nicht sagen.«

Orlow lachte.

»Macht nichts«, sagte er. »War ja auch nur ein Versuch.« Er schlug einen anderen Ton an. »Wir werden Ihnen Geld auf Ihr Konto überweisen, wenn es Ihnen recht ist. Sie tun dann damit, was Sie für richtig halten. Sie müssen weder eine Abrechnung noch Quittungen vorlegen. Auf diese Weise können Sie Ihr Stillschweigen über die Reise bewahren. Ist das in Ordnung?«

»Perfekt.«

»Dann ist es ja gut«, sagte der Russe und verabschiedete sich. »Melden Sie sich, wenn Sie wieder da sind.«

»Warten Sie«, rief Tomás.

»Was denn noch?«

»Ich habe Ihnen noch nicht alles erzählt.«

Der Interpol-Agent schien verwirrt.

»Entschuldigung, ich hatte gedacht, Sie dürften fürs Erste nichts über die E-Mail Ihres Freundes erzählen.«

»Das darf ich auch nicht. Aber ich habe noch andere Neuigkeiten.«

»Was denn für welche?«

»Ich glaube, ich habe die Bedeutung der Nachricht, die der Engländer an Filipe gesandt hat, inzwischen verstanden.«

Orlow lachte erneut.

»Sie sind wirklich eine Koryphäe«, rief er aus. »Sie haben diese verzwickte Geschichte tatsächlich dechiffriert?«

»Entschlüsselt«, korrigierte Tomás. »Die Botschaft ist keine

Chiffre, sondern ein Code. Chiffren werden dechiffriert, Codes entschlüsselt.«
»Ihrer Meinung nach ist es also ein Code?«
»Zweifellos.«
»Und welche Botschaft verbirgt sich dahinter?«
Der Historiker beugte sich über den Schreibtisch und nahm den dicken Band zur Hand, den er gerade durchgelesen hatte.
»Die Bedeutung des Codes steht in der Bibel.«
»Wirklich?«
»Ja. Und raten Sie mal, in welchem Teil der Bibel.«
»Ich habe keine Ahnung.«
»In der Apokalypse. Die Antwort steht in der Apokalypse.« Er lachte. »Zu meinem Pech. Da sich das Zitat im letzen Teil des Neuen Testaments befindet und ich vorn in der Bibel angefangen habe, musste ich sie ganz durchlesen, bis ich es gefunden hatte.«
»Sie haben nur Ihre Pflicht getan«, antwortete der Russe ungeduldig. »Jetzt sagen Sie schon, welche Botschaft in dem Satz versteckt ist.«
Tomás schlug die auf dem Tisch liegende Bibel auf und blätterte in den letzten Seiten, bis er das Buch der Offenbarung gefunden hatte.
»Um den Sinn der Botschaft zu begreifen, muss man den Kontext verstehen, in dem sie steht«, erklärte er. »Haben Sie die Apokalypse schon mal gelesen?«
Orlow schnalzte erbost mit der Zunge.
»Sehe ich vielleicht wie ein Betbruder aus? Glauben Sie, ich habe Zeit, um dergleichen zu lesen?«
»Nun, wenn Sie die Apokalypse noch nie gelesen haben, dann lassen Sie mich Ihnen erklären, wie der Text einzuordnen ist. Wie ich Ihnen schon neulich sagte, hat vermutlich der Apostel Johannes ihn geschrieben.« Er ließ den Blick über die ersten

Zeilen der Seite gleiten, die aufgeschlagen vor ihm lag. »Der Text beginnt damit, dass Jesus Christus dem Johannes erscheint und ihm Botschaften an die sieben christlichen Gemeinden Kleinasiens übergibt.« Er blätterte einige Seiten weiter. »Hochinteressant wird es wenig später, als Johannes in den Himmel kommt.«

»Der Apostel ist in den Himmel geflogen?«, witzelte Orlow. »Business-Class oder Economy?«

»Er kam in den Himmel«, erwiderte Tomás, indem er die Bemerkung einfach überging, und konzentrierte seinen Blick auf den nächsten Abschnitt. »Hier steht Folgendes«, sagte er und begann zu lesen. »›Danach sah ich, und siehe, eine Tür war aufgetan im Himmel; und die erste Stimme, die ich gehört hatte mit mir reden wie eine Posaune, die sprach: Steig herauf, ich will dir zeigen, was nach diesem geschehen soll. Alsbald kam der Geist über mich. Und siehe, ein Thron war gesetzt im Himmel, und auf dem Thron saß einer.‹« Er blickte hoch. »Dieser eine war selbstverständlich Gott.«

»Gott? Johannes behauptet, er habe Gott gesehen?«

»Ja.«

»Und, wie ist er? Hat er einen langen weißen Bart?«

»Der von Johannes in der Apokalypse beschriebene Gott hat keine menschliche Gestalt. Hören Sie, wie der Autor Ihn beschreibt.« Tomás wandte sich wieder demselben Absatz zu. »›Und der da saß, war anzusehen gleich wie der Stein Jaspis und Sardis, und ein Regenbogen war um den Thron, anzusehen gleich wie ein Smaragd.‹« Er übersprang eine Zeile. »›Und von dem Thron gingen aus Blitze, Stimmen und Donner.‹«

»Was für ein merkwürdiger Gott soll das denn sein?«

»Das ist der Gott, den Johannes gesehen zu haben behauptet. Er ist keine Person, sondern Licht und Farbe und Geräusche.«

»Das sind doch Halluzinationen, oder nicht?«
»Vielleicht«, räumte Tomás ein. »Aber ich glaube es eigentlich nicht. Dieser Text ist sehr durchdacht, wissen Sie.«
»Warum meinen Sie das?«
»Wegen seiner Struktur. Die Szenen werden sehr detailliert beschrieben und belegen den Einfluss jüdischer Schriften, insbesondere der Schriften des Daniel. Die Struktur zeigt, das sie einem Plan unterliegt, sie spielt mit numerischen Mustern, was für Halluzinationen völlig untypisch ist.«
»So wie bei der dreifachen Sechs?«
»Genau. Die dreifache Sechs ist keine Halluzination. Wie wir bereits gesehen haben, handelt es sich dabei um die gematrische Interpretation des Namens Nero. Der Text ist also wohldurchdacht und nicht das Resultat einer Sinnestäuschung.«
»Ich verstehe«, sagte Orlow. Seine Stimme nahm einen anderen Klang an. »Sie haben gesagt, Johannes sei in den Himmel aufgestiegen und habe Gott gesehen. Und dann? Was ist dann passiert?«
Tomás kehrte zum Text zurück.
»Johannes schreibt als Nächstes: ›Und ich sah in der rechten Hand des, der auf dem Thron saß, ein Buch, beschrieben inwendig und auswendig, versiegelt mit sieben Siegeln.‹«
»Ein Buch mit sieben Siegeln?«
»Ja. Das Buch heißt tatsächlich das Buch mit den sieben Siegeln. Nach Johannes' Schilderung begab Christus sich zu dem Thron und erhielt von Gott dieses Buch. Das war zu der Zeit, als Jesus in der Gestalt eines Lamms damit begann, die Siegel eines nach dem anderen zu brechen.«
Orlow war nun völlig gefangen von der Erzählung.
»Und dann?«
»Die ersten vier Siegel brachten vier zerstörerische Reiter hervor. Das sind die vier apokalyptischen Reiter. Der eine ist

Eroberer, die anderen bringen Hunger, Krieg und Tod mit sich. Durch das fünfte Siegel erschienen die Märtyrer, und das sechste Siegel brachte ein Erdbeben und andere furchtbare Naturkatastrophen, um die Menschheit für ihre Sünden zu bestrafen.« Tomás legte eine Pause ein. »Und dann folgt im Text der verhängnisvolle Satz.«

»Welcher?«

»Der Satz, der in der Nachricht steht, die Sie im Internet abgefangen haben.«

»Welche Nachricht? Die von dem Engländer?«

»Ja.« Tomás setzte den Zeigefinger auf die Zeile und las vor. »›Und als Er das siebte Siegel brach, ward Stille im Himmel.‹«

Der Satz hallte in Orlows Kopf wider. Das war tatsächlich die Nachricht gewesen, die James Cunnings an Filipe Madureira gesandt hatte.

»Gut«, sagte er, »dieser Satz steht also in der Bibel. Christus hat das siebte Siegel des Buches mit den sieben Siegeln geöffnet. Und dann? Was geschah dann?«

Der Historiker klappte die vor ihm auf dem Schreibtisch liegende Bibel zu und holte tief Luft.

»Johannes sieht Blitz und Donner und Erdbeben allenthalben. An Land und zu Wasser machen Feuer, Hagel und Erdbeben ein Drittel des Planeten unbewohnbar. Ein Stern fällt vom Himmel herab, die Sonne wird von Rauch verdunkelt. In einem Massensterben wird ein Teil der Menschheit und des Lebens ausgelöscht.« Er macht eine Pause. »Kurz gesagt, die Apokalypse beginnt.«

Orlow dachte einen Augenblick über die Schilderung nach.

»Und wann geschieht das?«

»An der Stelle in der Bibel, die in der von Ihnen abgefangenen Nachricht zitiert wird.« Er wiederholte sie aus dem Gedächt-

nis. »›Und als Er das siebte Siegel brach, ward Stille im Himmel.‹«
Der Russe schnalzte mit der Zunge.
»Donnerwetter«, rief er aus. »Sie haben instinktiv richtig gelegen.«
»Ja«, sage Tomás. »Haben Sie schon mal überlegt, was dieser Satz auslöst?«
»Das Ende der Welt, werter Professor. Das Ende der Welt.«

12

Der Sicherheitsbeamte, ein Mann mit glänzendem Kahlkopf und von stämmiger Statur, musterte ihn mit durchdringendem Röntgenblick misstrauisch von Kopf bis Fuß. Als er merkte, dass er es mit einem Ausländer zu tun hatte, wurde er sichtlich lockerer, nahm die siebenhundertfünfzig Rubel entgegen und bedeutete ihm mit einem Kopfnicken hineinzugehen. Tomás bedankte sich, stieß die Tür auf und betrat das Night Flight.

Im Inneren des berühmtesten Herrenklubs der Stadt empfing ihn eine gepflegte Atmosphäre. Unverzüglich trat ein tadellos gekleideter Kellner auf ihn zu.

»Dobriy vetcher«, begrüßte er ihn förmlich.

»Guten Abend«, erwiderte Tomás auf englisch. Er zögerte einen Moment auf der Suche nach den passenden Worten, die er im Hotel auswendig gelernt hatte. *»Vy govorite po-angliyski?«*

Der Kellner lächelte.

»Ja«, antwortete er. »Wir sprechen hier alle Englisch.« Er machte eine Handbewegung, die das ganze Lokal umschloss. »Möchten Sie ins Restaurant oder in den Nachtklub?«

»In den Nachtklub bitte.«

Der Mann deutete in eine Ecke. Nachdem Tomás eine Wendeltreppe hinuntergegangen war, gelangte er in eine in Goldtönen gehaltene Bar mit einer verspiegelten Wand, an der entlang schwarz gepolsterte Sofas standen, während die andere Wand hinter einem langen Bartresen verborgen lag. Sanfte Musik schwang in der Luft. Das Lokal wirkte exklusiv, wie ein Klub für Herren der besseren Gesellschaft. Doch die kleinen Gruppen, die durch den Nachtklub schwärmten, straften das kultivierte Ambiente Lügen. Die Männer hatten das protzige Auftreten von Neureichen, die mit Alkohol, Rubel, Macht und Testosteron prahlten, und die Frauen, die allesamt viel jünger, wunderschön und vor allem verfügbar waren, verhätschelten sie mit Aufmerksamkeiten.

Der Neuankömmling begab sich zum Tresen und hob die Hand, um den Mann im Smoking, der die Getränke zubereitete, auf sich aufmerksam zu machen.

»Zdrávstvuyte«, begrüßte ihn der Barkeeper und fragte, was er trinken wolle. *»Tchego zhelayete?«*

»Hallo«, grüßte Tomás zurück. Er schaute auf einem Zettel einen Namen nach. »Kann ich mit Nadeschda sprechen?«

»Nadeschda?«

»Ja.«

Der Mann lächelte schwach, so als habe der Name eine geheime Bedeutung, die nur die Mitglieder einer Bruderschaft verstanden, und deutete auf einen kleinen Balkon über ihnen.

»Dort ist sie.«

Tomás hob den Kopf und erblickte eine fast nackte, rothaarige Frau, die tanzte, mit festen, spitzen Brüsten, zierlichem, verführerischem Körper und einem schmalen, scharlachroten Stück Stoff, das ihr als Höschen diente.

Ein Lichtkegel fiel auf die Tänzerin und tauchte ihren sinnlichen, schweißbedeckten Körper in eindrucksvolle Schatten und laszive Farben.

Der neue Gast wandte den Blick von ihr ab und fragte den Barkeeper: »Das ist Nadeschda?«
»Ja«, bestätigte der Kellner und zog die Augenbrauen hoch, so als sollten seine Worte einen doppelten Sinn verbergen. »Möchten Sie, dass sie zu Ihnen kommt?«
»Ja«, sagte Tomás und errötete bei der Anspielung. »Ich muss mit ihr reden.«
»Nadeschdas Nummer ist gleich zu Ende.« Er zwinkerte ihm komplizenhaft zu. »Wenn sie fertig ist, sage ich ihr, dass ein Gast auf sie wartet.« Er deutete auf die Flaschen, die aufgereiht in der Bar standen. »Möchten Sie etwas trinken, während Sie warten?«
»Was haben Sie denn da?«
»Whisky, Cognac, Wodka ...«
Tomás betrachtete die Flaschen.
»Ich glaube, ein Wodka wäre vielleicht angebracht.«
»Pur oder aromatisiert?«
»Hm.« Tomás zögerte. »Ich weiß nicht, was empfehlen Sie mir?«
Der Barkeeper ergriff eine bernsteinfarbene Flasche und schenkte ein Glas Wodka ein. »Das hier ist ein aromatisierter Wodka, ein Okhotnichya, der Wodka der Jäger. Er ist mit Ingwer und Gewürznelken versetzt.« Er hielt ihm das Glas entgegen. »Trinken Sie ihn in einem Zug, so wie wir.«
Tomás blickte die Flüssigkeit in dem Glas prüfend an. Er setzte sich auf einen freien Platz auf der Bank an der Wand unterhalb des Spiegels und befolgte entschlossen den Rat. In Rom muss man wie ein Römer sein, dachte er, schloss die Augen und kippte den Wodka auf ein Mal hinunter, ehe ihn der Mut verließ.
Es war, als ob ein Vulkan in seinen Eingeweiden ausgebrochen wäre.

»Sie wünschen meine Gesellschaft?«
Die Frauenstimme, die in samtigem Englisch mit exotisch slawischem Akzent sprach, ließ Tomás aufblicken. Vor ihm stand die rothaarige, in einen erotischen, leuchtend purpurfarbenen Seidenumhang gehüllte Schönheit und beobachtete ihn von der anderen Seite des Tisches. Sie hatte wässrig blaue, große ausdrucksstarke Augen und volle Lippen wie Nastassja Kinski.
Der Portugiese bezwang seine Überraschung, stand ungelenk auf und streckte ihr die Hand so ungestüm entgegen, dass er das Wodkaglas umwarf.
»Hallo«, sagte er und erschrak, als das Glas aus Versehen zu Boden fiel.
Die Tänzerin unterdrückte ein Kichern.
»Darf ich mich setzen?«
»Ja, selbstverständlich.«
Tomás trat etwas zurück, um ihr Platz zu machen, und stieß dabei ungewollt gegen den kleinen Tisch, der mit großem Getöse zur Seite kippte. Jäh verstummten die Gespräche, und die anderen Gäste des Nachtklubs hielten einen Augenblick inne, um zu sehen, was dort los war.
»Ach, verflixt«, rief der Historiker aus und schlug die Hände über dem Kopf zusammen, als er den umgeworfenen Tisch erblickte. »Ich bin aber auch wirklich ungeschickt, ich weiß gar nicht, was los ist. Entschuldigen Sie bitte.«
Nadeschdah brach in Gelächter aus.
»Sind Sie immer so?«
»Nein, überhaupt nicht«, versicherte Tomás. »Das muss Ihre Anwesenheit sein. Als ich hierherkam, war ich absolut nicht darauf gefasst, einer so hübschen Frau zu begegnen.«
Das Mädchen warf amüsiert die Haare zurück.
»Na, Sie sind mir ja ein Don Juan!«

Der Portugiese machte ein besorgtes Gesicht, vielleicht war er zu weit gegangen.

»Oh, Verzeihung«, stammelte er. »Ich kann mir vorstellen, dass Sie es schon nicht mehr hören können, wenn die Männer Ihnen ständig das Gleiche sagen.«

Die Kellner des Nachtklubs kamen herbeigeeilt und brachten alles wieder in Ordnung. Der Tisch wurde wieder an seinen Platz gestellt, die Scherben des zersprungenen Wodkaglases zusammengefegt, und danach wurden auch die leisen Gespräche wieder aufgenommen, die mit der Hintergrundmusik die übliche Geräuschkulisse bildeten. Tomás wurde ein weiterer Wodka serviert und Nadeschda ein Glas Sekt. Als der Kellner gegangen war, drapierte die Tänzerin ihren verführerischen Seidenumhang so, dass die Schultern entblößt und ihre elfenbeinfarbene Haut und die kecke Rundung ihrer Brüste sichtbar wurden.

»Ich habe schon gesehen, Sie sind Ausländer«, stellte Nadeschda fest. »Sind Sie geschäftlich in Moskau?«

»Nun, in gewisser Weise schon.«

Die Russin sah ihn prüfend an.

»Dann sind Sie also Geschäftsmann.« Sie hob ihre fein gezupften Brauen und riet auf gut Glück. »Erdöl? Bank? Import-Export?«

Tomás lachte belustigt.

»Nein, nichts dergleichen. Ich bin Historiker.«

Ehrlich erstaunt, riss Nadeschda ihre blauen Augen auf.

»Historiker? Was für Geschäfte führen denn einen Historiker nach Moskau?«

»Ich suche jemanden.«

Die Russin lächelte schwach und schaute ihn mit aufreizendem Blick an. Sie sah aus wie eine Katze.

»Ich hoffe, mich«, schnurrte sie.

»Nein, nicht Sie.«
»Wie schade.«
Tomás deutete mit dem Finger auf sie.
»Aber ich hoffe, dass ich den Betreffenden durch Sie finden kann.«
Plötzlich misstrauisch geworden, richtete Nadeschda sich auf.
»Was wollen Sie damit sagen?«
»Mein Name ist Tomás Noronha, und ich bin aus Lissabon gekommen, um mich mit einem Freund zu treffen. Er hat mir gesagt, ich solle hierher zu Ihnen kommen.«
Die Tänzerin kniff die Augen zusammen. Sie versuchte, das Gehörte einzuordnen.
»Sie kommen aus Lissabon?«
»Ja.«
»Und wie heißt Ihr Freund?«
»Filipe Madureira. Er hat mir eine E-Mail geschickt, in der er mir schrieb, ich solle hier in Moskau in den Nachtklub Night Flight gehen und nach Ihnen fragen.«
Nadeschda lächelte beruhigt.
»Ach, dann sind Sie also der Freund von Filhka«, erklärte sie. Filhka war Filipes russischer Kosename. »Warum haben Sie das denn nicht gleich gesagt?«
»Nun, ich glaube, ich habe es bei der ersten Gelegenheit gesagt, die Sie mir gegeben haben.«
Die Russin musterte ihn abermals.
»Hm. Filhka hatte mir nicht verraten, dass Sie so interessant sind.«
Tomás errötete.
»Oh, danke.«
Sie neigte sich zur Seite und fuhr, wie um ihn zu streicheln, mit der Hand über seinen dunklen Anzug.

»Und schick sind Sie außerdem. Und ich hatte schon gedacht, Sie seien ein Gast.«
»In gewisser Weise bin ich das ja auch, nicht wahr?« Er blickte sich um. »An diesem Abend bin ich Gast im Night Flight.«
»Ja, aber ich hatte gedacht, Sie seien so einer wie die anderen.« Sie deutete zum Nebentisch. »So wie die da. Sehen Sie den Kerl dort?«
Tomás wandte sich um und sah drei Meter weiter einen korpulenten Mann mit blondem, kurz geschorenem Haar in einem eleganten italienischen Anzug, der sich mit drei jüngeren, sehr schönen Frauen von beeindruckender Opulenz unterhielt.
»Ja, was ist mit ihm?«
Nadeschda senkte die Stimme.
»Das ist Igor Beschklebow.« Sie blickte sich um, um sich zu vergewissern, dass niemand sie hören konnte. »Er ist von der Solntsevskie.«
»Was ist das?«
»Die Mafia«, erklärte sie.
Tomás blickte erneut zu dem Mann.
»Die Mafia? Der Mann ist ein Mafioso?«
»Drogen und Prostitution«, sagte die Tänzerin. »Die Mädchen dort arbeiten für ihn.«
Der Portugiese betrachtete die Frauen fasziniert. Zwei waren blond und sehr groß, und die dritte wirkte exotisch, eine europäisch-asiatische Mischung mit grünen Mandelaugen und schimmerndem, sehr feinem schwarzem Haar. Alle trugen eng anliegende, tief ausgeschnittene Kleider, die die Rundungen ihrer Körper und vor allem ihre Verfügbarkeit andeuteten.
»Woher wissen Sie das?«
Nadeschda zuckte mit den Schultern.

»Nun, weil ich früher auch mal für ihn gearbeitet habe.«

»Sie?«

»Ja, natürlich«, sagte die Russin mit gleichgültigem Gesicht. »Alle hier arbeiten für irgendjemanden.« Sie stand auf und bedeutete ihm mit einem Nicken, ihm zu folgen. »Kommen Sie.«

»Wohin denn?«

»Sie sind doch der Freund von Filhka, oder nicht?«

»Ja.«

»Wenn Sie sein Freund sind, reicht mir das, mehr muss ich nicht wissen. Außerdem haben Sie Glück.«

»Ja? Und warum?«

»Weil Sie mir gefallen.« Sie winkte Tomás mit dem Finger zu sich, als sei er ihr Haustier. »Kommen Sie.«

Der Portugiese erhob sich von seinem Platz, zögerte aber.

»Wohin gehen wir?«

»Ich mach's Ihnen ein Mal umsonst.«

13

Das leise Pochen an der Tür, ein schwaches Klopfen, das sich mit den Geräuschen in seinem Traum vermischte, weckte Tomás aus seiner matten Benommenheit. Mit geschlossenen Augen streckte er die Hand aus und tastete über das Bett. Es war leer. Schlaftrunken hob er den Kopf, blinzelte und versuchte zu begreifen, wo er sich befand, wie spät es war, ob tatsächlich jemand vor Tür stand oder ob das Klopfen, das er vernommen zu haben meinte, Teil seines Traums gewesen war. Er hörte ein Geräusch und spürte, das sich im Zimmer etwas bewegte, und in dem Augenblick, so als hätte jemand das Licht angeknipst und alles hätte sich aufgeklärt, fiel es ihm wieder ein.

Nadeschda.

Noch damit beschäftigt, sich das rote Haar zu ordnen, kam die Russin aus dem Bad und lächelte, als sie sah, dass er wach war.

»*Dobroye utro*«, begrüßte sie ihn fröhlich.

»Guten Morgen.«

Sie ging zu Tomás, beugte sich über ihn und küsste ihn mit ihren warmen, samtigen Lippen.

»Und, wie hat mein portugiesischer Frauenheld geschlafen? Gut?«

»Sehr gut. Und du?«

Nadeschda verzog schmerzlich das Gesicht.
»Ich bin noch dabei, mich von der Nacht zu erholen, die du mir beschert hast.« Sie zwinkerte ihm mit ihren blauen Augen zu. »Sogar das Gehen fällt mir schwer.«
Es klopfte wieder.
Tomás wandte den Kopf zur Tür. Er hatte also doch nicht geträumt, es hatte tatsächlich geklopft.
»Wer mag das sein um diese Uhrzeit?«
Die Russin ging zur Tür, öffnete und wechselte einige Worte mit jemandem, den Tomás vom Bett aus nicht sehen konnte. Dann ging die Tür ganz auf, das Geklapper von Tellern und Besteck war zu hören, und ein Kellner schob einen Teewagen ins Zimmer, auf dem zwei Platten mit zugedeckten Tellern, ein Krug Orangensaft, eine Kanne und ein Korb mit Schwarzbrot standen.
»Ich habe das Frühstück aufs Zimmer bestellt«, erklärte Nadeschda und steckte einen Briefumschlag, den der Hotelbote ihr ausgehändigt hatte, in ihre Handtasche.
Der Kellner richtete das Essen auf dem Tisch an und ging dann sofort wieder. Tomás zog den Hotelbademantel an, setzte sich an den Tisch und betrachtete das Essen.
»Ich habe einen Wolfshunger«, verkündete er. Er deutete auf die Teller. »Was ist das?«
Nadeschda nahm eine gebackene Teigtasche.
»Das sind salzige Piroschki. Sie werden mit Fleisch und Kohl oder Käse zubereitet.«
Als Nächstes zeigte der Portugiese auf etwas, das nach einer Scheibe Fleischpastete aussah.
»Und das hier?«
»Das ist Kulebjaka, Blätterteig mit Lachs, Ei, Reis und Champignons.« Sie deckte ein Körbchen mit süßen Kuchen auf. »Aber falls du ein Leckermaul bist, bevorzugst du ja vielleicht

die Vatrushkis, das sind Käseküchlein, oder die Vareniki mit Früchten.« Sie biss in den Piroschki, den sie zwischen den Fingern hielt. »Probier mal, das schmeckt gut.«
Tomás machte sich ans Essen, ein wenig zweifelnd und hin und her gerissen zwischen Ungewissheit und Neugier. Die russische Küche war ihm nicht einmal vom Hörensagen bekannt, so dass alles neu für ihn war. Die ersten Bissen schmeckten ihm gar nicht so schlecht, aber er wusste nicht, ob das auf die Vorzüge der Speisen oder auf seinen Hunger zurückzuführen war, der sich jedes Mal, wenn er ins Ausland reiste, verdoppelte.
»Nadeschda«, sagte er, mit einer Scheibe Kulebjaka beschäftigt. »Erklär mit bitte …«
»Nadia«, fiel die Russin ihm ins Wort.
Tomás blickte sie verwirrt an.
»Heißt du denn nicht Nadeschda?«
»Doch, natürlich. Aber das ist zu lang und förmlich, findest du nicht? Auf Russisch heißen die Nadeschdas immer Nadia.«
»Aha. Und was ist mit Tomás?«
»Tomasz? Den kann man Tomik nennen.«
»Hm. Das gefällt mir.«
»Nadia und Tomik.«
Die beiden lachten. Für Tomás hörte sich das alles ein bisschen an wie Bonnie und Clyde, aber das machte nichts. Er betrachtete Nadeschda und schmolz fast dahin angesichts ihrer katzenhaften Anmut. Sie strahlte die für die ebenso fremdartigen wie vertrauten slawischen Schönheiten charakteristische Mischung aus heiß und kalt aus. Tatsache jedoch war, dass er nichts über sie wusste, außer dass sie als Tänzerin im größten Nachtklub Moskaus arbeitete und dass sie, und das war das Wichtigste, sein einziges Verbindungsglied zu Filipe war.

»Nadia«, sagte Tomás. »Erklär mir bitte, wie ich zu meinem Freund Filipe gelangen kann. Er hat mit dir gesprochen, nicht wahr?«
»Ja, Filhka hat mir angekündigt, jemand würde im Night Flight mit mir Kontakt aufnehmen.«
»Und wie komme ich jetzt zu ihm?«
Nadeschda zog ihre Handtasche zu sich heran und entnahm ihr den Umschlag, den sie kurz zuvor hineingesteckt hatte.
»Hiermit«, sagte sie und wedelte mit dem Umschlag. »Während du schliefst, habe ich den Laufburschen zum Einkaufen geschickt.«
»Und was ist das?«
Die Russin schüttelte den Kopf.
»Entschuldige bitte, Tomik, aber das kann ich dir jetzt nicht sagen. So lauten die Anweisungen von Filhka.«
Tomás blickte neugierig auf den Umschlag.
»Was ist denn da so Besonderes drin?«
»Etwas, das in gewisser Weise Filhkas derzeitigen Aufenthaltsort verrät. Und den darfst du erst erfahren, wenn es an der Zeit ist.«
»Und wozu die ganze Geheimniskrämerei?«
»Weil Filhkas Aufenthaltsort geheim ist.«
»Aber warum?«, bohrte er weiter.
»Das soll er dir dann selbst erklären.« Sie steckte den Umschlag wieder in die Handtasche und deutete mit einer Kopfbewegung zu Tomás' Koffer, der geöffnet am Boden lag. »Wenn du aufgegessen hast, musst du packen.«
»Wohin gehen wir?«
»Wir verlassen das Hotel.«

Als sie am späten Vormittag ausgecheckt hatten und auf die Straße traten, erklärte Nadeschda ihm, dass sie fast den ganzen Nachmittag Zeit haben würden und bummeln gehen konnten. Da Tomás einen Rollenkoffer hatte, den er hinter sich herziehen konnte, packte der Historiker, ohne zu zögern, die Gelegenheit beim Schopf.

»Kann ich den Kreml besichtigen?«

Bei der nächstgelegenen Haltestelle Belorusskaya nahmen sie die Metro. Tomás war sprachlos vor Staunen, als er die Treppe hinunterging. Noch nie hatte er in einem U-Bahnhof einen derartigen Luxus gesehen, es war, als befinde er sich in einem unterirdischen Schloss mit reichverzierten Wänden wie in einem Barockbau, dessen zentrale Eingangshalle von Mosaiken mit Darstellungen ländlicher Szenen bedeckt war. An einem Automaten kauften sie Fahrkarten und liefen dann durch die langen Korridore, die sich in weitläufigen, eleganten Bögen öffneten und von dem grünlichen Licht der Leuchter erhellt wurden.

»Das hier ist eure U-Bahn?«

»Ja. Schön, nicht wahr?«

Tomás lachte.

»Sieht aus wie ein Fünf-Sterne-Hotel.«

»Meine Lieblingsstation ist Park Kultury«, sagte Nadia. »Dort gibt es Basrelief-Medaillons aus Marmor mit Figuren, die Eis laufen, lesen oder tanzen. Sie ist sensationell.« Sie deutete auf den Boden. »Siehst du das hier?«

Der Portugiese prüfte den Belag, über den sie gingen.

»Ja. Das sind Fliesen.«

»Die einen typisch belorussischen Teppich nachbilden. Deshalb heißt die Station auch Belorusskaya.«

Nach zehn Minuten hatten sie ihre Fahrt beendet und stiegen an der Station Borovitskaya aus. Oben auf der Straße waren sie mitten im Stadtzentrum.

Sie gingen an hohen Mauern vorbei bis zur Straße, wo sich ein

riesiger Platz auftat, den Tomás unverzüglich von Fotos her wiedererkannte.
»Das ist der Krasnaja Ploschtschad«, verkündete Nadeschda.
»Oh«, rief Tomás überrascht aus. »Und ich hatte gedacht, das sei der Rote Platz.«
Die Russin blickte ihn spöttisch an.
»Das ist er ja auch«, sagte sie. »Der Krasnaja Ploschtschad ist der Rote Platz.«
»Aha, dachte ich es mir doch. Aber warum heißt er eigentlich Roter Platz? Da der Kommunismus schon vorbei ist, wäre es da nicht konsequent, ihn umzutaufen?«
»Der Name hat nichts mit dem Kommunismus zu tun.«
»Nicht? Soweit ich weiß, ist doch rot die Farbe des Kommunismus, und das hier ist der Rote Platz.«
»Das ist reiner Zufall, Tomik«, erklärte sie. »Der Platz heißt schon seit der Zarenzeit Krasnaja Ploschtschad. Krasnaja kommt von krasnyy, einem Wort, dessen ursprüngliche Bedeutung ›schön‹ war, und dann wurde daraus ›rot‹.«
Tomás' Blick war von dem majestätischen Bau gefangen, der sich auf der anderen Seite des Platzes erhob, genauso wie die zahllosen Fotografien ihn zeigten. Es war ein imposantes Gebäude, das beherrscht wurde von schönen Türmen mit zwiebelförmigen, verschiedenfarbigen Kuppeln und das aussah wie ein riesiges Spielzeug, wie ein Palast aus Tausendundeiner Nacht.
Ein Irrtum war ausgeschlossen, das war das Aushängeschild Moskaus.
»Donnerwetter«, rief er, begeistert von der märchenhaften Pracht der Architektur. »Das ist also der Kreml.«
Nadeschda brach in Gelächter aus.
»Nein, Tomik, das ist nicht der Kreml.«
»Wie bitte?«

»Das ist die Basilius-Kathedrale.«
»Aber ich habe immer gehört, das sei der Kreml.«
»Alle Touristen bringen das durcheinander, mach dir nichts daraus.« Sie deutete auf die Mauern zu ihrer Rechten, an denen sie vorbeigegangen waren, als sie aus der Metro gekommen waren. »Das hier ist der Kreml.«
Tomás betrachtete das ziegelrote Gemäuer zuerst erstaunt, dann misstrauisch.
»Du schwindelst mich doch an, Nadia.«
»Ich schwöre dir, das ist der Kreml.« Sie zeigte auf einen Vorbau an der Mauer. »Siehst du da vorn, das ist das Lenin-Mausoleum, wo Stalin und Breschnew und all die Leute hingingen, wenn hier auf dem Roten Platz die großen Militärparaden stattfanden. Hinter den Mauern liegt der Kreml.«
»Das kann nicht sein.«
»Doch, wirklich. Das Wort Kreml bedeutet Festung. Das hier sind die Mauern der Festung, die der Zar errichten ließ.« Sie deutete auf die Gebäude hinter den Mauern. »Der Kreml ist ein Komplex aus Verwaltungsgebäuden, zu dem Paläste, Gärten und sogar Kirchen gehören.« Sie wies auf mehrere goldene Kuppeln, die in der Ferne schimmerten. »Siehst du die Kuppeln dort drüben? Das ist die Uspenski-Kathedrale, sie wurde genau in der Mitte des Komplexes erbaut.«
Tomás war enttäuscht und wollte den Kreml nicht mehr besichtigen. Er zog es vor, seinen Koffer zur eindrucksvollen Basilius-Kathedrale zu ziehen, die er immer mit dem Kreml verwechselt hatte, und betrachtete sie entzückt. Das wunderschöne Bauwerk würde für ihn stets der Kreml bleiben, sollten sie doch sagen, was sie wollten. Sie besuchten eine nach der anderen alle Kapellen im Inneren der Kathedrale, doch ihre Schönheit konnte sie nicht über den Hunger hinwegtäuschen. Müde und ein wenig ausgelaugt erklärten sie die Be-

sichtigung gegen drei Uhr nachmittags für beendet und beschlossen, woandershin zu gehen.

Nadeschda führte ihn zu der in der Nachbarschaft gelegenen eleganten Einkaufspassage des Gosudarstvennyy Universalnyy Magazin, des GUM, ein großes Gebäude am Roten Platz, das von einer imposanten Glaskonstruktion überdacht war wie ein raffiniertes Gewächshaus. Sie gingen an den vielfältigen Läden mit westlichen Markenartikeln vorüber, die zwischen überwölbten Passagen und schmiedeeisernen Balustraden untergebracht waren, und ließen sich, der Erschöpfung nahe, in einem Café nieder, das aussah wie in Paris.

»Musst du nicht arbeiten gehen?«, fragte Tomás, nachdem sie zweimal Bœuf Stroganoff und zwei Bier zum Mittagessen bestellt hatten.

»Ich habe gleich heute früh angerufen und Bescheid gesagt, dass ich für eine Woche verreisen muss.«

»Aber wirst du dann nicht entlassen?«

»Nein, die anderen Mädchen können mich vertreten.«

Der Historiker fuhr sich durchs Haar und nahm all seinen Mut zusammen, um noch weiter zu fragen.

»Wie hat es dich eigentlich ins Night Flight verschlagen?«

»Über den Freund eines Freundes. Na ja, du weißt ja, wie so was läuft.«

»Bezahlen sie dich gut dafür, dass du dort barbusig tanzt?«

»Ich kann mich nicht beklagen.«

Tomás trommelte mit den Fingern auf den Kaffeehaustisch.

»Und mehr machst du nicht?«

»Wie meinst du das?«

»Was weiß ich, gehst du mit den Gästen auch ins Bett?«

Nadeschda zuckte mit den Schultern.

»Manchmal schon.«

Der Portugiese zögerte, ehe er die nächste Frage stellte.
»Und bezahlen sie dich dafür?«
Die Russin starrte ihn mit ihren blauen Augen an und konnte nur mit Mühe ihre Verärgerung unterdrücken.
»*Nu yo-o-o!*«, fluchte sie. »Was geht dich das an?«
»Nichts«, beeilte er sich zu sagen. Verlegen holte er tief Luft. »Aber es interessiert mich. Ich würde es gerne wissen.«
»Und wozu?«
»Nun, schließlich bin ich mit dir ins Bett gegangen, oder nicht? So etwas möchte ich schon wissen.«
»Habe ich vielleicht Geld von dir verlangt?«
»Nein, natürlich nicht.«
»Also, wo ist dein Problem?«
»Ich wüsste es einfach gerne«, sagte er.
Nadeschda wandte den Blick ab und starrte in das Licht, das durch den Eingang ins Café fiel.
»Ja, sie zahlen.«
Stille trat ein.
»Wie viel?«
»Dreihundert Dollar für eine Stunde, tausend für eine Nacht.« Sie blickte ihn wieder an, ihre Augen blitzten. »Zufrieden?«
Tomás biss sich auf die Lippen.
»Und warum machst du das?«
Die Russin zuckte abermals mit den Schultern.
»Wegen des Geldes.«
»Brauchst du denn so dringend welches?«
»Ich brauche Geld, um vernünftig zu leben, und ich brauche Geld für mein Studium. Ich will schließlich nicht Tellerwäscherin werden.«
»Ach, du studierst noch?«
»Ja, selbstverständlich. Tagsüber gehe ich in die Universität, und abends arbeite ich.«

»Und was studierst du?«
»Klimatologie.«
»Hm. Willst du Meteorologin werden?«
»Ja. Ich bin im letzten Jahr.«
Der Kellner brachte ihr Bier und ihr Bœuf Stroganoff. Sie aßen die Filetspitzen mit Kasha, geröstetem Buchweizen, und mit Schwarzbrot.
Die Unterhaltung über Nadeschdas Leben hatte die Stimmung ein wenig gedrückt, und Tomás spürte, dass es an ihm war, sie wieder aufzuheitern, schließlich hatte er das heikle Thema angeschnitten.
»Wie hast du Filipe kennengelernt?«, fragte er, als sie schon halb aufgegessen hatten.
»In der Universität.«
»Hier in Moskau? Er hat hier studiert?«
»Nein, er kannte einige Professoren, die ihn hergeholt haben.«
»Ach so. Aber weswegen ist er hierhergekommen?«
»Er hat ein internationales Sonderprojekt geleitet und brauchte dafür Mitarbeiter. Einer meiner Professoren hat mich ihm vorgestellt. Ich hatte gerade erst mit dem Studium angefangen und habe die Gelegenheit sofort beim Schopf gepackt.«
»Du hast für Filipe gearbeitet?«
»Ja, er hat mich den Sommer über nach Sibirien geschickt.«
»Nach Sibirien? Und was solltest du dort machen?«
»Meteorologische Messungen durchführen. Das gehörte alles zu dem Projekt dazu.«
»Aber was für ein Projekt war das?«
Nadeschda seufzte.
»Ich habe keine Lust, jetzt darüber zu reden.« Sie schaute auf die Uhr. »Oh, es ist schon vier Uhr. Besser, wir machen uns langsam auf den Weg.«

Der Portugiese trank sein Bier in einem Zug aus und winkte dem Kellner, die Rechnung zu bringen.
»Du hast mir noch immer nicht gesagt, wo wir hinfahren«, bemerkte er, während der Kellner die Rechnung schrieb.
»Zum Jaroslawler.«
»Wo ist das?«
»Das ist ein Bahnhof hier in Moskau.«
»Wir fahren also mit dem Zug?«
»Ja.«
Der Kellner präsentierte die Rechnung, und Tomás zählte ihm die Rubel in die Hand.
»Und wohin geht unsere Reise?«
Nadeschda holte den Umschlag aus ihrer Handtasche, den der Hotelbursche ihr am Morgen übergeben hatte, machte ihn auf und zeigte zwei Fahrkarten vor.
»Du schuldest mir noch tausenddreihundert Dollar. Für die Plätze im Schlafwagen.« Sie schnupperte an den Karten, als seien sie parfümiert. »Erste Klasse.«
»Aber wohin fahren wir denn?«
»Wir nehmen den Rossija Nummer zwei um Viertel nach fünf am Jaroslawler Bahnhof.«
»Den Rossio?«
»Den Rossija Nummer zwei. Hast du noch nie davon gehört?«
»Nein.«
Misslaunig steckte Nadeschda die Karten in den Umschlag zurück, verwahrte ihn wieder in der Handtasche, stand auf, ergriff gehbereit ihre Reisetasche.
»Das ist die Transsibirische Eisenbahn, du Dummkopf.«

14

Die blau-roten Waggons der Transsibirischen Eisenbahn setzten sich, wie auf der Anzeigetafel im Jaroslawler Bahnhof angekündigt, um siebzehn Uhr und sechzehn Minuten in Bewegung, zur gleichen Zeit, als Tomás und Nadeschda es sich in ihrem Luxusabteil in der Mitte des Schlafwagens bequem machten.

Als der Zug allmählich schneller wurde, verstauten sie den Koffer und inspizierten das ihnen zugewiesene Abteil, ein angenehmes, zwar kleines, aber prächtig eingerichtetes Gemach für zwei Personen. Die Etagenbetten waren mit sorgfältig gebügelten Laken bezogen, die aufgeschlagen und einladend, die Kante über die weiche Bettdecke gefaltet, dalagen, darauf die Kissen mit nach oben zeigenden Ecken. In der Mitte, direkt vor dem großen, von karmesinroten Gardinen geschmückten Fenster, stand ein kleiner Tisch. Das Abteil war ganz und gar mit Holz verkleidet und bequemer, als Tomás sich ausgemalt hatte.

Die Betten beflügelten seine Phantasie. Für ihn stand fest, dass sich das entzückende Abteil in ein leidenschaftliches Liebesnest verwandeln würde, doch als er Nadeschda schon mit heißem Verlangen zum Bett ziehen wollte, wandte sie das Gesicht ab und blieb standhaft.

»Jetzt nicht, Tomik«, sagte sie und blickte kurz zur Tür. »Der Provodnik kann jeden Augenblick auftauchen.«

»Wer?«

»Der Provodnik, der Schaffner.«

Doch es war nicht der Provodnik, der wenig später erschien, um die Fahrkarten zu kontrollieren, sondern eine müde Provodnitsa mittleren Alters. Die Frau händigte ihnen ihre in Plastikfolie eingeschweißten Handtücher aus, nahm ein bescheidenes Trinkgeld in Empfang und sagte, ehe sie sich verabschiedete, sie sei bei Bedarf im Abteil an der Spitze des Zuges zu finden. Und sie versprach, den Waggon die gesamte Fahrt über sauber zu halten.

Als sie wieder allein waren, begaben sich die beiden Reisenden auf eine Erkundungstour durch den Waggon. Auf dem Gang stellten sie fest, dass die Hälfte der Schlafwagenabteile belegt war. Die Fahrgäste der ersten Klasse war fast allesamt Touristen. Es gab zwar auch einige Westler in dem Dutzend Abteilen des Wagens, aber die meisten der Reisenden waren Asiaten.

»Japaner«, erklärte Nadeschda. »Sie fahren nach Wladiwostok.«

Die Toiletten befanden sich hinten und vorn am Ende des Ganges. Sie waren sauber und verfügten über ein Klosett und ein Aluminiumwaschbecken. In der Nähe gab es auch einen Samowar mit kochend heißem Wasser für Tee oder Kaffee.

Im nächsten Wagen fanden sie eine Snack-Bar, doch beim Anblick des am Tresen ausgestellten Essens, fetttriefenden Sandwiches und dubiosen Speisen aus der Fritteuse, zu denen sich wässrige Suppen gesellten, verzogen die beiden nur angewidert das Gesicht.

»Das wird hart werden«, stellte Tomás düster fest.

Ohne große Lust, sich in das zweifelhafte Abenteuer der Bahngastronomie zu stürzen, verließen sie den Wagen. Lieber erkundeten sie auch noch den Rest der Transsib, die Wagen der zweiten Klasse, ehe sie in ihr Abteil zurückkehrten.

Nach drei Stunden Fahrt ertönte eine Stimme auf Russisch. Kurz darauf wurde der Zug langsamer.
»Was ist passiert?«, fragte Tomás.
»Wir sind gleich in Wladimir«, erklärte Nadeschda. »Du hast doch Geld dabei, oder?«
Der Historiker öffnete seine Brieftasche und händigte ihr ein paar Hundert Rubel aus.
»Wozu brauchst du das?«
»Hat dir das Essen, das wir im Speisewagen gesehen haben, gefallen?«
Tomás verzog das Gesicht.
»Igitt«, brummte er. »Nein.«
Nadeschda stand auf und beugte sich vor, um draußen nach den Lichtern zu sehen.
»Wir werden hier jetzt zwanzig Minuten halten«, erklärte sie. »Zeit genug, um etwas zum Abendessen zu kaufen.«
Es war schon nach acht Uhr und kalt auf dem Bahnhof von Wladimir. Sie steuerten auf einen Kiosk mit Essen zu, in dem eine alte Babuschka stand, und kauften Schaschlikspieße, hausgemachte Piroschki, lecker aussehende salzige Teigtaschen sowie zum Nachtisch Kekse und zwei Bier der Marke Baltika. Als sie mit den Plastiktüten voller Essen auf dem Rückweg zum Schlafwagen waren, hörten sie auf dem Bahnsteig erregte Stimmen und erblickten drei uniformierte Männer, die mit einem Reisenden diskutierten. Die Polizisten prüften seine Papiere und untersuchten die Fotokamera, die an seinem Hals baumelte. Irgendetwas schien ihnen missfallen zu haben, denn Sekunden später zogen sie den Touristen am Arm mit sich und führten ihn ab in den Bahnhof.

»Was ist passiert?«, wollte der Portugiese wissen.
»Er wird wohl ein Bußgeld zahlen müssen.«
»Aha. Und warum?«
»Weil er Fotos von dem alten Waggon dort gemacht hat, in dem ein paar Landstreicher wohnen.«
»Und was ist dabei?«
Nadeschda setzte den Fuß auf die Stufe und stieg in den Eisenbahnwagen hoch.
»Die Polizei sieht das nicht gern«, sagte sie teilnahmslos. »Das wirft ein schlechtes Licht auf das Land.«
Sie aßen in ihrem Waggon, den kleinen Tisch gedeckt, als wären sie daheim. Das Abteil, luxuriös wie ein Hotel, war tatsächlich zu ihrem Zuhause geworden. Als sie das Mahl beendet hatten, räumte Nadeschda die Sachen fort, und Tomás ging zum Samowar, um Wasser für den Tee zu holen. So also sah ihre ganz eigene Variante von häuslichem Leben aus.
In dieser Nacht liebten sie sich, eingekuschelt in die Laken einer der beiden Etagenbetten, mit hellwachen Sinnen. Der Zug ratterte im endlosen Rhythmus der Eisenbahnräder auf den Schienen weiter. Die Wellenbewegung des Stahls verschmolz mit dem Rhythmus des hungrigen Fleischs, die beiden Körper wurden in ihrem Tanz zu einem Einzigen und vereinten sich nun schon nicht mehr in der Wollust der Entdeckung, sondern in beruhigender Vertrautheit. Wenn sie sich berührten, empfanden sie die Berührung nicht mehr als fremd, im Gegenteil, sie spürten, dass sie einander kannten, so als habe der Körper des anderen ihnen schon immer gehört. Nadeschda, die Moskauer Frau des öffentlichen Lebens, war in diesem Moment Tomás' private Geliebte. Sie gehörte allen, doch in dieser Nacht hatte sie sich nur ihm hingegeben.

Das Etagenbett schaukelte im monotonen Rhythmus der Transsibirischen Eisenbahn auf ihrer nächtlichen Fahrt durch die Steppe. Eng umschlungen ruhten die beiden Liebenden, befriedigt und in wohliger Schläfrigkeit, mit halbgeschlossenen Lidern und betäubten Sinnen. Nadeschda legte den Arm um Tomás, fuhr ihm mit ihren schmalen Fingern durch das dunkelbraune Haar und zog ihn zärtlich zu sich, so dass ihre Lippen sein Ohr berührten.

»Woran denkst du, Tomik?«, flüsterte sie schnurrend wie eine Katze.

»An nichts.«

»Du Lügner. Erzähl es mir.«

»An nichts Besonderes.«

»Nun erzähl schon.«

Tomás holte tief Luft und lächelte.

»Ich hatte gerade an unser Gespräch beim Mittagessen gedacht und daran, wie du Filipe kennengelernt hast.«

»Ach so.«

Der Portugiese richtete sich halb im Bett auf und stützte sich auf den Ellbogen.

»Du hast mir noch nicht gesagt, wegen was für einem Projekt Filipe hier nach Russland gekommen ist.«

»Vielleicht sagt er dir das besser selbst.«

»Entschuldige bitte, Nadeschda, aber du musst es mir erzählen. Erst machst du mich neugierig auf die Geschichte, und dann lässt du mich hängen, das geht nicht, findest du nicht?« Er blickte zum Fenster hinaus, wo alles dunkel war. »Außerdem haben wir noch eine Menge Zeit vor uns, die wir füllen müssen.« Er machte eine rasche Handbewegung. »Also los. Erzähl schon.«

»Was willst du wissen?«

»Alles.«

Nadeschda lachte.
»Aber alles weiß ich nicht.«
»Dann erzähl eben das, was du weißt.«
»Einer meiner Professoren, der alte Oleg Karatajew, rief mich eines Tages zu sich ins Büro und stellte mich einem Freund aus Portugal vor. Das war Filhka.«
»Er wollte dich engagieren, stimmt's?«
»Ja. Filhka sagte mir, dass er einem internationalem Team angehöre und eine Studie in Sibirien leiten solle. Für diese Studie wollte die Gruppe, die er vertrat, einen Studenten einstellen, und da Professor Karatajew eine Schwäche für mich hatte, schlug er mich vor. Filhka lernte mich kennen und fragte mich, ob ich Interesse hätte.«
»Und?«
»Ich habe natürlich ja gesagt. Mir schien das eine Möglichkeit zum Einstieg in den Beruf zu sein. Außerdem brauchte ich Geld, nicht wahr?«
»Hast du damals noch nicht im Night Flight gearbeitet?«
Unangenehm berührt, dass er diesen Teil ihres Lebens erwähnte, wandte die Russin den Blick ab.
»Damals habe ich in einem anderen Nachtklub gearbeitet, im Tsunami, an der Petrovka Ulitsa. Ich hatte dort eine Nummer als Nixe im Bad, das machte die Männer offenbar heiß.« Sie verdrehte die Augen. »Dort habe ich dann Igor Beshklebow kennengelernt, den Mafioso, den ich dir gestern im Night Flight gezeigt habe.«
»Den mit den drei Mädchen?«
»Genau, den Mistkerl. Als ich für ihn zu arbeiten begann, hat er mich ins Rasputin mitgenommen, einen anderen Nachtklub. Um ihn loszuwerden, bin ich dann ins Night Flight gegangen.«
»Ich verstehe«, sagte Tomás, obwohl er in Wahrheit nichts

verstand. Außerdem schweifte das Gespräch vom eigentlichen Thema ab, und so sehr er sich für das Leben der Russin interessierte, und das tat er wirklich, merkte er, dass er den Kurs korrigieren musste. »Filipe hat dich also eingestellt, um nach Sibirien zu gehen?«

»Ja, im Sommer bin ich in die Tundra gefahren. Aus der Gegend kamen die ersten beunruhigenden Nachrichten, und Filhka brauchte mich, um eine Reihe von Messungen durchzuführen.«

»Beunruhigende Nachrichten? Was meinst du damit?«

Nadeschda verzog unschlüssig das Gesicht.

»Ich weiß nicht, ob ich dir das erzählen soll, Tomik«, sagte sie. »Vielleicht ist es besser, wenn du zuerst mit Filhka sprichst.«

»Rede doch keinen Unsinn, Filipe ist nicht hier.«

»Eben deshalb. Es wäre besser, wenn er es dir erzählt.«

»Hör zu, Nadia. Es dauert noch eine Weile, bis wir Filipe treffen werden. Was soll das ganze Zögern? Wenn du es mir jetzt nicht erzählst, erzählt er es mir eben später. In meinen Augen ist es nur hilfreich, wenn ich zu ihm komme und meine Hausaufgaben gemacht habe, findest du nicht? So sparen er und ich Zeit. Außerdem ist die Fahrt für uns kurzweiliger, wenn wir uns unterhalten.«

»Hm.«

»Los, sag schon«, bohrte Tomás weiter. »Was für beunruhigende Nachrichten waren das?«

Die Russin seufzte.

»Also gut, ich erzähle es dir.« Nadeschda gab sich geschlagen. »Damals wurde bekannt, dass der Boden unter der Tundra zum Vorschein gekommen war.«

»Der Boden? Welcher Boden?«

»Die Erde.«

»Die Erde unter der Tundra war also aufgetaucht. Na und?« Nadeschda blickte ihn fragend an.

»Weißt du eigentlich, was die Tundra ist?«

»Hm, nein.«

»Das merkt man«, sagte sie sarkastisch. »Die Tundra ist die unwirtlichste Gegend Sibiriens, eine baumlose Steppe. Sie bedeckt den gesamten Polarkreis der Arktis und ist vereist. Es gibt Stellen, wo das Eis über tausend Meter dick ist, und oben auf seiner Oberfläche erstreckt sich ein dünner Grasteppich, auf dem nur wenige Bäume wachsen. Kilometer um Kilometer ist die Erde dort gefroren.«

»Und die Erde unter der Tundra ist aufgetaucht, sagst du?«

»Ja. Im Sommer.«

Tomás sah Nadeschda mit leerem Blick an, er verstand nicht, worauf sie hinauswollte.

»Das Eis der Tundra ist im Sommer geschmolzen, und die Erde ist zum Vorschein gekommen.«

Er verzog den Mund. »Und? Was ist daran so Besonderes?«

Das Mädchen neigte den Kopf zur Seite.

»Tomik, das war die Tundra.« Sie beugte sich zu ihm, um ihren Worten noch mehr Nachdruck zu verleihen. »Die Tundra.«

»Ja, und?«

»Die Tundra ist permanent gefroren. Deshalb wird diese Bodenart auch als Vetchnaya Merzlota bezeichnet, als ewiges Eis. Die Engländer nennen es Permafrost.« Sie verdrehte ihre blauen Augen. »Seit unvordenklichen Zeiten hatte die Erde unter dem ewigen Eis nicht die Sonne gesehen.«

»Seit wie langer Zeit?«

»Seit Jahrtausenden.«

Tomás strich sich nachdenklich übers Kinn.

»Das ist wirklich sehr lange«, pflichtete er ihr bei. »Aber was ist passiert, dass die Erde jetzt aufgetaucht ist? Gibt es aktive Vulkane dort in der Gegend?«

»Nein, Tomik, nicht die Erde ist hochgekommen, sondern das Eis darauf ist geschmolzen, verstehst du?«

»Und warum?«

»Weil die Temperaturen gestiegen sind«, rief sie aus, als liege das auf der Hand. »Seit den siebziger Jahren ist die Durchschnittstemperatur in Sibirien um fünf Grad gestiegen.« Sie betonte die Zahl. »Fünf Grad.«

»Ja und?«

»Die Tundra begann zu schmelzen. In der Arktis ging das Eis um drei Prozent zurück, und an der Nordküste Sibiriens entstand dort, wo zuvor ewiges Eis gewesen war, ein Wasserkanal. Die Tundra verschwand, und stattdessen kam der Boden zum Vorschein.« Ihre Stimme wurde tief und düster. »Das Problem ist, dass der Boden dunkel ist.«

»Und was ist daran so besonders?«

»Denk doch mal ein bisschen nach, Tomik. Früher trafen die Sonnenstrahlen, wenn es Sommer wurde, auf den Schnee, und die Wärme wurde in den Raum zurückgestrahlt. Doch jetzt treffen die Strahlen nicht mehr auf eine Schneedecke, von der die Wärme reflektiert wird, sondern auf dunkle Erde, die sie absorbiert.«

»Ich verstehe.«

»Der Effekt ist wie bei einem Schneeballsystem. Die Wärme wird in der dunklen sibirischen Erde gespeichert. Dadurch steigt die Temperatur, was wiederum das Schmelzen der restlichen Tundra beschleunigt, wodurch noch mehr dunkle Erde bloßgelegt wird, was wiederum zu weiterem Schmelzen führt und so fort. Sibirien ist in einen Teufelskreis der Erwärmung geraten, der das gesamte Eis am nördlichen Polarkreis zerstören wird.«

»Nun, das Eis am Nordpol wird ja sicher noch übrig bleiben.«
»Tomik, unseren Berechnungen nach wird es am Nordpol im Jahr 2030, vielleicht auch schon früher, kein ewiges Eis mehr geben. In Vorhersagen aus dem Jahr 2008 ist sogar schon von einem völligen Abtauen des Eises im Jahr 2015 die Rede.«
Tomás verzog skeptisch das Gesicht.
»Das glaube ich nicht. Das ganze Eis dort kann sich doch nicht einfach so auflösen.«
»Nicht? Dann lass mich dir mal eine Geschichte erzählen. Während des Kalten Krieges glaubte man, die Arktis würde im Falle einer Zuspitzung des Konflikts einer der möglichen Kampfschauplätze sein, was uns und die Amerikaner dazu veranlasste, überall in den Gewässern unterhalb des Eises Atom-Unterseeboote zu stationieren. Im Ernstfall sollten die U-Boote rasch an die Oberfläche steigen und Schnellraketen auf den Feind abfeuern können. Um die am besten geeigneten Stellen zum Auftauchen zu finden und in Stellung zu gehen, haben die U-Boote den gesamten Kalten Krieg über die Dicke des Eises in der Arktis gemessen. Und weißt du, was sie dabei festgestellt haben?« Nadeschda hob Daumen und Zeigefinger und näherte sie einander an. »Zwischen den sechziger und den neunziger Jahren ist die Eisschicht um vierzig Prozent dünner geworden.« Sie machte große Augen, um die Zahl zu unterstreichen. »Um vierzig Prozent, Tomik.«
»Ist das wahr?«
»Deshalb hat Filhka mich engagiert. Um den Rückgang der Tundra zu messen. Die Messungen wurden durchgeführt, und die Ergebnisse lassen Schlussfolgerungen zu. Im Jahr 1980 war die Fläche mit ewigem Eis in der Arktis 7,8 Millionen Quadratkilometer groß, 2007 war sie bereits auf 4,2 Millionen Quadratkilometer geschrumpft. Wenn du in ein paar

Jahren im Sommer zum Nordpol fährst, was meinst du, was du dann dort vorfinden wirst?«
»Bären?«
Nadeschda seufzte.
»Wasser und nochmals Wasser.«

15

Das durch die Gardine dringende Sonnenlicht weckte Tomás. Schlaftrunken blickte er auf die Uhr und stellte fest, dass es noch mitten in der Nacht war. Er schaute aus dem Fenster und war so überrascht von dem taghellen Licht, dass er völlig wach wurde. Sonne um diese Uhrzeit? Da es schon Sommer war, konnte das nur bedeuten, dass der Zug die Nacht über gen Norden gefahren war. Das machte ihn neugierig.

In seinem Nacken spürte er Nadeschdas schweren Atem und bewegte sich ganz vorsichtig, um sie nicht zu wecken. Er ließ sich aus dem Bett gleiten, zog sich leise an und schob ebenso leise die Tür des Abteils auf, um zur Toilette zu gehen. Die Transsib wirkte wie ein Geisterzug, der Gang im Waggon der ersten Klasse war zu der frühen Morgenstunde wie ausgestorben. Nicht einmal die Provodnitsa gab ein Lebenszeichen von sich. Zurück im Abteil, setzte er sich ans Fenster, schob die Gardine ein wenig zur Seite und spähte nach draußen.

Eine vielfarbige Ebene erstreckte sich, so weit das Auge reichte. Die Grün- und Gelbtöne der Taiga, des sibirischen Waldgürtels, wechselten sich ab mit dem kristallklaren Blau der Seen und Bäche, die die Kiefern-, Lärchen- und Tannenwälder durchzogen. Hier und da entdeckte er eine Holzhütte, einen Stall, einen Heuschober, oder aber die Industriebrache einer verlassenen Fabrik mit schmutzigen Mauern, rostigem Metall, schwarzen Schloten. Rasch jedoch tauchten wieder die malerischen Dörfer auf, Tiere auf endlosen Weiden oder auch nur das sich entlang dem Horizont erstreckende Labyrinth der Koniferen, deren spitze Wipfel den tiefblauen, wolkenlosen Himmel zerschnitten. Manchmal kamen graue Wolken auf und luden ihre Wasserfracht ab, doch nur für kurze Momente. Gleich darauf schien wieder die Sonne, noch strahlender womöglich als zuvor, und der Widerschein des klaren Lichts glänzte auf den feuchten Blättern wie das blendende Funkeln von Edelsteinen.

»*Dobroye utro*, Tomik.« Mit schlaftrunkener Stimme wünschte Nadeschda ihm einen guten Morgen.

Tomás wandte den Blick von der Landschaft ab.

»Hallo, Prinzessin.« Er stand auf, um die Russin zu küssen, die vom Etagenbett zu ihm herüberschaute, eingekuschelt in die warme Decke, das kupferfarbene Haar über das Kopfkissen gebreitet, die Lider noch halb geschlossen. »Bist du schon wach?«

»Du warst nicht mehr da, als ich meine Hand ausgestreckt habe«, murmelte sie vorwurfsvoll. »Was machst du da?«

Der Portugiese ging wieder zum Fenster und zog die Gardine auf, so dass die Landschaft zu sehen war.

»Ich habe die Aussicht genossen«, sagte er. »Weißt du, wo wir hier sind?«

Nadeschda reckte sich und sah aus dem Fenster. Sie war noch nicht richtig wach, das Denken noch langsam und träge, und so brauchte sie eine Weile, ehe sie die Gegend wiedererkannte.

»Die Steppe haben wir schon durchquert«, stellte sie fest. »Das bedeutet, dass die Wolga hinter uns liegt.« Sie überlegte weiter. »Wir müssten in der Nähe von Wiatka sein.«

»Es ist schön hier.«
Sie kuschelte sich tiefer in die Decke.
»Aber sei bloß vorsichtig, Tomik«, warnte sie ihn mit heiserer Stimme. »Du darfst nicht zu genau hinsehen, das könnte gefährlich werden.«
»Gefährlich? Warum?«
»Das hier ist der Kirow-Sektor.« Sie kniff die Augen zusammen, ihre Stimme wurde vertraulich. »Militärgebiet.« Sie legte eine Kunstpause ein. »Die ganze Gegend hier war viele Jahre lang für Besucher gesperrt, und noch heute ist es hier etwas heikel.«
Tomás blickte verstohlen zur Abteiltür, ganz so, als befürchte er, es könne jemand hereinkommen.
»Meinst du das im Ernst?«
Die Russin lachte.
»Ja«, sagte sie. »Aber mach dir keine Sorgen, Tomik. Wir befinden uns hier in der Transsibirischen Eisenbahn, niemand wird uns behelligen.«
Noch immer beunruhigt, warf Tomás einen raschen Blick auf die Landschaft.
»Nach dem, was ich am Bahnhof gesehen habe, als wir unser Abendessen gekauft haben, wundert mich überhaupt nichts mehr.« Die Landschaft interessierte ihn plötzlich nicht länger, und er strich sich mit der Hand über den Bauch. »Sag mal, hast du gar keinen Hunger?«
»Willst du etwas essen?«
»Nun, wir müssen ja wohl frühstücken.«
Nadeschda setzte sich im Bett auf und rekelte sich. Dabei entblößte sie ihren Oberkörper. Tomás' Blick fiel auf die vollen, nackten Brüste mit den großen, rosafarbenen Warzen, die sich ihm entgegenreckten. Die Russin sah seine lüsternen Augen, und nachdem sie ausgiebig gegähnt hatte, lächelte sie.

»Ich weiß nicht so genau, an was für eine Art Frühstück du gedacht hattest«, bemerkte sie maliziös. »Ich für meinen Teil würde gerne etwas Warmes essen. Gehen wir in den Speisewagen?«

»Was? Zu dem Schweinefraß? Wollen wir nicht lieber bis zum nächsten Halt warten und draußen etwas kaufen, so wie gestern?«

»Bist du verrückt, Tomik? Der nächste Halt ist in Jekatarinenburg.«

»Na und?«

»Wir werden erst am späten Nachmittag dort ankommen.«

Erstaunt richtete der Portugiese sich auf.

»So spät?«

»Ja, bis dahin wird die Transsib nicht anhalten.«

Tomás wog die Alternativen ab. Es gab keine, oder besser gesagt, es gab zwei. Entweder würde er hungern müssen, oder er aß im Zugrestaurant. Sein Magen diktierte ihm die endgültige Entscheidung.

»Dann gehen wir eben in den Speisewagen.«

Es war erst sechs Uhr morgens, und so mussten sie den übellaunigen Koch praktisch aus dem Bett zerren. Sie machten es sich an einem der Fenster des Speisewagens bequem und bestellten Blinis, Marmelade, Brot und Toast, zu denen Tomás einen sauren Orangensaft und Nadeschda eine Tasse heiße Milch tranken. Der Wagen war leer, was angesichts der frühen Morgenstunde nicht weiter verwunderlich war. Die übrigen Fahrgäste im Zug schliefen noch.

Da sie sich dort wohl fühlten, blieben sie faul und entspannt am Fenster sitzen und genossen die tiefstehende südöstliche Sonne. Sie war zwar schwach, wärmte die Haut aber trotzdem ein wenig.

»Und?«, fragte Nadeshda provokant. »Hat dir unser Spielchen gestern Nacht gefallen?«

»So sehr, dass ich es glatt wiederholen könnte.«

Nadeschda lachte.

»Du lässt auch keine Gelegenheit aus, was?« Sie trank einen Schluck Milch. »Und, hast du gut geschlafen?«

»Ich konnte nicht einschlafen.«

»Aha, und warum nicht?«

Tomás zuckte mit den Schultern.

»Keine Ahnung.« Nachdenklich kratzte er sich am Kinn. »Ich habe über all das nachgedacht, was du mir gestern erzählt hast.«

»Über meine Messungen in Sibirien?«

»Ja.«

»Was ist damit?«

»Ich weiß nicht, irgendetwas an alledem ist seltsam.«

»Seltsam? Wieso seltsam?«

Tomás holte tief Luft, entschlossen, seine Zweifel auszuräumen.

»Hör zu, es geht um Folgendes«, sagte er, nun schon entschiedener. »Aus welchem Grund hat Filipe sich für dieses Thema interessiert?«

»Wegen der internationalen Studie, an der er beteiligt war. Was ist daran so seltsam?«

»Was für eine Studie war das denn?«

»Das hat er mir nicht genau erklärt«, sagte die Russin. »Aber ich habe mitbekommen, dass Filhka und die anderen Wissenschaftler die klimatischen Veränderungen messen wollten, um vorhersagen zu können, wie sie sich weiterentwickeln würden. Deswegen hat er mich engagiert. Ich nehme an, dass ich mich deshalb so gut für die Teilnahme an der Studie geeignet habe, weil ich Klimatologie studiere.«

Tomás machte ein skeptisches Gesicht.
»Aber das ergibt doch keinen Sinn«, rief er.
»Was ergibt keinen Sinn?«
»Dass Filipe an einer solchen Studie beteiligt sein soll.« Er schüttelte den Kopf. »Nein, das ergibt keinen Sinn.«
»Und warum nicht?«
»Weil dieses Gebiet keinerlei Bezug zu seinen beruflichen Interessen hat. Filipe ist Geologe und Berater auf dem Energiesektor und kein Klimatologe.«
»Entschuldige bitte, Tomik, aber der Bezug scheint mir auf der Hand zu liegen.«
»Auf der Hand? Inwiefern?«
Die Russin sah ihn ungeduldig an wie eine Lehrerin einen Schüler, der noch nicht einmal die Grundkenntnisse beherrscht.
»Hast du eigentlich eine Vorstellung davon, was mit dem Klima auf dieser Erde los ist?«
»Nun, ich weiß, was in der Zeitung steht.«
»Und, was steht da?«
»Dass die Temperaturen steigen.«
Nadeschda deutete nach oben.
»Sie schießen in die Höhe«, rief sie aus. »Innerhalb eines Jahrhunderts ist es eineinhalb Grad wärmer geworden.«
Tomás machte ein skeptisches Gesicht.
»Einen Anstieg von eineinhalb Grad nennst du in die Höhe schießen? Findest du nicht, dass du ein bisschen übertreibst?«
»Blin!«, fluchte sie. »Eineinhalb Grad ist eine Menge, was glaubst du wohl? Weißt du, wie groß der Unterschied zwischen der Durchschnittstemperatur der letzten Eiszeit und der Durchschnittstemperatur von heute ist?«
»Nein.«

»Nenn eine Zahl.«
»Was weiß ich, zehn oder zwanzig Grad, nehme ich an.«
Die Russin schüttelte den Kopf, ihre vollen Lippen kräuselten sich zu einem starren Lächeln.
»Fünf Grad«, sagte sie. »Fünf.« Sie beugte sich nach vorn. »Und weißt du, was das heißt? Das heißt, dass mickrige fünf Grad ausreichen, und unser Planet vereist. Jetzt stell dir mal vor, was passiert, wenn stattdessen die Temperatur um fünf Grad ansteigt.«
»Werden wir dann gebraten?« Tomás lachte.
»Tomik, das ist nicht zum Witze machen!«, protestierte sie. »Wenn die Durchschnittstemperatur der Erde um fünf Grad ansteigt, und das wird sie tun, dann werden ganze Regionen unbewohnbar werden, darauf kannst du dich verlassen. Lass dir gesagt sein, dass elf der zwölf heißesten Jahre seit Beginn der Temperaturaufzeichnungen im Jahr 1850 nach 1995 gemessen wurden. Wenn diese Tendenz sich fortsetzt, wird das katastrophale Folgen haben. Als Erstes wird der Meeresspiegel steigen, was, wie du dir sicher vorstellen kannst, fatal wäre.«
»Ja«, stimmte Tomás ihr nach genauerem Nachdenken über das Problem zu. »Wenn das Eis an den Polen schmilzt, steigt der Meeresspiegel an, das ist klar. Die Frage ist nur, um wie viel er steigt.«
»Schon fünfzig Zentimeter reichen aus, und ganz Polynesien wird vom Wasser verschluckt.«
Tomás zuckte mit den Schultern.
»Für die Polynesier wäre das natürlich misslich«, gab er zu. »Aber mir scheint, dass fünfzig Zentimeter für den Rest der Welt wohl kaum ein Drama sein dürften.«
»Fünfzig Zentimeter genügen, um einen Teil der Küsten deines Landes absaufen zu lassen«, sagte sie und deutete mit dem

Finger auf ihn. »Seit Beginn des zwanzigsten Jahrhunderts ist das Meer wegen der globalen Erwärmung bereits um siebzehn Zentimeter gestiegen. Und das Problem ist, dass es noch weiter ansteigen wird.«

»Um wie viel?«

»Die paläoklimatischen Informationen sind da ganz eindeutig. In den Polarregionen war es zum letzten Mal vor hundertfünfundzwanzigtausend Jahren dauerhaft wärmer als heute, aufgrund der Unterschiede der Umlaufbahn der Erde lagen die Temperaturen damals ungefähr um drei Grad höher als jetzt. Damals ging das Polareis zurück, und der Wasserpegel stieg auf dem gesamten Erdball um vier bis sechs Meter an.«

»Um wie viel?« Tomás staunte. »Um sechs Meter?«

»Ja«, bestätigte Nadeschda. »Und damals ist nicht einmal das gesamte Eis weggeschmolzen. Für den Fall, dass das geschieht, wird mit einem Anstieg des Wasserspiegels um bis zu sieben Meter gerechnet«, erklärte sie und führte mit der ausgestreckten Hand vor, wie der Pegel in die Höhe kletterte. »Viele Inseln und Teile der Küsten sämtlicher Kontinente werden vom Wasser verschluckt werden.«

»Aber gibt es an den Polen denn so viel Eis, dass der Meeresspiegel um sieben Meter ansteigen kann, wenn es schmilzt?«

»Selbstverständlich. Die Antarktis beispielsweise ist ein Kontinent, der ganz und gar aus Eis besteht, an manchen Stellen ist es über vier Kilometer dick. Gar nicht auszudenken, wenn es völlig wegschmilzt. Und dann ist da auch noch Grönland.«

Tomás spitzte die Lippen und überlegte.

»Ja«, gab er ihr recht, »das ist problematisch.«

»Das Gravierendste an dem Problem ist aber gar nicht das Eis an den Polen. Wenn es wegschmilzt, steigt der Wasserspiegel vermutlich um sieben Meter, aber mit einem noch größeren

Anstieg ist aufgrund eines ganz anderen Phänomens zu rechnen.«

»Wie, der Meeresspiegel wird noch mehr als sieben Meter ansteigen?«

»Aber sicher.«

»Und warum?«

»Wegen eines physikalischen Gesetzes«, sagte sie. »Hast du noch nie davon gehört, dass Körper sich bei Hitze ausdehnen?«

»Doch, in der Schule.«

»Nun, genau das wird passieren. Die seit 1961 durchgeführten Messungen zeigen, dass auf dem gesamten Globus die Durchschnittstemperatur der Ozeane bereits bis in eine Tiefe von dreitausend Metern gestiegen ist und dass der größte Teil der Wärme des Planeten vom Meer absorbiert wird.«

»Und was heißt das?«

»Das Problem ist, dass sich durch den Anstieg der Wärme das gesamte Wasser, das es auf der Erde gibt, ausdehnen wird. Bei einem Kubikmeter Wasser ist die Ausdehnung nicht wahrnehmbar, aber hier ist die Rede von Trillionen Kubikmetern, dem Wasser sämtlicher Ozeane, und da wird sie sich garantiert bemerkbar machen. Und diese geballte Ausdehnung des Wassers wird den Meeresspiegel um mehr als sieben Meter ansteigen lassen.«

»Und um wie viel mehr? Um acht Meter? Um neun?«

»Wie schon gesagt, den paläoklimatologischen Untersuchungen zufolge kann der Meeresspiegel bei einem globalen Temperaturanstieg von drei Grad um bis zu sechs Meter ansteigen. Doch im Pliozän, als das Klima ebenfalls drei Grad wärmer war als jetzt, ist der Meeresspiegel um bis zu fünfundzwanzig Metern gestiegen.«

»Wie bitte?«

»Die derzeitigen Berechnungen deuten auf eine Erwärmung von zwischen einem und sechs, wahrscheinlich aber eher von sechs Grad in diesem Jahrhundert hin. Das bedeutet, dass überall und ständig Sommer sein wird, große Teile der Erde werden vom Meer überschwemmt werden, Kontinente werden zu Inseln schrumpfen, tropische Regionen werden in Wüsten verwandelt, es wird immer schlimme Dürreperioden geben, immer heftigere Stürme, Waldbrände allenthalben, Bodenerosionen, Veränderungen der Klimazyklen, Zerstörung von Ernten und eine Ausbreitung der Tropenkrankheiten. Die Malaria, zum Beispiel, wird sich in Europa breitmachen, und das Gleiche wird mit anderen Seuchen passieren, die man bisher nur aus der Dritten Welt kannte.«

»Das ist ja furchtbar!«

»Und weißt du, aus welchem Grund das alles unmittelbar bevorsteht?«

»Ja, in den Zeitungen und im Fernsehen wird häufig darüber berichtet«, sagte er. »Wegen der Luftverschmutzung.«

Nadeschda schüttelte den Kopf.

»Falsch.«

Tomás machte ein erstauntes Gesicht.

»Nicht wegen der Luftverschmutzung?«

»Kommt drauf an, was du darunter verstehst.«

»Das sind die Abgase aus den Auspuffs der Autos und aus den Fabrikschloten, nehme ich an.«

»Dann lass dir gesagt sein, dass die die Erwärmung eher aufhalten.«

»Entschuldige bitte, aber da irrst du dich. Erst neulich habe ich gelesen, dass die Erderwärmung durch die Emissionen der Autos und der Fabriken verursacht wird.«

»Du bringst da zwei Sachen durcheinander«, erklärte Nadeschda. »Aber das ist ganz normal, das tun viele Leute.«

»Das verstehe ich nicht.«
»Die Leute denken immer, dass die Emissionen aus den Auspuffrohren der Autos und aus den Fabrikschloten die Erderwärmung verursachen, aber das stimmt nicht. Das genaue Gegenteil ist der Fall. Es gibt Studien, die beweisen, dass diese Art von Verschmutzung die Temperaturen eher sinken lässt.«
Tomás schüttelte den Kopf. Er weigerte sich, das zu glauben.
»Tut mir leid, Nadia, aber das ergibt doch überhaupt keinen Sinn. Ich habe immer gehört, dass die Erderwärmung von den Emissionen verursacht wird.«
Nadeschda seufzte.
»Das ist so nicht ganz richtig«, sagte sie. »Nicht die Abgase verursachen die Erwärmung des Planeten, sondern die Verbrennung der fossilen Brennstoffe.«
Tomás verzog den Mund und blickte sie ausdruckslos an.
»Ist das nicht das Gleiche?«
»Pass auf, Tomik«, sagte sie und versuchte, ihre Gedanken neu zu sortieren. »Beim Verbrennen von Kraftstoff im Motor eines Autos oder im Schlot eines Wärmekraftwerks werden drei Dinge freigesetzt: Energie, Kohlendioxid und Aerosole. Die Energiegewinnung ist natürlich das Ziel bei der ganzen Sache, deswegen werden die fossilen Brennstoffe ja auch verbrannt. Alles andere sind unerwünschte Folgeerscheinungen. Der Temperaturanstieg wird vom Kohlendioxid ausgelöst, einer chemischen Verbindung, die es der Sonnenwärme erlaubt, in die Atmosphäre zwar einzudringen, aber nicht wieder auszutreten und die so den Planeten in ein riesiges Treibhaus verwandelt. Die Aerosole sind zwar ihrerseits für die Luftverschmutzung verantwortlich, doch bewirken diese kurioserweise das Gegenteil vom Kohlendioxid. Die Emission von Aerosolen hat zu den Smogwolken in den Großstädten ge-

führt, die wie ein gigantischer Spiegel funktionieren und die Sonnenstrahlen reflektieren. Dadurch aber wird eine Abkühlung hervorgerufen, die die vom Kohlendioxid verursachte Erwärmung kompensiert. Verstehst du?«

»Mehr oder weniger«, erwiderte Tomás zögerlich. »Das soll, kurz gesagt, wohl heißen, dass die Temperatur durch das Kohlendioxid ansteigt, durch die Aerosole aber sinkt. Ist das so?«

»Genau. Als die Verschmutzung nun stark zunahm und man die Luft in den Großstädten nicht mehr einatmen konnte, wurden in den achtziger Jahren technische Änderungen eingeführt, durch die der Ausstoß von Aerosolen gesenkt wurde. Doch anders als das Kohlendioxid, das Jahrhunderte in der Atmosphäre überdauert, halten sich die Aerosole nur ein paar Wochen lang. Mit der Drosselung der Aerosolemissionen versiegte der saure Regen, die Luft wurde sauberer. Das Problem ist nur, dass auch der Kälteeffekt wegfiel, den die Aerosole verursacht hatten, während der Wärmeeffekt des Kohlendioxids bestehen blieb. Das Ergebnis war, dass ohne die durch den Smog ausgelöste Kältebremse die Temperaturen seit 1980 in die Höhe geschnellt sind.«

Tomás kratzte sich am Kopf.

»Ich verstehe.« Er blickte Nadeschda an, als habe er eine Idee, allerdings ohne die Gewissheit, ob sie auch gut war. »Das bedeutet ja wohl, dass es für die globale Erwärmung eine ganz einfache Lösung gibt, nicht wahr?«

»Nämlich welche?«

»Wieder Aerosole auszustoßen.«

Nadeschda schnitt eine Grimasse.

»Das geht nicht. Das hieße, den Teufel mit dem Beelzebub auszutreiben. Anstatt gebraten zu werden, würden wir ersticken.«

Tomás überlegte. »Nein, das ist wirklich nicht gut«, gab er ihr recht. »In dem Fall bleibt uns wohl nichts anderes übrig, als die Kohlendioxidemissionen zu stoppen.«
»Das ist logisch.«
»Aber ist es auch möglich?«
»Theoretisch ja. Wir müssten bloß aufhören, fossile Brennstoffe zu verbrennen. Doch in der Praxis liegen die Dinge sehr viel komplizierter. Die Weltwirtschaft basiert ja auf den fossilen Brennstoffen als Energiequelle, und anstelle einer Abnahme der Kohlendioxidemissionen ist eher eine Zunahme zu verzeichnen.«
»Warum denn das? Sieht denn keiner, was los ist?«
»Die Entwicklungsländer weigern sich, ihre Kohlendioxidemissionen zu stoppen, da sie die fossilen Brennstoffe zur Entwicklung ihrer Wirtschaft benötigen. Besorgniserregend ist der Fall Chinas. Dort steht das Auto im Begriff, das Fahrrad als wichtigstes Fortbewegungsmittel zu ersetzen.« Sie machte eine Kunstpause. »Tomik, China hat eine riesige Bevölkerung.« Sie verdrehte die Augen. »Hast du dir schon mal überlegt, was passiert, wenn alle Leute dort Auto fahren?«
Tomás dachte über ihre Worte nach.
»Ja, das ist wirklich ein großes Problem.«
»Aber es geht nicht nur um die Autos. Das Schlimmste ist, dass die Chinesen die Kohle, die eine sehr viel höhere Kohlendioxidemission hat als das Erdöl, zur Grundlage ihrer Energieversorgung erklärt haben. Sie planen, bis zum Jahr 2020 über dreihundert neue Kohlekraftwerke zu bauen. Das ist eine Katastrophe. Unseren Berechnungen zufolge wird China dann der größte Wärmeerzeuger auf dem gesamten Erdball sein.«
»Dann hört das ja gar nicht mehr auf!«
»Nein, anscheinend nicht.«

Die Russin nahm einen Stift zur Hand und schrieb drei Buchstaben auf die Papiertischdecke.

`ppm

»Weißt du, was das ist?«
»Nein.«
»Das ist die Abkürzung für Partikel pro Million mal Volumen. Mit dieser Formel wird das Kohlendioxid in der Atmosphäre gemessen. Sie setzt die Anzahl von Gasmolekülen mit Treibhauseffekt zu der Gesamtzahl der Moleküle bei trockener Luft in Beziehung. Zum Beispiel bedeutet 200 ppm, dass sich in einer Million Molekülen trockener Luft zweihundert Treibhausgasmoleküle befinden.«
»Gut, und was weiter?«
»In der Urzeit war die Atmosphäre unseres Planeten voller Kohlendioxid, so wie die der Venus, was das Leben von Tieren auf der Erde unmöglich machte. Da Meer und Pflanzen von Natur aus Kohlendioxid absorbieren, haben sie im Laufe von Jahrmillionen dafür gesorgt, dass das Kohlendioxid in der Atmosphäre weniger wurde. Paläoklimatische Studien zeigen, dass das Kohlendioxid an der Hälfte der thermischen Veränderungen der Vergangenheit schuld ist. Bei viel Kohlendioxid in der Atmosphäre gab es eine Tendenz zum Anstieg, bei wenig zur Abnahme der Temperaturen. Vor fünfhundert Jahren erreichte das Kohlendioxid seinen niedrigsten Stand von 270 ppm. Doch das Wachstum der Menschheit, die daraus folgende Zerstörung der Wälder und die Verbrennung von Holz, zu der danach noch die Verbrennung von Kohle und Erdöl zwecks Energiegewinnung hinzukamen, hat das Kohlendioxid auf heute 380 ppm ansteigen lassen.«
»Ist das viel?«

»Es ist lediglich der höchste Wert der letzten sechshundertfünfzig Jahre.«
»Donnerwetter. Und du meinst, dass er noch weiter ansteigt?«
»Ja, und zwar gehörig! Wenn wir das gesamte Kohlendioxid, das jährlich von uns in die Atmosphäre befördert wird, verfestigen würden, ergäbe das einen zwei Kilometer hohen Berg. Einen Berg pro Jahr, Tomik.« Sie seufzte. »Aber das Schlimmste kommt noch, wenn wir eines Tages den kritischen Wert überschreiten.«
»Welchen kritischen Wert?«
»Den von 550 ppm.« Sie breitete die Arme wie zu einer großen Umarmung aus. »Stell dir vor, du befindest dich auf dem Gipfel eines Berges und versuchst, einen riesigen Stein wegzuschieben, zuerst sachte, doch allmählich wendest du immer mehr Kraft auf. Am Anfang bewegt sich der Stein nicht, stimmt's? Doch wenn die Kraft, mit der du schiebst, einen kritischen Wert überschreitet, fängt der Stein an, sich zu bewegen, zuerst langsam, bis er eine Eigendynamik entwickelt und du nicht mehr nachhelfen musst, denn er rollt ganz von selbst den Abhang hinunter, löst eine Lawine aus und zerstört das Dorf unten im Tal.« Sie kniff die Augen zusammen. »Du musst bedenken, erst als meine Kraft einen kritischen Wert überschritten hatte, konnte ich den Stein bewegen. Die anschließende Katastrophe aber erfolgte bereits ohne mein Zutun.« Sie klopfte mit dem Finger auf den Tisch. »Davon rede ich. Je mehr Kohlendioxid wir in die Atmosphäre ausstoßen, umso mehr bewegt sich das Klima auf den kritischen Punkt zu. Die meisten Wissenschaftler sind der Ansicht, dass 550 ppm Kohlendioxid der kritische Wert sind. Wenn wir den überschreiten, werden wir gebraten.«
»Im Augenblick liegen wir bei 380 ppm, nicht wahr?«, fragte Tomás. »Das bedeutet doch, dass wir noch weit von den

550 ppm entfernt sind.« Er zuckte mit den Schultern. »Uns bleibt also noch mehr Zeit als genug, um den Ausstoß zu stoppen, ehe dieser Wert erreicht ist.«

»Ich fürchte, so einfach ist das nicht.«

»Wieso nicht?«

»Erstens, weil niemand ganz genau weiß, welches der kritische Wert ist. Es gibt Leute, die glauben, dass wir ihn bereits überschritten haben und dass die Katastrophe unvermeidlich ist. Eine 2009 in den USA veröffentlichte Studie vertritt die Ansicht, dass die Klimaveränderungen auch nach einem völligen Stopp der Kohlendioxidemissionen noch tausend Jahre andauern werden. Andere meinen, der kritische Wert liege bei 400 oder 450 ppm, obwohl die Wissenschaft allerdings einheitlich von 550 ppm ausgeht. Aber auch wenn das tatsächlich der kritische Wert sein sollte, dürfen wir nicht vergessen, dass sich die Folgen kumulieren. Auch wenn es uns dank irgendeinem Wunder gelänge, noch heute den Ausstoß von Kohlendioxid zu stoppen, würde seine Konzentration in der Atmosphäre tausend Jahre lang erhalten bleiben, da das Meer und die Pflanzen so lange brauchen würden, um es wieder zu absorbieren.«

Tomás machte ein erstauntes Gesicht.

»Wie lange?«

»Tausend Jahre.«

»Donnerwetter.«

»Du musst bedenken, dass wir aufgrund des Kumulationseffekts heute die Kohlendioxidkonzentration zu spüren bekommen, die sich in den vergangenen fünfzig Jahren angesammelt hat. Die derzeitige Konzentration wird erst in den nächsten Jahren zu spüren sein. Auch wenn wir heute aufhörten, Kohlendioxid auszustoßen, würde die Konzentration im Schnitt weiterhin um eineinhalb ppm pro Jahr ansteigen und so im Jahr 2100 den Wert von 450 ppm erreichen.« Sie hob warnend den Zeigefinger. »Wenn wir heute aufhörten.«

»Ich verstehe.«

»Aber das Schlimme ist, dass wir heute nicht aufhören können. China entwickelt gerade seine Industrie und Indien desgleichen, und beide Länder brauchen dafür fossile Brennstoffe. Auf der anderen Seite haben die großen Produzenten von Kohlendioxid auf der Welt, die Vereinigten Staaten und Europa, sich an die Bequemlichkeit, die die derzeitige Energiewirtschaft ihnen bietet, gewöhnt und können nicht darauf verzichten, da sie ihr weiteres ökonomisches Wachstum sichern müssen. Und dann ist da noch unser heiliges Russland, der zweitgrößte Kohlendioxidproduzent der Welt, mit seinen gravierenden Umweltproblemen und seiner veralteten Technologie, die diese Emissionen weiter produzieren wird, so wie andere Brötchen backen. Weißt du, was all das zusammengenommen ergibt?«

»Noch mehr Wärme.«

»Ja, und zwar noch viel mehr Wärme«, bekräftigte sie mit der Betonung auf »viel«. »Die paläoklimatischen Untersuchungen belegen, dass im Pliozän, als das Kohlendioxidniveau in etwa dem heutigen Niveau entsprach, die Temperaturen auf der Erde ungefähr drei Grad höher waren. Doch da sich der Kohlendioxidausstoß auf der Erde tendenziell beschleunigt, müssen wir uns auf etwas sehr viel Gravierenderes gefasst machen. Bei dem derzeitigen Tempo wird die Kohlendioxidkonzentration in der Atmosphäre im Jahr 2100 einen Wert von 1100 ppm erreichen.«

»Großer Gott!«

»Den Klimamodellen zufolge ist eine Stabilisierung der Lage bei 450 ppm zwingend notwendig. Das würde eine gemäßigte Erwärmung bedeuten, bei der manche Küsten überschwemmt würden, die Desertifizierung zunähme, die Stürme heftiger ausfielen, es mehr Waldbrände gäbe, aber nichts allzu Dramatisches. Wir könnten überleben. Das Problem ist nur, dass 450 ppm bereits nicht mehr möglich sind, da allein unsere derzeitigen Emissionen, kumuliert, diese Kohlendioxidkonzentration bis zum Jahr 2100 ergeben. Da jedoch zum derzeitigen auch noch der künftige Ausstoß hinzugerechnet werden muss, ist die Situation bereits außer Kontrolle geraten, wenn du mich fragst.«

Beklommen biss Tomás sich auf die Lippen.

»Und wie«, stimmte er ihr düster zu. »Wir sitzen in der Klemme.«

»Verstehst du nun die Beziehung zwischen dem Erdölgeschäft und der globalen Erwärmung?«

»Ja.«

Melancholisch betrachtete Nadeschda die Landschaft, die am Fenster vorbeizog. Bis zum Horizont erstreckte sich die Taiga, ein immenser, gleichmütiger Ozean aus Koniferen, deren schmale, kegelförmige Wipfel in den Himmel ragten wie grüne, ins leere Blau gepiekste Nadeln. Den Blick auf den endlosen Wald geheftet, malte sie sich das furchtbare Schicksal aus, von dem die herrliche grüne Lunge dort nichts ahnte, sie malte sich das Feuer aus, das sie eines Tages verzehren würde, die schmalen Bäume, unschuldige Opfer, aufgestellt in Reih und Glied für den Scheiterhaufen, verdammt zu den ewigen Flammen der Hölle, die heimlich und erbarmungslos herannahte.

»Filhka hatte immer eine furchtbare Umschreibung für das, was uns in diesem Jahrhundert erwartet.« Sie schüttelte den Kopf. »Er benutzte ein erschreckendes Wort dafür.«

»Welches denn?«

Die Russin holte tief Luft und blickte Tomás dann wieder ins Gesicht. »Die Apokalypse.«

16

Tomás war in den Gedichtband von Fernando Pessoa vertieft, den er vorsichtshalber mitgenommen hatte, um sich die Zeit zu vertreiben, als aus den Lautsprechern der Transsib eine Stimme auf russisch ertönte, so wie immer, wenn sie sich einem Bahnhof näherten. Gleich darauf stand Nadeschda auf und holte den Koffer aus dem Schrank.

»Wir sind da«, verkündete sie unvermittelt.

Tomás schaute verblüfft zu ihr hoch. Er war nicht darauf gefasst, schon am Ziel zu sein. Sie waren zwar bereits seit drei Tagen dort eingesperrt, doch so aus heiterem Himmel kam ihm die Ankündigung wie eine abrupte Unterbrechung ihrer Reise vor.

»Was?«, stotterte er. »Da? Wo sind wir denn?«

»An unserem Ziel, Tomik.« Die Russin lächelte. »Los, nimm deinen Koffer und beweg dich.«

Tomás blickte aus dem Fenster und konnte außer Dunkelheit nur das Wasser eines Flusses erkennen, der parallel zur Bahnlinie verlief und ein gewaltiges, nasses Areal bildete, schwarz wie Erdöl, von dem die Lichter am anderen Ufer wie von einem funkelnden, pechfarbenen Spiegel zurückgeworfen wurden, schwankende Gebilde, die im nervösen Rhythmus der Wellen tanzten. Es war die dritte Nacht ihrer Reise; all-

mählich fuhr der Zug langsamer und bremste quietschend. Die Lichter am gegenüberliegenden Ufer wurden dichter und dichter. Offensichtlich hatten sie die Taiga verlassen und fuhren bereits zwischen Häusern entlang, die zu einer großen Stadt zu gehören schienen.
»Wo sind wir?«
»Das ist der Angara.«
»Angara? Die Stadt hier heißt Angara?«
Nadeschda lachte.
»Nein, du Dummerjan. Der Fluss heißt Angara.«
»Und die Stadt?«
»Irkutsk.«

Die Transsibirische Eisenbahn hielt an, und vorsichtig stiegen die beiden das Trittbrett herab. Der Bahnsteig war voller Menschen – Reisende, die ausstiegen, Angehörige, die sie erwarteten, Verkäufer, die auf Kundschaft spekulierten, und Eisenbahnbedienstete, die hin und her liefen. Das laute Hallo eines Wiedersehens erregte allseits Aufmerksamkeit; in der Gruppe war der Tarnanzug eines Soldaten zu erkennen, der überschwenglich von seiner Familie in Empfang genommen wurde.
»Der Arme, er kommt bestimmt aus Tschetschenien«, bemerkte Nadeschda.
Als sie den Bahnsteig entlanggingen, war Tomás beeindruckt von der Erhabenheit des betriebsamen Bahnhofs, eines schönen, in Gelb und Grün gehaltenen klassischen Gebäudes mit einer eisernen Jugendstilkuppel. Nadeschda ging schnurstracks zum Informationsschalter und kam mit einem Fahrplan von dort zurück.
»Wir müssen noch mit dem Bus weiter«, verkündete sie, mit dem Plan wedelnd.

»Was? Die Reise ist immer noch nicht zu Ende?«
»Nein, Tomik. Es fehlt noch ein Stück.«
Verärgert über die Nachricht, verdrehte Tomás die Augen.
»Verdammt«, rief er aus. »Das hört ja gar nicht mehr auf.«
Nadeschda machte kein Aufhebens von seinem Protest und konzentrierte sich auf den Fahrplan, der ihr am Schalter gegeben worden war.
»Morgen früh um neun fährt ein Bus hier vom Bahnhof ab«, erklärte sie. »Aber am Busbahnhof gibt es noch einen früheren um acht Uhr. Welcher ist dir lieber?«
»Ich möchte mich ausruhen«, brummte Tomás. »Ich kann nicht mehr, die Fahrt hat mich geschafft. Drei Tage im Zug hält ja kein Pferd aus.«
Es war ziemlich kalt, als sie nach zehn Uhr abends auf die Straße hinaustraten. Nadeschda winkte ein Taxi herbei, und zwei Minuten später überquerten sie die Brücke über die Angara und fuhren in die alte Stadt hinein.
Bei der nächtlichen Beleuchtung waren die Schönheiten der großen sibirischen Metropole zwar durchaus zu erkennen, doch Tomás schenkte der Umgebung ringsherum kaum Beachtung. Er fühlte sich zu erschöpft, um irgendetwas zu würdigen, das Neue war ihm egal, er wollte nur noch eines: ins Bett fallen.
Sie beschlossen den Abend in einem kleinen Hotel neben dem Stadion. Schweigend aßen sie eine Borschtsch-Suppe und gebratenes Goluptsi und schliefen, kaum dass sie ins Bett gegangen waren, aneinandergekuschelt ein.

Tags darauf war herrliches Wetter.
Nach einem Frühstück mit Milch und Khachapuri bestellten sie ein Taxi und fuhren in die Stadt. Bereits halbwegs wiederhergestellt von den Strapazen der drei Tage in der Eisenbahn,

blickte Tomás interessiert aus dem Wagenfenster und betrachtete Irkutsk.
Die Stadt war anders, als er erwartet hatte. Vor allem staunte er über die geschmackvollen Gebäude, deren Vornehmheit Irkutsk etwas Kosmopolitisches verlieh. Niemand hätte behaupten mögen, dass er sich an einem abgeschiedenen Ort irgendwo mitten in Asien befand, lediglich einen Katzensprung entfernt von der Mongolei. Mit ihrer imposanten, klassizistischen Eleganz erinnerte die Architektur an die europäische Bauweise des neunzehnten Jahrhunderts, unterbrochen lediglich von anmutigen Holzhäusern und hier und da von einem Ungetüm aus der Sowjetzeit, das sich unschön von dem ansonsten fast harmonischen Gesamtbild abhob.
»Schön ist es hier«, sagte Tomás, ohne den Blick von der Straße abzuwenden.
»Natürlich«, pflichtete Nadeschda ihm bei. »Irkutsk war eine aristokratische Stadt, bekannt als das Paris Sibiriens.«
»So ein bourgeoiser Name«, sagte Tomás. »Aber mit diesen Pariser Allüren war es bestimmt schnell vorbei, als die Kommunisten an die Macht gekommen sind, oder nicht?«
»Da irrst du dich aber. Die Zaristen haben lange Widerstand geleistet, was glaubst du wohl? Den Kommunisten gelang es erst im Jahr 1920, in die Stadt einzudringen.«
Das Taxi fuhr die Ulitsa Karla Marksa entlang durch die gesamte Altstadt von Irkutsk, bis es am Ende zur Ulitsa Oktyabrskoy Revolyutsii gelangte und sie am Busbahnhof absetzte. Nadeschda verlangte von Tomás siebenhundert Rubel und ging zum Fahrkartenhäuschen, von wo sie mit zwei Fahrscheinen in der Hand zurückkehrte.
»Such mal den Bus nach Chuschir«, bat sie ihn.
Tomás blickte auf die Anzeigen oben an den Scheiben der Busse und zuckte mit den Schultern.

»Tut mir leid, Nadia, aber ich verstehe gar nichts«, sagte er. »Es ist alles in kyrillischer Schrift geschrieben.«
»Blin«, fluchte die Russin und blickte suchend nach dem Schild, auf dem Chuschir stand. »Warum lernt ihr eigentlich nicht lesen wie alle anderen auch?«
Sie machten es sich ganz hinten im Bus bequem, dessen Motor bereits zum Aufwärmen schnurrte. Langsam füllte der Bus sich mit asiatisch aussehenden Passagieren, die offenkundig aus einfachen Verhältnissen stammten, und Kisten mit Küken und Plastiktaschen voller Einkäufe schleppten. Manche waren Bauern, andere Fischer, und alle verströmten sie den herben Geruch der Landbevölkerung.
Minuten später fuhren sie los. Im Zickzack ging es durch das Straßengewirr, bis sie die Stadt hinter sich gelassen hatten und allmählich auf einer parallel zur Bergkette von Primorskij Hrebet verlaufenden Straße in die Taiga gelangten. Die Fahrt war so eintönig und langweilig, dass Tomás von dem trägen Schaukeln des Busses die Augen zufielen und sein Kopf als Antwort auf das Brummen des Motors hin und her wankte. In Abständen wurde er von dem Geholper geweckt. Dann setzte er sich aufrecht hin, lächelte seine Reisebegleiterin flüchtig an, glitt aber rasch, von unwiderstehlicher Mattheit übermannt, wieder in die Reglosigkeit hinüber, bis der Schlaf sich breitmachte und selbst die heftigsten Stöße ihn nicht mehr stören konnten.

Das instinktive Gefühl, das etwas Neues geschah, weckte ihn jäh aus seiner Lethargie. Schlaftrunken hob er den Kopf und versuchte zu begreifen, was los war; dass sein Nacken von der unbequemen Haltung schmerzte, in der er eingeschlafen war, ignorierte er dabei geflissentlich.
Stille.

Der Bus hatte angehalten, der Motor war abgeschaltet. Mühsam erhoben sich die Fahrgäste von ihren Plätzen, nahmen ihre Taschen und Kartons, reckten sich, um ihre müden Glieder zu lockern, und lachten erleichtert wie Büßer, wenn die Qual vorüber ist. Tomás schaute zur Seite und sah, dass auch Nadeschda aufstand und sich fertig machte.

»Sind wir da?«

»Noch nicht ganz, Tomik.«

Verständnislos blickte Tomás sich um. Die Passagiere machten sich weiter zum Aussteigen bereit, einige waren schon draußen, der Bus hatte endgültig geparkt.

»Was ist denn los?«

»Wir sind in Sakhyurta«, erklärte Nadeschda und bedeutete ihm auszusteigen. »Jetzt nehmen wir die Fähre.«

»Mit der Fähre müssen wir auch noch fahren?« Tomás machte ein verzweifeltes Gesicht. »Ist denn diese verdammte Reise nie zu Ende?«

Nadeschda zeigte nach vorn. Tomás blickte in die Richtung und entdeckte jenseits des kahlen Grüns, das den Parkplatz bedeckte, auf dem der Bus angehalten hatte, einen kleinen Anleger und eine ausgedehnte Wasserfläche, die in der Sonne glitzerte und sie wie ein unruhig tanzender Spiegel reflektierte.

»Wir müssen übersetzen.«

Sie stiegen aus, und die Russin führte Tomás einen steilen, holprigen Weg hinauf, der auf einer Steilküste bei einem etliche Meter hohen Felsen endete. Der Blick von dort war überwältigend. Vor ihnen lag Wasser, zur Linken eingeschlossen von Klippen, gegenüber von einer Landzunge und zur Rechten von der Linie des Horizonts.

»Welches Meer ist das?«, staunte Tomás.

»Das ist der Baikal.«

»Wie bitte?«
»Das ist der Baikal«, wiederholte sie. »Der größte See der Welt. Hier ist ein Fünftel des gesamten Süßwassers der Erde versammelt.«
Ungläubig starrte Tomás auf das kristallklare Blau des ruhigen Sees, das sanft von einem leichten Wellengang bewegt wurde.
»Das ist doch nicht möglich. Ein Fünftel des gesamten Süßwassers der Erde?«
»Unglaublich, nicht wahr? Von der Fläche her ist der Baikalsee größer als dein Land, stell dir das mal vor.«
»Tatsächlich?«
»Und weil er so schön ist, nennen wir ihn die Perle Sibiriens.« Sie verzog das Gesicht. »Aber in der Universität ist er besser bekannt als die Küche Sibiriens.«
»Von der Perle zur Küche ist es aber ein ganz schön weiter Weg.« Tomás grinste. »Aus welchem Grund habt ihr dem See denn diesen fürchterlichen Namen verpasst?«
»Wir nennen ihn ja nur in der Universität so«, sagte Nadeschda. »Weißt du, in meinem Studiengang wird dieser See wegen seines Einflusses auf das Klima in der gesamten Region intensiv erforscht. Hier befindet sich die Wetterküche Sibiriens, daher der Spitzname. Die meteorologischen Systeme Asiens hängen von dem ab, was am Baikal geschieht.«
Tomás betrachtete den blauen Wasserspiegel, der sich wie eine Straße in das Braungrün der Steppe hineinschob und Himmel und Wolkenflocken reflektierte. Das Wasser war durchsichtig und so sauber, dass man sogar die Fischschwärme unter der Oberfläche erkennen konnte. »Sehr ursprünglich«, bemerkte er und atmete die frische Luft ein, die nach Flechten duftete. »Schön, dass es Orte wie diesen auf der Welt gibt, wo die Umweltverschmutzung noch nicht angekommen ist.«

Die Russin räusperte sich.
»Das stimmt nicht ganz«, berichtigte sie ihn. »In Baikalsk an der Südspitze des Sees gibt es eine Zellulosefabrik, die seit vierzig Jahren ihre Abfälle in den See entsorgt.«
»Tatsächlich?«
»Und das ist noch nicht alles. Am Südufer liegt das Delta des Selenga, das beinahe so groß wie Frankreich ist, mit organischen und anorganischen Abfällen aus den Minen von Burjatien und der Hirtenwirtschaft der Mongolei. Das bedeutet Dreck ohne Ende. Und zu allem Überfluss haben sie nun auch noch Erdöl hier am Baikal entdeckt und wollen eine Pipeline bauen.«
»Aber das Wasser ist doch so sauber.«
»Der Baikalsee ist riesengroß«, erklärte Nadeschda. »Und zum Glück ist die Verschmutzung auf bestimmte Gegenden begrenzt, nämlich auf das Selenga-Delta und die Südspitze. Aber wenn wir nicht aufpassen, wird all das hier eines Tages verschwunden sein.«
Tomás seufzte und blickte eine Weile auf den See. Seine Augen wanderten am Horizont entlang, angefangen bei der kleinen Bucht zu seiner Linken, wo die niedrigen Dächer des Fischerdorfs Sakhyurta glänzten, und verharrten unten bei dem Anleger, wo eine Betonrampe wie eine unvollendete Brücke ins Wasser führte.
»Wo bleibt denn bloß die Fähre?«
»Hab nur Geduld, sie kommt gleich.«
»Wohin fahren wir eigentlich?«
Dir Russin deutete geradeaus auf die Landzunge.
»Zu der Insel dort.«
Nicht weit entfernt ragte, vom Festland durch einen schmalen Kanal getrennt, die hügelige, von bräunlicher Steppe bedeckte Insel empor.

»Und was ist das für eine Insel?«
»Eine magische Insel.«
Tomás runzelte die Augenbrauen.
»Magisch inwiefern?«
»Es ist eine Schamaneninsel, ein Ort der Meditation. Die materielle Welt tritt hier in eine Wechselbeziehung mit der spirituellen Welt.«
»Du willst mich wohl auf den Arm nehmen.«
»Nein, ganz im Ernst. Es ist ein geheimnisvoller, heiliger Ort, mit Legenden und Märchen, das Geisterhaus des Baikal. Die Esoteriker sagen, hier befinde sich einer der fünf Pole der schamanischen Energie, die es auf der Erde gibt.«
»Aha.« Tomás betrachtete die Insel aufmerksamer, neugierig, mit einer Mischung aus Faszination und Skepsis, als erwarte er, dass aus ihren Nebeln das Mysterium und aus ihrem Schatten das Licht emporsteige. »Und wie heißt die Insel?«
»Olchon.«

Die Ankunft der Fähre überraschte die beiden, die gemütlich im Teehaus eines Jurtencamps bei Pfeffertee und süßen Piroschki saßen. Sie tranken in Ruhe aus, bezahlten und gingen zurück zum Bus, wo sie wieder mit den übrigen Reisenden zusammentrafen. Auf einen Schlag geriet der ganze Parkplatz in Bewegung. Rufe und Befehle wurden laut, Motoren, die angelassen wurden, Hupen und Türenschlagen. Alle Busse, Lastwagen und Autos machten sich bereit zur Weiterfahrt.
Die Fähre manövrierte, bis sie ihre Position erreicht hatte, und nachdem sie sicher vor Anker gegangen war, öffnete sich ihr großes Tor wie der aufgerissene Schlund eines ausgehungerten Monsters und verschluckte die Fahrzeuge. Auf dem Kahn war nicht viel Platz, lediglich zwei Busse passten nebeneinander und noch eine Handvoll Autos. Einen der Busse

mussten die Passagiere sogar die Rampe hinaufschieben. Die gesamte Prozedur dauerte länger als die fünfzehnminütige Überfahrt.

Der erste Punkt, an dem sie vorüberkamen, war das windige Kobylia-Golova-Kap, dessen Felsformation an den Kopf eines Pferdes erinnerte, das aus dem See trinkt. Eine Burjatin mit wehendem, glattem schwarzem Haar, die zusammen mit ihnen am Heck stand, bemerkte stolz, dass früher Dschingis Khan und seine Krieger, auch sie allesamt Burjaten, hier ihren Durst gestillt hätten.

»Es heißt sogar, der große Eroberer des Universums sei hier beerdigt worden«, erklärte die Frau.

»Wer?«

»Der große Eroberer des Universums«, wiederholte sie. »Dschingis Khan.«

Sie fuhren an der kleinen Bucht von Khul vorüber und ankerten direkt am Rande der Steppe, wo das große Boot seine rollende Fracht entließ.

Olchon.

Sie waren auf Olchon, der magischen Insel, angekommen.

Der Bus nahm seine Fahrt wieder auf und holperte über die kahle Grassteppe. Vom starken Beschleunigen jaulte der Motor auf, und der Auspuff stieß schwarze Rauchwolken von verbranntem Diesel aus. Entlang dem See wuchs kurzes, büscheliges Gras, doch bald schon gab es erste Anzeichen dafür, dass die Landschaft hier ein ganz eigenes Profil besaß. Nach einigen Minuten tauchten zu ihrer Rechten Baumreihen auf. Das war die Taiga, die hügelan kletterte, der dem offenen See zugewandte Koniferenwald, der der Steppe ihre Macht über die Insel streitig machte.

In Serpentinen quälten sie sich zum Khaday-Pass hinauf und rollten dann hinunter in die Ebene am Baikalsee. Der Bus fuhr durch ein Dorf und weiter am Westufer der Insel entlang, an dem sich anmutige kleine Buchten auftaten. Auf der gegenüberliegende Seite der Seeenge war an den steilen Hängen der Berge auf dem Festland die Taiga zu erkennen. Als der Bus sich einer Ortschaft näherte, verlangsamte er endlich die Fahrt.

»Chuschir«, verkündete Nadeschda.

Tomás wurde munter.

»Sind wir da?«

»Fast.«

Auf dem Hauptplatz von Chuschir blieb der Bus stehen. Ehe der Motor endgültig verstummte, gab er noch ein abschließendes Brummen von sich, so wie ein Sterbender einen letzten Seufzer. Aufgeregt strömten die Reisenden aus der Tür und wurden mit großem Hallo von Nachbarn und Bekannten in Empfang genommen, es schien so, als sei das gesamte Dorf bei der Ankunft des Busses herbeigelaufen gekommen, um Neuigkeiten aus der zivilisierten Welt zu hören. Alle versammelten sich vor dem Kofferraum, um die Sachen herauszuholen, die sie in Irkutsk eingekauft hatten. Das Durcheinander war so groß, dass Tomás und Nadeschda fast kämpfen mussten, um an ihre Koffer zu gelangen.

Mit dem Gepäck in der Hand ging die Russin ins Gastronom, das an dem Platz gelegene Lebensmittelgeschäft, und kam mit einem Mann mittleren Alter wieder heraus.

»Ich habe eine Mitfahrgelegenheit organisiert«, verkündete sie. »Aber du musst zehn Dollar bezahlen, Tomik.«

Der Mann führte sie zu einem alten, halb verrosteten Lada, der aussah wie ein kleiner Fiat aus den siebziger Jahren, und forderte sie auf, einzusteigen. Die drei machten es sich in seinem beengten Inneren bequem, und mit einem merkwürdigen Motorengeräusch und einer dichten schwarzen Qualm-

wolke aus dem Auspuff setzte sich der Wagen in Bewegung. Sie hatten es jedoch nicht weit. Es war lediglich ein Dorf zu durchqueren, und vier Kilometer hinter Chuschir gelangten sie zu einem Jurtencamp am See, wo der Mann sie absetzte.
Die Jurten waren wie weiße Pilze entlang dem Strand der Ulan-Khushin-Bucht aufgestellt, fragile, zylindrische Konstruktionen, bestehend aus einem Holzgerüst mit einem Überzug aus einer hellen Plane wie bei einem Zelt. Der Eingang lag hinter etwas verborgen, das wie ein karmesinroter Teppich mit geometrischen Motiven aussah, das konische Dach war aus dem gleichen Stoff und erinnerte entfernt an eine Mongolenmütze. Ein paar Leute liefen im Camp umher, zumeist Touristen aus dem Westen, aber auch einige Russen und einheimische Burjaten waren zu sehen.
Tomás und Nadeschda blieben einen Moment stehen und betrachteten hingerissen die exotische Schönheit des herrlichen Fleckchens Erde. Alles dort, der blühende Thymian, die mächtigen Lärchen, wirkte heiter, wie ein Ort aus dem Märchen. Stimmen und Vogelgezwitscher waren zu hören, aber es war der Baikal, der die Szene beherrschte. Die leichten Wellen liebkosten sanft den weißen Sand des Strandes, und der See funkelte in betörendem Türkisblau. Sie waren gleichsam in der asiatischen Karibik angekommen.
»Na, Casanova?«, fragte eine Stimme. »Du hier?«
Jemand hatte die Worte auf Portugiesisch gesagt, und Tomás erkannte seinen Spitznamen aus der Schulzeit im Gymnasium. Damals war er überall als der größte Herzensbrecher von Castelo Branco bekannt. Er drehte sich um und blickte den Mann an, der hinter ihm gesprochen hatte.
Es war Filipe.

17

Die Sonne ging langsam hinter den Bergen zu ihrer Linken unter und malte ein leuchtend veilchenfarbenes Abendlicht an den Himmel. Doch die Dämmerung von Olchon war vor allem von einem kalten Blaugrau, das die schneebedeckten Berge und die Taiga jenseits von Maloye Morye verdunkelte, der Seeenge, die die Insel von der Festlandküste des Baikal trennte.

Die beiden Portugiesen saßen auf ihren Stühlen im Sand und blickten auf die sanften Wellen des Sees. Auf dem Tisch standen ihre Getränke, ein Kvas mit wenig Alkohol für Tomás und ein Mors, ein roter Beerensaft, für Filipe. Nadeschda war zu einem Spaziergang durch das Camp aufgebrochen und hatte die beiden allein gelassen, damit sie Erinnerungen an ihre Schulzeit austauschen konnten, an die ehemalige Vertrautheit, die sie als Jungen verbunden hatte, an die Streiche und die Liebschaften, die Tomás zu seinem Spitznamen verholfen hatten. Und dann, als eine Pause in ihrer vergnüglichen Unterhaltung über nahezu vergessene Begebenheiten entstand und es fast schon so schien, als sei ihnen der Gesprächsstoff ausgegangen und als würde sich verlegenes Schweigen ausbreiten, stellte Tomás endlich die Frage nach dem, was Filipe an den Baikalsee geführt hatte.

»Wie hat es dich hierher verschlagen?«
Filipe schnalzte mit der Zunge.
»Das ist eine lange Geschichte«, sagte er, als sei die Aufgabe, sie zu erzählen, zu groß für ihn. »Und du, Casanova? Was machst du hier?«
»Das ist eine andere lange Geschichte«, echote Tomás zur Antwort und lachte.
»Ich liebe lange Geschichten, vor allem, wenn es nicht meine sind. Erzähl mir deine.«
Tomás betrachtete seinen alten Schulfreund aufmerksam. Aus Filipes hellen Augen blitzte noch immer der quirlige kleine Junge von früher, doch sein Gesicht war bereits von Falten durchzogen, und sein widerspenstiges blondes Haar war teilweise ergraut. Es war, als hätte man ihn in eine Zeitmaschine gesteckt, eben noch war er jung gewesen, und nun war er auf einmal gealtert. Auf seltsame Weise war er gleichzeitig derselbe und jemand anderes.
»Da gibt es nicht viel zu erzählen, aber das wenige, das ich weiß, ist beunruhigend«, bemerkte Tomás, indem er wieder in die Gegenwart zurückkehrte. Er räusperte sich und konzentrierte sich auf das, was er sagen wollte. Der Moment war gekommen, das Spiel zu eröffnen. »Im Jahr 2002 wurden fast gleichzeitig zwei Wissenschaftler erschossen, ein Amerikaner in der Antarktis und ein Spanier in Barcelona. Im Kalender von beiden stand dein Name, und neben ihren Leichen lag jeweils ein kleiner Zettel, auf dem drei Sechsen standen.« Er warf Filipe einen raschen Blick zu, um zu überprüfen, wie er auf seine Worte reagierte.
Ohne Überraschung stellte er fest, dass Filipe sich aufrecht hinsetzte, aus seinem Gesicht verschwand das Lächeln, und es wurde ernst und verschlossen.
»Als die beiden starben, bist du von der Bildfläche verschwun-

den und wurdest seither nicht mehr gesehen. In den Kalendern der Opfer stand ebenfalls der Name eines englischen Wissenschaftlers, der sich zur gleichen Zeit in Luft aufgelöst hat. Niemand hat je wieder etwas von euch gehört.«
Filipe wirkte angespannt, geradezu alarmiert, als er das hörte, zweifellos hatte er etwas mit der Sache zu tun.
»Nachdem es lange Zeit keinen einzigen Hinweis auf euren Verbleib gab, wurde vor ein paar Wochen eine E-Mail ziemlich seltsamen Inhalts abgefangen, die der Engländer dir geschickt hat. In der Nachricht wurde das siebte Siegel erwähnt. Bei einem Blick ins Neue Testament haben wir dann festgestellt, dass die drei Sechsen und das siebte Siegel zwei überaus wichtige Symbole in dem letzten Buch der Bibel, der Apokalypse, sind.« Mit einer Geste unterstrich er, was für ihn auf der Hand lag. »Du verstehst gewiss, dass all das Stirnrunzeln hervorgerufen und große Neugier darauf geweckt hat, was du wohl dazu zu sagen hast.«
Filipe biss sich auf die Lippen und blickte Tomás forschend an.
»Neugier bei wem?«
»Na, bei der Polizei natürlich.«
»Bei welcher Polizei?«
»Bei Interpol.«
Der Freund musterte ihn.
»Bist du jetzt Polizist?«
Tomás brach in Gelächter aus.
»Nein, natürlich nicht. Ich lehre Geschichte an der Universidade Nova in Lissabon.«
»Und welche Rolle spielst du dann in dieser Geschichte?«
»Die Agenten von Interpol haben sich mit mir in Verbindung gesetzt, damit ich ihnen bei der Aufklärung des Falles behilflich bin. So einfach ist das.«

»Aber weshalb gerade du? Was ist an dir so Besonderes, dass du ihnen von Nutzen sein könntest?«
»Sie wussten von unserer Verbindung damals in Castelo Branco. Außerdem brauchten sie mich als Kryptoanalytiker und Spezialist für alte Sprachen, um das Geheimnis der drei Sechsen aus der Bibel zu lösen.«
»Mal sehen, ob ich richtig verstehe.« Filipe deutete mit dem Finger auf ihn. »Du arbeitest für Interpol?«
»Ja, sie haben mich engagiert, um sie bei den Ermittlungen in diesem Fall zu beraten.«
»Und deshalb bist du hier?«
»Ja.«
Filipe schwieg einen Moment und überdachte die Lage.
»Ich gestehe, dass das alles ein wenig unerwartet kommt, ich hatte nicht geahnt, dass du über diese Geschichte im Bilde bist.« Er zog eine Braue hoch und blickte seinen Freund eindringlich an. »Sag mal, glaubst du, dass ich die beiden Wissenschaftler umgebracht habe?«
»Nein, das glaube ich nicht.« Tomás zögerte. »Das heißt, ich weiß es nicht. Ich habe nicht genügend Anhaltspunkte, um mir eine Meinung darüber bilden zu können.«
»Und was denkt Interpol?«
Tomás atmete bedächtig ein und wog seine Worte ab.
»Sie wollen mehr wissen«, sagte er schließlich. »Aber natürlich haben die Entdeckung, dass es zwischen dir und den ermordeten Wissenschaftlern eine Beziehung gab, und der Umstand, dass du zur selben Zeit, als sie gestorben sind, verschwunden bist, die Interpol-Agenten, wie soll ich sagen, misstrauisch gemacht. Das will ich nicht abstreiten. Und dass es eine Beziehung zwischen dem siebten Siegel aus der E-Mail, die du bekommen hast, und den drei Sechsen auf dem Zettel gibt, der neben den beiden Opfern gefunden wurde,

war auch nicht gerade hilfreich, um dich von der Liste der Verdächtigen zu streichen. Das wirst du sicher verstehen.«

Filipe kniff die Augen zusammen und blickte seinen alten Schulfreund aufmerksam an. Wie würde er auf seine nächste Frage reagieren?

»Sag mal, Interpol weiß doch nicht, dass ich hier bin, oder?«

»Nein, du kannst ganz beruhigt sein, ich habe deine Instruktionen haargenau befolgt.«

»Du hast niemandem gesagt, dass du hierherkommen würdest?«

»Nein, niemand hat auch nur die geringste Ahnung davon.«

»Ganz bestimmt?«

»Nun, Interpol weiß natürlich, dass ich verreist bin, um dich zu treffen, aber ich habe ihnen nicht gesagt, wohin ich fahren würde.«

Filipe schien sich ein wenig zu entspannen.

»Wenn ich gemerkt hätte, dass du hinter dieser Sache her bist, hätte ich dich nicht eingeladen, hierherzukommen.«

»Warum nicht?«

»Weil das eine ganz gefährliche Geschichte ist, Casanova. Dadurch, dass du auf Anweisung einer Polizeiorganisation hergekommen bist und über bestimmte Ereignisse Bescheid weißt, ist ein Sicherheitsproblem entstanden, verstehst du?«

»Nein.«

»Deine Anwesenheit hier ist ein Risiko.«

»Aber warum hast du mir dann geschrieben, ich solle kommen?«

Filipe seufzte. »Ich wusste doch nichts von deiner Verbindung zu Interpol.« Geistesabwesend blickte er auf das Glas mit dem roten Beerensaft in seiner Hand. »Ich hatte Sehnsucht nach zu Hause, ich hatte dich schon lange nicht mehr gesehen, und da bin ich wohl ein bisschen nostalgisch geworden, als ich deine

Nachricht auf der Website unseres Gymnasium entdeckt habe. Es war dumm von mir, aber nun ist es zu spät.«
Filipe verstummte, er war nachdenklich und besorgt. Dass sein alter Freund bei ihm war, hatte Auswirkungen, die er nicht bedacht hatte. Er musste die Situation abwägen.
»Ich verstehe das nicht«, sagte Tomás und unterbrach die unangenehme Stille. »Wenn du unschuldig bist, aus welchem Grund hast du dann Angst vor Interpol?«
Filipe zog eine Braue hoch, als sei die Frage völlig abwegig. »Habe ich gesagt, dass ich unschuldig bin?«
Der Satz blieb zwischen den beiden hängen wie eine dunkle Wolke, ehe das Gewitter sie auflöst.
»Bist du das denn nicht?«
Filipe lächelte missmutig und trank, den Blick auf den Horizont gerichtet, einen Schluck von seinem Mors.
»Das ist ein komplizierte Geschichte«, sagte er düster. »Eine höchst komplizierte Geschichte.«
Er machte eine Pause. Wie es schien, kam das Gespräch nur holpernd voran, war voll von Unausgesprochenem und von Anspielungen, von verdächtigem Schweigen und verborgenen Bedeutungen, als wenn das Aussagekräftigste daran nicht das Gesagte, sondern das Ungesagte war.
»Trägst du irgendeine Verantwortung für den Tod der beiden?«, fragte Tomás.
Schweigen.
»Wir tragen im Leben immer die Verantwortung für alles, was um uns herum geschieht.«
Neuerliches Schweigen.
In der letzten Antwort lag noch mehr Unausgesprochenes, aber Tomás gab sich nicht zufrieden. Er musste diesen Schleier aus Spitzfindigkeiten zerreißen, der das Verständnis trübte, und die Dinge klären.

»Aber bist du derjenige, der den Tod der beiden verursacht hat?«

Filipe seufzte abermals.

»Vielleicht ist es besser, wenn ich dir die Geschichte von Anfang an erzähle.«

»Ja, das ist vielleicht besser.«

Tomás' Freund führte das Glas zum Mund und trank es halb leer, als suche er in dem Beerensaft den Mut und die Kraft für seine Schilderung.

»Alles begann 1997 in Japan«, sagte Filipe und schickte seine Gedanken auf eine Reise durch die Zeit. »Ich gehörte als Energieberater des portugiesischen Unternehmens Galp und der portugiesischen Regierung zu der Delegation, die an der großen Klimakonferenz von Kyoto teilnehmen sollte.« Er blickte Tomás an. »Ich nehme an, du hast von dieser Konferenz gehört.«

»Ja, war das nicht die, die mit einem Vertrag zur Umwelt geendet hat?«

»Genau«, sagte Filipe. »Dem Kyoto-Protokoll.« Er räusperte sich. »In Kyoto hat die Mehrzahl der industrialisierten Länder feierlich gelobt, die Kohlendioxidemissionen bis zum Jahr 2012 weltweit auf ein niedrigeres Niveau als 1990 zu senken. Es gab Anzeichen dafür, dass die Erde sich aufgrund der Verbrennung der fossilen Brennstoffe erwärmt, und Kyoto stand für den Willen der internationalen Gemeinschaft, die Situation unter Kontrolle zu bekommen.«

»Gott sei Dank.«

»Das dachten auch die meisten Wissenschaftler.« Filipe hob mit einer theatralischen Geste die Hände und schaute zum Himmel. »Gott sei Dank wurde etwas unternommen!« Dann blickte er Tomás an. »Aber einige Fachleute, die an der Konferenz teilnahmen, merkten, dass das alles nur Makulatur war.

Aufgrund kleiner Details bei den Gesprächen der Delegationen untereinander und der Art und Weise, wie jede von ihnen großartig allgemeine Absichtsbekundungen von sich gab, es jedoch vermied, sich zu konkreten, mit Kosten verbundenen Maßnahmen zu verpflichten, gelangten die Wissenschaftler zu dem Schluss, dass die Politiker in der Stunde der Wahrheit ihre Versprechen nicht halten und das Problem vertagen und an die Nachfolger weitergeben würden.«

»Warum?«

»Wegen der Unterpunkte des Protokolls natürlich. Die größten Einschnitte bei der Emission von Treibhausgasen entfielen auf die Industrienationen. Die Europäische Union verpflichtete sich, ihre Emissionen um acht Prozent zu senken, Japan um sechs Prozent und die Vereinigten Staaten, der größte Produzent von Treibhausgasen der Erde, um sieben Prozent.«

»Ist das zu wenig?«

»Nein, das wäre großartig.« Filipe legte eine Pause ein, um dem nun folgenden Satz mehr Nachdruck zu verleihen. »Wenn es zur Umsetzung gedacht gewesen wäre.«

»War es das denn nicht?«

Filipe schüttelte den Kopf.

»Nein«, murmelte er. »Es gab drei Probleme. Das erste war, dass die Amerikaner sich nicht trauten, den etablierten Interessengruppen die Stirn zu bieten. Die Emission der Treibhausgase zu senken, bedeutet, drei überaus wichtige Industriezweige Amerikas anzugreifen: die Erdölindustrie, die Automobilindustrie und die Kohleindustrie. Die Machthaber im Weißen Haus haben schlicht und einfach nicht den Mut, diesen Kolossen entgegenzutreten.«

»Ich verstehe.«

»Das zweite Problem war Russland. Für viele Länder ist die

globale Erwärmung eine Katastrophe, aber nicht für dieses Land.« Er deutete zu den Bergen und der Taiga auf der anderen Seite des Sees. »Mildere und kürzere Winter zum Beispiel bringen der Landwirtschaft hier in Sibirien nur Vorteile. Außerdem wird es einfacher und billiger, das russische Erdöl in der Arktis zu fördern, wenn die Tundra schmilzt. Das Eis wird dann dünner, und es ist leichter, Bohrungen vorzunehmen. Da das Erdöl ein Drittel der russischen Exporte ausmacht, hat das Land, das übrigens der drittgrößte Kohlendioxiderzeuger der Welt ist, keinerlei Interesse daran, die Erderwärmung zu stoppen. Im Gegenteil, es kann dadurch nur gewinnen.«

»Nun, eine solche Einstellung unterminiert natürlich jede Bemühung, die Dinge unter Kontrolle zu bringen.«

»Zweifellos«, pflichtete Filipe ihm bei. »Aber es gab noch ein drittes Problem. In Kyoto wurden zwar den Industrieländern, die den größten Teil des Kohlendioxids ausstoßen, das die Erderwärmung verursacht, zahlreiche Verpflichtungen auferlegt, aber die Entwicklungsländer wurden übersehen.«

»Das erscheint mir logisch, oder nicht?«, warf Tomás ein. »Wenn die Industrieländer das Problem verursachen, dann müssen sie es auch lösen.«

Sein Freund verzog das Gesicht.

»Das ist nicht ganz richtig«, sagte er. »Die Entwicklungsländer drohen sich zu großen Erzeugern von Kohlendioxid zu entwickeln.«

Tomás lachte.

»Willst du damit etwa andeuten, dass Länder wie Mosambik eine Bedrohung für das klimatische Gleichgewicht unseres Planeten darstellen?«

»Mosambik nicht, aber China und Indien schon.« Er beugte sich auf seinem Stuhl vor. »Du musst eines begreifen. Jede

Wirtschaftsaktivität bedeutet Energieverbrauch.« Er wies auf das Glas mit der orangefarbenen Flüssigkeit in Tomás' Hand. »Zum Beispiel der Kwass hier. Kwass ist ein süßes, leicht alkoholhaltiges Getränk aus Gerste und Roggen. Das bedeutet, für den Anbau und die Ernte des Getreides müssen Traktoren eingesetzt werden, die wiederum mit Diesel betrieben werden. Dann muss das Getränk destilliert werden, wozu Strom verwendet wird, der zum Großteil durch fossile Brennstoffe gewonnen wird. Anschließend muss die Flasche hergestellt werden, wozu die ebenfalls durch fossile Brennstoffe erzeugte Hitze des Ofens erforderlich ist. Schließlich muss die Flasche in den Supermarkt transportiert werden und von dort hierher in das Jurtencamp, was nur durch den Verbrauch von noch mehr Brennstoff möglich ist.« Er tippte mit dem Finger an Tomás' Glas. »Wenn schon für die Herstellung des bisschen Kvas, das du da in deinem Glas hast, so viel Energie verbraucht wird, kannst du dir ausmalen, wie viel Energie für die Abermillionen von Gütern vonnöten ist, die die Menschheit tagtäglich erzeugt: Hamburger, Kartoffeln, Obst, Spielzeug, Kleidung, Autos, was weiß ich!«

»Du willst damit also sagen, dass jedes Erzeugnis, das wir konsumieren, Ergebnis einer Vielzahl von Operationen ist, bei denen Energie verbraucht wird.«

»Genau. Oder dass Wirtschaftsaktivität und Energieverbrauch zwei Seiten ein und derselben Medaille sind.«

»Wie Yin und Yang.«

»Das eine kann ohne das andere nicht existieren.« Nachdem Filipe den Gedankengang erläutert hatte, lehnte er sich wieder auf seinem Stuhl zurück. »Das heißt, für wirtschaftliches Wachstum wird Energie benötigt, und Energie erzeugt wirtschaftliches Wachstum, ein Prozess, den niemand unterbrochen sehen möchte. Wohlstand weckt Kauflust, Verkauf erzeugt Nachfrage, die Nachfrage macht mehr Fabriken und mehr Rohstoffe erforderlich, die Erzeugung von Gütern bringt wirtschaftliches Wachstum hervor, das wirtschaftliche Wachstum weckt wiederum Kauflust, der Verkauf erzeugt Nachfrage und so fort.« Filipe lächelte, als er wieder beim Ausgangspunkt angelangt war. »Wie schon gesagt, Wirtschaftsaktivität und Energieverbrauch sind die beiden Seiten ein und derselben Medaille.«

»Das habe ich schon verstanden. Aber was hat das mit China und Indien zu tun?«

»Die enge Beziehung zwischen Energie und Wirtschaftswachstum ist etwas, das die Bürger in Europa und in Amerika kaum verstehen. Wir sind derart an den Überfluss gewöhnt, dass beide Dinge in Wahrheit eins sind. Wir nehmen all das so hin wie die Luft, die wir atmen, als hätten wir einen Anspruch darauf. Aber die Menschen in den ärmeren Ländern sind sich bewusst, wie wichtig die Energie ist, damit das Leben vorangeht. Es mangelt ihnen an allem, vor allem aber an Energie, und deshalb hat diese für sie auch einen so hohen Wert. Sie wissen, dass sie Strom benötigen, damit es im Schulzimmer Licht gibt oder damit die Trinkwasserpumpe funktioniert, und sie wissen, dass sie Diesel brauchen, damit der Traktor die Ernte einbringen kann und sie nicht hungern müssen oder damit sie in die Stadt fahren und ihre Erzeugnisse auf dem Markt verkaufen können. Die ärmeren Länder haben ganz klar eine Vorstellung von der Bedeutung der Energie für die Erzeugung wirtschaftlichen Wachstums.«

»Ja und?«

Filipe fuhr sich mit der Hand durch sein helles, gelocktes Haar. »Nun ist es so, dass China und Indien wild entschlossen sind, die Grenzen der Entwicklung zu durchbrechen.« Er deutete hinter sich gen Süden. »Schauen wir uns den Fall un-

serer chinesischen Nachbarn an. Jahrzehntelang hat China unter Mao Tse-tung nichts als Verachtung für die Automobilindustrie übriggehabt, der darin das Symbol der dekadenten Bourgeoisie sah. Alle Chinesen gingen zu Fuß oder fuhren mit dem Fahrrad, und die Armut war weit verbreitet. Doch mit Maos Verschwinden änderten sich die Dinge. Die neue chinesische Führung hatte begriffen, dass die Wirtschaft wachsen musste, und das zuvor Verachtete wurde nun geschätzt. Im Jahr 2002 wurden in China zum ersten Mal Autos produziert und verkauft, und die Chinesen verfielen in einen derartigen Konsumrausch, dass General Motors damit rechnete, ein Fünftel seiner Produktion gezielt auf den chinesischen Markt zu lenken. Jahr für Jahr gibt es in China mehr Autos, so dass das Land nunmehr sieben der meistverschmutzten Städte der Welt besitzt. Für Millionen und Abermillionen Chinesen gilt das Auto als Statussymbol.« Filipe neigte den Kopf zur Seite. »Kannst du dir vorstellen, was das für Auswirkungen auf die Weltwirtschaft hat?«
»Nun, das heißt, es gibt einen weiteren Mitspieler auf dem Markt, nicht wahr?«
»Ich rede hier nicht von irgendeinem x-beliebigen Land, Casanova. Ich rede von einem Land mit sehr vielen Menschen.« Um die Zahl zu betonen, sagte er Silbe für Silbe: »Mit über einer Milliarde Menschen.« Er riss die Augen auf. »Das sind über eine Milliarde Menschen, die alle mit dem Auto fahren wollen, die Benzin verbrauchen, die enorme Mengen von Kohlendioxid in die Atmosphäre ausstoßen.«
Tomás kratzte sich am Kopf. »Ja, Nadia hatte mir bereits davon erzählt«, sagte er. »Das ist ein ziemliches Problem, nicht wahr?«
»Ein riesiges! Bei der Nachfrage nach Strom und Kraftstoffen für seine Industrie hat China die Industrieländer bereits über-

rundet. Das Land ist im Augenblick der zweitgrößte Energiekonsument der Welt und wird bald den größten, die Vereinigten Staaten, überrunden. Mit einer unglaublichen Gier sind die Chinesen dabei, die Energieressourcen zu verschlingen. Um ihren gewaltigen Hunger zu stillen, sind sie mit Macht in den Erdölmarkt eingedrungen und haben das Gleichgewicht von Angebot und Nachfrage aus dem Lot gebracht. Sie investieren stark in Kohle, den fossilen Brennstoff, der die meisten Gase zur Verstärkung des Treibhauseffektes ausstößt. Bald wird China zwei Fünftel der auf der Erde verbrannten Kohle und ein Siebtel des gesamten Stroms verbrauchen, von dem wiederum ein Großteil durch die Verbrennung von Kohle oder Erdöl erzeugt wird. Unterm Strich wird in Kürze ein Fünftel des gesamten Kohlendioxids, das in die Atmosphäre ausgestoßen wird, auf das Konto Chinas gehen.«

»Donnerwetter.«

»Nun musst du aber zu China noch all die anderen Länder hinzurechnen, die sich ebenfalls weiterentwickeln wollen, wie Indien, Russland und die Länder Lateinamerikas. Alle wollen Autos, Kühlschränke, Klimaanlagen, Fernseher, alles Mögliche! Stell dir bloß mal vor, was für Folgen das für die Wärmeerzeugung und den Verbrauch von Energieressourcen haben wird.«

»Ja, das wird problematisch werden.«

»Problematisch?« Filipe war über die Wortwahl geradezu empört. »Wir steuern fröhlich auf die Katastrophe zu, geben sogar noch Gas auf dem Weg in den Selbstmord, und wir kriegen es nicht einmal mit. Der Energieverbrauch und die Emission von Kohlendioxid verringern sich nicht etwa, sondern sie steigen an. Und zwar exponentiell. Die gesamte Energiewirtschaft, von der Produktion bis hin zum Verbrauch, steht kopf, das Gleichgewicht zwischen Angebot und Nachfrage steht vor dem Zusammenbruch. Außerdem hat sich das Klima völlig verändert. Die Erwärmung der letzten fünfzig Jahre ist doppelt so groß gewesen wie in den letzten hundert Jahren, und der Meeresspiegel ist im zwanzigsten Jahrhundert um siebzehn Zentimeter gestiegen. Im Osten von Amerika und in Nordeuropa regnet es mehr, und in Südeuropa, Afrika und Asien weniger.

Seit den siebziger Jahren hat die Wirbelsturmaktivität über dem Nordatlantik zugenommen, und 2005 gab es den ersten Hurrikan an einer westeuropäischen Küste, er hieß Vince und kam in Nordportugal bereits als Tropensturm an. Seit Beginn der meteorologischen Aufzeichnungen hatte man in diesen Breitengraden noch nie von einem Hurrikan gehört. Und das Gleiche passiert im Südatlantik. Im Jahr 2004 fegte ein Hurrikan namens Catarina über die Küste Brasiliens, ein bis dahin nicht gekanntes Phänomen, so dass die brasilianischen Meteorologen einige Zeit brauchten, ehe sie überhaupt glaubten, was auf den Satellitenbildern zu sehen war.« Filipe machte eine kurze Pause. »Ein von der UNO geschaffenes zwischenstaatliches Gremium von Wissenschaftlern, der Weltklimarat, hat im Jahr 2007 festgestellt, dass die Temperaturen auf der Erde in diesem Jahrhundert zwischen einem und sechs Grad steigen dürften und dass die meteorologischen Phänomene allgemein extremer werden, mit stärkeren Regenfällen, extremeren Dürreperioden, heftigeren Stürmen.« Er schüttelte den Kopf. »Und das Schlimmste ist, dass das Klima möglicherweise bald über den kritischen Wert hinausgelangt sein wird, verstehst du? Einen Wert, bei dessen Überschreitung Phänomene entfesselt werden, die wichtige Teile unseres Planeten unbewohnbar machen.«

»Was denn für einen kritischen Wert? Meinst du die 550 ppm Kohlendioxid in der Atmosphäre?«

»Die meine ich auch, aber ich meine vor allem das, was passieren wird, wenn eine bestimmte Temperatur überschritten wird.«

»Ich nehme an, dann wird es nach und nach überall wärmer werden, oder?«

»Nein. Die Natur ist so angelegt, dass bei einem gewissen kritischen Punkt abrupte Veränderungen eintreten. Und diese Veränderungen werden häufig von Temperaturwerten bestimmt. Wasser, zum Beispiel, bleibt flüssig, auch wenn die Temperatur sinkt, aber wenn null Grad erreicht sind, verfestigt es sich plötzlich, denn null Grad ist ein kritischer Wert, von dem an sich alles verändert.«

»Ja, ich verstehe. Aber worauf willst du hinaus?«

»Was ich dir zu erklären versuche, ist, dass es sich mit dem Klima genauso verhält. Ab einer bestimmten Temperatur treten radikale Veränderungen ein, die Erde wird möglicherweise unbewohnbar werden für den Großteil des derzeit auf ihr existierenden Lebens, einschließlich des menschlichen.«

Tomás machte ein skeptisches Gesicht.

»Nun mach mal halblang«, sagte er. »Zu sagen, dass Wasser bei null Grad plötzlich fest wird, ist eins. Etwas ganz anderes ist die Behauptung, die Klimaveränderungen würden so drastisch ausfallen, dass das Überleben der Menschheit bedroht ist. Findest du nicht, dass du ein bisschen übertreibst?«

Filipes Antwort bestand zunächst aus einem geduldigen Seufzen. Er stand auf und rekelte sich.

»Dann komm mal mit, Casanova«, sagte er und stapfte durch den Sand. »Ich werde dir etwas zeigen.«

18

Das Wasser des Baikal schwappte auf den Strand. Der See war ruhig, aber auf seiner dunklen Oberfläche waren schillernde kleine Punkte zu erkennen, sie sahen aus wie Diamanten, die das Glitzern der Sonne in der Abenddämmerung widerspiegelten. Filipe zog seine Schuhe aus und ging, mit den Füßen im Wasser plätschernd, am Ufer entlang.

»Komm«, forderte er Tomás auf, »teste mal das Wasser.«

Tomás zog ebenfalls seine Schuhe aus und trat in das kühle Nass.

»Hu, ist das kalt«, maulte er und hüpfte rasch zurück in den Sand.

Sein Freund lachte.

»Lauf doch nicht weg, du Memme. Komm ins Wasser.«

»Bist du nicht ganz bei Trost?«

Filipe bückte sich und tauchte die Hand in den See.

»Dir ist das Wasser zu kalt, was?«

»Es ist eisig.«

Der Geologe richtete sich wieder auf und schüttelte sich das Wasser von der Hand, wobei er seine Hose und seinen Pullover nass spritzte.

»Und dennoch ist kaltes Wasser unerlässlich, um unseren Planeten am Leben zu erhalten.«

»Jetzt übertreibst du ja schon wieder«, rief Tomás aus. »Wo doch jeder weiß, dass Leben warmes Wasser bevorzugt.«

Die Füße im Wasser, spazierte Filipe am See entlang, während Tomás, vorsichtig Abstand haltend, im Sand neben ihm herging.

»Lass mich dir etwas erklären, Casanova«, sagte Filipe, den Blick auf die kleinen Wellen zu seinen Füßen geheftet. »Auch wenn wir es nicht merken, die Erde ist ebenfalls ein Lebewesen. So wie der Mensch ein Lebewesen ist, das aus Milliarden anderer Lebewesen besteht, den Zellen, ist die Erde ein Lebewesen, das aus Milliarden Lebewesen besteht, nämlich Fauna und Flora. Wenn sich zum Beispiel auf dem Mond oder auf der Venus die Temperatur stark verändert, dann macht das nichts, weil beides tote Planeten sind, die aus nichts als aus Staub und Steinen bestehen. Es ist egal, ob es sehr kalt oder sehr heiß ist, tote Planeten sind wie Marmorskulpturen. Für die Erde aber sind thermische Veränderungen nicht egal, weil sie lebt und weil sie deshalb ständig ihre Temperatur und ihre Struktur regulieren muss. Kannst du mir folgen?«

»Hm, mehr oder weniger.«

»Eines hat die Wissenschaft inzwischen begriffen: So wie jedes Lebewesen, das die Erde bewohnt, hat die Erde die Fähigkeit zur Selbstregulierung.« Er hob einen Finger, um den nun folgenden Vorbehalt zu unterstreichen. »Aber wie bei jedem anderen Lebewesen ist das nur innerhalb eines bestimmten Temperaturrahmens möglich.« Er trat mit dem Fuß nach einer Welle, so dass es spritzte. »Was nun das Wasser betrifft, so hat man herausgefunden, dass die kritische Temperatur bei zehn Grad liegt. Wenn die Temperatur zehn Grad übersteigt, verliert das Wasser allmählich seine Nährstoffe, was das Leben darin beeinträchtigt. Deswegen sind die tropischen Gewässer so klar und durchsichtig, sie enthalten keine Nährstoffe, mit Ausnahme einer begrenzten Menge von Algen. Diese Gewässer verhalten sich zum Meer wie die Wüste zum Land. Umgekehrt sind die Arktis und die Antarktis die Wälder des Meeres, da in den Ozeanen an den Polen die Temperaturen unter zehn Grad liegen und deshalb dort überall Nährstoffe zu finden sind.«

»Entschuldige bitte, aber das stimmt so nicht«, sagte Tomás. »Soweit ich weiß, gibt es in den tropischen Gewässern sehr viele Lebewesen.«

»Nur in der Tiefe, Casanova.« Filipe deutete nach unten. »Nur ganz unten, wo die Temperatur unter zehn Grad liegt, finden sich Nährstoffe für das Leben im Meer.«

»Hm.«

»Das bedeutet, dass die meisten Ozeane Wüsten sind.«

»Meinst du das ernst?«

»Todernst«, sagte Filipe. »Das über zehn Grad warme Wasser der oberen Schicht bedeckt achtzig Prozent der Wasserfläche auf der Welt. Das heißt, achtzig Prozent der Meeresoberfläche ist Wüste.«

Tomás verzog den Mund.

»Davon hatte ich keine Ahnung.«

»Die Folgen dieser Entdeckung sind schwerwiegend. Wenn die Temperatur auf der Erde steigt, wird der Anteil warmen Wassers zunehmen, was eine Ausweitung der Meereswüsten nach sich ziehen wird.«

»Ich verstehe.«

Filipe trat unruhig auf der Stelle.

»Und nun, Casanova, pass genau auf, denn das ist wichtig«, betonte er. Er wies auf den grünen Horizont von Olchon und die Taiga am anderen Ufer des Sees. »Das Phänomen der Desertifikation des Meeres gibt es auch an Land. Man hat entdeckt, dass an Land die kritische Temperatur nicht wie im

Meer zehn, sondern zwanzig Grad beträgt. Wenn die Temperatur unter zwanzig Grad sinkt, so wie im Winter, hält sich das Regenwasser lange in der Erde, und der Boden bleibt feucht, was das Wachstum von Leben fördert. Wenn aber im Sommer die Temperaturen durchschnittlich bei zwanzig Grad liegen, verdunstet das Regenwasser rasch, und die Böden trocknen aus. Als ein sich selbst regulierendes Lebewesen begegnet die Erde diesem Problem, indem sie die Regenzeit in den Sommer gelegt hat. Die häufigeren Niederschläge gleichen die Verdunstung aus, verstehst du? Wenn aber die Durchschnittstemperatur auf über fünfundzwanzig Grad ansteigt, verdunstet die Feuchtigkeit zu schnell, und das Land wird zur Wüste, es sei denn, es regnet permanent.«

»Und was ist mit den Wäldern am Äquator? Soweit ich weiß, ist es dort über fünfundzwanzig Grad warm.«

»Äquatorialwälder wie am Amazonas oder im Kongo sind weitere Beispiele für die Selbstregulierung dieses großartigen Lebewesens Erde. Da die Verdunstung bei hohen Temperaturen sehr rasch vonstatten geht, hat die Erde hier ein Ökosystem geschaffen, bei dem sich die Wolken über dem Wald halten und es somit fast ständig regnet, verstehst du?«

»Ach so, dann zieht der Wald also die Wolken an.«

»Genau. Aber auch dieses System funktioniert nur innerhalb bestimmter thermischer Grenzen.«

»Warum?«

»Wegen der Eigenschaften von Wasser, Casanova. Bei einem Anstieg der Durchschnittstemperatur von vier Grad beschleunigt sich die Verdunstung noch weiter, das Gleichgewicht wird zerstört, und der Regenwald verwandelt sich in eine Wüste.«

»Woher weißt du das?«

»Man muss sich dafür nur einmal Wüsten anschauen, zum

Beispiel die Sahara. Die Temperaturen dort sind so hoch, dass das Wasser viel zu schnell verdunstet und die Böden austrocknen. Weißt du, was den Regenwald von einer Wüste trennt?« Er legte eine kurze Pause ein. »Lächerliche vier Grad Celsius. Zwischen einem großen Urwald und einer Wüste besteht gerade mal eine Unterschied von vier Grad, was bedeutet, dass irgendwo bei diesen vier Grad der kritische Wert überschritten ist.«

»Ich verstehe.«

»Deswegen ist es auch ein Riesenproblem, wenn die globale Erwärmung eine bestimmte Grenze übersteigt. Und das Schlimme ist, dass es Anzeichen dafür gibt, dass dieser Prozess bereits im Gange ist.«

Tomás machte ein besorgtes Gesicht.

»Wieso?«

»Hast du noch nie von dem Budyko-Effekt gehört?«

»Von was für einem Effekt?«

»Michael Budyko ist der größte russische Klimatologe. Er hat entdeckt, dass Schnee den größten Teil der Sonnenwärme, die auf ihn trifft, in den Raum zurückstrahlt, was dazu beiträgt, dass das Klima kalt bleibt. Das Problem ist, dass der Schnee aufgrund des weltweiten Anstiegs der Temperatur durch das von den fossilen Brennstoffen freigesetzte Kohlendioxid zu schmelzen begonnen hat und dass so die darunterliegende dunkle Erde zutage tritt. Weil der Boden aber dunkel ist, absorbiert er die Wärme, was noch mehr Wärme verursacht, was zu weiterer Schneeschmelze führt, die weiteren dunklen Boden zutage fördert, was weitere Hitze verursacht – eine Spirale ohne Ende. Das ist der Budyko-Effekt.«

»Nadia hat mir davon erzählt.«

»Ja, sie hat an den ersten Messungen hier in Sibirien teilgenommen. Gravierend ist nur, dass die Temperatur die Grenze derart überschritten hat, dass ein solcher Prozess überall auf unserem Planeten in Gang gesetzt ist, auch im Meer. Allein im Jahr 2005 sind vierzehn Prozent des ewigen Eises in der Arktis verschwunden. Vierzehn Prozent! Und weißt du auch, warum? Wegen der Erwärmung der Ozeane. Da das Wasser wärmer geworden ist, schmilzt das Eis stärker, und wie ich dir schon sagte, hat das Eis die Funktion eines Spiegels, der über achtzig Prozent der Sonnenwärme zurückstrahlt. Das Meer dagegen ist dunkel und absorbiert über neunzig Prozent dieser Wärme. Die Konsequenzen sind dir klar, nicht wahr? Mit dem Schmelzen des Eises vergrößert sich die die Wärme absorbierende Wasserfläche, wodurch das Wasser sich aufheizt und noch mehr Eis zum Schmelzen bringt, was die Reflektionsfläche weiter verkleinert und die Absorptionsfläche für die Wärme abermals vergrößert, ein Teufelskreis, der den Treibhauseffekt intensiviert. Aber das ist noch nicht alles. Durch die Erwärmung sinkt der Gehalt an Nährstoffen und Algen im Wasser. Die Algen aber befördern das Kohlendioxid an den Meeresgrund. Bei weniger Algen bleibt das Kohlendioxid an der Oberfläche, was den Treibhauseffekt weiter verschlimmert. Da die Erwärmung steigt, sinkt der Nährstoffgehalt des Wassers noch weiter, es überleben noch weniger Algen, dadurch bleibt mehr Kohlendioxid an der Oberfläche, der Treibhauseffekt verstärkt sich immer mehr – eine Spirale ohne Ende. Das ist eine Art Budyko-Effekt im Meer.«

»Und das passiert wirklich?«

»O ja, und zwar überall. Schau dir doch die Regenwälder an, über die wir eben gerade gesprochen haben. Durch den Anstieg der Temperatur sind sie im Schwinden begriffen. Das Problem ist, dass sich der Boden ohne den Schatten der Bäume stärker aufheizt und infolgedessen die globale Erwärmung zunimmt, was einen weiteren Waldschwund und weniger

Schatten für noch mehr Bodenflächen verursacht, ein weiterer Teufelskreis. Im Übrigen sind die ersten Anzeichen dieses Phänomens bereits vorhanden. Im Jahr 2005 hat das Amazonas-Gebiet eine noch nie da gewesene Dürre erlebt. Mehrere Zuflüsse des Amazonas sind ausgetrocknet, Trinkwasser musste mit Helikoptern in die Dörfer des vermeintlich riesigen Feuchtwaldes transportiert werden. Und weißt du, aus welchem Grund sie Helikopter eingesetzt haben? Weil der Wasserstand der Flüsse zu niedrig war für die Schifffahrt! Die Dürre von 2005 war möglicherweise das erste Anzeichen für den bevorstehenden katastrophalen Kollaps des Amazonas-Gebietes, der unabwendbar ist, wenn die Temperaturen um drei bis vier Grad Celsius ansteigen. Dann wird sich der Wald in eine Wüste verwandeln.« Er deutete auf die Taiga in der Ferne. »Vor allem aber werden durch das Waldsterben enorme Mengen an Kohlendioxid freigesetzt, was den Treibhauseffekt noch verschlimmert. Du musst andererseits bedenken, dass Bäume ein natürlicher Schwamm für die Aufnahme des Kohlendioxids sind. Weniger Bäume bedeutet geringere Kohlendioxidabsorption, was den Treibhauseffekt ebenfalls verstärkt.«

»Du willst also sagen, dass wir allenthalben in einen Teufelskreis geraten sind, bei dem mehr und mehr Wärme verursacht wird.«

»Genau«, sagte Filipe. »Deshalb sage ich ja, bei Überschreitung einer bestimmten kritischen Temperatur werden unkontrollierte Phänomene ausgelöst. Wie ich dir bereits erklärt habe, ist die Erde ein Lebewesen mit der Fähigkeit zur Selbstregulierung, was bedeutet, dass es ihr bisher noch immer gelungen ist, sich nahe der für ein Leben am besten geeigneten Temperatur und chemischen Zusammensetzung zu halten. Das hat sie drei Milliarden Jahre lang geschafft, aber aufgrund der massenhaften Freisetzung des Kohlendioxids der fossilen Brennstoffe nähert sich die Temperatur nunmehr einem kritischen Wert, jenseits dessen der Planet seine Fähigkeit zur Selbstregulierung verlieren wird. Und genau deshalb ist die globale Erwärmung potenziell auch so katastrophal.«

Filipe kam aus dem Wasser und ging wieder zurück in Richtung der Stühle, die sie ein paar Minuten zuvor verlassen hatten. Tomás begleitete ihn mit nachdenklichem Gesicht. Er fühlte sich unwohl bei dieser Lawine von erschreckenden Fakten.

»Also gut, ich habe schon begriffen, die Lage ist ernst«, sagte er. »Aber was hat das alles mit unserem Gespräch zu tun?«

»Während der Konferenz in Kyoto haben einige Fachleute gemerkt, dass die Vereinbarung nicht mehr war als Makulatur. Die wesentlichen Fragen wurden bewusst übergangen. In Kyoto sind viele Länder zusammengekommen, jedes mit einer eigenen Agenda, aber nur bei wenigen war echte Sorge wegen des eigentlichen Grundes der Konferenz zu erkennen, wegen des Klimawandels. Im Gegenteil, wir konnten sehen, wie die Politiker einander zuzwinkerten und sagten, was sie wirklich interessiere, sei nicht die Erderwärmung, sondern die Abkühlung der Wirtschaft. Alle Maßnahmen, die gut oder unschädlich für ihre Wirtschaft waren, akzeptierten sie, aber alles, was ihnen schädlich erschien, lehnten sie ab. Das war die vorherrschende Einstellung. In der Denkart von Politikern geht sie das, was in zwanzig Jahren passiert, nichts mehr an, weil es jenseits des Horizonts ihrer Wiederwahl liegt. Sollen doch die nachfolgenden Regierungen das Problem lösen.«

»Das haben sie tatsächlich so gesagt?«

»In der Öffentlichkeit natürlich nicht. Vor dem Mikrofon gaben sie sich äußerst verantwortungsbewusst und wirkten ehrlich besorgt wegen der globalen Erwärmung. Echte Staats-

männer. Aber im Privaten haben wir ja gesehen, wie sie mit den Schultern zuckten und über das lachten, was sie selbst gerade öffentlich erklärt hatten. Es war ihnen schlicht und einfach egal.«
»Aber dann war die Konferenz ja zu nichts nütze.«
»Sie war reine Makulatur. Das Problem ist, dass die Kohlendioxidemissionen, so wie die Dinge liegen, nicht sinken, sondern steigen werden. Das tun sie im Übrigen bereits. Außerdem ging man in Kyoto naiverweise davon aus, dass es reichen würde, den Kohlendioxidhahn zuzudrehen, und das Problem der globalen Erwärmung wäre gelöst.« Brüsk schnitt seine Hand durch die Luft. »Das war mehr als falsch. Die Erderwärmung verläuft kumulativ. Selbst wenn wir heute den Kohlendioxidausstoß stoppen, wird die Erwärmung noch jahrzehntelang weitergehen. Der kritische Wert von 550 ppm wird unvermeidlich überschritten werden, und die Erde wird tatsächlich kochen. Angesichts der derzeitigen Entwicklung kann man wohl sicher behaupten, dass wir noch in diesem Jahrhundert über den Wert von 1100 ppm hinauskommen werden.« Ohnmacht sprach aus seiner Miene. »Das ist eine Katastrophe.«
Beunruhigt über das, was er gerade gehört hatte, blickte Tomás ihm fest in die Augen. Teilweise hatte Nadeschda ihm das alles bereits erklärt, aber auch beim zweiten Mal war es immer noch schockierend.
»Und was kann man tun?«
Filipe lächelte.
»Genau das habe ich mich in Kyoto auch gefragt. Was kann man tun?«
Eine Weile blieb die Frage zwischen den beiden Freunden im Raum stehen. Unterdessen waren sie bei ihren im Sand aufgestellten Stühlen angekommen und setzten sich.

»Und?«, fragte Tomás.
»Ich stellte fest, dass ich nicht der Einzige war, der sich das fragte. Es gab noch andere Fachleute, die den Betrug bei der Konferenz bemerkt hatten und die sich fragten, was sie tatsächlich tun könnten. In Gesprächen auf dem Gang oder in der Cafeteria entdeckten wir, dass wir die gleichen Sorgen teilten und bildeten eine kleine Gruppe.« Bei der Erinnerung an Kyoto musste er lachen. »Weißt du, welchen Namen wir uns gegeben haben?«
»Nein.«
»Die vier apokalyptischen Reiter. Überleg mal, ob dir diese Namen etwas sagen: Howard Dawson, Blanco Roca und James Cummings.«
Tomás erkannte sie wieder.
»Die beiden ersten Männer sind die beiden Toten, nicht wahr?«
»Ja. Howard war Klimatologe und gehörte zur amerikanischen Delegation, und Blanco war ein Physiker aus der spanischen Abordnung.«
»Und der dritte ist der Engländer, der ebenfalls verschwunden ist.«
»Genau. James war wissenschaftlicher Berater der britischen Delegation.«
»Das macht zusammen mit dir vier.«
»Die vier apokalyptischen Reiter.«
»In der Bibel sind das die vier Reiter, die die Apokalypse auslösen.«
»In unserem Fall wollten wir sie verhindern.«
»Ist das denn möglich?«
»Das haben wir uns auch gefragt. Als Klimatologe besaß Howard viele privilegierte Informationen, die aus den Beobachtungen herrührten, die er überall auf der Erde, vor allem

aber in den Eisregionen, durchgeführt hatte. Er erzählte uns, dass die meisten Gletscher sich erwärmten. Die Gletscher in den Alpen hätten bereits fünfzig Prozent ihres Eises eingebüßt, und in den Anden habe sich die Geschwindigkeit ihres Rückgangs verdreifacht, so dass ein Viertel ihrer Fläche in nur drei Jahrzehnten verschwunden sein werde.«

»Wahnsinn.«

»Die Bodentemperatur in Alaska ist im zwanzigsten Jahrhundert zwischen zwei und fünf Grad Celsius gestiegen, und in neun Arktis-Stationen wurde ein Anstieg der Oberflächentemperatur von fünf Grad Celsius verzeichnet. Die globale Erwärmung hat bereits das Auseinanderbrechen von neun Eisplatten auf der Antarktischen Halbinsel bewirkt. In Grönland und im tibetischen Hochland sind ähnliche Phänomene zu beobachten.«

»Und all das hat euch der Amerikaner erzählt?«

»Ja, das und noch viel mehr. Über El Niño, zum Beispiel. Weißt du, was das ist?«

»Ich habe davon in der Zeitung gelesen«, sagte Tomás und versuchte, sich zu erinnern. »Das ist ein Wetterphänomen im Pazifik, nicht wahr?«

»So ungefähr. ›El Niño‹ wird das zyklische Auftreten von warmen Wasserströmungen in den tropischen Breitengraden des östlichen Pazifik genannt. Das Auftauchen dieser Strömungen bedingt die heftigen Stürme im Pazifik, die Überschwemmungen in Kalifornien und im Golf von Mexiko und die Dürren in Australien und Afrika. Im Lauf der Geschichte hat El Niño sich als zyklisches Phänomen entpuppt, das sich alle vier Jahre mit La Niña abwechselt, einem genau gegenteiligen Phänomen, bei dem in denselben Gegenden kaltes Wasser auftaucht. Mitte der siebziger Jahre hat sich dieses Schema nun allerdings verändert, und El Niño tendiert dazu, eine ständige Erscheinung zu werden und bis zu sechs Jahre zu dauern.«

»Und was ist mit den anderen Ozeanen? Sind sie auch solchen Veränderungen unterworfen?«

»Die Veränderungen sind überall zu beobachten, Casanova. Die Wellen im Nordatlantik sind heute fünfzig Prozent höher als in den sechziger Jahren. Daran sind die subtilen Veränderungen der Wassertemperatur schuld.«

»Aha.«

»Wir haben jedenfalls herausgefunden, dass das Klima sehr viel unbeständiger ist, als man früher gedacht hat. Winzig kleine Modifikationen bewirken unverhältnismäßig große Veränderungen im globalen Gleichgewicht.«

»Eine Art Schmetterlingseffekt.«

»Genau. Und nichts und niemand wird dem entkommen. Der Mittlere Westen der Vereinigten Staaten, zum Beispiel, bisher die Kornkammer Amerikas, ist im Begriff, sich in eine Wüste zu verwandeln, ebenso der Süden Europas. Die Häufigkeit und Dauer der Hitzeperioden hat zugenommen, und in Italien, Griechenland, Spanien und Portugal ist die Desertifikation bereits voll im Gange, die Sahara rückt nach Norden vor. Das hat katastrophale Auswirkungen. Denk bloß daran, was in den Jahren 2003 und 2007 bei den großen Hitzeperioden in Südeuropa passiert ist. Außer den verheerenden Bränden, die in Portugal eine Waldfläche von der Größe Luxemburgs vernichteten, haben die hohen Temperaturen 2003 zu einem Einbruch der Getreideernten von zwanzig Prozent geführt und die Preise um fünfzig Prozent steigen lassen. Und 2007 war es noch schlimmer. Die Rekordtemperaturen haben in Griechenland, in der Türkei und auf dem Balkan Tausende von Bränden verursacht. Dubrovnik musste evakuiert werden, und die Griechen mussten im gesamten Land den Notstand ausrufen, als durch die außer Kontrolle geratenen Brände in drei Tagen über sechzig Menschen ums Leben kamen und die Flammen die Vororte von Athen erreichten.«

»Glaubst du denn, dass solche Katastrophen in Zukunft häufiger vorkommen werden?«

»Unbedingt. Diese Brände waren nur ein Vorspiel zu dem, was uns bevorsteht. Und, wohlgemerkt, sie treten zu einem Zeitpunkt auf, an dem man allmählich begreift, dass die Erde ihre Nahrungsmittelproduktion innerhalb der nächsten dreißig Jahre verdoppeln muss, wenn sie eine Bevölkerung ernähren will, die sich in sechzig Jahren verdoppelt haben dürfte. Das Problem dabei ist, dass sich die anbaufähigen Flächen durch die Desertifikation, die Bodenerosion und die Versalzung pro Jahr um ein Prozent reduzieren.« Er neigte den Kopf zur Seite, um diesen Punkt zu betonen. »Ein Prozent pro Jahr bedeutet zehn Prozent in einem Jahrzehnt. Manche Leute behaupten, dass in ein paar Jahrzehnten die Hälfte des Erdballs von Wüste bedeckt sein wird. Die Folgen sind bereits zu erkennen: Das Wachstum der Nahrungsmittelproduktion hat seinen Höhepunkt Mitte der achtziger Jahre erreicht und befindet sich seither im Niedergang.«

»Wirklich?«

»Was meinst du wohl, aus welchem Grund wir so besorgt sind? Die Modelle zeigen, dass bei einer Verdoppelung des Kohlendioxids in der Atmosphäre der Großteil der Vereinigten Staaten schwerwiegenden Dürreperioden ausgesetzt sein wird, mit einem Kollaps der Landwirtschaft als Folge. Ein Grad Celsius mehr reicht aus, und in Nebraska, Wyoming, Montana und Oklahama entstehen Wüsten. Und bei einem Anstieg von über zwei Grad wird auch Südeuropa sich in eine Wüste verwandeln. Einige französische Wissenschaftler haben berechnet, um wie viel im gesamten Mittelmeerraum bei einem leichten Temperaturanstieg die Wasserverdunstung zunehmen wird. Die Computermodelle haben gezeigt, dass die Verdunstung sinken wird, was insofern überrascht, als bei Hitze die Verdunstung ja größer ist. Nach einer genaueren Analyse der Daten wurde den Wissenschaftlern klar, dass die Verdunstung aus einem ganz einfachen Grund sinken wird, weil nämlich kein Wasser mehr im Boden sein wird, und ohne Wasser keine Verdunstung. Das bedeutet, dass die Sahara das Mittelmeer überquert und dass der Süden Europas sich in eine Wüste verwandelt haben wird.« Er winkte mit drei Fingern. »Der Weltklimarat der UNO prophezeit, dass bei einer Überschreitung der Schwelle von drei Grad die Desertifikation möglicherweise überall auf der Welt zu Hungerkatastrophen führen wird. Die landwirtschaftliche Produktion Chinas, zum Beispiel, wird vollkommen zusammenbrechen, die Anbauflächen für Reis, Mais und Weizen werden um vierzig Prozent zurückgehen. Auf der Suche nach Nahrungsmitteln werden die Menschen aus den neuen Wüstengebieten massenhaft in den Norden fliehen müssen, mit der Folge, dass sie wohl oder übel in die bereits dichtbevölkerten Industrieländer des Nordens einfallen werden, wo die Nahrungsmittelproduktion ebenfalls unter Druck stehen wird. Die Bewohner dieser Länder werden natürlich sehr negativ auf die Invasion der Hungernden reagieren, Konflikte werden also unvermeidlich sein. Mit ihren Versprechen, die Flüchtlinge zu stoppen, werden faschistische Parteien die Oberhand gewinnen.«

»Das ist ja erschreckend.«

»Ja, nicht wahr? Und ich fürchte, das Schlimmste habe ich dir noch gar nicht verraten.«

Beunruhigt zog Tomás die Brauen hoch.

»Was willst du damit sagen?«

»Dass das, was ich dir erzählt habe, noch gar nicht das Gravierendste ist.«
»Und was ist das Gravierendste?«
Filipe seufzte und blickte seinen Freund abwägend an, ehe er die Frage aussprach, die ihn wirklich in Angst und Schrecken versetzte.
»Weißt du, was ein Massensterben ist?«

19

Inzwischen hatte die Abenddämmerung den Himmel auch am Horizont veilchenblau und lila gefärbt, und eine kalte rauhe Brise wehte über den Strand, und wirbelte kleine Sandwolken auf. Es wurde ungemütlich, doch Tomás saß auf seinem Stuhl wie festgewachsen, nicht imstande, die Unterhaltung zu unterbrechen. Filipes Erwähnung eines Massensterbens kam ihm vor wie etwas aus der Welt der Fiktion, der Ausdruck für eine Katastrophe ohne jeden Bezug zur Realität. Doch ihn in diesem Zusammenhang zu hören war etwas anderes. Er blickte seinen Freund fragend an und wartete, obwohl es ihm schwerfiel, geduldig ab, bis Filipe ihm auch das erzählte, was er bisher für sich behalten hatte.

»Das Leben auf unserem Planeten hat fünf große Massensterben kennengelernt«, begann Filipe nach einer kurzen Verschnaufpause. »Das Bekannteste war das in der Kreidezeit vor fünfundsechzig Millionen Jahren, das von einem Meteoriteneinschlag auf der Halbinsel Yucatán in Mexiko verursacht wurde. Dieser Einschlag veränderte das Klima und führte zu einem allgemeinen Sterben, so auch zum Ende der Dinosaurier.«

»Ja, das war eine Riesenkatastrophe.«

»Allerdings wissen nur wenige, dass es nicht die schwerwiegendste Katastrophe war. Das schlimmste Massensterben überhaupt geschah im Perm, vor fast zweihundertfünfzig Millionen Jahren. Damals verschwanden, ohne dass man bisher genau weiß, warum, auf einen Schlag fünfundneunzig Prozent der Tiere, die uns von Fossilien her bekannt sind.« Er pustete. »Pfff! Einfach weg. Fünfundneunzig Prozent.« Er gab Tomás Zeit, die Zahl auf sich wirken zu lassen. »Das entsprach mehr als der Hälfte der existierenden Arten. Allein bei den Insekten ging ungefähr ein Drittel der Arten verloren, es war das einzige Mal in der Geschichte der Erde, dass massenhaft Insekten starben. Bei dem Massensterben im Perm war die Erde der völligen Auslöschung am nächsten.«

»Ich weiß genau, was im Perm passiert ist«, unterbrach Tomás ihn. »Was ich allerdings nicht verstehe, ist, welche Bedeutung diese Ereignisse für unser Gespräch haben sollten.«

»Ganz einfach, Casanova. Geologische Untersuchungen von Proben aus dem Perm haben Veränderungen der Kohlenstoffisotope gezeigt, die darauf hindeuten, dass in der Biosphäre und dem Kohlenstoffkreislauf irgendetwas schrecklich schiefgelaufen ist.« Er atmete tief durch. »Was ich damit sagen will, ist, dass das Massensterben im Perm mit einem plötzlichen Anstieg der Treibhausgase in der Atmosphäre einherging. Die Temperaturen stiegen um sechs Grad Celsius.« Er hielt seinem Freund sechs Finger vor die Nase. »Sechs Grad. So viel, wie der Weltklimarat der UNO für das Ende dieses Jahrhunderts vorhersagt.«

Tomás schwieg einen Moment und starrte Filipe an.

»Du machst Witze.«

»Schön wär's.«

»Wie war denn die Kohlendioxidkonzentration in der Atmosphäre, als sich das Massensterben im Perm ereignet hat?«

»Viermal höher als die heutigen 380 ppm. Ungefähr so hoch,

wie für das Ende dieses Jahrhunderts vorhergesagt wird.« Filipe ließ den linken Arm sinken, nahm eine Handvoll Sand und ließ ihn langsam durch die Finger rieseln. »Außer einem Anstieg der Temperatur um sechs Grad zeigen die geologischen Studien auch, dass es auf dem Planeten ganz plötzlich trocken wurde, dass Südeuropa und die Vereinigten Staaten von Wüsten bedeckt waren und dass sich der Meeresspiegel um zwanzig Meter hob.«

»Genau das Gleiche, was für dieses Jahrhundert vorhergesagt wird«, stellte Tomás fest. »Und du sagst, das alles geschah unvermittelt?«

»Ja.«

»Nun, wir haben ja wenigstens noch ein bisschen Zeit, nicht wahr? Uns werden die Veränderungen nicht von einem Tag auf den anderen erwischen.«

»Casanova, wenn ich unvermittelt sage, dann bezogen auf die Existenz des Planeten. Die Klimaveränderungen bei dem Massensterben im Perm haben sich in einem außergewöhnlich kurzen Zeitraum ereignet. Mit kurz meine ich zehntausend Jahre.«

Entsetzt riss Tomás die Augen auf.

»Zehntausend Jahre?«

»Für die Geologie entsprechen zehntausend Jahre einer abrupten Veränderung.«

»Aber die jetzigen Veränderungen werden bereits in diesem Jahrhundert passieren!«

Filipe nickte.

»Glaubst du vielleicht, das weiß ich nicht?«

»Aber das ist ja eine Katastrophe.«

»Allerdings. Es gibt Studien, denen zufolge zwischen einem Drittel und der Hälfte der derzeit existierenden Arten um das Jahr 2050 ausgestorben sein werden. Und wenn die Entwicklung nicht aufgehalten wird, könnte das Massensterben im Perm in ein paar Jahrhunderten wie ein Scherz wirken.«

»Wir müssen die Emission von Kohlendioxid sofort stoppen.«

»Ja, das müssen wir natürlich, aber ich weiß nicht, ob wir es noch rechtzeitig können.«

»Es muss ein radikales politisches Abkommen geben!«

»Zweifellos, aber wir müssen realistisch sein. Noch gibt es ein solches Abkommen nicht, und selbst wenn es irgendwann eines geben sollte, kann es schon zu spät sein. Der Planet Erde ist eine schwerfällige Maschine, es dauert, bis sie in Gang kommt. Aber wenn sie erst einmal angelaufen ist, kann man sie unmöglich aufhalten, genau wie bei einem Stein. Wenn er erst einmal dabei ist, den Berghang hinunterzurollen, ist er nicht mehr zu stoppen.«

»Warum nicht? Wegen des Kumulationseffekts des Kohlendioxids?«

»Ja, aber auch noch wegen etwas anderem, und zwar wegen des Methangases. Davon habe ich bislang noch gar nicht gesprochen.«

»Welches Methangas? Wovon redest du?«

»Kohlendioxid ist ein wichtiges Treibhausgas, aber es ist nicht das schlimmste Gas. Richtig diabolisch ist das Methan, das sich am Meeresboden oder unter dem Eis verborgen befindet und von Kälte oder hohem Druck zurückgehalten wird. Der Treibhauseffekt von Methan ist zwanzigmal stärker als der von Kohlendioxid. Wenn die Temperatur nun ansteigt, wird ein Prozess ausgelöst, bei dem Methan freigesetzt wird und in die Atmosphäre gelangt. Das wird das ganz große Übel sein! Wenn das Methan erst einmal freigesetzt ist, wird sich die Erwärmung der Atmosphäre exponentiell beschleunigen. Man vermutet, dass etwas Derartiges bei dem Meeressterben im

Paläozen passiert ist, als vor über fünfzig Millionen Jahren alles Leben in der Tiefe der Ozeane verschwand.«

»Und wann beginnt diese Freisetzung des Methans?«

Filipe atmete tief, ehe er düster antwortete. »Sie hat schon begonnen.«

Es wurde still am Strand. Tomás rieb sich das Kinn und versuchte, diese neue Informationen zu verdauen.

»Was willst du damit sagen?«

Sein Freund deutete in Richtung der Taiga auf der anderen Seite vom See.

»Dies geschieht hier in Sibirien«, sagte er. »Das Eis der Tundra hat zu schmelzen begonnen, und darunter befindet sich Methan. Da die Temperatur hier in der Region sprunghaft angestiegen war, haben wir uns angeschaut, was mit den Seen passierte, die aufgetaut waren. Was wir gesehen haben, hat uns einen Schrecken eingejagt. Das Methan blubbert bereits an die Oberfläche. Es wird fünfmal schneller freigesetzt als geschätzt. Je weiter das Eis in Sibirien zurückgeht, umso mehr Methan dringt in die Atmosphäre.«

»Und dann?«

»Der Budyko-Effekt ist auch schon beim Methan ausgelöst worden. Es gibt Leute, die glauben, dass wir den Stein bereits ins Rollen gebracht haben und dass er schon den Berg hinunterkullert. Möglicherweise hat der Kumulativeffekt des Kohlendioxids den Kollaps Amazoniens bereits besiegelt. Wenn der riesige Wald verschwindet, werden 250 ppm in die Atmosphäre freigesetzt, was für uns einen sprunghaften Temperaturanstieg von vier Grad Celsius bedeutet. Das ist eine Schwelle, bei der eine Balance sich als unmöglich erweisen könnte, zumal die Freisetzung von Methan in Sibirien dann beschleunigt wird. Das würde unerbittlich einen Temperaturanstieg von sechs Grad bedeuten, durch den wiederum auch das Methan im Meer freigesetzt würde.« Er seufzte. »Wenn das geschieht, werden wir das Niveau des großen Massensterbens im Perm noch überschreiten.«

»Um Gottes willen!«

»Es ist zwingend notwendig, dass die Temperatur nicht mehr als zwei Grad steigt, damit verhindert wird, dass dieser Prozess ausgelöst wird, bei dem die Schwelle der Freisetzung des Methans überschritten wird. Manche Leute sind zwar der Meinung, das sei bereits nicht mehr möglich, da der Prozess schon eine Eigendynamik entwickelt habe, aber die meisten Wissenschaftler glauben, dass wir noch rechtzeitig reagieren können. Um den Prozess jedoch noch aufzuhalten, muss die Emission von Treibhausgasen bis zum Jahr 2050 um neunzig Prozent gesenkt werden. Der Wert von 550 ppm muss um jeden Preis vermieden werden.«

»Aber sind sich die Politiker dessen überhaupt bewusst?«

Filipe lächelte müde.

»Niemand ist sich irgendeiner Sache bewusst, Casanova.« Er schüttelte den Kopf. »Diese eingefahrene Gleichgültigkeit überall ist für mich das Unglaublichste. Ich weiß nicht, ob es dir schon aufgefallen ist, aber für gewöhnlich sind bei bestimmten Themen die Reaktionen der Fachleute und die der Öffentlichkeit sehr gegensätzlich. Bei großen Veränderungen hat die Öffentlichkeit sehr viel eher den Hang, beunruhigt zu sein, als die Fachleute.«

»Meinst du?«

»Natürlich. Nimm zum Beispiel die Atomenergie. Die Leute, die von Atomenergie und den damit verbunden Problemen nicht viel verstehen, haben vor ihr größere Angst als die Fachleute, die trotz profunder Fachkenntnis viel unbekümmerter sind.« Er räusperte sich. »Aber hier ist es genau andersherum. Die Öffentlichkeit geht mit der globalen Erwärmung anscheinend ganz entspannt um, während die Fachleute regelrecht in Panik sind. In Panik, hast du gehört?« Er buchstabierte das Wort Panik förmlich. »Was hätte denn normalerweise passieren müssen, als die Wissenschaftler des Weltklimarates der UNO an die Öffentlichkeit traten und bestätigten, dass in den kommenden Jahrzehnten die Stürme heftiger werden würden, dass die Wüste sich über mehr als die Hälfte des Erdballs ausdehnen und der Meeresspiegel zehn Meter oder mehr ansteigen würde? Ich finde, CNN hätte seine Sendungen mit großem Tamtam unterbrechen müssen, die Menschen hätten vor Entsetzen millionenweise auf die Straße hinauslaufen und eine sofortige Änderung der Energiepolitik fordern, die politischen Führer hätten im Fernsehen Notmaßnahmen ankündigen müssen, um der Katastrophe entgegenzutreten. Meinst du nicht, dass das die normale Reaktion gewesen wäre?«

Tomás war noch dabei, sich von dem Schock zu erholen und wiegte mechanisch den Kopf hin und her.

»Mag sein, dass du recht hast.«

»Aber passiert ist es nicht, stimmt's? Die Wissenschaftler haben etwas Ungeheuerliches verkündet, und es hätte nicht viel gefehlt, und die Leute hätten vor Langeweile gegähnt! Findest du das normal?« Er schüttelte wieder den Kopf. »Und mit den Politikern, die eigentlich vernünftig sein sollten, ist es genau das Gleiche! Deshalb waren wir auch so besorgt über die Regierenden, weil aus ihrer Haltung spricht, dass sie allesamt dem Motto folgen, die Dinge laufen zu lassen. Sollen doch unsere Nachfolger das Licht löschen und die Rechnung begleichen. Wir vier haben uns zunächst in Kyoto und im Laufe der Zeit dann bei weiteren Treffen über die größte Herausforderung unterhalten, vor der die Menschheit heute steht: Ist es möglich, den Weltuntergang zu verhindern?«

Tomás lehnte sich auf seinem Stuhl zurück. Er konnte seine Beklemmung kaum verbergen.

»Und seid ihr zu irgendeinem Schluss gelangt?«

»Zu dem, dass wir eine genaue Einschätzung zweier grundlegender Dinge vornehmen mussten, die miteinander in Beziehung stehen, nämlich die Erderwärmung und der Zustand der weltweiten Erdölreserven. Und wir wollten einen alternativen Energieplan entwickeln, der beim Vorliegen entsprechender Bedingungen in Kraft treten sollte.«

»Das hört sich sehr ambitioniert an.«

»Das ist es auch. Die Arbeit entpuppte sich als wahrhaft gigantisch, und wir waren letztlich nicht mehr als vier unbedeutende Wissenschaftler. Glücklicherweise ergänzten unsere Begabungen sich, so dass wir beschlossen, die Aufgaben aufzuteilen. Howard bekam einen wichtigen Posten in der Antarktis, wo die Erwärmung schneller voranschreitet als sonst irgendwo auf der Erde und wo sich die besten paläoklimatischen Aufzeichnungen befinden, und er entwickelte dort neue Methoden, um die Klimaveränderungen besser zu verstehen. James und Blanco waren sehr fähige Physiker, Blanco mehr auf theoretischem, James mehr auf praktischem Gebiet. Die beiden hatten den Auftrag, nach innovativen technologischen Lösungen zu suchen. Und ich als jemand, der sich auf dem Energiesektor wie ein Fisch im Wasser fühlt, habe mich mit der Beurteilung der weltweit vorhandenen Reserven an fossilen Brennstoffen befasst. So sollte ich den psychologisch am besten geeigneten Moment angeben, um mit den von James und Blanco eventuell entwickelten Lösungen vorzupreschen.«

»Und damit habt ihr euch die ganze Zeit über beschäftigt?«

»Ja, allerdings mit Unterbrechungen. James und Blanco haben häufig zusammengearbeitet, während ich näher an Howard dran war. Ich bin sogar in die Antarktis gefahren, um mir die paläoklimatischen Arbeiten anzuschauen, mit denen er sich befasste.« Filipes Blick verlor sich bei dem Gedanken an die Reise. »Das ist etwas sehr Interessantes. Ich habe zum Beispiel festgestellt, dass es wie bei einer Zeitreise ist, wenn man die Eisschichten durchbohrt.«

»Inwiefern?«

»Das Eis der Antarktis besteht aus Schneeschichten, die sich im Laufe Tausender von Jahren übereinandergetürmt haben. In jeder Schneeschicht befinden sich kleine Luftblasen, und wenn man tief genug bohrt und eine Probe aus einer zweihunderttausend Jahre alten Eisschicht entnimmt, dann kann man darin Luftblasen aus dieser Zeit finden und ihre Zusammensetzung untersuchen. So lässt sich beispielsweise feststellen, welchen Kohlendioxidgehalt die Atmosphäre zu einer bestimmten Zeit hatte und wie hoch die Durchschnittstemperatur damals war. Howard hat mir ein Stück Eis gezeigt, das bei der Wostok-Station im Herzen der Antarktis aus einer Tiefe von dreitausendfünfhundert Metern entnommen wurde. Die Untersuchung des Eisstücks hat ergeben, dass sich die Erde heute beinahe in der wärmsten Phase der letzten fünfhunderttausend Jahre befindet.«

»Ich verstehe. Und du hast diese Arbeit gemeinsam mit Howard gemacht?«

»Nein, ich habe sie nur begleitet. Aber es stimmt, dass sich die Paare in unserer Gruppe entsprechend der Verwandtschaft der Arbeitsgebiete gebildet haben. Ich bin zum Beispiel bei einer meiner Reisen nach Kasachstan, wo ich das große Erdölfeld von Kashagan inspizieren sollte, durch Russland gekommen und habe auf Howards Bitte hin Leute für Klimamessungen in Sibirien engagiert, wo die Temperaturen, ebenso wie in der Antarktis, stärker steigen als im Durchschnitt auf der Erde.«

»Und damals hast du Nadia kennengelernt.«
»Hat sie dir das erzählt?«
»Ja.«
»Es stimmt, ich habe sie dank der Hilfe eines mit Howard befreundeten russischen Professors von der Moskauer Universität kennengelernt und engagiert.« Um das Gespräch etwas aufzulockern, zwinkerte Filipe ihm zu.
»Ein nettes Mädchen, was?«
Tomás wäre beinahe errötet.
»Ja, sie ist nett.«
»Und, hast du sie schon vernascht?«
»Wen, Nadia?«
Filipe lachte. »Nein, Mutter Teresa!«, sagte er ironisch. »Natürlich Nadia, wen denn sonst, du Idiot.«
»Warum? Meinst du, ich sollte?«
»Du machst wohl Witze, Casanova. So wie ich dich aus der Schule kenne, hast du sie dir doch gleich in der ersten Nacht zur Brust genommen.«
»So ein Quatsch!«
»Ich kenne dich, Casanova. Und wenn sich nichts geändert hat, dann können die Mädels deinen grünen Augen und deinem Liebesgesäusel immer noch nicht widerstehen, da bin ich mir sicher.«
Tomás wurde ungeduldig. Die Wendung, die das Gespräch nahm, widerstrebte ihm sichtlich.
»Wir kommen vom Thema ab«, sagte er. Mit abweisendem Gesichtsausdruck versuchte er, den Faden wieder aufzunehmen. »Bei alledem habe ich eines noch nicht verstanden.«
»Was denn?«
»Aus welchem Grund wart ihr nur vier? Warum habt ihr eure Gruppe angesichts der Größe der Aufgabe nicht erweitert?«
»Aus Gründen der Sicherheit.«

»Sicherheit in Bezug worauf?«
Tomás' Freund schüttelte den Kopf und lächelte müde, fast traurig.
»Man merkt, dass du wirklich keine Ahnung von den Interessen hast, die hier im Spiel sind.«
»Wovon redest du?«
»Von dem größten Geschäft der Welt, dem Erdöl.«
»Was ist damit?«
»Was meinst du wohl, was passieren würde, wenn die Leute, deren unermesslicher Reichtum und immense Macht, die vom Erdöl abhängig sind, herausfänden, dass da ein paar Trottel an einer Arbeit sitzen, die die Quelle ihres Vermögens und ihres Einflusses in Frage stellen könnte?«
»Ich nehme an, dass sie sich nicht gerade freuen würden.«
»Nein, das würden sie ganz bestimmt nicht, das steht ja wohl fest.«
»Aber was ist daran so Besonderes? Soweit ich weiß, gibt es auf der Welt Tausende von Wissenschaftlern, die die Klimaveränderungen untersuchen. Es liegt auf der Hand, dass das der Erdölindustrie nicht sonderlich gefallen dürfte. Na und? Wenn es ihr nicht gefällt, hat sie eben Pech gehabt. Deshalb werden Wissenschaftler ja wohl nicht aufhören zu forschen, oder?«
Filipe schwieg einen Moment. Offenbar überlegte er, was er sagen durfte.
»Es gibt Erkenntnisse bei unseren Untersuchungen, die du nicht weißt.«
»Zum Beispiel?«
Unbehaglich rutschte Filipe auf seinem Stuhl hin und her. Das Gespräch geriet auf gefährliches Terrain.
»Lass mich mit einer Gegenfrage antworten«, schlug er vor. »Was würden die Männer, die das größte Geschäft der Welt

beherrschen, wohl tun, wenn sie erführen, dass ihr Geschäft vom Untergang bedroht ist?«
Tomás dachte über die Frage nach.
»Keine Ahnung. Was denn?«
Mit zugekniffenen Augen und düster zusammengezogenen Augenbrauen lehnte Filipe sich zurück.
»Wir sind wieder beim Ausgangspunkt angelangt.«
»Bei welchem Ausgangspunkt?«
»Weshalb bist du hierhergekommen?«
»Das habe ich dir doch schon gesagt, Filipe. Ich bin wegen der Ermittlung zu den Morden an den beiden Wissenschaftlern gekommen.«
Filipe schwieg einen Moment und wartete, ob Tomás die ganze Tragweite dieser Bemerkung begriff.
»Damit hast du die Frage bereits beantwortet.«
Verwirrt blickte Tomás ihn an.
»Welche Frage?«
»Was die Männer, die das größte Geschäft der Welt beherrschen, tun würden, wenn sie erführen, dass dieses Geschäft bedroht ist.«
»Ja, was würden sie denn tun?«
Filipe atmete tief durch.
»Na das, was mit Howard und Blanco passiert ist.«
Er lehnte sich zurück und blickte auf den See, der sich in der sibirischen Finsternis verlor, eingehüllt in den tiefen Schatten der Nacht. Nur das Geräusch der sachte an den Strand schwappenden Wellen war zu hören. »Das ist die Antwort.«

20

In der Kneipe des Camps sorgten ein paar laute deutsche Gäste für Stimmung, die Klinskoe-Bier tranken und fröhliche bayerische Lieder sangen, doch der Lärm der Radaubrüder war immer noch besser als die trockene Kälte, die sich am Strand bemerkbar zu machen begonnen hatte. Daher zogen die beiden Freunde sich in die beheizte Bar zurück und bestellten ein Schaschlik, um ihren Hunger zu stillen. Als der Hammelspieß gebracht wurde, aßen sie ihn mit Roggenbrot und tranken dazu einen fruchtigen georgischen Rotwein aus Akhasheni-Trauben.

»Dann glaubst du also, dass die Erdölindustrie für den Tod deiner Wissenschaftlerfreunde verantwortlich ist«, sagte Tomás und griff das Gespräch an dem Punkt wieder auf, an dem sie es unterbrochen hatten.

»Ich glaube es nicht, ich weiß es«, berichtigte sein Freund ihn.

»Wie kannst du dir da so sicher sein?«

»Du darfst nicht vergessen, Casanova, dass ich die Erdölszene wie meine Westentasche kenne. Die Leute mögen noch so zivilisiert aussehen, und bei vielen Erdölleuten ist noch nicht einmal das der Fall, aber wenn es darum geht, Interessen dieser Größenordnung zu verteidigen, dann, mein Teuerster, kann auch die zivilisierteste Fassade nicht standhalten. Alles wird primitiv, brutal und beschränkt. Bei der Erhaltung dieser Art von Macht sind die primitivsten Instinkte im Spiel und die barbarischsten Handlungen, die man sich vorstellen kann.«

»Aber hast du irgendwelche Beweise dafür, dass deine Freunde von Leuten umgebracht worden sind, die mit Erdöl zu tun haben?«

»Mehr als genug.«

»Und was für Beweise sind das?«

»Nun, nehmen wir zuerst einmal das, was mit mir passiert ist. Aufgrund eines glücklichen Zufalls war ich gerade im Ausland, als Howard und Blanco umgebracht wurden.«

»Und zwar in Wien, nicht wahr?«

Filipe machte ein fragendes Gesicht.

»Woher weißt du das?«

»Tja, ich habe eben meine Hausaufgaben gemacht.«

»Ja, ich war in Wien. Und genau an dem Tag sind Unbekannte in meine Wohnung eingebrochen. Seltsam ist nur, dass sie überhaupt nichts mitgenommen haben, was darauf hindeutet, dass sie das, wonach sie suchten, nicht gefunden haben, nämlich mich.«

»Das könnte Zufall sein.«

»Ja, wenn nicht bei James das Gleiche passiert wäre. In seine Wohnung in Oxford wurde zur selben Zeit eingebrochen wie in meine, am selben Tag, an dem Howard und Blanco umgebracht wurden. Zum Glück war James nach Schottland gefahren, um irgendwelches Material zu sichten, und so war er auch nicht zu Hause. Das heißt, zwei Mitglieder der Gruppe sind zeitgleich getötet worden, und in die Wohnungen der beiden anderen, die unangekündigt verreist waren, wurde eingebrochen. Alles an ein und demselben Tag.«

»Habt ihr das der Polizei gemeldet?«
»Was? Dass in unseren Wohnungen eingebrochen worden war?«
»Ja, und dass die Einbrüche am selben Tag passiert sind wie die Morde an den anderen Mitgliedern der Gruppe.«
»Aber die Polizei hätte uns doch nicht vor dem gerettet, was auf uns wartet, Casanova. Glaubst du vielleicht, dass die portugiesische Polizei oder Scotland Yard oder Interpol ein Hindernis für Leute darstellen, die über so enorme finanzielle Mittel verfügen, wie die Gewinne aus dem Erdölgeschäft sie abwerfen?«
»Und was ist dann die Alternative?«
»Von der Bildfläche zu verschwinden.«
Tomás starrte sein Gegenüber an.
»Und das habt ihr getan«, sagte er. Endlich hatte er begriffen. »Aber all das beweist noch lange nicht, dass die Erdölleute deine Freunde umgebracht haben.«
»Wer denn sonst?«
»Ich weiß nicht. Vielleicht waren sie es ja tatsächlich, ich will das gar nicht abstreiten. Aber du hast keine Beweise.«
»Die Zettel sind ein Beweis.«
»Was für Zettel?«
»Hast du nicht gesagt, dass neben den Leichen von Howard und Blanco kleine Zettel mit drei Sechsen darauf gefunden wurden?«
»Ja, aber was beweist das schon?«
»Das beweist, dass der Grund für die Morde in den Aktivitäten unserer Gruppe liegt.«
»Wieso?«
Filipe tippte sich mit dem Finger an die Schläfe.
»Mensch, Casanova, denk doch mal ein bisschen nach. Unsere Gruppe hieß ›Die vier apokalyptischen Reiter‹. Auf den

Zetteln standen drei Sechsen. Siehst du denn nicht den Zusammenhang zwischen beidem?«

Tomás nickte.

»Die Offenbarung des Johannes«, bemerkte er.

»Ganz genau«, pflichtete sein Freund ihm bei. »Es sind zwei symbolische Bezüge aus dem letzten Text der Bibel. Die Mörder haben durch diese Zettel den Tod von Howard und Blanco indirekt zu den Aktivitäten der Gruppe in Beziehung gesetzt und damit klargemacht, dass sie über alles im Bilde waren.«

»Du hast recht«, räumte Tomás ein und nickte. »Das leuchtet ein.«

»Und diese Beziehung wird noch untermauert durch den wahren Sinn der dreifachen Sechs.«

»Das ist mir zu hoch. Was willst du damit sagen?«

»Also, Casanova, du bist hier doch der Experte für alte Sprachen. Sag mir, was bedeutet die dreifache Sechs?«

»Sie ist die Zahl des Tieres.«

»Das ist der symbolische Sinn, so wie er in der Apokalypse steht. Aber ich will etwas anderes wissen. Wenn wir uns diese dreifache Sechs vornehmen und sie dechiffrieren, was kommt dann dabei heraus?«

»Mit Hilfe der Gematrie wird daraus *Neron Kaisar* oder der Kaiser Nero.«

»Und wer war Nero?«

Die Antwort schien ihm derart eindeutig, dass Tomás die Frage verwirrte.

»Nun, er war ein römischer Imperator, der die Christen verfolgte.«

»Ja, aber welches Ereignis hat ihn und seine Leier berühmt gemacht?«

»Der Brand von Rom?«

Filipe schlug mit der flachen Hand auf den Tisch.
»Genau!«, rief er aus. »Was heißt, Nero bedeutet Feuer.« Er zog eine Braue hoch. »Und mit wem wurde Nero von Seneca verglichen?«
»Mit der Sonne?«
»Ja«, sagte Filipe. »Seneca hat geschrieben, Nero sei die Sonne selbst und ganz Rom.«
»Ich kenne das Gedicht.«
»Jetzt wollen wir mal sehen, ob du auch den Jackpot knackst: Welches Gestirn hat einen Namen, dessen Wert in die Zahlen der Gematrie übertragen eine dreifache Sechs ergibt?«
»Teitan«, gab Tomás zur Antwort.
»Wieder richtig!« Filipe deutete in Richtung der untergehenden Sonne, deren letzte Strahlen vor einiger Zeit jenseits des Fensters der Bar verloschen waren. »Teitan oder Titan, einer der Namen der Sonne.«
»Aber was bedeutet das?«
»Liegt das nicht auf der Hand?«, fragte Filipe. »Nero ist das Feuer, und Nero ist die Sonne. Was erzeugen Feuer und Sonne?«
»Hitze?«
»Genau das war die Botschaft, die die Mörder auf den Zetteln neben den Opfern zurückließen. Die dreifache Sechs ist eine Mitteilung, die die Verbrecher sich ausgedacht haben, um die Morde mit der Gruppe der vier apokalyptischen Reiter und ihrer Arbeit, der Bekämpfung der Erderwärmung, in Verbindung zu bringen. Und wie wird dieser Kampf geführt? Indem man die Voraussetzungen dafür schafft, dass keine fossilen Brennstoffe mehr verbrannt werden. Und welche Industrie wird dadurch in Frage gestellt?«
»Die Erdölindustrie.«
»Ganz genau.« Filipe nahm sein Glas und betrachtete den

Wein darin. »Die Industrie der Apokalypse.« Er biss sich auf die Lippe. »Deshalb haben James und ich, als wir von den Morden und den Einbrüchen in unsere Wohnungen erfuhren und hörten, dass die dreifache Sechs neben den Leichen unserer Freunde zurückgelassen worden war, auch auf der Stelle begriffen, was los war und dass wir nur eines tun konnten.« Er nahm einen Schluck Rotwein, als wolle er damit den Moment hinunterspülen, in dem sie die Entscheidung getroffen hatten. »Von der Bildfläche verschwinden.«

Einigermaßen perplex, schwieg Tomás einen langen Moment, in seine Gedanken versunken, wog das Gehörte ab und dachte über alternative Erklärungen nach.

»Ich verstehe das alles«, bemerkte er dann. »Aber dass diese Kerle so weit gegangen sein sollen, zu töten, nur um eine wissenschaftliche Untersuchung zu stoppen? Das ergibt doch keinen Sinn.«

Filipe seufzte.

»Ganz im Gegenteil.«

»Inwiefern?«

»Pass auf, Casanova. Ich habe dir schon gesagt, ich kenne die Erdölindustrie wie keiner sonst, und deshalb kannst du mir ruhig glauben, was ich dir sage. Hinter dem Wunsch, die Welt weiterhin von fossilen Brennstoffen abhängig zu halten, stehen bedeutende und mächtige Interessen. Fast sämtliche Akteure der Weltwirtschaft möchten den Status quo aufrechterhalten und sind der Ansicht, jede grundlegende Änderung stelle ihre Interessen in Frage. Was auch stimmt.«

»Das ist zu vage.«

»Nein, das ist es nicht. All das hat Namen und Gesichter.«

»Dann benenne sie.«

»Nun, fangen wir an bei den Entwicklungsländern in Afrika, Asien und Lateinamerika. Wie schon gesagt, ihre Möglichkeiten zu einem Wirtschaftswachstum sind allesamt mit einer Steigerung des Verbrauchs von möglichst billiger Energie verbunden, einer Energie, die stark umweltverschmutzend ist und von den die Atmosphäre am stärksten erwärmenden Komponenten erzeugt wird. Diese Länder sehen in einer Politik zur Reduzierung der Kohlendioxidemissionen einen direkten Angriff auf ihre Anstrengungen, der Armut zu entkommen. Und da sie für ein erfolgreiches Wachstum ihrer Wirtschaft von dieser billigen Energie abhängig sind, die die Umwelt am stärksten belastet, liegt es auf der Hand, dass sie die natürlichen Gegner aller Bemühungen sind, die Abhängigkeit der Welt von fossilen Brennstoffen zu beenden.«

»Ja«, rief Tomás, als er sich daran erinnerte, was sein Freund ihm eine halbe Stunde zuvor am Strand erzählt hatte. »Deswegen ist Kyoto ja auch gescheitert, nicht wahr?«

»Das war einer der Gründe«, bestätigte Filipe. »Aber die zweite Verdächtigengruppe hatte ebenfalls viel mit dem Scheitern zu tun.«

»Wer ist das?«

»Die Erzeuger fossiler Brennstoffe.«

»Die Erdölproduzenten?«

»Ja, aber nicht nur die. Die OPEC-Länder und die Kohleindustrie bilden gemeinsam mit der Erdölindustrie ein unversöhnliches Dreieck im Widerstand gegen einen Wandel. An der Spitze dieser Gruppe stehen die sechs wichtigsten Erdölunternehmen der Welt: die Aramco aus Saudi-Arabien, die iranische Erdölgesellschaft, die PEMEX aus Mexiko, die PdVSA aus Venezuela und die beiden westlichen Riesen ExxonMobil und Shell. Jede Andeutung, dass die fossilen Brennstoffe uns in die Katastrophe führen, stellt eine reale Bedrohung für die Geschäfte dieser Gruppe dar. Folglich reagieren ihre Mitglieder darauf mit aller Unerbittlichkeit und wenden immense finanzielle, politische und diplomatische Mittel auf, um solche Andeutungen zu unterdrücken.«

Tomás zupfte ein Stück Fleisch vom Spieß, legte es auf das Brot und biss hinein.

»Und was haben sie konkret getan?«, fragte er kauend.

»Eine Menge, vor allem aber haben sie Druck auf die Vereinigten Staaten, den dritten großen Bremsklotz für einen Wandel, ausgeübt. Die amerikanische Wirtschaft ist der größte Energiekonsument der Welt, und jeglicher Versuch, den Verbrauch fossiler Brennstoffe zu bekämpfen, wird als eine Bedrohung der Stabilität des Landes angesehen. Die amerikanischen Gesetzgeber und Präsidenten haben die ganze Zeit über eine Politik verfolgt, die die Industrien fossiler Brennstoffe und den Status quo auf dem Energiesektor schützt.«

»Aber wäre eine Veränderung des Energiemodells denn so bedrohlich für die amerikanische Wirtschaft?«

Filipe schien unschlüssig zu sein.

»Möglicherweise nicht.«

»Und wo ist dann das Problem?«

»Willst du das wirklich wissen?«

»Natürlich.«

»Das Problem sind die Wahlen.«

Tomás hörte einen Moment auf zu kauen.

»Die Wahlen?«

»Die Erdölindustrie beteiligt sich mit Hunderten von Millionen Dollar an den Wahlkampagnen der Kandidaten für den Kongress und für das Weiße Haus. Deshalb verteidigen die Regierenden in Amerika, wann immer Umweltfragen aufgeworfen werden, auch stets die fossile Brennstoffindustrie.«

»Funktioniert das tatsächlich so?«

»Es ist noch schlimmer. Eine Möglichkeit, das Problem der Erderwärmung anzugehen, ist die Besteuerung des Energie-

verbrauchs. Wenn Benzin teurer wäre, würden die Konsumenten weniger verbrauchen.«
»Das ist logisch.«
»Durch die amerikanischen Steuergesetze aber wird die Industrie der fossilen Brennstoffe sogar subventioniert.« Er machte eine Pause und wiederholte das Schlüsselwort. »Sie subventionieren diese Industrie auch noch. Als ob das Erdöl Subventionen brauchte.«
»Das kann doch nicht wahr sein!«
»Ist es aber. Die gesamte amerikanische Industrie zahlt im Schnitt achtzehn Prozent Steuern. Weißt du, wie viel die Erdölindustrie zahlt? Elf Prozent. Das stellt für sie eine Ersparnis von Milliarden von Dollars jährlich dar.«
»Das ist ja unglaublich.«
»Um die Erwärmung der Erde zu bekämpfen, könnte man außerdem von den Automobilherstellern verlangen, Technologien mit einem effizienteren Brennstoffverbrauch zu entwickeln, so dass bei den Autos statt zehn nur fünf Liter auf hundert Kilometer verbrannt werden. Das würde eine Halbierung des Ausstoßes von Kohlendioxid in die Atmosphäre bedeuten. Weißt du, warum diese Forderung in den Vereinigten Staaten nicht existiert?«
»Nein.«
»Weil die Automobilhersteller, die Hunderte von Millionen Dollar für Wahlkampagnen ausgeben, sich dagegen gesperrt haben, aus Angst, die europäischen und japanischen Autobauer, deren Fahrzeuge hinsichtlich des Benzinverbrauchs sehr viel effizienter sind, könnten durch so eine Forderung begünstigt werden.«
Tomás schüttelte den Kopf. »Das ist unfassbar.«
»Nun, das ist lediglich das Ergebnis des in Amerika etablierten Systems. Die Erdölgesellschaften und die Automobilin-

dustrie zahlen die Wahlkampagnen, und wenn die Politiker gewählt werden, revanchieren sie sich dafür. So funktioniert das, und wenn die Welt sich wegen alledem auf den Abgrund zubewegt, dann hat sie eben Pech gehabt.«

»Also, wenn ich dich richtig verstehe, ist die gesamte Erde die Geisel des amerikanischen Wahlsystems.«

»Im Grunde genommen, ja«, stimmte Filipe ihm zu. »Die Energiepolitik der ehemaligen Bush-Administration, zum Beispiel, ist nicht mehr gewesen als eine Verteidigung der Interessen der Erdölindustrie. Die Familie Bush kommt ja aus dem Erdölgeschäft, und die Erdölindustrie hat einen wichtigen Beitrag zu ihrer Wahlfinanzierung geleistet. Was konnte man da schon groß erwarten? Dass Bush, bloß um die Erde zu schützen, Maßnahmen gegen die grundlegenden Interessen der Industrie ergreift, die ihn unterstützt?«

»Aber was hat er denn konkret gemacht?«

Tomás' Freund lachte.

»Was die führende Bush-Administration zum Schutz der Erdölindustrie getan hat, übersteigt sämtliche Vorstellungen, angefangen bei der Fälschung von Unterlagen.«

»Wie bitte?«

»Sie haben Berichte gefälscht, einzig und allein mit dem Ziel, der fossilen Brennstoffindustrie das Geschäft zu sichern.«

»Wie kannst du so etwas behaupten?«

»Weil es stimmt. Im Sommer 2003, genau zur selben Zeit, als Europa unter einer nie da gewesenen Hitzewelle litt, die allenthalben beispiellose Brände auslöste, erhielt die wichtigste amerikanische Umweltbehörde, die Environmental Protection Agency, vom Weißen Haus die Anweisung, in einem Bericht über das Klima auf der Erde eine ganze Reihe von Hinweisen zu löschen.« Er lächelte ironisch. »Weißt du auch, welche Teile gestrichen wurden?«

»Sag schon.«
»Die Teile, die sich auf eine Studie bezogen, die zeigte, dass die Temperatur auf der Erde zwischen 1990 und 2000 stärker gestiegen ist als in irgendeinem anderen Zeitraum der letzten tausend Jahre. Doch das Weiße Haus wollte vor allem die Schlussfolgerung gestrichen sehen, dass nämlich die Erwärmung der Einwirkung des Menschen zu verdanken ist, das heißt, den fossilen Brennstoffen Erdöl, Kohle und Gas.«
»Wirklich?«
»Sie mussten das streichen, stell dir das mal vor. Stattdessen hat das Weiße Haus die Behörde angewiesen, einen Verweis auf eine neue Studie aufzunehmen, in der die Beziehung zwischen den fossilen Brennstoffen und der Erderwärmung in Frage gestellt wurde. Und weißt du, wer diese Studie zum Teil finanziert hat? Das American Petroleum Institute.«
»Das ist ja ein Witz.«
»Aber verglichen mit anderen Dingen war die Fälschung der Berichte noch das Harmloseste, was sich die Bush-Administration geleistet hat. Sie haben sogar Kriege angezettelt.«
Tomás' Gesicht verzog sich zu einer ungläubigen Grimasse.
»Kriege? Findest du nicht, dass du ein bisschen übertreibst?«
»Was glaubst du, was der Einmarsch in den Irak im Jahr 2003 war? Ein Krieg, um in Bagdad die Demokratie einzuführen? Ein Krieg, um die Massenvernichtungswaffen zu zerstören, die Saddam Hussein im Übrigen längst nicht mehr besaß? Ein Krieg gegen Al Qaida, die es im Irak gar nicht gab und die auch keine Beziehungen zu dem Regime Saddam Husseins unterhielt?« Er ließ die Fragen wirken. »Der Einmarsch in den Irak war ein Krieg um das Erdöl und Punkt. Nicht mehr und nicht weniger.«
»Ja, aber er war doch nur möglich vor dem Hintergrund der Attentate vom elften September.«

»Da irrst du dich«, fiel Filipe ihm ins Wort. »Es gibt Hinweise, dass der Einmarsch in den Irak auch ohne den elften September stattgefunden hätte.«
»Woher weißt du das?«
»Wegen der Vorgänge im Weißen Haus. Es war ja nicht nur der Präsident, der aus der Erdölbranche kam, sondern auch seine beiden engsten Vertrauten. Die nationale Sicherheitsbeauftragte Condoleezza Rice hatte einen Managerposten bei Chevron Oil, und der ehemalige Vizepräsident Dick Cheney war bei Halliburton, einem bedeutenden multinationalen Konzern zur Förderung und Produktion von Erdöl, beschäftigt gewesen. Vom Wirtschaftsminister Donald Evans ganz zu schweigen, der ebenfalls an der Spitze eines Unternehmens für Erdölförderung gestanden hat.«
»Und?«
»Nichts von alledem ist Zufall, mein Lieber.«
»Aber es ist doch auch kein Verbrechen.«
»Hier ist ja auch nicht von Verbrechen die Rede, Casanova«, sagte der Geologe in auffallend geduldigem Ton. »Obwohl das alles in gewisser Hinsicht Verbrechen sind. Worüber wir reden, sind die fest etablierten Interessen, die das Fortbestehen unserer Abhängigkeit von den fossilen Brennstoffen diktieren. Willst du ein Beispiel hören?« Filipe beugte sich zu Tomás, als wolle er ihm ein Geheimnis anvertrauen. »Acht Monate vor dem elften September hat Dick Cheney eine energiepolitische Kommission gegründet, deren Ziele und Arbeit streng geheim bleiben sollten. Einige Kongressmitglieder wollten die Mitglieder der Kommission und den Inhalt ihrer Arbeit kennenlernen, aber Dick Cheney weigerte sich, auch nur das Geringste bekanntzugeben, bis zwei Nichtregierungsorganisationen die Sache vor Gericht brachten und eine Anordnung erwirkten, um zu erfahren, was in dieser geheimen

Kommission vor sich ging. So wurden einige wenige Unterlagen veröffentlicht, darunter auch drei Landkarten. Und weißt du, welche?«

»Nein, ich habe keine Ahnung.«

»Zwei der Karten waren von Saudi-Arabien und den Vereinigten Arabischen Emiraten. Und die dritte?«

»Von Kuwait?«

»Nein, vom Irak.« Er zog die Augenbrauen hoch. »Verstehst du? Der Mann war mit Karten befasst, auf denen die irakischen Erdölfelder eingezeichnet waren! Er hatte alles markiert: die Lagerstätten, die Pipelines, die Raffinerien und die Unterteilung des irakischen Fördergebiets in acht Blöcke. Und er hat sich sogar die Arbeit gemacht, zu berechnen, wie viel irakisches Erdöl kurzfristig auf den Markt geworfen werden könnte! Die Unterlagen belegen, dass Cheney im Irak möglichst viele Quellen anzapfen wollte, um die Produktion auf sieben Millionen Barrel täglich zu steigern.«

»Und das war gleich nach dem elften September?«

»Das war vorher, Casanova«, wiederholte Filipe. »Vor dem elften September.« Er betonte das Wort vorher. »Die Karten sind vom März 2001 datiert, sechs Monate vor den Attentaten und zwei Jahre vor dem Einmarsch in den Irak!« Er lächelte verzerrt. »Die Massenvernichtungswaffen, die Demokratie im Nahen Osten und die vielen Lügen waren doch nicht mehr als ein Vorwand, um das wahre strategische Ziel des Einmarschs in den Irak zu kaschieren, nämlich die weltweit zweitgrößten Erdölreserven zu kontrollieren und der Region, in der das meiste Erdöl der Welt produziert wird, eine amerikanische Ordnung aufzuerlegen. Alles gehorchte diesem Grundgedanken. Der Irak ist nicht nur das Land mit den zweitgrößten Erdölvorkommen, es ist auch das Land, in dem sie am billigsten gefördert werden können. Und mit ihrem

Einmarsch in den Irak waren die Amerikaner in der Lage, ihre Präsenz in der gesamten Region spürbar zu machen, verstehst du?«

»Ja.«

»Zur selben Zeit, als in der UNO die belanglose Frage nach den Massenvernichtungswaffen im Irak diskutiert wurde, hat Cheney sogar öffentlich behauptet, Saddam bedrohe die regionale Erdölversorgung, und er hat dieses Argument als ausreichenden Grund für einen Angriff angeführt.« Filipe grinste. »Als die Leute im Weißen Haus ihn so offen über das tatsächliche Ziel des Krieges reden hörten, gerieten sie in Panik, also brachten die Strategen ihn natürlich zum Schweigen. Ein Krieg ums Erdöl hätte die amerikanische oder die internationale Öffentlichkeit niemals begeistern können, noch hätte er eine militärische Aktion gerechtfertigt. Deshalb wurde dieses Argument von da an verschwiegen. Die Bush-Administration ging sogar so weit, zu bestreiten, dass der Krieg auch nur irgendetwas mit dem Erdöl zu tun habe.« Mit einer Geste unterstrich er, was für ihn auf der Hand lag. »Aber das Offensichtliche kann man nicht abstreiten. Glaubst du vielleicht, die Amerikaner würden ein Vermögen ausgeben, um in den Irak einzumarschieren, wenn dort nicht Erdöl, sondern Erdnüsse produziert würden?«

Tomás lachte.

»Wohl kaum.«

»Die Fakten sind ja da, man muss sie nur sehen wollen. Noch ehe der Krieg begann, hatte Cheneys Unternehmen Halliburton wegen des irakischen Erdöls bereits einen Vertrag über sieben Milliarden Dollar unterschrieben. Und als die Truppen losmarschierten, war ihre vornehmliche Aufgabe der Schutz der riesigen Ölfelder von Kirkuk. Die amerikanischen Truppen waren kaum in Bagdad eingerückt, da eilten sie auch schon zum Erdölministerium, um es zu versiegeln, und scherten sich nicht um die Plünderungen, die im Rest der Stadt stattfanden. Alles durfte geplündert werden, nur nicht das Erdölministerium. Warum wohl nicht?«

»Klar, ich verstehe.«

»Mit dem Einmarsch der Vereinigten Staaten in den Irak setzten diese lediglich die Agenda der Erdölindustrie in die Praxis um. Der Plan war klar. Auf der einen Seite sollten die Finanziers ihrer Wahlkampagne und alle ihre Freunde aus dem Erdölgeschäft dabei reich werden. Auf der anderen Seite sollte sichergestellt werden, dass das irakische Erdöl nicht China und Russland in die Hände fiele. Und schließlich sollte eine geostrategische Vision durchgesetzt werden, um die Präsenz und den Einfluss Amerikas im gesamten Nahen Osten zu sichern. Mit der Kontrolle über den Persischen Golf und den Nahen Osten war für die Vereinigten Staaten der Zugang zu den größten Erdölreserven der Welt garantiert, und das zu einer Zeit, in der das Nicht-OPEC-Öl bereits das Fördermaximum überschritten hatte und allmählich zu Ende ging.«

Sie aßen ihr Schaschlik auf, tranken den Wein aus und lehnten sich in ihren Stühlen zurück. Die Deutschen waren inzwischen verstummt, in der Bar war es ruhig geworden.

»Gehen wir?«, schlug Tomás vor.

Filipe hob die Hand und winkte dem russischen Kellner.

»Warte, ich lasse die Rechnung kommen.«

Der Kellner nahm Stift und Block zur Hand und rechnete. Tomás beobachtete ihn, aber in Gedanken war er schon wieder bei der Lage, in die sein Freund sich gebracht hatte.

»Und ich wiederhole«, sagte er. »Eine Sache bei der ganzen Geschichte ergibt keinen Sinn.«

»Was denn?«

»Ihr habt mit vier Wissenschaftlern das Problem der Erderwärmung erforscht, richtig?«

»Ja.«

»Es gibt auf der Welt doch noch Hunderte oder Tausende anderer Wissenschaftler, die sich mit demselben Problem befassen. Aus welchem Grund wollten die Vertreter der Erdölindustrie ausgerechnet euren Tod? Was war an euch anders als bei den anderen?«

Der Kellner gab Filipe die Rechnung, und dieser drückte ihm ein Bündel Rubel in die Hand.

»Willst du das wirklich wissen?«, fragte er.

»Natürlich.«

»Weil wir etwas entdeckt haben.«

Tomás blickte ihn fragend an.

»Was denn?«

Filipe stand auf, zog seine Jacke an und ging zur Tür.

»Wir haben etwas entdeckt, das das Ende der Erdölindustrie bedeutet«, erklärte er. »Das können sie nicht einfach so hinnehmen.«

Und er ging hinaus.

21

Sie fanden Nadeschda auf einer breiten Holzbank zwischen zwei Jurten sitzend, die Beine auf einem Baumstamm ausgestreckt und in einen dicken, weichen Pelzmantel gehüllt. Die im Abstand von fünf Metern nebeneinanderstehenden Jurten mit einer Gartenbank dazwischen ähnelten aufgereihten Brötchen. Hinter ihnen deutete eine Reihe Bäume den Anfang des Waldes an, als stünden die Zelte an eine Wand aus Stämmen und Büschen gelehnt. Die Russin hatte eine Petroleumlampe neben die Bank auf den Boden gestellt, und das flackernde Licht warf gespenstische Schatten, die wie in der Nacht tanzende Geister aussahen.

»Und?«, begrüßte Filipe sie, während er mit Tomás im Gefolge auf das Zelt zuging. »Wo bist du gewesen?«

»Hier und da.«

»Erzähl mir nicht, du warst beim Khamagan.«

Die Russin gab ein verärgertes Schnalzen von sich.

»Mensch, nerv mich nicht.«

Filipe lachte.

»Nadia hat hier nämlich einen ganz besonderen Freund«, erklärte er. »Einen alten Schamanen, der ihr lauter Flausen in den Kopf setzt.«

»Das sind keine Flausen, Filhka«, protestierte sie. »Er hat wirklich übernatürliche Kräfte.«

»Was denn für übernatürliche Kräfte? Der Alte ist ein Schwindler.«
»Er spricht mit den Geistern.«
Der portugiesische Geologe lachte.
»Mir scheint eher, dass er mit den Alkoholgeistern spricht.«
»Ach, du wieder.«
Tomás machte es sich neben Nadeschdas Füßen auf dem am Boden liegenden Baumstamm bequem.
»Was ist das für eine Geschichte mit dem Schamanen?«
»Das ist ein Betrüger, der sich hier herumtreibt und die Leute reinlegt«, sagte Filipe. »Er hat Nadia eingeredet, er sei Magier.«
Nadeschda verdrehte verärgert die Augen.
»Hör nicht hin, Tomik«, unterbrach sie ihn. »Filhka weiß nicht, was er da redet.«
»Aha, ich weiß also nicht, was ich rede?«
»Nein.«
»Und was macht der Alte dann? Was denn, bitte schön?«
»Der Khamagan hat mystische Kräfte«, erklärte die Russin. »Das musst du respektieren.«
»Das sind keine mystischen Kräfte«, widersprach Filipe mit einem ironischen Grinsen. »Das ist ein Märchen.«
Tomás saß unbequem, und so rutschte er auf dem Baumstamm neben Nadeschdas Füßen hin und her und suchte nach einer bequemeren Position.
»Das musst du mir erklären, Nadia.«
Sie machte ein weitausholende Handbewegung, die die Nacht rings um die Jurte mit einschloss.
»Kannst du dich noch daran erinnern, was ich bei unserer Ankunft hier zu dir gesagt habe? Dass dies hier eine magische Insel ist.«
»Ja.«

»Olchon ist eines der wichtigsten Schamanenzentren der Welt. Ich habe den Khamagan kennengelernt, als ich hier in Sibirien die meteorologischen Messungen für Filhka durchgeführt habe. Ich bin auf die Insel gekommen, weil ich gehört hatte, dass die Temperaturen hier höher sein sollten als sonst in der Gegend, und da hat man mir dann den Khamagan vorgestellt. Ich habe festgestellt, dass er einer der wichtigsten Schamanen ist, die es gibt.«

»Aber was ist an ihm so Besonderes?«

»Er kann Menschen heilen.«

»Wovon?«

»Was weiß ich, von den Krankheiten, die sie haben.«

»Wie der Medizinmann eines Stammes?«

»So ungefähr«, sagte Nadeschda nicht ganz zufrieden mit dem Vergleich. »Ein Schamane nutzt seine mystischen Kräfte, um in andere Dimensionen zu reisen und mit den Geistern zu kommunizieren, um auf diese Weise zu einem Gleichgewicht zwischen physischer und spiritueller Welt zu gelangen.«

»Ist er denn von Geistern besessen?«

»Nein, keineswegs. Der Khamagan kontrolliert die Geister.«

»Und was sind das für Geister?«

»Nun, die Seelen der Toten, die Dämonen und die Geister der Natur.«

Tomás verzog das Gesicht. »Das hört sich ein bisschen sehr phantasievoll an, findest du nicht?«

»Ich gebe zu, dass es das vielleicht tut«, räumte sie ein. »Aber es funktioniert tatsächlich.«

»Woher weißt du das?«

»Weil ich es gesehen habe.«

»Was hast du gesehen?«

»Ich habe gesehen, wie der Khamagan Menschen in Trance versetzt und geheilt hat.«

Der Historiker runzelte skeptisch die Augenbrauen.
»Kann es nicht auch Suggestion gewesen sein?«
»Vielleicht. Aber die Leute sind tatsächlich geheilt worden.«
Filipe wurde ungeduldig. Er kannte dieses Gerede schon und wollte nichts mehr davon hören. Er reckte sich, bewegte die Arme gegen die Kälte, von der ihm die Gelenke steif wurden, und machte eine einladende Handbewegung in Richtung des Inneren der Jurte.
»Wie wäre es mit einem Tee?«

Der Schalter klickte, doch im Zelt blieb es weiter dunkel, lediglich der Schein der Petroleumlampe in Nadeschdas Hand erleuchtete es.
»Verdammt«, fluchtete Filipe, »wahrscheinlich geht der Generator wieder nicht. So ein Mist!«
»Das Camp wird von einem Generator beleuchtet?«, fragte Tomás verwundert.
»Nicht nur das Camp«, erklärte ihm sein Freund. »Die gesamte Insel.«
»Wie bitte? Die Insel hat kein Stromversorgungsnetz?«
»Nein. Alles läuft über Generatoren.«
Tomás lachte.
»Wo bin ich da bloß hineingeraten?«
»Olchon ist die Natur im Reinzustand, Casanova. Hier ist es so ursprünglich, dass die Insel zu Zeiten der Sowjetunion trotz ihrer Schönheit in das System der Gulags integriert war. Viele Deportierte kamen hierher, vor allem Litauer, und die meisten sind hier gestorben.«
»Aber ist das Leben hier denn so hart?«
»Nein, verglichen mit dem übrigen Sibirien hat Olchon sogar ein ziemlich gemäßigtes Klima. Das Problem ist, dass hier keinerlei Infrastruktur vorhanden ist. Es gibt zum Beispiel

weder Telefonverbindungen noch ein Stromversorgungsnetz.«
»Und was ist mit Handys?«
»Die empfangen in dieser Gegend kein Signal.«
»Wirklich? Und was mache ich dann, wenn ich mit der Außenwelt reden muss?«
»Es gibt zwei Satellitentelefone, eines hier im Camp und ein weiteres in Bentscharows Pension in Chuschir. Wenn du telefonieren musst, sag Bescheid. Es kostet hundert Rubel pro Minute.«
Die Beleuchtung im Zelt blieb weiter Nadeschdas Petroleumlampe überlassen. Nichts funktionierte, mit Ausnahme des alten, kohlebeheizten Samowars, der aussah, als stamme er noch aus Stalins Zeiten. Aus ihm holten sie sich das kochende Wasser, das sie für den Tee benötigten. Die dampfenden Tassen in der Hand, setzten sie sich auf die beiden Betten, die es in der Jurte gab, und tranken den heißen Tee, der sie innerlich aufwärmte.
»Vorhin hast du etwas zu mir gesagt, das mich verwirrt hat«, bemerkte Tomás auf Portugiesisch und kam wieder auf ihr Gespräch in der Bar zurück. »Du hast gesagt, ihr hättet etwas entdeckt, das die Erdölindustrie in Frage stellt.«
»Ja.«
»Was für eine Entdeckung war das?«
Filipe starrte in den aus seiner Tasse aufsteigenden Dampf und blies sachte auf den Tee, um ihn abzukühlen.
»Das kann ich dir nicht sagen«, murmelte er.
»Warum nicht?«
»Aus verschiedenen Gründen. Einer davon ist, dass dein Leben ebenfalls in Gefahr wäre, wenn ich es dir erzählte.«
»Mach dir um mein Leben keine Sorgen. Ich bin hier als Repräsentant von Interpol.«

Der Geologe lachte.
»Das würde dir auch nicht viel nützen.«
Tomás überhörte den Sarkasmus.
»Wäre es nicht vielleicht wichtig, es mir zu erzählen?«
»Doch«, pflichtete Filipe ihm bei, »wenn der richtige Augenblick dafür gekommen ist.«
»Und wann ist der richtige Augenblick?«
Filipe machte ein vieldeutiges Gesicht.
»Bald.«
Verärgert darüber, dass die beiden sich auf Portugiesisch unterhielten, unterbrach Nadeschda ihr Gespräch mit einem wütenden Wortschwall auf Russisch, woraufhin Filipe lächeln musste. Er antwortete ihr etwas auf Russisch und wandte sich dann wieder zu Tomás.
»Nadia fühlt sich aus der Unterhaltung ausgeschlossen«, erklärte er. »Da du kein Russisch sprichst und sie kein Portugiesisch versteht, ist es besser, wir reden auf Englisch weiter.«
»Ja, das ist besser«, pflichtete das Mädchen ihm bei.
»Ich gestehe, ich bin verblüfft über dein Russisch«, sagte Tomás zu seinem Freund. »Wo hast du das gelernt?«
»Hier in Russland natürlich.«
»Lebst du denn schon lange hier?«
»Ich habe lange hier gelebt.«
»Hast?«
»Ja. Erinnerst du dich nicht mehr? Meine Eltern waren in der Kommunistischen Partei.«
»Und ob ich mich erinnere!« Tomás grinste. »Das war der Skandal in Castelo Branco. Sie haben für Kandidaten mit so komischen Namen wie Octávio Pato und dergleichen gestimmt.«
»Wegen meiner Eltern habe ich, als ich mit dem Gymnasium fertig war, ein Stipendium bekommen und an der Universität

in Leningrad Geologie studiert. Das war natürlich noch zu Zeiten der Sowjetunion.«

»Leningrad? Du meinst ja wohl Sankt Petersburg.«

»Damals hieß die Stadt noch Leningrad.«

»Und? Hat es dir gefallen?«

»Die Stadt ist toll«, sagte Filipe. »Aber klar, nach zwei Wochen war ich zu einem eingefleischten Antikommunisten geworden.«

»Und bist sofort gegangen.«

»Nein. Ich bin vier Jahre dort geblieben.«

»Vier Jahre?«

Filipe zuckte mit den Schultern.

»Daran, dass ich geblieben bin, sind die Russinnen schuld«, sagte er und machte dabei ein gleichmütiges Gesicht. »Das Land war grässlich, die Leute unfreundlich, das kommunistische System funktionierte nicht, im Winter war es bitterkalt, aber ich konnte trotzdem nicht gehen.« Er seufzte. »Die Mädchen hier waren mein Verhängnis, da war nichts zu machen.«

»Was ist an ihnen denn so Besonderes?«

Filipe blickte zu Nadeschda, als stelle sie den Beweis für seine Worte dar.

»Hast du keine Augen im Kopf?«

Als es Zeit war, schlafen zu gehen, tauschten sie verlegene Blicke. In der Jurte gab es nur zwei Betten, sie aber waren zu dritt. Tomás hatte zunächst angenommen, Filipe habe sein eigenes Zelt, in dem er die Nacht verbringen würde, doch nun merkte er, dass dieses das Zelt seines Freundes war.

Ihm gingen verschiedene Gedanken durch den Kopf. Fast instinktiv dachte er als Erstes, Nadeschda und er würden das eine Bett nehmen und Filipe das andere. Angesichts der Beziehung, die sich zwischen ihm und der Russin in den vergangenen Tagen entwickelt hatte, erschien ihm das eine naheliegende Lösung. Doch dann überlegte er noch einmal. Wie sähe das aus, wenn er im Zelt seines Freundes mit dem Mädchen schliefe. Vielleicht war die beste und nobelste Lösung, wenn sie, die beiden Männer, sich in das eine Bett legten und das Mädchen das andere nähme, eine Art Geschlechtertrennung. Er wollte seinen ehrenhaften Vorschlag schon vorbringen, als er sah, wie Filipe Nadeschda am Arm zog.

»Und du, schönes Kind, schläfst heute bei mir«, sagte er.

Tomás konnte es kaum glauben. Hatte er richtig gehört? Doch was dann folgte, räumte jeden Zweifel in ihm aus. Zu seinem Erstaunen reagierte Nadeschda keineswegs widerstrebend auf die Aufforderung, sondern sie lachte und ließ sich von Filipe mitnehmen, der sie lüstern umarmte. Mit blödem Gekicher, so zumindest kam es Tomás vor, ließen sich die beiden auf eines der Betten fallen und verschwanden zwischen Decken und Laken.

Wie betäubt zog sich Tomás langsam aus. Geschockt, wie leichtfertig und dreist Nadeschda ihn direkt vor seiner Nase gegen den anderen Mann eingetauscht hatte, zog er seinen Pyjama an und legte sich ins Bett. Er hatte sich an sie, an die Vertrautheit mit ihr gewöhnt, daran, sie als seine Freundin zu betrachten, doch diese Illusion war nun brutal zerstört worden wie ein Spiegel, der zerbrochen war und auf einmal die Wahrheit sagte, die Realität zeigte, nicht als vollkommene Einheit, wie er sie zuvor gesehen hatte, sondern als das Splittermosaik, das sie im Grunde genommen war.

Er löschte die Petroleumlampe; die Jurte versank in vollständiger Dunkelheit, aber nicht in vollständiger Stille. Nadeschdas Gekicher und Filipes Gelächter gingen in etwas anderes über, sie stöhnte und er grunzte und keuchte. Die Matratze bewegte sich ruckartig, knirschte und quietschte und schaukelte wie ein Boot in aufgewühlter See. In seiner Verzweiflung schloss Tomás die Augen und steckte den Kopf unter die Decke, als würde er so dem Alptraum entkommen können. Für einen Moment kam es ihm so besser vor, doch seine Neugier überwog, und mit konzentrierter Aufmerksamkeit lauschte er auf die Geräusche des turbulenten Geschehens, das sich im Bett nebenan abspielte.

Eine Nutte, dachte er. Ich bin auch wirklich zu blöd. Wer außer mir verliebt sich schon in eine Nutte.

Das Stöhnen und Keuchen wurde lauter und gipfelte zum krönenden Abschluss in Schreien und Wimmern, um sich gleich darauf zu legen wie bei einer plötzlich einsetzenden Windstille auf dem Meer. Nach einem kurzen, sanften Gegurre kehrte endlich Ruhe in der Jurte ein. Tomás versuchte, nicht weiter an das Geschehene zu denken, und mit leerem Kopf glitt er langsam in den Schlaf hinüber.

Lärm.

Ein Geräusch holte ihn aus dem Schlaf ins Bewusstsein zurück, so als sei er in einem ruhigen Gewässer untergetaucht gewesen und eine unbekannte Kraft habe ihn jäh an die Oberfläche hochgezogen. Er hatte von seiner Mutter geträumt und sie die Treppe hinunterstürzen hören, so wie von ihr angedroht, als er sie ins Heim gebracht hatte. War der Traum womöglich eine Vorwarnung? Ob es ihr gutginge? Hatte er tatsächlich nur geträumt? Noch benommen vom Schlaf, aber plötzlich beunruhigt und mit einem unguten Gefühl, beschloss er, sich zu vergewissern. Das war das Beste, um wieder zur Ruhe zurückzufinden. Er spitzte die Ohren und horchte.

Noch mehr Lärm.

Vor dem Zelt nahm er Bewegungen wahr. Zweifellos war es nicht sein Traum gewesen, seine Mutter hatte sich also nicht die Treppe hinuntergestürzt. Jemand kam näher, das war es, er hörte Schritte und keuchenden Atem.

Nunmehr hellwach, richtete Tomás sich im Bett auf, die Ellbogen auf die Matratze gestützt, und versuchte, etwas in der Dunkelheit zu erkennen.

»Filhka!«, rief ein Mann an der Eingangstür der Jurte mit eindringlicher Stimme. »Filhka!«

»Chto?«, fragte die schlaftrunkene Stimme Filipes. *»Kto eto?«*

»Eto ya, Borka.«

»Chyo takoe, Borka?«

»Tam tebya rebyata ichut, u nikh stvòlý.«

Beunruhigt sprang Filipe aus dem Bett. Tomás merkte, wie sein Herz raste. Er wusste zwar nicht, was los war, aber dass etwas los war, spürte er genau.

»Was ist los? Was ist passiert?«

»Zieh dich an«, befahl Filipe ihm. »Schnell!«

»Was ist denn los?«

»Bewaffnete Männer suchen nach uns.«

22

Während Tomás noch seinen Gürtel zumachte und Nadeschda ihre Jacke zuknöpfte, schlichen sie sich aus der Jurtentür und tauchten hastig in die Finsternis ein. Sie folgten dem Unbekannten, der sie gewarnt hatte, einem klapperdürren Kerl namens Boris, der sie zunächst entlang der Außengrenze des Camps und dann weiter durch die Dunkelheit führte. Hinter ihnen waren Schreie zu hören. Um herauszufinden, was dort los war, wandten sie sich um, doch die Schwärze war so dicht, dass sie nichts erkennen konnten. Lediglich Befehle, Laufgeräusche und das Klirren von Metall waren zu hören.

Blindlings, mit ausgestreckten Armen, tasteten sie sich vorwärts und konnten gerade einmal schemenhaft denjenigen sehen, der vor ihnen herlief. Boris war der Einzige, der offenbar genau wusste, wohin er sie führte, und deshalb ging er auch auf dem Weg durch den Wald aus Lärchen und Thymian vor ihnen her. Manchmal stießen sie gegen einen Baum oder stolperten über einen Zweig, verhedderten sich im Gebüsch oder wurden von Disteln zerkratzt, doch die Angst trieb sie weiter voran auf ihrer Flucht, leichtfüßig und wachen Sinnes, mit klopfendem Herzen und unempfindlich gegen den Schmerz.

Ihr Marsch durch die Taiga dauerte an die zwanzig Minuten.

Zuweilen gerieten sie in so dichtes Buschwerk, dass sie ein Stück zurückgehen mussten, bis der Wald sich abrupt auf eine Lichtung hin öffnete und sie sich vor einer kleinen Ortschaft wiederfanden.

»Kharantsy«, verkündete Boris.

»Kharantsy heißt das Dorf, in dem wir hier sind«, hauchte Filipe zur Erklärung. Er traute sich nicht, lauter zu sprechen. »Borka kennt sich hier gut aus.«

»Wer ist Borka?«, fragte Tomás.

Sein Freund deutete auf den Russen.

»Das ist Boris. Wir nennen ihn Borka.«

Boris bedeutete ihnen, zu warten, dann verschwand er in der Nacht und ließ die drei ratlos und vor Kälte und Angst zitternd am Eingang des Dorfes stehen.

»Wo ist er hingegangen?«

»Er sucht nach einer Möglichkeit, uns von hier fortzubringen. Wir müssen warten.«

Eine Minute lang schwiegen sie mit angehaltenem Atem, um besser hören zu können. Sie konzentrierten sich, um jedes verdächtige Geräusch, jeden ungewöhnlichen Ton zu erkennen, doch alles blieb ruhig. Nur ihr eigenes unterdrücktes Keuchen war zu vernehmen.

»Wer sind die bewaffneten Männer?«

»Ich weiß es nicht.«

»Und warum sind wir dann auf der Flucht?«

»Weil es nicht üblich ist, dass mitten in der Nacht bewaffnete Leute ins Camp kommen.« Filipe schnappte spürbar nach Luft. »Als Howard und Blanco ermordet wurden, habe ich mich hier in Olchon, das ich noch aus meiner Studienzeit in Leningrad kannte, versteckt.« Er machte eine Pause, um wieder zu Atem zu kommen. »Ich habe die ganze Zeit über erwartet, dass so etwas passieren würde, deshalb habe ich auch mit ein paar Jungs, denen ich dafür monatlich etwas bezahle, ein Warnsystem aufgebaut.« Er deutete in Richtung der Dunkelheit, die Boris verschluckt hatte. »Borka ist einer davon.«

Sie schwiegen erneut und horchten auf verdächtige Geräusche. Fehlanzeige. Sie hörten lediglich ihren eigenen keuchenden Atem und das kräftige Rascheln der Bäume im Wind.

»Und wie haben die bewaffneten Männer herausgefunden, wo du dich aufhältst?«, wollte Tomás wissen.

»Gute Frage.«

»Meinst du, sie sind Nadia und mir gefolgt?«

»Das ist am wahrscheinlichsten.«

»Von Moskau aus?«

»Vermutlich, ja.«

»Verdammt«, murmelte Tomás bedrückt. »Ich habe nichts bemerkt.«

Filipe seufzte.

»Es ist meine Schuld«, sagte er. »Ich hätte niemals auf deine E-Mail antworten dürfen.«

»Aber wie haben sie davon erfahren?«

Filipe dachte über die Frage nach.

»Warst du nicht in Wien?«

»Ja, ich war kurz bei der OPEC. Ich wollte herausfinden, woran du damals, als der Amerikaner und der Spanier umgebracht wurden, gerade geforscht hast.«

»Dann ist es dort passiert. Sie haben dich durchschaut und jemanden auf dich angesetzt, um zu sehen, wohin du sie führen würdest.«

Verzagt schüttelte Tomás den Kopf.

»Ich bin aber auch wirklich zu blöd.«

»Es ist meine Schuld«, sagte Filipe noch einmal. »Ich hätte klüger sein müssen.«

Sie hörten Schritte und verstummten. Alle drei waren zutiefst beunruhigt und versuchten zu erkennen, wer sie bedrohte. Eine Gestalt tauchte neben der Gruppe auf, so dass sie vor Schreck zusammenzuckten. Aber es war nur Boris, der aus der Finsternis zurückgekehrt war. Der Russe flüsterte ihnen etwas zu und führte sie dann durch die verschlafenen Straßen des Dorfes zu einem Gebäude, das wie ein Stall aussah.
»Borka möchte wissen, ob du fit bist«, sagte Filipe.
»Ich glaube schon«, erwiderte Tomás. »Warum?«
Boris knipste eine Taschenlampe an und richtete sie auf die Stallwand. Der Lichtkegel tanzte das Holz entlang, bis er das Gesuchte gefunden hatte.
»Weil wir die hier benutzen müssen.«
An der Wand standen Fahrräder.

Mit eingeschaltetem Licht fuhren sie einen Pfad entlang und gelangten zu einer unbefestigten Straße, an der sie anhielten. Die drei vor Tomás fingen an, auf Russisch zu palavern und in verschiedene Richtungen zu zeigen. Offenbar waren sie sich nicht einig.
»Was ist los?«, wollte Tomás wissen und unterbrach die Unterhaltung.
»Wir müssen uns entscheiden, wohin wir fahren«, erklärte Filipe auf Englisch, damit die Russen ihm folgen konnten. »Borka möchte uns nach Chuschir bringen, aber ich halte das für zu riskant. Die bewaffneten Männer werden bestimmt dorthin fahren.«
»Und was ist die Alternative?«
»Genau dort liegt das Problem«, bemerkte sein Freund. »Ich weiß es nicht.«
»Ich hätte da eine Lösung«, sagte Nadeschda.
»Nämlich?«

»Den alten Khamagan.«
»Rede doch keinen Unsinn.«
»Hör zu, Filhka«, bat sie. »Ich habe ihn heute in der Schamanka besucht. Der Khamagan kann uns helfen, wenn wir zu ihm gehen.«
»In die Schamanka?«
»Ja.«
Stille trat ein, während Filipe über die Idee nachdachte. Er fragte Boris auf Russisch, und nachdem er dessen Meinung gehört hatte, setzte er den Fuß aufs Pedal und nickte.
»Fahren wir hin.«
Sie bogen auf die Straße ab und radelten gen Westen. Der See war ganz nah, und weiter vorn konnten sie verschwommen die wenigen Lichter Chuschirs in der Nacht leuchten sehen. Obwohl es riskant war, beschlossen sie, durch den Ort zu fahren, doch als sie sich mit allergrößter Vorsicht den ersten Häusern näherten, vernahmen sie hinter sich Motorengeräusche. Sofort bedeutete Boris ihnen, von der Straße herunterzufahren und sich flach auf den Boden zu legen.
Das Röhren der Motoren schwoll an, die Straße wurde von Scheinwerfern erleuchtet, und sie beobachteten, wie mit großem Getöse zwei Jeeps vorbeirasten. Tomás reckte den Hals und achtete auf das Innere der Fahrzeuge. In den Jeeps saßen Männer.
»Das sind sie«, murmelte Filipe. »Sie suchen nach uns.«
Die Jeeps hielten einige Meter weiter vorn und blieben mit eingeschalteten Scheinwerfern stehen, als wollten sie die Lage sondieren. Sie sahen aus wie auf Beute lauernde Raubkatzen. Einige Sekunden verharrten sie so, bis die Rücklichter des vorderen Wagens aufleuchteten und gleich darauf die des Wagens dahinter.
»Sie kommen hierher!«, sagte Tomás erschrocken.

Gleichfalls in Sorge, die Jeeps könnten zurücksetzen und an ihrem Versteck vorbeifahren, flüsterte Boris etwas auf Russisch, und Filipe gab Tomás ein Zeichen, ihm zu folgen.
»Es ist wirklich mordsgefährlich hier«, sagte er. »Borka wird uns zu einem kleinen Weg bringen.«
Sie glitten die Böschung hinab und liefen im Zickzack über die Steppe. Der Boden war von Kräutern und anderen Pflanzen bedeckt, die einen starken, angenehmen Geruch verströmten.
Einige hundert Meter weiter gelangten sie zu einem Weg, stiegen auf ihre Räder, fuhren langsam, mit allergrößter Vorsicht und ausgeschalteten Lichtern praktisch blind in einem Bogen um Chuschir herum und radelten so lange, bis ihre Beine schwer wie Blei waren.

»Schamanka.«
Boris' Stimme verkündete ihr Ziel, sie waren angekommen. Tomás' Augen hatten sich bereits an die Dunkelheit gewöhnt, aber das Erste, was ihm bei ihrer Ankunft auffiel, war weder etwas Sichtbares noch ein Geruch, sondern ein Geräusch.
Das sanfte Plätschern von Wasser.
Die Bucht hatte einen kleinen Sandstrand, der wie ein breites U gebogen war und an dessen linker Spitze sich eine dunkle Silhouette erhob, die wie ein in die Nacht getauchtes Gespensterschloss aussah. Die vier stiegen von ihren Rädern, gingen hinunter zum Strand und wanderten dann auf das düstere Massiv zu.
»Was ist das?«, fragte Tomás und deutete auf die Silhouette, die den See zu bewachen schien.
»Das ist der Schamanenfelsen«, sagte Filipe. »Er wird Schamanka genannt.«
»Ein Schamanenfelsen?«

»Das ist nicht ein Schamanenfelsen«, korrigierte ihn sein Freund, »sondern der Schamanenfelsen.« Er betonte das Wort »der«. »Dieser Felsen ist einer der neun heiligsten Orte Asiens.«
Tomás prüfte aufmerksam den Schatten, auf den sie zumarschierten.
»Und was ist an diesem Ort so Besonderes?«
»Erzähl du es ihm, Nadia.«
Die Russin, die schweigend voranging, verlangsamte ihren Schritt, so dass Tomás sie einholen konnte.
»Hier auf der Schamanka wurde der erste Schamane geboren«, erklärte sie. »Der Tradition nach war der Schamane ein Mann, der sich nach einer gewissen Zeit sehr einsam zu fühlen begann. Da schuf er die erste Schamanenfrau.«
Vor den Augen der Gruppe wuchs die Silhouette ins Riesenhafte, Bedrohliche. Sie war jetzt so nahe, dass Tomás ihre Formen erkennen konnte. Es war ein steiler Felsen mit zwei Spitzen und einer zerklüfteten, von messerscharfen Kanten übersäten Oberfläche. Man hatte den Eindruck, der Strand versuche sich auszudehnen, bis er an das steinerne Monstrum stieß, das wie ein mit dem Rücken zum Land gewandtes wildes Tier aussah, wie ein Wächter des Baikalsees. Etwas Unwirkliches ging von ihm aus, als sei er ein in den See geworfenes Stück Mond, ein Fremdkörper, der auf den Strand gefallen war, eine bizarre Skulptur aus einer anderen Sphäre.
Am Felshang flackerte schwach ein gelbrotes Licht.
»Was ist das?«
»Das ist der Khamagan«, beruhigte Nadeschda ihn. »Er hat ein Feuer angezündet.«
Sie gelangten an den Fuß des Felsens und kletterten den steilen Abhang in Richtung der lodernden Flammen hinauf. Tomás stellte fest, dass der Felsen aus einer Art kristallisier-

tem, von roten Flechten bedecktem Marmor bestand. Außer einer Platte mit in den Stein eingemeißelten Buchstaben – ihm kam es wie Sanskrit vor –, war alles dort naturbelassen und ursprünglich.

Nadeschda rief mit lauter Stimme nach dem Khamagan. Der Name hallte durch die kleine Bucht, und als Antwort war eine schwache Stimme zu hören. Sie fanden den alten Schamanen in Decken gehüllt in einer in den Fels eingelassenen Grotte liegend, an deren Eingang das Feuer brannte. Der Mann hatte ein breites, dunkelbraunes Gesicht, schwarze Mandelaugen und die hohen Wangenknochen eines Mongolen. Unter seiner blauen Mütze ragte strohiges weißes Haar hervor.

Es folgte eine Unterhaltung auf Russisch zwischen Boris, Filipe und dem Schamanen, bei der die beiden Besucher wild gestikulierten, als ob sie die Dringlichkeit dessen, was sie zu sagen hatten, anders nicht ausdrücken konnten. Doch der Khamagan schien sich keineswegs beeindrucken zu lassen von dem, was die beiden ihm erzählten, bis Nadeschda sich einmischte. Ruhig und bedächtig redete die Russin mit dem alten Schamanen. Der Khamagan hörte ihr schweigend zu und nahm alles in sich auf, was sie ihm sagte. Offensichtlich hatte er Respekt vor ihr.

»Was tut Nadia da?«, fragte Tomás flüsternd.

»Sie erklärt ihm, dass wir von Männern verfolgt werden, die den Tegsch bedrohen.«

»Was ist das?«

»Tegsch ist ein Schamanenbegriff.«

»Und was bedeutet er?«

»Ausgeglichenheit«, übersetzte Filipe. »Die Schamanen verehren die Luft, das Wasser und die Erde und sehen es als wichtig an, das Gleichgewicht in der Welt aufrechtzuerhalten. Für sie ist die Erde kein toter Platz, sondern in jedem Ding und jedem Ort schwingt die lebendige Präsenz der Geister mit. Alles hat eine Seele, auch die Tiere und die Pflanzen. Die Ethik der Schamanen beinhaltet die Achtung der Natur und den Schutz der natürlichen Dinge, und an diese Wertvorstellungen appelliert Nadia gerade.«

Nadeschda schwieg, und nun war der greise Mann an der Reihe zu sprechen.

»Was sagt er?«

»Mutter Erde und Vater Himmel haben uns erschaffen und uns Millionen Jahre über ernährt, sie verdienen unsere Achtung«, dolmetschte Filipe simultan im Flüsterton die Worte des Khamagan. »Die Menschen glauben, die Erde sei tot und dazu da, ausgebeutet zu werden. Aber dem ist nicht so. Das Problem ist, dass die Menschen den Respekt vor Mutter Erde verloren haben, und deshalb sind wir alle verdammt. Wir müssen den See achten und die Berge, die Taiga und die Steppe, den Adler und den Fisch, ansonsten werden wir alles verlieren. Wir brauchen *Tenger medne*. Jeder von uns ist verantwortlich für das, was er tut, und *Tenger* sieht alles, was vollbracht wird. Er ist der letzte Richter und der Lenker des Schicksals.«

»Was brauchen wir?«, fragte Tomás und unterbrach Filipe bei seiner Simultanübersetzung.

»Tenger medne«, wiederholte Filipe. »Das ist unsere persönliche Verantwortung, unsere Beziehung zum Universum. Die Schamanen glauben, dass die Menschen eine direkte Beziehung zum Universum haben, bei der nichts dazwischentritt, weder heilige Bücher noch Pfarrer, auch nicht die Schamanen. Nur *Tenger medne.*«

In dem Moment verstummte der Khamagan, und die Russin begann wieder zu sprechen, dieses Mal erregter, und deutete immer wieder zum Strand, ins Innere der Grotte und auf den

See. Filipe lauschte ihr so konzentriert, dass er aufhörte zu dolmetschen, doch das war auch bald nicht mehr wichtig. Der alte Schamane hörte schweigend zu, wiegte den Kopf hin und her, und als sie endlich fertig war, sagte er nur ein einziges Wort:

»Da.«

Auf dieses »Ja« hin entstand Betriebsamkeit. Sie gingen in die Grotte hinein; Filipe und Boris bückten sich im Dunkeln und ergriffen einen Gegenstand, den Tomás nicht genau erkennen konnte. Sie hoben ihn hoch und schleiften ihn aus der kleinen Höhle hinaus ins Freie.

»Was ist das?«

»Ein Kajak, siehst du das nicht?«

Es handelte sich tatsächlich um ein schmales, langes Holzboot, in das zwei Leute hineinpassten. Sie kletterten den Abhang hinunter, ließen den Kajak zu Wasser und gingen wieder in die Grotte zurück, um ein zweites Kanu zu holen. Tomás begleitete sie, und dieses Mal half er ihnen dabei, das Boot zu transportieren. Als er die Tür zur Grotte aufstieß, stolperte er, den Kajak auf dem Arm, über einen Stein und wäre beinahe hingefallen, fand aber gerade noch rechtzeitig das Gleichgewicht wieder. Da hörte er Nadeschda rufen: »Sie kommen.«

Er wandte den Kopf, hob den Kajak hoch und spähte darunter hervor, um zu sehen, was los war. Auf dem Strand erblickte er inmitten einer Staubwolke zwei Paar Scheinwerfer, die näher kamen.

Es waren die Jeeps.

»Los! Schnell!«

Die drei Männer rannten fast den Abhang hinunter, den Kajak auf den Schultern, warfen ihn ins Wasser, und Filipe zeigte auf Tomás.

»Du fährst mit Nadja in diesem Kajak.« Er deutete auf das nächstgelegene Boot. »Borka und ich nehmen den anderen.«
Nadeschda kletterte in das Kanu und wartete, bis Tomás sich hineingesetzt hatte. Der Historiker warf einen raschen Blick zu der Stelle, wo er die Jeeps gesehen hatte, und stellte fest, dass sie angehalten hatten. Die Türen öffneten sich, und die Insassen sprangen heraus. Mehr musste er gar nicht sehen. Er setzte sich auf seinen Platz und ergriff das Paddel.
»Schnell!«
Filipe fluchte auf Portugiesisch, während er sich in das zweite Kajak setzte.
»Woher wissen diese Mistkerle bloß, dass wir hier sind?«
»Hat uns vielleicht jemand verraten?«, schlug Tomás vor.
»Aber wer? Wir haben doch eben erst beschlossen, hierher zur Schamanka zu kommen.«
»Wahrscheinlich kämmen sie die gesamte Insel durch.«
Hinter ihnen waren Stimmen zu hören. Es waren die Männer aus den Jeeps, die sie bereits entdeckt hatten und Befehle riefen.
Die Paddel der beiden Kajaks tauchten ins Wasser, und die beiden Boote entfernten sich von dem Felsen.
»Wohin fahren wir?«, fragte Tomás, der das andere Kanu nicht mehr sehen konnte.
Die Antwort kam aus der Dunkelheit.
»Wir werden uns trennen«, sagte Filipe. »Du fährst mit Nadia.«
»Und wo treffen wir uns?«
»Das weiß ich nicht. Ich setze mich dann mit dir in Verbindung.«
Die Unbekannten rannten den Strand entlang und erreichten in Windeseile den Schamanenfelsen. Wild drauflos paddelnd, gelang es Tomás, etwas Abstand zu gewinnen, ehe er es wagte,

sich umzublicken. Auf dem Felsen sah er die Silhouetten der Männer, die sich vor dem Feuer des Khamagans abzeichneten, und etwas, das in ihren Händen blitzte.

Zzzzzzmm, zzzzzzmm, zzzzzzmm.

Ein Zischen zerschnitt die Luft rings um den Kajak, dann blitzte und krachte es. Weiter vorn schlugen in rascher Folge die Projektile ins Wasser ein.

»Sie schießen auf uns«, rief Tomás fast panisch aus.

In dem Augenblick schien sich etwas in ihm zu spalten. Ein Teil von ihm wurde von seiner Angst und von dem Impuls, zu fliehen, überflutet. Er wollte nur noch von dort fort, wollte fliehen um jeden Preis. Doch der andere Teil von ihm, seine Ratio, beobachtete in grotesker Entfremdung die Situation. Er hatte das Gefühl, lediglich ein Zuschauer zu sein, der der Szene distanziert beiwohnte, als ginge sie ihn nichts an. Diese rationale Hälfte wunderte sich darüber, was ablief, wenn auf einen Menschen geschossen wird. Tomás hatte immer gedacht, dass zuerst das Krachen zu hören sei und erst dann das Pfeifen der Kugeln, so wie im Film, aber es war genau andersherum. Die Kugeln flogen schneller als der Schall, das Pfeifen war vor dem Krachen zu hören.

»Pst«, hauchte Nadeschda. »Sei still.«

»Aber sie schießen auf uns!«

»Sie schießen blindlings drauflos«, erklärte sie. »Sie können uns gar nicht sehen.«

Das Krachen verstummte rasch, keine weiteren Kugeln pfiffen mehr über das Kanu. Nadeschda hatte recht. Die Unbekannten konnten die Kajaks nicht erkennen. Sie sahen lediglich die schwarze Fläche des Baikalsees, die mit der sibirischen Nacht verschwamm.

23

Schnell und geräuschlos durchpflügte das Kanu das Wasser. Die Paddel tanzten abwechselnd von backbord nach steuerbord, und die Paddler keuchten vor Anstrengung, um das Tempo zu halten.
Doch zehn Minuten ununterbrochenen Paddelns zeigten bald Wirkung. Tomás spürte, wie die Muskeln in seinen Schultern und im Nacken schwer wie Steine wogen und wie seine Arme vor Empfindungslosigkeit beinahe einschliefen. Die Energie ließ nach, die Lungen lechzten nach Luft, die treibende Kraft der Angst war verbraucht von der verzweifelten Anstrengung der Flucht, und so drosselten die beiden schließlich das Tempo. Der Kajak glitt langsamer dahin, schoss nicht mehr wie ein Pfeil über den See und verwandelte sich in eine empfindliche, zerbrechliche Nussschale, die unendlich sensibel auf die sanften Wellen von Maloye Morye, der Seeenge zwischen der Insel und dem Festland, reagierte.
»Wo sind sie?«, murmelte Tomás zwischen zwei Atemzügen. Sein Herz hämmerte vor Erschöpfung.
»Wer? Filhka und Borka?«
»Ja.«
»Ich weiß nicht. Irgendwo hier.«
Als der Historiker wieder zu Atem gekommen war, blickte er

sich um und versuchte, etwas zu erkennen, das sich bewegte, doch die Dunkelheit um das Kanu herum war undurchdringlich. Er konnte lediglich weiter vorn einige Lichtpunkte sehen, vermutlich vereinzelte Häuser inmitten der Steppe oder der Taiga. Die Lichter von Chuschir in der Ferne und das flackernde Feuer des Khamagans, das Erkennungszeichen der Schamanka, führten ihnen vor Augen, dass die Küste von Olchon immer noch gefährlich nahe war. Das Wasser schien genauso undurchdringlich schwarz wie Erdöl, es spiegelte nur die wenigen Lichter wider, die den See umgaben, zitternde Fackeln, die sich den nervösen Launen der Wellen folgend bewegten.

Nach wenigen Minuten der Erholung paddelten sie weiter, aber nicht mehr mit der gleichen Energie, die sie zuvor angetrieben hatte. In ihrer beider Gedanken wiederholte sich unaufhörlich das schauderhafte Geräusch, das sie beim Verlassen der Schamanka gehört hatten, das unheimliche Pfeifen der Kugeln, die sie daran erinnerten, dass die schlimmsten Gefahren sich nie großartig ankündigen, sondern eher still, heimtückisch, plötzlich und unsichtbar auftauchen.

Sie hatten das Gefühl für die Zeit verloren, die sie schon gepaddelt waren. Vom Strand beim Jurtencamp im Licht der Abenddämmerung aus betrachtet, war das Ufer jenseits der Maloye-Morye-Enge nur eine Armlänge entfernt gewesen, so verlockend nah schien es zu liegen. Doch nun, nachtblind und begierig darauf, den Weg endlich hinter sich zu bringen, mit schmerzendem Rücken und der Angst im Magen, war die Strecke unerträglich lang geworden. Ob sie wohl bald da wären? Wenn sie zu den Lichtern hinübersahen, schien die Entfernung immer gleich zu bleiben. Oder vielleicht doch nicht. Das Feuer des Khamagans war nicht mehr als ein unscheinbares Flackern, ein funkelnder Stern am Horizont, ein sicheres

Zeichen dafür, dass die Schamanka bereits weit hinter ihnen lag.

Plötzlich stieß der Kajak gegen ein Hindernis, die beiden erschraken. Waren sie gegen einen Felsen gefahren? Nadeschda beugte sich vor und tastete im Dunkeln über das Holz, um festzustellen, ob der Boden des Kanus beim Aufprall aufgerissen war und Wasser ins Boot lief.

»Was ist passiert?«, flüsterte Tomás beklommen.

Nadeschdas Hand wanderte über das Holz, doch im Kajak war alles trocken. Sie atmete vor Erleichterung auf.

»Es ist alles in Ordnung«, erklärte sie.

»Was ist denn passiert?«

Das war eine gute Frage, zumal der Kajak sich nach wie vor nicht bewegte. Vorsichtig richtete die Russin sich auf und beugte sich so weit vor, dass sie an die Außenseite des Kanus fassen konnte. Am Bug tauchte sie mit der Hand ins kalte Wasser und tastete von einer Seite zur anderen, wusste aber immer noch nicht, was geschehen war. Da sie nichts entdecken konnte, beugte sie sich noch etwas weiter vor und tauchte den Arm ins Wasser, bis ihre Finger auf etwas Weiches, Körniges stießen.

»Sand«, rief sie aus. »Wir sind auf eine Sandbank aufgelaufen.«

»O nein! Und nun?«

»*Blin!* Wir müssen hier runter.«

Im Kanu balancierend, versuchte Tomás, mit dem Paddel den Grund zu berühren. Dort war tatsächlich Sand, alles deutete darauf hin, dass der Bug festsaß. Das Heck ließ sich noch bewegen, der vordere Teil des Bootes schien aber irgendwo festgeklemmt zu sein.

»Meinst du, wir sind schon am Strand?«, fragte er.

»Möglich. Kannst du irgendetwas erkennen?«

Beide rissen die Augen auf und versuchten, Anzeichen dafür zu entdecken, dass sie am Ufer waren. Sie hatten sich zwar bereits an die Dunkelheit gewöhnt, aber es war schwierig, ohne Lichter als Bezugspunkte irgendetwas außer der undurchdringlichen Finsternis zu erkennen. Es war, als wäre rings um sie herum ein Abgrund, sie konnten kaum die Hand vor Augen sehen, waren in der völligen Dunkelheit total verloren. Aber es nützte nichts, sie mussten unbedingt herausfinden, wo sie waren. Tomás versuchte noch einmal, mit dem Paddel den Grund zu berühren, nun jedoch am vorderen Teil des Kanus. Hier schien der Sand sehr viel näher zu sein als am Heck. Schon zuversichtlicher zog er Schuhe und Strümpfe aus, krempelte die Hosenbeine bis übers Knie hoch und robbte in Richtung Bug.
»Lass mich bitte vorbei«, bat er.
»Sei vorsichtig, Tomik.«
Ängstlich streckte er den Fuß ins Wasser. Die Kälte fuhr ihm durch den Leib, dass seine Ohren schmerzten. Vorsichtig tauchte er das Bein ein, und noch ehe das Wasser ihm bis zum Knie reichte, stand er auch schon auf dem Sand. Dann zog er ganz vorsichtig das andere Bein nach, ließ das Kanu los und ging Schritt für Schritt voran, bis das Wasser nur noch sein Füße bedeckte und dann nicht einmal mehr die.
»Es ist der Strand«, stellte er erleichtert fest. »Wir sind am anderen Ufer angekommen.«
Dann ging er zurück und half Nadeschda, aus dem Kajak zu steigen. Hand in Hand wateten sie wie zwei Blinde zum Ufer, ertasteten sich einen Weg durchs Unbekannte und blieben erst stehen, als sie nicht mehr Sand, sondern die Dornen der sibirische Steppe unter den Fußsohlen spürten.
»Und wo gehen wir nun hin?«, fragte Tomás, während er Strümpfe und Schuhe anzog.

»Ich denke, am besten nach Sakhyurta.«
»Zu Fuß?«
Nadeschda schnalzte genervt mit der Zunge.
»Siehst du hier vielleicht irgendwo eine Bushaltestelle?«
»Nein.«
»Warum fragst du dann so dumm? Selbstverständlich müssen wir zu Fuß gehen, Tomik.«
Ungeduldig stand Tomás auf.
»Großartig«, sagte er. »Gehen wir?«
Die Russin blieb unbeirrt im Gras sitzen.
»Kannst du irgendetwas erkennen in der Dunkelheit?«
»Nein.«
»Dann setz dich hin und halt den Mund.«

Aneinandergeschmiegt in einer warmen Umarmung, die sie vor der rauhen Kälte der Steppennacht schützte, dösten sie vor sich hin, bis die Helligkeit den Himmel allmählich bläulich färbte. Tomás schlug als Erster die Augen auf, und dann erwachte auch Nadeschda.
Am Baikal brach der Tag an. Hinter Olchon kamen die ersten Strahlen der Morgenröte zum Vorschein, und die langgezogene Silhouette der Insel zeichnete sich schwarz vor dem indigoblauen Firmament ab. Die beiden schauten sich um und erblickten zum ersten Mal die Küste, an der sie gestrandet waren. Rings um sie herum war Steppe, an die sich die Taiga und die Berge anschlossen. An der zerklüfteten Küste folgte Bucht auf Bucht, Einschnitte wechselten sich ab mit vorgelagerten Erhebungen, Sandzungen und steilen Felsen. Sie suchten Land wie Wasser nach Hinweisen auf ihre Gefährten ab, erblickten aber lediglich ihren verlassenen Kajak, der im Wasser vor dem Strand schaukelte, ein verlorener Einbaum, der sich im Rhythmus der Wellen bewegte, die auf dem Sand ausliefen.

»Besser, wir machen uns auf den Weg«, schlug Tomás vor. Dieses Mal war Nadeschda einverstanden und stand auf. Das Licht der Morgendämmerung war zwar noch schwach, reichte aber aus, um den Weg erkennen zu können. Ihnen war kalt, und sie hatten Hunger, deshalb mussten sie schnell aufbrechen. Sie wanderten durch das niedrige Gras der Steppe Richtung Südwesten. Wenn möglich, folgten sie der Küstenlinie, und wenn es nötig war, suchten sie sich einen Weg weiter im Landesinneren.

»Ist es weit bis zu dem Ort, zu dem wir gehen?«

»Sakhyurta? Bis dahin sind es ungefähr vierzig Kilometer.«

Tomás verdrehte die Augen.

»Verdammt! Das ist ja ein Marathon!« Er blickte forschend zum Horizont. »Kommt vorher nichts mehr?«

»Soweit ich weiß nicht.«

»Ist das nicht das Kaff, wo wir auf die Fähre nach Olchon gegangen sind?«

»Ja. Dort können wir den Bus nehmen und nach Irkutsk fahren.«

»Aber ist das nicht zu gefährlich? Vielleicht wird die Strecke ja von den Typen, die hinter uns her sind, überwacht.«

»Und was ist die Alternative, Tomik?«

»Ich weiß nicht. Schlag du etwas vor.«

Nadeschda deutete auf die Berge im Nordwesten.

»Wir können in die Richtung dort nach Manzurka gehen«, schlug sie vor. »Aber das sind ungefähr achtzig Kilometer.«

»Und wenn wir die Küste hochklettern?«

»Das ist noch ungünstiger. Die nächste Ortschaft ist Baikalskoe, sie liegt ungefähr dreihundert Kilometer entfernt.«

Tomás kräuselte die Lippen. »Nun, dann riskieren wir wohl am besten das Kaff mit der Fähre«, sagte er schicksalsergeben. »Wer weiß, vielleicht nimmt uns ja unterwegs jemand mit.«

Die Steppe war hügelig, und so mussten sie hügelauf, hügelab laufen. In regelmäßigen Abständen standen kleine Büsche, als seien sie dorthin gepflanzt worden. Man konnte Disteln und Salbei sehen, und das Gelb der Sonnenblumen verlieh der bräunlich trockenen Landschaft Farbe.

»Lebt hier denn niemand?«, fragte Tomás nach nur einer halben Stunde Marsch erbost.

»Nein«, antwortete Nadeschda, ohne den Blick vom Boden zu heben.

»Siehst du nicht? Die Erde ist sehr unfruchtbar. Die Steppe hat nur wenig Wasser. Da das hier fast eine Wüste ist, will keiner herkommen.«

Zuweilen versperrten kleine Bodenerhebungen ihnen den Weg und zwangen sie, um sie herumzugehen, um vorwärtszukommen. Die Unterhaltung zwischen ihnen stockte, sie hatten Hunger, waren müde und wollten so schnell wie möglich von dort weg, mussten sich aber in das Unvermeidliche schicken.

In Tomás rumorte immer noch der Groll, den er bisher unterdrückt hatte, doch nun, wo sie einen so langen Weg vor sich und so wenig zu sagen hatten, überkam ihn die Versuchung, diesem beißenden Gefühl, das ihn quälte, Ausdruck zu verleihen. »Magst du Filipe?«, fragte er.

Nadeschda zuckte mit den Schultern.

»Ich kann mich nicht beklagen«, sagte sie. »Er hat immer Wort gehalten. Außerdem ist das, was er tut, wichtig, findest du nicht?«

»Doch, natürlich«, pflichtete Tomás ihr bei. »Aber ich möchte wissen, ob du ihn wirklich gern hast.«

»Ach, das meinst du.«

Sie ging schweigend weiter.

»Und?«

»Mann ist Mann. Ihr mögt Sex, und ich mag Sex. Was ist daran schlecht?«
»Aber magst du Filipe?«
»Ich mag alle Männer, mit denen ich zusammen bin. Sofern sie zahlen, ist alles in Ordnung.«
An dem letzten Satz hatte Tomás einen Moment lang zu kauen.
»Würdest du nicht gerne aus diesem Leben aussteigen?«
»Aus welchem Leben? Aus dem einer Sexarbeiterin?«
»Ja.«
»Blin!«, fluchte sie. »Was ist eigentlich dein Problem?«
»Nichts. Ich bin bloß neugierig, mehr nicht.« Er schaute sie eindringlich an. »Musst du so ein Leben führen?«
Nadeschda lachte.
»Willst du mich etwa retten?«
»Ja, warum nicht?«
Die Russin schwieg eine Weile und blickte prüfend auf den Boden, über den sie ging.
»Du bist ein Lieber, Tomik, aber ich brauche nicht gerettet zu werden.«
»Meinst du nicht?«
»Ich weiß es. Niemand zwingt mich zu dem Leben, das ich führe. Ich lebe so, weil ich Geld mag und weil es mir Spaß macht. Wenn ich heute damit aufhören wollte, würde ich es tun.« Sie blickte ihn an. »Weißt du, was mein Name bedeutet?«
»Nadia bedeutet etwas?«
»Nein, du Dummerjan. Nadeschda. Weißt du, was das heißt?«
Tomás blickte sie fragend an.
»Ich habe nicht die geringste Ahnung.«
»Nadeschda bedeutet Hoffnung.« Sie lachte fröhlich. »Hoffnung. Verstehst du, Tomik? Ich habe Hoffnung.« Sie blickte

verträumt zum Horizont. »Weißt du, was ich tun werde, wenn ich im nächsten Jahr mit meinem Studium fertig bin? Ich werde mir irgendeinen Iwan suchen und mit ihm auf der Krim leben.« Unbekümmert schüttelte sie ihr rotes Haar. »Mach dir um mich keine Sorgen.«

»Und die Mafia lässt dich gewähren?«

»Welche Mafia? Ich führe das Leben, das ich führen will, und gebe es auf, wann ich will. Es gibt keine Mafia, die über mich bestimmt. Ich mache mit meinem Körper, was ich will, und wer ihn haben will, der muss dafür bezahlen.« Sie zeigte auf Tomás. »Und du mit deinem Pfaffengeschwätz lass dir gesagt sein, mit den Gratisnummern ist es jetzt vorbei, hast du verstanden? Von jetzt an zahlst du, wenn du deinen Spaß haben willst. Du bist nicht besser als die anderen.«

24

Eine Staubwolke deutete darauf hin, dass sie sich in der Nähe einer unbefestigten Straße befanden. Tomás' Armbanduhr zeigte bereits kurz vor zwölf. Schweigend schleppten sich die beiden Geflüchteten über die Steppe, sie waren zu müde und zu ausgehungert, um noch miteinander reden zu können. Der Wald erstreckte sich die Berge hinunter und reichte fast bis an den schmalen Streifen der Steppe, aber die beiden zogen es vor, auf dem offenen Feld zu bleiben, wo sie leichter vorankamen.

In der Ferne aufgewirbelter Staub weckte sie allerdings aus der Lethargie, in der sie versunken waren, und beflügelte sie wie Luft, die in einen leeren Ballon geblasen wird.

»Dort kommt jemand«, rief Nadeschda aus. Sie war plötzlich wieder munter. »Endlich!«

»Aber er kommt uns entgegen«, bemerkte Tomás. »Wir bräuchten jemanden, der in die andere Richtung fährt.«

»Das macht nichts. Wenn dort ein Auto kommt, dann deshalb, weil es dort Verkehr gibt. Das ist prima.«

Sie versuchten vorherzusehen, welchen Weg das Auto nehmen würde, das all den Staub aufwirbelte, begriffen jedoch rasch, dass es nur eine Möglichkeit gab: den Weg, auf dem sie gingen. Die Steppe war an dieser Stelle nicht mehr als ein schmaler Streifen zwischen der Taiga und dem See, so dass es nicht übermäßig viele Alternativen gab. Da auf der Hand lag, dass der Wagen nicht durch das Dickicht fahren konnte und sie keine anderen Staubwolken erblickten, die auf weiteren Verkehr auf einer möglichen Straße durch den benachbarten Wald hindeuteten, war klar, dass der Wagen unvermeidlich auf ihrem Weg auf sie zukommen musste. Sie stiegen eine Anhöhe hinauf und blieben dort stehen, um gespannt abzuwarten, dass der Wagen zu ihnen käme.

Die Wolke wurde größer, auch der Motor war nun zu hören. Er klang wie anschwellendes Gebrüll. Plötzlich tauchte der Wagen hinter einer Bodenwelle auf, und die beiden konnten ihn sehen. Es war ein Jeep. Unmittelbar dahinter fuhr ein zweiter. Tomás erschrak, als er die beiden Wagen von der vergangenen Nacht erkannte.

»Sie sind es!«, schrie er.

Er packte Nadeschda am Arm und rannte die Anhöhe hinunter. Er war sich nicht sicher, ob sie gesehen worden waren, aber möglich schien es ihm, ja sogar wahrscheinlich. Die Angst beschleunigte seinen Schritt, die Müdigkeit war verflogen und wurde durch einen Energieschub ersetzt. Während die beiden übers offene Feld rannten, hörten sie das Herannahen der Jeeps, liefen irgendwann zwischen den ersten Bäumen hindurch und schlugen sich in die Taiga.

Durch die Kiefern und Büsche kamen sie nun langsamer voran, so langsam, dass sie hörten, wie die Motoren verstummten und die Türen zugeschlagen wurden. Sie waren entdeckt worden, die Unbekannten machten Jagd auf sie. Sie hörten die Rufe der Männer, und wie eine Dosis Adrenalin verliehen die Geräusche ihrer Verfolger ihnen neue Kräfte, trieben sie voran in ihrer blinden Flucht. Sie rannten, so schnell sie konnten, zwischen den Bäumen hindurch, stießen gegen Zweige, ihre

Haut wurde von Disteln und wilden Blumen zerkratzt und ihre Kleider zerrissen. Doch nichts konnte sie aufhalten. Wie Hasen liefen sie durch das Grün, schlüpften zwischen Kiefern hindurch, um jeden Preis bemüht, den Abstand zu ihren Verfolgern zu vergrößern.
Hinter ihnen wurden nach wie vor Befehle gebrüllt, mal näher, mal weiter weg. Zuweilen hatten sie das deutliche Gefühl, im nächsten Moment umgebracht zu werden, dann wieder waren sie überzeugt, dass sie sich von den Unbekannten entfernten. Ihre Lungen platzten fast, und ihr Atem ging so laut, dass er sie unweigerlich verraten würde, so glaubten sie jedenfalls, doch sie rannten weiter, immer weiter und tiefer ins Innere des Waldes hinein.
Ein Aufschrei veranlasste Tomás dazu, sich umzuschauen. Nadeschda war neben einem Busch gestürzt.
»Komm«, sagte er, als er zurücklief und ihr die Hand reichte. »Schnell.«
Die Russin versuchte aufzustehen, verzog jedoch gleich darauf vor Schmerz das Gesicht.
»Ich kann nicht«, schluchzte sie. »Ich habe mir den Fuß verstaucht.«
Tomás zog stärker.
»Los, wir dürfen nicht stehen bleiben.«
Das Mädchen stand auf und versuchte, ein paar Schritte zu machen, hüpfte aber mehr auf einem Bein, als dass sie ging. Es war offensichtlich, dass sie nicht weiterlaufen konnte.
»Ich schaffe es nicht«, klagte sie. »Ich habe Schmerzen.«
Tomás blickte zurück. Die Verfolger waren noch nicht aufgetaucht, aber ihm war klar, dass sie sie, wenn sie dort blieben, bald einholen würden. Auf der verzweifelten Suche nach einer raschen Lösung, schaute er sich um, aber in seinem Kopf hämmerte nur ein einziger Gedanke.

»Wir müssen hier weg.«
»Flieh du«, sagte sie. »Du kannst laufen, ich nicht. Flieh, Tomik.«
Der Historiker blickte sie an, die Versuchung war groß. Was Nadeschda sagte, ergab durchaus einen Sinn. Wenn er bei ihr bliebe, würden sie beide gefangen. Wenn er floh, könnte er vielleicht entkommen. Sie war in jedem Fall verloren. Es war also zweifellos am vernünftigsten, wenn er floh.
Fast wäre er auf den Vorschlag eingegangen, doch im letzten Moment zögerte er. Er konnte sie nicht zurücklassen. Er musste daran denken, was mit den beiden Wissenschaftlern geschehen war, die Jahre zuvor von denselben Männern oder von ihresgleichen getötet worden waren, und ihm war klar, Nadia dort zu lassen, bedeutete ihren sicheren Tod. Nein, dazu war er nicht imstande.
Das Problem war nur, zu bleiben, wo sie gerade waren, wäre der reine Selbstmord. Wie also sollte er sich entscheiden? Sollte er fliehen oder bleiben?
Abermals suchte er nach Anzeichen der Verfolger. Noch waren sie nicht aufgetaucht, aber er hörte bereits die Stimmen, die näher kamen. Die beiden durften sich nicht länger dort aufhalten, sie mussten weiterlaufen. Die Sekunden verstrichen. Er musste um jeden Preis einen Ausweg finden.
»Stütz dich auf mich«, sagte Tomás, während er ihr seine Schulter anbot, ihren Arm festhielt und ihn um seinen Hals legte. »Gehen wir.«
So schnell er konnte, schleifte er sie mühsam durch den Wald. Sie hinkte, auf ihn gestützt, aber rasch wurde ihm klar, dass sie so nicht weit kommen würden. Allmählich spürte er auch die Erschöpfung, und so langsam, wie sie vorankamen, war klar, dass die Verfolger sie jeden Moment einholen würden. Plötzlich entdeckte er zwischen zwei Kiefern ein Gebüsch

und wandte sich dorthin. Er half Nadeschda, sich hinter den Büschen zu verstecken, und tat es ihr nach. Beide atmeten schwer. Tomás gab ihr zu verstehen, dass sie ihr lautes Keuchen unter Kontrolle bringen und absolut still sein mussten.

Stille.

Der Gesang der Vögel erfüllte die Taiga mit einer heiteren Melodie, doch was sie vorher für ein Konzert der Natur gehalten hätten, kam ihnen nun vor wie eine düstere Auslieferung an die primitiven Mächte des Waldes. Das Gezwitscher der Vögel erinnerte sie daran, dass hier nicht die Welt der Menschen war, dass hier andere Gesetze herrschten, dass jeder Jäger sich hier in die Beute eines anderen Jägers verwandeln konnte. Schweigend lauschten sie, die Aufmerksamkeit auf eine andere Art von Geräuschen konzentriert, und sie mussten nicht lange warten. Männerstimmen ertönten, es raschelte im Gestrüpp. Zweifellos, die Verfolger waren in der Nähe. Die beiden rührten sich nicht und hielten fast den Atem an. Sie blickten hektisch in alle Richtungen, auf ihrer Stirn bildeten sich Schweißperlen. Sie beteten, dass das Gebüsch sie tatsächlich verbergen würde.

Angsterfüllt dem Warten ausgeliefert, kamen Tomás Zweifel an der Tauglichkeit ihres Verstecks. Noch Momente zuvor, in der Not der Flucht und im Taumel der Verzweiflung, war ihm das Gebüsch als eine hervorragende Lösung erschienen. Doch nun war er sich nicht mehr so sicher. Er malte sich aus, wie die Verfolger neben ihnen stehen würden, mit durchdringendem Blick und geschärfter Aufmerksamkeit, und ihm wurde klar, dass Nadeschda und er hier auf dem Präsentierteller saßen, praktisch nackt wie Kinder, die sich hinter einer Gardine verstecken und deren Füße sie verraten. Es war unmöglich, dass sie unentdeckt blieben, und sein Herz überschlug sich vor Angst und Erschöpfung. Unmöglich. Welch ein Wahnsinn, dass sie hierhergelaufen waren. Aber nun war es zu spät, sie hatten sich hier versteckt, und sie hatten keine Alternative. Sie konnten sich nur noch still und bewegungslos wie Statuen verhalten und beten, damit die Unbekannten sie nicht entdeckten. Das war die einzige Chance.

Ein Mann.

Sie sahen, wie ein Zweig sich bewegte und plötzlich ein Mann vor ihrem Versteck auftauchte, der, wachsam auf Geräusche achtend, in katzenhafter Haltung wie ein Jäger vorbeischlich. Er hatte Jeans und eine Lederjacke an, doch den größten Schrecken jagte Tomás das ein, was er in der Hand hielt. Obwohl er außer im Film und auf Fotos in der Zeitung noch nie eine AK-47 gesehen hatte, erkannte der Historiker sie sofort. Der Mann marschierte mit einer Kalaschnikow unterm Arm durch die Taiga, und es gab keinen Zweifel daran, dass sie sein Jagdobjekt waren.

Tomás und Nadeschda erstarrten vor Schreck. Ihre Herzen schlugen so heftig, dass sie befürchteten, sie könnten noch in hundert Metern Entfernung zu hören sein. Es war, als wenn der Tod dort umginge, als ob er ihre Angst wittern und ihre noch warme Fährte spüren könne. Dann hörten sie eine andere Stimme, die offenbar von der anderen Seite herüberschallte, doch es war niemand zu sehen. Der Mann mit der Kalaschnikow blieb für einen Moment auf der Lichtung vor dem Gebüsch stehen, sagte etwas auf Russisch zu jemandem, der für sie nicht erkennbar war, ging dann aber weiter und verschwand zwischen dem Laub.

Die beiden Gejagten blieben wie gelähmt sitzen, das Glaubensbekenntnis auf der Zunge, voller Furcht, dass noch weitere Unbekannte auftauchen würden. Nun hörten sie Stimmen zu ihrer Rechten, als wären die Jäger an ihnen vorbeimarschiert, ohne sie entdeckt zu haben. Die Worte, die die

Unbekannten wechselten, klangen allmählich weiter entfernt, und Tomás atmete erleichtert auf.
»Sie gehen«, flüsterte er so leise, dass er seine eigene Stimme kaum hören konnte.
»Ja«, antwortete sie ebenso leise.
»Hast du verstanden, was sie gesagt haben?«
»Sie suchen uns.«
»Aber sie haben uns übersehen. Am besten, wir nutzen die Gelegenheit und fliehen in die andere Richtung.«
»Beweg dich nicht. Sie wissen, dass wir irgendwo hier versteckt sind.«
»Ja?«
»Sie unterhalten sich gerade darüber.«
»Und was machen wir nun?«
»Wir müssen mucksmäuschenstill bleiben. Wenn wir uns bewegen oder Geräusche machen, finden sie uns.«
Also schwiegen sie und blieben reglos und angespannt sitzen, begierig darauf, wegzurennen, aber derart in Panik, dass sie sich nicht zu rühren vermochten. Erneut bestätigten die Stimmen, dass die Männer nach wie vor in der Nähe waren. Laubgeraschel war zu hören, als durchkämmten die Unbekannten jeden Winkel der Taiga. Dann verstummten diese Geräusche, und die Männer redeten eine Weile miteinander.
»Sie kommen zurück«, wisperte Nadeschda, die das Gespräch verfolgt hatte.
Gleich darauf wurden die Stimmen tatsächlich lauter, und die beiden Verfolgten hielten erneut den Atem an. Sie spürten das Näherkommen der Männer und waren wie gelähmt, wussten nicht, wie sie der Bedrohung durch die Fremden ein zweites Mal standhalten sollten. Sie hörten abermals Zweigrascheln und erblickten plötzlich die Beine eines Mannes, der einen halben Meter vor dem Gebüsch stand und seine Kalaschni-

kow nach unten hielt. Auch dieser Unbekannte trug Jeans, war aber kräftiger als der vorherige. Der Mann blieb einen Augenblick lang so nahe vor ihnen stehen, dass sie seine Beine und seinen Bauch sehen konnten. Sehnlichst wünschten sie, er möge so schnell wie möglich verschwinden.

Doch der Unbekannte blieb stehen. Ein zweiter Mann kam dazu, die beiden blickten einander an, stutzten offenbar. Plötzlich bückte sich der zweite Mann und spähte ins Gebüsch.

Die Männer hatten sie entdeckt.

»Vot oni!«, brüllte der Russe.

Erschrocken wollte Tomás schon aus dem Gebüsch rennen, doch seine Beine waren weich wie gekochte Spaghetti und schlotterten, er hatte keine Kraft.

Nun brach um das Gebüsch herum die Hölle los. Die beiden Unbekannten auf der Lichtung richteten ihre Kalaschnikows auf das Versteck. Weitere Gewehrläufe drangen durch das Laub, und eine Stimme brüllte einen Befehl.

»Vykhodíte ottuda. Bystro.«

Nadeschda zitterte vor Angst.

»Sie wollen, dass wir rauskommen«, dolmetschte sie.

Wie schlafwandelnd, mit betäubten Sinnen, schob Tomás die Zweige beiseite und half der Russin auf die Beine. Er hatte sich kaum aufgerichtet, als er auch schon einen Faustschlag in den Magen erhielt, zusammenklappte und mit der Stirn auf dem Boden aufschlug.

»Eto ti gueólog?«, bellte drohend eine Stimme.

Er spürte, wie sich ihm ein Gewehrlauf in den Nacken bohrte, und brauchte einige Sekunden, ehe er wieder atmen konnte.

»Ich verstehe kein Russisch«, erklärte er auf Englisch, den Mund voller Erde.

Dann hörte er einen Schlag und das Wimmern Nadeschdas. Sie hatten auf sie eingeprügelt. Es folgten weitere Fragen auf Russisch, die das Mädchen unter Schluchzen beantwortete.
Das ist die Endstation, dachte Tomás.
Die Russen brüllten Nadeschda an, sie antwortete weinend. Dann wandten sie sich Tomás zu, rissen seinen Kopf an den Haaren nach hinten, und einer der Männer brüllte ihm auf Russisch etwas direkt ins Ohr. Der Unbekannte tastete ihn am ganzen Körper ab, durchsuchte seine Taschen und nahm heraus, was er darin fand. Dann ließ er seinen Kopf los, und Tomás spürte wieder den Gewehrlauf im Nacken. Er hörte Stimmen, und Sekunden darauf gingen die übrigen Männer ein paar Schritte weit weg, als wollten sie nicht bei dem gesehen werden, was als Nächstes geschehen würde.
Entsetzt begriff er. Sie würden ihn erschießen.
Nadeschda schluchzte. Aus den Augenwinkeln konnte Tomás erkennen, dass sie, ebenfalls einen Gewehrlauf im Nacken, am Boden lag. Es wurde still auf der Lichtung.
Dann ertönte rechts neben Tomás ein ohrenbetäubend lauter Knall. Er hob den Kopf. Fassungslos sah er, dass Nadeschdas Kopf zerfetzt war. Überall am Boden war Blut und Hirnmasse und dazwischen ihr kupferfarbenes Haar.
Der Gewehrlauf in seinem Nacken stieß Tomás' Kopf nach unten, so dass er auf den Boden schlug. Nun war alles zu Ende, dachte er. Sie würden ihn erschießen. Doch der Druck im Nacken ließ nach, und noch ehe er etwas begreifen konnte, spürte er, wie ein Mann sich ganz dicht an sein Ohr beugte.
»Verschwinde, Portugiese«, sagte der Unbekannte nunmehr auf Englisch. »Hau ab und komm nie wieder.«
Die Männer setzten sich in Bewegung, und wenige Sekunden später hatten sie die Lichtung verlassen. Zitternd vor Nervosität und mit einem Gefühl der Unwirklichkeit, stand Tomás

ganz langsam auf und setzte sich auf den Boden, vielleicht war das alles ja nur ein Traum gewesen. Die Männer waren tatsächlich verschwunden und hatten seine Brieftasche und seinen Pass dagelassen, sie lagen neben seinen Füßen.

Dann wanderte sein Blick ungläubig zu dem reglosen, blutüberströmten Leichnam Nadeschdas, der wie eine kaputte Puppe ausgestreckt auf dem feuchten Waldboden lag, und verweilte dort. In dem Moment begann er zu weinen.

25

Das Haus wirkte genauso beschaulich wie immer, vielleicht ein wenig freundlicher als bei den anderen Malen, die er dort gewesen war. Aber der Frühling war auch schon weit fortgeschritten, und die Gartenrosen funkelten in intensivem Rot und Gelb in der Sonne und wetteiferten mit dem Gelborange des Johanniskrauts. Die exotische Note aber verlieh dem Grün das Himmelblau des Schwarzkümmels mit seinen sternförmig geöffneten Blüten.

Tomás betrat das Haus, als sei es eine andere Welt. Die Schrecken, die er kurz zuvor in Sibirien erlebt hatte, hatten ihn nicht mehr losgelassen. Er war nicht imstande, das Geräusch des Schusses aus der Kalaschnikow, der Nadeschdas Kopf zerfetzt hatte, aus seinem Gedächtnis zu löschen, und auch das Bild des auf dem Waldboden liegenden Mädchens wurde er nicht mehr los. Beides hing wie ein permanenter Schatten über ihm. Die Erinnerung hatte ihn die gesamte Rückreise vom Ufer des Baikalsees bis zum Vordach des Altenheims in Coimbra belastet.

Als er jedoch durch die Eingangstür ging, gewährte ihm sein Geist anscheinend eine Pause. Es war, als hätte sein Unterbewusstes es geahnt: Um mit einem neuen Problem fertig zu werden, durfte er sein altes nicht mit dort hineinnehmen.

Alles hatte seine Zeit, er konnte sich nur mit einer Sache auf einmal befassen. Und so steuerte er mit unverhofft klarem Kopf direkt auf das Büro der Heimleiterin zu und blieb erst stehen, als er den Namen Maria Flor auf einem kleinen Holzschild an der Tür erblickte.

»Darf ich reinkommen?«, fragte er, nachdem er geklopft hatte und durch den Türspalt lugte.

Die Heimleiterin, die, mit Papierkram beschäftigt, an ihrem Schreibtisch saß, empfing ihn mit einem bezaubernden Lächeln.

»Bitte sehr, Herr Professor.« Sie deutete auf einen Stuhl vor ihrem Schreibtisch. »Ich dachte schon, Sie wären verschwunden.«

Tomás setzte sich.

»Viel hat nicht daran gefehlt«, bemerkte er und erschauderte. »Ich war im Ausland und bin dort in eine sehr heikle Lage geraten. Heute erst bin ich zurückgekehrt und habe gleich, nachdem ich in Lissabon gelandet bin, mein Auto abgeholt und bin direkt nach Coimbra gefahren. Ich bin gerade angekommen.«

»Ich habe durchaus bemerkt, dass sie nicht da waren.«

Ein wenig beschämt, was sie wohl über seine Abwesenheit denken mochte, nachdem er seine Mutter dort abgegeben hatte, sank Tomás auf seinem Stuhl in sich zusammen und senkte den Blick.

»Es tut mir leid, aber ich hatte berufliche Verpflichtungen«, rechtfertigte er sich erneut, dann hob er den Kopf. »Wie geht es meiner Mutter?«

»Sie ist weggelaufen.«

Tomás riss ungläubig die Augen auf. Die Nachricht traf ihn mit der Heftigkeit einer Ohrfeige.

»Wie bitte?«

»Ihre Mutter ist weggelaufen.«
»Wie, weggelaufen?«
»Ganz einfach. Sie hat ihre Sachen genommen und ist durch die Tür hinausgegangen.«
»Und Sie haben sie gehen lassen?«
Die Heimleiterin seufzte.
»Was hätten wir denn tun sollen, Herr Professor? Sie dürfen nicht vergessen, das alles hier ist neu für sie. Ihre Mutter war an einen bestimmten Ablauf gewöhnt und an ihre Art zu leben, die ihr vertraut war. Und plötzlich hat man sie in eine völlig fremde Umgebung verfrachtet, noch dazu gegen ihren Willen. Wie zu erwarten war, hat sie darauf nicht gut reagiert.«
Tomás spürte, wie die Wut in seiner Brust anschwoll. Er war kurz davor zu platzen.
»Sie haben sie einfach gehen lassen?«
»Soweit ich weiß, ist Ihre Mutter erwachsen und nicht entmündigt. Sie hat also die Freiheit, zu gehen, wohin sie möchte. Was hätten wir tun sollen, als sie ihre Sachen genommen hat und gegangen ist? Sie ist schließlich keine Gefangene, kein Gericht hat sie verurteilt, nicht wahr, Herr Professor?«
»Aber sie darf nicht unbeaufsichtigt herumlaufen, sie ist eine Gefahr für sich selbst. Wo befindet sich meine Mutter jetzt?«
Maria deutete zur Tür.
»Sie ist hier.«
»Wie bitte?«
»Sie ist hier im Heim.«
Tomás blickte die Leiterin verwirrt an.
»Entschuldigen Sie, aber das verstehe ich nicht. Haben Sie nicht gesagt, sie sei weggelaufen?«
»Ja, und das stimmt auch. Am dritten Tag ist sie weggelaufen.«

»Und jetzt ist sie wieder hier?«
»Ja, wir haben es Gott sei Dank geschafft, sie wieder zurückzuholen.«
Tomás schnaubte vor Erleichterung.
»Wir haben an dem Tag auch versucht, mit Ihnen zu sprechen, aber Ihr Handy war abgeschaltet. Sie können sich nicht vorstellen, wie oft wir bei Ihnen angerufen haben. Da wir wussten, dass Ihre Mutter eine Patientin von Doktor Gouveia ist, haben wir uns mit dem Krankenhaus in Verbindung gesetzt und mit ihm gesprochen. Doktor Gouveia hat sie dann auch gefunden und zurückgebracht.«
»Und wie fühlt sie sich jetzt?«
»Glücklicherweise lebt sie sich langsam ein. Möchten Sie sie sehen?«
»Ja, selbstverständlich«, sagte er und erhob sich. »Aber es geht ihr doch gut, nicht wahr?«
»Ja, den Umständen und dem Alter entsprechend, natürlich«, antwortete die Leiterin und blieb sitzen. »Es wäre wichtig gewesen, wenn Sie in den ersten Tagen ihrer Eingewöhnung hier bei ihr im Heim gewesen wären.«
»Ja, ich weiß, aber glauben Sie mir, es war für mich absolut unmöglich.«
Einen Moment lang wusste Tomás nicht genau, ob er gehen oder sich wieder hinsetzen sollte.
Die Körperhaltung der Heimleiterin gab ihm zu verstehen, dass das Gespräch noch nicht beendet war und er also wieder Platz nehmen sollte.
»So etwas ist für uns ein bisschen problematisch, wie Sie vermutlich verstehen«, sagte Maria, entschlossen, dem Besucher ihre Verantwortung verständlich zu machen. »Ein Heim zu leiten ist keine leichte Aufgabe, wir werden ständig vor neue Situationen gestellt. Gestern, zum Beispiel, ist eine achtzig-

jährige Dame auf der Suche nach der Küche während der Nacht durchs Haus gegeistert. Auf dem Rückweg in ihr Zimmer hat sie die Orientierung verloren und ist, ohne es zu wollen, bei drei verschiedenen Heimbewohnern im Bett gelandet.«

»Tatsächlich?«, staunte Tomás, der nun wieder auf seinem Stuhl saß. »Nun, wenn ich alt bin, möchte ich auch hierherkommen.«

»So lustig ist das nicht.«

»Entschuldigen Sie bitte, aber das ist doch unglaublich. Da liegt man friedlich in seinem Zimmer, und mitten in der Nacht kommt eine Frau und legt sich zu einem ins Bett. Das ist doch der Traum eines jeden Mannes!«

Maria lachte.

»Auch, wenn sie schon alt ist?«

»Ich denke, in dem Alter darf man nicht mehr so wählerisch sein, oder? In der Not frisst der Teufel Fliegen.«

Beide lachten, doch rasch wurde die Heimleiterin wieder ernst. Sie fand es unpassend, sich auf Kosten dieser Frau zu amüsieren.

»Sie machen Witze, aber das hier ist ernst.«

Das Lächeln verschwand aus Tomás' Gesicht, er nickte.

»Ich weiß.«

»Wir haben sehr liebe Bewohner, die wohlerzogen sind und sich sogar entschuldigen, wenn sie nicht allein essen können oder nachts ins Bett machen.« Sie blickte verzweifelt zur Decke. »Und dann gibt es wieder andere …«

Sie ließ den Satz unvollendet.

»Ja? Was machen die anderen?«

»Alles Mögliche. Manche können nicht an sich halten und lassen ihre Exkremente überall fallen, furchtbar. Ich weiß, es trifft sie keine Schuld, aber es ist trotzdem schwierig, zu ihnen

ins Zimmer zu gehen und alles wieder sauber zu machen, nicht wahr? Die Putzfrauen können einem leidtun.«
»Das sind bestimmt die Schlimmsten.«
»Nein, am schlimmsten sind die Schlechtgelaunten, die uns verbal attackieren, kaum dass sie wach sind. Entweder kommt für sie das Frühstück zu früh oder zu spät, steht das Bett zu nah am Fenster oder zu weit weg, dann wieder sind wir allesamt Armleuchter, oder in der Badewanne ist beim Saubermachen ein Haar zurückgeblieben, oder wir haben ihnen Geld aus der Tasche weggenommen und sie misshandelt, das Essen ist mal zu salzig, mal zu fade, kurz gesagt, immerzu ist alles verkehrt. Dann suchen sie Streit mit den anderen, beschuldigen sich gegenseitig, ein Chaos.« Sie schüttelte den Kopf. »Wissen Sie, es gibt Leute, die können einem das Leben zur Hölle machen.«
»Und mit dem Alter treten die Unzulänglichkeiten stärker zutage, nicht wahr?«
»Allerdings«, stimmte Maria ihm zu. »Viele hier sind einfach wütend und lassen ihre Wut in Ermangelung besser geeigneter Objekte an uns aus. Das ist der Kern des Problems, und wir müssen dafür dann Verständnis aufbringen.«
»Sagen Sie bloß nicht, dass meine Mutter zu dieser Gruppe gehört.«
»Nein, bestimmt nicht, Dona Graça ist eine ganz Liebe. Ja, sie hatte Schwierigkeiten, sich einzugewöhnen, aber man merkt, dass sie ein Mensch mit Niveau und gar nicht imstande ist, irgendwen schlecht zu behandeln.«
»Es hätte mich auch sehr gewundert, wenn sie jemanden beleidigen würde.«
Endlich erhob sich die Leiterin von ihrem Stuhl und gab Tomás damit zu verstehen, dass das Gespräch sich seinem Ende näherte.

»Und dann gibt es natürlich noch die Nervensägen. Die Ärmsten, sie können nichts dafür, aber sie bringen den ganzen Betrieb durcheinander. Manche schreien den ganzen Tag, andere verfolgen uns überallhin, und dann gibt es noch zwei oder drei, die fünfzigmal am Tag das Gleiche fragen oder die gleiche Geschichte erzählen. Sie brauchen viel Zuwendung, aber die Erfordernisse der Arbeit hindern uns daran, lange Gespräche zu führen. Wie soll sich eine Putzfrau, die den Vormittag über zehn Zimmer sauber machen muss, eine halbe Stunde lang mit einem Bewohner unterhalten?«

»Das ist wahr.«

Maria Flor begleitete Tomás bis zur Tür ihres Büros, und beide traten auf den Flur hinaus.

Eine alte Frau schlurfte in Hausschuhen an ihnen vorüber. Sie trug einen weißen Morgenmantel mit Spitzenrüschen und hatte das weiße Haar zu einem Pferdeschwanz zusammengebunden.

»Sehen Sie diese Dame?«, flüsterte die Heimleiterin, als die alte Frau vorübergegangen war.

»Ja.«

»Sie läuft ständig durch die Flure. Zur Essenszeit setzen wir sie an den Tisch, aber es reicht, wenn wir eine Minute nicht aufpassen, und schon ist sie wieder unterwegs. Es ist zum Verzweifeln.«

»Vielleicht wäre es besser, wenn all diese Leute zu Hause blieben, nicht wahr?«

»Und wer würde sich dann um sie kümmern? Die Leute haben doch heutzutage gar nicht die Möglichkeit, zu Hause zu bleiben, ihren Eltern den Hintern abzuwischen und ihre Marotten zu ertragen. Das ist die bittere Wahrheit. Heute leben die Menschen länger, und bei unserer Lebensführung können sich die Familien gar nicht um so viele alte Leute kümmern.

Früher wurden nur wenige Menschen sehr alt, und es gab Familienstrukturen, die diese wenigen auffingen. Sie müssen bedenken, dass die Frauen damals ja nicht arbeiten gingen, sie blieben zu Hause und kümmerten sich um ihre Angehörigen. Aber heute ist das nicht mehr so. Dank der Fortschritte der Medizin gibt es sehr viel mehr Alte als in der Vergangenheit, und wegen der Berufstätigkeit der meisten Frauen ist es vorbei mit den etablierten Familienstrukturen, in denen man sich um die Alten gekümmert hat, verstehen Sie?«

»Ja, das demographische Profil der Gesellschaft hat sich verändert.«

»O ja«, stimmte sie nachdrücklich zu. »So wie die Dinge liegen, ist eine professionelle Unterstützung durch Altersheime, sofern sie qualitativ gut sind, zweifellos von fundamentaler Bedeutung.« Sie zeigte auf den Boden, meinte aber das Heim. »Um zu begreifen, was hier drinnen abläuft, muss man verstehen, was Alter eigentlich ist. Manche Leute meinen, ein Altersheim müsse sein wie das Zuhause seiner Bewohner, aber das ist eine Wunschvorstellung der Leute draußen, um sich von der unbequemen Wirklichkeit nicht beunruhigen zu lassen.« Sie machte eine ausholende Geste. »Ist Ihnen das schon aufgefallen? Eigentlich ist ein Altersheim ein Krankenhaus. Die gesunden, selbständigen Bewohner lassen sich an einer Hand abzählen. Sogar für die einfachsten Verrichtungen benötigen die meisten Heimbewohner Hilfe. Sie können sich nicht allein waschen, sie können nicht allein essen, manche können nicht einmal mehr laufen, andere haben große Schwierigkeiten beim Wasserlassen, viele sind nicht mehr im Vollbesitz ihrer geistigen Fähigkeiten. Kurz und gut, wir haben hier mehr Patienten als Bewohner.«

»Das ist ein Problem.«

Maria deutete auf Tomás.

»Und dann müssen wir noch Sie ertragen, nicht wahr?«
»Mich?«
»Ja, Sie, die Angehörigen.«
»Was tun wir denn?«
»Sie haben nichts getan, was im Übrigen nicht gerade für Sie spricht.«
»Sie wollen mich doch nicht ausschimpfen, oder?«
»Wissen Sie, es geht mich nichts an, aber ich möchte gerne, dass Sie eines begreifen. Es hilft den alten Leuten in dieser schwierigen Lebensphase ganz entscheidend, wenn ihre Angehörigen da sind. Es stimmt, viele von ihnen bekommen überhaupt nichts mehr mit, aber das heißt nicht, dass sie empfindungslos geworden wären. Im Gegenteil, sie reagieren sehr sensibel auf die Aufmerksamkeit, die die Familie ihnen entgegenbringt.«
»Ich weiß, ich war nicht da, aber Sie müssen mir glauben, ich konnte wirklich nicht kommen«, entschuldigte er sich erneut. »Ich hatte dringende Verpflichtungen.«
»Das müssen Sie selber entscheiden, da mische ich mich nicht ein«, wiederholte sie. »Ich will Ihnen auch keine Moralpredigt halten, aber Sie müssen wissen, dass Ihre Anwesenheit ganz entscheidend bei der Eingewöhnung Ihrer Mutter in das Heimleben sein kann. Die Menschen können die alten Leute nicht einfach ins Heim geben und dann erwarten, dass das Heim wie durch Zauberei sämtliche Probleme löst, weil das nicht passieren wird. Unsere Aufgabe besteht darin, dafür zu sorgen, dass die Menschen sauber und satt sind und ihre Medikamente nehmen. Wir bieten ihnen die materiellen Bedingungen, die die Familie ihnen verständlicherweise nicht mehr bieten kann. Aber so freundlich und liebevoll wir mit den Bewohnern auch umgehen, in emotionaler Hinsicht gibt es nichts, was den Kontakt mit der Familie ersetzen kann. Bitte

kommen Sie Ihre Mutter oft besuchen, damit sie sich nicht abgelehnt und verlassen fühlt.«

Tomás senkte den Kopf und biss sich auf die Lippe. Er wusste, die Botschaft war direkt an ihn gerichtet.

»Sie haben recht.«

Vor dem Aufenthaltsraum blieben sie stehen. Die Heimleiterin ließ den Blick von links nach rechts wandern und heftete ihn dann auf eine am Fenster sitzende Gestalt.

»Ihre Mutter ist dort«, sagte sie. »Bevor Sie zu ihr gehen, möchte ich Sie noch an eines erinnern: In dem Alter geht uns immer ein bisschen mehr verloren.«

»Was wollen Sie damit sagen?«

»Dass die grauen Zellen absterben, mal schneller, mal langsamer. So ist das Leben. Ich möchte Sie darauf vorbereiten, dass Sie Ihre Mutter womöglich jedes Mal, wenn Sie herkommen, anders vorfinden. Und vermutlich selten in besserer Verfassung.«

Die Sonne streichelte die Falten in Dona Graças Gesicht, als Tomás sich zu ihr beugte und sie auf die Wange küsste.

»Hallo, Mutter, geht es dir gut?«

Dona Graça blickte hoch und sah ihren Sohn mit ihren klaren grünen Augen an. Er beobachtete sie erwartungsvoll nervös.

»Vater«, rief sie und breitete die Arme aus. »Vater.«

Tomás schaute sie verblüfft an.

»Mutter, ich bin es doch, Tomás.«

Sie wirkte verwundert und zögerte. Einen Moment lang schaute sie ihn unschlüssig an, bis sie sich besann.

»Entschuldige bitte«, sagte sie und schüttelte den Kopf. »Ich bringe langsam alles durcheinander. Eben kamst du mir vor wie mein Vater.« Sie streichelte ihm das Gesicht. »Du siehst genauso gut aus wie er.«

»Klar, ich habe ja auch seine Gene geerbt.«
»Gerade neulich noch haben mein Vater und meine Mutter zu mir gesagt, du seiest ein Engel.«
Tomás machte es sich auf dem leeren Stuhl Dona Graça gegenüber bequem.
Kein Zweifel, sie war verwirrt. Sie redete so, als wären ihre Eltern noch am Leben.
»Wie ist es dir denn hier ergangen?«, fragte Tomás, um das Gesprächsthema zu wechseln.
»Ich habe Heimweh und habe schon zu deinem Vater gesagt, dass ich wieder nach Hause will.«
Ihre Erinnerungen vermischten sich in buntem Durcheinander. »Schläfst du gut, Mutter?«
»Nein, überhaupt nicht. Es kommen immer irgendwelche fremden Leute zu mir ins Zimmer, eine Plage.«
»Das sind die Pflegerinnen, die nachschauen, ob alles in Ordnung ist.«
»Mir ist Alzira lieber, an die bin ich schon gewöhnt.« Alzira war die Hausangestellte aus der Zeit, als Tomás ins Gymnasium gegangen war. »Außerdem kann sie besser kochen. Das Personal hier sollte mal einen Kochkurs absolvieren, so wie die im Fernsehen.«
Tomás blickte sich um und beobachtete die alten Leute, die im Aufenthaltsraum saßen. Manche dösten, andere schauten verloren ins Leere, eine Frau strickte, und drei Männer spielten Karten.
»Hast du noch keine Freundinnen gefunden?«
»Aber sicher doch«, sagte seine Mutter. »Weißt du, wen ich hier getroffen habe?«
»Nein.«
»Deolinda. Kannst du dich noch an sie erinnern?«
»Ich habe keine Ahnung, wer das sein soll.«

»Doch, natürlich. Wir haben sie auf dem Gymnasium kennengelernt.«
»Mutter, ich war nie mit dir zusammen auf dem Gymnasium. Als du aufs Gymnasium gegangen bist, war ich noch gar nicht auf der Welt.«
Dona Graça überlegte und versuchte ihre Gedanken zu ordnen.
»Du hast recht, ich bin wirklich durcheinander. Dein Vater und ich haben uns auf dem Gymnasium kennengelernt.« Sie zuckte mit den Schultern. »Tja, und nun habe ich sie hier wiedergetroffen.«
»Und wie geht es ihr?«
Seine Mutter lachte.
»Sie ist ein verdorbenes Luder«, murmelte sie. »Das Mädchen war schon immer ein bisschen verrückt, und offenbar hat sich das nicht gebessert. Da kann man nichts machen, das ist wohl Veranlagung.«
»Aha. Warum meinst du das?«
»Du machst dir gar keine Vorstellung von dem Theater, das sie tagtäglich veranstaltet. Gott steh mir bei.«
»Erzähl mir davon.«
Dona Graça beugte sich vor und senkte die Stimme, als würde sie ein Geheimnis verraten.
»Also, sie versucht, mit dem Krankenpfleger anzubändeln.«
»Mit welchem Krankenpfleger?«
»Einem jungen Mann, der hier arbeitet. Deolinda bittet ihn ständig, ihr den Po einzucremen, aber der Arzt hat sich den Po schon angeschaut und ist zu dem Schluss gelangt, dass ihm nichts fehlt.« Sie kicherte. »Aber die freche Nudel besteht darauf und sagt, heute gebe es keine Männer mehr so wie früher, das seien alles Schwuchteln, und sie verlangt, dass man ihr den Po eincremt.«

»So ein Teufelsbraten.« Tomás grinste.
Dona Graça schaute zur Seite und zuckte zusammen.
»Pst«, sagte sie, »da kommt sie.«
Tomás wandte den Kopf zur Tür und sah eine alte Dame leichten Schrittes mit einer Teetasse in der Hand auf sie zukommen.
»Ja, was haben wir denn da für einen hübschen Jungen?«, fragte sie und trat an den Tisch.
Dona Graça räusperte sich.
»Hör auf mit dem Quatsch, Deolinda.« Sie legte ihrem Sohn die Hand auf den Arm. »Das ist doch mein Tomás.«
Deolinda musterte ihn von Kopf bis Fuß.
»Hm, nicht schlecht«, sagte sie mit verführerischer Stimme. »Sag mal, mein Junge, verstehst du was davon, wie man eine Dame eincremt?«

26

Das Schild an der Autobahnausfahrt zeigte die vertraute Mautstelle von Alverca an. Während Tomás mit einer Hand das Lenkrad festhielt, steckte er mit der anderen den Hörknopf zum Telefonieren ins Ohr und wählte die Nummer.

Am anderen Ende der Leitung klingelte das Handy.

»Hallo, Professor«, begrüßte ihn eine Stimme. »Sind Sie schon wieder zurück?«

»Wie geht es Ihnen, Orlow?«

»Ich habe einen Mordshunger!«, jammerte der Russe. »Ich habe noch nicht zu Abend gegessen.« Er seufzte. »Erzählen Sie schon. Haben Sie Ihren Freund getroffen?«

»Ja.«

»Wo befindet er sich?«

»Das weiß ich nicht.«

Orlow schnalzte ungehalten mit der Zunge.

»Hören Sie, Professor«, sagte er geduldig. »Irgendetwas müssen Sie uns schon erzählen, oder? Schließlich hat Interpol die gesamten Kosten Ihrer Reise bezahlt. Und da dem so ist, haben wir ja wohl wenigstens das Recht zu erfahren, was passiert ist.«

»Zweifellos«, sagte Tomás. »Das Problem ist nur, ich kann

Ihnen nicht sagen, wo er sich befindet, weil ich es selbst nicht weiß.«

»Wie? Waren Sie denn nicht bei ihm?«

»Doch.«

»Und wo?«

»In Russland.«

Orlow lachte.

»Ihr Freund hat sich in meinem Heimatland versteckt?« Er kicherte. »Das hätte ich mir denken können. Wissen Sie, als ich las, dass er in Leningrad studiert hat, habe ich geahnt, dass er dorthin geflohen sein könnte, denn er kannte sich immerhin dort aus, nicht wahr? Aber dann bin ich dieser Vermutung nicht weiter nachgegangen, sondern habe mir überlegt: Wo würde ich mich verstecken, wenn ich an der Stelle dieses Filipe Madureira wäre? Wo es kalt ist? Sollte ich den Rest meiner Tage irgendwo im Eis verbringen? Nie im Leben!« Er lachte erneut. »Ich würde in die Karibik gehen!«

»Gut, aber ich habe mich mit Filipe tatsächlich in Russland getroffen.«

»Wo hat das Treffen stattgefunden? In Sankt Petersburg?«

»Nein, in Sibirien.«

Der Russe am anderen Ende der Leitung stieß einen Pfiff aus.

»Kein Wunder, dass ihn die ganze Zeit über niemand gefunden hat«, bemerkte er. »Der Kerl ist nach Sibirien gegangen?«

»Ja.«

»Aber ist er immer noch dort?«

Tomás räusperte sich.

»Hören Sie, Orlow. Wir werden uns darüber nicht am Telefon unterhalten. Wann können wir uns treffen?«

»Heute.«

»Heute kann ich nicht. Ich bin erst heute früh in Lissabon gelandet, so schnell wie möglich nach Coimbra zu meiner Mutter gefahren und bin jetzt auf der Rückfahrt nach Lissabon. Ich bin völlig fertig und muss schlafen. Sie machen sich keine Vorstellung davon, was ich in den letzten Tagen erlebt habe.«
»Gut, dann also morgen«, sagte Orlow. »Aber Sie müssen mir irgendetwas Handfestes geben. Mein Chef in Lyon hat mir schon in den Ohren gelegen. Er ist ungeduldig, er will schnelle Ergebnisse, und ich muss ihm welche präsentieren.«
»Sagen Sie, wo wir uns treffen können.«
»Geht es um zwölf bei Victor?«
»Victor? Wer ist das?«
»Das ist ein Restaurant in Alcabideche in der Nähe von Cascais. Kennen Sie es?«
Trotz seiner Müdigkeit konnte Tomás sich ein Grinsen nicht verkneifen. Bei der Berechenbarkeit des Russen hätte es ihn wirklich sehr gewundert, wenn kein Restaurant im Spiel gewesen wäre.

Warmer Bratenduft erfüllte den großen Saal im Victor, wo bereits einige Tische besetzt waren. Es war noch früh, kurz vor zwölf, doch die Kellner eilten schon, Platten balancierend und mit Rotweinflaschen in der Hand, hin und her. Es herrschte eine beschauliche Atmosphäre, die von dem Geruch nach köstlichen Gewürzen und auf dem Feuer köchelnden Speisen so erfüllt war, dass einem das Wasser im Munde zusammenlief. Das gedämpfte Licht schmeichelte der tönernen Dekoration und verlieh dem Restaurant die Gemütlichkeit eines Weinkellers.
Tomás musterte die Gäste und ging, da er Orlow nicht unter ihnen entdecken konnte, durch den Saal zu einem versteckten

Gang, der in einen zweiten Saal führte. Er fand die massige Gestalt des Russen an einem Tisch an der Seite über einen Teller gebeugt sitzend. Schweißtropfen rannen ihm über das gerötete Gesicht, sein Mund war fettverschmiert.

»Sie sind schon beim Essen?«, fragte Tomás, als er an den Tisch trat.

»Hm«, grunzte Orlow und stand auf, erschrocken wie ein Kind, das in der Speisekammer mit der Hand im Bonbonglas ertappt worden war. »Hallo, Professor.« Mit einer linkischen Bewegung deutete er zu den auf dem Tisch verteilten Tellern. »Entschuldigen Sie bitte, aber ich habe es vor Hunger nicht mehr ausgehalten. Als ich hier hereinkam und es so gut duftete, konnte ich nicht widerstehen.«

»Keine Sorge, das haben Sie völlig richtig gemacht«, beruhigte Tomás ihn und setzte sich. »Essen ist dazu da, gegessen zu werden.«

»Greifen Sie zu!«

Der Tisch war beladen mit den verschiedensten Vorspeisen, unwiderstehlich köstlichen Cholesterinbomben wie Blut- und Knoblauchwürsten, Datteln im Speckmantel, Melone mit Schinken, butterigem portugiesischem Bergkäse, Fischrogen in Olivenöl, Herzmuscheln à la Bulhão Pato, Tellmuscheln, dazu einer gratinierten Seespinne und einer bereits halb geleerten Flasche Dão, neben der ein fettverschmiertes Glas stand.

»Na, Sie lassen es sich ja gutgehen!«

»Tja, man tut, was man kann.«

Tomás bediente sich bei den Herzmuscheln, was für Orlow das Zeichen war, sich abermals auf die Leckerbissen zu stürzen. Er tauchte den Löffel in die Vorspeisen und lud seinen Teller aufs neue voll.

»Als Erstes möchte ich Ihnen einen Mord melden«, verkündete Tomás und kam ohne Umschweife zur Sache.

Für einen Augenblick verharrte Orlows Löffel in der Luft, Fischrogenöl tropfte herab.

»Einen Mord? Was für einen Mord?«

»Ich bin mit einem Mädchen namens Nadeschda nach Sibirien gefahren, einer Freundin von Filipe. Sie war meine Kontaktperson in Moskau, eine Art Führerin, verstehen Sie? Auf der Rückreise wurden wir dann von bewaffneten Männern verfolgt, die sie getötet haben.«

»Was ist denn das für eine verrückte Geschichte? Sie sind von bewaffneten Männern verfolgt worden?«

»Ich erkläre es Ihnen gleich. Aber zunächst würde ich Ihnen gerne von dem Mord berichten. Das Mädchen wurde in einem Wald am Nordufer des Baikalsees ermordet, die Leiche müsste immer noch dort liegen.«

»Wenn dem so ist, hat die russische Polizei sie sicher schon abtransportiert.«

»Nein, denn alles ist an einer verlassenen Stelle mitten im Wald geschehen, und ich habe die Behörden nicht verständigt.«

»Aha. Und warum nicht?«

»Nun, weil ich weitere Komplikationen vermeiden wollte. Wäre ich zur Polizei gegangen, hätte ich Russland, wenn überhaupt, bestimmt erst in ein paar Monaten verlassen können. Womöglich hätten sie mich noch des Mordes bezichtigt, und ich wäre im Gefängnis oder in einem Arbeitslager gelandet.«

»Ja, ausgeschlossen ist das nicht.«

»Deshalb sage ich es Ihnen und melde hiermit Interpol den Vorfall. Ich nehme an, Sie können mit der russischen Polizei sprechen, und ich stehe zur Verfügung, um die notwendigen Auskünfte zu erteilen.«

Orlow machte ein nachdenkliches Gesicht.

»Das wird schwierig werden«, erklärte er. »Wissen Sie was, schreiben Sie alles auf, und ich schicke die Sache nach Lyon. Nebenbei werde ich mich mit meinen Freunden bei der russischen Polizei in Verbindung setzen und sehen, was sich machen lässt.«
»Dafür wäre ich Ihnen dankbar.«
»Aber ich bin etwas beunruhigt über das, was Sie mir da erzählen. Es waren also bewaffnete Männer hinter Ihnen her, die Ihre Führerin umgebracht haben?«
»Ja.«
»Und was waren das für Kerle?«
»Vermutlich dieselben, die auch den amerikanischen Wissenschaftler in der Antarktis und den Spanier in Barcelona ermordet haben. Und wenn es schon nicht dieselben waren, haben sie sicherlich auf Befehl derselben Person oder derselben Organisation gehandelt. Jedenfalls steht dieser Mord ganz offensichtlich in Beziehung zu den Morden, die Sie untersuchen.«
»Woher, zum Teufel, wissen Sie das?«
»Weil diese Kerle hinter Filipe her waren.«
»Und? Es könnte doch eine Abrechnung gewesen sein, die sie dort beglichen haben. Wenn Sie mich fragen, hat ihr Freund bei dieser Geschichte ein höchst verdächtiges Verhalten an den Tag gelegt.«
Tomás atmete langsam ein und überlegte, wo er anfangen sollte.
»Wissen Sie, diese Geschichte ist ziemlich kompliziert«, sagte er. »Filipe gehörte zu einer Gruppe von Wissenschaftlern, die mit der Erforschung der globalen Erwärmung und ihrer Beziehung zu den fossilen Brennstoffen befasst war. Zwei Wissenschaftler aus der Gruppe wurden, wie Sie wissen, im Jahr 2002 ermordet. Die beiden anderen, Filipe und besagter Cum-

mings, mussten sich verstecken, um den Mördern zu entkommen.«

»Das behauptet ihr Freund«, bemerkte Orlow. »Wer gibt mir denn die Garantie, dass sie sich nicht verstecken mussten, um der Justiz zu entkommen, he? Wenn sie so unschuldig sind, wie sie behaupten, weshalb sind sie dann noch nicht bei der Polizei vorstellig geworden?«

»Aus dem einfachen Grund, weil die Polizei sie nicht beschützen kann.«

Der Russe lachte sarkastisch.

»So ein Quatsch«, rief er aus. »Natürlich kann sie das.« Er klopfte mit dem Finger auf den Tisch, um seinem Gedanken mehr Nachdruck zu verleihen. »Wenn sie nicht zur Polizei gegangen sind, dann deshalb nicht, weil sie kein ruhiges Gewissen haben, darauf können Sie Gift nehmen.«

»Wissen Sie, so einfach ist das nicht. Die Mörder stehen in den Diensten einer sehr mächtigen Organisation, und vielleicht nicht nur einer Organisation, sondern ganzer Länder.«

»Länder? Was reden Sie da?«

»Es ist so, wie ich es Ihnen sage. Keine Polizei der Welt kann etwas gegen die Interessen ausrichten, die hier im Spiel sind.«

»Wer behauptet das?«

»Ich, und Filipe behauptet es auch.«

»Was für mächtige Interessen sollen das denn sein?«

»Das größte Geschäft der Welt.«

»Drogen?«

»Nein, Erdöl.«

»Hinter der Ermordung von Professor Dawson und Professor Roca sollen die Interessen der Erdölindustrie stecken?«, fragte Orlow verwundert. »Das ergibt doch gar keinen Sinn.«

»Ganz im Gegenteil, es ergibt sogar sehr viel Sinn«, widersprach Tomás. »Die Entdeckung, dass zwischen der globalen Erwärmung und den fossilen Brennstoffen eine Beziehung besteht, bringt die Erdölindustrie in große Gefahr. Milliarden Dollar und der Fortbestand multinationaler Konzerne, ja sogar der ganzer Länder, ist in Gefahr. Von diesen Interessen wird die internationale Politik diktiert, in den Vereinigten Staaten hat die Erdölindustrie die Kampagnen zu den Präsidentschaftswahlen finanziert, damit ihre strategischen Interessen im Weißen Haus auch konsequent vertreten werden. Ohne Erdöl können die petrochemischen Unternehmen einpacken, und ohne Erdöl ist es auch mit der Macht der Länder im Nahen Osten vorbei. Was werden denn zum Beispiel Saudi-Arabien oder Kuwait exportieren, wenn die Welt kein Erdöl mehr haben will?« Tomás zog die Augenbrauen hoch. »Etwa Sand? Oder vielleicht Kamele?« Er schüttelte den Kopf. »Nein, ohne Erdöl haben die OPEC-Länder keine Zukunft. Und nun frage ich Sie: Wie werden diese Länder und Konzerne wohl mit all denen verfahren, die ihre Zukunft in Frage stellen? Meinen Sie, sie legen die Hände in den Schoß, lehnen sich an einen Baum und lassen die Dinge einfach laufen?« Er neigte den Kopf zur Seite. »Oder werden sie etwas unternehmen? Werden sie handeln, um der Bedrohung ein Ende zu bereiten?«
Orlow kaute an einer Dattel im Speckmantel, doch sein Blick war nachdenklich in die Ecke des Saales gerichtet.
»Glauben Sie tatsächlich, dass hinter alledem die Erdölindustrie steckt?«
»Nach allem, was ich gesehen und gehört habe, bleibt mir kaum ein Zweifel daran.«
»Das ist eine sehr schwerwiegende Anschuldigung.«
»Ist Ihnen eigentlich schon mal aufgefallen, dass die Inter-

essen der Erdölindustrie überall am Werk sind? Diese Konzerne bilden ein riesiges Netzwerk, das sich vom Weißen Haus bis in den Nahen Osten erstreckt.« Tomás senkte die Stimme, als befürchte er, von einem der Nebentische belauscht zu werden. »Wir haben es hier mit sehr mächtigen Kräften zu tun, die hochmotiviert sind, ein höchst lukratives Geschäft um jeden Preis zu verteidigen. Ich wüsste nicht, warum es für sie ein Problem sein sollte, wenn nötig vier oder fünf Leute zu beseitigen, die sich ihnen in den Weg stellen.«

Mit skeptischem Gesicht schüttelte der Russe den Kopf.

»Trotzdem, ich finde nach wie vor, dass das keinen Sinn ergibt.«

»Warum nicht?«

»Aus welchem Grund sollten denn die Vertreter der Erdölindustrie speziell hinter diesen vier Wissenschaftlern her sein? Schließlich gibt es Hunderte von Forschern, die die Beziehung zwischen der globalen Erwärmung und den fossilen Brennstoffen untersuchen. Warum sollten sie ausgerechnet diese vier verfolgen?«

»Offenbar deshalb, weil sie eine Entdeckung gemacht haben, die dem Erdölgeschäft ein für alle Mal ein Ende bereitet.«

Orlow runzelte die Augenbrauen.

»Was denn für eine Entdeckung?«

Tomás zuckte mit den Schultern.

»Das hat Filipe mir nicht erklärt.«

»Warum nicht? Vertraut er ihnen nicht?«

»Nein, das ist es nicht. Er hat gesagt, dass er alles erzählt, wenn der geeignete Moment dafür gekommen ist.«

»Und wann soll das sein?«

»Ich habe nicht die geringste Ahnung.«

Der Russe strich sich übers Kinn.

»Wo ist ihr Freund jetzt?«

»Ich weiß es nicht. Ich weiß nicht einmal, ob er noch am Leben ist.«
»Das ist er bestimmt.«
»Ich hoffe es. Als wir in Sibirien waren, tauchten plötzlich diese bewaffneten Männer auf, und als sie uns verfolgten, mussten wir uns trennen. Mehr weiß ich nicht.«
»Wohin ist Filipe gegangen?«
»Das weiß ich nicht. Er ist mit einem russischen Freund geflüchtet, und ich bin mit der Führerin weggelaufen, die ich in Moskau kennengelernt hatte. Später haben die bewaffneten Männer uns dann am Ufer des Baikalsees entdeckt und die Führerin getötet. Ich weiß nicht, ob sie Filipe ebenfalls geschnappt haben, ich habe keine Ahnung.«
»Wenn sie ihn geschnappt hätten, würden wir wahrscheinlich schon davon wissen«, vermutete Orlow. »Aber wenn die Dinge sich so verhalten, wie Sie sagen, ist es nur eine Frage der Zeit, bis sie ihn haben. Ihr Freund hat nur eine Chance, aus dem Schlamassel herauszukommen. Wissen Sie, welche?«
»Welche denn?«
»Wir müssen ihn als Erste finden.«
»Wer wir? Sie und ich?«
»Nein, Interpol.« Er ließ die Gabel in der Luft kreisen. »Haben Sie verabredet, sich wieder zu treffen?«
»Ja, Filipe hat gesagt, er würde sich mit mir in Verbindung setzen.«
»Dann wäre es vielleicht am besten, Sie nähmen mich mit, was meinen Sie?«
»Das hängt davon ab, welche Bedingungen Filipe stellt. Er ist nämlich davon überzeugt, dass keine Polizei der Welt ihn vor den Leuten beschützen kann, die ihn verfolgen.«
»Möglich«, sagte Orlow, »aber Interpol ist noch seine größte

Hoffnung. Mir scheint es ratsam, dass ich Sie zum nächsten Treffen begleite.«
»Ich weiß nicht, ob es ein nächstes Treffen geben wird. Aber wie gesagt, alles hängt von den Instruktionen ab, die Filipe mir geben wird.«
»Wie Sie möchten.« Orlow hatte aufgegeben und hob den Arm, um den Kellner zu rufen. »Aber beschweren Sie sich hinterher nicht.«
Die Vorspeisen waren aufgegessen, und nun bestellte er den Zickleinbraten.

Den Rest des Tages verbrachte Tomás damit, die Dinge zu erledigen, die liegengeblieben waren. Nachdem er das Restaurant verlassen hatte, rief er vom Auto aus Doktor Gouveia an, um sich mit ihm über den Zustand seiner Mutter auszutauschen, und fuhr dann in die Universität. Er musste zu einer Sitzung des Wissenschaftsrates, wo er zwar physisch anwesend war, den Ausführungen aber trotzdem nicht folgen konnte. Seine Augen registrierten, was im Sitzungszimmer vor sich ging, aber seine Gedanken waren weit weg, schweiften zurück an den Baikalsee, zu den schmerzlichen Bildern des Geschehens in der Taiga. Wie ein Schlafwandler nahm er an der Sitzung teil, und wie ein Schlafwandler fuhr er anschließend bei der Gulbenkian-Stiftung vorbei, um sich zu vergewissern, dass die Unterlagen zu den letzten, kurz zuvor für das Museum der Stiftung in Amman erworbenen assyrischen Basreliefs auch eingetroffen waren.
Es war schon Abend, als der Historiker endlich seine einsame Wohnung betrat. Er fand sie so unaufgeräumt vor, wie er sie bei seiner Abreise nach Russland vor fast zwei Wochen zurückgelassen hatte, und ihm fiel nur ein Wort ein, das beschrieb, was er dort vor sich sah: Schweinestall. Männer, so

lautete seine Schlussfolgerung, nachdem er seinen Blick entmutigt über das Chaos und den Dreck hatte wandern lassen, waren nicht dazu geschaffen, allein zu leben. Wie ihm die Frauen in seinem Leben stets bescheinigt hatten, war er in gewisser Weise noch immer ein Kind, ein auf ewig von der Mutter abhängiges Baby, ein Mann, der auf jemanden wartete, der die Geduld haben würde, sein Leben in Ordnung zu bringen. Letztlich war seine Wohnung der getreue Spiegel dessen, wozu sein Leben geworden war, ein rastloses Hin und Her, in dem eine Verantwortung nach der anderen ihn festkettete und in dem er sich nach der rettenden Freiheit sehnte. Vielleicht bestand sein Schicksal ja nicht darin, eingezwängt zwischen vier engen Wänden zu leben, überlegte er, sondern in den Weiten der Taiga und der Steppen dieser Welt, als Inkarnation des schamanischen Geistes des Windes.

Er aß die Pizza, die er auf dem Heimweg bei einem *take away* gekauft hatte, und ging dann mit noch fettigen Fingern in sein Arbeitszimmer, um sich an den Computer zu setzen. Der Speicher seines E-Mail-Postfachs im Internet war fast voll, in der Zeit seiner Abwesenheit hatten sich Hunderte von Nachrichten angesammelt. Die meisten Mails waren Werbung, einige enthielten Videos, die seine Freunde ins Netz gestellt hatten und die den Speicher seines E-Mail-Postfachs füllten. Sie wurden jedenfalls als Erste gelöscht. Übrig blieben ein paar versprengte echte Nachrichten, einige von der Universität, andere von der Gulbenkian-Stiftung, zwei vom Getty Center, eine aus dem Museum von Bagdad, drei von einem hebräischen Institut in Jerusalem.

Und eine von *dassiebtesiegel*.

Sein Herz machte einen Satz, als er die Nachricht entdeckte. Sie bedeutete vor allem, dass Filipe noch lebte. Tomás klickte die E-Mail an, um sie zu öffnen. Ihr Inhalt war von entwaff-

nender Schlichtheit. Die Nachricht war tatsächlich von Filipe unterschrieben. Oben war *top secret* angekreuzt, dann folgten ein Datum und die Uhrzeit, zwei Gradangaben, von denen er vermutete, dass es sich um die Koordinaten einer Landkarte handelte, und ein Wort, dessen eigentliche Bedeutung er nicht sofort verstand.
Centrepoint.

27

Tomás ließ sich auf einer Bank am Circular Quay neben dem Überseeterminal für Passagiere nieder und genoss die Aussicht, die sich vor ihm auftat. The Rocks war wirklich ein herrliches Plätzchen, vor allem an diesem schönen Morgen, an dem die Sonne die blühende Stadt in mildes Sonnenlicht tauchte. Tief atmete er die Brise ein, die über den Kai wehte. Das Meer roch hier nach Stadt, als wenn die Natur neugierig auf dieses Wunderwerk menschlicher Erfindungskraft geworden wäre.

Die Beine übergeschlagen, lehnte er sich zurück und ließ seine Sinne von dem harmonischen Anblick betören, den die Stadt hier bot. Links erhob sich über dem Wasser und der tropischen Vegetation die charakteristische, rötliche Eisenkonstruktion der Harbour Bridge, die wie ein liegender Eiffelturm den Meeresarm überragte, der das Stadtzentrum von den Wohnbezirken trennte. Rechts erhoben sich glitzernd wie riesige Betonnadeln die Wolkenkratzer von Sydney Cove, Symbole der Macht, die für die Stärke der Stadt standen, doch das Kronjuwel, der kostbarste Stein in diesem eleganten Diadem, funkelte direkt am Meer auf der anderen Seite der Bucht, die avantgardistische Konstruktion des Opernhauses mit seinen aufeinanderhockenden weißen Muscheln, die stolz die

Verbindung menschlicher Genialität mit der Schlichtheit der Natur zur Schau zu stellen schienen.
Sydney erstrahlte im Frühling der Südhalbkugel.
Zwanzig Minuten lang überließ Tomás sich dem Anblick der spektakulären Architektur, die mit Meer und Land verschmolz, als wäre die Stadt nicht von Gefangenen und Zwangsarbeitern, dem Abschaum der menschlichen Spezies, erbaut worden, sondern von Künstlern und Erleuchteten, von Menschen mit Bildung und Talent. Tomás hatte Zeit, und er konnte sich nichts Besseres vorstellen, als sie damit zu verbringen, Sydney und den Tag zu genießen.
Da bemerkte er ihn.
Ein Mann mit dunklem Anzug, grauer Krawatte und einer teuren Sonnenbrille, die seine Augen verbarg, hatte sich auf die Bank nebenan gesetzt. Der Unbekannte hielt den Sydney Morning Herald in den Händen, schien aber mehr damit beschäftigt, Tomás zu beobachten, als die Nachrichten in der Zeitung zu lesen.
Bei dem Gefühl, beobachtet zu werden, wurde Tomás zuerst unbehaglich zumute, dann wurde er unruhig. Immer wenn er zu dem Mann hinüberschaute, schien der in die Lektüre seiner Zeitung vertieft. Aber während er des Opernhaus auf der anderen Seite von Sydney Cove betrachtete, hatte er sich dreimal rasch umgewandt und den Unbekannten dabei ertappt, wie er zu ihm herüberspähte.
»Der Kerl spioniert hinter mir her«, murmelte Tomás.
Er stand auf und ging den Circular Quay entlang auf die Wolkenkratzer zu, hielt sich jedoch auf dem Writer's Walk, der gepflasterten Promenade am Wasser. Erst nachdem er zwei Minuten gegangen war, wandte er sich um und tat so, als betrachte er die Art-déco-Fassade des Museums für Zeitgenössische Kunst. Aus den Augenwinkeln bemerkte er die dunkle

Gestalt des Mannes, der in ungefähr hundert Metern Entfernung, die Zeitung unterm Arm, hinter ihm herkam.
Ob es Zufall war? Die Möglichkeit, dass er beschattet wurde, kam ihm völlig abstrus vor, filmreif, zumal er niemandem sein Reiseziel mitgeteilt hatte. Orlow hatte ihm zwar das Geld aufs Konto überwiesen, aber das Flugticket hatte er selbst gekauft und bar bezahlt, und zwar erst, als er am Flughafen in Frankfurt angekommen war. Vielleicht war das alles tatsächlich nur ein Zufall, überlegte er. Er verließ den Writer's Walk, bog in die Argyle Street und gleich darauf in die belebte George Street. Er ging bis zur nächsten Ecke und schaute dann in eine Schaufensterscheibe, um in deren Spiegel zu sehen, was hinter ihm passierte. Wie ein Schatten, der ihn nicht losließ, kam der Mann mit dem dunklen Anzug und der teuren Sonnenbrille hinter ihm her, die Zeitung unterm Arm.
Erschrocken stellte Tomás fest, dass er tatsächlich verfolgt wurde, es gab keinen Zweifel. Nun, da das Offensichtliche feststand, drängte sich mit Gewalt das nächste Problem auf, an das zu denken er bisher vermieden hatte. Wer war der Mann? Wer hatte ihn geschickt? Und vor allem, was wollte er von ihm? Die Fragen ängstigten ihn, denn die Antworten wiesen unerbittlich nach Sibirien zu den Unbekannten, die mitten in der Nacht in das Jurtencamp eingedrungen waren und sie über Olchon zur Schamanka und dann weiter über den Baikalsee bis hin zu der verhängnisvollen Lichtung in der Taiga verfolgt hatten, auf der Nadeschda hingerichtet worden war. Wenn ihm der Mann dort auf den Fersen war, überlegte Tomás, dann deshalb, weil jemand ihn beauftragt hatte, und dieser Jemand war derjenige, der die unbequemen Wissenschaftler hatte ermorden lassen, das lag auf der Hand.
Die Erdölindustrie.
Bei dem Gedanken geriet er fast in Panik. Wenn die Mörder

ihm bis Sydney gefolgt waren,würde es in Kürze eine Katastrophe geben. Wie auch immer, das Treffen mit Filipe war in Gefahr. Wenn er sie zu ihm führte, würde sein Freund mit der gleichen Kaltblütigkeit umgebracht werden wie Nadeschda, wie der Amerikaner in der Antarktis und wie der Spanier in Barcelona. Er warf einen raschen Blick zu der Gestalt, die ihn durch die Straßen von The Rocks begleitete und spürte, wie sich ihm vor Angst die Haare sträubten. Was sollte er jetzt machen? Ins Hotel zurückkehren und den Heimflug buchen? Das bedeutete, Filipes Spur zu verlieren. Nein, es gab eine Alternative. Er musste nur diesen Schatten loswerden.
In dem Moment, als er sich dazu entschlossen hatte, beschleunigte er seinen Schritt und machte sich daran, einen Plan zu schmieden. Den Kopf voller Ideen, ging er unter dem Cahil Expressway hindurch und überquerte die Bridge Street, wobei er sich stets auf der großen George Street hielt, bis er diese weiter vorn verließ, rechts abbog und auf Darling Harbour zusteuerte.
Vor ihm wurde die mit Autos verstopfte Straße von der imposanten Erscheinung eines Segelschiffs überragt, das durch die Cockle Bay fuhr. Für einen Moment vergaß Tomás seinen Verfolger und staunte über den überraschenden Anblick. Nur in einer Stadt wie dieser konnte das Meer derart in die Straßen eindringen, konnten die Segel eines Schiffes in aller Seelenruhe zwischen zwei Gebäuden hindurchgleiten, als wäre es das Selbstverständlichste von der Welt. Doch rasch war der Zauber verflogen. Er hatte dringendere Sorgen, seine Beunruhigung angesichts der drohenden Gefahr war stärker als seine Bewunderung. Er ging zu einem parkenden Auto, blickte in den Seitenspiegel, wie um sein Haar zu ordnen, und sah, dass der Mann mit dem dunklen Anzug ihn weiterhin verfolgte.
Er lässt sich nicht abschütteln, dachte Tomás.

Darling Harbour war ein friedlicher Stadtteil, umgeben von avantgardistischen Bauten. Das Segelschiff, das er Augenblicke zuvor gesehen hatte, manövrierte nun in der Cockle Bay zwischen den Kaianlangen, an denen etliche Ausflugsboote vor Anker lagen, und der Pyrmont Bridge, einer Drehbrücke über dem Wasser, auf der eine futuristische Einschienenbahn verkehrte. Tomás ging zum Kai hinunter, und an einem Punkt, an dem sein Verfolger ihn nicht sehen konnte, verschwand er jäh im bunten Cockle Bay Wharf, der Vergnügungsmeile des Jachthafens. Er mischte sich unter die Menge, verließ das Gelände auf der anderen Seite wieder und rannte einen von einer Baumreihe geschützten Weg entlang.

Als er hinter sich blickte, war der Mann nicht mehr zu sehen.

Um sich zu vergewissern, dass er den Verfolger tatsächlich abgeschüttelt hatte, ging Tomás durch die erste Tür des Harbourside Complex, eines großen Geschäftsgebäudes auf der anderen Seite des Kais, und suchte dort Zuflucht. Er fuhr mit der Rolltreppe hoch zu einem Café auf dem zum Jachthafen zeigenden Balkon, von wo aus er die Menschen in Darling Harbour beobachten konnte.

Er blieb ungefähr zehn Minuten lang dort, um ganz sicherzugehen, dass der Mann seine Spur verloren hatte. Allmählich schlug sein Herz wieder normal, und auch seine normale Zuversicht kehrte zurück. Das Treffen mit Filipe war gerettet. Er schaute auf die Uhr und stellte fest, dass die Zeit schneller vergangen war, als er gedacht hatte. Ihm blieb nur noch eine halbe Stunde, um zum verabredeten Ort zu gelangen.

Der Treffpunkt war nicht schwer zu finden. Eigentlich war die schlanke Konstruktion sogar von überall in der Stadt zu sehen. Seit Tomás in Sydney angekommen war, hatte er sie oft erblickt, am Abend zuvor von seinem Hotelzimmer aus, am Morgen von der Bank in Sydney Cove und wenige Augenblicke zuvor von dem Café im Harbourside Complex. Augenscheinlich zog der für das Treffen mit Filipe vereinbarte Ort ihn an wie ein Magnet. Er wirkte wie ein mitten ins Stadtzentrum gepflanzter Leuchtturm, der lauthals verkündete, dass dort der Mittelpunkt der Welt sei.

Sich in alle Richtungen umschauend, verließ Tomás Darling Harbour und ging, sein Ziel stets im Blick, die Market Street entlang in Richtung der Nordspitze vom Hyde Park. Trotz seiner Unruhe spürte er das angenehme Tempo der Stadt. In Sydney wurde ganz entspannt gearbeitet, die Straßen waren makellos sauber und gepflegt, ein buntes Völkergemisch war auf den Straßen unterwegs, hier trafen sich Europa, Asien und Ozeanien. Ein paar Häuserblocks weiter zwischen der Pitt Street und der Castlereagh Street war er am Ziel und blieb vor dem Gebäude stehen, um die Höhe des gewaltigen Bauwerks zu bestaunen, das Filipe für ihr Treffen ausgewählt hatte.

Centrepoint.

Der offizielle Name lautete Sydney Tower, doch die Australier kannten den Turm als Centrepoint, da er als Teil eines Einkaufszentrums gleichen Namens entworfen worden war. Es handelte sich um eine dreihundert Meter hohe Konstruktion, eine Art stählerner Palme mit einer sehr dünnen, hohen zylindrischen Achse und einer goldenen Krone auf deren Spitze. Sie sah aus wie eine riesige, auf dem Kopf stehende Brosche, die auf ihrer Spitze balancierte und deren Sockel in die Luft ragte. Ein Gewirr von Stahlseilen war an der Achse befestigt wie herabhängende Segeltaue an einem Schiffsmast, und hoch oben glitzerte der Turmkorb in der Sonne, das klare Licht des späten Vormittags spiegelte sich im Goldstaub seiner Verkleidung wider.

Nachdem Tomás sich ein letztes Mal vergewissert hatte, dass er nicht mehr verfolgt wurde, trat er in den Fahrstuhl und fuhr den Turm hinauf. Die meisten Besucher wollten hoch zur Aussichtsplattform im vierten Stock des Bauwerks, doch Tomás stieg bereits eine Etage vorher aus.

Das Café.

Die Wände in dem weitläufigen, kreisförmigen Korridor des dritten Stocks bestanden aus riesigen Glasrechtecken. Jenseits der Fenster erstreckte sich Sydney, und man konnte das Meer erkennen, das durch die vielen Buchten ins Land vordrang. Überall ragten grüne Pflanzeninseln und weiße oder graue Betonkonstruktionen empor. Das war die Stadt, in der Mensch, Land und Ozean sich begegneten. Auf der einen Seite sah man die Blue Mountains, auf der anderen das Blau der Botany Bay und unten das Gewirr aus Gebäuden und Straßen und architektonisch hochmodernen Konstruktionen.

»Na, Casanova?«

Die Stimme kam von einem der Tische und hatte einen unverwechselbaren Klang.

»Hallo, Filipe. Bist du schon lange hier?«

Sie gaben sich zur Begrüßung die Hand, und Tomás machte es sich auf einem Stuhl neben dem großen Fenster bequem.

»Ich bin eben gerade gekommen«, sagte sein Freund und fuhr sich mit den Fingern durch sein helles Haar. »Ist dir auch niemand gefolgt?«

Tomás senkte die Stimme.

»Doch.«

Wachsam blickte Filipe sich um.

»Wer?«

»Das weiß ich nicht. Aber ich habe ihn abschütteln können.«

»Ganz bestimmt?«

»Ja, ich habe ihn nicht wieder gesehen.«

»Aber wie haben sie dich gefunden?«
»Keine Ahnung.«
»Hast du bei der Buchung des Fluges irgendwelche Spuren hinterlassen?«
»Ich glaube nicht.«
»Glaubst du, oder bist du dir sicher?«
Tomás gähnte, der Jetlag machte ihm zu schaffen.
»Nach dem, was in Sibirien geschehen ist, bin ich mir keiner Sache mehr sicher. Aber ich habe größte Vorsicht walten lassen, um meine Spuren zu verwischen. Ich bin mit dem Auto nach Faro gefahren, habe eine Maschine nach London genommen, von dort aus bin ich weiter nach Frankfurt geflogen und habe erst dort zwei Stunden vor dem Abflug das Ticket nach Sydney gekauft.«
»Mit deiner Kreditkarte?«
»Nein, ich habe bar bezahlt.«
»Welchen Namen hast du auf dem Flug und hier im Hotel angegeben?«
»Rosendo.«
»Und das haben sie geschluckt?«
»Ja, Rosendo ist mein mittlerer Name. Tomás Rosendo Noronha, so steht es in meinem Pass. Rosendo ist der Nachname meiner Mutter.«
Filipe seufzte.
»Dann kommt es eben, wie es kommen muss.« Er lehnte sich entspannt im Stuhl zurück und nippte an seinem Glas Wasser. »Erzähl mir, was passiert ist, nachdem wir uns am Baikalsee getrennt haben.«
»Sie haben Nadia umgebracht.«
»Ich weiß. Aber wie ist das passiert?«
»Sie haben uns am späten Vormittag am See erwischt. Wir sind durch den Wald geflohen, aber sie haben uns gefunden

und Nadia mit einem Schuss in den Kopf getötet.« Er erschauderte. »Es war schrecklich.«
Eine Weile blieben sie so sitzen und ließen den Blick über die Stadt schweifen, die sich unter ihnen erstreckte. Aus der Entfernung schien alles unwichtig, bedeutungslos.
»Die arme Nadia«, murmelte Filipe. »Es ist meine Schuld, ich habe sie da mit hineingezogen.«
Tomás hüstelte.
»Sag mal, Filipe, aus welchem Grund hast du dieses Treffen verabredet? Du weißt genauso gut wie ich, dass es gefährlich ist.«
Überrascht blickte sein Freund ihn an.
»Wolltest du dich denn nicht mit mir treffen?«
»Natürlich wollte ich das«, beeilte sich Tomás zu sagen. »Doch das ändert nichts daran, dass ich, wenn auch unfreiwillig, eine Gefahr für dich bin. Du siehst ja, was in Sibirien geschehen ist.«
»Aber du hast doch Vorsichtsmaßnahmen getroffen, oder nicht?«
»Ja, selbstverständlich. Das habe ich dir doch schon gesagt. Aber allein der Umstand, dass wir zusammen sind, stellt bereits eine Gefahr dar, meinst du nicht?«
»Natürlich.«
»Und warum hast du das Treffen dann verabredet?«
»Weil wir dich brauchen.«
»Wir?«
»Ja, James und ich. Wir brauchen dich.«
»Wozu?«
»Um zu sehen, wie wir am besten mit unserer Entdeckung umgehen.«
»Meinst du die Entdeckung, durch die das Erdölgeschäft in Frage gestellt wird?«

»Genau.«
»Aber auf dem Gebiet kenne ich mich nicht aus. Ich weiß nicht, wie ich dir da nützlich sein könnte.«
»Bist du nicht durch Interpol in diese Sache verwickelt worden?«
»Ja.«
»Dann kannst du uns auch nützlich sein.«
Tomás nickte. Es lag auf der Hand, dass Filipe sich verfolgt fühlte. Er wusste, selbst wenn er kein Vertrauen in die Polizei hatte, lag dort seine letzte Hoffnung. Und welche Polizei konnte besser sein als Interpol?
»Du hast mir noch immer nicht erzählt, was für eine Entdeckung das überhaupt ist.«
Unvermittelt stand Filipe auf und bedeutete ihm mit einem Wink, ihm zu folgen.
»Komm mit«, sagte er. »Ich werde es dir zeigen.«

28

Die Rückfahrt ins Erdgeschoss verlief schweigend. Aufmerksam betrachteten die beiden Männer die Menschen um sie herum und achteten auf verdächtige Blicke und verräterische Bewegungen. Doch alles schien ruhig und normal, die Besucher des Centrepoint unterhielten sich, im Fahrstuhl herrschte die ganze Fahrt über große Aufregung. Die Leute verhielten sich völlig natürlich, das war jedenfalls Tomás' und Filipes Eindruck, so dass in dem Moment, als die Tür aufging, sie aus dem Gebäude hinaustraten und in die Menge eintauchten, beide plötzlich das Gefühl relativer Sicherheit überkam.

Trotzdem waren sie angespannt, als sie die Straße hinuntergingen, blickten sich häufig um und hielten furchtsam Ausschau nach in den Ecken lauernden Schatten. Der Geologe ging mit leichtem Schritt und der Entschlossenheit von jemandem, der sein Ziel kennt, voran und führte Tomás zur Pitt Street. Hier bog er nach Süden ab und lief die große Hauptader in der Gegenrichtung von The Rocks hinunter. Es war eine rege, ganz und gar auf den Handel und die Fußgänger ausgerichtete Straße, das geschäftige Treiben der Passanten war hier farbenfroh und voller Leben. Das Gewimmel war so dicht, dass kein Verfolger sie darin ausmachen konnte.

»Wenn ich richtig verstanden habe, was du mir in Sibirien erzählt hast, bist du nach Wien gefahren, um meine Schritte zu rekonstruieren«, sagte Filipe, der sich inzwischen frei genug fühlte, um das Gespräch wieder aufzunehmen.

»Ja, ich war dort und habe mit dem OPEC-Mann gesprochen, mit dem du dich im Jahr 2002 getroffen hast.«

»Mit Abdul Qarim?«

»Genau. Er hat mir erzählt, dass du damit befasst warst, die weltweiten Erdölreserven zu schätzen.«

»Und was hat er dir sonst noch erzählt?«

Tomás strengte sein Gedächtnis an.

»Nun, er hat mir von der internationalen Produktionslage erzählt. Er sagte, dass das Nicht-OPEC-Öl kurz vor dem Fördermaximum stehe und dass die Weltwirtschaft nach dessen Überschreitung ganz vom OPEC-Öl abhängig sein werde.«

»Hat er dir auch gesagt, wie lange das OPEC-Öl noch reichen wird?«

Wieder dachte Tomás angestrengt nach.

»Wenn ich mich recht entsinne, hat er gesagt, dass es noch jahrzehntelang reichen wird, vielleicht ein Jahrhundert.«

Filipe blickte gedankenversunken zu Boden.

»Und hat er dir sonst noch etwas über unser Gespräch gesagt?«

»Er hat über Erdöl- und Energiefragen gesprochen, aber die wesentliche Aussage seiner Worte war, dass das Nicht-OPEC-Öls versiegen und die Welt vom OPEC-Öl abhängig sein wird.«

»Dann hat er dir also nichts von den technischen Unterlagen von Aramco gesagt, oder?«

»Von was für Unterlagen?«

»Von den Unterlagen der Aramco, der saudischen Erdölgesellschaft.«

Tomás verzog den Mund.

»Nein, davon hat er mir nichts gesagt.« Er blickte seinen Freund an. »Warum? Hätte er das tun sollen?«

An einer roten Fußgängerampel mussten sie stehen bleiben. Vor ihnen floss der Verkehr durch die Park Street, während die Passanten abwarteten, bis sie sie zum nächsten Häuserblock der Pitt Street überqueren konnten.

»Wie schon gesagt, im Rahmen meiner Arbeit für die nach dem Weltklimagipfel in Kyoto gegründete Gruppe hatte ich die Aufgabe, das Energieproblem zu studieren«, sagte Filipe, indem er Tomás' Frage überging. »Ich habe die wichtigsten Erdölfelder der Erde geprüft und bin dafür nach Texas, Russland und Kasachstan gefahren, ich war auf der Nordsee, im Golf von Mexiko, in Alaska, kurz und gut, überall, wo es große Erdölquellen gibt. Und natürlich musste ich auch die OPEC-Länder besuchen. Allerdings war dort der Zugang zu den Informationen erheblich schwieriger.«

»Klar, das sind ja Diktaturen.«

»Nein, das ist nicht das Problem. Die OPEC-Ländern werden schon seit langem von autoritären Herrschern regiert, die aber trotzdem stets in angemessener Weise über ihre Reserven und die Erdölproduktion informiert haben. Seit 1950 wurden detaillierte Daten darüber zur Verfügung gestellt, was in jedem ihrer Erdölfelder passierte.« Er blickte Tomás eindringlich an. »Verstehst du? Sie haben sich nicht darauf beschränkt, Informationen über die Lage im Allgemeinen herauszugeben, sondern sie haben detailliert über die Produktion jedes einzelnen Erdölfeldes berichtet.«

»Und dann haben sie damit aufgehört?«

Filipe nickte.

»Und zwar 1982, da haben die OPEC-Länder den Informationshahn zugedreht. Von einem Moment auf den anderen wurde alles, was mit den Erdölreserven und der Erdölförderung zusammenhing, zum Staatsgeheimnis. Die wenigen Informationen, die sie noch zur Verfügung stellten, waren überaus dürftig und überhaupt nicht nachprüfbar. Die Marktregulierung erfolgte von da an anhand von Schätzungen, und die Angaben der OPEC wurden für so wenig glaubwürdig befunden, dass sogar das Sekretariat der Organisation in Wien anfing, die Informationen über die Produktion der OPEC nicht auf die offiziellen Angaben ihrer Mitglieder zurückzuführen, sondern es bezog sich auf diese Schätzungen.«

»Im Ernst?«

»Das ist doch unglaublich, nicht wahr? Nicht einmal die OPEC vertraut den Daten ihrer eigenen Mitglieder.«

»Aber aus welchem Grund haben sie mit dieser Geheimniskrämerei begonnen?«

Filipe blickte seinen Freund an.

»Das ist die große Frage, nicht wahr? Was hat die OPEC dazu bewogen, die Informationen über ihre Erdölförderung nicht mehr herauszugeben? Oder anders gefragt: Was hat die OPEC zu verbergen?«

Die Fußgängerampel sprang auf Grün um, und die Menschen, die sich beiderseits der Straße angesammelt hatten, schwärmten aufeinander zu, vermichten sich und liefen wieder auseinander.

»Nun sag schon«, bohrte Tomás, während er zwei Australiern in Khakishorts auswich, die die Straße in die Gegenrichtung überquerten. »Aus welchem Grund hat die OPEC den Informationshahn zugedreht?«

»Die offizielle Antwort lautet, das Erdöl sei von so großer geostrategischer Bedeutung, dass die OPEC-Mitglieder zum Schutz vor den Machenschaften des Westens die Informationen zurückhalten müssen.«

»Aber du glaubst diese Erklärung nicht.«
»Nein«, bestätigte Filipe. »Ich glaube sie nicht.«
»Und warum nicht?«
»Weil sie zu simpel ist, weil sie nicht passt, weil sie ein Indiz dafür ist, dass die OPEC mit etwas hinterm Berg hält.«
»Aber womit? Was haben sie zu verbergen?«
»Genau die Frage habe ich mir auch immer wieder gestellt. Auf der Suche nach einer Antwort bin ich mehrere Monate lang durch die verschiedenen Hauptstädte im Nahen Osten getingelt, und allmählich bekam ich das Gefühl, regelrecht gegen Wände zu laufen. Überall – in Teheran, in Bagdad, in Kuwait City, in Riad – stieß ich auf eine Mauer des Schweigens. Du kannst es dir nicht vorstellen, es war, als würde ich Selbstgespräche führen.«
»Waren sie ungehalten?«
»Nein, ganz im Gegenteil. Sie waren immer überaus freundlich, machten mir große Geschenke, veranstalteten exquisite Abendessen für mich, behandelten mich sehr zuvorkommend, aber im Ergebnis gaben sie nichts preis. Aus ihrem Mund war nur die offizielle Version zu vernehmen, der Nahe Osten verfüge über so viel Erdöl, dass das Fördermaximum der OPEC erst in sehr vielen Jahren erreicht sein werde.«
»Genau das hat Qarim mir auch gesagt.«
»Das ist die amtliche Version«, wiederholte Filipe. »Dann aber kam mir bei meinem letzten Besuch in Saudi-Arabien das Glück zu Hilfe. Ich war es leid, immer wieder gegen diese Mauer des Schweigens anzurennen, und so beschloss ich, das Ölfeld von Ghawar zu besuchen, das Größte der Welt. Natürlich handelte es sich um eine ›mission impossible‹, aber ich wollte es trotzdem versuchen. Um nach Ghawar zu gelangen, musste ich das Erdölministerium verlassen, aus dem ja keine Informationen herausdrangen, und so klopfte ich bei der

Technischen Abteilung von Aramco an die Tür. Ich vereinbarte eine Besprechung mit dem Leiter und erschien tags darauf zur verabredeten Zeit im Hauptsitz der Aramco, einem Glasbau in Dhahran am Rande der Wüste. Der Mann empfing mich überaus höflich und erklärte mir, er könne mich nicht nach Ghawar mitnehmen, das falle nicht in seine Zuständigkeit, er würde mir nur zu gerne helfen, sei aber lediglich ein Ingenieur, und ich müsse mich schon an die normalen Wege halten.«

»An die Regierung?«

»An das Erdölministerium. Nun, den Weg kannte ich ja bereits in- und auswendig, den hatte ich schon seit Monaten beschritten, und er hatte mich nirgendwohin geführt. Ich begriff sogleich, dass auch dieser Versuch zum Scheitern verurteilt war, und war sehr entmutigt.« Filipe blieb einen Augenblick stehen, um sich zu orientieren, und redete dann weiter. »Die Besprechung war schon fast zu Ende, da erhielt der saudische Ingenieur plötzlich weiteren Besuch. Er ging hinaus, um mit diesem Besucher zu reden, bestand aber darauf, dass ich in seinem Büro auf ihn warten solle.« Er zog die Augenbrauen hoch. »Du verstehst?«

»Du bist allein in dem Büro geblieben.«

»Genau. Ehe ich mich's versah, war der Mann draußen, und ich befand mich allein im Büro. Um die Zeit totzuschlagen, stand ich auf und warf einen Blick auf die Bücher und Aktenordner, die er in seinen Regalen stehen hatte.« Filipe blieb mitten auf dem Bürgersteig stehen, als sei er bei einem wichtigen Punkt angelangt. »Du musst bedenken, ich war nicht in einem der gewöhnlichen Büros der Pressestelle des Erdölministeriums in Riad, wo es nur Propagandaprospekte gibt, sondern ich stand allein im Büro des Chefs der Technischen Abteilung der Aramco in Dharhan, an seinem Arbeitsplatz.

Und bei den Unterlagen in den Regalen handelte es sich nicht um Broschüren, in denen Loblieder auf die riesigen Erdölreserven Saudi-Arabiens gesungen wurden, sondern um echte technische Unterlagen.« Er ging wieder weiter. »Als ich mir die Aktenrücken anschaute, fiel mir die Beschriftung eines Ordners auf, *Problems in Production Operations, Saudi Fields*. Dieser Ordner weckte meine Neugier, und so nahm ich ihn und blätterte ihn durch. Gleich beim Überfliegen der ersten Seiten versetzte mir das, was dort stand, einen solchen Schreck, dass ich ganz impulsiv sämtliche Seiten herausriss und rasch in meinem Handkoffer versteckte.«

Tomás wirkte halb entrüstet, halb verblüfft.

»Du hast die Seiten aus dem Ordner gestohlen?«

»Ich weiß, es hört sich verrückt an, aber es war eine echte Fundgrube an Informationen, ich konnte mich nicht beherrschen. Ich stellte den Ordner zurück an seinen Platz im Regal und setzte mich wieder in meinen Sessel, voller Zweifel über das, was ich da gerade getan hatte. Ich bereute es schon halb, verfluchte mein impulsives Handeln und war versucht, alles wieder in den Ordner zurückzustecken. Inzwischen war jedoch der Ingenieur wiedergekommen, und so hatte ich keine Gelegenheit mehr dazu. Etwas überstürzt verabschiedete ich mich von ihm und raste sofort zum Flughafen, fuhr nicht einmal mehr im Hotel vorbei.«

»Und dann hast du mit den Papieren das Land verlassen?«

»Ja«, sagte Filipe. »Ich habe alles mitgenommen.«

»Haben sie es nicht entdeckt?«

»Ich vermute schon. Als ich plötzlich in Wien auftauchte und Qarim mit den Fakten konfrontierte, wirkte er nicht allzu überrascht, dass ich eine ganze Reihe von Dingen wusste, die ich eigentlich nicht hätte wissen dürfen. Und tatsächlich wurden an demselben Tag, zwei Monate, nachdem ich die Papiere gestohlen hatte, Howard und Blanco umgebracht und James' und meine Wohnung durchwühlt.«

»Meinst du denn, der Tod der beiden Wissenschaftler hängt mit dem Diebstahl der Unterlagen zusammen?«

»Ich bin mir nicht sicher«, räumte Filipe ein. »Aber die Zettel mit den drei Sechsen neben den Leichen beweisen, dass die Morde etwas mit unseren Forschungen zu tun hatten. Und das beantwortet auch die Frage, die du mir neulich gestellt hast, aus welchem Grund sie ausgerechnet hinter uns her waren, da es doch genügend andere Wissenschaftler gibt, die ebenfalls die globale Erwärmung erforschen. Was machte aus unserer Gruppe einen Sonderfall?« Er schwieg einen Moment. »Die Antwort ist, dass wir im Besitz höchst vertraulicher Informationen über das waren, was in den Erdölfeldern der OPEC vor sich geht.« Er senkte die Stimme. »Informationen, die das Fortbestehen des Erdölgeschäfts in Frage stellen.«

Neugierig wandte Tomás den Kopf zur Seite und beugte sich zu seinem Freund.

»Mensch«, rief er aus, »was für Informationen sind das denn?«

Sie überquerten die Bathurst Street und gingen weiter geradeaus die betriebsame Pitt Street hinunter.

»Um zu verstehen, was ich dir zu erzählen habe, musst du ein paar Grundbegriffe aus der Welt des Erdöls kennen«, sagte Filipe. »Weißt du zum Beispiel, was eine Produktionsspitze ist?«

»Qarim hat es mir in Wien erklärt«, sagte Tomás und freute sich, dass er nicht als völlig ahnungslos auf diesem Gebiet dastand. »Sie ist erreicht, wenn die Förderung die Hälfte der Gesamtreserve überschritten hat, und heißt Spitze, weil sie auf der graphischen Darstellung der Förderkapazitäten wie

ein Berggipfel aussieht.« Er malte mit dem Finger eine Graphik in die Luft. »Die Produktion steigt, bis sie die Spitze erreicht, und fängt dann zu sinken an.«
Filipe verzog das Gesicht.
»Genau das ist es, allerdings nicht ganz genau.«
»Sondern?«
Nun war Filipe an der Reihe, die Graphik in der Luft nachzuzeichnen.
»Die Produktionskurve ähnelt nicht einem Berg, der ansteigt, die Spitze erreicht und dann abfällt, sondern einem Plateau. Die Kurve steigt langsam an, erreicht den höchsten Punkt, bleibt eine bestimmte Zeit auf diesem Niveau und fällt dann abrupt ab.« Sein Finger fuhr jäh nach unten. »Als wenn sie in einen Abgrund stürzen würde.«
»Wie bei einem Plateau, sagst du?«
»Ja, so sieht die Kurve der weltweiten Erdölförderung aus. Das ist deshalb so, weil die Erdölgesellschaften und die großen Förderländer enorme Anstrengungen unternehmen, um die Produktion hochzuhalten. Diese Anstrengungen erklären das Plateau. Das Problem ist nur, dass diese Anstrengungen nicht endlos aufrechterhalten werden können, da die Erdölreserven endlich sind, und so bleibt es nicht aus, dass die Produktionsmenge abnimmt, und zwar empfindlich abnimmt, von einem Jahr aufs andere.«
»Und wann wird die Produktionsspitze erreicht sein?«
»Wie Qarim dir schon gesagt hat, steht die Produktionsspitze für das Nicht-OPEC-Öl unmittelbar bevor. Von allen Ländern außerhalb der OPEC scheinen lediglich Brasilien und Russland in der Lage zu sein, ihre Produktion noch zu steigern, aber im Fall Russlands auch nicht für lange Zeit, und selbst das ist ungewiss. Aus einem Bericht der russischen Akademie der Wissenschaften geht hervor, dass fast sechzig

Prozent der Reserven Westsibiriens so gut wie aufgebraucht sind und dass der frühere Präsident Putin ein Dekret erlassen hat, durch das Informationen über die Erdölreserven zum Staatsgeheimnis erklärt wurden. Wenn er das getan hat, mein Lieber, dann deshalb, weil Russland etwas zu verbergen hat. Die Reserven in der Nordsee hingegen sind erschöpft, ebenso die in Texas. In Kanada gibt es Anzeichen für einen Niedergang, und Norwegen scheint kurz vor der Produktionsspitze zu stehen.«

»Ja, das hat Qarim mir auch erzählt. Das Nicht-OPEC-Öl steht kurz vor dem Aus. Aber glaubst du das wirklich? Ist es nicht möglich, dass neue Ölquellen entdeckt werden?«

»Das Problem ist, dass Erdöl aufgrund der einzigartigen Bedingungen, unter denen es von der Natur gebildet wird, ein relativ seltener Stoff ist. Auf dem gesamten Erdball wurden insgesamt nur sechshundert Formationen oder Systeme entdeckt, an denen eine Förderung von Erdöl und Erdgas in rentablen Mengen möglich ist. Von diesen sechshundert Formationen sind vierhundert bereits ausgebeutet worden oder werden es noch, und die verbleibenden zweihundert befinden sich in der Arktis oder in tiefen Gewässern, und bei ihnen gibt es nicht einmal die Gewissheit, dass sie Erdöl oder Erdgas enthalten. Nur damit du eine Vorstellung hast: In den vergangenen vierzig Jahren sind lediglich vier riesige Erdölfelder außerhalb des Nahen Ostens entdeckt worden, nämlich 1961 die Lagerstätte Daqing in China, 1963 Samotlar in Russland, 1967 Prudhoe in Alaska und 1975 Cantarell in Mexiko. Von da an bis heute war nichts, nur kleinere Erdölquellen, mit Ausnahme der großen Vorkommen im Santos-Becken in Brasilien, die 2008 entdeckt wurden. Und von den letzten vier Superriesenfeldern können nur noch Daqing und Cantarell ihre Förderung auf hohem Niveau halten, allerdings ebenfalls mit Anzeichen für einen Niedergang. Alle haben bereits das Fördermaximum überschritten. Und wenn wir die riesigen Erdölfelder einmal beiseitelassen und uns nur auf die großen konzentrieren, stellen wir fest, dass die Tendenz die gleiche ist. Die meisten Felder, bei denen die Förderung nach 1970 aufgenommen wurde, waren im Jahr 2000 erschöpft, wie im Fall der Felder Brent und Forties in der Nordsee. Und seit 1990 sind lediglich drei neue in Betrieb genommen worden.« Er blickte Tomás in die Augen. »Verstehst du, was geschieht? Das Nicht-OPEC-Öl steht wirklich kurz und unwiderruflich vor der Produktionsspitze, wenn es sie denn nicht schon überschritten hat.«

»Aber wie kann es sein, dass keiner etwas davon weiß?«

»Das hat verschiedene Gründe«, sagte Filipe. »Der Hauptgrund ist, dass die Angaben über das noch vorhandene Erdöl sehr irreführend sind. Eine der renommiertesten Erdölagenturen der Welt, die US Geological Survey, schätzt die Erdölreserven weltweit auf etwa zweieinhalb Billionen Barrel.«

»Ist das viel?«

»Zum Vergleich: Man geht davon aus, das die Welt bis heute wenig mehr als eine Billion Barrel verbraucht hat.«

»Dann ist zweieinhalb Billionen eine Menge.«

»Natürlich ist das eine Menge«, bestätigte der Geologe. »Bei dieser Schätzung werden zu den 1,6 Billionen der nachgewiesenen Reserven, von denen die Hälfte im Nahen Osten liegt, neunhundert Milliarden Barrel Erdöl hinzugerechnet, die es noch zu entdecken gilt.«

»Und wann wird bei so viel noch ungenutztem Erdöl die Produktionsspitze erreicht sein?«

Filipe runzelte die Augenbrauen und rechnete nach.

»Nun, derzeit werden auf der Welt tagtäglich über achtzig Millionen Barrel verbraucht, nicht wahr?« Er schrieb die

Zahlen in die Luft, als ob sie damit sichtbar würden. »Lass mich überlegen. Wenn der Verbrauch weiterhin um zweieinhalb Prozent jährlich wächst, dürfte die Produktionsspitze für die zweieinhalb Billionen Barrel so um das Jahr 2030 erreicht sein.«

»2030?«

»Ja, mehr oder weniger.«

»Und wo ist dann das Problem?«

Filipe lächelte gequält.

»Die Zahlen sind falsch.«

»Wieso falsch? Hast du nicht gesagt, dass es sich dabei um die Schätzung einer der renommiertesten Erdölagenturen der Welt handelt?«

»Ja, aber das ändert nichts daran, dass sie falsch sind.«

»Wie kannst du so etwas sagen?«

»Aus zwei Gründen. Erstens, weil es Amerikaner sind, die das behaupten. Wie ich dir schon erklärt habe, wird die politische Macht in Amerika von den Interessenvertretern der Erdölindustrie beherrscht, und alles, was eine amerikanische Agentur veröffentlicht, muss vor diesem Hintergrund gesehen werden. Dieselbe US Geological Survey, nach deren heutigen Schätzungen es noch so immens viel Erdöl auf der Welt gibt, hat zum Beispiel in den neunziger Jahren eine eher pessimistische Einschätzung der Erdölreserven in der Arktis vorgelegt. Weißt du, was danach passiert ist?«

»Nein.«

»Die Interessenvertreter der Erdölindustrie haben sich gemeldet, und die Agentur musste ihre pessimistische Einschätzung revidieren und durch eine optimistischere ersetzen.« Er zwinkerte vielsagend. »Du verstehst?«

Tomás schüttelte skeptisch den Kopf.

»Das kann ich nicht glauben.«

»Es ist aber so«, versicherte ihm sein Freund. »Es gibt sogar einen Witz, den sich die Leute aus der Erdölbranche darüber erzählen, wie die amerikanischen Agenturen ihr Personal rekrutieren. Willst du ihn hören?«

»Erzähl.«

»Die US Geological Survey musste jemanden einstellen und hatte drei Bewerber zum Gespräch eingeladen, einen Geologen, einen Geophysiker und einen Analysten für Erdölreserven. Alle drei wurden gefragt: Wie viel ist zwei und zwei? Der Geologe antwortete: Vier. Der Geophysiker antwortete: Zweiundzwanzig. Als der Analyst für Erdölreserven an der Reihe war, bat er den Mann, der die Bewerbungsgespräche führte, ins Nebenzimmer, schloss die Tür ab, machte die Fenster zu, stöpselte die Telefone aus, und dann fragte er ihn ganz leise: Was möchten Sie denn hören? – Er wurde eingestellt.«

Beide lachten.

»Herrlich«, sagte Tomás gutgelaunt. »Ich habe schon verstanden, den amerikanischen Agenturen kann man nicht trauen. Und was ist der andere Grund, weshalb du den Verdacht hast, dass die Zahlen nicht stimmen?«

»Der zweite Grund, warum die Schätzung von zweieinhalb Billionen Barrel falsch ist, ergibt sich aus der Analyse der Zahl selbst. Ausgangsbasis für die Schätzung ist die Summe der nachgewiesenen und der noch zu entdeckenden Ölreserven, nicht wahr? Die nachgewiesenen Reserven betragen laut der US Geological Survey 1,6 Billionen Barrel. Das Problem ist nur, wenn wir von nachgewiesenen Reserven sprechen, dann sind damit die von den Förderländern herausgegebenen Informationen gemeint, die, wie im Fall der OPEC, von sehr zweifelhafter Glaubwürdigkeit sind, das habe ich ja schon erklärt. Ende der achtziger Jahre zum Beispiel haben sechs der größten OPEC-Produzenten die Zahlen für ihre Reserven plötzlich um über dreihundert Milliarden Barrel erhöht. Eine Erhöhung der Erdölreserven wird aber nur in zwei ganz besonderen Situationen vorgenommen, nämlich wenn neue Ölfelder entdeckt werden oder wenn neue Schätzungsmethoden ergeben, dass sich in einem bestimmten Ölfeld größere Vorkommen befinden als angenommen. Zu der Zeit jedoch hat keines dieser sechs OPEC-Länder neue wichtige Ölfunde bekannt gegeben, und bei den Technologien zur Bewertung der Reserven waren auch keine bedeutenden Entwicklungen zu verzeichnen.«

»Und wie haben sie dann herausgefunden, dass ihre Reserven größer waren als angenommen?«

»Gute Frage«, rief Filipe aus. »Die Länder haben behauptet, sie würden einen Fehler der Vergangenheit berichtigen. Ich habe allerdings den Verdacht, dass die Wahrheit eine andere ist. Im Jahr 1985 hat die OPEC festgelegt, dass ein Land, je größer die Reserven sind, umso mehr Erdöl exportieren darf, und dementsprechend erzielt es auch mehr Gewinn. Unverzüglich haben alle ihre Reserven auf dem Papier erhöht.«

Tomás lachte. »Können sie das denn?«

»Sie können es, und sie haben es getan. Wer überprüft sie denn? Die Angaben der OPEC sind geheim und nicht nachprüfbar. Wer soll das Gegenteil behaupten, wenn sie sagen, sie haben Reserven von tausend Trillionen Barrel? Es gibt ja keine unabhängigen Kontrollen.«

»Und du bist dir ganz sicher, dass diese Zunahme nur auf dem Papier stattgefunden hat?«

»Mensch, Casanova, sei doch nicht so naiv. Nimm zum Beispiel den Irak. Der Irak war eines der sechs Länder, deren Erdölreserven wie durch ein Wunder von einem Tag auf den anderen gestiegen sind. Untersucht man den Fall im Detail, stellt man fest, dass die Iraker den Wert ihrer Reserven seit 1980 vervierfacht haben.« Er schnitt eine Grimasse. »Wie soll das gehen in einem Land, das die ganze Zeit über Krieg geführt oder mit Erdölembargos konfrontiert war?«

Tomás dachte über den Einwand nach.

»Da hast du recht.«

»Über die Glaubwürdigkeit der Angaben zu den Reserven sind wir uns also einig«, schloss Filipe. »Dann lass uns jetzt einen Blick auf die noch zweifelhaftere Lage des noch zu entdeckenden Erdöls werfen. Wie schon gesagt, ist Erdöl ein seltener Rohstoff. Es gibt nur zweihundert geologische Systeme, die noch unerschlossen sind. Schätzungen zufolge ist in fast allen diesen Formationen Erdöl vorhanden, doch das muss nicht unbedingt stimmen. Fakt ist, dass wir nicht wissen, was sich in diesen Formationen befindet, weil sie noch nicht erschlossen sind.« Er hob den Finger. »Eines jedoch weiß ich ganz gewiss. Es wird immer schwieriger, neue Erdölfelder zu finden. Die größten und mithin am leichtesten zu entdeckenden Vorkommen sind bereits ausfindig gemacht worden. Jetzt stoßen wir nur mehr auf die kleineren Felder, die bei den früheren Prospektionen nicht erfasst worden sind. Seit 1961 entdecken die Ölgesellschaften von Jahr zu Jahr weniger Erdöl. Während der Verbrauch der Welt seit 1995 mindestens vier Milliarden Barrel pro Jahr beträgt, werden jährlich nur noch neun Milliarden Barrel neues Erdöl gefunden.« Er blickte zu einem unbestimmten Punkt der Pitt Street. »Das außerhalb der OPEC vorhandene Erdöl dürfte rund eine Billion Barrel betragen.«

»Eine Billion? Und wann ist dann die Produktionsspitze erreicht?«

»Bald. Wir werden das alle noch erleben.«

»Aber wann wird die Produktionsspitze erreicht sein?«

Filipe seufzte.
»Zwischen 2010 und 2015.«
»Das entspricht auch Qarims Schätzung.«
»Ich kann mich um zwei oder drei Jahre irren, aber das ist das Referenzdatum für die Produktionsspitze beim Nicht-OPEC-Öl.«
In der Mitte der Pitt Street hatte sich um zwei Jongleure, die eine tollkühne Flaschennummer vorführten, eine Menschenmenge versammelt. Begeisterte Ausrufe waren zu vernehmen, zuweilen unterbrochen von Applaus. Die beiden Freunde aber waren so in ihr Problem vertieft, dass sie an dem Spektakel vorübergingen, ohne auch nur einen Blick darauf zu werfen.
»Eines verstehe ich nicht«, bemerkte Tomás.
»Was denn?«
»Wenn die Lage so kritisch ist, wie ist es dann möglich, dass die Märkte erst Ende 2007 reagiert haben? Es reicht doch ein etwas heftigerer Sturm im Golf von Mexiko, und schon klettert der Erdölpreis in die Höhe. Die Märkte reagieren auf die geringsten Schwankungen in der Versorgung stets hypersensibel, selbst wenn diese offensichtlich vorübergehender Natur sind, wie bei Produktionseinbrüchen im Fall von Orkanen. Wie also ist es möglich, dass sie noch nicht auf etwas so Ungeheuerliches reagiert haben?« Er schüttelte den Kopf. »Das ergibt doch keinen Sinn.«
»Die Märkte sind aus einem ganz einfachen Grund noch nicht völlig in Panik geraten«, sagte Filipe. »Wegen des Vertrauens in die im Nahen Osten verfügbaren Reserven. Die Märkte glauben, dass der Nahe Osten noch unermessliche Erdölreserven besitzt, Mengen in einer Größenordnung, die jederzeit einen möglichen Einbruch in der Förderung anderer Länder auffangen könnte. Auf den Märkten besteht Konsens

darüber, dass Saudi-Arabien und Kuwait über ungenutzte Ressourcen verfügen, die von jetzt auf gleich aktiviert werden können. Das nennt man *spare capacity* oder auch Reservekapazität.«

»Meinst du damit, dass der Markt glaubt, es werde niemals einen Versorgungsengpass geben?«

»Genau«, bejahte der Geologe. »Wegen der Reservekapazität der OPEC.« Er runzelte die Augenbrauen. »Das Problem ist nur, dass diese Reservekapazität bei genauerer Betrachtung eine zweischneidige Angelegenheit ist. Je weiter die Produktion der Nicht-OPEC-Länder sinkt, umso mehr steigern die OPEC-Länder ihre Fördermenge und verhindern damit einen Einbruch bei der Versorgung. Folglich bleiben die Preise stabil und können nicht als Warnsystem fungieren. Andererseits sollte man sich in Erinnerung rufen, dass der Preis eines Produktes immer nur dessen Mangel oder Überfluss widerspiegelt, jedenfalls wenn wir uns auf einem freien Markt bewegen.«

»Tun wir das denn nicht?«

»Beim Erdöl nicht. Die OPEC verhindert ein freiheitliches System.«

»Inwiefern?«

Filipe machte eine Pause und überlegte, wie er die Funktionsweise des Geschäfts am besten erklären sollte.

»Stell dir vor, der Erdölmarkt wäre frei, und das gesamte existierende Erdöl wäre allen zugänglich«, sagte er. »Dann wäre es normal, dass die Erdölgesellschaften zuerst das leicht zu fördernde Erdöl verkaufen würden, eben weil es in der Förderung billiger und im Hinblick auf die Konkurrenz am wettbewerbsfähigsten ist, nicht wahr?«

»Natürlich.«

»In dem Maße, wie dieses leicht zugängliche Erdöl versiegen

ob wir rechtzeitig gewarnt werden, bevor es zu Ende geht, und ob wir in der Lage sind, uns darauf vorzubereiten.«

»Und was du mir zeigen willst, hat mit dieser Frage zu tun?«

»Ja.«

Sie blickten sich um, konnten aber nichts Verdächtiges entdecken. Dann überquerten sie die Straße und gingen zum Eingang des Hotels. Das Erste, was Tomás sah, waren die fünf Sterne an der Tür.

»Na, du lässt es dir ja gutgehen.«

Filipe war so sehr an den in der Erdölbranche herrschenden Luxus gewöhnt, dass er nicht darauf antwortete. Er ging zum Empfang und verlangte, an den Tresor gelassen zu werden. Der Rezeptionist bat ihn in einen gesonderten, offenkundig stärker gesicherten Raum, in den die beiden durch eine Seitentür verschwanden. Tomás wanderte derweil in der Empfangshalle auf und ab und bewunderte den auf Hochglanz polierten cremefarbenen Marmorboden und die wunderschönen Teppiche in dem Bereich, wo die Sofas standen. Er musste jedoch nicht lange warten, denn kurz darauf erschienen sein Freund und der Hotelangestellte wieder in der Lobby. Filipe hatte einen hellblauen Schnellhefter in der Hand.

»Hier ist es«, sagte er und zeigte den Ordner unauffällig vor.

»Was ist das?«

»Das Geheimnis.«

»Welches Geheimnis?«

»Das Geheimnis, das ich der OPEC gestohlen habe.«

29

Sie machten es sich an der Hotelbar bequem, neben einem Schild, auf dem für den Abend eine amerikanische Sängerin mit Band angekündigt wurde, deren Hauptattribut ihre »engelsgleiche Anmut« war. Die Avery's Bar war so gut wie ausgestorben. Die meisten Gäste hatten das Hotel verlassen, nur ein paar zogen um diese Uhrzeit offenbar das benachbarte Restaurant vor. Erfreut über die angenehm ruhige, schummerige Atmosphäre in der Bar, bestellte Filipe Hähnchen-Saté-Spieße auf balinesische Art, während Tomás sich mit einem Thai-Salat mit Lamm und Sesam begnügte, und beide orderten dazu australisches Bier.

»Das ist nur eine kleine Stärkung, bevor wir uns auf den Weg machen«, sagte Filipe. »Wir haben Zeit, zu reden, aber nicht allzu viel.«

»Wohin gehen wir denn?«

»Das wirst du schon sehen.«

Als der Kellner gegangen war, legte der Geologe den hellblauen Schnellhefter auf das dunkle Holztischchen, schlug die Beine übereinander und lehnte sich bequem im Sessel zurück.

»Um zu begreifen, was hier drin steht, musst du zunächst eines verstehen«, sagte er und zeigte auf den Hefter. »Die Bedeutung des saudischen Erdöls.«

»Aber die habe ich doch schon verstanden«, sagte Tomás. »Saudi-Arabien ist der größte Erdölproduzent der Welt.«

»Es ist nicht nur der größte Erdölproduzent«, erwiderte Filipe. »Es ist noch sehr viel mehr als das.«

»Nämlich?«

»Ohne das saudische Öl ist es aus und vorbei mit dem Erdölgeschäft. Dann steht die Welt ohne Energie da.«

Tomás machte ein skeptisches Gesicht.

»Findest du nicht, dass du ein bisschen übertreibst? Klar, als größter Produzent weltweit ist Saudi-Arabien zweifellos sehr wichtig für das Geschäft. Aber von da zu der Behauptung, ohne das saudische Öl würde die Welt ohne Energie dastehen, ist es ja wohl ein weiter Weg, oder?«

»Wenn ich es dir doch sage, Casanova. Ohne die Saudis gibt es kein Erdölgeschäft.«

»Wie kommst du zu so einer Behauptung?«

»Aus einem ganz einfachen Grund. Dass das Nicht-OPEC-Öl kurz vor dem Fördermaximum steht, haben wir bereits gesehen, nicht wahr?«

»Ja.«

»Wenn das überschritten ist, geht es bergab, und das zu einer Zeit weltweit wachsender Nachfrage. Die Erde wird dann im Wesentlichen vom Erdöl der OPEC abhängig sein.«

»Bis hierher habe ich es verstanden.«

»Die nächste Frage lautet: Wie viel OPEC-Öl gibt es denn nun eigentlich?« Er buchstabierte seine Worte beinahe.

Tomás zuckte mit den Schultern, als hielte er die Frage für nicht sonderlich relevant.

»Qarim hat zu mir gesagt, es reiche für hundert Jahre.«

»Qarim hat nur die offizielle Version nachgeplappert«, unterbrach Filipe ihn. »Weißt du, wo das Problem ist, das große Problem? Dass niemand diese Frage beantworten kann. Da die OPEC alle Informationen zum Erdöl wie ein Staatsgeheimnis hütet und es keine Möglichkeit gibt, die wenigen Angaben über den Zustand der Reserven der Mitgliedsländer des Kartells zu überprüfen, hat niemand auch nur einen Funken Gewissheit hinsichtlich der Erdölmengen, die die OPEC tatsächlich besitzt. Verstehst du?«

»Ja.«

Filipe räusperte sich.

»Aber einiges wissen wir trotzdem über manche Großproduzenten in der OPEC. Nehmen wir den Iran, der lediglich der viertgrößte Erdölproduzent der Welt ist. Hast du eine Vorstellung davon, wie es um die Erdölreserven des Iran bestellt ist?«

»Nein.«

»Sie sind im Niedergang begriffen.«

»Wirklich?«

»Der Iran hat vier superriesige Erdölfelder. Aghajar wurde 1936 entdeckt, Gach Saran 1937, Marun 1963 und Ahwaz 1977. Bei allen ist die Produktionsspitze bereits überschritten, die iranische Ölförderung geht von Jahr zu Jahr zurück.«

»Und du sagst, der Iran sei der viertgrößte Erdölproduzent der Erde?«

Filipe spitzte die Lippen.

»Beunruhigend, nicht wahr? Und das Schlimme ist, dass es noch weitere OPEC-Länder gibt, die sich in der gleichen Lage befinden. In Yibal, zum Beispiel, dem einzigen Superriesenfeld von Oman, wurde das Fördermaximum im Jahr 1997 erreicht, in Nigeria ist man ebenfalls schon dort angekommen, und was besonders besorgniserregend ist – in Kuwait wurde die Förderrate des zweitgrößten Erdölfeldes der Welt im Burgan-Komplex gesenkt, angeblich, damit der Druck der Quellen wieder hergestellt wird. Die kuwaitische Erdölgesellschaft hat Ende 2005 verkündet, Burgan sei erschöpft. Außer in Kuwait wurde die Produktionsspitze auch im Irak, in Syrien und im Jemen bereits überschritten.«

Tomás setzte sich in seinem Sessel aufrecht hin.

»Entschuldige bitte, aber ich verstehe nicht ganz«, sagte er zögerlich. »Willst du damit andeuten, dass auch bei der OPEC der Niedergang begonnen hat?«

»Nein«, berichtigte Filipe, »ich sage nur, dass das bei der Mehrzahl der großen OPEC-Produzenten der Fall ist.« Er hob einen Zeigefinger. »Aber einen Produzenten gibt es, einen einzigen, auf den die ganze Welt zur Lösung der Probleme bei der weltweiten Erdölversorgung vertraut.«

»Saudi-Arabien?«

»Ganz genau.« Der Geologe grinste. »Das Königreich Saudi-Arabien. Es ist der wichtigste Erdölproduzent der Welt, das Sicherheitsnetz des Energiekreislaufs, das Kissen, das den Rückgang der Produktion auf der ganzen Erde auffängt.« Er zog die Brauen hoch. »Begreifst du jetzt, aus welchem Grund ich vorhin gesagt habe, Saudi-Arabien sei viel mehr als der Haupterdölproduzent der Welt?«

»Ja.«

»Ohne Saudi-Arabien gäbe es nicht genügend Energie, um den globalen Bedarf zu decken. Die Weltwirtschaft würde in eine tiefe Rezession geraten, allenthalben würde sich das Chaos ausbreiten. Stell dir bloß mal vor, das Erdöl würde so teuer werden, dass ein Barrel nicht achtzig oder hundertvierzig sondern siebenhundert Dollar kostete?«

»Das wäre problematisch.«

»Problematisch?« Filipe lachte. »Das wäre das Ende, mein Lieber.« Er breitete die Arme aus. »Das Ende.« Dann beugte er sich zu seinem Freund herüber. »Weißt du, was siebenhundert Dollar pro Barrel bedeutet?«

»Es bedeutet Ärger.«
»Darauf kannst du Gift nehmen«, sagte Filipe. »Siebenhundert Dollar pro Barrel heißt zum Beispiel, dass du bei deinem Auto für eine Tankfüllung statt siebzig Euro siebenhundert bezahlen musst.« Er ließ die Zahl in Tomás' Kopf nachwirken. »Siebenhundert Euro für eine bescheidene Tankfüllung.«
Entsetzt von der Aussicht, stieß Tomás einen Pfiff aus.
»Da müssten wir wohl alle mit dem Rad fahren, was?«
»Allerdings. Aber hast du eigentlich eine Ahnung, was das für Auswirkungen auf die Weltwirtschaft hätte?«
»Wir würden in eine Rezession geraten.«
Filipe lachte wieder.
»Rezession ist ein zu harmloser Begriff für das, was dann passieren würde. Du musst bedenken, bei sechs der letzten sieben Rezessionen der Weltwirtschaft gab es einen direkten Bezug zu den vorübergehenden Einschränkungen bei der Erdölversorgung.« Er machte eine Pause. »Jetzt stell dir mal vor, was passieren würde, wenn der Einbruch nicht vorübergehend, sondern dauerhaft wäre, das heißt, wenn er nicht konjunkturell bedingt, sondern strukturell wäre, ohne Aussicht auf eine Lösung.«
»Dann wäre es eine tiefgreifende Rezession.«
»Eine solche Situation könnte das Ende der Zivilisation bedeuten, Casanova, was denkst du wohl. Das Ende.«
»Übertreibst du da nicht schon wieder ein bisschen?«
»Glaubst du?« Filipe machte eine ausladende Handbewegung und zeigte auf die ruhige, gediegene Atmosphäre der Bar. »Schau dir das alles hier an, und dann stell dir vor, was passieren würde, wenn plötzlich die Energieversorgung abbrechen würde. Alles, woran wir uns gewöhnt haben, der ganze Luxus, den wir für selbstverständlich halten, würde sich von

einem Augenblick zum nächsten in Luft auflösen.« Er fing an, die Probleme an den Fingern aufzuzählen. »Wir könnten nicht mehr zur Arbeit fahren, der Gütertransport würde zum Erliegen kommen, die Fabriken würden keine Rohstoffe mehr erhalten, die Produktion und ebenso der Vertrieb würden eingestellt, die Wirtschaft wäre gelähmt, die Unternehmen würden reihenweise Konkurs anmelden, die Menschen könnten ihren Lebensunterhalt nicht mehr verdienen, der Transport von Lebensmitteln zu den Märkten würde zum Stillstand kommen und die öffentliche Ordnung zusammenbrechen, es gäbe Tumulte, Plünderungen, die Länder würden unregierbar werden, Hunger würde sich überall ausbreiten, und wir würden im Chaos versinken.«

Tomás dachte über das Szenario nach.

»Das wäre sehr kompliziert.«

»Es wäre das Ende der Zivilisation, Casanova.« Filipe sah ihn mit großen Augen an, um seinen Worten noch mehr Nachdruck zu verleihen. »Das Ende.«

Am Tisch machte sich düstere Stille breit. Das Gespräch hatte eine erschreckende Wendung genommen, und während sein Blick durch die leere Bar schweifte, kam Tomás unweigerlich der Gedanke, dass im Leben tatsächlich alles zerbrechlich war und es in der Geschichte nur so wimmelte von Kulturen, die irgendwann einmal unvergänglich und stabil erschienen, die aber dann von einem Moment auf den anderen untergegangen waren.

»Aber diese Aussicht ist doch nicht wirklich wahrscheinlich, oder?«, bemerkte Tomás. »Die saudi-arabischen Ölreserven sind schließlich unser Sicherheitsventil.«

»Das behauptet jedenfalls Saudi-Arabien.«

»Und gibt es irgendeinen Grund, daran zu zweifeln?«

Filipe verzog den Mund.

»Mensch, Casanova, ich sage es dir noch einmal. Woher sollen wir denn wissen, ob Saudi-Arabien tatsächlich so viel Erdöl hat, wenn die Angaben über die Ölförderung ein Staatsgeheimnis sind und die wenigen Informationen, die die Saudis herausgeben, nach wie vor nicht überprüft werden können?«
»Aber besteht denn Anlass dazu, den Wahrheitsgehalt dieser wenigen Informationen in Zweifel zu ziehen?«
Filipe schwieg einen Moment, als denke er darüber nach, wie er das, was er zu sagen hatte, am besten ausdrücken solle.
»Durchaus.«
Tomás riss überrascht und erschrocken den Mund auf.
»Wie bitte?«
Sein Freund schlug den hellblauen Schnellhefter auf, holte einige bunte Prospekte heraus und zeigte sie Tomás.
»Weißt du, was das ist?«
Tomás warf einen Blick auf die Prospekte. Sie waren auf hochwertigem Papier gedruckt und zeigten schöne bunte Bilder von Ölquellen und hochentwickelten Maschinen im Wüstensand. Der Text war auf Englisch verfasst, und darüber befand sich eine Abbildung mit etwas wie einem Stern in einem blaugrünen Quadrat neben einem Satz auf Aabisch; darunter stand Saudi Aramco.
»Das ist Werbematerial, stimmt's?«
»Ja, das sind Broschüren von Aramco, der saudi-arabischen Erdölgesellschaft. Die habe ich mir bei der Pressestelle des Erdölministeriums in Riad besorgt.«
Tomás schaute sich die Prospekte noch einmal an.
»Und was ist daran so Besonderes?«
»Hast du dir schon den Text angesehen?«
Tomás überflog ihn.
»Ich kann nichts Ungewöhnliches daran entdecken«, stellte er fest. »Hier ist die Rede von der hochentwickelten und sehr

fortschrittlichen Technologie, die in Saudi-Arabien bei der Ölförderung eingesetzt wird.« Er blickte auf. »Ehrlich gesagt, beruhigt mich das ein wenig.«

»Klar beruhigt dich das. Jeder Laie, der das hier liest, muss unweigerlich beeindruckt sein von den Investitionen der Saudis in Technologien, die die Energieversorgung der Erde gewährleisten sollen.«

»Und wo ist dann das Problem?«

»Das Problem, mein Lieber, sind ebendiese Investitionen in die Technologie.«

»Warum denn?«

Filipe seufzte.

»Erinnerst du dich noch daran, was ich dir gesagt habe? Dass das saudische Erdöl das zweitbilligste der Welt sei?«

»Es kostet eineinhalb Dollar pro Barrel, nicht wahr?«

»Oder noch weniger. Und aus welchem Grund ist es so billig?«

»Wenn ich deine Erklärung richtig verstanden habe, hat das mit den Förderbedingungen zu tun. In Saudi-Arabien braucht man nur ein Loch zu bohren, und schon sprudelt das Erdöl hervor wie aus einer Quelle.«

Der Geologe nahm seinem Freund die Broschüre aus der Hand und deutete auf das Foto auf dem Deckblatt, das eine in der Wüste installierte Förderanlage zeigte.

»Wenn dem so ist, wozu brauchen die Saudis dann diese Art von Hightech?« Er zog die Augenbrauen hoch. »Nun?«

»Ich verstehe nicht.«

»Mensch, Casanova, an das saudi-arabische Erdöl kam man immer leicht heran. Es reichte tatsächlich aus, ein Loch zu bohren, und das Öl sprudelte heraus wie Champagner. Aus welchem Grund hat die Aramco dann begonnen, in hochentwickelte Technologien zur Erdölförderung zu investieren?«

Tomás zuckte mit den Schultern.
»Was weiß ich.«
»Einem Laien fallen diese Dinge nicht auf, aber einem Geologen sehr wohl, vor allem,wenn er mit den Besonderheiten der Erdölförderung vertraut ist.« Filipe tippte auf die Broschüre. »Wenn die Saudis in hochentwickelte Technologien zur Erdölförderung in der Wüste investieren, dann kann es dafür nur eine Erklärung geben.«
»Nämlich welche?«
»Dass das Erdöl nicht mehr so fröhlich sprudelt.«
Eine kurze Stille trat ein.
»Was willst du damit sagen?«
»Dass diese Werbebroschüren unbeabsichtigt etwas sehr Beunruhigendes verraten, nämlich dass das saudi-arabische Erdöl nicht mehr so leicht fließt wie früher.«
Tomás dachte über Filipes Schlussfolgerung nach.
»Ich verstehe.«
»Als ich diese Prospekte damals im Erdölministerium in Riad zum ersten Mal sah, schrillten bei mir gleich die Alarmglocken. Irgendetwas war da in Saudi-Arabien im Busch, aber niemand wusste davon.« Er setzte sich bequem im Sessel zurecht. »Bei sämtlichen internationalen Energieversorgungsmodellen wird davon ausgegangen, dass das saudische Erdöl so reichlich vorhanden und so billig ist, dass es die weltweite Nachfrage mindestens bis 2030 befriedigen kann.«
»Bis 2030? Nicht noch hundert Jahre lang?«
»Hundert Jahre ist Blödsinn. Das Jahr 2030 erscheint als Perspektive realistischer, und die Saudis haben die Märkte auch ermuntert, daran zu glauben. Gleichzeitig aber haben sie eine unabhängige Überprüfung ihrer Reserven stets verhindert. Sie behaupten zwar, nachgewiesene Reserven in Höhe von zweihundertsechzig Milliarden Barrel zu besitzen, aber der

Anteil der einzelnen Ölfelder an diesem Kuchen wird als Militärgeheimnis behandelt. Uns ist noch nicht einmal klar, wie viel Erdöl genau das Königreich überhaupt produziert. Wir befinden uns jetzt also in der heiklen Lage, die Geschicke unseres Planeten einem Land anvertrauen zu müssen, das unbewiesene und abweichende Zahlen hinsichtlich seiner Erdölproduktion veröffentlicht.« Er griff nach der auf dem Tisch liegenden Broschüre und wedelte damit herum. »Und dann finde ich plötzlich solche Prospekte, aus denen indirekt hervorgeht, dass das Erdöl in Saudi-Arabien nicht mehr so problemlos fließt wie früher. Daraufhin habe ich versucht, die Informationsblockade zu durchbrechen, und überall angeklopft.« Er strich über den Schnellhefter. »Bis ich, wie gesagt, das große Glück hatte und an diese technischen Unterlagen kam.«

»Was steht denn da nun eigentlich drin?«

Filipe beugte sich vor und blickte Tomás durchdringend an. »Die Wahrheit, Casanova«, sagte er kryptisch. »Die Wahrheit.«

30

Der Kellner kam, das Tablett auf den Fingerspitzen balancierend, und Filipe sah sich gezwungen, den Schnellhefter auf den leeren Sessel neben sich zu legen, um Platz zu schaffen. Der Australier stellte seinen Gästen zwei Bierkrüge und die Teller mit dem bestellten Essen hin und ging, nachdem er ihnen in breitem australischem Englisch guten Appetit gewünscht hatte, ebenso rasch, wie er gekommen war.

»Gar nicht schlecht, was?«, bemerkte Filipe und biss in ein Stück von seinem balinesischen Saté.

»Ja, sehr lecker«, bestätigte Tomás. »Aber du hast mir noch nicht auf meine Frage geantwortet.«

Sein Freund blickte auf den Hefter.

»Willst du wissen, was in dieser Mappe ist?«

»Ja.«

Filipe ließ die Gabel mit dem aufgespießten Stück marinierten Fleisches in der Luft kreisen.

»Was da drin ist, kannst du nur verstehen, wenn du eine genaue Vorstellung davon hast, was das saudische Erdöl ist und wie die für seine Förderung eingesetzte Technik funktioniert.«

»Nach dem, was du mir erzählt hast, gibt es kaum etwas Simpleres. Man bohrt ein Loch in den Boden, und das Öl sprudelt heraus.«

Filipe lachte.
»Grob gesprochen ist es auch genau so«, bestätigte er. »In Saudi-Arabien wurde 1938 zum ersten Mal Erdöl gefunden, und zwar an einem Ort namens Dammam. Die Felder dort waren so ergiebig, dass die amerikanischen Geologen sogar beim Überfliegen der Wüste vom Flugzeug aus Quellen entdeckten, stell dir das mal vor.«
»Das ist möglich?«
»Ja, sofern die topographischen Merkmale des Geländes es erlauben, wie in diesem Fall. Die Erdölfelder erwiesen sich aus der Luft jedenfalls als leicht erkennbar. Saudi-Arabien bot ein so interessantes Profil, dass die Erdölgesellschaften zuhauf herbeiströmten, und so wurde die Arabian American Oil Company, die Aramco, ins Leben gerufen, deren Aktionäre Standard Oil, Shell, BP, Mobil, Chevron, Texaco und Gulf Oil wurden.«
»Die großen Haie also.«
»Allerdings. Sie kamen alle mit angespitzten Zähnen an. Durch den Zweiten Weltkrieg wurde das Geschäft natürlich erst mal auf Eis gelegt, aber sobald der Krieg vorbei war, setzte man die Prospektionen fort, und es wurden weitere, noch größere Erdölfelder gefunden. Die Aramco wurde dann verstaatlicht und die Haie außer Landes gewiesen, doch damals war die geostrategische Position Saudi-Arabiens bereits gefestigt.«
Er trank einen Schluck Bier und blickte Tomás maliziös lächelnd an. »Jetzt habe ich eine Frage, die ich dir stellen möchte.«
»Ja bitte.«
»Saudi-Arabien ist der größte Erdölproduzent der Welt. Was meinst du, auf wie vielen Ölfeldern werden fünfundsiebzig Prozent des saudischen Erdöls gefördert?«

Tomás machte ein nachdenkliches Gesicht.
»Was weiß ich, auf fünfhundert?«
Filipe rümpfte die Nase.
»Komm, jetzt sei mal vernünftig«, bat er. »Denk daran, fünfundsiebzig Prozent entsprechen drei Viertel des saudi-arabischen Erdöls, das ist eine Menge. Meinst du, fünfhundert Felder reichen für drei Viertel dieses Riesenkuchens?«
»Natürlich, du hast recht«, pflichtete Tomás ihm bei und kratzte sich am Kopf. Aufs Geratewohl nannte er eine Zahl, die ihm realistischer erschien. »Tausend?«
»Nein.«
»Fünftausend?«
»Nein.«
»Zehntausend?«
»Auch nicht.«
»Ach, ich gebe es auf.«
»Komm schon, versuch's. Nenn mir Eckdaten, das ist vielleicht einfacher.«
»Zwischen tausend und fünftausend Feldern«, sagte Tomás.
»Nein.«
»Also, ich weiß es nicht. Ich habe nicht die geringste Ahnung und werde hier nicht den ganzen Tag lang herumraten.«
Filipe grinste und hob Zeige- und Mittelfinger zum Victory-Zeichen.
»Aus zwei.«
Tomás blickte ihn verständnislos an.
»Zwei was?«
»Zwei Feldern.«
»Wie bitte?«
»Aus zwei Feldern«, wiederholte Filipe. »Fünfundsiebzig Prozent des in Saudi-Arabien geförderten Erdöls stammen aus nur zwei Feldern.«

Tomás schüttelte den Kopf.

»Das kann nicht sein.«

»Sie heißen Ghawar und Safaniya.«

»Meinst du das im Ernst?«

»Ich wiederhole, Casanova«, sagte der Geologe langsam und betont, »fünfundsiebzig Prozent des saudischen Erdöls werden auf lediglich zwei Feldern gefördert. Hast du kapiert? Das heißt, die unmittelbare Zukunft der Welt hängt von zwei Dingen ab, eins heißt Ghawar, das andere Safaniya.«

»Mein Gott, wie kann das möglich sein?«

»Es ist so, wie ich es dir sage.«

»Aber haben die Regierungen des Westens davon eine Ahnung?«

»Ich glaube, niemand hat so richtig begriffen, was in Saudi-Arabien los ist, mein Lieber. Die Leute haben diese phantasievolle Vorstellung, es gebe über die Wüste verteilt Tausende von praktisch unerschöpflichen Ölfeldern, allesamt mit einer riesigen Förderkapazität, die in der Lage sind, die weltweite Nachfrage zu befriedigen und die vielfältigen Probleme der übrigen großen Erdölproduzenten zu lösen. Was bisher noch niemand begriffen hat, ist Folgendes: Wenn die Weltwirtschaft im Wesentlichen von Saudi-Arabien abhängig ist, dann bedeutet das eine Abhängigkeit von nur zwei Ölfeldern.«

»Und wie ist es um diese Felder bestellt? Funktionieren sie ordentlich?«, fragte Tomás.

»Gute Frage«, erwiderte sein Freund sibyllinisch. »Die Wahrheit ist, dass niemand weiß, was in Saudi-Arabien vor sich geht, nicht wahr? Die Daten sind vertraulich, und es gibt weder eine unabhängige Überprüfung der bestehenden Produktionskapazitäten noch der Einschätzung der Reserven. Das Einzige, was wir haben, sind die abweichenden Angaben der Saudis. Mehr nicht.«

Tomás stützte die Ellbogen auf den Tisch und ließ den Kopf auf die verschränkten Hände sinken.
»Zwei Felder«, murmelte er, noch immer ganz verdattert. »Alles steht und fällt mit zwei Feldern.« Fragend blickte er Filipe an. »Was für verdammte Felder sind das eigentlich?«
Der Geologe blätterte eine der Broschüren durch, bis er eine Landkarte von Saudi-Arabien gefunden hatte, und deutete auf einen Punkt vor der Küste des Persischen Golfs, unmittelbar südlich von Kuwait.
»Safaniya liegt hier«, sagte er. »Es ist das größte Offshore-Ölfeld der Welt und das zweitergiebigste Saudi-Arabiens. Man nennt es auch die Königin des Sandes, da seine südliche Spitze unterhalb der goldenen arabischen Strände am Persischen Golf liegt. Safaniya wurde 1951 entdeckt, und dort wird vor allem schweres Rohöl gefördert. Auf der Karte hat das Feld die Form eines schmalen Tropfens, der von einem Ende zum anderen siebzig Kilometer lang ist.«
»Siebzig Kilometer?« Tomás staunte. »Das ist ganz schön groß, oder?«
»Sehr groß. Auf dem Feld werden ungefähr fünfzehn Prozent des gesamten Erdöls des Landes gefördert.«
»Nur fünfzehn Prozent? Aber du hast doch gesagt, die beiden Felder stünden für fünfundsiebzig Prozente der saudischen Erdölproduktion.«
»Stimmt, das habe ich gesagt.«
»Und was ist mit dem Rest?«
»Der wird aus dem anderen Ölfeld gewonnen.«
Tomás' Gesicht bekam einen ungläubigen Ausdruck.
»Du machst Witze.«
»Es heißt Ghawar und entspricht sechzig Prozent des Erdöls, das es in Saudi-Arabien gibt. Es ist der einzige Megariese unter den Ölfeldern der Welt, das größte Erdölvorkommen, das

jemals auf der Erde entdeckt wurde. Man nennt es den König der Könige, aber die Bezeichnung ist eigentlich noch zu bescheiden. Wäre Ghawar ein Kaiser, dann wären die superriesigen Erdölfelder neben ihm nicht Könige, sondern lediglich Prinzen.«

Tomás warf einen Blick auf die Landkarte in der Broschüre. »Und wo befindet sich dieses Wunder?«

Der Geologe zeigte auf einen Wüstenstreifen parallel zur saudischen Küsten bei Bahrain und Katar.

»Hier«, sagte er. »Es ist ein langgestrecktes, schmales Feld in der Form eines Beines. Wenn die Südspitze von Ghawar in Lissabon läge, würde die Nordspitze bis Aveiro reichen.«

»Donnerwetter.«

»Von einem Ende zum anderen sind es über zweihundert Kilometer, und an der breitesten Stelle hat das Feld fast fünfzig Kilometer. Die Ölförderung wurde in Ghawar im Jahr 1951 aufgenommen, und seither wurden hier schon über fünfundfünfzig Milliarden Barrel gefördert.« Er lächelte. »Ich weiß, die Zahl ist so groß, dass man sie sich überhaupt nicht vorstellen kann. Um es einfacher zu machen: Derzeit stammt jedes zwölfte Barrel des weltweit verbrauchten Erdöls aus Ghawar.«

»Wahnsinn!«

»Im Jahr 1982 wurde die Förderung in Ghawar zum Staatsgeheimnis erhoben, und die einzige seither durchgesickerte sichere Information lautet, dass der Megariese im Jahr 1994 fünfundsechzig Prozent des gesamten saudi-arabischen Öls produziert hat. Ansonsten ist nur wenig bekannt. Aber eines steht für uns alle fest: Die Lebensdauer des Ölfeldes von Ghawar ist das zentrale Problem bei der Frage, ob Erdöl der Welt weiterhin als Energiequelle erhalten bleibt. Jede Analyse, wie sich die globale Erdölproduktion entwickeln wird, muss sich zwangsläufig mit Ghawar befassen. Wenn das Feld ergiebig bleibt, ist die Ölversorgung der Welt gewährleistet.« Er hob warnend die Hand. »Wenn es aber in Ghawar Probleme gibt, dann bedeutet das das Ende.«

»Und gibt es welche?«

Die Frage kam überstürzt, eine Spur von Angst schwang darin mit.

Filipe antwortete nicht sofort. Er beugte sich mit ausgestrecktem Arm nach links, ergriff den hellblauen Schnellhefter und legte ihn auf seinen Schoß. Dann schlug er die Mappe auf und ließ die darin befindlichen Stapel von Texten auf Englisch und Arabisch erkennen, die jeweils zu mehreren Blättern zusammengeheftet waren.

»Das sind die Unterlagen, die ich aus dem Büro eines der leitenden Ingenieure der Aramco in Dharham habe mitgehen lassen. Wie ich dir schon sagte, befanden sie sich in einem Ordner, der den Titel *Problems in Production Operations, Saudi Fields* trug.«

»Und was sind das für Unterlagen?«

»Ingenieurberichte.« Er schlug die Mappe wieder zu, als sei es noch nicht an der Zeit, die Papiere zu zeigen. »Es gibt da ein paar technische Dinge, die du wissen musst, um besser zu verstehen, was hier steht.«

»Was, zum Beispiel?«

»Die mit der Förderung verbundenen, technischen Probleme«, erklärte Filipe. »Was denkst du, wie das Öl aus der Erde kommt?«

»Nun, durch Bohrungen, oder nicht? Es wird ein Loch in die Erde gebohrt, und das Öl sprudelt heraus, nehme ich an.«

»Das ist die Vorstellung, die die meisten Leute haben. Aber in Wirklichkeit gehören zu dem Verfahren der Erdölgewinnung drei Dinge: Erdöl, Erdgas und Wasser. Ein Freund von mir hat einmal gesagt, wenn der Prozess der Erdölförderung ein Hollywoodfilm wäre, spielte das Erdöl die Hauptrolle, er wäre der Star, der die Kinozuschauer anlockt, und Gas und Wasser bekämen die Nebenrollen. Eine Lagerstätte besteht, grob gesprochen, aus einem Öl-Gas-Gemisch mit einem Wasserreservoir darunter. Das Gas hat beim Erdöl die gleiche Funktion wie die Kohlensäure beim Champagner, es gibt ihm Kraft in Form der kleinen Perlen, die aufsteigen und ihm Leben verleihen. Erdöl ohne Gas ist wie Champagner ohne Kohlensäure, nichts als eine träge Flüssigkeit. Erst das dem Erdöl beigemischte Gas und das Wasser, das es von unten hochdrückt, sorgen dafür, dass die Lagerstätte unter Druck steht, ein bisschen wie eine Flasche Champagner, die man geschüttelt hat, ehe man sie öffnet, verstehst du?«

»Ja.«

»Wenn die Lagerstätte angebohrt wird, ist das, als würde man die Champagnerflasche entkorken. Das Erdöl schießt mit großem Druck empor und wird verpumpt. Das ist die erste Phase der Gewinnung. Das Öl fließt in rauhen Menge, es ist toll.« Sein Gesichtsausdruck veränderte sich, als wolle er sagen, alles habe mal ein Ende. »Das Problem ist nur, wenn erst mal ein Loch da ist, lässt der Druck mit der Zeit allmählich nach, nicht wahr?«

»Wie beim Champagner, wenn die Flasche offen ist.«

»Genau.« Er streckte einen Finger in die Luft und deutete auf einen unsichtbaren Punkt. »Und dann beginnt der Ärger. Der Druck fällt ab, und das Öl sprudelt nicht mehr mit der gleichen Intensität. Es verliert sogar nach und nach an Kraft, da der Druck in der Lagerstätte immer weiter abnimmt, je mehr Erdöl ausfließt, bis zu einem Punkt, an dem das Erdöl nicht mehr austritt.«

»Ist das Erdöl dann aufgebraucht?«

»Nein, weiter unten ist noch welches. Das Problem ist nur, dass die Lagerstätte es nicht mehr hochdrückt.«

»Und wie viel Öl ist schon geflossen, wenn das passiert?«

»Während der ersten Phase der Gewinnung? Ungefähr ein Viertel des in der Lagerstätte vorhandenen Öls. Was bedeutet, dass drei Viertel noch dort unten sind.«

»Und wie stellt man es an, den Rest herauszuholen?«

»Jetzt kommt die zweite Phase der Gewinnung. Durch den Einsatz von Technologie wird versucht, den Druck in der Lagerstätte wieder zu erhöhen, damit das Erdöl erneut hochsprudelt. Eine mögliche Methode ist die Injektion von Gas, namentlich von Kohlendioxid, das sich mit dem Erdöl vermischt und es wieder belebt wie Champagner. Bei einer anderen, in Saudi-Arabien häufig verwendeten Methode wird Wasser in die Lagerstätte eingeleitet.«

»Wie? Sie mischen Wasser ins Erdöl?«

»Nein, keineswegs. Das Wasser wird nicht in das Erdöl injiziert, sondern in die unter dem Ölvorkommen vorhandenen Wasserreservoirs gepumpt, verstehst du? Wenn dort weiteres Wasser hineinfließt, vergrößert sich der Druck, der Wasserpegel steigt, und das Erdöl wird nach oben gedrückt. Die Folge von alledem ist, dass umso mehr Wasser injiziert werden muss, je mehr Erdöl gefördert wird, damit der Druck in der Lagerstätte entsprechend hoch gehalten wird. Dieses Verfahren hat jedoch ein neues großes Problem zur Folge.«

»Welches?«

»Es heißt *water cut*, was so viel heißt wie Wassergehalt. Wie gesagt muss zur Erhöhung des Drucks Wasser in das Reservoir injiziert werden, doch irgendwann beginn dieses Wasser sich mit dem Erdöl zu vermischen, ein Zeichen dafür, dass das Rohöl langsam zur Neige geht. In der ersten Phase der Gewinnung kommt das Erdöl praktisch in Reinform aus der

Erde, doch je weiter die zweite Förderphase fortschreitet und die Lagerstätte sich leert, ist dem Erdöl immer mehr Wasser beigemischt, zunächst ein Prozent, dann zwei Prozent und so fort. Das ist der *water cut*. Eine Ölquelle geht zu Ende, wenn der Wassergehalt den Ölgehalt schluckt. Man spricht dann davon, dass das Öl abgesoffen ist.«

»Das heißt, es ist aufgebraucht.«

»Nein, das nicht. Normalerweise kann man nur die Hälfte des in einer Lagerstätte vorhandenen Erdöls fördern. Die andere Hälfte bleibt unten in irgendwelchen entlegenen Winkeln, ihre Gewinnung wäre unwirtschaftlich, und dann wird die Quelle zugemacht.«

»Ich verstehe.«

Auf Filipes Schoß lag immer noch die Mappe, die er nun wieder aufschlug. Er nahm einige Blätter heraus und zeigte sie Tomás.

»Das hier sind technische Berichte der Aramco«, sagte er. »Sie wurden fast allesamt von Ingenieuren der saudischen Ölgesellschaft verfasst, einige allerdings auch von Beratern des Unternehmens. In den Berichten werden die spezifischen Aufgaben der einzelnen Ölfelder analysiert und die Betriebsprobleme benannt, die im Laufe der Zeit aufgetreten sind oder sich gehäuft haben.«

»Wo denn? Bei dem Megariesen, den du vorhin erwähnt hast?«

»Nicht nur«, erklärte Filipe. »In den Berichten werden verschiedene Felder untersucht.« Er zeigte ihm auf der Landkarte der Broschüre, wo die Vorkommen lagen. »Wie schon gesagt, werden in Ghafar und Safaniya zusammen fünfundsiebzig Prozent des gesamten saudi-arabischen Erdöls gefördert. Aber wenn wir noch die beiden anderen Superriesen des Landes, Abqaiq und Berri, hinzurechnen, beläuft sich die Quote auf dreiundneunzig Prozent. Das heißt, es gibt vier Ölfelder, die zusammen über neunzig Prozent des gesamten saudi-arabischen Erdöls produzieren.«

»Das ist ja unglaublich.«

Filipe blätterte in den Unterlagen, die er in der Hand hielt, als suchte er nach etwas Bestimmtem.

»Schauen wir uns doch mal an, was mit Abqaiq los ist. Dort wurde 1946 mit der Förderung begonnen, und das Erdöl galt stets als von exzellenter Qualität, vielleicht als das beste, das es je gab.« Er hatte das Blatt gefunden, nach dem er gesucht hatte. »Wenn man sich diesen Bericht hier genau anschaut, stellt man fest, dass das Ölfördermaximum in Abqaiq im Jahr 1973 erreicht wurde, fünfundsiebzig Prozent der dortigen Reserven schon gefördert wurden.« Er winkte. »Also auf Wiedersehen, Abqaiq.« Er steckte das Blatt ein und suchte das nächste heraus. »Das Ölfeld von Berri wurde 1964 als einer der letzten Superriesen des Königreichs entdeckt, ebenfalls mit erstklassigem Erdöl.« Ein paar Seiten weiter fand er das Papier. »Dieser Bericht hier zeigt, dass der Druck der Lagerstätte in Berri nach zehn Förderjahren auf atmosphärische Werte gesunken war. Zu dem Zeitpunkt begann die zweite Phase der Ölgewinnung mittels Wasserinjektion. Das ging gut bis 1977, als das Wasser sich mit dem austretenden Erdöl zu vermischen begann. Der *water cut* stieg so weit an, dass 1990 in einem Viertel der Quellen von Berri das Erdöl abgesoffen war, was die Aramco zu deren Schließung zwang. Aus dem Bericht geht hervor, dass die Probleme sich von da an vervielfachten, und 1994 war die Produktion um über sechzig Prozent zurückgegangen. 2001 wurde dann deutlich, dass von Berri nur noch kleine Segmente übrig waren, in denen das Erdöl noch nicht abgesoffen war.« Er steckte den Bericht wieder ein. »Berri bereitet sich darauf vor, dass es demnächst

Geschichte ist.« Auf der Suche nach einem weiteren Bericht blätterte er noch ein paar Seiten durch. »Jetzt zu Safaniya, dem größten Offshore-Ölfeld der Welt und dem zweitergiebigsten in ganz Saudi-Arabien, ich habe dir schon davon erzählt.« Er entnahm dem Stapel weitere Papiere. »Dort wurde die Förderung 1957 aufgenommen, und bis Ende der achtziger Jahre war das Öl relativ sauber. Dann war das Rohöl mit Sand vermischt, Zeichen für einen gefährlichen Druckabfall. Auch tauchte Wasser auf und stieg so weit an, dass im Jahr 2001 der *water cut* im größten Teil des Feldes sehr hoch war.«

»Wie viel Prozent?«

»Einige der Quellen von Safaniya hatten einen Wassergehalt von bis zu fünfzig Prozent.«

»Hoppla!«

»Safaniya befindet sich eindeutig im Niedergang, mein Lieber. Der Höhepunkt der Produktion wurde dort um 1980 überschritten, und die Berichte zeigen, dass die Probleme mit dem Wasser und dem Sand sich tendenziell verschlimmern.« Er legte die Unterlagen wieder auf den Stapel zurück. »Die Berichte besagen also, dass drei der Superriesen in Saudi-Arabien, nämlich Safaniya, Abqaiq und Berri, das Fördermaximum bereits überschritten haben und sich auf dem absteigenden Ast befinden.«

»Bleibt der Megariese.«

»Ja, bleibt Ghawar.«

Tomás deutete mit einem Blick auf den Schnellhefter.

»Und, was sagen die Unterlagen darüber?«

Filipe suchte die entsprechenden Papiere.

»Ghawar ist so groß, dass die gesamte Lagerstätte in regionale Bereiche aufgeteilt wurde, wie Ain Dar, Shedgum, Uthmaniya, Hawiya, Haradh und noch andere. Der Großteil der

Berichte konzentriert sich folglich auf die Analyse unterschiedlicher Aspekte der verschiedenen Quellen«, erklärte er und deutete auf ein Schriftstück. »Dieser Bericht, zum Beispiel, untersucht die mysteriöse Schrägneigung der Lagerstätte, insbesondere in dem Kontaktbereich zwischen Wasser und Erdöl.« Er zeigte auf ein zweites Schriftstück, dann auf noch eines und auf ein drittes. »Der hier behandelt die Schwierigkeiten bei der Horizontalinjektion im Abschnitt Arabe D. In diesem Bericht hier liegt das Augenmerk auf den Permeabilitätsintervallen, und in diesem befindet sich eine numerische Simulation, bei der versucht wird, die Informationen über den Druck in horizontalen Lagerstätten mit verschiedenen Heterogenitätstypen in Einklang zu bringen.«

Mit wachsender Ungeduld blickte Tomás auf die Papiere.

»Für mich ist das Chinesisch.«

»Ja, das ist absolute Fachsprache.«

»Und was besagen diese Berichte übersetzt in die Sprache von normalen Menschen?«

Filipe hörte auf, in den Unterlagen zu blättern.

»Wir haben hier unterschiedliche Analysen zu verschiedenen Aspekten des Betriebs von Ghawar«, sagte er und blickte seinen Freund eindringlich an. »Keiner der Berichte enthält eine Gesamtschau. Die Summe aller kann uns indes ein relativ klares Bild dessen vermitteln, was sich in diesem Koloss abspielt.«

»Und was für ein Bild ist das?«

Filipe warf einen Blick auf seine Uhr. Erstaunt darüber, wie spät es war, brach er das Gespräch unvermittelt ab.

»Es ist Zeit, Casanova«, rief er, erschrocken und plötzlich in Eile, aus. »Wir müssen gehen.«

»Gehen?«, fragte Tomás verwundert. »Wohin denn?«

Filipe hob den Arm, um den Kellner zu rufen. Als dieser sich schon zu ihnen in Bewegung setzen wollte, bedeutete er ihm mit einer in die Luft gemalten Unterschrift, er solle die Rechnung bringen, und zwar schnell. Der Kellner verstand.

»Ich muss noch in mein Zimmer und den Koffer packen, und dann verlassen wir die Stadt.«

»Wohin fahren wir denn?«

»Weit weg. Und ich sage dir gleich, dass wir unter keinen Umständen bei dir im Hotel vorbeifahren und deine Sachen holen können.«

»Warum nicht?«

»Aus Sicherheitsgründen. Nach dem, was in Sibirien passiert ist und da du heute hier in Sydney verfolgt worden bist, dürfen wir keine zusätzlichen Risiken mehr eingehen, findest du nicht? Du wirst mit mir zusammen verschwinden, ohne eine Spur zu hinterlassen, und deshalb wirst du alle deine Sachen bis zu deiner Rückkehr im Hotel lassen müssen.«

»Aber wohin fahren wir?«

»Wir werden uns mit James treffen.«

»Mit deinem Freund aus Oxford?«

»Ja, er ist hier.«

Tomás begriff.

»Ach so, jetzt verstehe ich, warum du nach Australien gekommen bist.« Er hob neugierig eine Braue. »Ist er hier in Sydney?«

»Nein.«

»Und wo ist er dann?«

»Das wirst du schon sehen.«

31

Die Rechnung wurde auf einem kleinen Silbertablett gebracht, und Tomás bestand darauf, sie zu bezahlen, schließlich würde Interpol dafür aufkommen. Sie standen auf, verließen die Bar und gingen durch die luxuriöse Hotellobby zu den Aufzügen.

»Du hast mir noch nicht auf meine Frage geantwortet«, sagte Tomás.

»Ich habe doch gesagt, zu gegebener Zeit erfährst du, wohin wir fahren.«

»Das meine ich nicht, du Idiot.«

»Was dann?«

»Wir haben von den riesigen Ölfeldern in Saudi-Arabien gesprochen«, sagte Tomás und wies auf den Schnellhefter, den sein Freund in der Hand hielt. »Du hast gesagt, die Produktion dort habe das Fördermaximum bereits überschritten, aber du hast mir noch nicht erzählt, was aus den Berichten über den Superriesen hervorgeht.«

»Ach so.« Jetzt verstand Filipe. »Ghawar?«

»Ja. Was ist da los?«

Sie waren bei den Aufzügen angekommen und betraten einen, dessen Türen bereits offen standen. Der Geologe drückte auf einen der Knöpfe, die Türen schlossen sich.

»Ghawar hat seine Produktion, wie gesagt, 1951 aufgenommen, und ein Jahrzehnt lang sprudelte das Öl, ohne dass spezielle Fördermethoden eingesetzt werden mussten. Gegen Ende der Dekade aber ließ der Druck in der Lagerstätte nach. Als Reaktion auf dieses Problem begann die Aramco, in den Sektor Shedgum Gas einzuleiten. Als zu Beginn der sechziger Jahre der Druck immer mehr nachließ, wurde ein neues Programm aufgelegt, das heißt, es wurde an den Rändern der Ölfelder Wasser injiziert. Damit bekam man die Situation zunächst unter Kontrolle, doch nur für ein paar Jahre. In den siebziger Jahren stellte sich heraus, dass das in Ghawar geförderte Öl Wasser enthielt.«

»Tatsächlich?«

Filipe neigte den Kopf, als wäre die überraschte Reaktion seines Freundes unangebracht.

»Casanova«, sagte er, »Ghawar hat zwanzig Jahre lang reines Öl produziert. Das ist sehr gut.«

»Ach so. Ich dachte, der Wassergehalt sei ein ernstes Problem.«

»Das ist auch so.«

Tomás war offenbar verwirrt und wusste nicht recht, was er denken sollte.

»Entschuldige, aber ich dachte, du hättest gesagt, es gebe kein Problem.«

Ein leises *Bling* verkündete, dass der Aufzug im fünften Stock angekommen war. Die Tür öffnete sich, beide Männer traten in den Korridor hinaus.

»Wasser im geförderten Öl ist immer ein Problem«, sagte Filipe. »Was nichts daran ändert, dass es gut ist, wenn zwanzig Jahre lang kein Wasser aufgetreten ist. Sehr gut sogar, ganz ohne Frage. Das Problem ist, dass Gutes nicht ewig währt, nicht wahr?«

»Ich verstehe.«
»Die Produktion ist in Ghawar im Laufe dieser zehn Jahre in die Höhe geschossen, von anderthalb Millionen Barrel pro Tag im Jahre 1971 auf fünf Komma sieben Millionen pro Tag im Jahre 1981. Von da an ging der weltweite Verbrauch zurück, woraufhin die Aramco die Förderung auf diesem Riesenölfeld gezielt gedrosselt hat. Im Sektor Haradh ist sie zum Beispiel völlig eingestellt worden, damit die Lagerstätten sich erholen können.«
»Du meinst, um sie zu schonen.«
»Damit sie sich erholen können«, wiederholte der Geologe. »Weißt du, je mehr Erdöl gefördert wird, um so mehr sinkt der Druck. Diesem Problem begegnet man damit, dass die Förderung eingestellt wird, so dass sich der Druck auf natürliche Weise wieder erhöht. Das haben die Saudis ab 1982 gemacht. Sie haben den Ölfeldern eine Ruhepause verordnet.«
»Und, waren sie erfolgreich?«
»In Maßen, ja. Der Druck hat sich erhöht, und die Probleme mit dem Wasser sind leicht zurückgegangen, aber nicht wesentlich.« Er strich über den Schnellhefter in seiner Hand. »Aus diesen Berichten geht hervor, dass das Wasserproblem kurz darauf wieder aufgetreten ist, und zwar verstärkt.«
»Du meinst den Wassergehalt?«
»Ja, den *water cut.*«
»Wie hat sich das Problem weiter entwickelt?«
Sie blieben vor einer Tür stehen, Filipe schob eine Magnetkarte in den Schlitz, und die Zimmertür öffnete sich.
»Wie gesagt, das Wasser ist in Ghawar in den siebziger Jahren aufgetreten«, sagte er, während er in das Zimmer hineinging. »Seitdem ist der prozentuale Anteil im Erdöl ständig gestiegen ... und zwar in einem alarmierenden Tempo.«
»Aber um wie viel?«

Filipe legte den Schnellhefter auf das Bett, setzte sich auf die Bettkante und forderte Tomás auf, in einem Sessel neben dem Schreibtisch Platz zu nehmen.
»Der *water cut* belief sich 1993 bereits auf sechsundzwanzig Prozent, und seitdem ist er rasend schnell gestiegen«, fuhr er fort. »Drei Jahre später stand er schon bei neunundzwanzig Prozent und 1999 bei sechsunddreißig Prozent. Die Lage drohte vollkommen außer Kontrolle zu geraten, weshalb die Aramco beschloss, neue Bohrungen durchzuführen, um das Problem auf diese Weise zu umgehen. Doch nach ein paar Monaten wurde auch dort Wasser gefördert. Das Wasser ist sogar in höhergelegenen Vorkommen aufgetreten, wo man es nicht so schnell erwartet hätte.«
»Und was haben die Saudis gemacht?«
»Die wussten natürlich allmählich keinen Rat mehr. Schließlich griff die Aramco in ihrer Verzweiflung zur neuen hochentwickelten Technologie horizontaler Bohrungen.«
»Hat das was gebracht?«
»Die Berichte decken den Zeitraum danach nicht mehr ab. Mir ist es aber 2005 in Wien gelungen, einen Saudi-Funktionär zu bestechen, der Spielschulden gemacht hatte. Er hat mir aktuellere Informationen über den *water cut* von Ghawar gegeben. Wie es scheint, konnte die Aramco dank der neuen Technik den Wassergehalt im Jahr 2003 auf dreiunddreißig Prozent senken.« Er schüttelte den Kopf.
»Aber der Frieden währte nicht lange. Schon bald ging die Entwicklung in die andere Richtung, und 2005 stand der *water cut* bereits bei fünfundfünfzig Prozent, bei mehreren Bohrungen stieg er sogar innerhalb von zwei Jahren von fünfundzwanzig Prozent auf einen absolut alarmierenden, eigentlich unvorstellbaren Stand.«
»Nämlich?«

»Auf siebzig Prozent.«
»Großer Gott.« Tomás riss die Augen auf. »In nur zwei Jahren?«
»Innerhalb von zwei bis fünf Jahren, je nachdem.«
»In Ghawar?«
»Ja.«
»Aber das ist ja eine ... eine Katastrophe!«
»Das kannst du wohl sagen. Wenn man sich die Zahlen ansieht, kommt man zu dem Schluss, dass Ghawar 1981 mit der Rekordproduktion von fünf Komma sieben Millionen Barrel pro Tag seinen Höhepunkt erreicht hatte. Seitdem hat dieser Koloss in keinem einzigen Jahr mehr so viel Erdöl gefördert. Ghawar hat Anfang der achtziger Jahre den Gipfel erreicht und befindet sich jetzt dank neuer Technologien auf dem Produktionsplateau. Aber Vorsicht, die neuen Technologien sind eine zweischneidige Angelegenheit. Einerseits kann man mit ihrer Hilfe die Produktion auf hohem Niveau halten, richtig, aber andererseits werden die Lagerstätten schneller ausgeschöpft, und der Druck sinkt entsprechend.«
»Wie lange können sie sich auf diesem Plateau denn halten?«
Filipe strich sich übers Kinn.
»Das weiß keiner«, sagte er nachdenklich. »Alles deutet indes darauf hin, dass der Rückgang kurz bevorsteht, und eines ist sicher: Wenn er einsetzt, dann überraschend und brutal.«
»Was heißt das, kurz bevorsteht?«
»Hör zu, Casanova.« Er hielt sich beide Hände vor das Gesicht, als wollte er ein Bild zeigen. »Du musst das Problem als Ganzes sehen. Die Förderung der Nicht-OPEC-Staaten erreicht bald ihr Maximum, man rechnet damit mehr oder weniger für 2015. Das bedeutet, dass die große Hoffnung für den künftigen Energiebedarf der Welt auf dem Erdöl der OPEC-Staaten ruht. Das Problem ist, dass die meisten OPEC-Staaten

die Produktionsspitze bereits überschritten haben, wie zum Beispiel Iran, Irak, Kuwait, Jemen, Oman und Nigeria. Die Rettung ist also Saudi-Arabien, dessen Produktion, wie wir jetzt herausgefunden haben, auf einer Handvoll älterer Ölfelder basiert. Sie alle haben bereits das Fördermaximum überschritten und verzeichnen sehr hohe Wasseranteile im geförderten Öl, ein sicheres Indiz für die fortgeschrittene Auszehrung der Vorkommen. Jetzt scheint es auf die Leistung von Ghawar anzukommen, aber die technische Information über dieses Ölfeld ist sehr beunruhigend. Wenn man die Produktion der Superriesen-Ölfelder außerhalb der OPEC analysiert, die bereits ihren Höhepunkt überschritten haben, wie zum Beispiel Brent, Oseberg, Romashkino, Samotlor oder Prudhoe Bay, stellt man fest, dass das Produktionsplateau etwa zehn Jahre anhält. Da Ghawar das einzige Superriesen-Ölfeld der Welt ist, könnte man davon ausgehen, dass diese Phase in Ghawar länger anhält. Doch dürfen wir nicht vergessen, dass Ghawar sein Fördermaximum schon 1981 erreicht hat und sich seitdem auf diesem Niveau hält.« Er machte eine Pause. »Was soll ich dir vor diesem Szenario sagen?« Er hob die Augenbrauen. »Hm?«

Stille trat ein, während Tomás sich die Realität vor Augen führte und versuchte, sie mit all ihren Auswirkungen zu erfassen.

»Hieß es nicht, das Öl der Saudis würde noch viele Jahre reichen?«, fragte er fast ängstlich.

»Vielleicht reicht es noch für hundert Jahre, keine Ahnung. Was sich mit Sicherheit nicht so lange halten lässt, ist die hohe jährliche Förderquote. Das bedeutet, dass in Kürze sehr viel weniger Erdöl auf dem Markt zur Verfügung stehen wird, während gleichzeitig die Nachfrage außergewöhnlich zunimmt. Und was das bedeutet, weißt du, oder?«

»Dass der Erdölpreis dreistellig wird.«

»Das ist so gewiss wie zwei und zwei vier sind«, versicherte ihm Filipe. »Die Zeit des billigen Erdöls geht zu Ende. Bei sinkendem Angebot und steigender Nachfrage wird der Preis fürs Rohöl bisher unvorstellbare Höhen erklimmen. Und das Schlimmste ist, dass diese Entwicklung bereits eingesetzt hat. 1998 kostete das Barrel zehn Dollar und keine zehn Jahre später das Neunfache. Wenn das Barrel dreihundert Dollar kostet, wirst du für eine Tankfüllung deines Autos rund dreihundert Euro bezahlen müssen.«

»Dann muss ich zu Fuß gehen.«

»Das kannst du nicht ernst meinen«, sagte Filipe lachend. »Die Weltwirtschaft wird heutzutage nicht von Leuten aufrechterhalten, die zu Fuß gehen. Und Tatsache ist, dass alles teurer werden wird, nicht nur deine Tankfüllung, auch die Busse, Züge und die U-Bahn werden um das Zehnfache teurer. Unterm Strich werden viele Menschen feststellen, dass sie schlicht und einfach kein Geld haben, um sich fortzubewegen, ihr Gehalt reicht nicht mehr für die Fahrt zur Arbeit. Und die Verkehrsmittel, mein Lieber, sind lediglich die Spitze des Eisbergs. Um Autos oder Kühlschränke herstellen zu können, braucht man Öfen, und diese Öfen werden vor allem mit fossilen Brennstoffen befeuert. Womit ich sagen will: Teureres Erdöl bedeutet teurere Produkte. Und wie nennt man das Phänomen, wenn alles auf einmal teurer wird?«

»Inflation.«

»Galoppierende Inflation, Casanova.« Er seufzte. »In der jüngeren Geschichte der Vereinigten Staaten hat es zum Beispiel nur drei Zeitabschnitte gegeben, in denen die Inflationsrate einen zweistelligen Wert erreichte: 1917 bis 1920, die vierziger Jahre und 1974 bis 1980. Und weißt du, was diesen Abschnitten gemeinsam war? Der Mangel an Erdöl. Und allen fünf Rezessionen, die es seit 1973 gegeben hat, ist ein Anstieg des Ölpreises vorausgegangen. Wirtschaftswissenschaftler haben diese Zahlen unter die Lupe genommen und festgestellt, dass die Inflationsrate immer dann zweistellig wurde, wenn die Energiekosten sich auf zehn Prozent des Bruttosozialproduktes beliefen. Tja, und wenn das in Zeiten vorübergehender Erdölknappheit geschah, kannst du dir vielleicht vorstellen, was passiert, wenn diese Knappheit zum Dauerzustand wird.«

»Womit du eigentlich sagen willst, dass die Wirtschaftstätigkeit schrumpfen wird.«

»Selbstverständlich. Die Verteuerung des Ölpreises verteuert die Produkte, und das führt zu einer Inflation und zum Schrumpfen der Wirtschaft. Anfangs nur langsam, versteht sich. Doch da es kein konjunkturelles, sondern ein strukturelles Problem ist, wird sich die Situation immer mehr verschärfen. Der Ölpreis steigt, die Wirtschaft schrumpft, die Inflation gerät graduell außer Kontrolle. Man sollte nicht vergessen, dass es die Hyperinflation in den zwanziger Jahren war, die Deutschland kaputt gemacht hat. Jetzt stell dir das Gleiche für die gesamte Weltwirtschaft vor. Unter solchen Umständen droht der wirtschaftliche Zusammenbruch. Wie man sich unschwer vorstellen kann, zieht ein wirtschaftlicher Zusammenbruch große soziale Unruhen nach sich. Und dann folgt, wie gesagt, der ganze Rattenschwanz. Rezession, Hunger, Plünderungen, Chaos.« Er breitete gleichsam schicksalsergeben die Arme aus. »Anders gesagt, es ist durchaus möglich, dass unsere Zivilisation am Abgrund steht.«

Tomás rutschte im Sessel hin und her und blickte aus dem Fenster, als wollte er sich orientieren.

»Ich bin ein bisschen verwirrt«, sagte er.

»Warum?«

»Wenn man bedenkt, in welchem Grad die fossilen Brennstoffe zur Erderwärmung beitragen, müsste es doch gut sein, wenn es kein Erdöl mehr gibt, oder?«

»Ja, das wäre es in der Tat.«

»Ach ja? Aber was nützt es uns, die Erderwärmung zu verlangsamen, wenn unsere Zivilisation vor die Hunde geht und wir ins Mittelalter zurückfallen, weil wir kein Erdöl mehr haben?«

»Wenn das Öl aufgebraucht ist, trägt dies zur Beendigung der Erderwärmung bei, und das ist fraglos gut. Wobei betont werden muss, dass sich das Ende des Kohlendioxidausstoßes wegen der kumulativen Erwärmung erst nach mehreren Jahrzehnten auswirken wird, wie ich dir schon erklärt habe. Aber alles hat seine zwei Seiten, und der Preis dafür, dass kein Kohlendioxid mehr ausgestoßen wird, könnte für unsere Zivilisation zu hoch sein.«

»Was also können wir tun?«

Filipe lächelte.

»Kehren wir zu der Frage unserer kleinen Gruppe in Kyoto zurück«, sagte er. »Als wir, Howard, Blanco, James und ich, uns in Japan kennenlernten, wussten wir, dass die Emissionen fossiler Brennstoffe gestoppt werden müssen, weil sonst der ganze Planet in ein paar Jahrzehnten verbrennt, dass aber das eigentliche Problem lautet: Was ist die Alternative zu fossilen Brennstoffen? Wir wussten auch, dass die Erdölindustrie riesige Gelder umsetzt, und wir machten uns keine Illusionen darüber, dass wir in Anbetracht der gigantischen Interessen, die da im Spiel sind, machtlos sind. Die Situation ist also äußerst heikel. So wie die Dinge sich darstellen, stehen wir vor einem wahrhaft apokalyptischen Szenario. Vor der schlimmsten aller Zukunftsperspektiven. Einerseits steigt die Temperatur auf dem Planeten übermäßig an und verursacht unkontrollierte Phänomene. Möglicherweise erreichen wir demnächst kritische Temperaturwerte, nach deren Überschreiten die Erde zu einem Inferno wird. Und gleichzeitig wird die Erdölförderung ohne Vorwarnung abrupt abnehmen. Die Geheimhaltungspolitik der OPEC, das Interesse der gesamten Erdölindustrie, den Status quo möglichst lange aufrechtzuerhalten, die durch kurze Wahlperioden geprägte Politik und die Verzerrung des Ölpreises auf dem Weltmarkt verschleiern, dass es sehr bald zu einem gewaltigen Produktionseinbruch kommen wird. Denn das große Problem ist nicht, dass uns das Erdöl ausgeht, sondern dass dies plötzlich geschehen wird. Es wird uns alle kalt erwischen, bevor wir eine effiziente Alternative haben entwickeln können.« Er sah sich erregt im Zimmer um, als hätte er noch nicht alles zum Ausdruck bringen können, was er empfand. »Ist dir wirklich klar, was auf uns zukommt?«

Tomás nickte.

»Eine schöne Bescherung.«

»Du hast keine Vorstellung davon, in welchem Ausmaß, Casanova«, bemerkte Filipe trocken. »Es wird infernalische Hitzeperioden geben, der Meeresspiegel wird ansteigen, Inseln werden versinken und Kontinente überschwemmt werden, immer gewaltigere Unwetter werden auftreten, der halbe Planet wird zur Wüste, und die größten Ernten werden von Dürre vernichtet. Gleichzeitig hört das Erdöl abrupt auf, in großen Mengen zu sprudeln, und wir stehen völlig unvorbereitet da. Die Wirtschaft gerät in eine tiefe Rezession, Unternehmen müssen schließen, die Menschen hungern, die öffentliche Ordnung bricht zusammen, und ehe du dich versiehst, ist unsere Zivilisation untergegangen.« Er neigte den Oberkörper vor, näherte sich dem Gesicht seines Freundes und fragte noch einmal: »Verstehst du, was passieren wird?«

»Die Apokalypse.«
»Ganz genau«, rief der Geologe aus. »Die Apokalypse. Und erleben werden es nicht erst unsere Urenkel in hundert Jahren.« Er hob den Zeigefinger. »Es wird sehr bald geschehen, noch zu unseren Lebzeiten.« Er machte eine Pause, damit der Gedanke sich setzen konnte. »*Wir* werden es erleben, Casanova. *Wir* werden es erleben.«
Tomás duckte sich fast in seinem Sessel.
»Das ist ... beängstigend.«
Filipe richtete sich auf der Bettkante auf.
»Als wir uns in Kyoto kennenlernten, haben wir vier einander über unsere jeweiligen Forschungsgebiete informiert und festgestellt, dass eine Katastrophe droht. Die Welt ist auf diese Krise nicht vorbereitet, es gibt keinerlei Überlegungen, wie sie zu verhindern wäre. Deshalb haben wir einen Plan entwickelt.«
»Einen Plan? Was für einen Plan?«
»Da mein Fachgebiet ausgerechnet der Energiesektor ist und ganz speziell das Erdöl, verfügte ich ja schon über ein paar Hinweise darauf, dass es in Zukunft bei der Versorgung der Welt mit Öl Probleme geben könnte. Es waren Kleinigkeiten, bruchstückhafte, scheinbar irrelevante Informationen, halblaut geäußerte Kommentare, die ich hier und da auf Finanzmärkten zu hören bekam, und dergleichen. Als ich dann ein paar Teilchen dieses Puzzles zusammengesetzt hatte, dämmerte mir, dass es schon bald mit dem billigen Erdöl vorbei sein könnte und dass dies zwar ein sehr ernstes Problem sei, aber auch eine Chance.«
»Du meinst, eine Chance, etwas gegen die Erderwärmung zu unternehmen.«
»Genau. Wenn Öl auf Dauer vorhanden wäre, kannst du sicher sein, dass die Mächtigen in seinem Umfeld niemals zu-

lassen würden, dass eine praktikable Alternative aufgezeigt wird. Das war uns allen in der Gruppe bewusst. Wenn aber das Erdöl sich wirtschaftlich nicht mehr rechnet, sieht die Sache ganz anders aus. Dann ist es aus mit dem Geschäft, und die besagten Mächtigen verlieren an Einfluss, weil ihre Einkommensquelle versiegt. Deshalb haben wir die Arbeit unter uns vieren entsprechend unserer Qualifikation und unseres Fachgebiets aufgeteilt. Howard wurde beauftragt, die klimatische Entwicklung zu beobachten, um den kritischsten Zeitpunkt der Erderwärmung genau vorhersagen zu können. Zu diesem Zweck hat er sich zu einer amerikanischen Forschungsstation in der Antarktis versetzen lassen, wo die Erwärmung schneller voranschreitet als auf dem übrigen Planeten. Blanco und James, die Physiker und Ingenieure der Gruppe, sollten nach einer alternativen Energiequelle suchen und sie entwickeln. Und ich hatte es übernommen, den genauen Umfang der Erdölreserven zu ermitteln und damit den politisch günstigsten Zeitpunkt für die Präsentation der Energiealternative, die Blanco und James inzwischen möglicherweise entwickelt hätten.«

»Energiealternative?«

»Ja«, sagte Filipe, »die Welt muss einen Schritt nach vorn tun und eine neue Energiequelle finden. Sonst sind wir verloren.«

»Sprichst du von Sonnenenergie?«

»Nein, Sonnenenergie ist eine gute Ergänzung, wird aber nie mehr sein als das. Wegen der Nächte und bewölkten Tage wird man sie niemals als Hauptenergiequelle nutzen können.«

»Aber was ist dann die Alternative? Qarim hat mir in Wien gesagt, Wind komme auch nicht in Frage.«

»Womit er völlig recht hat. Weil die Windenergie genau wie

die Sonnenenergie nicht ununterbrochen zur Verfügung steht. Was macht man, wenn kein Wind weht?«

»Was also dann?«

»Gute Frage«, bemerkte Filipe. »Kernenergie wäre eine Option, wenn sie nicht so teuer wäre und nicht auf so großen Widerstand in der Öffentlichkeit stieße, mit dem zusätzlichen Problem, dass der Atommüll über Tausende von Jahren radioaktiv bleibt. Andere Quellen, wie zum Beispiel der Tidenhub, könnten interessante Ergänzungen sein, aber niemals die Grundlage, auf der eine Wirtschaft aufbaut. Gas und Kohle, weiterhin in großen Mengen vorhanden, produzieren als fossile Energieträger Kohlendioxid, weshalb man sie außen vor lassen muss, vor allem Kohle, die obendrein noch starke Luftverschmutzung verursacht.« Sein Gesicht verzog sich fragend. »Was also tun? Mit ebendiesem Problem haben Blanco und James sich herumgeschlagen.«

»Und sind sie zu irgendeinem Schluss gekommen?«

»Howard und ich waren nicht immer auf dem Laufenden, was die beiden Physiker machten, weshalb ich keine Einzelheiten kenne. Ich weiß nur, dass Blanco eine interessante Idee gehabt hat. James und er arbeiteten an dieser Idee, als die Morde geschahen. Blanco ist tot, aber der wesentliche Teil der theoretischen Arbeit war, wie es scheint, abgeschlossen. Nach den Morden haben James und ich uns aus der Öffentlichkeit zurückgezogen, sind aber aktiv geblieben. Ich habe weiterhin beobachtet, wie sich die Erdölreserven weltweit entwickeln, und er, der ein sehr praktisch veranlagter Mann ist, hat die ganze Zeit daran gearbeitet, die von Blanco vorgegebenen theoretischen Konzepte weiterzuentwickeln.«

»Ihr habt also weiterhin Kontakt gehalten?«

»Natürlich«, bestätigte Filipe. »Übers Internet.«

Er erhob sich und öffnete den Koffer, der auf einem Koffergestell lag. Dann ging er zum Kleiderschrank, nahm seine Sachen heraus, faltete sie zusammen und legte sie in den Koffer.

»Und wie laufen diese Kontakte ab? Trefft ihr euch oft?«

»Nein, überhaupt nicht. Wir sind uns völlig dessen bewusst, welche Mittel den Vertretern der Erdölindustrie zur Verfügung stehen, und wollten keine unnötigen Risiken eingehen. Es war abgemacht, dass James mir eine verschlüsselte Nachricht schickt, wenn er ein Treffen mit mir für nötig hielt.«

»Was für eine Nachricht? Das Zitat aus der Apokalypse?«

»Genau.« Filipe hielt im Packen inne, richtete sich auf und zitierte aus dem Gedächtnis. »Und da er das siebente Siegel erbrach, ward eine Stille im Himmel.« Er beugte sich wieder über den Koffer und packte weiter. »Deshalb sind wir jetzt hier.«

»Weiß dein englischer Freund, dass ich mitkomme?«

»Natürlich.«

»Und welche Rolle spiele ich?«

»Du arbeitest für Interpol, richtig? Also wirst du uns helfen, Casanova.«

Der Historiker erhob sich aus dem Sessel.

»Aber wie? Wie könnte ich dir helfen?«

Filipe blickte auf.

»Um einen Schritt weiterzukommen, brauchen wir eine Polizei, der wir vertrauen können.«

32

Glühend heiße Luft schlug ihnen entgegen, als sich die Flugzeugtür öffnete und sie die Stufen hinunter auf das Flugfeld des Connellan Airport stiegen; man konnte meinen, sie wären in dieser wüstenähnlichen Ebene in einen Backofen oder in eine zum Ersticken aufgeheizte Trockenkammer geraten.

»*Welcome to Yulara*«, begrüßte sie an der letzten Stufe eine brünette Stewardess mit geübtem Lächeln.

Vor Hitze keuchend, stapften Tomás und Filipe über den Asphalt. Mal beeilten sie sich, um der Glut so schnell wie möglich zu entkommen, dann wieder drosselten sie ihr Tempo, weil sie in der drückenden Hitze zu zerfließen drohten. Wolken von winzigen Insekten flogen ihnen ins Gesicht.

Mit großer Erleichterung betraten sie schließlich den Terminal und freuten sich über die kühle Luft der Klimaanlage, als wären sie fast erstickt und könnten endlich wieder atmen. Der Flughafen war klein, und kaum hatte der Geologe seinen Koffer bekommen, gingen sie in die Haupthalle des Terminals.

»Philip!«, rief jemand.

Sie sahen beide in die Richtung, aus der die Stimme kam, und erblickten einen Mann um die sechzig, groß und schlank, mit grauem Haar und weißem Spitzbart, stark geröteter Haut und kurzsichtigen blauen Augen hinter dicken Brillengläsern.

»Hallo, James«, antwortete Filipe mit strahlendem Lächeln. Die beiden Männer umarmten einander, und dann blickte James fragend auf Filipes Begleiter.

»Ist das dein Freund?«

Filipe holte mit einem Arm weit aus, als wollte er die beiden zusammenführen.

»Ja, das hier ist Tomás. Er arbeitet für Interpol.«

James streckte ihm die Hand entgegen.

»Willkommen«, begrüßte er ihn. »Sie glauben gar nicht, wie sehr ich mich freue, Sie kennenzulernen.«

»Tomás, darf ich dich mit James Cummings bekannt machen, Physiker aus Oxford, in Yulara im Exil.«

Die beiden gaben sich die Hand. Der Engländer war höchst erfreut über die Anwesenheit eines Interpol-Mitarbeiters, so als wäre Tomás die Garantie dafür, dass die Unsicherheit ein Ende hatte, die ihn seit dem Tod der anderen beiden Mitglieder ihrer Gruppe beunruhigte.

Cummings blickte über ihre Köpfe hinweg, als erwartete er, dass noch jemand käme.

»Und die anderen?«, fragte er.

»Welche anderen?«

»Tja, sind keine weiteren Polizisten mitgekommen?«

»James, Tomás ist allein gekommen«, erwiderte Filipe in leicht gereiztem Ton. »Ich habe dir doch gesagt, dass er allein kommt.«

Der Engländer schien enttäuscht zu sein.

»Ja, schon«, gab er zu. »Aber ich hatte gehofft, es gäbe mehr Sicherheit.« Er musterte Tomás von Kopf bis Fuß. »Und die Waffe? Wo haben Sie Ihre Waffe?«

»Tomás ist kein Polizist. Er ist Historiker.«

»Historiker? Aber wozu brauchen wir einen Historiker?«

»Ich habe dir doch schon erklärt, dass er mein Freund ist und für Interpol arbeitet.« Filipe legte ihm eine Hand auf die Schulter. »Glaub mir, es wird alles gutgehen.« Dann sah er Tomás an und sagte auf Portugiesisch: »Entschuldige, Casanova. James gehört zu den Wissenschaftlern, die anscheinend hinterm Mond leben. Eine Art Daniel Düsentrieb, verstehst du? Aber was seine Arbeit betrifft, gibt es keinen größeren Erfinder als ihn, das sage ich dir.«

»Keine Sorge«, erwiderte der Historiker. »Mein Vater war auch so.«

Cummings verließ mit ihnen den Terminal und führte sie in der sengenden Sonne zum Parkplatz.

»Heiß hier«, bemerkte Tomás.

»Heiß?« Der Engländer lachte. »Sie scherzen wohl, mein Guter. Dann müssen Sie mal im Februar herkommen. Da können Sie erleben, was richtige Hitze ist.«

Der Historiker musterte den Engländer. Er war sehr groß, fast einen Meter neunzig, mit kantigen Zügen und langen, dünnen Armen und Beinen; er trug Hemd und Bermudas, auf dem Kopf einen australischen Hut, den eine grüngelbe Vogelfeder schmückte. Er wirkte ungelenk, wie ein als Cowboy verkleideter Trottel.

Sie waren vor einem eigentlich olivgrünen, jetzt aber von einer dicken Staubschicht bedeckten Landrover stehen geblieben, und Cummings schloss den Wagen auf. Sie stiegen ein; im Wageninnern herrschte eine solche Hitze, dass die Luft ihnen fast die Lungen verbrannte.

Der Engländer ließ sofort den Motor an, und nach nur drei Sekunden kühlte die Klimaanlage das Innere des Jeeps; hätte Tomás es nicht selbst erlebt, er hätte es niemals für möglich gehalten.

»Nun, James?«, sagte Filipe, der sich auf den Beifahrersitz gesetzt hatte. »Wie ist es dir hier in Australien ergangen?«
»Na ja«, sagte der Physiker. »Die Hölle ist das hier, die wahre Hölle.«
Der Jeep fuhr an und erreichte die tadellos asphaltierte Straße.
»Die Hölle?«, fragte Tomás erstaunt von der Rückbank. »Ich liebe dieses Land. Und ich finde es sehr schön.«
Cummings wies mit einer Handbewegung auf die Landschaft draußen.
»Schön? Sie finden das hier schön?«
Die Straße führte über eine dürre Ebene in einem rötlich braunen Farbton, der alles erfasste, als wäre es eine Landschaft auf einem anderen Planeten – Erde, Steine, Staub, alles in diesem Rot, bis auf die grünen Pflanzenbüschel und das gelbliche trockene Gras der Savanne, die sich bis zum Horizont erstreckte.
»Ja, das ist schön.«
»So würden Sie garantiert nicht mehr denken, wenn Sie jahrelang hierher verbannt wären, mein Lieber. Diese Hölle mitten im Nirgendwo macht mich fertig.« Er verdrehte verzweifelt die Augen. »Wenn ich bedenke, dass ich früher in Oxford gelebt habe! Gott, in Oxford!« Er schüttelte sehnsüchtig den Kopf. »Ach, wie sehr sehne ich mich nach dem frischen, erholsamen Grün meines lieblichen Englands.«
»Ich kann Sie verstehen«, räumte Tomás ein, während er weiter auf die rote Landschaft blickte. »Sich hier vorübergehend aufzuhalten ist etwas anderes, als hier zu leben.«
»Das ist keine Frage. Und es wird hier nicht besser, mein Lieber. Wenn die Durchschnittstemperatur auf der Erde um drei Grad Celsius steigt, dann wird Australien nur noch Wüste und Asche sein.« Er wies auf die dürre Landschaft draußen.

»Es hat übrigens schon angefangen. Die großen Buschbrände von 2003 haben innerhalb von zehn Minuten mehr Energie freigesetzt als die Hiroshima-Bombe, und der Rauch der brennenden Bäume ist so explosionsartig aufgestiegen, dass er in die Stratosphäre eingedrungen und rund um den Erdball gezogen ist. Können Sie sich das vorstellen?« Er verstummte für einen Moment und konzentrierte sich aufs Fahren. »Wenn es drei Grad wärmer wird, werden die Brände alles vernichten«, murmelte er. »Außerdem werden sich die Dürren ausweiten, und die Landwirtschaft wird zusammenbrechen. Die Hitzewelle im Jahr 2009 war die schlimmste, die seit dem Beginn der Temperaturaufzeichnungen im Jahr 1855 in Australien verzeichnet wurde. Dieser Kontinent steht am Abgrund.«

»Ich kann mir vorstellen, dass die Menschen besorgt sind.«

Cummings lachte.

»Besorgt? Großer Gott, schön wär's! Australien war neben den Vereinigten Staaten das einzige angeblich zivilisierte Land, das sich geweigert hat, das Kyoto-Protokoll zu unterschreiben.«

»Und wie denken die Menschen darüber?«

»Die Aussies?«

»Ja, die Australier.«

»Hooligans«, platzte es verächtlich aus ihm heraus. »Die Aussies sind doch nichts anderes als Hooligans, die in eine Gegend gezogen sind, wo die Sonne scheint. Die Erderwärmung interessiert die einen feuchten Kehricht.«

Filipe drehte sich nach hinten um.

»Du kennst James nicht«, sagte er. »Für ihn kommt nur England in Frage. Alles andere ist kulturlos.«

Im Jeep wurde es still. Tomás betrachtete die exotische, wüstenähnliche Landschaft; sein Blick fiel auf einen nach links geneigten Koloss vor ihnen am Horizont. Es war ein nackter gelblichroter Felsen, als hätte man einen gigantischen Menhir dorthin gesetzt.

»Was ist das da vorn?«, fragte er.

Der Engländer blickte in die genannte Richtung.

»Uluru.«

Der Historiker betrachtete den merkwürdigen Koloss, der sich dort wie ein nackter Berg über der Savanne erhob; er war nicht spitzzackig wie die Gipfel im Himalaja, eher ein Monster von Fels, oben flach abgeschnitten wie eine massive Tafel.

»Komisch«, bemerkte er. »Diesen Berg habe ich schon irgendwo anders gesehen.«

»Uluru ist berühmt«, sagte Cummings, den Blick fest auf die Straße gerichtet. »Man nennt ihn auch Ayers Rock.«

»Ah, ja, dann weiß ich.«

»Die ganze Region hier ist für die Aborigines heilig. Es kommen Mystiker aus der ganzen Welt hierher, um Uluru zu verehren. Sie sagen, er befinde sich auf einem wichtigen geographischen Koordinatenpunkt so wie die Große Pyramide von Gizeh.«

»Im Ernst?«

»Alles Aberglaube.«

Tomás betrachtete den Berg genauer.

»Aber dass er merkwürdig ist, kann man nicht bestreiten«, stellte er fest. »Woraus besteht er?«

»Uluru? Aus Arose-Sandstein. Er ist der zweitgrößte Monolith der Welt. Der erste europäische Forscher, der ihn zu Gesicht bekam, bezeichnete ihn als beachtlichen Brocken. Und ich muss zugeben, dieser Berg kann tatsächlich überraschen. Zu seinen ungewöhnlichsten Eigenschaften zählt, dass er im Laufe des Tages seine Farbe ändert. Jetzt ist er orange, nicht wahr? Aber er kann auch rot, braun, violett oder blau werden. Nach dem Regen ist er silbrig und sogar glänzend schwarz. Gelegentlich hat man den Eindruck, dass er von innen leuchtet wie ein Kerzenleuchter.«

»Im Ernst? Haben Sie das schon erlebt?«

»O ja. Das kommt mehrmals im Jahr vor. Ich glaube, das ist ein Lichteffekt, da spielt uns die Natur sozusagen einen Streich.«

»Und wie ist so etwas hier entstanden?«

Cummings machte eine Kopfbewegung zu seinem Beifahrer hin.

»Das ist jetzt eine Frage für unseren Geologen.«

Filipe rückte sich auf seinem Sitz zurecht.

»So genau weiß ich das nicht«, gestand er. »Ich habe mal gehört, dass der Ayers Rock vor fünfhundert Millionen Jahren Teil des Meeresbodens war. Aber die Geschichte dieser geologischen Formation kenne ich nicht im Detail.«

»Und wie erklärt man, dass er seine Farbe verändert?«

»Wie James ja schon sagte, besteht der Berg aus Sandstein. Aber er enthält auch verschiedene andere Mineralien. Die Farbveränderung wird durch ein besonderes Mineral bewirkt, den Feldspat, der die Eigenschaft hat, das Licht zu reflektieren. Ich glaube, das ist es, was den Eindruck erweckt, dass der Fels leuchtet. Das Rot hingegen, das wie Rost anmutet, beruht auf Oxidation. Dieser Koloss hat jedenfalls seine Geheimnisse.«

»Und was sagen die Aborigines?«

Cummings ergriff wieder das Wort.

»Die behandeln Uluru, als wäre er Gott persönlich«, antwortete er. »Sie glauben, der Berg sei innen hohl und habe eine Energiequelle, die sie *tjukurpa* nennen.«

»Was bedeutet das?«

»Traumzeit. Es ist eine Art Schöpfungsgeschichte der Aborigines. Sie glauben, jedes Ereignis hinterlasse eine Art von Schwingung auf der Erde, so wie die Pflanzen in den Samen, die sie freigeben, ein Abbild ihrer selbst hinterlassen.« Er wies auf den Berg. »Uluru ist danach das Echo der Schöpfung und wird von Ahnengeistern bewohnt.«

»Das ist ja interessant.«

Der Engländer blickte nach links und rechts.

»Sehen Sie diese Wüste hier im Roten Zentrum von Australien? Die ganze Region ist voll von heiligen Stätten der Aborigines.« Er wies auf eine andere Felsenformation rechts in der Ferne, eine Reihe von abgerundeten Höckern am Horizont. »Das da, zum Beispiel, ist auch eine heilige Stätte. Das sind die Olgas, aber die Aborigines nennen sie Kata Tjuta.«

Plötzlich tauchte zwischen den Dünen am Straßenrand eine Siedlung auf, ein unerwarteter Anblick inmitten der roten Wüste.

Ein Schild kündigte Yulara an, der Jeep verließ den Highway und fuhr in den Ort.

»Sie haben hier mitten in der Wüste eine Stadt?«, fragte Tomás überrascht.

»Ich nicht«, widersprach James fast beleidigt. »Soweit ich weiß, bin ich kein *Aussie hooligan*.«

»Entschuldigen Sie.« Tomás formulierte die Frage neu. »Die Australier haben eine Stadt mitten in die Wüste gesetzt?«

»Yulara ist das, was die Aussies als Touristendorf bezeichnen. Es wurde für die Touristen gebaut, die wegen Ayers Rock hierherkommen.«

»Kommen denn viele Touristen?«

»Sie werden es nicht glauben. Jedes Jahr eine halbe Million.«

»Eine halbe Million? Dieses Dorf kann eine halbe Million Touristen aufnehmen?«

Cummings wies auf die gepflegten Fassaden der eleganten

Gebäude und die Grünflächen mit Büschen und Palmen, als wäre es eine Oase.

»Unterkünfte gibt es hier genug. Von Fünf-Sterne-Hotels bis zu Campingplätzen. Aber ich sag's Ihnen gleich, am besten liegt man im Swimmingpool. Der Swimmingpool ist in Yulara kein Luxus, mein Lieber, sondern lebensnotwendig. Bei der Hitze hier ist der Pool der einzige Ort, wo man sich aufhalten kann, wenn man mal aus den klimatisierten Räumen nach draußen will.«

Der Jeep fuhr gemächlich durch die Straßen von Yulara. Irgendwann verließ er das Siedlungsgebiet, bog auf eine Erdpiste ab und fuhr Richtung Wüste. Er rumpelte über die Schlaglöcher und flog geradezu über die gewellten Dünenkämme, so dass hinter ihm eine kupferfarbene Staubwolke aufstieg. Brummend fuhr er gut zehn Minuten durch die Wüste, dann blieb er abrupt stehen.

Die Staubwolke legte sich wie eine Decke über den Jeep und wehte, vom Wind getrieben, wie ein farbiger Schatten durch die Luft; es dauerte ein paar Sekunden, bis Tomás die weißen Wände eines Hauses entdeckte.

Sie stiegen aus und gingen zu dem Haus. Cummings hatte den Motor abgestellt, tiefe Stille senkte sich über sie. Es war eine leere Lautlosigkeit, ohne das geringste zarte Summen im Hintergrund.

Dass so gar kein Geräusch zu hören war, wirkte verunsichernd, geradezu erdrückend.

»Ist das Ihr Haus?«, fragte Tomás in die Stille hinein.

Cummings nickte.

»Ich habe es Arche getauft.«

Tomás lächelte. Zwar gab es weit und breit kein Wasser, aber als Zufluchtsort in der Hitze konnte das Haus wohl herhalten.

»Arche?«
»Nach der Arche Noah.«
»Wieso das?«
Der Engländer ging auf das Haus zu, seine Schritte knirschten auf dem trockenen Sand.
»Weil sich hier etwas für die Menschheit Kostbares befindet.«
»Und was?«
Cummings umfasste den Griff und öffnete die Tür.
»Die allerletzte Hoffnung.«

33

Das Haus sah aus wie eine Müllhalde. Überall Papiere, Bücherstapel auf abgewetzten Sofas, Kleidungsstücke in den Ecken, auf den Möbeln eine dicke Schicht des allgegenwärtigen roten Staubs, hier und da auf dem Fußboden trockene Essensreste und leere Pommes-frites-Tüten, auf den Edelholzmöbeln Bier- und Softdrinkdosen zu Dutzenden. Die Gardinen waren voller großer Fettflecken und die Fensterscheiben trüb von Schmutz.

»Entschuldigen Sie die Unordnung«, sagte Cummings und stakste durch das Wohnzimmer wie ein Naturforscher durch den dichten Urwald. »Für Haushalt habe ich noch nie viel Talent besessen.«

Tomás war kein Muster eines ordentlichen Mannes, doch das hier war ihm zu viel. In diesem Haus war eindeutig seit mindestens einem halben Jahr nicht geputzt worden. Filipe und er bahnten sich einen Weg zu den Sofas und setzten sich vorsichtig hin, wobei sie die Stellen mieden, an denen die Flecken auf dem Bezug noch ziemlich frisch aussahen.

»Hier hast du also gearbeitet?«, fragte Filipe und versuchte, nicht angeekelt das Gesicht zu verziehen.

»Richtig«, antwortete der Engländer. »Das hier ist meine geheime Höhle.«

Tomás sah seinen Freund verblüfft an.
»Bist du noch nie hier gewesen?«
»Nein«, sagte der Geologe. »Ich wusste natürlich, dass James sich hier in Yulara versteckte, war selbst aber noch nie hier. Aus Sicherheitsgründen.«
Ihr Gastgeber verschwand kurz aus dem Wohnzimmer, steckte aber gleich darauf den Kopf durch die Tür.
»Wollt ihr was trinken? Tee? Kaffee? Bier?«
»Vielleicht ein kaltes Wasser«, bat Tomás, der einen trockenen Mund hatte von der Fahrt vom Flughafen hierher.
Cummings kehrte mit einer eiskalten Literflasche Mineralwasser zurück und reichte sie Tomás.
»Ein Glas habe ich nicht mitgebracht«, entschuldigte er sich. »Die sind alle schmutzig.«
Der Historiker wollte auch kein Glas aus diesem Haushalt haben; der versiegelte Flaschenhals bot ihm mehr Garantie für Sauberkeit. Er leerte die Flasche begierig fast zur Hälfte. Als er sie absetzte, ließ Filipe sich die Flasche geben und trank den Rest.
»So, dann schießt mal los«, sagte Tomás, der gleich zur Sache kommen wollte. »Was wollt ihr von mir?«
Filipe und Cummings wechselten einen Blick, dann setzte sich der Engländer vor sie und gab seinem portugiesischen Freund ein Zeichen, er solle die Sachlage erklären.
»Im Wesentlichen, denke ich, kennst du die Geschichte schon, Casanova«, sagte Filipe, schlug die Beine übereinander und entspannte sich auf dem Sofa. »Seit dem Tod von Howard und Blanco haben James und ich uns versteckt. Ich bin nach Sibirien gegangen, er hierher nach Australien. Aber wir haben unsere Arbeit nicht aufgegeben. Ich habe weiterhin die weltweit vorhandenen Erdölreserven überwacht, und James hat die Forschungen fortgeführt, die er mit Blanco begonnen hat-

te. Als wir uns trennten, haben wir abgemacht, dass wir einander nur im allergrößten Notfall kontaktieren, und nur durch verschlüsselte Botschaften. Vor ein paar Wochen hat James mir dann so eine Nachricht geschickt, mit dem Bibelzitat, das ich schon erwähnt habe.«

»Aus der Offenbarung.«

»Genau.« Er nickte. »In dem Zitat kommt der Code-Name unseres Projekts vor.«

»Ja? Und wie heißt das Projekt nun?«

»Das Siebte Siegel.«

Tomás nickte.

»Aha«, murmelte er, »daher dieser Code-Satz.«

»Richtig«, bestätigte Filipe. »Als James mir das Zitat geschickt hat, signalisierte er damit, dass das Projekt abgeschlossen sei und dass wir uns hier in Australien treffen müssten, um die letzten Einzelheiten zu klären. Das Problem ist, uns war bewusst, dass wir allein überhaupt nichts erreichen würden, und ich wusste nicht, an wen ich mich wenden sollte. Da sah ich dann deine Nachricht auf der Website der Schule, und abgesehen davon, dass sie in mir Sehnsucht weckte, gestehe ich, dass ich dachte, du könntest ein wichtiger Kontaktmann sein, eine Art unsichtbarer Agent, verstehst du? Das bestärkte mich in dem Entschluss, dich zu einem Treffen einzuladen. Ich brauchte die Hilfe von jemand Außenstehenden, einer Person, von deren Existenz die Vertreter der Erdölindustrie nicht die geringste Ahnung haben.«

»Ich verstehe.«

»Als du mir in Olchon sagtest, du arbeitest für Interpol, gefiel mir das gar nicht, denn das bedeutete, dass du doch nicht von außen kamst. Wenn Interpol dich geholt hatte, um bei der Aufklärung der Morde zu helfen, würden die Auftraggeber dieser Morde selbstverständlich von deiner Existenz erfahren.«

»Du sprichst von den Vertretern der Erdölindustrie?«
»Klar!«
»Hm.«
»Was sich im Übrigen am Baikal bestätigt hat. Wenige Stunden nachdem du angekommen warst, sind die bewaffneten Männer im Jurtencamp aufgetaucht. Wie, zum Teufel, frage ich dich, sind sie dorthingekommen?«
»Wahrscheinlich sind sie mir gefolgt.«
»Selbstverständlich sind sie dir gefolgt«, sagte Filipe. »Nachdem wir ihnen entkommen waren, war ich der Ansicht, es bestehe ein Notfall, und kontaktierte James. Er reagierte natürlich sehr besorgt, aber der Name Interpol blieb ihm im Ohr.«
Der Engländer hörte das Stichwort und übernahm.
»Ideal wäre es, wenn Sie für Scotland Yard arbeiteten«, sagte er. »Aber ich gehe davon aus, dass Interpol ausreichende Sicherheitsgarantien gegeben hat, und deshalb habe ich zu Philip gesagt, wenn man es genau bedenkt, dann ist es vielleicht sogar besser so. Wir brauchten Hilfe, und wer, von Scotland Yard abgesehen, wäre besser geeignet als Interpol.«
»An welche Art von Hilfe denken Sie?«
»Zunächst einmal brauchen wir Schutz.«
»Aber Filipe hat mir erklärt, dass in Anbetracht der kolossalen Interessen, die im Spiel sind, keine Polizei der Welt Sie beschützen könnte.«
»Nicht über einen langen Zeitraum«, fiel Filipe ihm ins Wort. »Keine Polizei der Welt könnte uns über einen langen Zeitraum beschützen.«
»Ich verstehe nicht.«
Der Geologe holte tief Luft.
»Wären wir 2002, als Howard und Blanco ermordet wurden, zur Polizei gegangen, wären wir jetzt nicht mehr am Leben.

Keine Polizei der Welt hätte uns danach über einen langen Zeitraum vor den Klauen der Erdölbande beschützen können, darauf kannst du dich verlassen. Jetzt stehen die Dinge aber anders, Casanova.«

»Inwiefern?«

»James hat das Projekt zu Ende gebracht, das er mit Blanco angefangen hatte. Der Weltmarkt für Erdöl steht kurz vor dem Fördermaximum. Die Auswirkungen des weltweiten Temperaturanstiegs sind bereits deutlich spürbar.« Er breitete die Arme aus, seine Handflächen zeigten nach oben. »Sagen will ich damit, dass die Welt nicht noch länger warten darf. Jetzt ist der Moment, zu handeln. Jetzt ist es an uns, das Projekt zu nehmen und es in die richtigen Hände zu legen. Dafür brauchen wir nicht Jahre, uns genügen ein paar Wochen.« Er lächelte. »Interpol könnte uns niemals mehrere Jahre lang beschützen. Aber ein paar Wochen? Da sehe ich kein Problem.«

»Und wenn diese Wochen zu Ende sind, was passiert dann mit euch?«

Filipe zuckte mit den Schultern.

»Dann haben die Erdölleute keinerlei Vorteil mehr davon, uns auszuschalten. Inzwischen wird das Siebte Siegel bereits draußen sein, und unser Tod würde den Prozess nicht mehr aufhalten. Im Gegenteil, es wäre sogar viel zu riskant, uns umzubringen, denn zu diesem Zeitpunkt wäre nur allzu offensichtlich, wer die Auftraggeber wären. Wenn es uns gelingt, das Siebte Siegel bekannt zu machen, glaube ich, werden sie es nicht mehr wagen, uns zu töten.«

Tomás fuhr sich mit der Hand durchs Haar und überlegte.

»Na schön«, sagte er. »Was soll ich also tun?«

»Wir möchten, dass du Interpol die Lage erklärst und sie herholst, damit sie für unsere Sicherheit einstehen. Sie müssen uns ermöglichen, Kontakt mit einer Reihe von Schlüssel-Institutionen aufzunehmen.«

»Und was genau soll ich ihnen sagen?«

»Du erzählst ihnen, was du hier gesehen hast.«

Der Historiker sah sich konsterniert um.

»Hier? Hier habe ich doch nur Wüste gesehen.«

Filipe lächelte.

»Ich will es anders ausdrücken. Du erzählst ihnen, was du jetzt gleich sehen wirst.«

»Und was werde ich sehen?«

»Das Siebte Siegel.«

34

Die Schublade klemmte offenbar, doch mit einem energischen, kräftigen Ruck gelang es Cummings schließlich, sie herauszuziehen. Er griff hinein und holte ein dickes Heft mit hartem schwarzem Deckel heraus, wie man es als Buchhaltungsjournal verwendet. Dann richtete er sich auf und hielt das Heft seinen Gästen hin.

»Hier ist es, mein Lieber«, verkündete er in seinem gewohnt gezierten Ton. »Das Siebte Siegel.«

Tomás konnte seine Neugier nicht unterdrücken. Er stand auf und ging zu dem Engländer, nahm das Heft und blätterte vorsichtig darin.

Es war mit Kugelschreiber geschrieben, voller Gleichungen und graphischen Darstellungen, der Text in schlecht leserlicher Schrift verfasst. Er versuchte, einen Absatz zu lesen, hielt aber schon in der ersten Zeile inne.

»Das ist ja auf Spanisch«, rief er verwundert.

»Ja, sicher«, bestätigte James. »Das hat Blanco geschrieben.«

»Sprechen Sie denn Spanisch?«

»Großer Gott, nein.« Die Vorstellung schockierte ihn offenbar. »Blanco konnte leider nicht auf Englisch denken, der Arme. Er machte sich erst Notizen in seiner Sprache, und dann, wenn er alles aufgeschrieben hatte, übersetzte er es ins

Englische.« Er wies auf einen Absatz ein Stück weiter. »Hier, sehen Sie? Dieser Teil ist auf Englisch.«

Tomás reichte ihm das Heft zurück, und als er sich umdrehte, sah er draußen hinter dem Fenster etwas Grünes. Er schaute näher hin und erkannte, dass es ein Swimmingpool war, ungepflegt und schmutzig. Auf der Wasseroberfläche lag roter Staub, Staub, wie er vom Erdboden aufstieg und alles bedeckte. Dann bemerkte er eine riesige Staubwolke.

Neugierig sah er genauer hin.

Es war roter Staub, der in der Luft tanzte, als würde er von einem heftigen Unwetter aufgewirbelt. Nur, der Himmel strahlte in wolkenlosem Blau, ein Unwetter konnte es also nicht sein. Er kniff die Augen zusammen und machte in der Staubwolke einen Punkt aus, als kröche ein Floh aus der Nebelwand heraus.

»James«, rief er, ohne den Blick vom Fenster abzuwenden, »bekommen Sie manchmal Besuch?«

»Ja«, sagte der Engländer. »Der Krämer schickt jeden Tag einen Burschen mit Essen und Getränken.«

»Aha, dann kommt er da hinten.«

Cummings trat zu ihm und blickte auf die sich nähernde Staubwolke.

»Das kann nicht sein.«

»Hm?«

»Der Bursche vom Krämer. Er war schon heute früh hier.«

Filipe sprang vom Sofa auf und ging zu ihnen. Alle drei starrten wie gebannt aus dem Fenster.

»Wer ist es dann?«

Die Wolke wuchs rasch an, und schon bald wurde deutlich, dass es nicht nur eine Wolke war, sondern zwei.

Sie gingen hinaus, etwas ängstlich, denn die beiden Portugiesen hatten noch lebhaft in Erinnerung, was sich am Baikalsee zugetragen hatte. Tomás sah sich um, ob von irgendwo Hilfe kommen konnte oder wohin sie würden fliehen können, aber sie befanden sich mitten in der Wüste, und es war weit und breit keine Menschenseele zu sehen.

»Wäre es nicht besser, in den Jeep zu steigen?«, fragte er.

»Dazu ist es zu spät«, sagte Filipe. »Es dürfte sowieso nichts Besonderes sein. Wir haben doch alle Vorsichtsmaßnahmen getroffen, oder nicht?«

»Hm ... ja. Aber in Russland hatte ich das auch, und was dann passiert ist, wissen wir ja. Und in Sydney ebenso ...«

»Dieses Mal ist es anders. Wir sind noch vorsichtiger gewesen.«

Das Brummen der Motoren dröhnte in der Wüste, die beiden Jeeps kamen schnell näher. Kurz vor dem Haus drosselten sie ihr Tempo und trennten sich, der eine bog nach links ab, der andere nach rechts; wie bei einem Zangengriff fuhren sie um das Haus herum und trafen vor dem Haus wieder zusammen. Die Motoren heulten auf, als sie ihr Ziel erreichten und in einer so großen Staubwolke stehen blieben, dass die drei Männer im Innenhof die Augen schließen, den Atem anhalten und das Gesicht mit den Händen schützen mussten. Nach einer Weile legte sich der Staub, und die Türen gingen auf. Aus der schwindenden Wolke lösten sich Gestalten wie Geister aus einer Nebelwand. Die Gestalten kamen langsam näher, zwischen den Armen hielten sie so etwas wie lange Stöcke. Die drei Wissenschaftler sahen genauer hin und erkannten, dass es keine Stöcke waren.

Die Fremden hielten Waffen in den Händen, und es waren nicht irgendwelche Waffen; es waren Automatikgewehre, eindeutig aus Militärbeständen. Die drei Männer wichen ängstlich einen Schritt zurück, dann noch einen, bis sie an die Hausfassade stießen. Eine Flucht war ausgeschlossen.

Eine kräftigere Gestalt hob sich gegen die anderen ab. Der Mann bewegte sich schwerfällig, und erst als er aus der Staubwolke heraustrat, erkannte Tomás ihn.

»Orlow!«

Der Russe blieb stehen. Sein Gesicht war schweißüberströmt, dies hier war offensichtlich nicht sein Lieblingsklima.

»Hallo, Professor. Sie hier?«

»Das frage ich Sie«, erwiderte der Historiker, noch immer überrascht. »Woher wussten Sie, dass ich hier bin?«

»Ich habe sozusagen meine Mittel und Wege.«

Filipe fasste Tomás am Arm.

»Wer ist das?«

Tomás trat einen Schritt zur Seite.

»Ach, Entschuldigung.« Er wies auf den Russen. »Das hier ist Alexander Orlow, mein Kontaktmann bei Interpol.« Dann drehte er sich um. »Orlow, dass hier ist Filipe Madureira, mein Freund, nach dem Sie gesucht haben.« Und mit einer Handbewegung zu dem Engländer: »Und das ist James Cummings, der Physiker aus Oxford, der auch verschwunden war.«

Der Physiker und der Geologe traten vor und wollten dem Russen die Hand reichen, doch Orlow hob sein Automatikgewehr und fuhr sie scharf an.

»Bleiben Sie, wo Sie sind«, befahl er.

»Orlow!«, rief Tomás empört. »Was soll das?«

»Mund halten.«

»Aber sie sind nicht die Mörder«, warf Tomás ein. »Ich kann gleich alles erklären.«

Die anderen Bewaffneten kamen näher. Es waren drei Männer, sie stellten sich im Innenhof auf. Da er die Hitze nicht mehr ertragen konnte, machte der Russe eine Bewegung mit seiner Waffe zum Haus hin.

»Reingehen.«
Tomás begriff nicht, wieso der Interpol-Mann sich so verhielt.
»Was soll das Ganze? Ich habe Ihnen doch schon gesagt, dass sie nicht die Mörder sind.«
Orlow richtete die Waffe auf Tomás, der ihn fassungslos anstarrte.
»Sie auch, Professor. Hinein mit Ihnen.«
Wie betäubt gehorchte Tomás und ging ins Haus. Er hatte das Gefühl, ein Automat hätte sich seines Körpers bemächtigt. Drinnen war es kühl, erleichtert wies der Russe auf das Sofa. Die drei setzten sich dicht nebeneinander, wie um sich gegenseitig zu schützen.
Filipe wirkte am ruhigsten; merkwürdig gelassen schlug er die Beine übereinander und sah den Mann, der sie bedrohte, mit bohrendem Blick an.
»Sie sind gar nicht von Interpol, stimmt's?«
Orlows Lippen verzogen sich zu einem bösen Grinsen.
»Ein schlaues Kerlchen, Ihr Freund«, bemerkte er, zu Tomás gewandt. »Was mich übrigens nicht verwundert. Nur wer schlau ist, schafft es so lange, mir zu entkommen.« Er strich über seine Waffe, als wollte er sie auf ihre Arbeit vorbereiten. »Aber ich habe eine Neuigkeit für Sie.« Das Grinsen breitete sich auf dem aufgedunsenen Gesicht aus. »Jetzt ist es vorbei mit Ihrer Schläue.«
»Sie sind nicht von Interpol?«, fragte der Historiker perplex.
Orlow sah Tomás spöttisch an.
»Was glauben Sie?«
Die schreckliche Wahrheit drang in Tomás' Bewusstsein. Die ganze Zeit hatte er für einen Unbekannten gearbeitet und nie Verdacht geschöpft.
»Aber wer sind Sie dann?«

»Ist das so schwierig zu erraten?«
Filipe beugte sich vor.
»Wer Sie sind, ist mir schon klar«, sagte er. »Ich möchte aber gern wissen, wer Sie bezahlt.«
Der Russe richtete die Waffe abermals auf den Geologen.
»Du Schlauberger, halt den Mund.«
»Warum sollte ich den Mund halten?«, fragte Filipe. »Sie werden uns doch so oder so umbringen.«
Orlows Blick wanderte über die drei ängstlichen Gesichter.
»Kann sein.«
»Also haben wir das Recht, die Wahrheit zu erfahren.«
Zwei der drei Männer, die mit Orlow gekommen waren, hatten ebenfalls das Haus betreten und sahen sich nun darin um. Einer ging in die Küche und kam mit mehreren kalten Bierdosen in der Hand zurück.
»Smotri, schto ja naschel w cholodilnike«, sagte er und zeigte seinen Fund. *»Cholodnoje piwko.«*
»Daj mne odno«, knurrte Orlow.
Der Mann reichte ihm eine Bierdose, und der russische Koloss leerte sie fast in einem Zug. Dann richtete er sich auf, rülpste kräftig und lachte.
»Ah, wunderbar.« Besser gelaunt, setzte er sich in einen Sessel, seufzte und betrachtete die drei Wissenschaftler, die ihn verschüchtert beobachteten. »Sie meinen also, Sie hätten das Recht, die Wahrheit zu erfahren?«
Filipe bewahrte kühles Blut, wofür Tomás ihn zutiefst bewunderte.
»Wenn Sie die Liebenswürdigkeit hätten, uns zu erklären, weshalb wir sterben sollen«, sagte der Geologe beherrscht, fast herausfordernd, »wäre ich dankbar.«
»Sie wissen ganz genau, weshalb«, gab der Russe zurück. »Was haben Sie davon, zu wissen, ob mich das Land A oder

die Gesellschaft B, das Unternehmen C oder der Konzern D bezahlt?« Er zuckte mit den Schultern. »Nichts haben Sie davon, überhaupt nichts.« Er streckte seinen dicken Finger hoch. »Interessant ist einzig und allein, dass Sie mit dem Feuer gespielt haben und dass es an der Zeit ist, dem Spaß ein Ende zu machen.«

»Aber wer hat das angeordnet?«, hakte der Geologe nach.

»Vielleicht war es ein Land, vielleicht auch ein Erdölkonzern, vielleicht eine Interessengruppe, vielleicht war es auch niemand.« Er hob die leere Bierdose hoch und zeigte sie einem seiner Kompagnons. »Igor«, sagte er. *»Daj mne jescho odno.«* Dann wandte er sich wieder den drei Gefangenen zu. »Was spielt es für eine Rolle, wer das angeordnet hat?« Er wies auf Filipe und Cummings. »Sie hätten zur Vernunft kommen müssen, das spielt hier eine Rolle. Als wir Ihre beiden Freunde beseitigt haben, hätten Sie die Konsequenzen ziehen müssen und sich nicht mehr mucksen sollen.« Er schüttelte den Kopf. »Aber nein. Das konnten Sie nicht, stimmt's? Sie konnten nicht von Ihren Spielchen lassen, stimmt's? Sie haben uns genötigt, Sie weiterhin zu jagen.« Er setzte eine Miene auf wie ein Vater, der sich gezwungen sieht, seinen ungezogenen Sohn zu bestrafen. »Und jetzt müssen Sie die Folgen tragen. Oder haben Sie gedacht, Sie kämen so davon?«

Igor brachte eine neue Dose Bier und reichte sie seinem Chef. Orlow leerte sie wieder in einem Zug und stieß anschließend einen grässlichen Rülpser aus.

»Pardon«, sagte er lachend.

Filipe gab sich noch nicht geschlagen.

»Wie, zum Teufel, haben Sie erfahren, wo wir sind?«

Der Russe wies mit dem Daumen auf Tomás.

»Über unseren Professor. Er war unser eingeschleuster Agent.«

Filipes und Cummings Blicke richteten sich vorwurfsvoll auf Tomás.
Der Historiker erstarrte; er riss die Augen auf, war so fassungslos, wie er es nie für möglich gehalten hätte, und machte den Mund auf, brauchte aber einen langen Augenblick, bis er einen Ton herausbrachte.
»Ich?!« Er starrte Orlow völlig entgeistert an. »Ich?!« Er drehte sich zu seinen beiden Gefährten um, als wollte er sie anflehen, ihm zu glauben. »Ich habe nichts getan!«
»Was ist, Professor?« Der Russe amüsierte sich. »Nun mal los, nicht so schüchtern. Gestehen Sie.«
Tomás spürte, wie die Zornesröte in ihm aufstieg.
»Sind Sie verrückt?« Er brüllte fast. »Was soll das heißen, ich hätte Sie informiert? Wann habe ich das getan?«
»Nun seien Sie nicht beleidigt. Als ich jung war, zu Zeiten der Sowjetunion, da war es völlig normal, andere zu denunzieren.«
»Denunzieren?« Tomás verzog das Gesicht vor Abscheu und Widerwillen, die Angst war der Verachtung gewichen, die der Mann in ihm auslöste. »Sie sind wahnsinnig, Orlow. Komplett wahnsinnig.«
Der Russe brüllte vor Lachen, nur unterbrochen von einem weiteren Rülpser.
»Ich bin wahnsinnig?«
»Ja, das sind Sie. Sie reden nur noch wirres Zeug.«
»Und was, wenn ich beweise, dass Sie Ihren Freund denunziert haben? Was dann?«
Nun war es an Tomás, laut zu lachen.
»Kein Mensch kann etwas beweisen, was nie stattgefunden hat.«
»Ach, nein? Wenn ich es aber doch beweise?«
»Dann nur zu, das möchte ich sehen.«

Orlow streckte das Gewehr vor und berührte damit Tomás' rechten Arm.

»Zeigen Sie mir Ihre Hand.«

»Meine Hand?«

»Ja, zeigen Sie her.«

Er wusste zwar nicht, worauf der Russe hinauswollte, aber er streckte den Arm aus und zeigte ihm seine rechte Hand. Orlow ergriff sie, sah sie einen Augenblick genauer an und drückte auf eine Stelle.

»Merken Sie hier etwas?«

Der Historiker spürte, wie ein unangenehmes Gefühl seine Hand durchlief.

»Ja, das ist die Stelle, wo ich mich neulich verletzt habe. Ich hatte einen Unfall und habe mich an der Hand verletzt.«

»Ach, einen Unfall? Und wenn ich Ihnen nun aber sage, dass sich hier ein kleiner Sender mit einer Lithiumbatterie befindet?«

»Ein Sender?«

»Er heißt Projecto Iridium. Dieser Chip sendet ein GPS-Signal, das von über sechzig Satelliten im Weltraum aufgefangen wird. Über dieses Signal können die Satelliten bis auf wenige Zentimeter genau orten, wo Sie sich befinden.«

Tomás betrachtete fassungslos seine Hand.

»Ein Sender?«, fragte er noch einmal und versuchte zu begreifen, was er gerade gehört hatte. »Aber … aber wie? Wie hat man mir einen Sender eingesetzt?«

Ein herablassendes Grinsen zeigte sich auf Orlows Gesicht.

»Nun, Professor? Erinnern Sie sich nicht mehr an den Tag, als ich Sie das erste Mal angerufen habe?«

»Doch. Ich war im Krankenhaus und wartete auf meine Mutter.«

»Erinnern Sie sich, was an dem Abend passiert ist?«

Der Historiker dachte angestrengt nach.
»An dem Abend?«
»Ja. Wissen Sie nicht mehr, was da passiert ist? Sie sind ins Auto gestiegen, um nach Lissabon zu fahren, und ... rums, wo sind Sie aufgewacht?«
In diesem Moment hatte Tomás alles wieder vor Augen. Er sah den Mann mit dem schmalen Schnurrbart im weißen Kittel neben dem Bett und gleich hinter ihm die sommersprossige Krankenschwester.
»Im Krankenhaus«, sagte er. »Ich lag im Krankenhaus.«
»Und wieso?«
»Ich hatte einen Unfall. Bin mit dem Auto gegen einen Pfosten geknallt.«
»Woher wissen Sie das? Können Sie sich daran erinnern, dass Sie gegen den Pfosten geknallt sind?«
»Hm ... nein, daran erinnern kann ich mich nicht.«
»Woher wissen Sie dann, dass es so war?«
»Das hat man mir gesagt.«
Orlow grinste, ein sarkastischer Ausdruck schwebte in seinen blauen Augen.
»Ach so, das hat man Ihnen gesagt.«
Tomás sah den Russen unsicher an.
»Stimmt das denn nicht?«
Orlow wies auf Tomás' rechte Hand.
»Was glauben Sie, wie dieser Sender da hineingekommen ist? War's vielleicht der Heilige Geist?«
Der Historiker betrachtete angestrengt seine Hand, als wollte er durch die Haut hindurchsehen.
»Sie haben mir den also im Krankenhaus eingesetzt? Und der Unfall war inszeniert? Es war gar kein Unfall?«
Der Russe bedeutete ihm, sich wieder zu setzen, und nahm selbst in seinem Sessel Platz.

»Ich denke, jetzt können Sie sich vorstellen, was an dem Abend passiert ist. Tatsache ist, dass wir schon vor unserer ersten Begegnung Ihren Standort auf der Karte genau bestimmt hatten. Über diesen Sender sind wir Ihnen durch Sibirien bis nach Olchon gefolgt und haben Sie dann in der Taiga erwischt, wissen Sie noch?«
»Ihr Schweine«, fauchte Tomás. »Ihr wart das also ...«
»Tut mir leid wegen Ihrer Freundin. Und Sie sind nur davongekommen, weil wir Sie noch brauchten. Wissen Sie, warum?« Er wies auf Filipe. »Um ihn zu finden. Ihr Glück war, dass Sie sich am Abend am Baikal getrennt hatten. Das GPS zeigte uns nur Ihre Position an, aber nicht die Ihres Freundes. Als wir Sie mit der Kleinen, aber ohne Ihren Freund am Ufer des Baikalsees ausfindig gemacht hatten, wurde uns klar, dass wir Sie laufen lassen mussten, in der Hoffnung, Sie würden uns doch noch zu ihm führen.« Dann machte er eine Handbewegung zu Cummings hin. »Und der da ist unser großes Glück. Wir hätten nie gedacht, dass Sie uns auch zu ihm führen.« Er grinste. »Haben Sie aber getan.« Er nickte anerkennend. »Sie hätten einen guten Agenten abgegeben, und was für einen. Zu Zeiten der Sowjetunion hätte der KGB Sie bestimmt angeworben.« Er seufzte. »Aber mit der Sowjetunion ist es aus und vorbei, und ich fürchte, mit Ihnen auch bald.«
»Sie verdammtes Schwein!«
»Aber, aber, Professor. Werden wir jetzt etwa ordinär?«
»Warum bringen Sie uns nicht gleich um?«
Orlow nickte, als zöge er dies in Erwägung.
»Das ist eine Möglichkeit«, sagte er. »Aber bevor wir zum unangenehmsten Teil unserer Unterhaltung kommen, möchte ich noch ein paar Dinge klären, wenn es Ihnen nichts ausmacht.«

Der Russe wandte den Blick von Tomás ab und richtete nun seine Aufmerksamkeit auf Filipe und Cummings, von denen er sich die Antworten erhoffte, nach denen er seit langem suchte.
»Das Siebte Siegel, was hat es damit auf sich?«

35

Die lange schlanke Gestalt von James Cummings, der bislang zusammengekauert auf dem Sofa gesessen hatte, wurde plötzlich lebendig, als hätte man ihn unter Strom gesetzt. Der Professor aus Oxford erhob sich aus seiner Ecke, ging mit seinen typischen abgehackten, ungelenken, fast holpernden Bewegungen zu der Kommode, auf der er das Heft abgelegt hatte, ergriff es und wandte sich seinem Publikum zu.

»Das Konzept zu dem Projekt ›Das Siebte Siegel‹ steht in diesem Heft«, verkündete er. »Es wurde von meinem Kollegen aus Barcelona, Professor Blanco Roca, den man heimtückisch in seinem Büro ermordet hat, theoretisch entwickelt.«

Orlow rutschte auf seinem Sessel hin und her, das hatte also gesessen. »Weiter«, befahl er.

Der Engländer straffte sich, stand steif da und fixierte den Russen mit hochmütigem Blick.

»Dieses Projekt präsentiert das, was die Lösung sein könnte für die Probleme, vor denen die Menschheit schon jetzt steht und die sich in der Zukunft noch verschärfen werden. Es handelt sich um eine Batterie, die niemals neu aufgeladen werden muss, die keine Wärme abgibt, die kein Geräusch macht, die nicht die Umwelt verschmutzt und die von einem Brennstoff

gespeist wird, der auf unserem Planeten in großen Mengen vorhanden ist.«
»In großen Mengen?«, fragte Orlow verwundert. »Was soll das sein? Kuhscheiße?«
Cummings sah den Russen mit einem eiskalten Blick an, die Verachtung funkelte in seinen Augen.
»Wasser.«
Alle im Raum Anwesenden bis auf Filipe verzogen ungläubig das Gesicht.
»Wasser?«, rief Tomás aus, obwohl er eigentlich nichts mehr hatte sagen wollen, doch nun konnte er sich vor Überraschung nicht beherrschen. »Wasser als Brennstoff der Zukunft?«
»Ja, Wasser«, bestätigte der Engländer.
»Aber ... aber wie das?«
Der Professor aus Oxford drehte sich zu der Kommode um und zog eine Schublade auf, woraufhin die Russen ihre Waffen anlegten, denn sie wussten ja nicht, was sich in der Schublade befand. Cummings griff hinein, zog eine große weiße Platte heraus und hängte sie an einen Nagel, der bereits in der Wand steckte. Es war eine Tafel, so milchig weiß und glatt wie Elfenbein, wie sie in Unternehmen bei Arbeitssitzungen verwendet werden. Dann nahm er einen Filzstift und markierte einen schwarzen Punkt auf der weißen Fläche.
»Alles hat vor fünfzehn Milliarden Jahren an einem Punkt angefangen«, sagte er. »Alle Materie, der Weltraum und die Kräfte waren in einem unendlich winzig kleinen Punkt komprimiert, der dann aus uns unbekanntem Grund irgendwann geplatzt ist und das Universum entstehen ließ.«
»Der Urknall«, sagte Tomás, inzwischen mit dem Thema vertraut.
»Genau«, sagte Cummings, »der *Big Bang*. Die ersten Sekunden verliefen, wie man sich vorstellen kann, ziemlich turbu-

lent. Es entstanden die ersten Quarks und Antiquarks und bildeten die Hadronen. Nach einer Millisekunde bildeten sich die Elektronen und Neutrinos sowie ihre Antipartikel. Das Universum dehnte sich rasend schnell aus, und während es immer größer wurde, kühlte es ab. Das machte es möglich, dass die Neutronen nach hundert Sekunden anfingen, sich in Protonen zu verwandeln. Ein paar Augenblicke später verbanden sich die Partikel zu Kernen, doch da es noch sehr wenig Platz im Universum gab und die Temperatur zu hoch war, kollidierten die Elektronen mit den Photonen und zerstörten sich gegenseitig. Wenn wir in die Zeit zurückreisen könnten, würden wir feststellen, dass das Universum damals wie ein dichter Nebel war. Erst nach dreihunderttausend Jahren, als die Temperatur auf unter dreitausend Grad Celsius gesunken war, konnten die Kerne die Elektronen stabiler an sich binden. So entstanden die ersten Atome.« Er betrachtete sein merkwürdiges Publikum, bestehend aus zwei portugiesischen Wissenschaftlern und vier russischen Gangstern. »Und was für ein Atom, frage ich Sie, entstand als Erstes?«
Die Russen zuckten ziemlich desinteressiert die Schultern. Sie waren auf einem anderen Gebiet Profis.
»Wasserstoff«, antwortete Filipe.
Cummings wandte sich wieder der Tafel zu und schrieb ein großes H auf die weiße Fläche.
»Richtig, Wasserstoff«, sagte er. »Das erste Element des Periodensystems, das einfachste aller Atome.« Er setzte zwei Punkte nebeneinander, dann zog er einen Kreis um sie herum. »Es hat ein Proton und ein Neutron im Kern und ein Elektron kreist außen herum. Elementarer geht es nicht.« Er drehte sich zu seinem Publikum um. »Es entstanden auch die ersten Heliumatome, aber die Wasserstoffatome waren viel zahlreicher. Auf eine Heliumatom kamen neun Wasserstoffatome.«

Orlow stöhnte ungeduldig.
»Entschuldigen Sie, was soll dieses Geschwafel?«
Der Engländer zog absichtlich affektiert eine Augenbraue hoch. »Wollte der Herr nicht, dass ich Ihnen erkläre, was das Siebte Siegel ist?«
»Doch, natürlich. Aber was hat das alles mit dem Siebten Siegel zu tun?«
»Gedulden Sie sich«, forderte Cummings ihn auf. Sein schmaler Körper erzitterte, als hätte er einen leichten Stromschlag bekommen. »Wo war ich stehengeblieben?«
»Beim Wasserstoff.«
»Ach ja. Wasserstoff.« Er blickte auf das H, das er auf die weiße Tafel geschrieben hatte. »Ja, Wasserstoff ist das kleinste, das einfachste, das älteste und das am häufigsten vorkommende Atom im ganzen Universum.« Er hob eine Hand. »Ich betone vor allem das Wort ›häufig‹. Wasserstoff gibt es sehr, sehr viel. Drei Viertel aller im Universum vorhandenen Atome sind Wasserstoff. Fünfundsiebzig Prozent der im Kosmos vorhandenen Masse besteht aus Wasserstoff.« Er zog die Augenbrauen hoch. »Das ist viel.« Dann tippte er mit dem Stift auf das H. »Obwohl es so viel davon gibt, findet sich kaum reiner Wasserstoff. Weiß jemand, warum das so ist?«
Im Raum wurde es still. Niemand wusste es.
»Wasserstoff ist reaktiv«, sagte Filipe schließlich, denn er war der Einzige, der sich mit dem Thema auskannte.
»Wasserstoff ist hochgradig reaktiv«, bestätigte der Professor aus Oxford. Offensichtlich war Cummings mehr daran gewöhnt, vor Studenten zu sprechen als vor finsteren Mafiosi. »Das bedeutet, Wasserstoff hasst das Alleinsein. Und da er nicht gern allein zu Hause ist, verbindet er sich sehr leicht mit anderen Atomen. Wenn der Wasserstoff eine Frau wäre, dann wäre er eine Prostituierte.«

Die Russen lachten. Jetzt wurde die Sache schon mehr nach ihrem Geschmack.

»Und die Titten?«, fragte Igor ordinär und ließ sein Automatikgewehr aufgeregt von einer Hand in die andere gleiten. »Was ist mit den Titten? Sind die groß?«

Cummings bereute, vor diesem Publikum zu dieser Metapher gegriffen zu haben, und setzte eine würdevolle Miene auf, als hätte er nichts gehört.

»Womit ich sagen will, dass Wasserstoff, obwohl es ihn in so großer Menge gibt, fast nur in Verbindungen vorkommt. Wenn Wasserstoff zum Beispiel auf Sauerstoff trifft, hängt er sich gleich an ihn dran und bildet so Wasser. Wenn zufällig Stickstoff in der Nähe ist, verbindet sich der Wasserstoff sofort mit diesem zu Ammoniak. Und wenn das Atom, das vorbeikommt, Kohlenstoff ist, dann schnappt der Wasserstoff es sich, und es entsteht Kohlenwasserstoff.«

»So eine Nutte!«, grunzte ein Russe laut lachend. »Treibt es mit dem erstbesten Atom, das daherkommt! Will von allen Elektronen genommen werden.«

»Ruhe«, schnaubte Orlow mit erhobener Stimme. »Er soll weiterreden.«

Vom Befehl ihres Chefs eingeschüchtert, verkniffen sich die Gangster das Lachen und beruhigten sich, und Cummings, der mit regloser Miene schweigend abgewartet hatte, fuhr mit seinen Erklärungen fort.

»Wenn Wasserstoff sich mit anderen Atomen verbindet, wird Energie gespeichert.«

»Atomenergie?«, fragte Orlow, denn in seinem Kopf ergab das Wort *Energie* zusammen mit *Wasserstoff* das Wort *Wasserstoffbombe*.

»Nein«, entgegnete der Engländer. »Das ist etwas anderes. Hier sprechen wir von einer anderen Art von Energie, einer

Energie, die gespeichert wird, wenn Wasserstoff sich mit anderen Atomen verbindet.«

»Ach so.«

Cummings trat zwei Schritte zur Seite, ging ans Fenster und wies auf etwas hinter der schmutzigen Scheibe.

»Sehen Sie das da?«, fragte er.

Orlow stand auf und blickte in die Richtung, in die Cummings zeigte. Draußen stand ein mächtiger Busch, er wirkte robust und kräftig wie all die Büsche, die zu Tausenden in der Ebene standen.

»Ja, was ist damit?«

»Er heißt *wanari* und ist eine Akazienart.« Er zuckte mit den Schultern. »Im Grunde ist es mir egal, ob es ein *wanari* ist oder etwas anderes. Was zählt, ist, dass es sich um eine Pflanze handelt. Und warum? Was haben Pflanzen mit Wasserstoff zu tun?«

Orlow, der inzwischen an seinen Platz zurückgekehrt war, brachte die Frage in Zusammenhang mit dem, was Cummings zu Beginn seiner Ausführungen genannt hatte. »Wasser?«

Die Bemerkung hatte zur Folge, dass alle im Raum den Atem anhielten. In der erwartungsvollen Stille ging der Engländer langsam zur weißen Tafel zurück, auf der noch immer das H und die schematische Darstellung des Wasserstoffatoms standen, und legte eine lange Kunstpause ein.

»Wasser«, bestätigte er schließlich. »Und was ist Wasser?« Er drehte sich zur Tafel um und schrieb H_2O. »Zwei Wasserstoffatome in Verbindung mit einem Sauerstoffatom.«

»Ménage à trois«, warf einer der Russen, der sich den Scherz nicht verkneifen konnte, von hinten ein.

»Satknis!«, rief Orlow den Mann zur Ordnung und fixierte ihn mit drohendem Blick. »Noch ein Wort, und du kannst was erleben.«

Der Russe duckte sich, biss sich auf die Lippe und senkte den Blick. Nach dieser Zurechtweisung war klar, dass er kein Wort mehr sagen würde.

»Worauf ich eigentlich hinauswollte, ist ein Vorgang, den man Photosynthese nennt«, sagte Cummings. »Allgemein gesagt findet Photosynthese dann statt, wenn Pflanzen Luft, Sonnenlicht und Wasser in Zucker umwandeln.« Er drehte sich zur Tafel und zeichnete eine Sonne, darunter ein Blatt und auf das Blatt einen Wassertropfen. »Dabei geschieht Folgendes.« Er zeichnete von der Sonne einen Pfeil zum Blatt hin. »Die Sonnenenergie trifft auf das Blatt und bewirkt die Spaltung der Wassermoleküle in Sauerstoff und Wasserstoff.« Zur Betonung klopfte er mit dem Stift auf den Tropfen auf dem Blatt. »Wasserstoff und Sauerstoff trennen sich«, sagte er noch einmal. »Nun haben wir ja gesehen, dass der Wasserstoff nicht gern allein bleibt. Die Sonnenenergie hat ihn gezwungen, sich vom Sauerstoff zu trennen, und um wieder Halt zu finden, macht sich das Wasserstoffatom sofort auf die Suche nach einem neuen Gefährten. Und wer begegnet ihm da auf der Pflanze? Der Kohlenstoff. Anders gesagt, der Wasserstoff tut sich mit Kohlenstoff zusammen und bildet eine neue Verbindung, Kohlenhydrat genannt, mit dem es seine überschüssige Energie teilt.« Er wandte sich wieder seinem Publikum zu. »Und wie nennen wir das Kohlenhydrat?«

»Zucker«, antwortete Filipe wie aus der Pistole geschossen, denn ihm war bewusst, dass niemand sonst antworten würde.

»Genau«, bestätigte der Engländer. »Einige der Kohlenhydrate, die aus der Verbindung von Kohlenstoff mit durch Sonnenenergie aufgeladenem Wasserstoff entstehen, werden allgemein als Zucker bezeichnet.« Er veränderte seinen Tonfall zu einer Nebenbemerkung. »Deshalb gilt Zucker als hochgradig energiehaltig.«

»Aha, ich verstehe«, murmelte Orlow.
»Womit ich sagen will, dass Zucker ein Depot für die Sonnenenergie ist, die im Wasserstoff als Bestandteil des Zuckers gespeichert ist. Diese Sonnenenergie kann anschließend auf unterschiedlichem Wege freigesetzt werden.« Er tat, als stecke er sich etwas in den Mund. »Wenn ich zum Beispiel grünen Salat esse, gelangt das Kohlenhydrat in meinen Körper und unterliegt den chemischen Einwirkungen meines Stoffwechsels, der wie eine umgekehrte Photosynthese funktioniert. Das heißt, der Wasserstoff trennt sich vom Kohlenstoff und verbindet sich wieder mit dem Sauerstoff zu einem Wasseratom.« Er wedelte mit dem Filzstift in der Luft. »Und das ist jetzt der entscheidende Punkt. Um sich mit dem Sauerstoff verbinden zu können, muss der Wasserstoff die Sonnenenergie freisetzen, die er gespeichert hat. Diesen Vorgang nennt man Oxidation, und dank dieser Oxidation produziert unser Körper Wärme. Die Wärme ist die Sonnenenergie, die in dem Augenblick freigesetzt wird, wenn der Wasserstoff sich in unserem Körper von dem Kohlenstoff der Lebensmittel trennt und mit dem Sauerstoff verbindet.«
»Die Körperwärme kommt von der in den Lebensmitteln enthaltenen Sonnenenergie?«, fragte der Russe verwundert.
»So ist es. Aber die von dem Wasserstoff in den Lebensmitteln freigesetzte Sonnenenergie verwandelt sich nicht nur in Wärme, sie nimmt auch andere Formen an, wie die elektrische Energie, die mechanische Energie oder die chemische Energie.«
»Sie ist also das, was uns Kraft gibt.«
»Richtig.« Er ballte die Fäuste. »Unsere Körperenergie kommt von der im Wasserstoff gespeicherten Sonnenenergie. Und das Interessante dabei ist, dass diese Energie, anstatt freigesetzt zu werden, auch über Millionen von Jahren gespeichert werden

kann.« Wieder wies er mit dem Daumen zum Fenster hin. »Wenn die Blätter des *wanari* da draußen zum Beispiel, sofern sie nicht von einem Tier gefressen werden oder bei einem Feuer verbrennen, auf den Erdboden fallen und untergegraben werden, dann verwandeln sie sich nach langer Zeit in Kohle. Und wofür verwenden wir Kohle?«

»Als Energiequelle.«

»Genau. Und was für eine Energie ist das? Die Sonnenenergie, die vom Wasserstoff während der Photosynthese gespeichert wurde, als das Blatt des *wanari* noch lebte. Wenn wir die Kohle in den Ofen stecken, kehrt sich der Vorgang der Photosynthese um. Der Wasserstoff trennt sich vom Kohlenstoff und verbindet sich mit dem Sauerstoff, wobei seine überschüssige Energie freigesetzt wird. Und der Kohlenstoff, der nun allein ist, verbindet sich auch mit dem Sauerstoff, so dass Kohlendioxid entsteht, das in die Atmosphäre entweicht. Das geschieht mit der Kohle, und es geschieht genauso mit den anderen Kohlenwasserstoffen, die sich im Laufe von Millionen von Jahren bilden: Erdöl und Gas.«

»Wenn ich es richtig verstanden habe, steckt die Energie nicht in der Kohle, sondern eindeutig im Wasserstoff«, konstatierte Orlow.

»Genau. Das bedeutet, je mehr Wasserstoffatome das Kohlenhydrat hat, umso mehr Energie besitzt es.«

»Enthalten die Kohlenhydrate nicht alle dieselbe Menge Wasserstoff?«

»Nein, keineswegs. Das Kohlenhydrat mit der geringsten Energie ist zum Beispiel Kohle. Und warum? Weil Kohle aus Kohlenstoff und Wasserstoff im Verhältnis eins zu eins besteht. Erdöl hingegen enthält mehr Energie, weil auf jedes seiner Kohlenstoffatome zwei Wasserstoffatome kommen. Und Erdgas kann noch mehr Energie freisetzen, weil es für jedes

Kohlenstoffatom vier Wasserstoffatome besitzt.« Er sah sein Publikum an. »Ist das klar?«

»Ja.«

»Dann hören Sie jetzt gut zu, denn diese Frage ist wichtig.« Er machte eine kurze Pause. »Wenn wir nun statt eines Brennstoffs, der Kohlenstoff und Wasserstoff enthält, nur Wasserstoff verbrennen? Was passiert dann?«

»Nur Wasserstoff?«

»Ja. Wenn wir bei dem Wort *Kohlenhydrate* auf die *Kohlen* verzichten. Und nur die *Hydrate* behalten?«

»Geht das?«

»Warum nicht? Wir ziehen die Kohlenstoffe aus der Gleichung ab und behalten nur den Wasserstoff.«

Orlow zuckte mit den Schultern.

»Was ergäbe sich daraus?«

Cummings wirkte über die Frage erstaunt.

»Scheint Ihnen im Lichte dessen, was ich Ihnen erklärt habe, nicht offenkundig, was sich daraus ergäbe? Wenn die Energie des Erdöls in dem in ihm enthaltenen Wasserstoff und nicht im Kohlenstoff steckt, steht mir, wenn ich den Kohlenstoff aus der Gleichung ausschließe, die Energie weiterhin zur Verfügung.« Um den entscheidenden Punkt zu betonen, sagte er noch einmal: »Vergessen Sie nicht, die Energie steckt nicht im Kohlenstoff, sondern im Wasserstoff.«

»Ich verstehe.«

»Das heißt, ich brauche überhaupt keine Kohle, kein Erdöl und kein Gas. Nur Wasserstoff.«

»Das ist brillant«, platzte Tomás heraus. »Wirklich brillant.«

Orlow nickte, ohne zu verstehen.

»Welchen Vorteil hat man davon?«

Cummings kniff die Augen zusammen. Der Russe begriff wirklich gar nichts.

»Hören Sie, was bewirkt den Temperaturanstieg auf der Erde?«, fragte er geduldig.
»Die Umweltschwuchteln behaupten, das liegt am Verbrennen von Erdöl.«
»Und das ist ein Kohlenwasserstoff«, ergänzte der Engländer sofort. »Vergessen Sie nicht, wenn man Erdöl verbrennt, dann vollzieht sich die Photosynthese umgekehrt. Das heißt, der Wasserstoff löst sich vom Kohlenstoff und verbindet sich mit dem Sauerstoff. Und der Kohlenstoff, der nun allein ist, tut sich auch mit dem Sauerstoff zusammen, und es entsteht eine neue Verbindung. Und wie heißt diese Verbindung?«
»Kohlendioxid«, sagte Filipe, wieder wie aus der Pistole geschossen.
»Und welche Verbindung trägt die größte Schuld an dem Treibhauseffekt, der für die Erderwärmung sorgt?«
»Kohlendioxid«, sagte der Geologe wie eine Schallplatte mit einem Kratzer.
»Was passiert also, wenn wir den Kohlenstoff aus der Gleichung abziehen?«
»Dann bildet sich kein Kohlendioxid, weil kein Kohlenstoff vorhanden ist.«
Cummings Blick richtete sich auf Orlow und gab ihm zu verstehen, dass dem nichts mehr hinzuzufügen sei.
»Verstehen Sie jetzt, worin der Vorteil besteht, wenn man nur Wasserstoff verbrennt?«
»Ja.«
»Wenn wir den Kohlenstoff ausschalten und nur Wasserstoff haben, behalten wir den energiehaltigen Teil des Brennstoffs, schicken aber gleichzeitig kein Kohlendioxid in die Atmosphäre. Eine auf allen Ebenen vorteilhafte Lösung. Wir erhalten mehr Energie, und wir erhalten saubere Energie.«
»Enthält reiner Wasserstoff mehr Energie als Benzin?«

»Ja, natürlich«, erwiderte Cummings, fast schockiert über diese Frage. »Ein Liter Wasserstoff besitzt so viel Energie wie drei Liter Benzin.«

»Hm.«

»Und damit schlagen wir zwei Fliegen mit einer Klappe«, rief der Engländer. »Wir stoppen die Erderwärmung und machen uns unabhängig vom Erdöl, indem wir, um den benötigten Brennstoff zu bekommen, auf das Atom zurückgreifen, das es am häufigsten auf der Welt gibt.«

Orlow rutschte in seinem Sessel hin und her und dachte über Cummings' Worte nach.

»Das kommt meinen Auftraggebern aber sehr ungelegen«, bemerkte er finster. »Wenn diese Idee publik gemacht und weiterentwickelt wird, werden sie arbeitslos.« Er machte eine Pause. »Und ich auch.«

Cummings kratzte seinen weißen Bart.

»Tja, für die Erdölindustrie wird das sicherlich etwas unangenehm.«

Der Russe streichelte seine Waffe.

»Da müssen wir wohl was unternehmen, um dieses Problem zu lösen, oder?«

Der Engländer starrte entsetzt auf das Automatikgewehr in Orlows Händen.

»Aber, Moment, da ist noch ein anderes Problem zu lösen«, fügte er schnell hinzu, wobei sein Blick nervös zwischen der Waffe und dem Russen hin- und herging.

»Problem? Welches Problem?«

»Wie besorgen wir uns den Wasserstoff?«

Anscheinend verstand Orlow die Frage nicht.

»Aber … haben Sie nicht gesagt, dass drei Viertel aller Atome im Universum aus Wasserstoff bestehen?«

»Ja, und das stimmt auch.«

»Also, wo ist das Problem?«
»Tatsächlich sind fünfundsiebzig Prozent der Masse im Kosmos Wasserstoff, richtig. Aber ich habe auch noch etwas anderes gesagt, wissen Sie es noch?«
Orlow dachte angestrengt nach, es fiel ihm aber nicht ein.
»Was denn?«
»Ich habe erklärt, dass der Wasserstoff es hasst, allein zu sein. Dass er sich liebend gern mit anderen Atomen verbindet.«
»Ach ja.« Der Russe grinste. »Der Wasserstoff ist eine Hure.«
»Ja, so ist es«, murmelte Cummings und verdrehte die Augen.
»Und weil der Wasserstoff sich so leicht mit anderen Atomen verbindet, trifft man ganz selten auf isolierte Wasserstoffatome.«
Das Grinsen des Russen wurde breiter.
»Ach ja, genau«, rief er. »Das haben Sie vorhin gesagt, richtig.« Zufrieden schlug er die Beine übereinander. »Und wie wollen Sie das Problem lösen?«
»Wollen Sie das wirklich wissen?«
»Ich bin gespannt.«
Nun lächelte der Engländer.
»Dann nehmen Sie Ihre Sachen und kommen mit.«
»Mitkommen, wohin?«
»Das werden Sie gleich sehen.«

36

Wie eine von bissigen Hunden mit gefletschten Zähnen bewachte Herde wurden die drei Gefangenen zu den beiden Jeeps geführt.

Tomás und Cummings setzten sich in dem einen Wagen der Russen nach hinten, Igor nahm am Steuer Platz und Orlow mit seinem massigen Körper ließ sich auf dem Beifahrersitz nieder, drehte sich nach hinten um und bewachte, die Waffe in der Hand, seine Geiseln. Filipe musste mit den anderen beiden Russen in den zweiten Jeep steigen.

»Wo fahren wir hin?«, fragte Orlow.

Der Engländer wies auf die oben abgerundeten Felsen, die sich wie rote Blasen gegen den Horizont abzeichneten.

»Zu den Olgas«, sagte Cummings. »Den Felsformationen da drüben.«

Igor sah sich auf der Suche nach einem Weg um.

»Wie kommt man dahin? Quer durch die Wüste?«

»Nein, am besten zuerst über den Highway Nr. 4, und vor Uluru muss man auf die Piste nach rechts abbiegen.«

Die Jeeps fuhren mit heulenden Motoren an, die Reifen rutschten auf dem purpurroten Sand und wirbelten eine riesige Staubwolke auf, dann fuhren sie auf der Piste zurück, auf der sie gekommen waren, in Richtung der Asphaltstraße zwischen dem Flughafen und Yulara. Es herrschte eine Höllenhitze, doch Tomás nahm sie nicht wahr, denn er machte sich viel zu große Sorgen über sein Schicksal.

»Und was wollen Sie uns da eigentlich zeigen?«, fragte Orlow.

»Das werden Sie gleich sehen.«

»Nein«, erwiderte der Russe sehr energisch. »Ich will es jetzt wissen.«

Cummings und Tomás wechselten einen ängstlichen Blick. Je früher die Russen alles erfuhren, um so schneller kam ihr Ende. Zwar machte er sich keine großen Illusionen darüber, was seine Überlebenschance betraf, solange er sich in der Gewalt dieser Männer befand. Er hatte erlebt, wie sie Nadeschda kaltblütig hingerichtet hatten, und wusste, dass für sie ein Menschenleben nicht mehr wert war als das Leben einer Ameise. Ihm war voll und ganz bewusst, dass er und seine beiden Gefährten in den Augen der Russen nur unwichtige Kreaturen waren, die die Dreistigkeit besessen hatten, mächtigen Interessengruppen in die Quere zu kommen, und dass sie jetzt irgendwo in dieser Wüste ihrem Ende entgegensehen würden.

Doch obwohl ihm all dies bewusst war, obwohl ihm klar war, dass sein Schicksal unwiderruflich besiegelt war und er nichts dagegen tun konnte, klammerte Tomás sich ans Leben, an die Hoffnung, doch noch heil davonzukommen. Und wenn sie nur zehn Minuten gewannen, lächerliche zehn Minuten, wären es eben doch zehn Minuten Leben, für die zu kämpfen es sich lohnte.

»Was ist?«, schnauzte Orlow den Engländer an. »Haben Sie die Sprache verloren?« Er drehte die Waffe, um auf dem Sitz, den sein riesiger Körper fast vollkommen einnahm, etwas Platz zu schaffen, und drückte Tomás den Gewehrlauf an die

Stirn. »Wenn Sie jetzt nicht gleich den Schnabel aufmachen, wird der portugiesische Professor auf der Stelle erledigt.« Er grinste böse. »Und ich verspreche Ihnen, dass Ihnen der Anblick nicht besonders gefallen wird. Sie werden nämlich die Gehirnmasse wegwischen müssen, die auf den Sitz gespritzt ist.«

Tomás brach der Schweiß aus. Und wie in einem Fieberwahn ertappte er sich dabei, dass er sich fragte, wie das Ende wohl sein würde. Würde es schmerzhaft sein? Oder würde er von einer Sekunde auf die andere nicht mehr existieren? Jetzt sah er den Gewehrlauf auf seine Stirn gerichtet, danach käme die ewige Finsternis, das große Nichts.

»Bitte«, flehte Cummings, »das muss doch nicht sein. Wir sind doch alle vernünftige Leute, oder etwa nicht?«

»Dann seien Sie jetzt mal vernünftig und erzählen den Rest der Geschichte«, grunzte Orlow und klopfte mit seinem dicken Finger auf seine Armbanduhr. »Unser Flugzeug geht am späten Nachmittag, und ich habe es eilig, meine Arbeit hier zu Ende zu bringen, kapiert? Nicht, dass ich mein Flugzeug verpasse und womöglich noch einen Tag hier am Arsch der Welt verbringen muss.«

»Schon gut, ich rede ja schon. Ich werde Sie nicht bei Ihrer Arbeit behindern, keine Sorge.«

Der Russe zog die Waffe zurück, hielt aber weiterhin den Blick starr auf den Professor aus Oxford gerichtet und wartete auf den Rest der Geschichte. Da er den Gewehrlauf nicht mehr an der Stirn spürte, erlitt Tomás fast einen Nervenzusammenbruch. Das Herz klopfte wie wild, sein ganzer Körper fühlte sich kraftlos an, Knie und Hände zitterten.

»Nun?«, grunzte Orlow wieder. »Ich habe nicht den ganzen Tag Zeit.«

Die Jeeps verließen die Wüstenpiste und fuhren auf dem ma-

kellosen Asphalt des Highway Nr. 4, der gleich hinter Yulara in Richtung des großartigen roten Uluru-Massivs abbog.
»Wir sprachen von Wasserstoff, nicht wahr?«, begann Cummings und versuchte, seine Gedanken trotz dieser misslichen Situation neu zu ordnen. »Der Kohlenstoff ist das Atom der fossilen Brennstoffe, das den Erdball erwärmt, aber die Energie steckt im Wasserstoff. Wenn wir den Kohlenstoff ausschalten und nur den Wasserstoff behalten, ist es mit der Erderwärmung und der Abhängigkeit von fossilen Brennstoffen aus und vorbei. Von der Theorie her also nichts einfacher als das.«
»Das Problem ist, Wasserstoff in reiner Form zu erhalten«, bemerkte der Russe.
»Ja, Wasserstoff ist das häufigste Element im Universum, aber kaum in reiner Form zu finden.«
»Und wie machen Sie das?«
Cummings fuhr sich mit den schlanken Fingern durch den weißen Bart, als wäre das, was er nun sagen würde, die selbstverständlichste Entdeckung in der Menschheitsgeschichte.
»Ich benutze Wasser.«
»Warum?«
»Wasser ist die häufigste Verbindung auf unserem Planeten, nicht wahr? Warum es also nicht als Brennstoff einsetzen?«
»Aber wie machen Sie das?«
Der Engländer seufzte. Er war es eigentlich leid, seine Arbeit einem Mannn zu erklären, der den Auftrag hatte, ihn zu töten.
»Hören Sie«, sagte er. »Sie kennen doch sicherlich die chemische Formel für Wasser, oder?«
»H_2O«, gab der Russe zurück. »Das weiß jedes Kind.«
»Und das H steht wofür?«
»Für Wasserstoff.«

»Folglich enthält das Wasser Wasserstoff, richtig?«
»Ja.«
»Also hole ich mir da die Energie. Vom Wasserstoff des Wassers.«
»Aber wie machen Sie das?«, fragte Orlow noch einmal.
»Wissen Sie, was Elektrolyse ist?«
Der Russe dachte angestrengt nach.
»Das habe ich in der Schule gehabt«, bemerkte er. »Das ist irgend so ein chemischer Prozess, oder?«
»Elektrolyse ist die Aufspaltung einer chemischen Substanz unter Einwirkung von elektrischem Strom. Ihre Prinzipien basieren auf den Faradayschen Gesetzen, und sie ermöglichen die Zerlegung des Wassers in seine beiden Elemente Sauerstoff und Wasserstoff. Um dies zu erreichen, füllt man reines Wasser in einen Behälter und leitet Strom hinein. Unter der Einwirkung der elektrischen Energie lösen sich die Wasserstoffatome von den Sauerstoffatomen und verbinden sich mit den anderen Wasserstoffatomen. Die hierbei verbrauchte elektrische Energie wird vom Wasserstoff gespeichert.«
»Das ist aber kein neues Verfahren, oder?«
»Nein, die erste Elektrolyse wurde schon 1800 durchgeführt.«
»Worauf wollen Sie also hinaus?«
Cummings beugte sich vor, als mache er sich bereit, ein Geheimnis zu verraten.
»Was passiert, wenn wir den Prozess umkehren?«
»Den Prozess umkehren? Wie meinen Sie das?«
»Den Prozess umkehren«, wiederholte der Engländer. »Anstatt Wasser in seine beiden Bestandteile Wasserstoff und Sauerstoff zu zerlegen, könnte man sie miteinander verbinden.« Er zog die Augenbrauen hoch. »Was glauben Sie, was dann geschehen würde?«

Orlow überlegte.
»Also, ich vermute, wenn man Wasserstoff und Sauerstoff zusammenbringt, dann entsteht wieder Wasser, oder?«
»Natürlich.«
»Und? Was hat man davon?«
Cummings lehnte sich in seinem Sitz zurück.
»Erinnern Sie sich nicht mehr, dass ich Ihnen erklärt habe, dass, wenn Wasserstoff sich wieder mit Sauerstoff verbindet, die Energie der Verbindung freigesetzt wird?«
»Doch.«
»Das ist es, was man davon hat.«
Die Jeeps näherten sich einem Schild mit der Aufschrift *Kata Tjuta/The Olgas*, nahe dem majestätischen Monolith Uluru, und drosselten das Tempo. Tomás, der während der ganzen Fahrt auf der geteerten Straße den Verkehr intensiv beobachtet hatte, in der Hoffnung, ein von der Vorsehung gesandtes Polizei- oder Militärfahrzeug käme vorbei, spürte, wie sich sein Herz zusammenkrampfte. Rechter Hand kam eine schmale Erdpiste in Sicht, die beiden Jeeps bogen vom Highway ab und nahmen die letzte Etappe ihrer Fahrt durch die Wüste in Angriff.
Orlow schwieg. Doch kaum begann der Jeep auf der Piste zu ruckeln, nahm er das Thema wieder auf.
»Also, wenn ich es richtig verstanden habe, wollen Sie die überschüssige Energie des Wasserstoffs nutzen.« Er zog eine Augenbraue hoch. »Geht es darum?«
»Natürlich.«
»Und wie können Sie das tun?«
Cummings hob einen Finger, als wollte er darauf hinweisen, dass diese Frage unbedingt angebracht sei.
»Das ist das große Problem«, rief er.
Er bewegte die Hände, als hielte er einen unsichtbaren recht-

eckigen Gegenstand fest. »Die Lösung besteht darin, dass man sich einen unterteilten Kasten besorgt.« Er tat so, als füllte er die beiden Teile des Kastens. »In die eine Hälfte füllen wir Sauerstoff und in die andere reinen Wasserstoff. In den Wasserstoffteil wird ein Spezialmetall eingeführt, Katalysator genannt, das eine chemische Reaktion auslöst und die Wasserstoffatome freisetzt. Das Problem ist, dass diese Atome für sich allein sehr instabil sind und es eilig haben, sich mit anderen Elementen zu verbinden. Denken Sie daran, dass sie das Alleinsein hassen.« Er neigte den Kopf. »Wenn nun die Wasserstoffatome sich mit anderen Atomen verbinden wollen, welche Partner sind für sie am ehesten erreichbar?«

»Sauerstoff?«

Der Engländer lächelte.

»Der im anderen Teil des Kastens gelagerte Sauerstoff«, sagte er. »Wenn der Katalysator die chemische Reaktion auslöst, bei der die Wasserstoffatome freigesetzt werden, dann machen sich diese Atome schnellstens auf den Weg zu den Sauerstoffatomen.« Zur Illustration streckte er den linken Zeigefinger dem rechten entgegen. »Deshalb öffnen wir einen Durchlass, der diese Begegnung möglich macht, indem wir zwischen die beiden Teile des Kastens einen Elektrolyten setzen. Der Elektrolyt lässt das Wasserstoffproton passieren, aber nicht das Elektron. Und das ist ein Problem, denn das Elektron reagiert auf diese Trennung völlig verzweifelt und will sich um jeden Preis mit dem Proton vereinigen. Da wir aber nette Menschen sind und das arme einsame Elektron uns schrecklich leidtut, offerieren wir einen Weg, diese romantische Begegnung zu ermöglichen.«

»Und wie machen Sie das?«

»Wir öffnen einen zweiten Durchlass, indem wir zwischen

den beiden Hälften des Kastens einen Metalldraht anbringen.« Er wandte den Blick dem Russen zu. »Verstehen Sie?«

»Ja«, sagte Orlow, »das Proton nimmt den Weg über den Elektrolyten, und das Elektron muss den Metalldraht nehmen.«

»Genau«, erwiderte Cummings, zufrieden darüber, dass sogar ein Gangster seine technischen Erklärungen verstand. »Und darin liegt das Geheimnis. Ein Elektron ist praktisch eine elektrische Entladung, was bedeutet, dass es auf seinem Weg Energie in einer Form freisetzt, die wir verwenden können, wofür wir wollen. Wir können damit Lampen zum Leuchten bringen oder Automotoren in Gang setzen.« Er machte eine vage Handbewegung. »Was wir wollen.« Er wies auf die andere Hälfte des imaginären Kastens. »Sobald das Elektron auf der anderen Seite ist, tut es sich mit dem Proton zusammen, und nachdem das Wasserstoffatom nun wieder hergestellt ist, kann es sich mit dem Sauerstoff zu Wasser verbinden.«

Orlow knetete sich eine Weile das Kinn und dachte darüber nach, was dieser Prozess bedeutete.

»Und das ist das Siebte Siegel?«

Der Engländer nickte.

»Theoretisch, ja. Das Siebte Siegel ist ein Projekt zur Entwicklung einer neuen Energiequelle, bei dem ein Brennstoff verwendet wird, der viel, viel häufiger vorhanden ist als Erdöl und der ohne den die Atmosphäre aufheizenden Kohlenstoff funktioniert. Wir standen vor der Herausforderung, spezifische technische Probleme zu lösen, wie zum Beispiel die Konzentration und Lagerung von Wasserstoff, um ihn als Alternative zu den fossilen Brennstoffen zu nutzen. Wasserstoff war schon als alternativer Energieträger bekannt. Wir haben uns darauf beschränkt, die allerletzten Hindernisse zu überwinden.«

»Und, haben Sie schon die Testphase erreicht?«
»Ich habe mich mit nichts anderem beschäftigt.«
Orlow wies auf die Wüste ringsum.
»Sind Sie dazu hierhergekommen?«
»Eigentlich nicht. Ich hätte das wunderbar in Oxford machen können, das mir als Ort, ehrlich gesagt, weit sympathischer ist. Nur gab es leider ein paar unangenehme Typen, die meine Arbeit für unpassend hielten und ...«
»Ja, ja, ich weiß«, fiel Orlow ihm gereizt ins Wort. »Aber haben Sie das System auch schon in Autos ausprobiert?«
»Ja, sicher.«
»Mit welchem Ergebnis?«
»Mit vier Litern Benzin kommt ein normales Auto im Schnitt fünfzig Kilometer weit, nicht wahr? Bei den Tests, die ich hier in der Wüste durchgeführt habe, ist ein mit einer solchen Batterie angetriebenes Auto über hundert Kilometer weit gefahren, und das mit nur einem Kilo Wasserstoff.«
»Im Ernst?«
»Wir erzielen also das Dreifache an Effizienz«, sagte Cummings. »Außerdem sind Wasserstoffbatterien lautlos, sie haben keinerlei Vibrationen erzeugt, und sie haben lediglich Wasserdampf abgegeben.« Er hob den Zeigefinger. »Vor allem muss man immer bedenken, dass es nicht zu einem Ausstoß von Kohlenstoffdioxid kommt, weil gar kein Kohlenstoff im Spiel ist.«
Der Russe kniff die Augen zusammen.
»Wo haben Sie diese Tests durchgeführt?«
Cummings wies nach vorn. Am Ende der Erdpiste erwartete sie die merkwürdige rundköpfige Felsenformationen. Sie sahen aus wie riesige Kieselsteine, ein phantastisches, von der Natur geschaffenes Ensemble.
»Da«, sagte er, »bei den Olgas. Dort wurden die Tests durch-

geführt und dort wird die gesamte Apparatur aufbewahrt.« Er rutschte auf dem Sitz hin und her. »Aber wozu wollen Sie das alles sehen?«

Orlow fletschte die Zähne zu einem grausamen Grinsen. »Um es zu vernichten.«

37

Die beiden Jeeps hielten bei der bizarren Felsengruppe, die aussah wie riesige, vom Wind und von der Zeit geformte Hünengräber, manche so groß, dass das größte davon noch höher zu sein schien als der benachbarte Monolith Uluru. Die Russen wiesen ihre Geiseln an, auszusteigen, und als sie draußen waren, blieben alle eine ganze Weile still stehen und betrachteten, ohne auf die Hitze und den Staub zu achten, das rätselhafte Szenario.

»Wie heißt das hier?«, fragte Orlow.

»Die Olgas«, antwortete Cummings. »Aber die Aborigines nennen es Kata Tjuta. Das heißt wohl so viel wie ›viele Köpfe‹.«

Der Russe sah sich um und suchte den Horizont ab.

»Und wo bewahren Sie das Material auf?«

»Welches Material?«

»Stellen Sie sich nicht dumm.«

Cummings wies nach rechts.

»Wir müssen hier durch.«

Alle drehten sich um und erblickten einen tiefen Einschnitt zwischen den beiden höchsten Felsen.

»Was ist das?«

»Eine Schlucht«, erklärte der Engländer. »Sie heißt Walpa Gorge.«

Auf ein Zeichen hin setzte sich die Gruppe im Gänsemarsch in Bewegung, an der Spitze Orlow und Cummings, dann Igor, hinter ihm die anderen beiden Geiseln und zum Schluss die anderen beiden Russen. Der Erdboden war karg, nur von wenigen Kriechpflanzen bewachsen. Als sie den Eingang der Schlucht erreichten, blies ihnen heißer Wind ins Gesicht, als befände sich tief in der Schlucht ein riesiges Gebläse.

Nach kurzem Zögern ging Orlow um einen Felsblock herum und trat in die Schlucht, die Gruppe folgte ihm. Vorsichtig und unentschlossen bewegten sie sich voran auf dem schmalen Pfad zwischen den steilen Wänden der riesigen Felsen. Ihre Schritte hallten von den Felsen wider, das Echo wurde immer stärker, bis es so laut war, als zöge ein ganzes Heer durch den Walpa Gorge.

Ein Stein kam von oben heruntergerollt, und Orlow, immer auf der Hut, hielt inne.

»Halt«, befahl er mit erhobener Hand.

Die Gruppe blieb stehen, und die Russen sahen sich nach Verdächtigem um.

»Da!«, rief Igor und wies auf den Felsenkamm. »Da ist jemand!«

»Vermutlich Aborigines«, erklärte Cummings schnell. »Dieser Ort ist für sie heilig.«

»Hm«, murmelte Orlow. »Das gefällt mir nicht. Vielleicht sollten wir lieber zurückgehen.«

»Es sind nur Aborigines«, sagte der Engländer noch einmal. »Das ist überhaupt kein Problem.«

Orlow sah sich prüfend um.

»Nein, ich riskiere es nicht. Diese Schlucht ist für meinen Geschmack zu eng. Wir gehen zurück.«

Igor gab den anderen beiden Russen einen Befehl, und die ganze Gruppe machte kehrt. In diesem Augenblick, als alle

sich auf den Weg zum Ausgangspunkt machten, hallte eine Stimme wie ein Donnerschlag durch die Schlucht.
»Stehen bleiben!«
»Verdammt ...«, knurrte Orlow, die Waffe im Anschlag, er drehte seinen Kopf wie wild hin und her, um auszumachen, woher die Stimme kam.
Im Walpa Gorge schien die Zeit stillzustehen.
»Legen Sie die Waffen weg«, brüllte dieselbe Stimme. »Und die Hände übern Kopf.«
Sekundenlang standen alle wie erstarrt da, wie auf einer Fotografie, nur der in der Luft schwebende Staub störte die Illusion.
Doch dann bewegte sich etwas, an der Bergkuppe tauchte ein Kopf auf, eine Gestalt löste sich aus dem Schatten. Es waren mehrere Gestalten, die wie Cowboys breitkrempige Hüte und graue T-Shirts und Hosen trugen.
»Polizei!«, stieß Orlow hervor.
Die Stimme hallte erneut durch die Schlucht.
»Wir fordern Sie nicht noch einmal auf«, rief sie. »Werfen Sie die Waffen weg und nehmen Sie die Arme hoch.«
Orlow gab seinen Leuten ein Zeichen, die Russen warfen sich hinter die Felsbrocken. Igor zog die Geiseln in eine Ecke und spähte nach oben. Ein Schuss krachte, dann noch einer und noch einer.
Peng.
Peng.
Erst fielen die Schüsse einzeln, hier einer, da die Erwiderung, doch schon bald wurden es mehr und mehr, und plötzlich schien es, als wäre die Lage außer Kontrolle geraten, die Schüsse fielen so zahlreich und so dicht aufeinander, dass es nach einem regelrechten Sperrfeuer klang.
Pengpengpengpengpeng.

Die Luft rings um den Felsbrocken, hinter den die Russen ihre Geiseln gestoßen hatten, war erfüllt von Detonationen und dem Zischen der Geschosse, überall wirbelte Staub auf, die Kugeln trafen auf die Felsen und gruben sich in die Erde. Tomás sah sich um, es herrschte ein so großes Durcheinander, dass er nicht mehr erkennen konnte, wer auf wen schoss. Er sah, dass Igor am Felsbrocken lehnte und auf der Bergkuppe nach Zielen suchte. Er blickte ebenfalls hinauf, sah aber niemanden. Es war, als hätten sich die Polizisten in Luft aufgelöst und schwebten wie Gespenster über der Schlucht.

Eine Hand zog ihn am Arm, er drehte den Kopf. Filipe gab ihm mit den Augen ein Zeichen.

»Komm«, murmelte er.

»Wohin?«

»Schnell«, antwortete Filipe.

Er vergewisserte sich ein letztes Mal, dass Igor zur anderen Seite blickte, warf sich hinter den Fels und kroch zwischen Grasbüscheln und Steinbrocken weiter. Cummings folgte ihm auf dem Fuß, für sein Alter überraschend flink, und Tomás zögerte noch eine letzte Sekunde, dann lief auch er los.

»Stopp!«, rief jemand hinter ihm.

Es war Igors Stimme.

Instinktiv lief Tomás schneller, sprang an eine schattige Stelle, einen kleinen Hang, rollte über den Boden, schlug mit der Hand an eine Felskante, spürte den Schmerz, ignorierte ihn aber, stürzte weiter vorwärts und suchte zwischen den Felsen Schutz.

Peng.

Der Knall explodierte gleichsam in seinem Ohr, so nah neben ihm war der Schuss abgegeben worden.

Pengpeng.

Igor hatte das Feuer auf die Flüchtenden eröffnet. Entsetzt und in Panik stellte Tomás fest, dass der russische Ganove sie jagte. Wenn es ihm nicht gelang, sie einzufangen, würde er sie abknallen. Oder womöglich wollte er sie gar nicht mehr einfangen, sondern tatsächlich nur töten.

Am liebsten hätte er sich aufgerichtet und wäre wie ein Wahnsinniger losgerannt; sein Körper verlangte dringend danach, er wollte wie der Wind dahinsausen, doch ein letzter Funke Vernunft siegte über den Urinstinkt, eine Stimme in seinem Innern sagte ihm, wenn er sich nun aufrichtete, würde er gleich darauf am Boden liegen, und zwar für immer. Er vertraute auf diese Stimme wie ein Blinder seinem Hund und stand nicht auf, rollte die Hänge hinunter, kroch über Felskämme, robbte über die rote staubige Erde wie eine Schlange, die sich am Boden fortbewegt. Einen Augenblick lang hielt er inne, um sich zu orientieren, und versuchte, die anderen beiden auszumachen, doch Filipe und Cummings waren verschwunden. In ihrer Verzweiflung hatte jeder einen anderen Fluchtweg genommen.

Peng.

Die Kugel pfiff dicht an Tomás' Ohr vorbei, das Geräusch hatte dieselbe Wirkung wie ein Stromstoß. Seine Bewegungen zuckten, er rollte über die Erde, als suchte er am Boden Schutz. Er spürte, dass er gegen eine Wand stieß, und kroch zwischen den Büschen weiter, die Zweige zerkratzten ihm die Haut, dann erkannte er einen Spalt im Felsen und zwängte sich hinein.

Es war eine schmale, dunkle Öffnung. Das Herz schlug ihm in der Brust wie eine Trommel. Er sah sich um und versuchte, die Lage zu überblicken. Er wusste, dass er nur für einen Augenblick in Sicherheit war, dass Igor ihm auf den Fersen war, dass ihm nur ein paar Sekunden blieben, um aus dieser Mausefalle zu entkommen. Der Spalt führte ins Innere des Felsens, und Tomás war furchtbar unschlüssig. Er konnte wieder in die Schlucht zurückkehren und an der Felswand entlangkriechen, aber wahrscheinlich würde Igor ihn dort entdecken. Es war riskant. Er konnte auch in dem Spalt weiterklettern und sehen, wohin er führte, doch vermutlich würde er sich als eine Sackgasse erweisen, und dann gäbe es für ihn überhaupt keinen Ausweg mehr, wenn Igor den Zugang erreichte. Also auch riskant.

Was tun?

Die Schießerei in der Schlucht ging weiter, und er konnte zwischen den Detonationen, die durch Walpa Gorge hallten, hören, dass jemand näher kam. Es war Igor. Als Tomás klarwurde, dass er auf keinen Fall in die Schlucht zurückkehren konnte, kletterte er weiter in den Spalt hinein, zum Licht hin. Er setzte einen Fuß auf einen Felsvorsprung, klammerte sich mit einer Hand fest, rutschte ab, nahm einen neuen Anlauf, bemühte sich, keine Panik aufkommen zu lassen, und kletterte mit der Entschlossenheit des Verzweifelten weiter.

Er erreichte einen Felsabsatz und setzte sich, um einen Moment auszuruhen. Der Schweiß tropfte ihm von der Stirn; genau genommen waren es keine Tropfen, sondern ein kleiner Bach, der ihm von Nasenspitze und Kinn herablief. Er hätte nie gedacht, dass man so schwitzen konnte. Er hatte großen Durst, sein Mund war ausgetrocknet, er fuhr sich mit der Zunge über die Lippen, aber sie fühlte sich wie Kork an und gab keinen einzigen Tropfen Speichel ab. Resigniert zuckte er die Schultern. In dieser kritischen Situation war Wasser am unwichtigsten.

Er hörte eine Bewegung unter sich und sah eine Gestalt, Igor näherte sich, sein Automatikgewehr in der Hand. Ihre Blicke begegneten sich für einen kurzen Moment, doch war es wirk-

lich nur der Bruchteil eines Augenblicks, denn der Russe richtete sofort die Waffe nach oben auf ihn.
Peng.
Tomás warf sich auf dem Felsabsatz zur Seite und wich der tödlichen Kugel im letzten Moment aus. Der Felsabsatz war gut zwei Meter breit, so dass er etwas zurückweichen konnte, aber er wusste, dass er in der Falle saß. Igor brauchte nicht auf den Absatz hinaufzuklettern, er brauchte nur ein Stück höher zu kommen und die Waffe über den Rand auf ihn zu richten. Es war eine Frage von Sekunden.
Tomás lief auf dem Felsabsatz wie ein Löwe im Käfig hin und her, in der Hoffnung, einen Ausweg zu finden. Vergeblich, er saß in der Falle. Er hörte Igors keuchenden Atem und sah den Gewehrlauf über der Felskante auftauchen wie ein Periskop aus der Meeresoberfläche.
In einem Anfall von Verzweiflung machte Tomás einen Satz an die Felskante, sah hinunter und erblickte Igors Kopf einen halben Meter vor sich. Der Russe klammerte sich an die Felsvorsprünge und versuchte keuchend, auf den Absatz hinaufzuklettern. Kurz entschlossen tauschte Tomás die Rolle des Gejagten gegen die des Jägers, hob das Bein und verpasste dem Russen einen kräftigen Tritt in den Nacken. Igor schlug mit der Stirn an die Felswand, verlor den Halt und stürzte hinunter in den Felsspalt.
Sein Gegenangriff verschaffte Tomás etwas Zeit, so dass er an die Wand zurückwich und die Lage überdachte. Von dort, wo er sich nun befand, ging es nicht weiter hinauf. Gab es vielleicht noch einen anderen Weg, den er auf seiner waghalsigen Flucht nicht wahrgenommen hatte? Er sah sich den Felsspalt genauer an und stellte fest, dass er mit einem Sprung eine kleine Plattform erreichen konnte, von der ein Pfad weiterführte. Aber es war riskant, denn dafür musste er sich sekundenlang

Igor als Zielscheibe darbieten. Außerdem bestand die Gefahr, dass er, wenn er die Plattform verfehlte, in den Felsspalt stürzte, wo Igor ihn erwartete.
Während er überlegte, hörte er Igors Atem und merkte, dass dieser erneut versuchte, den Felsabsatz zu erreichen. In diesem Augenblick fasste er seinen Entschluss. Bevor Igor noch höher kam, näherte Tomás sich der Kante und blickte nach unten. Das Erste, was er sah, war der auf ihn gerichtete Gewehrlauf.
Peng.
Die Kugel streifte ihn am Kopf, der Knall dröhnte ihm in den Ohren, so dass er für einen Moment taub war.
Das verdammte Schwein, dachte er. Igor hatte darauf gewartet, dass er nach ihm sehen würde.
Mit der Fußtritttaktik würde er ihn nicht mehr übertölpeln können, das war klar, denn nun kletterte Igor doppelt vorsichtig nach oben. Die Zeit drängte, deshalb nahm Tomás Anlauf, holte tief Luft, als wollte er allen Mut zusammennehmen, lief an den Rand und sprang.
Mit einem Aufstöhnen landete er auf der ebenen Plattform. Er spürte, dass er das Gleichgewicht verlor, ruderte mit den Armen und konnte sich schließlich an einem Felsvorsprung festklammern. Hinter sich hörte er, wie Igor sich beeilte, und merkte, dass der Russe ihn bald einholen würde. Er stand auf und lief den Pfad entlang. Ein paar Meter weiter endete der Pfad offenbar im Dunkeln, verschluckt von einem Loch, in das ein Hund hineinpasste. Wieder hatte er das Gefühl, in der Falle zu sitzen, denn zurück konnte er nicht mehr.
Da ihm keine Wahl blieb, legte Tomás sich auf die Erde und robbte in das Loch hinein, ohne zu wissen, was er in der Dunkelheit vorfinden würde. Bestimmt nichts Gutes, dachte er, aber ihm blieb nichts anderes übrig, also kroch er weiter.

Dann summte es über seinem Kopf. Insekten, von dem Eindringling aufgescheucht, schwirrten herum. Ein Lichtstrahl fiel auf eine bedrohlich aussehende Eidechse voller Stacheln, einen Dornteufel, der ihn erstaunt anglotzte.
Tomás bemühte sich, all diese Tiere zu ignorieren, schaffte es aber nicht. Es juckte ihn am ganzen Körper, er wusste nicht, ob es die Insekten waren, die unter seiner Kleidung herumkrochen, oder ob seine Phantasie überkochte, doch er wollte lieber nicht nachsehen. Er meinte zu spüren, dass sich überall etwas bewegte, und er musste sich große Mühe geben, seine Panik zu unterdrücken. Er kroch tiefer in das Loch hinein, und nach einigen Bemühungen gelang es ihm, eine Biegung nach links zu passieren und den Eingang ganz hinter sich zu lassen.
Stockfinster.
Wie der tiefste Abgrund, die schrecklichste Dunkelheit – alles um ihn herum war stockfinster. Auch der Lichtschein vom Eingang drang nicht mehr bis hierher, es war nichts zu sehen, nur zu fühlen. Es wurde fast kalt, Tomás tastete sich blind vorwärts und stieß mit dem Kopf an eine unsichtbare Felsecke. Seine Hände versuchten die Biegungen in dem Felsgang zu erspüren, und er horchte auf die Geräusche der Tiere, die sich dort versteckten. Welche Gefahren verbargen sich hier?, fragte sich Tomás. Welche Insekten, welche Eidechsen, welche Widerlichkeiten, welche Gifte? Gab es hier Skorpione? Schlangen? Bestimmt gab es sie hier, es musste sie geben, in einer so großen und bedrohlichen Höhle.
Er hielt inne, sein Atem ging schwer und keuchend. Am liebsten wäre er umgekehrt, zurück zum Ausgangspunkt, die unbekannten Gefahren schienen ihm schrecklicher als das, was ihn dort hinten erwartete, aber er musste die Augen schließen und die Panik bezwingen, musste Kräfte sammeln, um die be-

klemmende Klaustrophobie zu unterdrücken. Er musste sich konzentrieren und daran denken, dass dort hinten der Tod lauerte und dass, ganz gleich, welche unsichtbare Gefahr sich in dieser Höhle auch verbarg, sie niemals schlimmer sein konnte als das, was ihn erwartete, wenn er umkehrte.

Er nahm allen Mut zusammen und kroch weiter, tastete sich wie ein Blinder durch die Dunkelheit, versuchte, sich mit den Händen ein Bild zu machen von den unsichtbaren Windungen dieses Felsentunnels. Dann stieß er gegen eine große Fläche und hielt ängstlich inne. War dies die Endstation? Er tastete die kalte Felswand ab, befühlte die Steine und die Erde, bis er eine Öffnung entdeckte. Vielleicht eine Schlangenhöhle? Er nahm ein paar Steinchen auf und warf sie in die Öffnung, als wollte er dem Getier anraten, es solle besser verschwinden, weil nun ein Mensch komme. Dann wartete er ab, horchte, ob sich etwas bewegte, ob die Steinchen irgendein Tier vertrieben hatten. Nichts. Er hörte nichts. Mutig geworden, zwängte er sich durch die Öffnung.

Er erblickte einen Lichtschein. Einen Ausgang. Die Höhle hatte einen Ausgang. Als ihm dies bewusst wurde, kehrte seine Zuversicht zurück, Hoffnung flammte in ihm auf, und er verspürte neue Kraft. Er kroch weiter, ungeduldig, um so schnell wie möglich ins Freie zu gelangen. Seine Bewegungen wurden immer hektischer, fast unkontrolliert. Er konnte schon die Konturen des Tunnels erkennen, die Schatten der Steine, die Ameisen, die Kakerlaken, die Eidechsen, und vor allem konnte er den blauen Himmel draußen sehen, die Freiheit, die ihn jenseits des Tunnels erwartete. Der Tunnel wurde breiter, Tomás konnte sich leicht aufrichten und die letzten Meter auf allen vieren kriechen, bis er schließlich den Kopf nach draußen streckte und die heiße Luft ihm ins verschwitzte Gesicht schlug.

»Priwjet«, begrüßte ihn eine Stimme.
Das Sonnenlicht blendete ihn nach den Minuten in der tiefen Dunkelheit, und Tomás' Augen brauchten ein Weilchen, bis sie sich an das helle Tageslicht gewöhnt hatten und er die Gestalt erkannte, die sich riesig vor ihm aufbaute.
Igor.
Der Russe sah ihn sarkastisch grinsend an und drückte ihm den Lauf seines Automatikgewehrs fest an die Stirn. Wie, zum Teufel, war er hierhergelangt?, fragte Tomás sich. Und nun? Was würde nun passieren? Würde er ihn als Geisel mitnehmen? Ihn als Schutzschild benutzen, um hier herauszukommen? Oder würde er ihn umbringen?
Klick.
Tomás begriff, dass Igor gleich abdrücken würde. Er war verloren. Seufzend ergab er sich in sein Schicksal. Sein Gewissen sagte ihm, dass er alles getan hatte, um sich zu retten, doch nun hatte man ihn geschnappt, und es gab kein Entkommen mehr. Igor hatte die Waffe auf seinen Kopf gerichtet und würde jeden Augenblick schießen. Es war aus.
Doch wie bei einem in die Enge getriebenen, vor Angst wahnsinnigen Tier bäumte sich in diesem Moment der Kapitulation etwas ihm auf. Wollte er wie ein Opferlamm sterben oder wie ein Wolf kämpfen? Sich seinem Henker ergeben oder sich ihm entgegenstellen?
Da er sowieso nichts mehr zu verlieren hatte, entschied er sich fürs Kämpfen.
Wie ein Schwimmer, der mit einem Kopfsprung ins Wasserbecken springt, hechtete er nach vorn und stieß dem Russen den Kopf in den Bauch.
Peng.
Von dem heftigen Angriff überrascht, schoss Igor gegen die Felswand und verlor das Gleichgewicht. In dem Bewusstsein,

dass er seinem Feind weder Raum noch Zeit gewähren durfte, packte Tomás ihn um die Hüften und stieß noch einmal zu. Sie rollten zusammen über den Felsen, dann verloren sie plötzlich den Boden unter sich und fielen ins Leere.

In einen Abgrund.

könnte alles deutlich sehen. Kaum hatte der Schmerz nachgelassen, reckte Tomás den Hals, um sein linkes Bein zu betrachten.

»Ist es schlimm?«

»Was? Das Bein?« Filipe blickte auf das Bein. »Das wird wieder, keine Sorge. Der Polizeiarzt kommt gleich.« Er schüttelte lachend den Kopf. »Ich habe noch nie erlebt, dass einer so ein Glück hat wie du.«

»Aha. Wieso?«

Filipe lachte wieder.

»Wieso? Da fragst du noch, wieso?«

»Ich weiß nicht, was daran so … au … erstaunlich ist.«

Filipe wies auf den riesigen Felsen gleich neben ihnen.

»Hast du eigentlich schon richtig gesehen, von wo du abgestürzt bist? Das sind fast zehn Meter, oder was denkst du? Du bist fast zehn Meter tief gestürzt und hast dir nur ein Bein gebrochen.«

»Du machst Witze.«

Filipe machte eine Kopfbewegung zur Seite. Tomás folgte ihm mit dem Blick und sah einen Körper auf der Erde liegen.

»Dann frag doch deinen Freund da drüben, ob ich Spaß mache.«

»Wer ist das?«

»Der Russe, mit dem du von da oben abgestürzt bist.«

»Was ist mit ihm?«

»Was meinst du?«

»Ist er tot?«

»So tot wie eine Mumie.« Er verzog das Gesicht. »Und das wärst du auch, wenn du nicht auf ihn gefallen wärst. Sein Körper hat deinen Aufschlag etwas gedämpft, das war dein Glück.«

»Verdammt«, fluchte Tomás. »Da siehst du mal, wie das Le-

ben manchmal spielt. Der war hinter mir her, um mich umzubringen, und dann hat er mir das Leben gerettet.«
»Ja, war ein netter Kerl. Hat sein Leben für dich gegeben.« Er zwinkerte. »Du revanchierst dich doch hoffentlich und kommst in einer Woche zum Seelenamt, oder?«
»Du kannst mich mal.« Sein Blick fiel auf eine Feldflasche am Boden. »He, Mann, ich verdurste gleich.«
Filipe schraubte die Feldflasche auf und gab ihm zu trinken. Er trank so gierig, wie ein Ausgehungerter sich auf ein Bankett stürzen würde. Schluck für Schluck leerte er die Feldflasche, bis sein Durst fast gestillt war; schließlich hatte er auf der Flucht vor Igor sehr viel Flüssigkeit verloren.
»Verdammt«, rief Filipe, als er sah, dass die Feldflasche leer war. »Du hattest ja wirklich Durst, Casanova. Willst du noch etwas?«
Tomás nickte.
»Ja«, murmelte er atemlos.
Filipe wandte sich an den Polizisten, der die Szene beobachtete.
»Haben Sie noch Wasser?«
»Ich glaube, nur in dem Streifenwagen auf der anderen Seite«, sagte der Australier. »Ich hole welches.«
»Wie hat die Polizei von uns erfahren?«
»Das ist eine lange Geschichte.«
»Du weißt, dass ich lange Geschichten liebe.«
Filipe runzelte die Augenbrauen.
»Soll ich sie dir jetzt erzählen?«
»Ja, warum nicht?«
Filipe seufzte.
»Die Polizei hat uns von Anfang an beschattet«, sagte er. »Das Haus von James war voller Mikrofone, sie waren immer auf dem Laufenden.«

Tomás sah seinen Freund fragend an, in seinem Gesicht stand Fassungslosigkeit.
»Was, zum Teufel, ist das für eine Geschichte, die du mir da erzählst?«
»Ich erzähle dir nur, was passiert ist.«
»Aber wie hat die Polizei davon erfahren?«
»Ich habe sie informiert.«
»Du hast die Polizei informiert?« Er schüttelte den Kopf. »Ich verstehe überhaupt nichts mehr«, sagte er. »Hast du nicht gesagt, angesichts der gigantischen Interessen, die im Spiel wären, könnten wir nicht einmal der Polizei vertrauen?«
»Ja, und das stimmte auch.«
»Ja, und? Wieso taucht dann die Polizei doch auf?«
»Die Umstände hatten sich geändert, die Polizei musste alarmiert werden. Sie haben das ganze Haus verwanzt, haben die Ankunft der Gangster beobachtet und die anschließende Unterhaltung abgehört.«
»Aber warum haben sie die Russen nicht gleich festgenommen?«
»Aus verschiedenen Gründen. Die Unterhaltung musste aufgezeichnet werden, um Belastungsmaterial zu haben. Zudem hatten wir die Hoffnung, dass die Russen versehentlich verraten würden, wer ihre Auftraggeber waren.«
»Was sie nicht getan haben.«
»Nein, aber wir haben es zumindest versucht. Der Plan war, sie erst einmal reden lassen, zumindest solange unsere Sicherheit nicht unmittelbar gefährdet wäre. Danach sollten wir sie zu den Olgas führen, wo man sie am Ausgang vom Walpa Gorge festnehmen wollte.« Er wies in eine Richtung. »Da drüben gibt es eine Lichtung, die sich dafür geeignet hätte, siehst du? Das Problem war, dass ein Polizist ausgerutscht ist, als er uns von oben beobachtete, wie wir durch die Schlucht

gingen, und die Russen haben die Falle gewittert.« Er lächelte. »Wir sind gerade noch mal davongekommen, nicht?«

Tomás machte ein Gesicht, als hätte er die Geschichte noch nicht verstanden.

»Entschuldige, aber ich verstehe noch immer nicht, was dich dazu bewogen hat, die Polizei zu rufen, nachdem du jahrelang vor ihr weggelaufen bist.«

Filipe räusperte sich und überlegte, wo er beginnen sollte. Dann kam er zu dem Schluss, dass man eine Geschichte am besten von Anfang an erzählt.

»Hör zu, Casanova, versetzen wir uns doch mal ein wenig in der Zeit zurück«, begann er. »Als Howard und Blanco am selben Tag tot aufgefunden wurden, neben ihnen eine dreifache Sechs, und James und ich feststellten, dass wir nur deshalb davongekommen waren, weil wir überraschend das Haus verlassen hatten, kamen wir zu dem Schluss, dass wir beide untertauchen mussten. Die Erdölindustrie hatte herausgefunden, dass wir eine Bedrohung darstellten, und offensichtlich beschlossen, uns zu liquidieren.«

»Das weiß ich schon alles.«

»Das Problem ist, wie du dir wohl vorstellen kannst, dass man nicht so einfach untertauchen kann. Es ist leichter gesagt als getan. Denn die Erdölindustrie verfügt über immense Mittel, und für die Typen, die hinter all dem steckten, wäre es ein Leichtes gewesen, uns ausfindig zu machen, zumal unsere eigenen Mittel im Vergleich zu deren Möglichkeiten lächerlich sind. James und ich haben etwas Geld, aber damit konnten wir nicht einem Feind dieser Größenordnung entkommen.«

»Was habt ihr gemacht?«

»Wir kamen zu dem Schluss, dass wir uns einen Verbündeten suchen mussten, und zwar schnell. Als eine Möglichkeit lag auf der Hand, uns an die Polizei zu wenden, doch wie ich schon sagte, es gibt keine Polizei auf der Welt, die uns über einen längeren Zeitraum hätte beschützen können. Wir haben lange gegrübelt, dann fiel James der perfekte Verbündete ein, jemand, der vermutlich daran interessiert wäre und über die Mittel verfügte, uns zu schützen und uns sogar dabei behilflich sein könnte, unser Forschungsvorhaben zu Ende zu führen.«

»Wer ist das?«

Filipe lächelte, als wollte er es weiter geheim halten.

»Kannst du es dir nicht vorstellen?«

»Nein.«

»Überleg doch mal«, forderte er ihn auf. »Wer könnte daran interessiert sein, die Erderwärmung zu stoppen?«

»Die Menschheit?«

»Natürlich ist die Menschheit daran interessiert, du Idiot. Aber die Menschheit kann nicht spontan handeln, oder? Ich spreche von einer organisierten Gruppe.«

Tomás kniff die Augen zusammen und dachte nach.

»Dann sehe ich nur die Umweltschützer.«

Filipe lachte.

»Die haben zwar in vielem recht, keine Frage, aber sie besitzen nicht die Mittel, uns zu helfen. Der, von dem ich spreche, ist ein sehr einflussreicher Verbündeter und stark genug, es mit der Erdölindustrie aufzunehmen.«

»Keine Ahnung, wer das sein kann.«

»Na los, streng dich an.«

Tomás zuckte mit den Schultern.

»Das Militär der Vereinigten Staaten?«

Filipe lachte laut los.

»Du Witzbold«, sagte er. »Komm schon, kannst du dir wirklich nicht vorstellen, wer in Frage kommt?«

»Nein, das habe ich doch schon gesagt. Los, spuck es aus. Wer ist euer mächtiger Verbündeter?«
Filipe beugte sich über Tomás und flüsterte ihm ins Ohr.
»Die Versicherungsbranche.«
»Wer?«
»Die Versicherungsbranche.«
Tomás runzelte misstrauisch die Stirn und sah seinen Freund prüfend an. Dessen Miene nach zu schließen war es ihm tatsächlich ernst.
»Diese Gauner?«
Wieder lachte Filipe laut auf.
»Mag sein, dass sie Gauner sind, keine Ahnung, aber du kannst sicher sein, dass wir es ihnen zu verdanken haben, wenn wir noch am Leben sind und während all dieser Zeit unsere Forschungen weiter betreiben konnten.«
»Ich verstehe nicht«, stammelte Tomás. »Was für ein Interesse haben die Versicherungen daran, eure Haut zu retten?«
»Indem sie unsere Haut retteten, wie du sagst, haben sie auch ihre eigene Haut gerettet.«
»Wie das?«
Filipe schlug einen herablassenden Ton an.
»Wie fast alles, Casanova, hat auch dies mit Geld zu tun.« Er riss die Augen auf, um seinen Gedankengang zu unterstreichen. »Mit Geld und mit nichts anderem als Geld.«
»Ich verstehe nicht.«
»Das ist ganz einfach«, sagte Filipe. »In den achtziger Jahren hat die amerikanische Versicherungsbranche im Schnitt jährlich zwei Milliarden Dollar für Schäden gezahlt, die durch Unwetter verursacht wurden. Aber von 1990 bis 1995 sind diese Kosten auf über zehn Milliarden im Jahr angestiegen, und seit 1995 hat sich dieser Betrag noch verdreifacht. Durch Überschwemmungen und immer extremere Unwetter sind

immer größere Schäden entstanden, und die Versicherungen bezahlen die ständig wachsende Rechnung. Die Lage ist so ernst geworden, dass die größten Versicherungen der Welt ein Abkommen unterzeichnet haben, in ihre Risikoberechnungen klimatische Faktoren einzubeziehen. Inzwischen leben sie in latenter Panik, weil sie fürchten, dass die Erderwärmung klimatische Katastrophen mit sich bringt. Nach bestimmten Berechnungen würden ein paar Unwetterkatastrophen ausreichen, um die gesamte Versicherungsbranche in den Bankrott zu treiben.« Er machte eine Pause und überlegte, wie er den Gedanken noch unterstreichen konnte. »Verstehst du, Casanova? Die gesamte Versicherungsbranche muss damit rechnen, wegen der Erderwärmung pleitezugehen.«

»Donnerwetter«, sagte Tomás. »Davon hatte ich keine Ahnung.«

»Lloyd's of London hat vor ein paar Jahren eine Gruppe Fachleute befragt, ob die immer heftigeren Unwetter, Dürren und Überschwemmungen auf die Erderwärmung zurückzuführen seien. Damals haben die Fachleute gesagt, sie könnten nicht beweisen, dass es tatsächlich eine Erderwärmung gibt, doch wenn dies der Fall sei, dann würden die Versicherungen finanziell in Schwierigkeiten geraten.« Er nickte. »Dass sich die Erde erwärmt, ist inzwischen bewiesen, was bedeutet, dass die Versicherungen in Schwierigkeiten stecken.«

»Ich verstehe.«

»Mit dem Erfolg, dass die Leute der größten Versicherungsgesellschaften der Welt, die James und ich kontaktierten und über unser Forschungsvorhaben und die Hetzjagd der Erdölindustrie auf uns informierten, zugegriffen haben, als wären wir reines Gold. Es waren die Versicherungen, die uns ermöglicht haben, unterzutauchen und unsere Forschungen im Geheimen weiter zu betreiben. Sie haben uns eine neue Identität verschafft, uns Papiere gegeben, uns ein schier unerschöpfliches Bankkonto zur Verfügung gestellt und uns gut versteckt, so dass die Erdölbande uns niemals gefunden hätte. Mich in Sibirien und James hier in der australischen Wüste.«

»Wo ihr euch die ganze Zeit aufgehalten habt.«

»Ja«, bestätigte Filipe. »Das heißt, manchmal mussten wir reisen. Wir mussten hierhin und dahin, um bestimmte Dinge zu recherchieren oder etwas Bestimmtes zu besorgen. Die neue Identität und der Forschungsfonds waren dabei sehr nützlich. Aber im Wesentlichen haben wir uns weiterhin versteckt, und nur ganz wenige Topmanager der großen Versicherungen wussten, wo wir uns befinden.«

»Und die Polizei?«

»Die wusste nichts. Wir hatten niemandem etwas gesagt. Die Polizei wusste nicht einmal, dass wir noch am Leben waren. Für den Rest der Welt existierten James und ich nicht.«

Tomás wies in die Richtung, in die der Polizist gegangen war.

»Wieso sind die dann hier?«

»Dazu komme ich gleich«, sagte Filipe. »Dann war es so weit, dass ich meine Recherchen über die Erdölreserven der Welt abgeschlossen hatte, und kurz darauf beendete James seine Arbeit zur Nutzung von Wasserstoff als Energiequelle der Zukunft. Die Voraussetzungen für den nächsten Schritt waren also geschaffen. Einerseits nahte der Moment, da man feststellen würde, dass es nicht genügend Erdöl gibt, um den Marktbedarf zu decken. Andererseits hatten wir inzwischen die Alternative zur Lösung des Problems entwickelt. Das bedeutete, dass dies der richtige Zeitpunkt war, doch wir mussten erst noch ein allerletztes Hindernis überwinden.«

»Und welches?«

»Die Auftraggeber für die Morde ausschalten. Die für den

Tod von Howard und Blanco moralisch Verantwortlichen mussten entlarvt werden, sonst wäre die gesamte Operation ständig bedroht gewesen. James und ich hätten nicht eine Sekunde ruhig schlafen können. Wir hätten ständig in der Angst gelebt, dass die Mörder mit der dreifachen Sechs plötzlich nachts an unserem Bett stünden. Diese Gefahr musste unbedingt gebannt werden.«

»Da habt ihr die Polizei eingeschaltet.«

»Moment«, entgegnete Filipe wieder. »Wir beschlossen, den Mördern eine Falle zu stellen. Über einen Kanal im Internet, von dem wir wussten, dass er überwacht wurde, schickte James mir eine E-Mail mit dem Bibelzitat.«

»Das mit dem siebten Siegel.«

»Genau. Er schickte mir die E-Mail, und dann warteten wir ab, was geschehen würde.«

Tomás sah seinen Freund leicht irritiert an.

»Aber warum hast du mir alle diese Details nicht schon erzählt, als wir uns getroffen haben?«

»Entschuldige, aber ich musste vorsichtig sein. Für den Erfolg der Operation war Geheimhaltung entscheidend. Außerdem, und das musst du verstehen, bist auch du in Verdacht geraten.«

»Ich?«

»Natürlich, Casanova. Vergiss nicht, zuerst haben wir eine E-Mail ins Internet gestellt, um den Mörder anzulocken. Und was erscheint später auf der Website der Schule? Eine Nachricht von dir, mit der du nach mir suchst.«

»Ah, ich verstehe.« Tomás fiel es wie Schuppen von den Augen. »Da hast du gemerkt, dass die Mörder sich gerührt hatten.«

»Anfangs nicht. Ich muss gestehen, dass ich den Zusammenhang nicht sofort erkannt habe. Wie ich dir neulich gesagt

habe, hat deine Nachricht in mir erst einmal Heimweh und Jugenderinnerungen geweckt, und deshalb wollte ich dich sehen. Außerdem dachte ich, da du keine Beziehung zum Erdöl hast, wäre es unproblematisch, dass wir uns treffen. Es konnte sogar zu etwas gut sein.«
»Und wann ist dir klargeworden, dass unser Treffen mit der Verfolgung durch die Mörder zu tun hatte?«
»Als man uns in Olchon verfolgt hat«, sagte Filipe. »Ich habe mich gewundert, dass wenige Stunden nach deiner Ankunft die bewaffneten Männer im Jurtencamp aufgetaucht sind. Mein Verdacht wurde zur Gewissheit, als ich feststellte, dass sie uns auf der Insel überallhin folgten. Egal, wohin wir fuhren, immer kamen sie hinterher. Als würden sie von jemandem informiert. Und dieser Jemand konntest nur du sein.«
Tomás hob seinen rechten Arm und betrachtete seinen Handrücken.
»Und das war ich auch«, sagte er. »Der Chip, den sie mir hier eingepflanzt haben, hat sie informiert.«
»Ich wusste natürlich nichts von dem Chip. Ich wusste nur, dass es für die Typen erstaunlich einfach war, uns ausfindig zu machen. Deshalb habe ich am Baikal beschlossen, mich von dir zu trennen. Ich vermutete, wenn du nicht mehr in meiner Nähe wärst, wären auch die Gorillas nicht mehr in meiner Nähe. Und damit hatte ich recht.«
Tomás runzelte die Stirn.
»Du bist mir ein schöner Freund. Die Kerle haben Nadia umgebracht, und mich hätten sie auch fast erledigt.«
»Aber das konnte ich ja nicht wissen«, beeilte Filipe sich zu erklären. »Damals kam mir alles verdächtig vor, verstehst du, und ich hielt es für ziemlich wahrscheinlich, dass du mit den Typen unter einer Decke stecktest. Ich kam gar nicht auf die Idee, dass Nadia und du tatsächlich in Gefahr sein könntet.

Ich dachte, du wärst in die Sache verwickelt, und deshalb würden sie euch nichts tun.«

»Ich verstehe. Erst Nadias Tod war für dich der Beweis, dass es nicht so war.«

Filipe schüttelte den Kopf.

»Nein, im Gegenteil. Als ich erfuhr, dass sie tot war, aber du noch am Leben bist, verfestigte sich für mich noch mehr der Gedanke, dass du bis zum Hals in der ganzen Schweinerei drinstecktest. Wie sonst ließ sich erklären, dass sie dich verschont hatten? Dass du am Leben geblieben warst, war für mich der Beweis für deine Schuld.«

Tomás lachte.

»Was für ein Durcheinander!«

»Deshalb haben wir dich hierher nach Australien gelockt. Aber dieses Mal haben wir uns sorgfältig vorbereitet. Zuerst haben wir Interpol kontaktiert, und die haben uns mitgeteilt, dass sie dich nie engagiert haben, was für uns eine Bestätigung unserer schlimmsten Befürchtungen war. Deshalb haben die Versicherungsgesellschaften in Sydney ein engmaschiges Sicherheitsnetz organisiert und alle Menschen in unserem Umkreis überwacht, außerdem wurde die australische Polizei eingeschaltet. Wir haben sogar einen Mann engagiert, sich auffällig an deine Fersen zu heften, um zu prüfen, wie du dich dann verhältst.«

»Das war doch wohl nicht etwa der Typ …«

»Doch, genau der.« Filipe grinste. »Wir wollten wissen, wie du reagierst, wenn du merkst, dass du überwacht wirst. Ich habe mich extra lange mit dir unterhalten und gehofft, es würde etwas passieren. Doch zu unserer Enttäuschung hat sich in Sydney überhaupt nichts getan.«

»Da kamen dir erste Zweifel.«

»Nein, keineswegs. Ich schloss daraus, dass die Mörder auch

James haben wollten, weshalb wir uns dafür entschieden, das Spiel mitzumachen und zum Plan B übergingen. Ich habe dich hierher nach Yulara und in das Haus gebracht, und da haben wir die Ereignisse abgewartet. Vielleicht locktest du die Gangster ja wieder an, und wir würden alle auf einen Schlag erwischen.«

»Findest du nicht, dass das ziemlich riskant war? Was, wenn die Typen gekommen wären und uns auf der Stelle umgebracht hätten?«

»Natürlich war es riskant, aber das war der Preis, den wir zahlen mussten. Wie sonst hätten wir die Mörder fassen können? Es galt, jetzt oder nie.«

»Du hast recht.«

»Außerdem war es ein kontrolliertes Risiko. Die Polizei hatte überall im Haus Mikrofone installiert und in unmittelbarer Nähe Polizisten postiert. Der Plan lautete, alle ins Haus zu locken, euch da drinnen dazu zu bewegen, alles zu gestehen, und euch dann zu den Olgas zu führen, weil die Tests mit dem Wasserstoff angeblich dort durchgeführt worden waren und die Ergebnisse dort aufbewahrt wurden.« Er wies noch einmal auf eine Stelle hinter ihnen. »Auf der Lichtung dort sollte die Verhaftung stattfinden.«

»Und was, wenn die Typen sich geweigert hätten, zu den Olgas mitzukommen, und uns im Haus hätten abknallen wollen?«

Filipe zuckte mit den Schultern. »Ich habe dir ja gesagt, Casanova, das war ein Risiko, das wir eingehen mussten. Aber vergiss nicht, dass die Polizei die Unterhaltung mithörte und Leute in der Nähe hatte. Wäre etwas nicht gutgelaufen, dann hätten sie innerhalb einer Minute eingreifen können.«

»Ah ja, ich verstehe«, bemerkte Tomás. »Deshalb warst du so ruhig, als Orlow erschien …«

»Klar.«
»Und ich Idiot habe dich für deine Courage bewundert!«
Filipe lachte.
»Mit Rückendeckung sind wir alle Helden, mein Lieber.«
»Ja, wie man sieht.«
»Jedenfalls, als der Dicke ...«
»Orlow.«
»... mit seinen Killern auftauchte, habe ich dem Gespräch im Haus schnell entnommen, dass du doch nichts mit ihnen zu tun hattest.«
»Ach, das hast du kapiert?«, warf Tomás ein. »Du bist ein Genie.«
»Ja, nicht wahr?«
»Du bist ein Genie, aber beinah hätte es ein böses Ende genommen.«
»Man kann nicht alles haben. Aber wir sind am Leben, und darauf kommt es an.«
Tomás warf einen Blick auf Igor, der einen Meter weiter weg am Boden lag.
»Und was ist mit den anderen Russen?«
»Der hier und ein anderer sind tot, einer ist verletzt und den vierten haben sie unverletzt gefasst.«
»Und was ist mit dem dicken Schwein?«
»Orlow?«
»Ja.«
»Der ist verletzt. Hat eine Kugel in den Arm abgekriegt.«
»Hat er schon etwas gesagt?«
»Nein«, sagte Filipe. »Aber da kannst du unbesorgt sein, die Australier werden ihn zum Singen bringen.«
Sie hörten Stimmen näher kommen. Der Arzt tauchte auf, zusammen mit zwei Polizisten, von denen einer eine Feldflasche in der Hand hielt. Als sie die Portugiesen erreicht hatten, sah

der Arzt, ein Mann mit blondem Bart und einem Stethoskop um den Hals, Tomás fragend an.

»Sind Sie derjenige, der von da oben herabgestürzt ist?«

»Sieht so aus.«

Der Arzt setzte eine vorwurfsvolle Miene auf.

»Sie sind allesamt verrückt. Keiner hätte den Verletzten anfassen dürfen.« Er kniete sich neben Tomás und untersuchte ihn.

»Haben Sie irgendwo besondere Schmerzen?«

»Ja, im linken Bein.«

Der Arzt wandte sich dem Bein zu. Nachdem er es prüfend betrachtet hatte, drehte er sich zu dem Polizisten um, der Tomás neugierig beobachtete.

»Die Trage?«

»Kommt gleich, Doc.«

Der Arzt blickte wieder auf das Bein.

»Das muss ich Ihnen richten«, sagte er.

Er sah sich Tomás' Lage genau an, dann umfasste er das Bein und richtete es wieder ein. In diesem Augenblick sah Tomás abermals Sterne.

»Auuuuu!«

Epilog

Die erste Person, die ihn hereinkommen sah, war die Empfangsdame, eine Frau mittleren Alters, die gern ein Schwätzchen hielt; oft spielte sie für die Angehörigen der Heimbewohner die Rolle der Vertrauten.

»Guten Tag, Herr Professor«, begrüßte sie ihn. »Sie habe ich ja seit über einem Monat nicht mehr gesehen.«

»Seit zwei Monaten«, korrigierte Tomás sie, auf seine Krücken gestützt. »Ich war lange weg.«

Die Empfangsdame warf einen neugierigen Blick auf seine Krücken und das eingegipste Bein.

»Was ist passiert? Hatten Sie einen Unfall?«

Tomás rang sich ein Lächeln ab. Er war es inzwischen leid, immer auf dieselbe Frage zu antworten, dass er schon daran gedacht hatte, einen Text über die ganze Geschichte zu schreiben, ihn dutzendfach zu fotokopieren und jedem eine Kopie in die Hand zu drücken. Eine andere Möglichkeit war, sich alles auf die Stirn zu schreiben, womit er sich die Mühe ersparen würde, die Fotokopien an die Leute zu verteilen.

»So ungefähr«, sagte er ausweichend. »Wegen dieses Beins war ich so lange weg.«

Die Empfangsdame stand auf und kam hinter ihrem Tresen hervor.

»Brauchen Sie Hilfe, Herr Professor?«
»Nein, nein, schon gut. Ich komme zurecht, ich habe mich daran gewöhnt.« Er blieb vor der Rezeption stehen und blickte sich um. »Meine Mutter? Wo ist sie?«
»Dona Graça?« Die Empfangsdame trat ein paar Schritte zurück und warf einen Blick in den Aufenthaltsraum. »Da sehe ich sie nicht.«
»Ist sie vielleicht in ihrem Zimmer?«
Tomás ging auf die Empfangsdame zu, doch diese verschwand bereits in dem großen Raum und sprach mit einem alten Mann. Tomás hörte von der Tür aus das Gespräch, konnte aber die einzelnen Wörter nicht verstehen.
Der alte Mann sagte etwas, und die Empfangsdame blickte aus dem Fenster, drehte sich dann um und kam zum Eingang zurück.
»Sie ist draußen im Garten«, sagte sie. »Soll ich sie rufen?«
»Nein, lassen Sie nur. Ich gehe zu ihr.«
Sich mühsam mit den Krücken fortbewegend, verließ Tomás das Haus und humpelte draußen zwischen Beeten voller Rosen, Johanniskraut und Kornraden am Rasen entlang. Dann bog er um die Hausecke und erreichte den hinteren Garten, wo mehrere Heimbewohner auf Holzbänken saßen und die Morgensonne genossen. Schwalben zwitscherten in den Pinien, der Rasen verströmte nach dem morgendlichen Gießen den Duft von frischem Gras.
Er ließ den Blick durch den Garten schweifen und entdeckte seine Mutter am anderen Ende unter einer Pinie, den Blick verloren auf den benachbarten Wald gerichtet. Tomás kam langsam Schritt für Schritt näher; er überquerte den Rasen, dann erreichte er sie und blieb neben ihr stehen.
»Hallo, Mutter.«
Dona Graça drehte den Kopf ihm zu und sah ihn merkwürdig

an. Nicht erfreut über das Wiedersehen, wie es nach zwei Monaten zu erwarten gewesen wäre, sondern neugierig.
»Guten Tag.«
Der Sohn beugte sich über sie und küsste sie auf die Wange.
»Geht es dir gut, Mutter?«
Dona Graça blieb sehr steif, fast distanziert.
»Entschuldigen Sie, aber Sie verwechseln mich wohl mit einer anderen Person.«
Diese Worte, in unbeteiligtem Ton hervorgebracht, trafen ihn wie eine Ohrfeige. Tomás war darauf nicht vorbereitet gewesen. Er zögerte.
»Mutter, ich bin es«, sagte er und tippte sich auf die Brust. »Ich, Tomás.«
Sie streckte ihm die Hand entgegen, um ihn zu begrüßen.
»Angenehm. Ich heiße Graça Noronha.«
Tomás übersah die Hand und fasste seine Mutter stattdessen an der Schulter, als wollte er sie wachrütteln.
»Ich bin es, Mutter. Dein Sohn. Ich bin Tomás, dein Sohn.«
Dona Graça lächelte wohlwollend.
»Sie sind sehr nett, aber ich habe doch schon gesagt, dass hier eine Verwechslung vorliegen muss«, sagte sie leise, aber in ruhigem Ton. »Mein Sohn heißt tatsächlich Tomás, aber er ist noch ganz klein.«
Tomás sah seine Mutter lange an.
War es möglich, dass sie so weit in die Vergangenheit zurückgefallen war? War es möglich, dass sie ihn nicht mehr erkannte? Konnte das sein? Er sah seine Mutter eindringlich an, und in diesem schrecklichen Augenblick begriff er, dass er sie für immer verloren hatte. Er konnte sich nicht mehr beherrschen, Tränen traten ihm in die Augen, und er musste sich schnell abwenden.
Das war zu viel.

Er humpelte zur nächsten Pinie, blieb dort, den Rücken der Mutter zugewandt, eine Weile stehen und schluchzte. Die Tränen liefen ihm über das Gesicht, ein Kloß würgte ihn in der Kehle. Von der eigenen Mutter nicht erkannt zu werden, das schien ihm das Traurigste zu sein, was einem Menschen widerfahren kann.

»Alles in Ordnung, Senhor Tomás?«, fragte seine Mutter hinter ihm.

Noch immer mit dem zu Rücken ihr, nickte Tomás. Dann holte er tief Luft, schneuzte sich und wischte sich die Tränen ab.

Mit dem Gefühl, dass er seine Emotionen wieder unter Kontrolle hatte, kehrte er zu seiner Mutter zurück und zog einen Stuhl heran.

»Sie gestatten, dass ich mich zu Ihnen setze?«

»Natürlich«, antwortete sie höflich lächelnd. »Das ist sehr nett von Ihnen.« Sie neigte den Kopf und sah ihn mit seinen geröteten Augen mitleidig an. »Geht es Ihnen besser?«

»Ja, danke.«

»Haben Sie Probleme?«

Tomás schniefte.

»Ja, mehr oder weniger.«

»Mit der Familie?«

»Ja, das kann man so sagen.«

Dona Graça blickte zum Piniengehölz und seufzte.

»Meine Familie kommt mich schon lange nicht mehr besuchen.« Sie biss sich auf die Lippen, Sehnsucht überkam sie. »Schon lange nicht mehr.«

Tomás nickte. Er sah seine Mutter an, und auf einmal musste er an die Unbeständigkeit des Lebens denken, die Vergänglichkeit der Dinge, die Flüchtigkeit des Seins. Das Dasein fließt dahin wie ein Lufthauch, ständig in Bewegung, alles verändert sich unablässig, nichts wird jemals wieder, was es einmal war.

Es gibt kein glückliches Ende, dachte er. Wir alle haben ein siebtes Siegel zu öffnen, ein Schicksal, das uns erwartet, eine Apokalypse an der Endstation. Wie viele Erfolge wir auch verbuchen, wie viele Siege wir erringen, wie viele Eroberungen wir auch zählen, am Ende ist uns eine Niederlage gewiss. Wenn wir viel Glück haben und uns anstrengen, kann das Leben sogar gut verlaufen und eine unglaubliche Reihung von glücklichen Stunden sein, doch am Ende erwartet uns – ganz gleich, was wir tun, was wir versuchen, was wir sagen – immer eine Niederlage, die endgültigste, vollkommenste aller Niederlagen.

»Hätten Sie etwas dagegen, dass ich Ihre Familie bin?«, fragte er nach einer langen melancholischen Stille.

Überrascht sah Dona Graça ihn halb verunsichert, halb amüsiert an.

»Sie? Meine Familie?«

»Ja, warum nicht?« Er zuckte mit den Schultern. »Wenn niemand Sie besuchen kommt, haben Sie doch nichts zu verlieren, oder?«

Sie senkte den Blick, ihre grünen Augen schimmerten gerührt. Diese Großzügigkeit gegenüber einer alten, von ihrer Familie vergessenen Frau hatte sie von dem Fremden dort nicht erwartet.

»Ist gut«, flüsterte sie fast unhörbar. »Meinetwegen.«

Tomás streckte seiner Mutter eine Hand entgegen, dann saßen sie lange Hand in Hand, genossen die weiche, sanfte Wärme der Hand des anderen, die Liebkosung der Morgensonne, das Zwitschern der Schwalben, den kräftigen Duft des Rasens und das Säuseln der sich im Wind wiegenden Bäume. Ganz dem heiteren Konzert der Natur hingegeben, blickte Tomás auf das Grün, mit den Augen dessen, der weiß, dass alles flüchtig und das Leben fragil ist, dass alles, was einen Anfang hat, auch zu Ende geht. Die Pflanzen und Blumen vor ihm raschelten, als trüge der Rhythmus, nach dem sie tanzten, das Siegel der Ewigkeit, dabei waren sie so vergänglich wie die Brise, die sich in ihnen fing.

Schlussbemerkung

Die Zukunft der Energieversorgung stellt die vielleicht größte und wichtigste Herausforderung für die Menschheit in der kommenden Dekade dar. Auf der Wahl des Energietyps zur Sicherstellung unserer Versorgung basieren das Überleben des Planeten Erde als biologisches System und die Aufrechterhaltung der Wirtschaft als Grundlage unserer Lebensweise. Das große Problem besteht darin, diese beiden bisher unvereinbaren Aspekte miteinander zu versöhnen.

Aus den in diesem Roman hinlänglich erklärten Gründen halten viele Experten Wasserstoff für die beste Alternative, und kurioserweise ist sie keineswegs neu. Das Potenzial von Wasserstoff wurde bereits im Jahr 1896 von dem britischen Wissenschaftler William Grove entdeckt, und seither gilt diese Energiequelle als die große Hoffnung für die Zukunft. Ein anderer britischer Wissenschaftler, John Haldane, schuf im Jahr 1929 die Vision einer wasserstoffbetriebenen Zivilisation, die durch die Ölkrisen in den siebziger Jahren an Einfluss gewonnen hat.

Einige wichtige Probleme sind noch zu lösen, wie zum Beispiel das der Kosten für Wasserstoffbatterien und die heikle Frage der Lagerung des Kraftstoffs, Hindernisse, die nur durch Investitionen in die Forschung überwunden werden können. Die größten Beiträge auf diesem Gebiet stammen von dem amerikanischen Ingenieur Geoffrey Ballard, der gezeigt hat, dass Wasserstoff durchaus eine Lösung für die Herausforderungen darstellt, vor denen wir derzeit stehen. Im Übrigen hat das amerikanische Raumfahrtprogramm auf eindrucksvolle Weise belegt, dass Wasserstoff eine mögliche und praktikable Alternative sein kann. So wurde beispielsweise bei den Missionen zur Mondlandung im Rahmen des Apolloprogramms flüssiger Wasserstoff zur Versorgung der Raumschiffe mit elektrischem Strom eingesetzt.

Doch trotz all seines Potenzials ist Wasserstoff lediglich eine von verschiedenen Energiealternativen für die Zukunft. Andere Möglichkeiten sind Methanol, ein aus organischen Stoffen hergestellter Biotreibstoff, und Ethanol, ein anderer Biokraftstoff, der aus Mais oder Zuckerrohr gewonnen wird. Zudem besteht die Aussicht, durch kontrollierte Kernfusion Atomenergie zu gewinnen, doch scheint diese Alternative eher fern zu liegen, da wir noch nicht über die erforderliche Technologie verfügen, um diese mächtige und unerschöpfliche Energiequelle zu nutzen; Schätzungen zufolge wird es bis dahin noch hundert Jahre dauern. Naturgas könnte indes eine Übergangslösung sein. Es trägt zwar ebenfalls zur globalen Erwärmung bei, setzt aber weniger Kohlenstoff frei und ist potenter als Erdöl. Es lässt sich verflüssigen, und man kann daraus Benzin erzeugen oder es sogar zur Herstellung von reinem Wasserstoff verwenden.

Wir wissen zwar noch nicht genau, in welche Richtung die Veränderung geht, aber wir wissen, dass wir uns verändern werden. Das siebte Siegel wurde sozusagen bereits aufgetan, und wir müssen uns nun auf die Veränderungen einstellen, die sich am Horizont ankündigen.

Wie der Hinweis am Anfang dieses Romans schon besagt, basiert die Geschichte auf wahren Informationen. Wertvolle Quellen über die Klimaveränderungen waren der in Paris veröffentlichte Bericht *Climate Change 2007: The Physical Science Basis* des Weltklimarats der UNO, einer Organisation, die zur Einschätzung der Klimaveränderungen geschaffen wurde, sowie die Bücher *The Heat is On* von Ross Gelbspan; *Six Degrees: Our Future on a Hotter Planet* von Mark Lynas; *Field Notes from a Catastrophe: Man, Nature, and Climate Change* von Elizabeth Kolbert; *Gaias Rache: Warum die Erde sich wehrt* von James Lovelock und *Mal de Terre* von Hubert Reeves und Frédéric Lenoir. Einen historischen Überblick über die Klimaentwicklung bietet *The Long Summer* von Brian Fagan.

Für die Informationen zum Ende der Erdölförderung und zum Problem der Energienachfolge war vor allem das Buch *The End of Oil* von Paul Roberts von entscheidender Bedeutung, aber auch die Bücher *Beyond Oil* von Kenneth Deffeyes und *A Face Oculta do Petróleo* von Éric Laurent. Die technischen Unterlagen der Aramco über die Probleme bei der Ölproduktion Saudi-Arabiens existieren wirklich und wurden von Matthew Simmons in *Twilight in the Desert* untersucht. Die verheerenden Auswirkungen der bevorstehenden Erdölkrise auf die Wirtschaft werden von Stephen Leeb und Glen Strathy in *The Coming Economic Collapse – How You Can Thrive When Oil Costs $200 a Barrel* dargelegt. Eine historische Übersicht über das Erdölgeschäft findet sich in *The Prize* von Daniel Yergin.

Für die Fragen zum Seniorenalter hat sich das Buch *La vie en maison de retraite* von Claudine Badey-Rodrigues als wertvoll erwiesen.

Mein Dank gilt all denen, die an den unterschiedlichen Aspekten des Buches mitgearbeitet haben, angefangen mit einem besonderen *spassibo* an Evgueni Mouravitch für die Hilfe bei den russischen Fragen. Des Weiteren danke ich Quark Expeditions und der Besatzung der *Lyubov Orlova* für die unvergessliche Umschiffung der Antarktis; José Jaime Costa, Manuel Costa, Paulo Farinha und Cláudia Carvalho von *Volta ao Mundo*, die mir mehrere Reisen zu Handlungsschauplätzen des Romans ermöglicht haben; Filipe Duarte Santos, Professor für Physik an der Universität Lissabon und einer der Prüfer des Berichts des Weltklimarates der UNO über die Klimaveränderungen für das Jahr 2007, der die Angaben des Romans zur globalen Erwärmung kontrolliert hat; Nuno Ribeiro da Silva, dem größten portugiesischen Spezialisten für den Energiesektor, der für die wissenschaftliche Überprüfung aller Angaben zum Erdöl verantwortlich ist; Guilherme Valente und dem gesamten Team des Verlags Gradiva, deren unerschütterlicher Enthusiasmus eine Schlüsselrolle bei der Produktion dieses Buches gespielt hat, und wie immer und vor allen anderen Florbela, meiner ersten und wichtigsten Leserin.